MARTHA GRIMES

Américaine, Martha Grimes est née à Pittsburgh, dans l'Ohio. Après des études de lettres à l'université du Maryland, elle a suivi le très réputé atelier d'écriture de l'université d'Iowa. Docteur ès lettres, elle a longtemps enseigné l'anglais avant de se consacrer à plein temps à l'écriture.
Dès *L'énigme de Rackmoor*, son premier roman paru en 1990, ses enquêtes policières portent la griffe du commissaire Richard Jury et de son complice Melrose Plant. À l'exception de *Jetée sous la lune* (1994) et du *Meurtre du lac* (1999), on les retrouve dans tous ses romans, parmi lesquels *Le mystère de Tarn House* (1994), *La nuit des chasseurs* (1996), et *L'énigme du parc* (2000). Outre son sens très fin de la psychologie, son habileté à recréer l'atmosphère propre aux romans policiers britanniques classiques lui a valu d'être admirée de part et d'autre de l'Atlantique.
Martha Grimes partage actuellement son temps entre les États-Unis et l'Angleterre où de nombreux séjours sont nécessaires à ses repérages romanesques.

LE JEU DE LA VÉRITÉ

DU MÊME AUTEUR
CHEZ POCKET

Dans la série des enquêtes
de Richard Jury et Melrose Plant

LE MAUVAIS SUJET
L'ÉNIGME DE RACKMOOR
LE COLLIER MIRACULEUX
L'AUBERGE DE JÉRUSALEM
LE VILAIN PETIT CANARD
LA NUIT DES CHASSEURS
LE CRIME DE MAYFAIR
LES CLOCHES DE WHITECHAPEL
MEURTRE SUR LA LANDE
LE MYSTÈRE DE TARN HOUSE
UNE HAINE AVEUGLE
L'AFFAIRE SALISBURY
LES MOTS QUI TUENT
L'ÉNIGME DU PARC
L'INCONNUE DE LA CRIQUE
LE JEU DE LA VÉRITÉ

Autres titres du même auteur

LA JETÉE SOUS LA LUNE
LE MEURTRE DU LAC

MARTHA GRIMES

LE JEU DE LA VÉRITÉ

Traduction de Philippe Safavi

PRESSES DE LA CITÉ

Titre original :

THE BLUE LAST

ISBN 2-266-15468-0

Adieu, Blue

Monts noirs à l'occident, le soir,
Où flotte le crépuscule tel un écho
Des cors d'or qui tant bercèrent
De vieux os de guerriers sous la terre,

Loin désormais des voies augustes
Où étincellent les légions d'Apollon,
Tu pâlis, comme si le dernier jour s'éteignait,
Comme si toutes les guerres étaient livrées.

The Dark Hills,
E.A. Robinson

PREMIÈRE PARTIE

Le chemin de la mémoire

1

— « Poète, tué par une rose »… Il a dû se piquer avec une épine ou un truc comme ça. Qui ça peut être, à votre avis ?

Richard Jury releva les yeux vers l'inspecteur Wiggins.

— Rilke. C'est quoi ? Des mots croisés ? Si ma mémoire est bonne, la réponse est Rilke.

Jury était occupé à lire un rapport médico-légal pendant que Wiggins, assis derrière son bureau à l'autre bout de la pièce, imaginait de nouveaux moyens de mourir toujours plus ésotériques. Décidément, constata Jury pour la énième fois, la mort était une véritable obsession chez lui. Du moins les maladies mortelles. À l'entendre, Wiggins les avait toutes.

— Rilke ?

Wiggins compta les cases.

— Oui, ça colle. Avec une telle culture, vous pourriez être le roi des mots croisés, monsieur.

Il servit le thé.

— C'est tout ce que je sais, répondit Jury.

Wiggins, ayant déjà versé quatre cuillerées de sucre dans sa tasse, s'attaqua à celle de Jury.

— Une seule, l'arrêta celui-ci sans même relever les yeux.

Dans ce bureau, le thé avait été élevé au rang de rituel, et ce depuis si longtemps que Jury savait toujours exactement à quelle étape du processus en était Wiggins. Peut-être les différents petits bruits, le cliquetis de la cuillère contre le bord en porcelaine de la tasse…

— Il était hémophile, Rilke ?

— Qu'est-ce que j'en sais ?

On pouvait faire confiance à Wiggins pour tout ramener à un trouble du sang ou des os. Il y eut un long silence, au bout duquel Jury releva enfin les yeux et vit Wiggins assis, une main autour de chaque tasse, regardant par la fenêtre d'un air absent.

— Faut-il que j'attende qu'il lui pousse des pattes, à ma tasse, et qu'elle vienne ici toute seule ?

— Hein ? sursauta Wiggins. Oh, pardon, monsieur !

Il apporta son thé à Jury puis, revenant à son bureau, déclara :

— Je ne vois vraiment pas d'autre maladie du sang capable d'entraîner la mort après une simple piqûre d'épine de rose…

Quelques vers d'un poème refirent subitement surface dans l'esprit de Jury.

Ô Rose, le mal te ronge
Le ver invisible…

William Blake. Il valait mieux ne pas en parler à Wiggins. Une rose assassine suffisait pour la matinée.

Mais Wiggins insistait :

— Une simple piqûre pourrait provoquer une telle hémorragie ? Tout le sang de ce type ne s'est quand même pas déversé par le trou laissé par une épine !

Il fronça les sourcils, but une gorgée de thé, fronça de nouveau les sourcils, puis ajouta :

— Je devrais pourtant le savoir.

— Pourquoi ? C'est à ça que servent les médecins légistes. Appelez donc le labo, si ça vous turlupine autant...

Qui vole dans la nuit
Dans la tempête hurlante...

Jury referma le rapport concernant les ossements et observa la neige qui tombait lentement. À peine de quoi mouiller le trottoir, on était loin de la piste de ski. Cela dit, il n'avait jamais songé à skier à Islington. Pour ça, il n'avait qu'à aller à High Wycombe ; là-bas, on skiait toute l'année. Dieu que c'était déprimant. Dans deux semaines, ce serait Noël. Encore plus déprimant.

— Vous montez à Manchester pour Noël, Wiggins ?

— Oui, chez ma sœur et sa nichée. Pas vous ?

— Vous voulez dire si je vais à Newcastle ? Non.

Ne pas aller chez sa cousine (et sa nichée) le remplissait d'un tel délice qu'il se demanda un instant si le bonheur ne tenait pas à ce qu'on s'abstenait de faire plutôt qu'à ce qu'on faisait.

Wiggins semblait attendre qu'il lui dise ce qu'il avait prévu pour les fêtes. Si Newcastle n'était pas au programme, que restait-il ? Voyant que Jury ne paraissait pas disposé à lui en dire plus, il n'insista pas. Il se replongea dans les maladies mortelles et leurs antidotes, dont il possédait quelques flacons et ampoules étalés sur son bureau. Il les examina l'un après l'autre puis opta pour un liquide rose visqueux. Il en fit tomber quelques gouttes dans un verre d'eau, l'agita jusqu'à obtenir une viscosité plus fluide.

— Malheureusement, ils nous ont collé de service le jour de Noël, reprit-il. En tout cas pour la matinée, si bien que je ne serai pas à Manchester avant l'heure du dîner.

— Ne vous bilez pas, partez quand vous voudrez. Je vous couvrirai.

— Pas question, ce ne serait pas juste envers vous. Je resterai. Noël, c'est souvent la période où se déchaînent les pulsions meurtrières. Donnez des congés à un type, et il disjoncte et se met à flinguer à tout va !

Jury se mit à rire.

— C'est vrai. On aura peut-être le temps de faire un saut chez Danny Wu. Il ne ferme jamais à Noël.

Ruiyi, le restaurant en question, était le meilleur de Soho.

Le silence retomba, tout comme la neige. Jury réfléchit à un cadeau pour son assistant. Un livre de médecine, par exemple, dans lequel on définirait la maladie « sanguine » de Rilke, s'il s'agissait bien de ça. Piqué par une épine de rose. « Ô Rose, le mal te ronge… » Il essaya de se souvenir des quatre derniers vers de ce court poème. En vain.

Entre-temps, Wiggins s'était replongé dans le journal.

— Ils ont commencé à déblayer les anciennes usines à gaz de Greenwich. Pour assembler leur dôme. Le fameux dôme du Millénium.

Jury ne voulait pas en entendre parler et encore moins en discuter, mais le sujet fascinait l'inspecteur.

— Ça leur prendra encore des années, Wiggins. Laissons-les nous faire la surprise.

Wiggins lui lança un regard circonspect, ne sachant pas comment interpréter cette remarque pour le moins sibylline.

Jury se leva, enfila son manteau et saisit le dossier qui contenait le rapport de Haggerty.

— Je file à la City. Si vous avez besoin de moi, je serai au poste de Snow Hill, en compagnie de Mickey Haggerty.

— Bien, monsieur.

Wiggins but une gorgée de sa mixture rose et se tourna vers la fenêtre. Au moment où Jury allait franchir la porte, il déclara :

— On dirait presque un conte de fées.

— Quoi donc ? Le dôme du nouveau millénaire ?

— Non, non. Ce type, là, Rilke. C'est comme la princesse qui se pique le doigt avec son fuseau et s'endort pour l'éternité. Mourir piqué par l'épine d'une rose... ça, ça vous la coupe, comme mort, vous ne trouvez pas ?

— Je suppose que je ne tiens pas trop à ce qu'on me la coupe, Wiggins. À plus tard.

2

La City de Londres, ces quelques kilomètres carrés qui constituent le cœur commercial et financier de la capitale, cessait d'être une ruche dès la fermeture des bureaux. Le week-end, c'était un désert désuet.

Jury sortit du métro à la station Tower Hill et regarda de l'autre côté de Lower James Street. Il ne se souvenait pas de s'être jamais trouvé aussi près de la Tour de Londres. Des touristes la mitraillaient, certains avec des appareils jetables, d'autres avec des engins plus sophistiqués. On fêterait Noël, période ô combien prisée des touristes, dans deux semaines. Sur Fenchurch Street, il passa devant un restaurant indien. S'il était fermé, il y avait fort à parier que tout le reste le serait aussi.

Mais pas le commissariat de Snow Hill, naturellement. Un agent en uniforme à l'air accablé était de corvée derrière le comptoir d'accueil. Il parut presque reconnaissant quand Jury se contenta de lui demander où se trouvait le bureau de Haggerty. « L'inspecteur divisionnaire Haggerty ? Traverser ici, prendre ce couloir-là, tout droit, puis cette porte là-bas. » Jury le remercia.

Haggerty était assis derrière son bureau, examinant des clichés étalés devant lui. Quand Jury entra, il se leva, vint à sa rencontre puis lui serra la main en lui donnant quelques petits coups de poing sur l'épaule. Plus qu'une poignée de main et moins qu'une étreinte. Jury n'avait pas revu Mickey Haggerty et sa femme Liza depuis plusieurs années et se sentait coupable d'avoir négligé cette amitié. Même s'il n'était pas le seul fautif, après tout. Mickey ne s'était pas manifesté.

Aucun flic (selon Jury) n'était plus « à sa place » que Mickey Haggerty. Il était aussi bien incrusté dans le métier qu'un pavé dans une allée neuve.

— Salut, Mickey, ça fait un bail…

— Plusieurs, tu veux dire !

Il indiqua un siège à Jury avant de se rasseoir à son tour.

— Comment tu vas, Rich ?

— Pas mal.

Avec la plupart des gens, ce genre d'échange aurait été banal, mais pas avec Mickey. Il voulait vraiment savoir. Ils discutèrent de Liza et des enfants pendant quelques minutes, puis Jury déposa sur le bureau la chemise qu'il avait apportée.

— On dirait un compte rendu de fouille archéologique. C'est une affaire sur laquelle tu es en ce moment ? Tu espérais peut-être que je te fournirais une réponse utile ? Je n'y connais pas grand-chose en anthropologie médico-légale…

Mickey fit non de la tête.

— Je voulais juste que tu jettes un coup d'œil au dossier afin de te faire une meilleure idée de ce dont je veux te parler. Oui, c'est une affaire que je suis en ce moment. À titre personnel. Disons que c'est officieux… ou plutôt que je tiens à ce que personne d'autre ne soit au courant…

Il retourna une photographie. Les décombres d'un

immeuble et, au milieu, un, peut-être deux squelettes. De là où il se tenait, Jury ne pouvait être sûr.

— De quoi il s'agit alors, Mickey ?

— De squelettes retrouvés sur le site d'un bombardement.

— Un bombardement ? Où ça ?

— Ici, dans la City. Près de Ludgate Circus. Si tu veux aller voir, c'est à deux pas de la cathédrale St Paul, dans une rue appelée Blackfriars Lane.

Mickey dessina un plan sommaire et le lui tendit, ajoutant :

— C'est le dernier site bombardé de Londres.

L'air perplexe de Jury s'accentua encore.

— La guerre, reprit Mickey. Ça te rappelle quelque chose ? La Seconde Guerre mondiale ?

Jury esquissa un sourire.

— Oui, j'en ai entendu parler.

Mickey reprit le cigare qu'il avait laissé se consumer dans un grand cendrier bleu à sa droite. Lorsqu'il exhala la fumée, Jury la suivit des yeux. Il n'avait pas touché une cigarette depuis deux ans mais en avait toujours autant envie. C'était horripilant.

— Continue, dit-il avec un sourire.

Mickey sortit un second rapport d'une autre chemise.

— On a exhumé deux squelettes du site…

— C'est quoi, ce que tu nous lis là ?

— C'est un compte rendu des gens du département d'anthropologie de l'université de Londres. Ils ont embarqué les squelettes pour les étudier. Tu parles qu'ils étaient intéressés ! Il aurait pu s'agir d'ossements anciens…

— Ce n'était pas le cas ?

— Non. En l'occurrence, il s'agit des squelettes

d'une femme d'une vingtaine d'années et d'un bébé de quelques mois, probablement deux ou trois, pas plus.

— Ils peuvent être si précis ? Pour un bébé ? Pourtant, les os n'ont pas fini de se former…

— C'est grâce aux dents. Ils peuvent même déterminer le niveau de développement d'un fœtus par sa dentition. Elle se développe sous les gencives. Ces squelettes sont les seuls qu'on ait retrouvés. Le site accueillait autrefois un pub. Il a reçu une bombe au cours du Blitz. C'était en 1940. Plus précisément, le 29 décembre 1940. Le terrain a été racheté par un promoteur. Il y a un chantier dessus, actuellement.

Jury s'enfonça dans son siège sans rien dire. L'évocation de la guerre lui était toujours profondément douloureuse. Paradoxalement (et ironiquement), l'intensité des sentiments que cette période suscitait en lui la lui rendait d'autant plus fascinante.

Mickey reprit son cigare dans le cendrier et fuma en silence, l'air inspiré.

C'était une des choses que Jury appréciait chez lui. C'était un méditatif. Comme Jury lui-même, il ne tirait pas de conclusions hâtives. Pourtant, il lui arrivait aussi d'agir d'instinct. Jury savait à quel point il était difficile de concilier les deux. Une image lui revint, Mickey et lui, travaillant sur une affaire neuf ou dix ans plus tôt, assis dans un pub, sans que ni l'un ni l'autre n'ouvre la bouche pendant dix bonnes minutes. Mickey lui rappelait Brian Macalvie. Quand il fallait examiner la scène d'un crime, ils avaient l'art de faire tourner leurs enquêteurs en bourrique avec leurs silences prolongés.

Un calme étrange régnait dans le commissariat. On se serait cru dans un monument aux morts.

— Qui a trouvé les restes ?

— Les ouvriers du chantier. Ils n'ont touché à rien.

Mickey poussa la photo des deux squelettes vers Jury.

— Comme ça, à première vue, qu'est-ce que ça te dit ?

— Le bébé gisait tout près de l'adulte… Sa mère ?

— Laisse-moi te raconter une petite histoire.

Mickey avait ouvert un tiroir de son bureau et en sortit une liasse de photos, des clichés anciens, en noir et blanc. Il prit le premier et le poussa vers Jury.

— Elle a été prise à Dagenham en 39, au début de l'évacuation. Les enfants étaient emmenés par bateau vers les trains qui devaient les conduire à la campagne.

Il en choisit deux autres.

— Celles-ci ont été prises à Stepney. Là encore, pendant l'évacuation. Mon père me parlait toujours du silence irréel qui régnait pendant ces opérations. Tu t'imagines, tous ces mômes et pas un qui moufte…

Jury contemplait les grappes d'enfants, les visages gris et durs des mères.

— C'était pendant l'exode de 40, pendant ce qu'on a appelé « la drôle de guerre », quand Londres se préparait au combat mais qu'il ne se passait rien.

Jury détestait parler de la guerre. D'où sortaient toutes ces photos ? Pour quoi faire ?

Mickey poussait déjà un autre cliché vers lui.

— Voici, semble-t-il, la femme et l'enfant qu'on a retrouvés dans les décombres. Alexandra Tynedale, vingt-deux ans, et son bébé, d'environ quatre mois. Sauf que ce n'est pas son bébé qu'on a retrouvé. La nurse était partie se promener avec la petite fille d'Alexandra.

Mickey fit pivoter une autre photo devant Jury.

— Voici le bébé en question aujourd'hui : Maisie Tynedale.

Jury regarda la photo. Une belle femme. On lui aurait donné la quarantaine, mais en calculant le temps qui s'était écoulé depuis les faits, Jury estima qu'elle avait cinquante ans et des poussières. Jury reposa le cliché. Il avait à présent cinq photos étalées devant lui.

— Ces deux-là, de l'évacuation, qu'est-ce qu'elles font là ? Quelle est l'histoire derrière tout ça ?

En guise de réponse, Mickey sortit une nouvelle photo. Elle montrait une femme de dos. Elle tenait dans ses bras un bébé qui posait son petit menton rond sur son épaule, son bras et sa main pendant mollement dans le vide. Jury la déposa près des autres, puis leva un regard interrogateur vers Mickey.

— Kitty Riordin, la nurse, répondit celui-ci. Katherine Riordin et sa petite Erin.

Comme s'il distribuait des cartes, Mickey en retourna encore une autre sur le bureau. Un bâtiment en ruine, des éclats de briques brunes éparpillés un peu partout. Quelques silhouettes se frayaient un passage parmi les décombres.

— On a déjà vu des milliers de scènes de ce genre dans Londres, dit Jury. Regarder ça n'est vraiment pas une partie de plaisir, Mickey. Mon père et ma mère sont morts pendant cette guerre...

— Désolé, Rich. Il y a quelque chose...

Jury le dévisagea gravement.

— Qu'est-ce qui se passe, Mickey ?

L'espace d'un instant, il crut voir des larmes dans les yeux de l'homme en face de lui. Mais peut-être pas.

— Écoute, reprit-il. J'ai tout mon temps... Dis-moi où ça s'est passé ?

Il montrait la première photo, celle de l'immeuble soufflé par une bombe. Il n'en restait que le rez-de-chaussée.

— C'est le pub dont je te parlais. Ou plutôt ce qu'il en reste. C'était le pub de Francis Croft. Il s'appelait le Blue Last…

Il poussa une nouvelle photo devant Jury.

— Et le voilà, du temps de sa splendeur… Les deux personnes, là, devant, ce sont Alexandra Tynedale Herrick et Francis Croft. On voit des guirlandes accrochées autour de la porte, donc la photo a dû être prise peu avant ou après Noël. Francis était l'associé et le meilleur ami d'un certain Oliver Tynedale, le père d'Alexandra. Ils étaient comme cul et chemise depuis leur petite enfance. Francis est mort, mais Oliver vit toujours. C'est dingue, ça doit lui faire dans les quatre-vingt-dix ans. Ils étaient comme des frères, Croft et lui. Le bébé de la nurse, Kitty Riordin, a été tué, lui aussi. La petite Erin. Kitty était une jeune Irlandaise, fraîchement débarquée à Londres comme des milliers d'autres jeunes Irlandaises sans un radis, à la recherche d'un emploi *et* d'un mari. Apparemment, elle venait juste de se faire plaquer par le père de l'enfant. Alexandra l'avait engagée pour s'occuper de Maisie. Le bébé de Kitty avait plus ou moins le même âge que le sien, soit quelques mois.

Il soupira et se passa une main dans les cheveux, s'ébouriffant comme si cela allait l'aider à réfléchir.

— Tynedale…, fit Jury. Le Tynedale des brasseries Tynedale ? Quasiment les plus importantes du pays ?

— Elles leur appartenaient à tous les deux. À Tynedale et à Croft.

— Francis Croft devait avoir des goûts rudement simples pour continuer à tenir un pub alors qu'il possédait la moitié de l'empire Tynedale !

Le sourire aux lèvres, Mickey s'enfonça en arrière

dans son fauteuil pivotant, croisa les mains sur sa poitrine.

— En effet. C'était un type fantastique. Mon père était un bon ami de Francis. Quand j'étais petit, il parlait souvent de lui.

Il tendit une autre photo à Jury.

Un terrain d'aviation, sur lequel se trouvait un unique avion, de chasse apparemment. Un Spitfire, à moins que ce ne soit un Hawker Hurricane. Le pilote, en train d'entrer dans le cockpit, ou d'en sortir, plissait les yeux pour se protéger du soleil.

— Ralph Herrick, le mari d'Alexandra. Il est mort un peu plus d'un an après leur mariage.

Jury faillit détourner les yeux, se retint. Il ne voulait pas s'autoriser cette faiblesse. S'extirper de ces moments de défaillance lui demandait ensuite beaucoup trop d'énergie.

— Service actif ? Son appareil a été abattu ?

— Non, en fait il s'est noyé. Quand c'est arrivé, il n'était plus dans la RAF. Il travaillait sur je ne sais quel projet dans les îles Orkney. Cela dit, il a quand même reçu notre plus haute distinction militaire, la Victoria Cross. Un vrai héros, à ce que m'a dit mon père.

La tête penchée sur les clichés, Jury les examina attentivement. Il avait l'impression que la maison qu'il avait occupée avec sa mère à Fulham aurait dû se trouver là. Mickey lui posa une question qu'il n'entendit qu'à moitié.

— Pardon, Mickey, j'étais..., commença-t-il. Mais, au fait, comment tu te souviens de tout ça ?

— En partie parce que mon père m'en a parlé avec beaucoup de conviction et force détails. Papa parlait sans arrêt de Francis Croft. Je connais aussi son fils, Simon. Enfin, un peu. En revanche, je n'ai pas revu Oliver Tynedale depuis mon enfance. J'ai trouvé ces clichés, entre autres choses, dans un bureau qui lui a appartenu. Je cherchais des papiers et suis tombé dessus.

Il se pencha de nouveau sur les photos alignées devant Jury et mit de côté celles d'Alexandra tenant Maisie puis celle de Kitty Riordin tenant Erin. Les poses étaient très similaires, il aurait pu s'agir du même adulte et du même enfant.

— Regarde bien les visages des petites. Ce sont des filles, je ne sais plus si je te l'ai dit ?

Jury examina les clichés, laissant son regard aller de l'un à l'autre.

— À cet âge, il est difficile de les distinguer, non ? Tu vas me dire qu'elles avaient le même père, c'est ça ?

— Non, non. Regarde bien leurs mains, les doigts.

Mickey lui tendit une loupe.

Jury s'exécuta avec application.

— On dirait que la main de la petite Herrick est tordue. Deux doigts semblent disloqués ou cassés. D'après ce que je peux en voir, la main de la petite Riordin est normale...

— Tu as l'œil. Maintenant, regarde cette autre photo, prise *après* le bombardement...

Il fit apparaître un nouveau cliché, le poussa vers Jury, en expliquant :

— Kitty Riordin portant Maisie.

— La petite a la main bandée, pourquoi ?

Mickey croisa les mains derrière sa nuque et se balança doucement d'avant en arrière.

Jury se mit à sourire.

Il aimait ça, l'animal ! Il s'apprêtait à assener le coup de grâce. De fait, Mickey adorait les mystères.

— Selon Kitty, cette nuit-là, elles ont été victimes

d'un accident. Un pan de mur d'une maison bombardée s'est effondré, et elles ont reçu des éclats de briques. Kitty n'a rien eu, mais Maisie a été blessée à la main. Cassée en plusieurs endroits. Si bien que, du coup, Maisie *et* Erin se sont retrouvées avec une main tordue. Intéressant, non ? Voilà où je veux en venir : Maisie Tynedale n'est pas Maisie Tynedale, mais Erin Riordin. Avant que tu me demandes pourquoi la nurse essaierait de faire passer sa propre fille pour le bébé Tynedale, je te signale que Maisie héritera des millions Tynedale. D'ailleurs, elle se fait appeler Tynedale et non Herrick. Et, avant que tu ne me le demandes aussi, voilà ma réponse : si ça pouvait m'aider à hériter de millions, je me ferais volontiers appeler Mickey Mouse.

Jury resta sans rien dire, stupéfait par la fin de l'histoire, ou plutôt par la conclusion de Mickey.

— Mais ça pourrait être vrai, dit-il enfin. En outre, même si la mère du bébé n'était plus là, il y avait sûrement des proches capables d'identifier la petite. À nos yeux tous les bébés se ressemblent peut-être, mais pour une mère… Ah non, c'est vrai, la mère était déjà morte… Pour son grand-père, alors ? Oliver Tynedale ?

Mickey fit non de la tête.

— Imagine que tu es le grand-père. Tu contesterais son identité ? Ou tu serais prêt à tout pour croire que ta petite-fille a survécu ? Sans parler du fait que ça signifiait que Kitty Riordin niait que son bébé était encore en vie ?

— Mais les autres…

— Quels autres ? Il n'y avait personne du côté de Kitty Riordin, elle était seule. Francis Croft ? Mort. Des frères et sœurs ? Tous en bas âge. Il y avait bien une fille Croft de l'âge d'Alexandra, Emily Croft. Je suppose qu'elle aurait pu s'apercevoir que le bébé n'était pas Maisie, mais comme elle n'a rien dit, je présume qu'elle ne s'en est pas rendu compte non plus.

Mickey haussa les épaules avant de répéter :

— Kitty Riordin a profité du bombardement pour dire à tous ceux qui l'ont interrogée que son propre bébé avait été tué alors que la petite Tynedale, qui était avec elle à ce moment-là, avait été sauvée.

Il se passa de nouveau les mains dans les cheveux et conclut :

— Voilà ma version.

— Tu n'as pas assez d'éléments dans ton dossier pour étayer cette thèse, objecta Jury. Que dit le rapport du médecin légiste ?

— Il n'a rien pu confirmer, les os sont trop petits. J'ai besoin d'une étude anthropologique. Je suis sûr d'avoir raison.

Jury fit une moue dubitative et ne dit rien. Ils restèrent ainsi en silence dans le tic-tac de l'horloge tandis qu'au-dehors la grisaille s'assombrissait encore. Puis Jury déclara enfin :

— Tout ça, c'est très bien, Mickey, mais qu'est-ce que je viens faire là-dedans ? Pourquoi tenais-tu à me mettre au courant ? Tu attends quelque chose de nous, je veux dire à Scotland Yard ?

— Oui, je veux que tu le prouves.

Jury émit un petit rire incrédule.

— Moi ? Tu plaisantes ? Quand bien même il y aurait quelque chose à prouver, tu es aussi bon flic que moi, sinon meilleur…

Mickey s'efforça de sourire.

— Peut-être, mais je suis un flic mort. Ou disons plutôt que je le serai d'ici quelques mois.

Ce fut comme un coup de poing dans le ventre de Jury.

— Quoi ? Qu'est-ce que tu veux dire ?

— Une leucémie. Pour être plus précis : une leucémie myéloïde chronique, LMC pour faire simple. Elle n'est pas très fréquente mais touche surtout les gens de mon âge. C'est peut-être une nouvelle variante du démon de midi ? Malheureusement, il n'y a pas de symptômes précoces, si bien qu'on s'en est aperçu beaucoup trop tard. Elle est très maligne, *très*.

Jury n'arrivait plus à parler, il avait la bouche trop sèche. Les mots étaient un baume qui lui était refusé pour le moment.

— Je me suis déjà farci leur chimio à la con, mais pas encore la greffe de moelle osseuse. Encore faudrait-il trouver le bon donneur ! En d'autres termes, les pièces à conviction ne tiennent pas la route face à une analyse approfondie. Les chances de survie sont pratiquement inexistantes. Deux à trois mois, c'est tout ce que me donnent les médecins, ce qui revient à dire un ou deux puisqu'ils mentent toujours. Le problème, Rich, c'est que, même si je pouvais tirer cette affaire au clair en quelques semaines, je suis bien trop crevé pour le faire en plus de mon boulot habituel.

Irrationnellement, comme lorsqu'un sentiment d'impuissance fait naître en nous une colère contre ceux qui l'ont déclenché, Jury explosa :

— Enfin merde, Mickey ! Qu'est-ce que tu fous au bureau ? Pourquoi tu ne restes pas avec Liza et les enfants ?

Mickey sembla légèrement déçu par sa réaction.

— Parce que je n'ai pas envie de rester prostré chez moi à réfléchir à ce qui m'arrive, voilà pourquoi.

Il se pencha sur son bureau, l'air grave.

— Écoute, tu acceptes de t'en occuper ou pas ? Tu veux bien essayer de découvrir ce qui s'est passé ? Ça compte beaucoup pour moi. Ça compterait encore plus pour mon père, s'il était encore là.

Jury rassembla les photos en un petit paquet, tapotant leur bord contre le bureau.

— Oui. Je comprends. Tu ne veux pas que les Tynedale et les Croft se fassent rouler. Je peux les garder un moment ? (Il indiqua les photos et Mickey hocha la tête.) D'un autre côté…

Il hésita un instant, craignant d'en rajouter encore dans le prêchi-prêcha en adoptant un ton trop moralisateur.

— … cette Maisie, ou Erin, elle fait partie de la famille depuis si longtemps. Tout le monde la considère comme étant la petite-fille légitime…

— Tu veux dire : est-ce qu'il ne vaudrait pas mieux laisser pisser ?

— Quelque chose dans ce goût-là. Tu imagines, apprendre que Maisie n'est pas Maisie après plus d'un demi-siècle ?

Jury s'interrompit un moment, puis reprit :

— Quoi qu'il en soit, je ferai mon possible.

Il glissa la liasse de photos dans la poche intérieure de sa veste et se leva. Mickey fit de même. Jury contourna le bureau et le serra dans ses bras.

— Tu peux me demander n'importe quoi, Mickey. Appelle-moi, de jour comme de nuit. Sincèrement.

Mickey avait les larmes aux yeux.

— Merci, Rich. Ça me touche plus que tu ne le crois.

Mickey mourant. Mickey mort.

Jury remontait Ludgate Hill, le regard rivé sur les pavés à ses pieds. Il marchait lentement, d'un pas presque hésitant, se disant qu'il devait ressembler à un vieillard à la démarche mal assurée. Merde, il était encore trop jeune, il n'allait pas commencer à se sentir vieux !

Durant le week-end, personne n'occupait tous ces bâtiments autour de lui, hormis ceux qui veillaient sur la City : la police, les pompiers, le personnel hospitalier. Cette impression de vide expliquait en partie son état d'esprit.

Puis il comprit ce que cela lui rappelait : un no man's land. Il n'avait jamais vu de ses propres yeux une de ces bandes de territoire neutre qui, en temps de guerre, ne marquaient ni une avancée ni un retrait et n'étaient revendiquées par aucun des camps ennemis. Mais son père, si. Il lui en avait parlé. À moins que... Non, c'était sa mère. Elle lui en avait fait une description si saisissante qu'elle aurait pu sortir de la bouche de son père.

Près du cimetière de la cathédrale St Paul, il chercha Blackfriars Lane et le chantier de construction. Compte tenu des circonvolutions des ruelles, il tomba dessus presque par hasard. La fosse des fondations n'avait pas encore été comblée, des grues, des bulldozers et autres engins étaient disséminés dans le cratère telles les pièces d'un Lego préhistorique.

Il aurait aimé pouvoir se draper dans ses quelques souvenirs épars comme dans un manteau ou une couverture. Mais à quel point sa mémoire était-elle fiable ? De fait, qui pouvait être absolument sûr de sa mémoire ?

Il était impossible de transmettre à d'autres ce qu'on ressentait sur le seuil de la mort, quelles que soient la force de la relation ou la sensibilité des deux interlocuteurs. On avait beau essayer, faire preuve de bonne volonté, s'exprimer clairement, le mourant était le seul à savoir, à comprendre la portée de ce qui lui arrivait, à faire le point, à apercevoir l'autre côté de la frontière.

Peut-être était-ce comme faire sa ronde à deux heures

du matin dans une City dépeuplée. Ou peut-être pas. Comment le saurait-il ? Le seul à savoir était Mickey lui-même. Pas étonnant qu'il ait eu l'air si malade.

Quel était le droit d'entrée pour visiter cette galerie de portraits ravagés ? Il n'y en avait pas. Tant qu'on n'était pas mourant, on n'entrait pas. Rien, *nada*, *nil*.

Il contempla l'endroit où s'était tenu autrefois le Blue Last et tenta de le reconstituer par la pensée, comme il l'aurait fait sur n'importe quel lieu de crime. Il imagina les clients à l'intérieur du pub, se donnant du courage à grand renfort de bière à la pression, ragaillardis par l'alcool, par l'esprit de camaraderie.

Jury n'avait aucun mal à imaginer le bâtiment s'effondrant autour de lui. Ce qu'il n'arrivait pas à comprendre, c'était comment sa mère s'était retrouvée écrasée sous les décombres alors que lui n'avait rien eu. Pourtant, ce n'était pas si rare.

Il vit la jeune Kitty, avançant en titubant entre les vestiges d'immeubles calcinés comme des allumettes. Une moitié de maison soufflée par ici, une autre éventrée par là, si bien qu'on n'en voyait qu'un pan encore debout, des chambres sans portes, un escalier ouvert aux regards comme dans une maison de poupées. Soudain, en tournant à un coin de rue, on apercevait un bâtiment indemne, épargné comme par un pur caprice divin. Et elle se prenait à espérer que le pub lui aussi avait eu cette chance, et qu'ils étaient tous saufs.

Mais ce n'était pas le cas. Alors, Kitty avait décidé de forcer sa chance.

3

Sur Ludgate Hill, Jury s'arrêta devant un restaurant qui se targuait de posséder un « bar à cappuccinos ». Il se tint devant, regardant à l'intérieur d'un air absent, songeant à Mickey. Pourquoi ressentait-il un tel besoin de découvrir ce qui était arrivé et à qui, de savoir si la petite-fille Tynedale était vraiment celle qu'elle prétendait être ? Pour se sentir de nouveau connecté au reste du monde ?

Il entra dans le restaurant, désert à l'exception du personnel et d'une brune au regard froid assise près de la fenêtre. Il s'assit au comptoir, ou au bar, selon ce qu'on était venu y chercher. Devant un immense miroir, des étagères en verre proposaient l'assortiment d'alcools habituel.

Une jolie serveuse, avec de grands yeux sombres et expressifs, s'approcha et il commanda un café noir. Elle lui rappelait quelqu'un. Une actrice ? Elle lui apporta son café, qu'il but à petites gorgées. Amer comme de la lessive et plus noir que le péché. Il repensa à sa matinée. Si n'importe qui d'autre que Mickey lui avait demandé la même chose ? Dans d'autres circonstances, même si ç'avait été Mickey, il aurait refusé. Il ne voulait plus revenir sur la guerre.

— Le café est trop fort ?

La serveuse aux grands yeux le regardait d'un air navré, comme si elle avait fauté.

— Un peu, oui.

Il se rendit compte qu'il avait dû grimacer malgré lui et sourit pour la rassurer.

— Pourtant, ce n'est pas du réchauffé. Il est tout frais, fait à l'instant.

Elle haussa légèrement les épaules, baissant les yeux vers la tasse coupable.

— C'est notre café, il est comme ça. Je peux vous rajouter un peu d'eau chaude ?

Une lueur d'espoir éclaira son visage.

— Non, mais je sais ce que vous pouvez faire. Donnez-moi donc un petit coup de ça. (Il indiqua les étagères en verre remplies de bouteilles). Le Glen Grant, là.

Elle descendit la bouteille, sortit un petit verre de sous le comptoir et le remplit. Puis elle le poussa vers lui.

— Voilà, ça devrait l'aider à passer !

Jury vida le verre dans sa tasse, but une petite gorgée et confirma que le café en était nettement amélioré. Puis il demanda :

— C'est toujours aussi désert, le week-end ?

La brune aux yeux de glace était toujours la seule autre cliente. Elle fumait ce qui parut être à Jury la dernière cigarette au monde.

— Oui. C'est parce que personne n'habite vraiment ici, vous savez. C'est-à-dire, à part ceux des Docklands, mais ce n'est pas vraiment dans la City.

— Si ça ne l'est pas, ça le sera bientôt. On imagine bien tous ces entrepôts, tous ces bureaux reconvertis en immeubles d'habitation…

La brune fit un signe à la serveuse et celle-ci se dirigea vers sa table.

Jury sortit l'enveloppe de sa poche et étala les photos devant lui sur le zinc, une par une. Par ordre chronologique : le pub, la nurse Kitty Riordin, la jeune Alexandra Herrick Tynedale… Il sourit. Voilà à qui lui faisait penser la serveuse ! Il examina Alexandra et son bébé Maisie, puis l'avion de chasse et le jeune pilote aveuglé par le soleil. Il s'interrompit, pensant à son père. Lui aussi, il avait servi dans la RAF. Il aurait pu piloter ce Spitfire, aurait pu être un ami de ce Ralph Herrick. Les visages en eux-mêmes ne signifiaient rien. Jury ne se souvenait pas des traits de son père… quel âge avait-il ? L'avion, en revanche… il le revoyait toujours, dégringolant en vrille vers la terre. Il ne l'avait pas vraiment vu, bien sûr, mais c'était ainsi qu'il l'imaginait. Rien ni personne ne pourrait altérer cette vision.

Après la mort de sa mère, il y avait eu les services sociaux, toujours prompts à fondre sur un nouvel orphelin. Ils avaient dû le revendiquer pendant un moment, car il se souvenait d'un long passage en orphelinat. Le Bon Espoir, qu'il s'appelait. C'était drôle de se souvenir de ce détail alors qu'il en avait oublié tant d'autres. Avant cela, il avait été recueilli par un gentil oncle. Puis il était mort, lui aussi, et c'était là qu'il avait atterri au Bon Espoir. Bizarrement, il s'était mis en tête qu'il y était resté cinq ou six ans, mais, à présent qu'il s'efforçait de se remémorer cette période, il n'en était plus si sûr… cela avait pu aussi bien durer seulement cinq ou six mois. Il revit une rangée de petits lits, des draps si tendus qu'on pouvait y faire du trampoline. Mais lui, il ne sautait pas sur son lit, il était simplement assis au bord, dans un coin du dortoir. Il essaya de se souvenir si ses pieds touchaient le sol. Cela lui aurait donné une indication sur son âge. Combien de temps était-il resté là-dedans ?

Il songea à sa cousine de Newcastle, la fille du gentil oncle. Elle n'avait pas apprécié de le voir débarquer dans sa maison. Était-ce cette cousine, alors une fillette amère, aujourd'hui une femme aigrie, qui lui avait mis en tête cette durée de six ans ? Il pouvait lui téléphoner et lui demander. Il pouvait même monter à Newcastle pour lui soutirer l'information. Son mari, Bert, originaire du comté du Tyne and Wear, comptait parmi les victimes de l'innommable taux de chômage du Nord (là-haut, ils avaient rebaptisé les bureaux de chômage « palais de la farce »). Pour quelque raison obscure, sa cousine était persuadée que c'était en partie la faute de Jury, commissaire principal à Scotland Yard. En effet, pourquoi Richard avait-il réussi et pas Bert ?

Il attira l'attention de la serveuse et décrivit avec l'index un cercle au-dessus du petit verre puis de la tasse. Le café devenait étonnamment bon, avec une goutte de whisky. D'un autre côté, qu'est-ce qui ne le serait pas ?

Sa cousine avait quatre enfants, dont un en bas âge. Les trois autres devaient être des adolescents, aujourd'hui. Il ne les avait pas vus depuis des années. La dernière fois qu'il était monté la voir, c'était aussi un Noël. Il n'avait pas voulu y retourner, non pas tant parce qu'elle lui déversait tous ses ennuis sur les épaules mais parce qu'elle était son dernier parent sur terre et qu'il détestait qu'on le lui rappelle. Il enviait à Wiggins sa sœur à Manchester.

La serveuse revint avec du café frais et un nouveau petit verre de whisky. Elle paraissait ravie que Jury ait décidé de s'arrêter dans son restaurant, et aussi d'être parvenue, un tant soit peu, à le satisfaire. Jury lui sourit, cherchant à l'en persuader. En vérité, l'alcool, comme c'est généralement le cas, n'avait fait que l'enfoncer un peu plus profondément dans sa déprime, à ressasser les petites scènes froides de l'enfance.

Il se revit dînant avec huit ou dix autres enfants, la vieille dame de l'Oxfordshire (ou était-ce du Devon ?) trônant au bout de la grande table, les exhortant à manger proprement comme de vrais petits messieurs et dames. Elle venait de dire le bénédicité, que Jury avait écouté le nez baissé vers son assiette, qui contenait une saucisse pâle sur un lit de choucroute. Ce plat, qui réapparaissait inévitablement une fois par semaine, lui faisait remonter la bile dans la gorge. Il allait encore être malade s'il avalait ça.

« Richard ne mange pas ! M'dame, Richard ne mange pas ! M'dame… »

Qui cafardait ?

« … mange pas… Il mange pas », poursuivait la voix fluette. Puis toute la tablée entonna : « Richard ne mange pas ! Richard ne mange pas ! » Un violent cliquetis de cuillères augmenta en volume jusqu'à ce que la vieille dame tape sur la table pour les faire taire (Elle avait pris son temps pour réagir !) Puis elle lui ordonnait de manger. Qui était-ce ? Ce n'était pas sa tante, la femme du gentil oncle qui l'avait pris chez eux après que sa mère avait été tuée dans le bombardement de leur quartier. Non… la tête et les épaules de Jury atteignaient à peine la table. Il avait donc dû être très jeune, à l'époque où il habitait chez cette vieille dame.

Son regard tomba sur la deuxième photo de l'évacuation. Tous ces gamins ! Son propre visage d'enfant lui apparut alors, regardant par-dessus l'épaule d'une inconnue qui l'emportait.

Outre lui, il y avait deux ou trois autres garçons et une fille (il se rappelait sa chevelure flamboyante). Elle était plus âgée que les autres, ayant neuf ou dix ans peut-être, et semblait être le chef de la bande. Ils traversaient un champ tous ensemble. Il ne savait pas encore lire les pancartes qui étaient plantées un peu partout, mais la tête de mort sur l'une d'elles indiquait clairement qu'ils n'étaient pas censés être là. La fille leur expliqua que ces panneaux les mettaient en garde, qu'ils disaient *danger*, que le champ était plein de bombes qui n'avaient pas encore explosé. Là-dessus, elle s'écria : « Tous à la mer ! »

La mer était là-bas, au loin, grise et sinistre, au pied de falaises basses. Donc, ça ne pouvait pas être l'Oxfordshire. Ce devait être plus à l'ouest, dans le Devon ou le Dorset, voire en Cornouailles. Il était à la traîne, hésitant devant une clôture à moitié effondrée faite de pieux et de fil de fer. Elle était censée vous empêcher d'entrer dans la zone dangereuse, mais les autres avaient simplement sauté par-dessus. Il restait planté là, petit et robuste, tandis qu'ils criaient : « Richard est une poule mouillée ! »

Pourquoi sa mère l'avait-elle laissé dans un endroit pareil ? Tout ici était dangereux : les champs couverts de chaume, la mer, la longue table autour de laquelle ils prenaient leurs repas, les saucisses grises, les jeux. La fille rousse.

Il devait secrètement l'avoir enviée. Elle semblait n'avoir peur de rien, ni des champs de bombes, ni de la vieille dame chez qui ils habitaient. « Vieille prune sèche ! » lui avait-elle lancé un jour. La fille rousse l'emplissait d'effroi. D'effroi.

Pareil avec le salon de la vieille dame, qui était rempli de photos de soldats morts. Il savait que beaucoup d'entre eux étaient morts parce qu'elle avait drapé deux des cadres de velours noir et placé des petites bougies devant quelques autres. Il passait de longues heures à examiner le visage de ces hommes, tous jeunes, tous en uniforme. Parmi les autres, ceux peut-être encore en vie, il se demandait s'il n'y avait pas son père. L'un d'eux au moins aurait pu l'être, car il portait un uniforme de pilote de la RAF. Peut-être sa mère avait-elle apporté cette photo afin qu'elle soit placée là où Richard pourrait la voir quand il le voudrait.

Le trublion, la petite rouquine, leur avait parlé des photographies. Elle les avait fait s'asseoir en cercle et, prenant un portrait après l'autre, leur avait expliqué qui c'était. Lorsqu'elle arriva à celui qui aurait pu être son père, Richard se laissa glisser de sa chaise et annonça à la ronde qui était le pilote de chasse. Cela déclencha l'hilarité générale.

« Et puis il est mort ! dit la rouquine. Les pilotes meurent beaucoup plus que les autres parce que ce qu'ils font est plus dangereux ! »

Richard hurla que c'était faux. Il pilotait toujours son avion.

« Il est tombé en vrille ! »

Avec sa main, elle décrivit une spirale vers le sol.

Cela mit Richard hors de lui. Il fut secoué par des spasmes de rage aussi incontrôlables que s'il s'était soudain retrouvé aux commandes de cet Hurricane en perdition. Il se rua sur elle. La vieille dame apparut, alertée par les hurlements de la rouquine. Elle s'élança entre les deux corps enchevêtrés, arrachant Richard et manquant de le projeter dans le foyer vide de la cheminée.

« Qu'est-ce qui se passe ? Qu'est-ce qui vous a pris ?

— Rien, répondit la rouquine. On joue. »

Au moins, pensa Jury, ils avaient été unis par une sorte de code de l'honneur (dont il n'avait probablement pas conscience à l'époque). Ils pouvaient être en guerre les uns contre les autres, ils demeuraient soudés face à la vieille dame. Il était resté allongé sur son lit, sanglotant et tremblant de rage. Plus tard, il était redescendu au salon, avait saisi la photo du pilote qui aurait pu être son père, l'avait montée dans sa petite chambre. Posté devant sa lucarne, il contempla le ciel noir parsemé d'étoiles qu'il imaginait explosant en une pluie de décombres argentés. Il se demanda si l'avion de son père était quelque part là-haut. Il avait encore à l'esprit la vrille vers le sol que la rouquine avait décrite avec sa main, mais ça ne pouvait pas arriver à son père. Dieu retenait certaines personnes par des ficelles. Son père en faisait sûrement partie.

Jury n'avait plus repensé à tout ça depuis des lustres. C'était Mickey, avec ses vieux clichés, qui avait fait resurgir ces souvenirs. C'était son énigme. Il prit la photo du pilote de chasse, revit la spirale descendante dessinée par la main de la rouquine. Il se demanda ce qui lui était arrivé, à cette diablesse aux cheveux en feu.

Il sentit la caresse d'une plume contre sa joue et releva les yeux. La serveuse venait d'effleurer son visage avec une serviette, ou peut-être son propre mouchoir.

— Rien qu'une petite larme, dit-elle.

Elle lui tendit le mouchoir avec un sourire hésitant. Il lui sourit en retour.

— Pourquoi, j'ai l'air de pleurer ?

Elle leva la bouteille de Glen Grant qu'elle avait apportée avec la cafetière et lui lança un regard interrogateur. Il hocha la tête, poussa vers elle le petit verre de nouveau vide, puis sa tasse.

— Merci.

Elle inclina légèrement la tête vers le zinc.

— C'est sans doute à cause des photos, non ? On dirait qu'elles sont vieilles.

— Elles le sont.

Il poussa vers elle celle d'Alexandra Tynedale et de son bébé.

— J'essayais de trouver à qui vous me faisiez penser.

Il tapota le cliché du bout du doigt.

— C'est à elle.

La serveuse sourit.

— On me dit souvent que je ressemble à Vivien Leigh. Vous savez, cette actrice, il y a longtemps. Je n'ai vu que des photos d'elle, jamais ses films. Vous vous souvenez d'elle ? Elle était si belle que ça ?

Elle rougit, n'ayant pas voulu dire qu'elle se trouvait belle.

— Oui, je m'en souviens bien. Effectivement, elle était si belle que ça. Aussi belle que vous.

Ses joues s'empourprèrent encore plus. Elle fit : « Oh... » en écartant son compliment d'un geste de la main, puis demanda, avec un signe de tête vers la photo :

— Une amie à vous ?

— Non. Ce ne sont pas mes photos.

Il ne manquerait plus que ça !

Jury vida sa tasse d'un trait, déposa plus d'argent que nécessaire sur le comptoir et pivota sur ses talons. La brune aux yeux froids était toujours là, plaçant une nouvelle cigarette entre ses lèvres. Finalement, celle de tout à l'heure n'avait été que l'avant-dernière cigarette du monde.

C'était celle-ci la dernière.

4

Stone le chien précéda Carole-Anne Palutski dans le séjour de Jury, se coucha au pied de son fauteuil club et s'endormit aussi sec. Les chiens ne cessaient d'étonner Jury.

Mais pas autant que Carole-Anne Palutski. Elle se tenait sur le seuil de la porte, vêtue d'une robe courte d'un bleu incandescent. Ébloui, quasi aveuglé, Jury essaya de se rappeler où il avait bien pu ranger ses lunettes de soleil. Sans un mot, il lui ouvrit grand la porte et elle entra.

Il ne voyait pas pourquoi elle avait hésité sur le pas de sa porte, si c'était pour aller ensuite tout droit au canapé et s'y laisser tomber. Des fils invisibles semblaient hisser et tirer Carole-Anne d'un endroit à l'autre, comme si l'espace tout entier ne pouvait se passer d'elle.

— On est samedi soir. Je suppose que tu n'as aucune envie de descendre au Nine-One-Nine ?

C'était le bar où Stan Keeler se produisait régulièrement quand il était en ville. Son appartement se trouvait juste au-dessus.

— Ne sois pas si défaitiste. Quand est-ce que Stan est rentré ?

— La nuit dernière. Tu n'étais pas là.

Son ton était accusateur.

Grâce aux bons soins de Carole-Anne, l'appartement du deuxième était resté inoccupé pendant des années. Elle avait convaincu le propriétaire de la laisser s'occuper de la location afin de garder à distance la racaille, ce qui, dans son jargon, signifiait les femmes, les couples mariés et tous les célibataires mâles ne correspondant pas à ses critères de beauté. C'est pourquoi le silence avait régné au-dessus jusqu'à l'arrivée de Stan Keeler, de sa guitare et de Stone, son labrador couleur caramel à présent couché sur les pieds de Jury, rêvant de champs pleins de lapins à perte de vue...

Ce qui ramena Jury au présent, ou plutôt au passé. Carole-Anne lui rappelait un peu la petite rouquine, même si ses cheveux étaient plus dorés. Et il n'y avait pas une once de méchanceté dans son corps de déesse.

Elle posa ses pieds sur la table basse jonchée de magazines et de quotidiens. Prenant un *Time Out*[1], elle se mit à le feuilleter tout en bâillant. Puis elle déclara nonchalamment :

— Au fait, puis-je prendre ce : « Ne sois pas si défaitiste » pour un oui ?

Il adorait quand elle feignait l'indifférence.

— Oui.

— Bien. Vers onze heures ?

L'ambiance du Nine-One-Nine ne commençait jamais vraiment à chauffer avant minuit. Elle fronça soudain les sourcils devant le magazine.

— Je ne comprends pas pourquoi tu continues à acheter ce canard puisque tu ne vas jamais nulle part !

1. Magazine londonien de sorties, spectacles et événements culturels. *(N.d.T)*

— C'est faux, je vais dans plein d'endroits. C'est juste que tu n'es jamais avec moi quand j'y suis.

Reposant sa tête contre le dossier du fauteuil, il la sentit qui l'étudiait attentivement. Elle se demandait : Aurait-il une vie secrète ? Elle était inquiète.

— Donne-moi un exemple.

— Dans la City, par exemple. J'y étais d'ailleurs aujourd'hui même. J'ai rendu visite à un vieil ami, j'ai fait la tournée des pubs, découvert des cafés. J'ai été partout. J'ai rencontré une gentille serveuse. Très jolie.

Elle le dévorait de ses yeux turquoise, ce qui le fit sourire. Carole-Anne avait parfois l'air de se demander s'il n'allait pas se volatiliser sous son nez.

— Tu serais surprise de certaines des choses que je manigance. J'ai des journées bien remplies, même si tu ne me vois aucune vie au-delà de ces quatre murs.

Carole-Anne travaillait chez Starrdust, à Covent Garden. Elle y disait la bonne aventure, déguisée en girl de revue.

Il se lança alors dans le récit rocambolesque d'une enquête qu'il venait juste de boucler, exagérant l'importance de son rôle. À la mine ahurie qu'elle faisait, il se demanda s'il n'était pas en train de devenir à ses yeux un mythe plus qu'un homme.

— Quel genre de serveuse ? le coupa-t-elle.

5

C'était dimanche et Jury était encore sous le coup de ce que lui avait appris Mickey Haggerty. Le destin, la fatalité, la maladie. Une phase terminale. Un chagrin interminable. Il tentait de se mettre à la place de Mickey, n'y parvenait pas. Il manquait d'imagination.

Pour le moment, il était assis sur son canapé, dont le tissu élimé chatoyait dans les rayons obliques du soleil qui filtraient par la fenêtre. Il enfilait ses souliers.

Au-dessus de sa tête, Stone aboya une fois. Stone n'était pas d'une grande prodigalité dans ses aboiements. Un aboiement signifiait que Stan venait de se lever et que, d'ici quelques minutes, il allait se mettre à sa guitare. Ce n'était pas une perspective déplaisante, car Stan adaptait ses airs aux moments de la journée. Rien de trop braillard le dimanche matin.

Musique. Carole-Anne n'allait pas tarder à faire son entrée.

On toqua à la porte. Il ouvrit. Carole-Anne dit bonjour et entra, portant une robe corail qui, associée à la lumière, embrasait ses cheveux et la pièce par la même occasion. Elle se laissa tomber sur le canapé qu'il venait de quitter et ôta une de ses sandales.

Jury, qui tenait encore son deuxième soulier à la

main, se demanda si cette symétrie ne cachait pas quelque message symbolique. Non. Carole-Anne avait juste décidé de se faire les ongles de pied. Elle était en train de dévisser un flacon de vernis rose vif.

— Tu ressembles au récif de corail au large de Key West, une espèce menacée…

— C'est un compliment ? Ou tu veux dire que j'ai l'air d'un caillou qui s'effrite ?

Jury s'était assis dans son fauteuil.

— Je doute que tes amis écologistes vous qualifieraient, toi et le récif corallien, de « caillou qui s'effrite »…

Les orteils écartés contre le rebord de la table basse, elle appliquait le vernis par petites touches tout en observant du coin de l'œil Jury qui laçait son soulier.

— Tu sors ? s'étonna-t-elle. On est dimanche.

— Le dimanche est un jour de sortie. Probablement plus que n'importe quel autre jour de la semaine. Les gens s'entassent dans les pubs de midi jusqu'à tard dans la nuit.

Le menton posé sur un genou, elle demanda :

— Tu vas chez Angel, alors ?

— Non.

— Où, alors ?

Jury interrompit son laçage de soulier pour écouter la musique douce qui traversait le plafond. Il soupira.

— Il est bon.

Elle avait fini un pied et attaquait l'autre.

— Stan ? On va chez Angel. Et toi, tu vas où ?

— Oh, je ne sais pas.

— Tu avais vraiment un air de chien battu, quand tu es rentré, hier après-midi.

— Impossible !

Il se demanda s'il y avait de quoi faire un petit déjeuner dans son frigo et souhaita pour la énième fois avoir une cigarette.

— Alors, où tu as été ? Je veux dire, à part là où il y avait la serveuse.

Il sourit.

— Par-ci, par-là.

Elle interrompit sa tâche pour le regarder.

— Dans ce cas, ce qu'il te faut pour te remettre d'aplomb, c'est réattaquer par là où ça a fait le plus mal.

Il s'esclaffa.

— Non, je n'ai pas la gueule de bois, même si je reconnais que j'ai tout fait pour me cuiter hier soir.

— Je ne parlais pas d'alcool. Je voulais dire refaire le même tour.

Elle baissa de nouveau la tête et se concentra sur l'ongle du petit orteil.

— Le même tour ?

— Oui, ton tour dans la City, là où tu étais hier.

Elle examina son pied et ses ongles fraîchement ints, en ajoutant :

— Sauf dans ce café. Trop de caféine, c'est mauvais pour la santé.

Entre autres choses, pensa-t-il avec un sourire.

6

Elle avait peut-être raison, même si cela paraissait un conseil étrange venant de Carole-Anne, qui réservait généralement ses pronostics pour le Starrdust, où elle vous lisait votre avenir dans une boule de cristal, tout en noyant votre présent dans ses yeux bleu-vert. Son employeur, Andrew Starr, était aux anges. L'objet principal du Starrdust étant de dresser des cartes astrales, sa clientèle masculine n'avait jamais été très développée jusque-là, les hommes n'aimant pas passer pour des adeptes de l'astrologie. Désormais, à certaines heures, telle la sortie des bureaux, on frisait l'émeute.

Le dimanche était un bon jour pour flâner dans la City sans être dérangé. Il se demanda si Mickey était à son bureau, s'il y passait aussi ses week-ends au lieu de rester chez lui où sa mort prochaine se reflétait en permanence dans le regard de ses proches. Même s'il pouvait l'oublier l'espace de quelques minutes, eux ne le pouvaient pas, du moins pas forcément au même moment.

Jury supposait que c'était un prix supplémentaire, d'une implacabilité ironique, que devaient payer les gens atteints de maladies incurables : on fuyait leur compagnie alors que, pour cette même raison, on aurait dû la rechercher. Les gens avaient peur de leur propre mort, ne voulaient pas qu'on la leur rappelle. Toutefois, sous cette lâcheté flagrante se cachaient d'autres motifs plus complexes. Quoi qu'il en soit, il aurait probablement l'occasion de revoir Mickey. Il y aurait des questions, des problèmes, des progrès à rapporter.

Jury sortit du métro à la station Holborn et descendit l'avenue High Holborn, s'arrêtant un moment pour contempler le square de Lincoln's Inn Fields où avaient lieu autrefois les exécutions publiques. Cela lui fit penser au poète Chidiock Tichbourne, pris au piège dans la toile d'un complot d'assassinat contre la reine Élisabeth Ire. Bien que parfaitement innocent, il avait été condamné à mort. Un de ses poèmes contenait l'une des phrases les plus tristes que Jury ait jamais lues : « Et à présent je vis et à présent ma vie s'achève. » Chidiock Tichbourne avait écrit ce vers à l'âge de dix-sept ans, à la veille de son exécution. Dix-sept ans.

Jury avait emporté les clichés de Mickey avec lui. Sans savoir pourquoi. De temps en temps, il en sortait un au hasard et le regardait quelques minutes, se demandant si Mickey avait raison. Pourquoi tenait-il tant à élucider cette énigme ? « Je n'ai pas assez de temps. » On n'en avait jamais assez, pensa Jury. Bien sûr, il savait pourquoi il avait pris les photos : le mystère était enfermé quelque part dans ces images.

Il descendit Holborn Viaduct, s'engagea dans Newgate Street, passa devant St Paul et s'enfonça dans le Cheapside. Il avait toujours eu un faible pour ce quartier. Il aurait aimé y faire un saut au dix-septième siècle, quand c'était un immense marché grouillant de vie. Pour lui, c'était l'essence même de Londres. Il aimait la manière dont chaque corporation avait eu son territoire : les boulangers dans Bread Street, les poissonniers dans Friday Street, les laitiers dans Milk Street[1], où il venait de faire une halte. Il envisagea d'aller boire un verre dans le pub d'en face, dénommé « The Hall in the Wall », le trou dans le mur. Autrefois, cette parcelle de terrain avait accueilli une de ces prisons baptisées « comptoirs », où les détenus étaient « logés » en fonction de leurs moyens. Les plus riches obtenaient les meilleures places. Les miséreux, eux, croupissaient dans les cachots les plus noirs, où l'air fétide n'était renouvelé que par un courant d'air filtrant par un trou dans le mur. C'était par ce même trou qu'ils mendiaient leur nourriture aux passants. Jury aurait eu du mal à imaginer un système plus corrompu que l'appareil pénitentiaire. Il décida finalement de passer son chemin et s'engagea dans Bread Street.

Il s'arrêta de nouveau à la lisière du Cheapside. Si ses faibles notions de géographie étaient bonnes, l'endroit où il se tenait était pratiquement terre consacrée, car c'était là que s'était dressée la Mermaid Tavern jusqu'au grand incendie de 1666. Il contempla l'immeuble construit à son emplacement, puis l'imagina à toutes les époques, par ordre chronologique décroissant, jusqu'à ce qu'apparaisse la fameuse taverne (peut-être pas telle qu'elle avait été, même si, après tout, le décor intérieur de tous ces établissements devait toujours être plus ou moins le même). Il y entra mentalement et le trouva résonnant de rires tonitruants et de vociférations, plus enfumé, plus animé que son pub d'Islington, Angel, ne l'avait jamais été. Il n'y avait pas une seule femme, hormis la barmaid, dont les seins débordaient de son corsage mal lacé.

1. Bread Street, « rue du pain », Friday Street, « rue du vendredi », Milk Street, « rue du lait ». *(N.d.T.)*

Puisque ses rêveries l'avaient transporté jusque dans la première partie du dix-septième siècle, ils étaient tous là eux aussi, rassemblés autour d'une table, les hommes les plus clairvoyants de l'époque : Ben Jonson, Shakespeare, Donne, Beaumont et Fletcher, John Webster, Walter Raleigh (le fondateur de ce « club ») et, dans un recoin sombre, Samuel Johnson, le seul à rester debout, au cas où il lui faudrait filer en douce. Le seul, d'ailleurs, à ne pas être encore né.

Jury trouva remarquable que tous ces grands maîtres de la littérature soient réunis dans la même salle, assis autour d'une même table. Voulant savoir ce qu'ils en pensaient, il leur raconta l'histoire des photos. Aucun ne l'écoutait vraiment, tant ils étaient occupés à rire et à lancer des plaisanteries. Webster toutefois, entre deux boutades (« *Voici donc à quoi en sont réduits les sergents de ville ? Si vous allumiez tous les réverbères de Londres, cet homme trouverait-il quand même ses pieds ?* »), demanda :

— *Savez-vous à quoi cela me fait penser ?*

— *Parfaitement, Mr Webster*, répliqua Beaumont. *Je dirais que quelqu'un a volé ma trame pour « L'Enfant subtilisé »...*

— *Ne sois pas ridicule*, déclara Shakespeare. *« Voici un conte narré par un sot... » et patati et patata.*

Il frappa sa chope contre la table et hurla qu'on apporte une autre cruche de bière à travers l'air rempli de fumée et de poussière de charbon.

Ben Jonson se joignit à lui :

— *Une tasse de vin des Canaries par ici, Megs !*

La plantureuse barmaid lui fit un signe de la main.

— Ce que je voudrais savoir, insista Jury, c'est : dois-je le croire ?

Les sept hommes restèrent un moment interdits

devant l'ineptie de cette question. Puis ils la trouvèrent merveilleusement hilarante.

Megs, qui arrivait, toutes dentelles volantes, lui répondit :

— *Si c'est la foi qui vous chatouille, monsieur, vous n'avez qu'à traverser la rue et entrer à St Mary-le-Bow...*

— *Ah ça, mais ils pourraient l'embarquer et le brûler vif pour haute trahison !* hurla Fletcher.

Jury ne se laissa pas intimider, car il avait devant lui en une fois plus de sagacité qu'il n'en rencontrerait au cours de toute sa vie, et il entendait bien en profiter.

— Amusant, vraiment très amusant. Mais allez, dites-moi, c'est vrai ou pas ?

Qu'il fût déjà né ou à naître, Samuel Johnson se devait d'intervenir :

— *Ce malheureux est au seuil de la mort, pauvre sot ! Pourquoi perdrait-il ses dernières précieuses heures à déblatérer sur une usurpation d'identité si elle ne s'était pas réellement produite, ou s'il ne s'était pas produit autre chose d'assez similaire pour tisser cette trame d'un fil si subtil que cela rende votre assistance indispensable. Il a besoin de votre aide, mon brave, quoique, si je puis me permettre, l'aide que vous semblez en mesure de lui fournir me paraît d'autant d'utilité que celle de Chesterton...*

Jury n'avait pas compris. Johnson ne l'éclaira pas, s'enfonçant à nouveau dans l'ombre.

Il semblait pourtant à Jury qu'il y avait quelque chose dans ce conseil qui méritait toute son attention, mais il aurait été bien incapable de mettre le doigt dessus.

— Vous êtes tous des intuitionnistes, pourtant, leur rappela-t-il.

Ils échangèrent des regards, le sourcil arqué, la moue interrogatrice.

Refusant de capituler, il insista :

— Allez, quoi ! Faites marcher votre intuition !

Donne, qui s'était moins raillé que les autres, s'éclaircit la gorge.

— *Vous avez entrepris d'aider cet homme parce qu'il vous semble que cette histoire est la vôtre.*

— Oui. Non. Je ne me suis jamais fait passer pour quelqu'un d'autre. Je ne m'identifie pas avec cette partie de l'histoire.

Donne écarta son objection d'un geste de la main.

— *Ce n'est là qu'un hors-d'œuvre pour réveiller votre intérêt. Ce n'est qu'un détail insignifiant du vrai mystère.*

— Mais c'est là *tout* le mystère ! C'est l'unique question à laquelle je dois répondre.

— *Elle n'est cruciale que si vous ne regardez pas autour de vous.*

— « Regarder autour de moi » ? Pour chercher quoi ? Pardonnez-moi, mais vous parlez par énigmes…

— *Des énigmes ?* s'exclama Beaumont. *Vous les entendez, mais ce n'est pas lui qui les énonce.*

— *Vous vous laissez trop obnubiler par votre propre concept du mystère, Mr Jury*, déclara Webster.

— *C'est sans doute parce que vous appartenez à cette espèce de limiers que décrivent les plumitifs*, intervint Fletcher. *Des auteurs de poèmes éphémères et de mauvais romans policiers…*

— *Le problème, Mr Jury, c'est que vous connaissez déjà une partie de ce que vous appelez la solution, la réponse, la conclusion, qualifiez-la comme vous voudrez. Mais ce n'est que de la glumelle de blé, ce qui reste dans la poussière après la moisson. A tue B. Vous*

vous efforcez de découvrir l'identité de A. Vous y parvenez et le coffrez.

— Ce n'est pas si simple…

— *Peuh, bien sûr que si !* dit Webster. *Une centaine d'écrivaillons sont en ce moment même en train de pondre leur trame policière…*

— *Le siècle ! Le siècle !* s'énerva Samuel Johnson. *Les histoires policières ne commencent pas avant Edgar Allan Poe !*

— *Vous voyez, vous êtes dépassé, mon vieux !* dit Fletcher à Jury.

— *Il ne voit que les arbres qui cachent la forêt,* ajouta Beaumont. *Qui a dit ça, déjà ?*

Allez vous faire foutre, vous deux ! pensa Jury. Bande de péteux. Puis il dit à voix haute :

— Merci, Mr Donne, merci, Mr Johnson. Je sais que vous essayez de m'aider. Pas comme d'autres, dont je tairai les noms…

Il lança un regard torve vers Beaumont et Fletcher, puis lança :

— Au fait, qu'est-ce que vous avez écrit, au juste ?

Il fut ravi de voir leurs joues s'empourprer.

— *« Dommage qu'elle soit une putain »*, cita Ben Jonson. *Megs ! Megs, on parlait justement de toi ! Encore du vin ! Une pièce excellente, du reste. Elle est restée six mois à l'affiche du Duchess.*

Samuel Johnson se tourna et se frappa le front contre l'une des épaisses poutres.

— *Le siècle, pauvre cloche ! Ce théâtre ne sera pas construit avant plusieurs siècles ! Et puis tu confonds avec « Le Chevalier au pilon ardent »…*

Occupé à pincer les fesses de la brave Megs, Ben Jonson répondit, d'un air vague :

— *Ah oui, tu as raison.*

— *Naturellement, on pourrait s'interroger sur la présence de notre ami Sam, ici présent*, dit Shakespeare. *Tu es bien placé pour parler, Sam, qu'est-ce que tu fabriques ici, d'abord ?*

Il y eut un long silence dans la pénombre, puis Samuel Johnson répondit :

— *Je patrouille. Faut bien patrouiller. Il faut surveiller la scène littéraire. Ça ne me dérangerait pas trop, s'il n'y avait ce crétin qui me file partout...*

Jury vit la scène se désintégrer et tourna ses pas vers Ludgate Hill. Pouvait-on se sentir à la fois exalté et découragé ? Apparemment, constata-t-il à contrecœur. Il ne lui fallut que quelques minutes pour rejoindre Ludgate puis pénétrer dans les rues étroites qui bordaient le chantier de construction. Il resta un moment à contempler l'espace vide avant de sortir la photo du Blue Last.

On y voyait une bâtisse de trois étages, assez semblable aux maisons tout autour, avec des lucarnes et une porte peinte d'un ton plus sombre que le reste de la façade. C'était la période de Noël, quatre à cinq jours avant que les bombes ne commencent à pleuvoir. Avec le recul, les décorations de Noël — des guirlandes lumineuses qui couraient le long du bord du toit et tout autour des fenêtres du rez-de-chaussée — parurent à Jury d'une terrible tristesse. Devant la porte du pub se tenaient un homme, Francis Croft, et la fille d'Oliver Tynedale, Alexandra. Ils souriaient, plissant légèrement les yeux face au soleil hivernal. Quelques jours plus tard à peine, leurs existences, comme celles de tous les malchanceux qui se trouveraient dans le pub, seraient horriblement, irrévocablement, laminées.

On devinait, même sur cette image fanée et gauche, qu'Alexandra Herrick avait été belle. Certes, il fallait imaginer ses couleurs, ce que Jury n'avait aucun mal à faire. Jury examina alors l'autre photo d'Alexandra, celle avec son bébé. Il avait dû être ravissant, lui aussi. Ici, il était enveloppé dans une couverture.

Il regarda ensuite le cliché représentant Kitty Riordin tenant sa propre fille, Erin, coiffée d'un bonnet et regardant elle aussi par-dessus l'épaule de sa mère. Comment la thèse de Mickey pouvait-elle être possible ? Comment pouvait-on substituer une enfant à une autre sans que personne s'en rende compte ? Si on lui demandait, après les avoir vues toutes les deux, de les distinguer l'une de l'autre, en serait-il capable ? Probablement pas. Mais les mères, elles, ne peuvent pas se tromper. Naturellement, c'était là l'argument de Mickey. Si Kitty affirmait que le bébé qu'elle avait emmené promener dans la poussette était Maisie Tynedale Herrick, qui oserait la contredire ? Qui le voudrait ? Dans le cas de la petite Herrick, il y avait un grand-père, des oncles, des tantes, toute une foule de gens qui préféraient mille fois que Maisie ait survécu plutôt qu'Erin. Il aurait fallu être le plus endurci des cyniques (c'était la guerre, après tout) pour mettre en doute les dires de Kitty Riordin, une femme dont l'enfant était très vraisemblablement mort, écrasé sous les décombres du Blue Last. Non... les soupçons de Mickey étaient justifiés. Il avait fort bien pu y avoir une imposture... qui durait encore.

Mais le contraire aussi pouvait être vrai : le bébé d'Alexandra, Maisie, était réellement Maisie, et Mickey avait tort. Jury contempla la façade neutre de l'immeuble de bureaux devant lui, une sorte d'écran sur lequel il pouvait projeter ses pensées.

Londres, au cours de ces terribles mois de la fin de 1940. Des témoins lui avaient raconté que quand on entendait le sifflement déchirant, c'était que la bombe n'était pas pour vous et qu'elle s'écraserait ailleurs. Au printemps de cette année-là, les gens parlaient de « la drôle de guerre ». Les septuagénaires d'aujourd'hui évoquaient encore le black-out, quand il était impossible de se déplacer la nuit parce qu'on n'y voyait strictement rien.

« On trébuchait sans arrêt contre ces foutus sacs de sable. On avançait à l'aveuglette. Avec ces rangées de maisons qui se ressemblent toutes, on se trompait souvent de porte et on se retrouvait chez le voisin. »

Un homme lui avait raconté que les orages étaient presque considérés comme une bénédiction car on pouvait s'orienter pendant les éclairs. Pas de lumières, pas de torches, pas de phares… L'obscurité totale.

Jury entendait encore la voix de son oncle :

« C'était comme de vivre dans une foutue grotte, oui ! »

C'était sans doute ce qu'il avait ressenti lui-même au cours des mois qui avaient suivi le bombardement de leur appartement de Fulham Road. Après avoir vu le corps de sa mère gisant sous une montagne de gravats.

Mais était-ce vraiment arrivé ? L'avait-il vraiment vécu ? Était-ce la raison pour laquelle il ne voulait pas remonter dans le temps ? Doutait-il de sa propre mémoire ?

En dépit de ce qu'il avait pensé plus tôt au sujet de sa cousine, il ressentit une forte envie de l'appeler à Newcastle, de l'interroger sur ce dont elle se souvenait. Mieux encore, il allait y aller, à Newcastle. Mais il devait toutefois s'y préparer : sa version du passé ne serait pas bienveillante. Elle ne se souviendrait probablement que de ce qui lui ferait mal, l'affecterait, lui dépeignant une réalité encore plus triste.

Car il y avait une chose dont il était sûr : cela avait été et cela resterait triste.

7

Benny Keegan et son chien Sparky gravirent les marches en ciment et traversèrent l'Embankment pour prendre le bus qui les mènerait sur l'autre rive par le pont de Waterloo.

Benny faisait des livraisons pour plusieurs petits commerçants de Southwark. Il savait qu'il ne pouvait concurrencer les rapides coursiers casqués à bicyclette, mais la vitesse n'était pas tout. C'était en tout cas ce qu'il serinait à ses employeurs potentiels. Et ceci, aussi : « Sparky apportera une note de joie dans la journée de vos clients. »

Benny (et Sparky) avait été engagé par les cinq boutiques où il s'était présenté, trois d'entre elles parce que Sparky apportait effectivement une note de joie. Les deux autres, le marchand de journaux et le boucher, n'avaient accepté de prendre Benny (et Sparky) à l'essai que parce qu'il était bon marché. Cela faisait maintenant un an.

Il y avait donc Mr Siptick, le marchand de journaux ; Mr Gyp, le boucher ; les deux jeunes hommes de Delphinium, la boutique de fleurs, qui rappelaient eux-mêmes des fleurs à Benny, deux grandes fleurs élancées aux couleurs pastel ; Mr Smith, l'épicier ; et Miss Penforwarden, qui tenait la librairie Moonraker.

Ces cinq commerces se trouvaient tous dans un périmètre de quelques pâtés de maisons, ce qui était bien pratique pour Benny. Il faisait une première tournée le matin, puis repassait l'après-midi, au cas où. Il était très efficace et gérait très habilement son affaire.

Pour rien au monde il n'aurait échangé ses heures de travail irrégulières contre un emploi stable. D'ailleurs la question ne se posait pas vraiment, car il n'avait que douze ans.

Entre deux livraisons, il disposait toujours d'un peu de temps. Il en profitait pour faire une pause et s'attarder dans les boutiques qui l'employaient. Sa préférée était Moonraker. En attendant que Miss Penforwarden dresse sa liste de livraisons, il attrapait un livre et lisait. Sparky s'asseyait près de lui et ne touchait à rien, pas même au chat de la librairie, qui ne savait pourtant plus quoi inventer pour se faire pourchasser. Sparky ne bronchait pas. Benny ignorait où il avait appris une telle maîtrise de soi. Peut-être avait-il été chien de cirque ou assistant de prestidigitateur avant qu'il ne le trouve, un beau jour, fouillant dans les poubelles. Tout ce que Benny lui avait appris, c'était à porter des paquets dans sa gueule. Les journaux et les magazines, c'était facile, mais les propriétaires de Delphinium pouvaient même lui confier des fleurs. Ils les enveloppaient dans un cône de papier rose vif et lui fixaient une poignée en ficelle que Sparky tenait entre ses dents avec une adresse remarquable. Sparky adorait les fleurs. Chaque fois qu'ils s'arrêtaient à Delphinium, il faisait le tour de la grande salle fraîche, marquant une halte devant chaque espèce nouée en bouquets dans de hauts seaux métalliques. Il avait une prédilection pour les campanules, même si elles le faisaient parfois éternuer. À la fin de la journée, les propriétaires de Delphinium donnaient souvent à Benny les fleurs qui ne tiendraient pas la nuit. Ils lui disaient de les emporter à sa mère. Benny promettait de le faire, les remerciait et partait.

Il aurait aimé ne pas avoir à raconter toutes ses histoires sur sa mère et ses nombreuses activités. Comme, par exemple, qu'elle était actrice mais travaillait comme serveuse pour subvenir à leurs besoins en attendant d'avoir sa chance. Le problème, quand on raconte des histoires, c'est qu'il faut s'en souvenir, pour ne pas se contredire, et inventer sans arrêt de nouveaux détails, comme l'endroit où sa mère travaillait. « Au Lyon's Corner House… Ah, ils ont fermé ? Enfin, je voulais dire à l'époque où il était ouvert. En ce moment, elle est serveuse chez Harrods. Non, je sais bien qu'ils n'ont pas de tables, là-bas, je voulais dire serveuse derrière un comptoir, au rayon d'épicerie fine… » Quelle galère !

Lorsqu'il en avait le temps, au Moonraker, il s'asseyait sur l'échelle de bibliothèque et lisait *David Copperfield*, son roman préféré. Ce qui lui plaisait surtout, c'était que David était nettement moins chanceux que lui. Benny, lui, n'avait pas un Mr Murdstone qui lui gâchait l'existence. D'un autre côté, lui, il n'avait pas Peggotty pour l'aider en cas de pépin, si bien que, somme toute, leurs vies se valaient, la donne était la même pour tous les deux.

Il avait quand même largement de quoi réfléchir, assis le menton sur son poing, le coude sur le genou. Valait-il mieux n'avoir aucun ennemi même si ça signifiait n'avoir aucun ami, ou bien avoir les deux ? Cruel dilemme. De toute manière, il ne pouvait pas dire qu'il n'avait pas d'ami, puisqu'il y avait les gens avec qui il vivait et ceux chez qui il faisait des livraisons. Ces derniers étaient toujours gentils avec Sparky et lui. Quant à ses employeurs, il n'y avait que Mr Siptick et Mr Gyp qui auraient fait le poids dans le rôle de Mr Murdstone. Mr Siptick ne faisait rien que critiquer tout ce qu'il faisait, et Mr Gyp passait son temps à lui poser des questions sournoises au sujet de sa mère (il lui avait dit que son père était mort, ce qui était vrai). Il finissait invariablement en demandant, avec son rire d'asthmatique :

« Tu es bien sûr d'avoir une mère, Benny Keegan ? Je ne devrais pas plutôt appeler les services sociaux ? »

Cela nouait les entrailles de Benny. Il n'avait pas seulement peur pour lui, mais aussi pour Sparky. Même son chien reculait de quelques pas quand Mr Gyp faisait allusion aux services sociaux. En dépit de la terreur froide qui glaçait son sang, Benny était suffisamment futé pour ne pas se laisser démonter, et il répondait, d'un air évasif :

« Bien sûr, vous pouvez toujours. Mais quand ils viendront me chercher à la maison, maman va piquer sa crise et je pourrai plus travailler pour vous. Je veux dire, je *ne* pourrai plus. »

Toutes ces lectures au Moonraker avaient considérablement amélioré son langage. Mais la vérité, c'était que ni Mr Siptick ni Mr Gyp ne voulaient perdre Benny, car ils pouvaient toujours chercher, ils ne trouveraient personne qui travaillait pour si peu cher, et avec autant de sérieux.

Ce matin-là, Mr Siptick, portant toujours la même vieille veste verte avec son nom, *Siptick*, sur la poitrine, roula un exemplaire du *Monde du jardinage* et le tendit à Benny.

— Fais gaffe que le clebs ne bave pas dessus.

Il lui disait la même chose tous les jours.

— D'abord il s'appelle Sparky, et ensuite est-ce que quelqu'un s'est déjà plaint qu'il avait bavé sur un journal ?

Il lui répondait la même chose tous les jours. Sparky pouvait même porter deux journaux à la fois parce que Benny les plaçait dans un mince sac marron pour lui faciliter la tâche.

Mr Siptick les congédia d'un geste de la main et s'assit sur son tabouret pour compter ses sous.

— Allez, file ! Qu'est-ce que tu attends ?

— Vous avez oublié le Toblerone pour la vieille Mrs Ely.

— Pour l'amour de Dieu, mon garçon ! Tu n'as qu'à le prendre, les confiseries sont sous ton nez !

Benny saisit une barre de chocolat dans l'une des boîtes de sucrerie alignées sur une étagère.

— Bon ben… j'y vais.

Mr Siptick ne répondit pas.

Le lundi matin, et c'en était justement un, son itinéraire habituel était : un, le *Daily Telegraph* pour le boucher ; deux, des saucisses et le programme des courses pour Brian Ely ; trois, le *Daily Telegraph,* le *Times* et le *Guardian* pour les garçons de Delphinium (au final, ils devaient utiliser tous ces journaux pour couper les fleurs dessus) ; quatre, le *Times* au Moonraker ; et cinq, éventuellement, des livres pour les clients de Miss Penforwarden, dont sa destination préférée, la grande maison appelée Tynedale Lodge.

Il était pratique de passer du marchand de journaux au boucher, car il pouvait ainsi prendre les saucisses pour Brian Ely en déposant le journal de Mr Gyp. Sparky devinait toujours qu'ils allaient chez Mr Gyp car il semblait se ratatiner. C'était une sorte de terrier blanc, un sealyham peut-être. Il ressemblait comme deux gouttes d'eau à Milou, le chien de Tintin, avec son museau oblong hérissé de touffes blanches. Ni l'un ni l'autre ne supportait Mr Gyp. Avec sa langue de vipère, le boucher commença à se plaindre qu'ils étaient en retard avant même qu'ils aient franchi la porte.

— J'y peux rien si Mr Siptick me met en retard.

— Attention à ce que tu dis, Benny Keegan. Et surveille ce chien. Je ne tiens pas à ce qu'il morde dans les saucisses des Ely.

Comme si Sparky ne connaissait pas son métier ! Benny confia au chien les deux autres journaux qu'il avait jusque-là portés sous son bras et se chargea lui-même des saucisses.

— Bon ben… j'y vais.

Pas de réponse.

Brian Ely était trapu, avec une tête en forme d'obus posée sur un tout petit cou, si bien qu'il donnait toujours l'impression de hausser les épaules. Il portait des costumes criards à larges revers.

— Ah ! Les saucisses ! On les mangera au dîner ce soir.

Puis il lança par-dessus son épaule :

— Maman ! Le journal est arrivé.

Benny ne put déchiffrer la réponse chevrotante. Il ne comprenait pas pourquoi la vieille Mrs Ely ne mourait pas. Elle semblait toujours sur le point d'y passer, cherchant son souffle, se raccrochant à tout et n'importe quoi pour rester debout, aux dossiers de chaise, à la rampe d'escalier, au portemanteau, aux gens. Elle était usée au point de n'être plus qu'un sac d'os. Ça tenait du prodige.

Comme s'il ne le recevait pas presque tous les

matins, Brian Ely s'extasia en apercevant son magazine hippique dans la gueule de Sparky :

— Ah, mon journal ! Le bon garçon.

Il délesta Sparky de son sac marron, en extirpa le quotidien, le secoua pour le déplier.

— Qu'est-ce que tu veux que je mise pour toi dans la neuvième, à Doncaster ?

Il interrogea du regard Sparky, qui parut réfléchir à la question.

— À la prochaine, Mr Ely. Oh, et voilà le Toblerone de votre maman…

Il lui tendit la barre de chocolat puis éleva le ton :

— Au revoir, Mrs Ely !

Il regretta aussitôt de ne pas être parti tout de suite, car il vit Mrs Ely s'avancer vers eux en haletant depuis le petit salon à l'arrière de la maison.

— Enfin, maman, tu n'as pas besoin de te fatiguer.

Il y avait une barre en bois le long d'un des murs du couloir, pour que la vieille Mrs Ely puisse s'y tenir.

— Veux… juste… le pro…, essaya-t-elle de dire.

Le reste de sa phrase se perdit, tandis qu'elle s'arrêtait net, se tenant à la barre des deux mains, pour émettre un long râle asthmatique. Son visage était exsangue mais, apparemment, c'était son teint naturel. Benny crut qu'elle allait tomber raide morte, là, dans le couloir, mais en fait non. Elle avait déjà fait ça bien des fois. Elle était aussi toujours en train de tomber.

Brian Ely secoua la tête, poussa un gros soupir puis replia son journal. Il parcourut les quelques mètres qui le séparaient de sa mère pantelante, lui tendit le programme des courses et elle se tourna laborieusement pour entreprendre le périple inverse.

— C'est qu'elle n'a aucune patience, ma mère. Non, faut toujours qu'elle ait les pronostics des courses à la première heure. Elle ne supporte même pas que je les lise avant elle.

— Dans ce cas, pourquoi je ne vous en apporterais pas deux ? Vous auriez chacun le vôtre...

Brian Ely se mit à rire.

— Oh, j'y ai bien pensé. Mais elle croirait que je lui cache quelque chose. Elle est tellement soupçonneuse ! Bah, c'est une bonne vieille maman, malgré tout. Et puis, je suis bien forcé de le reconnaître, elle sait vraiment choisir les canassons. Elle aurait fait une pronostiqueuse du tonnerre.

Après que la porte se fut refermée, Benny resta un moment planté là, méditatif, jusqu'à ce que Sparky le pousse du bout de la truffe. Ils partirent tous les deux en trottant vers le Moonraker.

Il y avait quatre marches à descendre pour accéder à la librairie, chacune avec une différente phase de lune peinte en doré. Sybil Penforwarden avait engagé un artiste pour les lui peindre. À l'intérieur, les murs étaient en briques rouille. Des deux côtés de la salle, des arches divisaient l'espace en quatre alcôves distinctes remplies d'étagères pleines de livres.

En entendant tinter la cloche de la porte d'entrée, Miss Penforwarden émergea de la pénombre des rayonnages du fond et s'avança dans la pénombre du devant. Benny regarda autour de lui puis lança :

— Bonjour, Miss Penforwarden !

La petite librairie était mal éclairée mais c'était un de ses charmes. Il y avait des appliques pâlottes contre les briques, et un vieil abat-jour métallique suspendu au plafond diffusait sur les étagères une lumière jaune qui alourdissait les paupières. Il avait toujours l'impression d'être dans un lieu isolé du reste du monde, oublié par le temps, parfois même d'être sur une autre planète.

Miss Penforwarden vint vers lui, toujours aussi joyeuse.

— Benny, je suis si contente que tu sois là ce matin. Je suis en train de préparer un paquet de livres pour Tynedale Lodge. Tu penses pouvoir le livrer ?

Naturellement qu'il le pouvait, elle le savait bien. Mais elle se comportait toujours comme si les apparitions de Benny étaient le fruit d'un hasard heureux, ne se produisant qu'occasionnellement, alors qu'il se présentait avec la régularité d'une montre suisse depuis un an. Elle aimait faire comme s'il avait une autre vie « plus grande », remplie d'activités prestigieuses parmi lesquelles ses visites au Moonraker n'étaient qu'un petit point lumineux sur un écran radar.

— Trouve-toi un siège, je reviens en deux temps trois mouvements.

— D'accord.

La connaissant, il savait qu'il lui faudrait bien plus que trois mouvements, et assurément un paquet de temps. Il se dirigea vers les étagères les plus proches de la fenêtre, Sparky sur ses talons. Il aimait cette pièce et les alcôves où des lampadaires surplombaient de profonds fauteuils, au cas où un client aurait besoin de plus de lumière pour bouquiner tranquillement. Leurs housses en chintz étaient fanées et élimées, ce qui les rendait encore plus confortables (et évitait à Miss Penforwarden de s'inquiéter des mains poisseuses et des souliers sales des enfants). Il y avait aussi le coin des petits à l'arrière, avec une table et des chaises miniatures, des peluches, des cubes, des puzzles. Pourtant, Benny n'y avait jamais vu un enfant. Les rares à fréquenter l'endroit gravitaient dans la partie de devant.

Miss Penforwarden avait expliqué à Benny que la librairie avait sans doute été initialement la cave à vin de la maison (à présent divisée en petits appartements). Benny déclara que la seule autre fonction qu'elle aurait pu remplir était celle de cachot. Il aimait bien cette idée de cachot. Il n'était jamais allé à la Tour de Londres ni dans aucun autre château ou grande demeure susceptible d'en abriter, si bien que vivre dans un cachot ne lui paraissait pas si mal. Plus que d'être jeté dans un tel endroit, son vrai problème, c'était de trouver des explications au fait qu'il n'allait pas à l'école. Il avait d'abord essayé la malformation, en l'occurrence un souffle au cœur qu'il aurait eu depuis la naissance, jusqu'à ce que quelqu'un, un client ou autre, dise qu'il vaudrait pourtant mieux pour son cœur qu'il reste sagement assis dans une salle de classe plutôt que de travailler comme il le faisait. Il avait alors opté pour l'asthme, poussant quelques toussotements chuintants en guise d'illustration. Mais c'était surtout Mr Gyp qui l'enquiquinait avec ce genre de questions et il s'efforçait de ne pas y prêter attention.

Benny sortit *David Copperfield* de son rayonnage et chercha la page qu'il avait marquée avec un cure-dent. Il ne pensait pas que Miss Penforwarden y verrait d'objection.

Toutefois, il n'arrivait pas à se concentrer sur la lecture. Il repensait à cette vie « plus grande » à laquelle Miss Penforwarden aimait faire allusion, celle qu'il n'avait pas. Il n'était pas sûr d'en vouloir, non plus. Il aimait la routine, le genre d'activités qui allaient de pair avec une existence « plus petite » : regarder l'aube bleue depuis le pont de Waterloo, prendre son thé le matin avec une épaisse tranche de pain, faire ses livraisons. La vie « plus grande », c'était celle qu'il prêtait aux habitants de Tynedale Lodge, même s'il ne les avait jamais vus pratiquant quelque activité que ce soit. Du tennis, peut-être ? De la danse de salon ? Des duels à l'épée avec des masques ? Une vie bien mystérieuse. Elle l'intriguait, mais comme il n'allait jamais plus loin que le jardin ou la cuisine quand il faisait ses livraisons, il n'en saurait jamais plus. Une chose était certaine : cette vie-là incluait un tas de relations et d'amis. Lui, il n'avait pas de relations, et ce qui se rapprochait le plus d'amis, dans son monde, c'étaient les gens qu'il croisait sur son itinéraire de livraison et ceux avec qui il créchait.

David Copperfield toujours ouvert entre ses mains, il appuya sa tête contre les autres romans de Dickens et songea à sa mère. Elle aussi, elle avait aimé la routine. Selfridges le jeudi, Harrods le lundi, Harvey Nick's le mardi. Il lui avait soutenu un jour que les gens devinaient qu'ils étaient irlandais au premier coup d'œil, parce que c'était ce que faisaient toutes les Irlandaises : elles se faisaient accompagner d'un bébé ou d'un enfant. Or, les gens n'aimaient pas les Irlandais. Et lui, mendier le mortifiait. Chaque fois qu'un passant laissait tomber des pièces dans sa casquette, il détournait la tête. Au moins sa mère n'arpentait-elle pas le trottoir en lui faisant tendre la main et en interpellant les dames, ce que faisaient tant d'autres Irlandaises. Quand il lui demandait comment ils en étaient arrivés là, sa mère répondait qu'il ne devait pas lui en vouloir, qu'elle était désolée que les choses aient tellement mal tourné pour eux.

« Papa est mort », disait-il alors, comme si cela expliquait tout. Mais elle n'aimait pas évoquer son père, cela lui faisait trop de peine.

Elle lui parlait de leur ancienne maison, dans le comté de Clare. « Ah, qu'elle était belle ! Mais ce n'est pas grave, on y retournera quand les choses iront mieux, tu verras. »

Benny baissa les yeux vers les pages de *David Copperfield*. Il y était question de Steerforth. Benny songea à la mère de David, comme elle était jolie. La sienne l'avait été, aussi. Sans doute encore plus, il était prêt à parier là-dessus. Des images du comté de Clare flottèrent dans sa tête : la côte déchiquetée, la mer houleuse, les grands rochers lisses polis par l'assaut des vagues, le climat violent, comme celui qu'affrontaient Steerforth et David quand ils rendaient visite à Peggotty.

Sa mère avait dit un jour que les bons livres vous rendaient toujours un grand service. « Les bons livres, c'est important, Benny. Lis-en autant que tu peux. »

Son vrai nom, c'était Bernard, mais il avait eu tellement de mal à enrouler sa langue autour de ce *r* quand il était petit qu'il en était sorti « Benny ». Les noms sous lesquels on démarre dans l'existence vous collent souvent à la peau. Cela avait été le cas, pour lui.

— Et voilà, mon grand !

Miss Penforwarden venait de réapparaître avec un paquet ficelé. Il y avait aussi un petit livre, qu'elle entoura d'un cordon pour que Sparky puisse le porter.

— C'est pour la petite Gemma, expliqua-t-elle.

Il n'était pas emballé, si bien que Benny pouvait lire son titre : *Donnez un nom à votre chat*.

— Elle n'en a même pas, de chat !

Là-dessus, Sparky et lui se mirent en route avec les livres.

8

Quand Benny et Sparky arrivèrent, Gemma était déjà à la porte du jardin. Elle tenait comme d'habitude sa poupée vêtue de ses « vêtements de baptême » (c'était ainsi qu'elle les appelait) : un bonnet et une robe miteuse beigeâtre trop longue, qui pendait plus bas que les pieds. Elle n'avait pas encore de nom. La dernière fois que Benny l'avait vue, Gemma cherchait dans les *Q*. Elle devait à présent en être aux *R*.

Il poussa le portillon grinçant et entra dans le jardin à l'arrière de Tynedale Lodge. La tête de Gemma n'arrivait même pas à la hauteur du haut de la porte. Elle avait neuf ans et le majordome, Barkins, ne cessait de lui répéter qu'elle était trop grande pour jouer à la poupée. Benny avait rétorqué que c'était ridicule, on n'était jamais trop grand pour faire ce dont on avait vraiment envie.

— Pourquoi tu as commandé ce livre ? lui demanda-t-il.

Sparky l'avait déposé aux pieds de la fillette et s'était éloigné en trottant vers l'étang, qu'il semblait particulièrement affectionner. Il aimait sans doute regarder les gros poissons rouges.

Pendant que Gemma feuilletait sa commande, Benny insista :

— La seule chatte ici, c'est Snowball, et elle a déjà un nom. Et puis, c'est la chatte de Mrs Riordin.

— C'est tout ce qu'elle avait, au Moonraker. C'est le seul livre sur les prénoms. J'en suis aux *R*. Il y a Ruth, Renée, Rita, Renata…

— Renata ? Ce n'est même pas un nom.

— Si, ça l'est ! Je l'ai lu sur la couverture d'un livre. C'est le prénom de la personne qui l'a écrit. Puis il y a Roberta, que je n'aime pas du tout…

— Tu n'en aimes aucun. C'est toujours pareil. Après, tu arriveras aux *S*. Tu pourrais l'appeler Sparky.

Gemma le dévisagea d'un air outré.

— Je ne vais pas lui donner un nom de *chien* !

Benny avait l'esprit pratique, pas Gemma. Comme Peter Pan, elle semblait vivre au pays de l'imaginaire ou, du moins, s'y envolait sitôt qu'elle apercevait Benny. Dans le même esprit, elle nommait cette grande masse de pierres grises qu'était Tynedale Lodge « le pays dont on ne revient jamais ».

— On va s'asseoir dans l'arbre, proposa-t-elle.

Ils se trouvaient toujours près du portillon.

— Mr Barkins n'aime pas me voir traîner dans le coin, objecta Benny.

Gemma poussa un soupir. Benny n'arrêtait pas de la contrarier. Elle brandit vers lui sa poupée dans sa longue robe crasseuse.

— Ma poupée n'aime pas être sans nom, elle non plus, mais faut bien qu'elle se fasse une raison.

Benny tenta d'établir un lien entre les deux faits, sans succès.

— Miss Penforwarden a envoyé d'autres livres.

— Je sais. Ouvrons-les.

— Non.

Il la suivit jusqu'au hêtre où elle aimait s'asseoir. Il était énorme, projetant des racines à l'allure préhistorique. Gemma avait coincé une planche entre le tronc et une épaisse branche. Elle était près du sol et assez large pour les accueillir tous les deux. En s'asseyant à califourchon, ils pouvaient se faire face, l'un s'adossant au tronc, l'autre à la branche.

Elle installa la poupée entre eux et tendit la main vers le paquet.

— Laisse-moi voir.

— Gemma !

Il leva le paquet à bout de bras, hors de sa portée.

— Il faut que je voie si ça parle de poisons.

Pris de court, il abaissa son bras. Elle s'empara aussitôt du paquet.

— Qu'est-ce que tu racontes ?

— Je t'ai dit que quelqu'un avait essayé de m'empoisonner.

Fredonnant un fragment de chanson, elle dénoua soigneusement la ficelle. Puis elle releva vers lui ses yeux d'agate où nageaient des éclats verts.

Benny se laissa retomber contre le tronc.

— Oh non, pas encore cette histoire ! Pourquoi on voudrait t'empoisonner, d'abord ?

— Pour mon argent, répondit-elle sur un ton dégagé.

Elle avait ôté le papier brun et saisi un livre.

— Quel argent ? Tu n'as pas un rond. Il y a quelques semaines, j'ai voulu t'emprunter cinquante cents et tu m'as répondu que tu ne les avais pas !

— C'était vrai. Pas pour prêter.

Elle examinait le livre. Benny capitula et regarda le « bassin baptismal » de l'autre côté de la pelouse. Sparky était toujours là, scrutant le fond.

— Il n'y a pas grand-chose là-dedans, à part des jardins pourris, trancha Gemma.

Benny se pencha et elle tourna le livre pour le lui montrer. Il vit un jardin paysagé dont les arbres avaient été taillés dans des formes curieuses. Il fronça les sourcils.

— Ça, c'est quelque part en Italie.

— En Italie. Oh.

Elle lança un regard autour d'elle, songeuse.

— Ce n'est pas là qu'habitait cette famille qui passait son temps à s'empoisonner ?

Benny réfléchit.

— Je ne sais pas. Les Med-machin-chose ? Ça ressemble à « médecine ». Gemma, pourquoi tu crois tout le temps qu'on veut t'assassiner ? D'abord, tu disais qu'on t'avait tiré dessus…

— C'est vrai. On m'a ratée.

Elle tourna la page. Un autre jardin.

— Après ça, c'était quelqu'un qui avait voulu t'étouffer.

— Oui.

Elle ouvrit le second livre.

— Regarde.

Elle le tint ouvert devant son visage, de sorte que seuls ses yeux apparaissaient par-dessus la reliure en cuir brun. Elle tapota la page.

Benny se pencha. L'illustration montrait une silhouette humaine à l'intérieur de laquelle toutes les veines et artères étaient visibles. Des flèches indiquaient le sens de la circulation sanguine. Il haussa les sourcils.

— Et alors ?

— Ça pourrait montrer à quelqu'un comment le poison entre dans le sang, se promène partout et où il finit.

Benny lui prit le livre et regarda au dos.

— C'est juste un livre de médecine.

Elle leva les yeux au ciel.

— Oui, mais ça parle de poisons. Y en a toute une liste. Regarde, tu verras.

— Mais non, Gemma, sois raisonnable. Tu es trop jeune pour qu'on veuille te tuer. Et ne me dis pas encore que c'est à cause de ton argent.

— Je ne suis pas trop jeune, rétorqua-t-elle, scandalisée. On tue même des bébés !

— Oui mais c'est différent, c'est parce que…

Il se creusa les méninges, cherchant vainement une bonne raison. Puis ça lui vint :

— Parce qu'ils font trop de bruit, ou alors ils n'arrêtent pas de pleurer, jusqu'à rendre leurs parents fous. C'est… euh… de l'impulsion, voilà ce que c'est. Ce n'est pas…

Comment on disait déjà ? Elle le fixait avidement, comme s'il allait peut-être enfin trouver ce qui la sauverait. Cela le consterna. Elle y croyait vraiment. Puisqu'on ne pouvait faire appel à la raison pour lui sortir cette idée de la tête, il décida d'aborder la question sous un autre angle :

— On n'a qu'à essayer de trouver qui c'est. Tu penses que c'est une seule personne, n'est-ce pas ? Je veux dire, tu ne crois pas qu'ils sont plusieurs ?

Elle se gratta une oreille avant de répondre :

— Je suppose que non. Sauf que…

Elle plaça les pouces sur les yeux de sa poupée, comme pour la protéger d'une vision insoutenable.

— Sauf que quoi ?

— Je ne sais pas. Ça pourrait être deux personnes qui seraient complices.

— Mais… pourquoi ? Qu'est-ce qui te fait penser ça ?

Elle haussa les épaules.

— Je ne sais pas. Je veux simplement dire que tout est possible.

— Bon, examinons les suspects un par un, pour commencer.

— Tout ce que je sais, c'est que c'est quelqu'un de là-dedans.

Elle lança un regard vers Tynedale Lodge et lui tira la langue.

Benny savait qu'elle n'aimait pas beaucoup l'intérieur de la grande maison, ni certains de ses occupants. Elle passait le plus clair de son temps à l'extérieur, dans les jardins ou la serre. Elle était souvent fourrée avec le jardinier, Mr Murphy, quand il nettoyait les massifs de fleurs ou taillait les haies. Benny le trouvait un peu trop caustique.

— Commençons par ceux que tu n'aimes pas.

— J'en aime aucun, sauf Mr Tynedale, mais il est malade. Il est toujours au lit.

— Tu aimes bien Rachael…

— Les domestiques ne comptent pas. Comme Mrs MacLeish et Rachael. Elles, ça va, je suppose.

Benny se demanda si le fait que personne dans la maison, hormis Mr Tynedale, ne semblait s'intéresser à Gemma avait quelque chose à voir avec cette histoire de meurtre.

— Et Mrs Riordin ?

Katherine Riordin habitait dans l'ancienne maison du gardien.

À la seule mention de ce nom, Gemma fut prise de convulsions et mima des haut-le-cœur. Puis elle essuya la robe de sa poupée comme si elle avait été souillée de vomi.

— Non, elle ne veut surtout pas que je meure. Elle a trop besoin de moi en vie pour me torturer.

Oliver Tynedale était le seul habitant de Tynedale Lodge que Gemma aimait. Elle montait le voir tous les jours, lui apportant des tasses de thé et lui faisant la lecture. Ils se racontaient mutuellement des histoires. Lui, véridiques, elle, créées de toutes pièces. Gemma avait une imagination débordante (comme en témoignaient sa paranoïa et ses délires de meurtre) et un talent inné pour inventer des récits. Elle s'en souvenait souvent et les répétait à Benny. Elle avait une mémoire remarquable, du genre que ceux qui préfèrent oublier qualifieraient d'« inconvenante ».

Benny avait appris ce terme de Mr Siptick parlant d'un client qui affirmait avoir payé son achat alors que (selon Mr Siptick) ce n'était pas le cas (le marchand de journaux ayant, lui, une mémoire des plus « correctes »).

Sparky quitta le bassin pour aller saluer le jardinier, Angus Murphy, qui venait juste d'apparaître au coin de la maison, taillant la haie d'aubépine. Pour Sparky, bien que n'étant pas une fleur à proprement parler, Mr Murphy en avait tous les parfums, et parfois même les couleurs et les formes, comme si elles étaient enchâssées en lui.

Du moins, c'était ainsi que Sparky le percevait.

Des effluves fleuris émanaient de Mr Murphy, flottaient tout autour de lui, notamment au niveau de ses chevilles, où Sparky s'arrêta, flairant des odeurs de tourbe, de mousse, d'escargots et de vers de terre.

— Bonjour, Mr Murphy ! lança Gemma depuis l'autre côté du jardin.

Mr Murphy se retourna et les salua en agitant son sécateur. Personne n'incarnait mieux que lui la transition entre l'âge mûr et l'âge avancé, avec ses cheveux d'un roux fané et grisonnant, ses yeux bleus presque délavés, son dos légèrement voûté par l'arthrite qui l'empêchait d'atteindre tout ce qui était plus haut que la haie d'aubépine, ce qui laissait cinq cents mètres de haies de troènes et d'ifs à l'abandon. Ou plutôt avait laissé, jusqu'à ce que Mr Tynedale engage un aide-jardinier assez grand et suffisamment robuste pour s'occuper de la taille. Il fallait aussi s'occuper des deux grands buis taillés en cygne, de chaque côté de la grille de l'entrée principale. Malheureusement, Mr Murphy n'avait guère apprécié son assistant et celui-ci n'avait pas fait long feu. Le vieux jardinier n'avait pas cessé de se plaindre des « lubies » branchées du jeune homme.

« Il me casse les oreilles avec son "paysagisme" ! Voilà-t-y pas qu'il veut arracher mes dahlias et mes phlox pour planter des kinpholias rouges avec des touches bleu électrique ! Y veut aussi raser mes rosiers pour y mettre "quelque chose de plus échevelé" ! Vous y croyez, vous ? De "l'échevelé", c'est la dernière mode. "Pas touche à mes roses, mon garçon !" que je lui ai dit. Alors, il me fait : "On pourrait pas au moins y ajouter une touche de bois flotté ?" Du bois flotté ! "Ça va pas la tête ?" que j'lui réponds. Et venez pas me raconter qu'il est pas un peu de la jaquette, celui-là ! Y a qu'à voir la manière dont y se dandine, avec ses sécateurs Hermès ! Deux mille balles, qu'ils lui ont coûté, c'est lui-même qui m'l'a dit. Y en a qui sont pas bien, je vous jure ! Du Hermès, rien que ça ! »

Cet aide-jardinier avait été remplacé par une jeune fille qui convenait davantage à Mr Murphy, quoique en partie seulement, car il la trouvait trop jeune et « un peu sotte ». Elle était partie elle aussi, mais de son fait. Elle avait tout simplement cessé de venir. Si bien que Mr Murphy était de nouveau seul, et il ne s'en portait sans doute pas plus mal.

Benny, observant Sparky en train de suivre la haie avec Mr Murphy, suggéra :

— C'était peut-être cette fille, la jardinière. Elle a disparu tout à coup.

Gemma se laissa retomber contre la branche.

— Jenny ? Pourquoi elle aurait voulu me tuer ?

Benny soupira. Elle était si illogique.

— Je ne crois pas que qui ce soit cherche à te tuer.

— Il y a Maisie Tynedale. Elle me hait.

Maisie était la petite fille de Mr Tynedale. Elle ne s'était jamais mariée et avait toujours vécu dans la grande demeure.

— Quelle raison elle aurait ?

— Puisque je n'ai pas le droit de dire le mot « argent », je ne sais pas. Elle a été dans un raid aérien quand elle était bébé, c'est Mrs MacLeish qui me l'a dit. Une bombe est tombée sur sa maison et l'a pulvérisée. Le bébé de Mrs Riordin a explosé avec. Tout le monde a explosé. Il n'y avait plus que de la poussière et des bouts de corps. Les gens étaient en petits morceaux. Il y avait des mains qui sortaient des décombres et, si on tirait dessus, elles n'étaient rattachées à aucun corps.

— Je ne pense pas que Mrs MacLeish t'ait raconté tout ça.

— Mais si ! Même que depuis, ça m'obsède. C'était un pub et il y avait des yeux dans les chopes de bière.

— C'est idiot. Comment ton œil peut sortir de lui-même de ton visage pour aller atterrir dans une chope de bière ?

Elle coucha sa poupée, se cala contre sa branche et balança les jambes.

— Je ne fais que répéter ce qu'elle m'a dit.

— Elle ne t'a jamais dit ça. Et puis, laissons tomber. Ça n'a rien à voir avec le fait que quelqu'un de ta famille voudrait ta mort.

Il la regarda essuyer le visage de sa poupée avec un mouchoir en papier, puis reprit :

— Mr Tynedale va sans doute te laisser un trust.

Il n'était pas très sûr de savoir ce qu'était un trust, n'ayant pas de connaissances très poussées en matière financière.

— Ça ne te fait pas plaisir ? demanda-t-il. Ça compensera un peu pour avoir dû supporter quelqu'un comme Mrs Riordin.

— En tout cas, je sais ce que je ferais si j'avais de l'argent maintenant.

— Quoi ?

— J'engagerais un détective.

Elle contempla un instant sa poupée désespérément innommée, puis, la tournant face à Benny, demanda :

— Rhonda ?

9

— Qu'est-ce que vous voulez que j'y fasse ? déclara Fiona Clingmore.

Elle tirait vainement sur sa jupe noire pour tenter de couvrir ses genoux.

— Que vous le pourchassiez avec une hachette, Miss Clingmore.

Le commissaire divisionnaire Racer, debout, cherchait d'un air hagard le chat Cyril. Celui-ci avait donné un coup de patte dans l'écrin de velours posé sur son bureau et détalé avec un des boutons en saphir de sa chemise de smoking.

Jury était assis à l'écart avec le dossier que son supérieur lui avait demandé d'apporter : l'affaire Danny Wu sur laquelle, selon lui, Racer faisait une fixation. Une fixation qui, d'ailleurs, arrangeait bien Jury et Wiggins, leur donnant une bonne excuse pour déjeuner régulièrement dans son restaurant de Soho.

Fiona, avec ce bon sens rétrospectif qui pouvait être particulièrement horripilant, déclara :

— Vous n'auriez pas dû laisser cet écrin ouvert sur le bureau pendant que vous alliez prendre un café.

Racer devait assister à une réception en tenue de soirée et il lui fallait ses boutons (« Tous », avait-il insisté).

— Des saphirs ? Vous ne craignez pas que ça fasse un peu, euh… voyant ?

Cette opinion des plus malvenues émanait (précisément parce qu'elle était malvenue) de l'équivalent humain (aux yeux de Racer) du chat Cyril, à savoir l'inspecteur Jury.

— Vous ne voudriez tout de même pas éclipser le directeur de la police ?

Le visage du commissaire divisionnaire Racer prit une teinte rouge alarmante et, visiblement au bord de la crise d'apoplexie, il sembla enfler comme un ballon de baudruche.

L'échelle dressée à côté de lui lui avait été fournie par un des employés de l'entretien, qui lui avait demandé si c'était pour accrocher un tableau dans son bureau et s'il ne préférait pas que l'équipe d'entretien s'en charge.

Racer avait tonné : « Non ! », comme s'il avait décidé soudain de tester la solidité des vitrages de son bureau. Choqué, l'employé de l'entretien s'était retiré. (Jury avait raté ce prélude, mais Fiona s'était empressée de le lui décrire avec moult détails.)

Racer entama son ascension en direction de la gouttière de l'éclairage encastré. Elle était assez large pour receler des objets. Il y avait là une rangée de minuscules spots courant juste sous le plafond tout le long des murs. Elle était dissimulée par une moulure. De la hauteur d'un chat, s'il restait couché.

Tandis que Racer regardait de droite à gauche, Jury se retint de sourire. Après son accès dominical de déprime, il se sentait considérablement ragaillardi en ce lundi matin. Il leva les yeux, non pas vers l'éclairage encastré mais vers le plafonnier, une tige métallique se terminant de chaque côté par des ampoules protégées par des abat-jour en cuivre inversés comme deux grandes coupes. Il se dit que c'était l'endroit rêvé pour une sieste de chat, comme en témoignait le bout de patte qui pendait de l'une d'elles.

Racer descendit de son échelle, écœuré. Il s'essuya les mains, tournant le dos à la patte.

— C'est décidé, je remets le piège. La prochaine fois que cette bestiole galeuse se pointe, ce sera la dernière, vous m'entendez, Miss Clingmore ?

La patte caramel se retira. On le dérangeait dans sa sieste, pensa Jury, lui enviant son sang-froid.

Traînant l'échelle derrière lui, Racer se dirigea vers la réception, décrocha le téléphone qui sonnait sur le bureau de Fiona et se mit à aboyer dans le combiné. Cyril se redressa dans l'abat-jour en cuivre, évaluant les distances. Il était si rapide et agile que, s'il avait été un bandit, la police n'aurait jamais pu l'attraper. Comme s'il auditionnait pour le corps de ballet du Royal Opera, il s'élança, décrivit un arc gracieux dans le vide et atterrit à quatre pattes sur le bureau. Pendant que Racer continuait de vociférer, il fit sa toilette. Puis, entendant raccrocher brutalement et percevant tous les autres bruits et mouvements microscopiques annonçant le retour du commissaire divisionnaire, il bondit du bureau en un clin d'œil et se glissa dessous comme s'il était liquide.

— Et puis merde ! grogna Racer. Tenez, ouvrez-moi ça et placez le piège quelque part.

Il lança une boîte de sardines sur son bureau. Puis, avec une fluidité de matador que Cyril aurait appréciée, il fit virevolter son manteau de sur sa patère et le laissa retomber gracieusement autour de ses épaules.

— Au fait, Wiggins vous cherche ! lança-t-il à Jury. C'était lui, au téléphone.

Là-dessus, il sortit en grognant par-dessus son épaule quelque chose qui ressemblait à « déjeuner ».

Cyril s'extirpa de sous le meuble et, de la position assise, bondit à nouveau à quatre pattes sur le bureau. Il s'approcha de la boîte de sardines.

Déjeuner ?

Jury franchit la porte de son propre bureau, riant encore.

— Monsieur…, commença Wiggins.

— Vous venez de rater un grand moment, Wiggins. Ça valait son pesant d'or.

— Monsieur, on vous a laissé un message.

S'essuyant une larme au coin de l'œil, Jury demanda :

— À quel sujet ?

— Un meurtre. C'était de la part de cet inspecteur divisionnaire que vous êtes allé voir. (Il baissa les yeux vers son comprimé.) Il a dit que le nom de la victime vous dirait quelque chose. Simon Croft. Une balle dans la tête.

Un courant d'air froid s'insinua sous la fenêtre et caressa le visage de Jury. Il se sentit comme aspiré dans un tourbillon d'événements qu'il ne pouvait contrôler. Il ignorait d'où lui venait cette sensation.

— Vous le connaissez ? Je veux dire, ce Croft, la victime ?

Jury acquiesça. C'était plus facile que de donner des explications.

— D'où appelait-il ?

— Du domicile de Croft. C'est dans la City, un hôtel particulier au bord de la Tamise. Tenez. (Il arracha une feuille de son bloc-notes.) Il a dit qu'il aimerait bien que vous veniez le plus vite possible.

Jury prit la feuille.

— Je lui donne un coup de main sur une affaire. J'y vais. Vous avez le numéro, pour pouvoir me joindre au cas où ?

Wiggins hocha la tête et Jury sortit.

10

Il restait encore quelques badauds, fascinés et excités, de l'autre côté du ruban jaune de la police, observant le fourgon en train de sortir de la cour devant la maison Croft et de se frayer un passage, gyrophares allumés, sur l'Embankment.

Simon Croft devait avoir eu une sacrée fortune pour habiter dans cette grande demeure au bord de la Tamise. Derrière la bâtisse, un embarcadère s'avançait sur l'eau. Une vingtaine de mètres plus loin, un bateau était ancré. Comment son propriétaire s'était-il débrouillé pour que les autorités portuaires de Londres l'autorisent à ancrer un bateau de plaisance ici ? Après tout, la Tamise était toujours un fleuve réservé au transport de marchandises. Le bateau semblait flotter dans la brume grise.

Mickey Haggerty l'attendait dans ce que Jury supposa être la bibliothèque, au vu des livres et des lambris sombres. Des étagères tapissaient les murs, sauf celui qui se trouvait derrière un grand bureau en noyer incrusté d'un sous-main en cuir vert sombre. Le corps de Simon Croft était effondré en travers. Son sang s'était étalé sur la table et avait goutté sur le tapis au pied de son fauteuil. Son bras gauche était étendu et un automatique 9 mm était posé près de sa main.

— C'est la cuisinière qui l'a trouvé en arrivant ce matin…

Mickey s'était approché derrière Jury et tourna une page de son calepin.

— … à dix heures. Si tu veux mon avis…

Jury n'en sut pas plus, Mickey se contentant de secouer la tête.

— Tu as l'air sur les rotules, Mickey.

— C'est ces foutus médicaments.

Jury posa une main sur son épaule. Il était pâle et paraissait épuisé.

Mickey rangea dans sa poche le mouchoir avec lequel il venait de s'essuyer le front.

— J'ai été prévenu il y a environ une heure. La cuisinière, une certaine Mrs MacLeish, a appelé le commissariat.

— Où est-elle, à présent ?

— Au poste, en train de répondre à des questions. Elle ne voulait pas rester ici. En fait, c'est la cuisinière de Tynedale, mais elle venait ici faire la cuisine pour Croft deux fois par semaine.

— Croft vivait tout seul ?

Mickey acquiesça.

— Il était courtier, et très demandé. Il avait sa propre petite société, ce qu'ils appellent une « boutique ». Une des rares à ne pas s'être fait avaler par les banques dans les années quatre-vingt. Croft a su rester indépendant. Un petit malin. Il était en train d'écrire un livre sur la Seconde Guerre mondiale. Je crois qu'il se servait de l'histoire du Blue Last pour symboliser la disparition de la vraie Angleterre. Je suppose qu'il voulait parler de cette Angleterre qui marche à la bière, envers et contre tous. Quelque chose comme la lente érosion du véritable esprit britannique…

Jury sourit.

— Ça a toujours été le point de vue des grands sentimentaux…

— Ne sois pas cynique. Oh, attends, je veux toucher deux mots au toubib !

Ce dernier était en train de discuter avec un des techniciens en identité judiciaire. Mickey lui demanda quand il pourrait s'occuper de l'autopsie.

— Plus tard dans l'après-midi, ou demain matin de bonne heure.

— De bonne heure ? Merci, ce serait sympa.

Le médecin légiste esquissa un léger sourire. Jury se souvint que Mickey savait ne jamais exercer de pression sur des collègues déjà largement pressurés. Cela lui valait souvent des faveurs en retour.

— Ça m'a l'air assez limpide, dit le médecin. Il est mort quelque part entre minuit et quatre ou cinq heures du matin ; la rigueur cadavérique est déjà bien avancée. À en juger par la température du corps et celle de la pièce, rien ne laisse supposer que la décomposition ait été retardée. Toutefois, vous savez à quel point il est difficile de déterminer l'heure de la mort. J'en saurai plus après l'autopsie. Naturellement, vous savez déjà que ce n'est pas un suicide. Celui ou celle qui a voulu le faire croire n'y connaît que dalle en balistique.

— Je m'en doutais déjà, merci.

Mickey salua le médecin d'un signe de tête puis se tourna vers Jury.

— D'après cette Mrs MacLeish, Croft travaillait sur son bouquin. Il avait son ordinateur portable, un manuscrit, mais aussi un fichier de notes pour le livre qui, selon elle, était toujours posé sur le bureau. Le manuscrit, lui, se trouvait sur cette table, près de l'imprimante.

Il marqua une pause.

— Ça n'a pas une mémoire, les imprimantes ? Quoi qu'il en soit, quelqu'un, vraisemblablement le tueur, a emporté le tout. Pour le moment, je ne sais pas si on a volé autre chose.

— Tu m'as dit l'autre jour que tu le connaissais un peu.

— C'est vrai… Attends, il faut que je m'asseye une minute.

Ils se déplacèrent vers un fauteuil placé devant une chaîne hi-fi sophistiquée. Mickey ressortit son mouchoir pour éponger sur son front ce qui semblait être une sueur froide.

— Pas beaucoup, en fait, reprit-il. Croft et moi, on se connaissait parce que… Tu te souviens ? Je t'ai parlé de son père, Francis, qui était un vieux pote du mien. Simon, là…, fit-il en désignant du menton le cadavre couché sur le bureau, il savait que j'étais flic et m'a demandé un jour si je voulais bien passer le voir parce qu'il pensait que quelqu'un en avait après lui. Ce sont ces propres termes : « On en a après moi. » Mais il ne pouvait ou ne voulait pas me dire qui ni pourquoi. Pour ne rien te cacher, j'ai pensé qu'il était franchement parano. Quoi qu'il en soit, je me suis exécuté. J'ai dû venir ici en tout cinq ou six fois.

Mickey fit une grimace navrée.

— Apparemment, j'avais tort. Quelqu'un en avait effectivement après lui. Et ce quelqu'un l'a buté. Ça me fout les boules, Rich. Ça me fout vraiment les boules. J'aurais dû le prendre plus au sérieux.

Il secoua la tête, se leva.

— Viens voir par ici.

Jury le suivit vers la fenêtre à guillotine ouverte derrière le bureau. Il lui montra des éclats de peinture sur le rebord et des entailles nettement visibles à l'extérieur, probablement faites avec un couteau.

— Regarde ça. On est censé croire à une effraction mais tu vois le sens des entailles ? Elles ont été faites de l'intérieur, et non l'inverse. Bordel, un vrai travail de débutant !

Mickey s'absenta pour aller parler au photographe de la police et Jury s'approcha des CD éparpillés sur la table de la chaîne hi-fi. Sans les toucher, il laissa son regard se promener sur eux. Simon Croft était nettement moins soigneux avec ses disques qu'avec ses livres. Il y avait une bonne douzaine de CD hors de leur boîtier. Jury sourit. Vera Lynn, Jo Stafford, l'orchestre de Tommy Dorsey. Uniquement de la musique en vogue pendant la Seconde Guerre mondiale. *We'll Meet Again*, *A Nightingale Sang in Berkeley Square*. Il était trop jeune pour avoir apprécié ces tubes à l'époque où ils étaient sortis mais, plus tard, oui, il se souvenait de les avoir écoutés. *Yesterday*, il se souvenait aussi de cette chanson, mais n'était-elle pas plus récente ? Il revit en pensée Elicia Deauville dansant seule dans sa chemise de nuit blanche. Elle avait huit ans. Huit ou neuf ? Compte tenu des allées et venues dans la pièce derrière lui, il était surpris par sa capacité à étouffer tous les sons, à les réduire à un brouhaha vaporeux, pour réentendre *Yesterday* et regarder à nouveau Elicia Deauville à travers un trou dans le mur. Le plus époustouflant, c'était sa chevelure. Elle était fauve, mais avec plusieurs nuances : du bonbon au caramel au doré en passant par le cuivre. Des cheveux extraordinaires. Il avait cru qu'elle était leur voisine dans l'appartement de Fulham Road, mais à présent il n'en était plus si sûr.

Était-ce vraiment arrivé ? Avait-il été là ?

Mickey l'avait rejoint. Il écarta des débris de verre du bout de sa chaussure.

— On a déguisé ça en cambriolage, mais le seul objet de valeur qui ait disparu, c'est un ordinateur portable Sony. La montre qu'il porte encore à son poignet vaut plus cher que ça. Pas une Rolex, mais l'autre, là, qui coûte autant qu'une petite voiture. Tu vois de quoi je parle ?

— Une Piaget ?

— C'est ça. Tu vois ces tableaux ?

Mickey pointa un doigt vers une petite toile posée sur une étagère contre les livres.

— Un Bonnard. Celle-là…

Il indiqua un autre tableau sur l'étagère supérieure : de l'eau bleu outremer, un ciel d'un jaune si lourd qu'il semblait peser tout le poids du soleil.

— Hopper, non pas Hopper, l'autre là… Hockney, c'est ça. David Hockney. Ces deux tableaux sont faciles à emporter. Quel cambrioleur dévaliserait une pièce en laissant ça derrière lui ?

— Ils n'ont *rien* pris en dehors de l'ordinateur ? Des trucs informatiques ? Des disquettes ?

Mickey appela un des techniciens.

— Hé, Johnny ! Tu as trouvé des disquettes informatiques ?

— Non, répondit Johnny. Pas des utilisées. Il y en a des vierges, c'est tout, encore dans leur emballage.

Jury parcourut le bureau du regard.

— Pas de manuscrit ? Pas de notes ? Tu n'as pas dit que le livre qu'il écrivait traitait de la Seconde Guerre mondiale ?

— Tu penses qu'il a déterré quelque chose que quelqu'un ne voulait pas voir resurgir ?

— Pas toi ? Tout ce qui est associé au livre semble

avoir disparu. Rien d'autre. Il devait bien avoir une sortie papier, quelque chose. Un événement historique, ça nécessite de la recherche, et la recherche nécessite des notes. La dernière fois que tu l'as vu, tu n'as rien remarqué ?

— L'ordinateur était allumé. Je n'ai pas vraiment fait attention s'il utilisait des notes ou non…

Mickey balaya la pièce d'un regard aussi déterminé que désespéré.

— Peut-être, quand ils auront fouillé toute la maison…

— L'assassin s'en sera probablement chargé, il a eu tout loisir de le faire. Surtout sachant que Croft vivait seul, sans domestique à part la cuisinière des Tynedale, qui ne logeait même pas ici. Tu as dit que la dernière fois que tu l'avais vu… Hé, tu te sens mal ? Mickey ?

Haggerty était devenu livide. Il oscillait légèrement.

— Laisse-moi m'asseoir une minute…

Il se laissa tomber dans une des bergères à oreilles et ressortit son mouchoir, encore humide, pour essuyer son front où perlait la transpiration. Puis il le replia et annonça :

— Il faut que j'aille parler à la famille.

— Pas question, déclara Jury. Tu rentres tout droit chez toi. Laisse-moi m'occuper de la famille.

— Je ne peux…

— T'occupe. Je me charge de te déblayer le terrain. Tu leur parleras plus tard.

Baissant le ton, Mickey lui glissa :

— Dis, Rich, ça reste entre nous, d'accord ? Je veux dire, ma maladie.

— Bien sûr. Tu sais bien que tu peux compter sur moi. La famille est déjà au courant, pour Simon Croft ?

Mickey hocha la tête.

— Deux de mes gars se sont rendus sur place, un inspecteur et une femme agent. Ils leur ont dit que j'irais leur parler dans la matinée.

Mickey regarda sa montre et agita son poignet.

— Saloperie !

— Achète-toi une Piaget. Donne-moi les détails et j'y vais de ce pas.

Mickey s'exécuta.

11

Ian Tynedale était un bel homme au regard intelligent, approchant de la soixantaine. Du moins, c'était l'âge que Jury lui donnait en se basant sur le fait qu'il n'était qu'un jeune garçon à la mort de sa sœur Alexandra. Il était assis, penché en avant sur une chaise de la salle à manger, les coudes sur les genoux, les yeux rouges.

— Ce n'était pas un suicide, même si on a placé le revolver là pour le faire croire, déclara-t-il.

Se ressaisissant, il se redressa, sortit un étui à cigares et approcha un cendrier en étain.

— Vous en êtes sûr ? demanda Jury.

— On ne peut plus sûr. Pas Simon.

Il réfléchit un instant avant de demander :

— C'étaient des cambrioleurs ? Il manque des tableaux ?

— Je ne pense pas, mais, naturellement, on n'a pas encore pu le vérifier. Vous connaissez ses tableaux ?

— Oui, j'en ai acheté quelques-uns pour lui dans des ventes aux enchères. L'art, c'est ma vie. Plus précisément, la peinture de la Renaissance italienne. C'est ma passion. Il y avait un tableau valant plus d'un quart de million de livres sur le mur derrière son bureau.

— Je crois me souvenir de l'avoir vu.

Jury marqua une pause avant de demander :

— Mr Croft n'était pas vraiment un parent, n'est-ce pas ?

— Non. Nos deux familles ont toujours été exceptionnellement proches l'une de l'autre. Le père de Simon, Francis, et le mien se connaissaient depuis leur plus tendre enfance. Ils étaient les meilleurs copains du monde pendant toute leur adolescence puis sont devenus associés en affaires. Ils étaient vraiment assez remarquables, tous les deux. Aussi liés que des frères de sang. On pourrait sans doute en dire autant de Simon et moi. Nous formons une famille très unie, vivant les uns sur les autres, pour ainsi dire.

— Francis Croft possédait un pub dans les années quarante appelé le Blue Last, n'est-ce pas ?

Ian ne put cacher sa surprise.

— Oui, comment vous le savez ?

— Je suis dans la police, répondit Jury avec un sourire.

— Quand même, c'est drôle que vous m'en parliez maintenant. Le pub n'existe plus depuis plus d'un demi-siècle. Il a été bombardé pendant la guerre. Maisie, c'est la fille d'Alexandra, n'était alors qu'un bébé. Elles étaient au Blue Last quand c'est arrivé. Ou plutôt, Alexandra y était. Heureusement pour elle, Maisie était avec sa nurse, Katherine Riordin. Kitty, c'est comme ça qu'on l'appelle. Elle en a réchappé parce que Kitty l'avait emmenée en promenade dans sa poussette. Vous me direz que c'était un drôle de moment pour une promenade, mais il y avait souvent de longues accalmies entre deux bombardements et, en général, c'était plutôt sûr. Qui plus est, les bombardements avaient surtout lieu le soir. On ne peut pas rester terré chez soi en permanence, non ? Par une ironie tragique, le propre bébé de Kitty a été tué dans l'explosion qui a soufflé le Blue Last.

— J'ai cru comprendre qu'elle vivait ici, avec la famille.

Ian hocha la tête.

— En effet, dans Keeper's Cottage, la maison du gardien. Vous êtes passé devant en prenant l'allée.

— Elle n'a plus bougé d'ici depuis la guerre ?

Si Ian était intrigué par son intérêt pour Kitty Riordin, il n'en montra rien.

— Oui, vous imaginez comme mon père lui a été reconnaissant d'avoir sauvé le bébé. Le sien, celui de Kitty, était dans le pub au moment du drame. Un mauvais timing. Alex s'y trouvait aussi.

Il tournait et retournait son cigare entre ses doigts, comme si cela l'aidait à réfléchir.

— Ce fut une perte terrible, vous savez.

— Vous voulez dire, votre sœur ?

Ian acquiesça.

— Alex était... Elle avait quelque chose...

Il s'interrompit, cherchant vainement le mot juste, puis soupira.

— Elle était très jeune quand elle a épousé un gars de la RAF, Ralph Herrick. Elle n'avait que vingt ou vingt et un ans, je crois, quand Maisie est née...

Jury changea de sujet :

— Simon Croft était riche ? Il était bien banquier, non ?

— Courtier. Ce n'est pas la même chose. Il était très riche. Il a hérité d'une sacrée somme à la mort de son père.

— Lui-même avait bien réussi ?

— Absolument. C'était un courtier génial. Mais

comme vous le savez sans doute, les mondes de la banque et de la bourse ont radicalement changé dans les années quatre-vingt. Il y a encore une quinzaine d'années, la City était régie selon des critères… disons, de gentlemen. Je ne veux pas dire par là qu'ils étaient plus honnêtes, plus scrupuleux ou plus sympathiques qu'aujourd'hui, mais plutôt qu'ils fonctionnaient un peu comme dans un club, vous savez, dans un cercle de messieurs du même monde. Les méthodes de gestion internationales ou à l'américaine, ce n'était pas pour eux. C'était comme si toute la City était contrôlée par des anciens élèves d'Eton. C'est pour ça que, quand les choses ont changé, la plupart d'entre eux n'ont pas tenu le choc. Mais pas Simon. Il gérait sa boîte à sa manière et a senti le vent tourner. Il est resté indépendant et, plus tard, s'est vu offrir des ponts d'or par les grandes banques… Bon sang, qu'est-ce que je fais là à vous parler d'argent ? Il est mort. Je n'arrive pas à m'y faire.

— Qui héritera de sa fortune ?

— Hériter ? Oh, nous tous, probablement. Emily et Marie-France auront la plus grosse part, évidemment. Ce sont ses sœurs. Emily vit à Brighton, dans une de ces « résidences assistées ». Elle souffre d'un problème cardiaque, je crois. Simon a été marié il y a des années, mais ça n'a duré que quelques années. Pas d'enfant, malheureusement. Je n'ai pas revu son ex depuis une vingtaine d'années. Je crois qu'elle s'est remariée et est partie s'installer en Australie ou en Afrique.

Il tapota son cigare contre le bord du cendrier et releva les yeux vers Jury avec un léger sourire.

— Vous croyez que c'est l'un d'entre nous ? Pour le pactole ?

— L'idée m'a traversé l'esprit. C'est souvent le cas. Juste à titre indicatif, où étiez-vous ce matin à l'aube ?

— Au fond de mon lit, endormi. Seul, sans personne pour en témoigner.

Ian souriait, comme si l'idée qu'il puisse avoir tué Simon Croft était si peu plausible que cela ne valait même pas la peine d'en discuter.

— D'après vous, Mr Croft avait-il des ennemis ? Des confrères courtiers ? Des banquiers ? Des hommes d'affaires ? Quelqu'un avec une vieille rancœur ?

Ian fit non de la tête.

— Je ne vois vraiment personne, commissaire, vraiment personne. Bon Dieu…

S'agitant sur sa chaise, il détourna les yeux.

— Oui ? l'encouragea Jury.

Ian secoua la tête.

— Rien, rien. Je n'arrive pas à y croire.

Il pressa ses paumes contre ses orbites.

Jury attendit quelques instants puis décida d'aborder un thème peut-être moins sensible :

— Apparemment, Mr Croft écrivait un livre. Qu'est-ce que vous savez à ce sujet ?

Ian se tourna vers lui, l'air légèrement surpris.

— C'est important ?

— Compte tenu du fait qu'il n'en reste apparemment aucune trace, oui. On a volé son ordinateur, son manuscrit et, vraisemblablement, toutes les notes qu'il aurait pu accumuler. Vous comprendrez que ça nous intéresse.

Ian plissa le front, fixant le cigare qu'il avait laissé se consumer dans le cendrier.

— Il n'en parlait pas beaucoup. Toutefois, il en a peut-être discuté avec papa. Ces temps-ci, mon père doit garder le lit. Il a très mal pris la nouvelle, commissaire. Simon était pour lui comme un fils. Ça peut paraître une banalité, mais c'est vrai. J'espère que vous n'aurez pas besoin de l'interroger aujourd'hui.

— Si vous pensez que ça vaut mieux, je peux revenir demain.

— Je vous en serais reconnaissant. Il traverse vraiment un moment difficile…

Du bout du doigt, il repoussa à l'intérieur du cendrier son cigare réduit à un bâton de cendres.

Marie-France Muir, la sœur de Simon, était assise au bout de la table, sur la chaise que Ian Tynedale venait de libérer. Jury était à sa droite. Les connotations romantiques de son nom étaient encore renforcées par son air mélancolique, son teint pâle, presque translucide, ses beaux yeux gris et tristes.

Il imagina d'emblée que Marie-France était du genre à ne pas se cacher derrière des artifices. Elle devait être telle qu'on la voyait, telle qu'on l'entendait, avec son visage non maquillé, ses réponses littérales, et si cela pouvait passer pour de la franchise sous sa forme la plus quelconque, ce n'en était pas moins une forme d'honnêteté. Il se devait d'être aussi direct dans ses questions.

— Avez-vous la moindre idée de la raison pour laquelle votre frère a été assassiné ?

Elle resta silencieuse un moment, comme si elle cherchait à formuler une réponse complexe, puis répondit :

— Non.

Jury attendit quelques instants, puis, constatant qu'elle ne comptait pas développer ce « non », poursuivit :

— Avait-il des ennemis, traversait-il des difficultés financières ? Quelque chose dans ce goût-là ?

— Des difficultés financières ? Ça m'étonnerait.

Son sourire était triste, sa voix hachée et râpeuse, comme si sa gorge venait d'être décapée.

— Des ennemis ? reprit-elle. Je ne connais pas toutes

les relations de mon frère, mais je ne vois pas pourquoi il en aurait eus. C'était un type bien.

— Pendant la guerre, votre père possédait un pub, le Blue Last…

Il fut surpris de voir son visage s'illuminer.

— Oh oui, je m'en souviens très bien. Le Blue Last. Simon et moi, on adorait y jouer. C'était un paradis…

Elle posa son front sur sa main, comme si elle allait éclater en sanglots, mais n'en fit rien.

— Ça fait plus de cinquante ans.

Elle repiqua une mèche rebelle dans son chignon apparemment fait à la hâte. Ses joues rosirent et son regard se radoucit, se fit presque timide, comme si elle flirtait avec sa mémoire.

— Qu'est-ce qu'on a pu s'amuser, à cette époque ! Simon devait avoir environ dix ans. J'en avais deux de plus que lui et Em, Emily, ma sœur, devait être déjà adolescente.

Elle plissa le front, l'air perplexe.

— En fait, Emily était beaucoup plus proche de l'âge d'Alex que du mien. Oui, elle devait avoir dans les dix-sept, dix-huit ans à la mort d'Alex.

Souriant de nouveau, elle poursuivit :

— Pour nous, ce pub était comme un grand terrain d'aventures. Alex aussi l'adorait. Mais tout ça, c'était juste avant que la guerre n'éclate et ne gâche tout. Oui, mon père, Francis, a conservé le Blue Last pendant… oh, une bonne quinzaine d'années au moins. Naturellement, il n'en avait pas vraiment besoin, je veux dire, financièrement. Les brasseries Tynedale en possédaient plusieurs.

— Votre père a été tué lui aussi dans le bombardement ?

— Oui. Notre mère était morte, deux ans plus tôt. Sans Oliver, nous aurions été…, enfin, des orphelins.

Elle esquissa un léger sourire, comme si l'idée d'être orpheline l'amusait presque.

— Le Blue Last… C'était un jeu, une belle partie de rigolade avant la guerre.

Sur ces mots, elle sembla se dégonfler et, à la manière d'une pendule sur un manteau de cheminée, s'arrêter. Elle regardait par la fenêtre, comme si elle voyait des enfants s'ébattre dans le jardin. Elle avait l'air accablée.

— J'aimais vraiment ce pub, reprit-elle. On ne s'y ennuyait jamais. Les gens, les conversations, « l'ambiance », comme on dit, tout y était passionnant. Le fait d'en être les propriétaires faisait partie du plaisir, c'était comme d'être la fille de cuisine qui découvre soudain qu'elle est la châtelaine.

La métaphore fit sourire Jury. Il la trouvait inattendue, non seulement en elle-même, mais particulièrement dans la bouche de cette femme.

— Une fille de cuisine. C'est comme ça que vous vous considériez chez vous ?

Sa réponse fut oblique.

— Le Blue Last *était* chez nous. Je veux dire, évidemment nous habitions ailleurs. Dans l'hôtel particulier que Simon occupe actuellement… Je veux dire, occupait…

Elle détourna les yeux.

Jury ne dit rien.

Fixant ses mains, elle reprit :

— Ça peut paraître affreux, mais…

Son visage s'empourpra. Une fois de plus, elle sembla s'effacer, se réfugier dans la lumière de l'autre côté de la fenêtre.

Il attendit la suite, qui ne vint pas. C'était comme si,

après avoir évoqué les souvenirs du Blue Last, il n'y avait plus rien à dire, pas même sur le meurtre de son frère. Comme si la perte revécue du Blue Last l'avait vidée de ses dernières forces.

Pourquoi est-ce si difficile à comprendre ? Ne sommes-nous pas tous hantés par un lieu ? Un endroit magique auquel nous attribuons le pouvoir de nous rendre heureux. L'image profondément gravée dans nos cerveaux d'un moment envolé en emportant une part de nous-mêmes. Étrange, cette manière d'investir une part aussi importante de notre mémoire dans l'enfance, un temps où nous étions vulnérables, exposés, à la merci de ceux dont nous ne pouvions qu'espérer qu'ils seraient bienveillants envers nous. Pourtant, cette enfance semble toujours à l'abri des menaces planant au-dessus d'elle, pour se présenter à nos yeux comme l'époque la plus séduisante et désirable de notre vie.

— Vous disiez que vous vous entendiez bien ?

Marie-France tourna vers lui ses yeux gris et absents.

— Pardon ?

— Vous avez dit que votre frère, votre sœur et vous-même vous entendiez bien, à l'époque.

— Oui, en effet. Parfois, on nous autorisait à passer la nuit au pub. Il y avait un grand appartement au premier. Alexandra et Ian y venaient aussi. Alexandra a continué d'y coucher, parfois après son mariage. Je crois qu'elle s'y plaisait plus qu'à Tynedale Lodge. J'étais un peu jalouse d'elle. Elle était si belle. En plus elle avait épousé ce fringant pilote de la RAF… Vous connaissez ce film, *La Valse dans l'ombre* ?

Jury sourit.

— Oui, une des grandes histoires d'amour du cinéma…

(Vivien Leigh ! Voilà qui c'était ! C'était à elle que

lui faisaient penser Alexandra et la serveuse du bar à cappuccinos !)

— Kitty disait toujours qu'Alexandra et Ralph, c'étaient eux. Ils étaient comme Myra et Roy dans le film. Kitty... c'était la fille au pair, on dirait plutôt la nurse. Je me souviens à quel point ça m'agaçait qu'Alexandra ressemble autant à Vivien Leigh, avec ses cheveux noirs et lisses, son teint d'ivoire, ses yeux sombres. Sans parler de ses pommettes...

Elle secoua la tête.

— J'entends encore Alex répondre à Kitty : « C'est une comparaison idiote. Vivien se prostituait, c'est pour ça qu'elle n'a *pas* épousé Robert Taylor. C'est pour ça qu'elle a sauté du pont de Waterloo. Je ne pense pas que j'en arriverai là ! »

— Alexandra ne semble pas avoir été une grande romantique, dit Jury avec un sourire. Elle me paraît plutôt avoir été du genre pragmatique.

Il sortit de sa poche intérieure l'enveloppe contenant les photos de Mickey. Il choisit celle montrant Alexandra et Francis Croft devant le pub et la déposa sur la table devant elle.

Surprise, elle la saisit.

— Où est-ce que vous avez dégotté ?... C'est le Blue Last ! Et là, c'est mon père, avec Alexandra. Où l'avez-vous trouvée ?

Jury remarqua qu'elle avait identifié le pub avant les personnes.

— C'est un inspecteur de la police judiciaire de la City qui me l'a procurée.

Il extirpa ensuite celle de Katherine Riordin et de son bébé.

— Ça, c'est Kitty et Erin... Attendez, non, c'est Maisie.

Elle rapprocha le cliché de ses yeux.

— Non, non, c'est bien Erin. Tous les bébés se ressemblent, vous ne trouvez pas ?

Jury sourit à nouveau, observant :

— Je ne suis pas sûr que leurs mères seraient d'accord avec vous. Si j'ai bien compris, Kitty Riordin est ensuite restée ici auprès de vous ?

— Oliver l'a gardée après la mort d'Alex. Et celle d'Erin, la pauvre petite. Mon Dieu, ça a été horrible. Horrible ! Oliver et Kitty avaient tous les deux perdu leur enfant. Je ne sais pas lequel était le plus inconsolable.

— Et le mari d'Alexandra ?

Marie-France marqua un temps d'arrêt, semblant fouiller sa mémoire pour le retrouver.

— Oh ! Bien sûr, Ralph était anéanti.

L'avait-il vraiment été, ou était-ce juste une platitude ? Personne ne semblait vraiment se souvenir de Ralph, en dehors du fait qu'il était beau et avait été dans la RAF. D'un autre côté, ils avaient été mariés si peu de temps…

— Ralph est mort avant la fin de la guerre, reprit Marie-France.

Elle chercha à se souvenir.

— Oui, c'est bien ça. On était encore en guerre. Il avait quitté la RAF. Il a même été décoré de la Victoria Cross. C'est vrai, comment ai-je pu l'oublier ? C'était pour avoir participé au décryptage de messages ennemis, je ne sais plus trop quoi… Enfin, toujours est-il qu'il s'est noyé. Quelque part en Écosse.

— Où habitez-vous, Mrs Muir ?

— Chapel Street, à Belgravia.

— C'est là que vous étiez, ce matin de bonne heure ?

— Mmm ?

Elle était encore plongée dans le passé.

— Ah ! Oui, bien sûr. J'y suis toujours, le matin de bonne heure. J'habite seule.

— Pas de femme de ménage ? De cuisinière ?

— Non, personne. La maison est petite, je préfère ne pas avoir de domestiques. On se marcherait sur les pieds.

Jury repoussa sa chaise et Marie-France se leva.

— Merci beaucoup, Mrs Muir. Pourriez-vous juste me donner aussi l'adresse de votre sœur... ?

Elle hocha tristement la tête. Il la raccompagna à la porte de la salle à manger. Elle avait dû être une vraie beauté, dans le temps. Encore une qu'il avait complètement jugée de travers. Bravo pour l'intuition policière !

Lorsque Maisie Tynedale, élégamment vêtue de noir, entra dans la pièce et s'assit, Jury fut pris d'un doute, se disant qu'il avait peut-être commis une erreur en interrogeant les autres avant elle. D'un autre côté, Mickey avait déjà semé son idée en lui et celle-ci n'avait été ni renforcée ni dissipée par les entretiens précédents. Son regard alla du portrait accroché au mur à elle, essayant de calquer les traits d'Alexandra sur ceux de Maisie. Elle s'en aperçut et déclara en souriant :

— Oui, je sais. C'est décevant, je ne suis pas belle comme ma mère.

Jury lui retourna son sourire.

— Pas du tout. Je me demandais simplement si vous lui ressembliez.

Maisie se tourna vers le portrait.

— Son teint, ses cheveux, sa bouche peut-être. Mais absolument pas ses yeux. Ce sont les yeux qui comptent.

En l'occurrence, c'était dans les couleurs que cela se jouait. Les mêmes cheveux noirs et lisses, tombant juste sous les oreilles ; la même peau d'ivoire ; le même contraste plus soutenu des lèvres et des pommettes. Une personne n'ayant aucune raison de soupçonner le contraire en conclurait immédiatement que Maisie était bien la fille d'Alexandra Tynedale.

Le hic, en l'espèce, c'est que la couleur de la peau et des cheveux peut toujours se changer, et c'était le cas, ici. Le noir de ses cheveux n'était pas naturel et elle était maquillée avec art. Mais, même ainsi, elle pouvait toujours être la fille d'Alexandra, cherchant à ressembler à sa mère.

— Et votre père, vous avez une photographie de lui ?

— Elle doit être quelque part par là.

Elle se tourna vers la console où était disposée toute une série de photos dans des cadres.

— À moins que mon grand-père ne l'ait montée dans sa chambre. Il les déplace sans arrêt. Vous lui avez parlé ?

Jury fit non de la tête.

— J'ai cru comprendre qu'il est assez mal en point…

— La mort de Simon va lui porter un coup terrible. Vous savez, nos deux familles sont si proches que nous sommes tous un peu frères, sœurs, fils, filles. Simon aurait pu être le fils d'Oliver. Je sais que Ian l'a toujours considéré comme son frère.

— J'ai eu l'impression que vous trouviez tous l'amitié entre Francis Croft et Oliver Tynedale assez extraordinaire.

— En tout cas, pour le moins inhabituelle. C'est incroyable qu'elle ait pu durer aussi longtemps, depuis leur petite enfance. Oui, « extraordinaire » est sans doute le mot juste.

— Vos liens avec…

Jury consulta son calepin comme s'il cherchait le nom, qu'il connaissait pourtant parfaitement.

— Ah, voilà ! Vos liens avec Katherine Riordin remontent loin, eux aussi.

— Kitty ? En effet. Je suppose que vous connaissez déjà l'histoire de la nuit où le Blue Last a été bombardé ?

Jury acquiesça.

— Eh bien… Kitty ne nous a plus quittés depuis.

On pourrait même dire qu'elle a pris racine, pensa-t-il. D'un autre côté, combien de nurses et de domestiques restaient ensuite dans les familles qu'ils avaient servies ? N'ayant pas encore rencontré la femme en question, Jury décida de ne pas s'attarder dans cette voie.

Mais Maisie poursuivit :

— Grand-père lui a donné la maison du gardien pour qu'elle se sente plus indépendante.

— Ce qui n'est pas le cas. Elle dépend entièrement de votre famille.

Maisie prit un ton légèrement défensif :

— Voilà qui paraît pour le moins hostile…

Jury haussa les sourcils.

— Ce n'était pas mon intention. Je ne fais que citer les faits, du moins tels que je les connais. La source des revenus de Mrs Riordin peut avoir son importance.

— Qu'insinuez-vous… ?

— Eh bien…

— Qu'elle a assassiné Simon pour en hériter ?

— Je n'y avais pas pensé sous cet angle. Pourquoi

Simon Croft laisserait-il de l'argent à votre vieille nurse ?

Furieuse, elle fit mine de se lever. Jury tendit une main pour l'arrêter.

— Non, je vous en prie, restez assise. J'ai d'autres questions à vous poser.

Pinçant les lèvres, elle se rassit à contrecœur, les bras croisés devant elle dans une attitude de défi. Il remarqua alors la difformité de sa main : l'index et le majeur étaient tordus, le pouce disloqué. Il se souvint de l'image de la main de la petite Maisie sur le cou de sa mère.

— Vous semblez très protectrice envers Katherine Riordin.

— Elle m'a sauvé la vie. Alors oui, je suppose que je la protège.

Jury griffonna sur une nouvelle page de son calepin. Celui-ci ne contenait que des gribouillis et quelques numéros de téléphone et adresses. Le spécialiste des notes, c'était Wiggins. Le preneur de notes le plus appliqué au monde. Jury, lui, craignait toujours d'assourdir, d'endiguer le flot de paroles de ses interlocuteurs. Il n'aimait pas non plus les magnétophones.

Les yeux toujours fixés sur sa page, il reprit :

— Comment se fait-il que tous les gens à qui j'ai parlé présentent la chose comme si Mrs Riordin s'était précipitée dans ce bâtiment sous une pluie de bombes pour vous arracher à la mort ? C'est une coïncidence qui vous a sauvé la vie, pas Mrs Riordin. C'est par un pur hasard qu'elle vous a emmenée faire un tour en poussette. Ça ne fait pas vraiment d'elle une héroïne. C'est aussi une coïncidence, atroce pour elle, j'imagine, si elle vous a sortie vous et non son propre bébé.

Maisie sembla pétrifiée, abasourdie, presque au

désespoir que quelqu'un ne veuille pas voir Kitty Riordin comme une sainte. Pourquoi était-ce donc si important à ses yeux ? Il l'aurait compris si elle était effectivement Erin Riordin et que Kitty était sa vraie mère. Ou était-ce que l'histoire de cette fameuse nuit avait pris une dimension mythique, symbole de salut, d'abnégation, d'héroïsme ? Maisie était peut-être prisonnière de cet épisode de sa vie : le bébé qui avait perdu sa mère, son père et aurait pu perdre sa propre vie sans l'intervention de Kitty Riordin ? Jury se demanda si Oliver Tynedale n'était pas prisonnier du même mythe.

— Où étiez-vous, entre minuit et huit heures du matin ?

— De l'autre côté du fleuve, occupée à assassiner Simon, pourquoi ?

Il sourit.

— Je dois poser la question à tout le monde.

— Nous sommes tous suspects ? Vous me suspectez ? Mais pour quelle raison ? Je n'ai rien à gagner à sa mort. J'ai déjà de l'argent à ne plus savoir qu'en faire.

Jury referma son calepin et le glissa dans sa poche.

— Je doute que le mobile soit l'argent. Je suppose que tout le monde ici en a plus qu'il n'en a besoin.

— Dans ce cas, pourquoi ? Pourquoi a-t-on tué Simon ?

Jury se contenta de la dévisager un instant, puis répéta :

— Où étiez-vous, tôt ce matin ?

12

Après être resté assis tout ce temps à s'entretenir avec la famille, il avait besoin de se dégourdir les jambes. Il annonça au majordome, Barkins, qu'il allait faire un tour dans le jardin et que c'était là qu'il faudrait venir le chercher si l'inspecteur divisionnaire Haggerty téléphonait.

L'après-midi commençait tout juste. Il sortit de la salle à manger par les portes-fenêtres donnant sur la terrasse et emprunta une allée qui courait tout le long de la maison. Celle-ci était beaucoup plus profonde que sa façade ne le laissait deviner. Le côté extérieur de l'allée était flanqué d'une colonnade, formant une sorte de galerie semi-ouverte dont les piliers blancs reflétaient la lumière douce du soleil. Jury n'avait jamais appartenu à l'école des marcheurs. La déambulation n'aidait en rien sa pensée. Il était plutôt de l'école des fumeurs, les vrais, ceux qui tueraient pour une cigarette.

Un an, neuf mois et deux semaines… et il en crevait toujours d'envie, merde !

À une dizaine de mètres de l'autre côté d'un carré de pelouse, parallèle à la galerie, une rangée de cyprès bordait un sentier qui longeait le haut mur d'enceinte. Entre les deux se dressait la statue d'un enfant baissant la main vers un canard. Jury entendit des voix et entr'aperçut, entre les colonnes et les arbres, quelqu'un qui marchait, tout comme lui. Non, en fait, il n'y avait qu'une seule voix, dont il ne distinguait pas les paroles. Les cyprès, eux-mêmes des colonnes grises, s'intercalaient entre les colonnes blanches, tandis qu'il marchait. Ainsi, entre les cyprès et les colonnes, il devina plus qu'il ne vit que la personne qui parlait était une petite fille.

Ce fut peut-être l'évocation de *La Valse dans l'ombre* qui l'incita à continuer de marcher tout en regardant l'enfant apparaître et disparaître entre les troncs, appréciant l'effet cinématographique de la scène. C'était comme de regarder une navette aller et venir sur un métier à tisser, dessinant l'image d'un jardin. Tous ses éléments — les colonnes blanches, les cyprès, la fillette, la statue, lui-même — se rassemblant, s'emboîtant pour former cette image. Jury aimait la sensation que cela lui procurait : comme lorsque, dans un dernier déclic, la solution d'un mystère jusque-là impénétrable apparaissait enfin.

Il arriva au bout de la galerie, où deux grandes marches basses descendaient vers un bassin au centre duquel une naïade déversait de l'eau par une cruche. Lorsqu'il vit la fillette émerger de derrière la rangée d'arbres (d'ailleurs, d'où sortait-elle ? Pourquoi ne lui avait-on pas parlé d'elle ? Une petite-fille ? Une arrière-petite-fille ?), il s'accroupit et feignit de relacer son soulier. Il ne voulait pas l'intimider avec son mètre quatre-vingt-sept. Il garda la tête baissée, examinant son lacet comme si c'était le premier qu'il voyait de sa vie.

Elle s'était arrêtée et l'observait.

Relevant la tête, il sursauta avec art.

— Oh ! Bonjour. J'essayais juste de réparer ce lacet. Les tiens ne cassent jamais ?

En guise de réponse, elle avança de quelques pas, leva un pied et fit non de la tête en lui montrant sa sandale fermée par une boucle. Ses sandales n'étaient pas conçues pour l'hiver, mais elle avait enfilé des socquettes blanches. Pour le reste, elle portait une robe en mousseline (trop longue) et une lourde veste en tricot du même vert que ses yeux.

Faisant mine d'avoir enfin réussi à lacer son soulier, il déclara :

— C'est très astucieux de ta part de porter des chaussures sans lacets.

Il comprit au même moment à qui elle avait parlé tout en marchant : une poupée, bizarrement vêtue d'un bonnet avec une frange en dentelle et une robe, trop longue elle aussi, qui pendait plus bas que ses pieds. Lorsque la fillette avança encore d'un pas (mais pas assez près pour une poignée de main), il remarqua ses cheveux noirs et brillants, sa peau de nacre, ses yeux vert sombre. Il ignorait si Vivien Leigh avait eu les yeux verts. Si ça n'avait pas été le cas, elle avait eu tort !

— Ce jardin est très joli, même en hiver. Tu dois y passer beaucoup de temps.

Elle hocha la tête. Belle et solennelle. Qui était-elle ? Avec sa chevelure noire et son teint translucide, elle ressemblait à Alexandra Tynedale.

— Au fait, je m'appelle Richard Jury.

Elle ne répondit pas.

— Ta poupée est bien couverte. Elle a froid ?

Elle fit non de la tête, puis déclara enfin :

— Elle est toujours habillée pareil. Ce sont des vêtements de baptême. J'en ai déjà vu, une fois.

Elle le regardait d'un air de défi, au cas où il aurait

envisagé de contester le type de tenue qu'on porte à un baptême.

Il présuma qu'elle avait voulu dire qu'elle avait vu un baptême.

— Moi, je n'en ai jamais vu.

Elle semblait plus à l'aise, maintenant qu'il ne pourrait plus la contredire sur la question.

— On vous verse de l'eau sur la tête. C'est comme dans les salons de beauté sauf que, dans les baptêmes, on n'utilise pas de shampooing et on ne vous savonne pas les cheveux. On les rince, c'est tout.

La pertinence de la métaphore amusa Jury.

— Ta poupée est donc baptisée ?

— Faut d'abord que je lui trouve un nom. Ça fait longtemps que je cherche. J'ai tout fait jusqu'aux *R*. Mais je n'arrive pas à me décider. Peut-être Rebecca.

Elle lui lança un regard pour voir ce qu'il en pensait.

Jury lui indiqua un banc blanc flanqué de deux treillis envahis de plantes grimpantes.

— Si on s'asseyait là-bas ?

— D'accord.

Ils s'assirent tous les trois sur le banc, la poupée entre eux deux, et Jury demanda :

— Tu es sûre que c'est une fille ?

Gemma écarquilla les yeux.

— Quoi ?

La poupée portait cette robe quand elle l'avait trouvée. Elle avait alors pensé que ça voulait dire qu'il s'agissait d'une fille.

Jury haussa les épaules.

— Je me demandais juste pourquoi tu avais tant de mal à lui trouver un nom. Peut-être qu'en réalité c'est un garçon, et qu'il ne tient pas tant que ça à se trimballer partout avec un nom de fille. Si c'est le cas, je le comprends.

Elle s'était souvent interrogée sur ce sujet mais n'avait jamais su à qui demander conseil. Se tournant légèrement de côté, elle souleva la robe de baptême et regarda. Puis, sans commentaire, elle l'orienta vers Jury pour qu'il puisse voir à son tour.

— Ah, tu as de la chance. Ce pourrait être un garçon ou une fille, tu as le choix. Peu de gens peuvent en dire autant. Si quelqu'un y trouve à redire, tu as la preuve là, à portée de main.

Gemma trouva cela merveilleux.

— À propos de nom, tu ne m'as pas donné le tien.

— Gemma Trimm.

— Tu habites ici, Gemma ?

— Je suis la pupille de Mr Tynedale. Une pupille, c'est pas pareil que quand on est adopté. Je ne suis de la famille de personne. Je suis un peu comme si on m'avait oubliée. Mr Tynedale est malade et il aime bien que je lui fasse la lecture. Je lui lis *Le Magasin d'antiquités* et il dit que je suis comme la Petite Nell. Mais moi je ne trouve pas. Elle est un peu gnangnan, celle-là.

— Tu es trop jeune pour lire des livres aussi compliqués. Même les adultes ont parfois du mal à lire Charles Dickens.

Elle paraissait fière de pouvoir lire des livres d'adultes.

— J'ai neuf ans. Je saute les passages difficiles, mais c'est pas gênant parce qu'il a écrit tellement de pages sur tout.

— C'est vrai.

Après avoir médité un instant en silence sur Gemma et Dickens, Jury annonça :

— Je suis ici à cause de Simon Croft. Tu sais ce qui lui est arrivé ?

— Oui, il est mort. On l'a tué.

Elle baissa le bonnet de la poupée sur son visage, lui cachant les yeux, puis demanda :

— Qu'est-ce qu'il avait fait ? Ça devait vraiment être grave pour qu'on lui tire dessus.

— On ne sait pas encore. Mais je suis inspecteur de police, et j'ai bien l'intention de le découvrir.

Elle le dévisagea d'un air ahuri.

— C'est vrai ? C'est Benny qui vous a envoyé ?

— Benny ? Non, c'est qui ? Un ami ?

— Mon meilleur ami. Mais il n'est jamais d'accord avec moi. Puisque vous êtes dans la police, vous devriez chercher qui essaie de me tuer, *moi*.

— De te tuer ? Qu'est-ce qui te fait penser ça ?

— On a déjà essayé plusieurs fois. Une fois, c'était dans la serre, fit-elle en l'indiquant du doigt. On m'a tiré dessus pendant que je réfléchissais à ce que je pouvais faire pousser dans un pot. Mr Murphy s'occupe du jardin. Une autre fois, je dormais dans ma chambre quand quelqu'un a essayé de m'étouffer. Après, on a voulu m'empoisonner, et Mrs MacLeish a failli démissionner parce qu'elle avait peur qu'on dise que c'était la faute de sa cuisine.

Il en fallait beaucoup pour désarçonner Jury, mais cette revue abrégée de crimes, énumérés par une si petite personne, le sidéra. Il doutait qu'ils se soient réellement produits mais pouvait comprendre la part de mélodrame qu'ils comportaient. Une enfant apparemment sans famille placée chez des gens indifférents à son sort (à part le vieil Oliver), il n'y avait là rien d'étonnant à ce qu'elle concocte ce genre d'histoires. Néanmoins…

— Parle-moi encore de ces incidents, Gemma. Donne-moi des détails.

— J'étais dans la serre, comme j'ai dit. Je regardais les boutures de Mr Murphy. Je me demandais quand il allait planter les bulbes de perce-neige. Ceux-là, là-bas.

Elle pointa un doigt vers un tapis de perce-neige qu'il avait déjà remarqué un peu plus tôt, leurs pétales blancs marqués de taches vertes d'une telle régularité qu'on les aurait dit peintes.

— On les appelle des tryms. Comme mon nom de famille, sauf que ça s'écrit pas pareil. Elles sont très inhabituelles. J'en ai planté une dans un pot et j'ai cherché l'engrais autour de moi. Je tenais ma poupée dans mon autre main et c'est là que j'ai entendu la vitre se casser et j'ai senti quelque chose qui passait près de moi en sifflant. J'ai pensé d'abord que quelqu'un avait lancé une pierre. Ça, c'était la première fois. La deuxième, je dormais dans mon lit, alors je ne peux pas vous en dire plus. Quelque chose m'a réveillée ; je pense que c'est parce que je ne pouvais plus respirer. J'ai ouvert grand la fenêtre et j'ai passé la tête au-dehors. Ils ont fait venir un docteur et ont encore appelé la police. J'ai vu un film, une fois, avec un meurtrier qui appuyait des oreillers sur la tête de ses victimes.

Gemma s'interrompit pour réinstaller sa poupée en position assise, puis reprit, pour la plus grande fascination de Jury :

— La troisième fois, je mangeais un clafoutis aux raisins que Mrs MacLeish avait fait avec de la crème anglaise. Je suis tombée très malade et le docteur a dû revenir. Il a dit que j'avais eu de la chance de vomir et de m'en débarrasser. Je lui ai dit que le gâteau était empoisonné mais il ne m'a pas crue. C'est tout.

Jury était à bout de souffle, comme s'il avait raconté toute l'histoire lui-même.

— Tu as dû avoir très peur.

Elle ne répondit pas mais le regarda, l'air de dire que n'importe quel idiot s'en serait douté.

— Tu as dit que la police était venue ?

Elle acquiesça vigoureusement.

— Ils ont trouvé la douille ? Tu sais, c'est ce...

— Oui, une. Elle était dehors, dans le sol. Ou peut-être coincée dans un tronc d'arbre.

— Mais tu es sûre que c'est toi que le tireur visait ?

— Pourquoi, vous pensez qu'il tirait sur les bulbes de trym ?

Son ton était particulièrement acerbe pour une enfant de neuf ans.

— Non, mais pourquoi pas sur le jardinier ?

— Il n'était pas là. Et puis, pourquoi on voudrait le tuer, lui ?

— Et toi, pourquoi on voudrait te tuer ?

13

— Je n'en sais rien, Mickey, dit Jury. Mais c'est tout à fait possible.

Ils se trouvaient dans le bureau de Haggerty et celui-ci avait envie de prendre l'air. Il était debout et enfilait son manteau.

— Pub ?

— Liberty Bounds ?

— Nan… Trop loin. Marchons un peu, on trouvera bien un café.

— Je connais l'endroit qu'il nous faut, déclara Jury. J'ai un petit béguin pour la serveuse qui y travaille.

En outre, cela lui donnerait encore de quoi asticoter Carole-Anne.

Mickey sourit.

— Parfait, on y va.

Le restaurant-bar à cappuccinos n'était qu'à trois pâtés de maisons du poste de police. Ce matin-là, il y avait plus de clients que durant le week-end, mais l'endroit, spacieux, était encore aux deux tiers vide.

La jolie serveuse avait pris leur commande, un crème pour Jury, un café et une pâtisserie danoise pour Mickey. Elle avait été sincèrement contente de revoir Jury, comme si elle s'était inquiétée pour lui, le samedi précédent.

Mickey la regarda s'éloigner et sourit.

— Tu as bon goût, Rich. Si je n'étais un mari comblé…

Il tendit les mains, paumes vers le ciel, puis déclara :

— Hier après-midi, quand je me suis senti mieux, j'ai envoyé Johnny et un flic en tenue chercher Kitty Riordin. Juste pour une petite conversation amicale. Je n'ai pas voulu aller à Tynedale Lodge. J'ai pensé qu'entre nous deux ça ferait trop de « présence policière », si tu vois ce que je veux dire.

— Tu lui avais déjà parlé avant ça, n'est-ce pas ?

— Oui. Quoi qu'il en soit, elle n'a pas semblé particulièrement abattue par le meurtre de Simon. Elle a trouvé sa mort « regrettable ». Elle le connaissait depuis longtemps, depuis qu'il était tout petit, mais en même temps elle n'avait pas le sentiment de le connaître *vraiment*. Il n'était pas particulièrement expansif. Il avait ses secrets.

Jury lui raconta ce qu'il avait appris lors de ses entretiens avec les membres de la famille.

— Marie-France et ses souvenirs du Blue Last… Apparemment, pour elle, c'était comme sa maison. Elle adorait l'endroit. Si je devais en tirer une leçon, c'est qu'il ne faut jamais trop s'attacher à un lieu. Tant qu'il est là, il remplit ta vie, puis quand il n'y est plus, il te laisse un grand vide. Sur ce point, nous sommes tous des orphelins.

Il songea à Gemma. Des *oubliés*.

— On est tous orphelins, de toute manière, lui rappela Mickey. Toi, moi, Liza. Pour ma part, j'ai eu du pot avec mes parents d'adoption. J'en ai oublié qu'ils n'étaient pas ma chair et mon sang. Liza aussi, elle a eu de la chance.

Il regarda Jury avec un soupir.

— Pas toi. Quand même, on s'est bien amusés tous les trois, non ?

— Oui, tu peux le dire.

Jury avait oublié qu'ils étaient effectivement tous les trois orphelins. Il se demanda si c'était ce seul point commun qui les avait rapprochés.

Mickey leva sa tasse de café, à la fois pour trinquer et pour appeler la serveuse.

— Est-ce que quelqu'un t'a mentionné Gemma Trimm ?

— Non, ce nom ne me dit rien, répondit Mickey, surpris.

— Justement. Personne n'a dit un mot à son sujet. C'est la pupille du vieil Oliver Tynedale. Elle a neuf ans. Je suis tombé sur elle par hasard en me promenant dans le jardin.

Jury lui raconta l'histoire de Gemma.

— Elle inventait, j'espère.

— Pas tout, en tout cas. La police a retrouvé une douille dans la serre.

— Merci ! dit Mickey à la serveuse.

Elle venait de remplir sa tasse et de déposer sa pâtisserie, puis elle demanda à Jury s'il voulait un autre crème.

— Non, donnez-moi plutôt un peu de ce café noir.

Elle remplit sa tasse, lui sourit puis s'éloigna.

— À mon avis, c'est elle qui en pince pour toi, dit Mickey sur un ton absent.

Les bras croisés, il se pencha au-dessus de la table.

— On ne peut pas encombrer cette affaire avec des menaces imaginaires, Rich.

— Toutes les affaires sont encombrées jusqu'à ce qu'on y mette de l'ordre. On ne peut pas faire semblant de ne pas voir ni entendre cette petite. Tu es un flic trop perfectionniste pour ne pas être intrigué par son histoire.

Mickey mordit dans sa pâtisserie.

— D'accord, d'accord, répondit-il, les lèvres pleines de miettes. C'est sans doute juste que je suis pressé. Quel mobile pourrait-on avoir pour assassiner cette gamine ? Qui est-ce ? Si elle est sous tutelle, c'est que les services sociaux ne doivent pas être très loin. D'où sort-elle ?

— Je n'en sais rien, je n'ai pas encore parlé avec Oliver Tynedale. Il est probablement le seul qui pourra me répondre.

Mickey fronça les sourcils par-dessus sa tasse.

— Tu penses qu'elle pourrait avoir un lien de parenté avec lui ?

— J'y ai songé. Ça se pourrait. Sa ressemblance avec Alexandra Tynedale est frappante.

— Mais pas avec Maisie. C'est impossible.

Jury se mit à rire.

— Tu en es déjà tellement convaincu ! Cela dit, je penche plutôt de ton côté. Il y a quelque chose chez cette Maisie…

— Tu parles qu'il y a quelque chose ! Elle n'est pas la fille d'Alexandra et de Ralph Herrick, voilà ce qu'il y a !

— C'est bizarre. Elle a les cheveux noirs, les yeux sombres, et pourtant… elle ne ressemble pas à Vivien Leigh alors que Gemma, si.

— Comme Liza.

— Quoi ?

— Tu ne te souviens pas que tu n'arrêtais pas de le

lui dire ? Les gens trouvent toujours qu'elle ressemble tantôt à Vivien Leigh tantôt à Claire Bloom.

Jury plissa le front.

— Vivien Leigh et Claire Bloom ne se ressemblent pas du tout. Notre serveuse, elle, ressemble à Vivien Leigh, au cas où tu ne l'aurais pas remarqué.

Mickey se tourna et regarda la jeune femme. Depuis l'autre bout de la salle, elle lui sourit. Ou leur sourit.

— Elle ressemble à Claire Bloom.

— Ça me ferait mal !

Ils se chamaillèrent ainsi un moment, puis Mickey demanda soudain :

— Quand comptes-tu parler à cette chère vieille nounou ? Kitty, alias la vraie mère de la fausse Maisie ?

— Aujourd'hui. Quand tu lui as parlé, comment elle t'a paru ?

— Comme la mère d'une usurpatrice.

— C'est ça, ton jugement objectif ?

Mickey posa une main sur l'épaule de Jury et la serra.

— C'est pour ça que tu es là... L'objectivité.

Il ôta la main et haussa les épaules.

— Tu verras par toi-même.

Jury s'esclaffa.

— Je *verrai* ? Tu veux dire que je conviendrai avec toi que Maisie est effectivement Erin Riordin et que Kitty Riordin est sa mère ? Mickey, ta seule base, c'est une poignée de photos jaunies...

— Et mon instinct. Tu as dit toi-même que j'avais un bon instinct.

— J'ai dit ça, moi ? Peut-être, mais dans ce cas précis, je parie que ton instinct est surtout un produit dérivé de ces photos. Mickey, si je n'arrive pas à la même conclusion que toi ? Si je découvre que Maisie Tynedale est vraiment qui elle dit être ?

— Alors je n'insisterai pas.

Jury tiqua, surpris. S'il souhaitait sincèrement que Mickey reste ouvert à cette éventualité, il n'était pas sûr de vouloir qu'il mette tant de foi en ses compétences.

— Écoute, Rich, tu es le meilleur flic que je connaisse. Personne ne sait mieux que toi accoucher quelqu'un. Regarde tout ce que tu leur as déjà soutiré… J'ignorais même l'existence de cette petite Gemma Trimm !

— Je ne l'ai trouvée que par hasard, un coup de bol. J'étais dans le jardin, en train de me promener…

— Quand même…, soupira Mickey.

— Comment va Liza ?

Liza était déjà mariée avec Mickey quand Jury l'avait rencontrée. Elle avait été elle aussi inspectrice à la Met, la police de Londres ; une fliquesse de tout premier ordre. Elle avait démissionné quand elle était tombée enceinte.

— Elle est formidable. Liza sait ce que c'est, ce que je ressens. Elle *sait*. C'est presque comme si elle pouvait lire dans mes pensées. Son intuition est quasiment surnaturelle. Elle sait aussi ce que c'est que *ça*, fit-il en fermant le poing et en se frappant la poitrine. Elle me fout la paix avec mes cigarettes. Tout le monde me prend la tête avec le tabac, mes copains surtout, comme si arrêter de fumer allait me sauver la vie. Ils m'ont donné un nouvel antidouleur qui me convient nettement mieux que celui d'avant.

Jury aurait pensé que les médecins pouvaient au moins éliminer la douleur, à défaut d'autre chose.

— Tu as mal ?

— Assez.

Mickey agita le fond de sa tasse.

« Assez », naturellement, devait vouloir dire « atrocement ».

— Plus rien ne peut l'arrêter. C'est partout, maintenant, dans le sang et les os.

— Je suis désolé, Mickey, sincèrement.

La perte allait être terrible ! Que deviendraient Liza et les enfants sans lui ?

— Comment le prennent les petits ?

— Ils sont du tonnerre. Je suis très fier d'eux.

Un des enfants était marié et vivait à l'étranger. Une autre fille était au lycée et un garçon s'apprêtait à entrer à l'université. Mais il y avait aussi les petits-enfants, des jumeaux qui avaient survécu à l'accident de voiture qui avait coûté la vie à leurs deux parents, la fille et le gendre de Mickey et Liza. Cela s'était passé il y avait deux ans de cela. Les jumeaux devaient aujourd'hui avoir dans les six ou sept ans. Mickey avait trop de responsabilités.

— Peter vient d'être admis à Oxford. Je suis vraiment ravi.

Même si cela ne sautait pas aux yeux, Mickey y avait fait ses études. C'était un littéraire. Il adorait la poésie et citait un vers par-ci par-là.

— Beth, elle, parle déjà d'entrer à l'université de Londres. Clara et Toby, les jumeaux, sont dans une école privée.

Il cessa de fixer un point au loin par la fenêtre et se tourna vers Jury.

— Liza réintégrera probablement la Met. En tout cas, il faudra qu'elle reprenne du service, parce que ce n'est certainement pas ma pension qui va payer tout ça. À commencer par Oxford. Je n'aime pas être obligé de penser à ces choses-là, tu comprends ce que je veux dire ? C'est vrai, j'y aurais réfléchi de toute manière, mais d'une façon, disons... plus abstraite. Sans avoir cette sensation que tout est en train de se terminer.

Il repoussa sa tasse.

— J'ai vraiment besoin d'un verre.

Il lâcha un rire qui ressemblait à un jappement.

— Au moins, je n'ai plus à m'inquiéter de savoir si je n'ai pas un problème de boisson. Ah, « un problème de boisson », j'adore cet euphémisme ! Après les dernières séances de chimio, ils ont pensé qu'ils avaient réussi à l'arrêter. J'ai eu une période de rémission. Je me suis même mis à espérer que c'était terminé. Erreur.

Il marqua une pause avant de reprendre :

— Le cancer a un effet glaçant. Les gens ne veulent pas y être confrontés. Ils ont le sentiment qu'ils devraient faire quelque chose, mais ils ne savent pas quoi. Alors, ils gardent leurs distances. Ils changent de trottoir, au sens figuré, et même peut-être au sens propre. Ça me sidère que mes copains, mes collègues, des types qui ont été témoins de toutes sortes de morts violentes, qui les côtoient tous les jours... soient incapables d'affronter un malade.

— C'est parce que tu es trop proche, Mickey. Parce que ce sont tes copains, tes collègues, justement.

Mickey le dévisagea avec un sourire.

— Toi aussi tu es mon ami, Rich, et pourtant tu es là. Écoute ça, je le trouve génial : « Le monde et sa mère titubent et tremblotent éternellement/En réponse à quelque chose qui trouble le sang et les os... » C'était écrit sur le mur d'un pub irlandais. J'aurais voulu qu'on y soit, tous les trois.

L'expression dans le regard de Mickey était si profondément confiante en l'amitié de Jury que celui-ci sut qu'il ferait n'importe quoi pour l'aider.

14

Keeper's Cottage était petit mais confortable. Jury se tenait dans le séjour, au-delà duquel il apercevait une cuisine. À l'étage, il devait y avoir une grande chambre à coucher et une salle de bains séparées par un couloir.

Kitty Riordin lui désigna un siège et lui proposa une tasse de thé. Il la remercia, tout en déclinant son offre.

Tout près de Jury, plusieurs photos dans des cadres en argent ainsi que quelques babioles en pâte de verre d'un bleu laiteux étaient posées sur une table. Les photos représentaient toutes des membres de la famille Tynedale, la plus grande étant celle de Maisie.

— Vous êtes ici au sujet de Simon Croft.

Ce n'était pas une question. Son expression passa du doux au grave.

— J'étais… J'ai eu du mal à intégrer la nouvelle.

Elle serra le poing et le pressa contre son cœur dans un geste qui ressemblait beaucoup à celui de Mickey. Elle était vêtue de noir, comme si elle était en deuil. Un petit volant autour du col de sa robe adoucissait l'effet. Sa robe était démodée, comme elle, un être d'un autre temps, un camée.

— Il est invraisemblable qu'on ait pu l'assassiner, dit-elle.

— Vous ne connaissez personne avec qui il aurait eu des différends récemment ?

Elle écarta sa question d'un geste impatient.

— Je suis dans cette famille depuis plus de cinquante ans, commissaire. Naturellement, je ne connais pas tous les détails de leurs vies privées… La preuve en est.

— Vous voyiez souvent Simon Croft ?

— Non. Rarement.

— Il venait régulièrement à Tynedale Lodge ?

— Oui. Il aime… aimait beaucoup Oliver Tynedale.

— Qui va hériter de la fortune de Mr Croft ?

Elle pouffa de rire avant même qu'il eût fini sa phrase.

— Seigneur Jésus ! Monsieur le commissaire ! J'espère que vous ne cherchez pas l'assassin parmi les membres de la famille ?

Jury sourit.

— C'est pourtant souvent là qu'il faut chercher. Rien ne crie plus fort que l'argent, et certainement pas la conscience.

— Dans ce cas, vous perdez votre temps. Tout le monde dans la famille a de l'argent.

— Et Maisie ?

Elle ne s'était pas attendue à ça. Elle tiqua.

— Maisie a l'argent de sa mère. Elle a aussi hérité de Francis Croft.

— C'est comme ça que ça marche, entre les Tynedale et les Croft ? Ils lèguent leurs biens non seulement à leurs parents en ligne directe mais aussi à leurs amis ?

— Oui. Après tout, ils se considèrent tous comme étant de la même famille.

— Donc, Simon Croft aura laissé de l'argent à Maisie et à Ian ?

Exaspérée par ce manque de finesse, elle leva les yeux au ciel.

— Francis Croft a légué une petite fortune à Alexandra qui, naturellement, est revenue à Maisie puisque sa mère était morte. Francis aimait autant Alexandra qu'Oliver. En bref, ce que j'essaie de vous dire, c'est que si Simon Croft a été assassiné pour son argent, ce ne peut pas être par un des membres de la famille !

— Mais à la mort d'Oliver Tynedale, Maisie sera une femme riche...

— C'est déjà une femme riche, commissaire. C'est ce que je viens de vous expliquer.

— Ah oui, en effet, vous m'avez signalé ce détail. Et vous, Mrs Riordin ?

Kitty Riordin inclina la tête sur le côté.

— Vous voulez dire : est-ce moi qui l'ai tué ?

Jury prit un air innocent.

— Je ne voulais pas être aussi direct, mais après tout c'est une bonne question. Simon Croft vous a-t-il laissé de l'argent ?

— J'en doute sérieusement. Mais je suppose qu'on le saura tôt ou tard, dès que son testament aura été ouvert, après quoi vous pourrez revenir m'arrêter.

Jury sourit.

— C'est promis. En fait, ce que je voulais vraiment vous demander, c'est quelle est votre histoire ? Votre mari ?

— Mon mari, Aiden, était un grand imbécile. Il m'a abandonnée — *nous* a abandonnées — pour aller batifoler avec les partisans d'Oswald Mosley [1], les Chemises noires. Vous imaginez l'absurdité !

1. Sir Oswald Mosley (1896-1980), auteur de *La Plus Grande-Bretagne*, fondateur de l'Union fasciste britannique. *(N.d.T.)*

— Ce n'était pas l'avis de tout le monde. Si Hitler avait réussi à envahir la Grande-Bretagne, il aurait voulu mettre quelqu'un en place ici. Quel meilleur dictateur pantin que Mosley ?

— Peut-être. Quoi qu'il en soit, je suis partie à sa recherche, l'ai retrouvé, lui ai pris — sans le moindre état d'âme — le peu d'argent qui lui restait et n'en ai plus jamais entendu parler depuis.

— Vous n'aimez pas beaucoup les sots, n'est-ce pas ?

— Pourquoi, vous les aimez, vous ?

Jury se mit à rire.

— Je suppose que non. J'essayais simplement de vous cerner, Mrs Riordin. Vous êtes une professionnelle très compétente. Lorsque vous êtes revenue sur vos pas avec Maisie, après le bombardement, et que vous avez trouvé le Blue Last réduit à un amas de décombres fumants, vous les avez cherchés ? Erin et Alexandra ? Francis Croft ?

Il se pencha en avant, se rapprochant d'elle.

— Bien sûr, autant que j'ai pu, autant qu'on m'a laissée le faire. Les préposés à la défense passive voulaient m'en empêcher. Mais j'y suis retournée, j'y suis retournée encore.

Jury observa un instant ses traits déterminés puis se tourna à nouveau vers les photos posées sur la table à ses côtés. Une petite montrait, présuma-t-il, Kitty et Erin, puis une plus grande, Alexandra et Maisie. Qu'Alexandra était belle ! Mais aussi, que Kitty était jolie ! Il était surprenant qu'un autre homme ne soit pas venu la réclamer. Mais c'était la guerre, et bien des choses qui se seraient produites naturellement en d'autres temps n'avaient jamais eu lieu. Au coin du cadre de la photo de Maisie pendait un petit bracelet en argent. Jury le décrocha.

— Des gourmettes, expliqua Kitty en souriant. C'était une plaisanterie. Nos deux bébés avaient une semaine ou deux d'écart, naturellement, ça ne se voit pas sur les photographies. C'est Alexandra qui les avait fait faire. L'autre est en haut, dans ma chambre.

Elle prit la petite photo d'Erin, essuya le verre avec sa manche, lui sourit et la reposa.

Jury trouva ce sourire extrêmement déconcertant. Une âme plus charitable que la sienne l'aurait qualifié simplement de « doux-amer ». Ce qui le gênait, c'était qu'elle ait pu sourire. Elle prit ensuite la photo de Maisie et d'Alexandra, repoussant le bracelet sur la table.

— Elle était si belle. Maisie lui ressemble, non ?

Ce n'était pas vraiment une question. Il se tut mais, oui, Alexandra était belle. C'était indéniable. Il resta songeur.

— Elle était complètement folle de son pilote... Un si beau gosse, et un héros par-dessus le marché. Pauvre garçon ! Ils étaient mariés depuis un peu plus d'un an quand il est mort.

— Comment est-il mort ?

Jury le savait déjà. Il se demandait si cela lui serait confirmé.

— Il s'est noyé, je crois. Il n'était plus dans la RAF depuis quelque temps. Il avait reçu la Victoria Cross. C'est arrivé quelque part en Écosse, j'ignore comment.

— Vous l'avez connu ?

— Je l'ai rencontré. Juste une fois, il était venu ici, à Tynedale Lodge.

— Vous faisiez vous aussi l'aller et retour entre Tynedale Lodge et le pub, avec Alexandra ? J'ai eu comme l'impression qu'elle vivait aux deux endroits à la fois.

— Oui, c'est vrai. Parfois, j'allais dormir avec elle au pub. Bien sûr, j'avais mes propres quartiers ici. Mr Tynedale a toujours été très généreux.

Elle hocha la tête, comme si elle n'arrivait toujours pas à y croire. Puis elle reprit la petite photo d'Erin.

— Nos deux petites étaient douces comme des agneaux.

Mais une seule d'entre elles était riche à crever, ajouta mentalement Jury.

15

Marshall Trueblood donna une petite tape affectueuse au saint représenté sur le tableau. Celui-ci était posé sur un des quatre fauteuils qui cernaient la table située dans l'embrasure de la fenêtre du Jack and Hammer, les trois autres étant occupés respectivement par Melrose Plant, Diane Demorney et Trueblood lui-même. En cette dernière semaine avant Noël, le pub, comme l'ensemble de Long Piddleton, était d'humeur festive. Tout le long de High Street, les boutiques et les maisons étaient décorées de guirlandes et de couronnes. Devant chez Jurvis le boucher, le cochon en plastique était coiffé d'une chaussette rouge et paré d'un bouquet de houx. Jack, l'automate de l'enseigne du pub, était revêtu d'une tunique en velours rouge et portait des clochettes autour du poignet, celles-ci tintinnabulant chaque fois qu'il feignait de marteler la grande horloge. Un sapin difforme était dressé près de la cheminée, une guirlande électrique blanche dégoulinant de ses branches.

— Où tu l'as déniché ? demanda Melrose.

— Chez Jasperson's. Un antiquaire de Swinton Barrow. Tu sais, ce village qui regorge d'antiquités et d'artistes...

Diane Demorney passa un ongle verni tout autour de son verre de martini et dévisagea Trueblood comme s'il venait de renverser la dernière bouteille de gin ; en d'autres termes, avec une expression d'incrédulité horrifiée.

— Marshall, je n'arrive pas à croire que vous avez payé deux mille livres pour ce truc alors que n'est qu'un morceau de, de… Comment vous appellez ça déjà ?

— Un polyptyque.

— C'est ça… et venant d'une église quelconque de Pisse, c'est bien ça ?

— Pise, rectifia Melrose.

Le menton posé sur ses poings, il examinait le personnage en cape rouge sur le tableau. Le panneau était assez haut et étroit, ce qui pouvait effectivement laisser penser qu'il y avait eu un autre personnage peint à côté du premier. C'était apparemment ce que le marchand avait expliqué à Trueblood.

— C'est saint Qui ?

Trueblood pinça les lèvres et examina la peinture en plissant les yeux, comme si cet effort facial lui était nécessaire pour identifier le saint.

— Julien. Ou… non… Nicolas ? Jérôme ? Saint Jean-Baptiste, peut-être ? Nicolas, je crois. En tout cas, Nicolas est l'un des éléments manquants, ou devrais-je dire un des panneaux manquants ?

— Marshall, dit Melrose sur un ton résigné. Marshall, quelle est exactement la probabilité que ce panneau ait vraiment été peint par Masaccio ? Une sur un million, peut-être ? Le cas échéant, quel antiquaire pourvu de toute sa raison le vendrait deux mille livres ?

— J'aime bien la cape rouge, dit Diane. J'en ai vu une exactement pareille dans Sloane Street. Givenchy, je crois. Cela dit, je ne comprends toujours pas. Vous nous dites que ce bout de bois peint n'est qu'une partie d'un poli-machin-chose. Pourquoi vous embêter avec un bout de quelque chose ? C'est comme d'acheter, je ne sais pas moi, l'oreille de la *Joconde*...

— Vous n'y êtes pas du tout. Les triptyques et les polyptyques étaient communs, à l'époque. N'oubliez pas qu'il s'agit de la Renaissance italienne...

Au regard que lui lança Diane, il était clair qu'elle aurait préféré discuter du nombre de hamsters que l'on pouvait faire entrer dans une bouteille de vodka.

— Ils servaient de retables, comme dans le cas de celui de Pise. Ils étaient parfois démontés, pour une raison ou une autre, puis les différents panneaux étaient dispersés de-ci de-là, jusqu'à ce qu'on les perde de vue.

Lui-même ne semblait guère convaincu par son explication.

— C'est que ça fait beaucoup d'informations à ingurgiter à la fois, voyez-vous. Il faut que j'étudie un peu Masaccio.

— Si vous aviez tous les... *panneaux*, comme vous dites, ça ferait un bel écran de cheminée, non ?

Tout en parlant, Diane fit signe à Dick Scroggs de lui apporter un autre martini.

— Comment votre marchand peut-il savoir qu'il en manque des parties puisqu'il n'a jamais vu le polyptyque ?

— C'est Vasari qui le dit.

— Qui ? demanda Diane.

— Vasari, *Vasari*. C'est le chroniqueur des peintres et des sculpteurs du quinzième siècle.

Diane vissa une nouvelle cigarette dans son fume-cigarette en ivoire.

— Si je comprends bien, vous venez de claquer deux mille livres pour un *bout* de tableau juste parce qu'un

Italien qu'on ne connaît même pas vous en a parlé ? Avec deux mille livres, je pourrais m'acheter un Lacroix tout à fait portable.

Elle caressa le revers de sa veste de tailleur noir, un de ses Lacroix tout à fait portables.

— Diane, la vie, ce n'est pas que Lacroix, Lacroix et encore Lacroix.

Elle tendit la main vers Trueblood et tapota sa veste en velours de soie.

— Non, mon cher, c'est aussi Armani, Armani et toujours Armani. Qu'en dites-vous, Melrose ? Vous les connaissez, ces gens-là et leurs tableaux ?

— Mmm… J'ai entendu parler de Vasari et de Masaccio. Mais, à dire vrai, je n'y entends pas grand-chose en Renaissance italienne.

Il s'adossa à la vitre. Aujourd'hui, c'était son tour d'avoir le fauteuil rembourré de coussins près de la fenêtre. Ils le prenaient à tour de rôle, car non seulement il était confortable, mais il permettait de voir approcher dans la rue ceux qu'on voulait éviter, tels que sa tante, lady Ardry.

— Ce qui m'échappe, reprit-il, c'est pourquoi cette galerie de Swinton te l'a vendu si c'est un Masaccio ? J'aurais pensé qu'ils s'adresseraient à la Tate ou à la National Gallery. Si c'est un vrai, c'est une pièce de musée…

Diane souffla un ruban de fumée.

— On ne fait pas des analyses pour déterminer si la peinture, enfin les machins qui la composent correspondent à ceux qu'on utilisait à l'époque ?… Quel siècle disiez-vous, déjà ?

— Les années 1420, pour être précis.

— Je présume que le galeriste a déjà fait faire des tests, non ? demanda Melrose.

— Oui, mais il en existe des encore plus sophistiqués. Elle a dit…

— C'est qui, « elle » ?

— Une femme qui s'appelle Eccleston. Elle s'occupe de la galerie, quand Jasperson n'est pas là. Elle s'y connaît vraiment.

Melrose fronça les sourcils.

— Jasperson. Il me semble que j'ai déjà eu affaire à lui. Il m'a paru un type honnête. Qui plus est, il est dans le métier depuis longtemps. S'il faisait circuler des faux, ça se saurait.

Il tenait le panneau entre ses deux mains.

— Demande à Jury qu'il le fasse examiner par le service de répression des fraudes.

— Ne sois pas ridicule. Il n'y a pas de fraude. La galerie ne garantit pas qu'il s'agisse d'un authentique Masaccio. Si c'était le cas, je soupçonnerais effectivement une entourloupe.

— Tu ne peux pas le montrer à quelqu'un d'autre ? Un spécialiste de la période ?

— Si. Il y en a un à Londres. On n'a qu'à y aller demain.

Melrose arqua un sourcil.

— « On » ?

— Toi et moi.

— Qu'est-ce qui te fait croire que je vais t'accompagner à Londres ?

— Oh, allez, Melrose. Tu voudras quand même repasser par Londres avant notre départ pour Florence…

— Florence ?

Cette fois, il avait les deux sourcils arqués.

16

Benny Keegan balayait la librairie Moonraker, un service qu'il rendait parfois à Miss Penforwarden quand l'arthrite qui commençait à déformer ses doigts les rendait douloureusement raides.

Il sifflotait quand la clochette retentit. Un grand type qu'il ne connaissait pas entra. Il dut se baisser pour passer sous le linteau puis sourit à Benny. C'était un vrai sourire amical, qui ne semblait pas forcé juste parce que Benny était un enfant. Benny lui retourna son sourire et allait ouvrir la bouche pour lui annoncer qu'il allait chercher Miss Penforwarden quand l'inconnu lui demanda s'il était bien Benny Keegan.

Benny fronça les sourcils. Qui pouvait bien le chercher ? Mince, les services sociaux ! Il se tourna vers l'arrière-salle et lança :

— Hé, Ben ! Y a quelqu'un pour toi !

Intrigué lui aussi par le nouveau venu, Sparky quitta son banc rembourré et vint rapidement rejoindre son maître. Celui-ci, prenant un air qu'il espérait indifférent, déclara :

— Bon, il est peut-être sorti faire une course.

Il attrapa un chiffon qui pendait de sa poche arrière et se mit à épousseter le bureau de Miss Penforwarden.

Il y avait une pile de livres posée dessus, le premier étant *L'Interprétation des rêves*, un bouquin qui ne lui plairait probablement pas mais qui pouvait éventuellement intéresser Gemma.

— Bien, dit l'homme. Si tu me disais comment tu t'appelles, en attendant ?

— Moi ? Eh bien…

Il lança un regard vers les livres.

— C'est euh… Sigmund. Mais on m'appelle généralement Sid.

Il osa un autre regard vers la pile.

— Austen. Sid Austen.

— Sid Austen… Eh bien, ravi de faire ta connaissance, Sid. Dis-moi, ce chien, il est à toi ou à Benny ?

Le regard de Sparky allait de son maître à l'inconnu et inversement, comme s'il cherchait à tirer un enseignement de cet échange. Puis il poussa un de ses jappements à peine audibles.

— Lui ? Oh, c'est juste le chien de la librairie. Il y en a toujours un dans les librairies, ou un chat, vous avez jamais remarqué ?

La voix de Miss Penforwarden la précéda dans la salle principale.

— Benny, tu veux bien… Oh !

Benny ferma les yeux. Merde, grillé ! Il alla la débarrasser de la pile de livres qui lui encombrait les bras.

— Merci, mon grand… Je peux vous aider ? fit-elle en s'adressant à l'inconnu.

— Non, merci. Je discutais juste avec le jeune Sid, ici présent.

Miss Penforwarden le regarda d'un air perplexe.

— Benny ?

Jury lui tendit sa carte de police.

— Richard Jury. Commissaire principal, New Scotland Yard.

Essayant de masquer sa gêne, Benny s'interposa :

— Laissez-moi voir ça… Je ne pouvais pas deviner que vous étiez flic, euh… policier. Vous auriez dû me la montrer avant.

Il rendit sa carte à Jury.

Jury avait tout de suite reconnu Benny. Les fleuristes de Delphinium le lui avaient décrit, tout comme son chien. Les deux jeunes homosexuels, longs et minces, l'un en chemise jaune pâle et l'autre en chemise rose pâle, lui avaient rappelé deux arums.

« Benny ? Mais qu'est-ce que vous pouvez bien lui vouloir… ? »

Celui qui s'appelait Tommy Peake avait pressé ses longs doigts contre ses lèvres, comme l'image sur les vieilles affiches de guerre enjoignant la population à ne pas parler des activités des troupes.

Basil Rice (la chemise jaune) avait déclaré :

« Benny doit être chez Smith, tu ne crois pas ?

— Non, à cette heure-ci, il va au Moonraker. C'est une librairie, un peu plus loin dans la rue, expliqua-t-il à Jury.

— Si je comprends bien, avait demandé ce dernier, ce gamin fait toutes sortes de petits boulots ? »

Basil avait hoché la tête.

« Il les fait très bien. Tout le monde en est content.

— Vous savez où il habite ? »

La question avait pris Basil et Tommy de court.

« C'est drôle, avait répondu Tommy, mais maintenant que vous posez la question, je crois bien qu'on ne l'a jamais su, pas vrai ? »

Basil secoua la tête, l'air contrit, comme s'ils venaient d'être pris en faute.

« Le marchand de journaux l'ignore aussi, avait dit Jury. Apparemment, personne ne sait où il vit ni ne connaît son numéro de téléphone, s'il en a un.

— C'est vrai, en tout cas il n'est pas dans l'annuaire. Dites, j'espère que notre petit Benny n'a pas d'ennuis ? »

Jury avait fait non de la tête, les avait remerciés et avait tourné les talons. Au moment où il ouvrait la porte, Tommy avait lancé, sur un ton enjoué :

« Attention, Benny est un vrai courant d'air. C'est un petit futé.

— Moi aussi. Bonne journée, messieurs. »

Lorsque Benny redemanda à voir la carte de Jury, Miss Penforwarden protesta :

— Benny, monsieur est un *commissaire* de Scotland Yard.

— De nos jours, on n'est jamais trop prudent, mademoiselle. Et puis, pourquoi un policier voudrait me parler ?

Il écarquillait les yeux, pas d'étonnement mais d'angoisse.

Ils savent tout, voilà pourquoi il est là. Ils ont trouvé notre planque, à Sparky et à moi.

Benny baissa les yeux vers Sparky, qui le dévisageait comme s'il digérait la mauvaise nouvelle et tenait à lui témoigner sa solidarité. Il frappa le plancher de sa queue à plusieurs reprises.

— On pourrait peut-être aller discuter quelque part, Benny.

Miss Penforwarden, qui fixait Jury comme s'il était une rock star, ne bougeait plus.

Cherchant à reprendre le contrôle de la situation, Benny lui dit :

— Je crois qu'il veut me parler en tête à tête, mademoiselle.

— Hein ?… Ah, euh, oui ! Pardonnez-moi. Eh bien… Oui, allez-y. Je serai juste là dans l'arrière-salle si vous avez besoin de moi… Peut-être, monsieur le commissaire, prendrez-vous une tasse de thé ?

— Je vous remercie, mais j'en ai déjà bu plus qu'assez.

— Bien, alors… je vais aller emballer quelques livres.

Elle s'éclipsa.

— Il y a des sièges par là.

Benny guida Jury vers la grosse bergère près de la fenêtre et approcha une chauffeuse pour lui-même.

— Ça ne vous ennuie pas si Sparky reste ?

Jury fit gravement non de la tête.

— Il m'a l'air digne de confiance.

— Tu as entendu, Sparky ?

Sparky ne répondit pas, il était concentré sur Jury.

— J'ai déjà parlé à plusieurs des personnes pour qui tu travailles, dit Jury. Je te cherchais. Apparemment, tu es quelqu'un sur qui on peut compter. Les fleuristes, le marchand de journaux… Tous connaissent ton emploi du temps.

— C'est vrai. Il le faut bien, non ? Vous aussi, on doit bien vous faire confiance, non ? Sinon, vous n'attraperiez jamais personne.

Jury pouvait voir qu'il était flatté et essayait de ne pas le montrer. Il se souvenait à quel point il avait été important d'avoir toujours l'air froid et détaché à son âge. Lorsqu'on ne pouvait compter que sur soi-même, il valait mieux paraître maître de soi, autrement les situations dégénéraient rapidement. Elles ne tenaient debout que par des liens qui se dissolvaient comme un rien. Or, Jury était pratiquement sûr que ce gamin était livré à lui-même et ne voulait pas que cela se sache. Il évita donc de lui demander où il habitait. Il ressentit une pointe de mélancolie. Lui aussi, il avait été seul. À l'âge de seize ans, il avait enfin trouvé le courage de prendre sa destinée en main. En fait, il n'avait guère eu le choix. Sa seule parente restante était sa cousine, partie vivre à Newcastle. À contrecœur, elle avait proposé de l'héberger, et il avait refusé, lui tournant des remerciements qu'il jugeait immérités.

Derrière le détachement de façade se cachait la solitude, un sentiment qu'aucun môme n'aurait dû connaître, ni Benny, ni Gemma, ni lui-même à l'époque. Pourtant, il se demandait si ce n'était justement pas le lot de l'enfance. À un moment ou un autre de la partie, indépendamment de la façon dont on avait été élevé, que l'on soit entouré ou non d'une grande famille, la solitude vous guettait. Elle était toujours sous-jacente, cette émotion insoutenable prête à resurgir n'importe quand et qui s'accrochait à votre corps comme des vêtements trempés, vous tirant vers le fond.

Un rideau remua, faisant tournoyer la lumière de la fenêtre sur les fleurs de chintz fanées du siège de Benny. Celui-ci fixait Jury de ses yeux bleu pâle avec une patience qui n'avait rien d'enfantine.

— Benny, tu fais parfois des livraisons à Tynedale Lodge pour Miss Penforwarden ?

— Oui… Hé, une minute ! C'est pour *ça* que vous êtes là ! C'est à cause de ce Mr Croft qu'on a assassiné !… lâcha Benny en se traitant de tous les noms pour avoir cru que le commissaire venait exprès pour lui. On lui a tiré dessus dans sa grande maison, au bord de la Tamise, poursuivit-il, soulagé. J'y suis allé plusieurs fois. Sparky et moi, on lui livrait des livres. Sparky aime bien aller renifler par là-bas la nuit.

— Vraiment ? Tu habites près de la Tamise, peut-être ?

— Pas trop loin. Mais Sparky, il aime bien se balader la nuit.

Sparky les observait à tour de rôle, prêt, semblait-il, à intervenir en cas d'entorse à la vérité.

Jury n'insista pas sur son adresse. De toute évidence, Benny n'était pas prêt à la divulguer.

— Tu avais vu Simon Croft, dernièrement ? Disons, au cours des deux derniers mois ?

Benny fit non de la tête.

— La dernière fois, c'était en septembre.

— Il était comment ? Gentil ?

— Lui ? Oui. Pourquoi ?

— Comme ça. Parle-moi de Gemma Trimm. J'ai fait sa connaissance hier et on a discuté de toi.

Benny se redressa.

— Ah oui. Elle vous a parlé de moi, alors ?

Jury sourit.

— Oui, elle croyait que c'était toi qui m'avais envoyé.

Il en resta bouche bée une demi-seconde.

— *Moi*, vous envoyer ?

— Elle a dit qu'elle avait besoin d'un policier, que quelqu'un essayait de la tuer.

Dans un geste théâtral, Benny se tapa le front du plat de la main.

— Oh non ! Gem vous a pris la tête avec ses histoires, c'est ça ?

— Je pensais que tu saurais quelque chose à ce sujet. Je me trompe ?

— Oui, j'en sais quelque chose : c'est dans sa tête, voilà ce que je sais.

— Que sais-tu d'autre à son sujet ?

À la manière dont le garçon évitait son regard, Jury en déduisit qu'il était un peu honteux de ne pas en savoir plus.

— Tout ce que je peux vous dire sur elle, c'est qu'elle est la pupille du vieux Mr Tynedale. C'est un peu comme s'il l'avait adoptée, mais pas vraiment. Mr Tynedale l'aime beaucoup.

— Pas les autres ?

— C'est plutôt qu'ils ne font pas attention à elle. Comme si elle était invisible.

— Tu ne penses pas que ça aussi, c'est dans sa tête ?

— Non. Parce que même Mr Murphy le dit. C'est le chef jardinier. « C'est comme si qu'elle était invisible, la pauvre petiote... » C'est ce qu'il dit. La cuisinière l'aime bien, la femme de chambre aussi. Et Mr Murphy, bien sûr. Gem monte voir Mr Tynedale dans sa chambre. C'est qu'il est malade, vous comprenez, alors il est toujours au lit. Elle lui fait la lecture. Elle lit beaucoup. Elle n'a que neuf ans, mais c'est une bonne lectrice. Elle pourrait lire tout ça, fit-il en étendant les bras pour indiquer les étagères autour d'eux, aussi bien que moi, et je suis plutôt doué.

— Elle te parle parfois de ses parents ?

— Non, jamais. Ça, c'est triste.

Jury se dit que Benny devait en connaître un bout sur la tristesse.

— Au cours de mes interrogatoires là-bas, personne n'a fait allusion à elle.

Jury regarda les murs pleins d'ombres autour d'eux, le halo pâle et jaune des appliques. C'était un petit coin très reposant.

Benny écarta les mains.

— Comme je vous disais, elle est invisible.

— J'espère que non.

Jury s'enfonça dans son dossier, songeur. Ses yeux se posèrent sur Sparky, couché sans bouger au pied de la chauffeuse de Benny. Le chien, sentant son regard, releva les yeux vers lui. Jury pensa au chat Cyril et se demanda — ce n'était pas la première fois — si les animaux n'étaient pas l'espèce supérieure.

Benny regarda à son tour Sparky, puis Jury.

— Je ne sais pas où elle est allée chercher cette idée farfelue.

— Ta chienne ?

— *Non*, bien sûr que non. D'abord, ce n'est pas une chienne.

— Pardon.

— Je parlais de Gem et du fait que quelqu'un voudrait la tuer. Elle dit même qu'on a essayé de plusieurs façons.

— Je sais : d'une balle, par étouffement, par empoisonnement.

— C'est dingue. Vous me direz, elle l'est peut-être bien un peu aussi. Je me demande parfois si ce n'est pas à cause de quelque chose qu'elle a vu ou qui est vraiment arrivé à quelqu'un d'autre. Elle aurait pu tout imaginer en se souvenant d'un détail par-ci, d'un autre par-là.

Jury se dit que, finalement, le prénom Sigmund lui allait plutôt bien. Benny n'en avait pas terminé :

— Ou peut-être que, à force qu'on fasse comme si elle n'existait pas ou qu'elle était invisible, eh bien… Qu'on vous tire dessus ou qu'on vous empoisonne, ça prouve le contraire. Je veux dire, au moins, ça veut dire qu'on s'intéresse à elle.

— C'est très bien pensé, Benny, mais n'oublie pas la dernière possibilité.

— Laquelle ?

— Ce pourrait être vrai.

17

Il avait compté appeler Mickey et en déduisit qu'ils étaient sur la même longueur d'onde quand ce dernier lui téléphona pour proposer qu'ils se retrouvent devant un verre, voire un dîner.

— Avec Liza, on se disait qu'on irait bien au Liberty Bounds. Tu y es déjà allé, c'est tout à côté du métro Tower Hill. Ils font aussi de bons petits plats.

Liza. Il y avait longtemps, des années plus tôt, ses sentiments pour Liza avaient quelque peu outrepassé les limites de l'amitié. Mais elle était mariée à Mickey, et donc…

— Ça fait des lustres que je ne l'ai pas vue, Mickey. Si ma mémoire est bonne, c'est une des rares femmes à supporter les conversations de flics…

— Oui, tu parles ! Tu as oublié qu'elle en avait été une ? On se retrouve à sept heures, sept heures et quart ? Ça te va ?

— C'est parfait.

Jury sortit de la station Tower Hill et arriva au Liberty Bounds à sept heures moins vingt. Il but une pression au bar, puis s'en commanda une autre et alla s'asseoir à une table près de la fenêtre. L'endroit lui rappela le Jack and Hammer, même si ce pub était dix fois plus grand. Il les imagina tous, à Long Piddleton : Melrose, Trueblood, Diane, Vivian…

En pensant à Vivian, il leva les yeux vers la porte et les aperçut qui venaient vers lui : Mickey et Liza Haggerty.

Il avait oublié à quoi ressemblait Liza. Il leur fit un signe de la main et se rendit compte qu'il devait faire une tête de nunuche, car Mickey éclata de rire.

— Qu'est-ce qui t'arrive, Rich ? Tu as bu ? Ou tu avais oublié Liza ?

— Comment pourrais-je oublier Liza ? répondit Jury avec un sourire.

Il avait rougi.

Liza aussi.

— *La Valse dans l'ombre*, dit Jury.

— Quoi ? fit Liza.

— Depuis que quelqu'un a fait allusion à ce film, je vois cette actrice partout…

— Richard !

Elle rit et se débarrassa de son manteau d'un mouvement d'épaules. Jury secoua la tête.

— J'avais oublié à quel point tu étais jolie, Liza.

— Ne t'en fais pas pour ça. Lui, il l'oublie tout le temps.

Elle inclina la tête vers Mickey, puis, voyant qu'il se levait pour aller passer la commande, déclara :

— Pour moi, un martini bien sec, avec une rondelle de citron. Et dis-leur que je ne veux pas de leur gin dilué.

— Ça me fait drôlement plaisir de vous revoir tous les deux, dit Jury.

— Oui.

Ce fut tout ce qu'elle dit mais avec conviction. Puis elle ajouta :

— Les amis ne devraient jamais se perdre de vue, non ?

Son sourire était presque radieux. Il devait lui falloir un sacré courage pour sourire comme ça. Redevenant grave, elle demanda :

— Mickey t'a dit ?

Il hocha la tête.

— Je suis…

En la regardant dans les yeux, il fut incapable de finir sa phrase.

Elle lui adressa un regard d'une tristesse insoutenable.

— J'essaie de ne pas y penser. Le fait d'avoir été dans la police me rend peut-être la chose un peu plus facile. Je veux dire, on est si souvent confronté à la mort. C'est difficile de faire comme si elle n'existait pas, on est bien obligé de la regarder en face.

Ce n'était que des paroles en l'air et ils le savaient tous les deux.

Mickey revint avec sa tournée.

Liza leva l'épais verre à whisky comme si elle allait trinquer puis s'exclama :

— Ils ne savent donc pas ce qu'est un verre à martini ? En plus, il m'a mis des glaçons ! Mickey ? Pourquoi tu l'as laissé faire ?

Mickey leva les mains en l'air dans un geste d'impuissance.

— Je le lui ai dit, chérie, je t'assure. Estime-toi heureuse qu'il n'ait pas mis toute la bouteille de truc sucré dedans.

Elle goûta du bout des lèvres.

— Je dirais… trois quarts de vermouth pour un quart de vermouth.

Cela fit rire Jury.

— Tu t'entendrais bien avec une de mes amies du Northamptonshire. Elle est née avec une bouteille de vodka dans une main et deux olives plantées sur un cure-dent dans l'autre.

— Ce n'est pas que je veuille changer de sujet…, commença Mickey.

— Mais tu vas le faire.

Mickey sourit et se tourna vers Jury.

— Tu as parlé avec Kitty Riordin. Qu'est-ce que tu en penses ? Je me trompe ?

— Je conviens qu'elle a pu le faire.

Jury n'avait pas oublié le sourire de cette femme quand elle avait regardé la photo de son bébé.

— Ce que je me demande, poursuivit Mickey, c'est : Erin est-elle au courant ?

— Tu veux dire Maisie. Je n'en sais rien.

Tout à coup, il releva les yeux vers Mickey et se mit à rire.

— Tu m'as l'air nettement plus intéressé par cette imposture présumée que par le meurtre lui-même.

— Oublie le « présumé ». Tu ne vois pas de lien ?

— Avec le meurtre de Simon Croft ? Pas pour le moment.

— Peut-être que l'argent n'est pas le mobile.

— Avec une fortune pareille ? Du vieil argent bien placé ? Je dirais que c'est toujours un mobile. J'en connais peu d'aussi convaincants. L'héritage Tynedale me paraît constituer le mobile du siècle !

— Mickey m'a parlé de cette affaire, intervint Liza. Il faudrait que cette femme soit vraiment la pire des Médée pour jouer la comédie pendant plus d'un demi-siècle. Bon, est-ce que l'un de vous deux va se décider à aller me chercher un *vrai* martini ?

Elle poussa son verre vers eux.

Jury sourit, prit le verre et se rendit au bar. En attendant que le barman verse une dose frugale de gin dans le vermouth, il repensa à sa promenade du dimanche. Il était passé devant le site de la vieille prison Bridewell, une soi-disant « maison de correction » pour mendiants, voleurs et catins. Il essaya d'imaginer la vie horrible et sans espoir des malheureux qui y avaient été enfermés. Bridewell était un scandale. Les orphelins de Bridewell… Vous parlez d'un départ dans la vie ! Des orphelins. Il lança un regard vers leur table par-dessus son épaule. Puis les boissons furent prêtes.

— Et voilà ! annonça Jury en les déposant sur la table. C'est ma quatrième, ou ma cinquième ?

— Pour moi, ce n'est que mon deuxième, alors aboule !

Elle goûta du bout des lèvres et se leva.

— Qu'est-ce qui se passe ?

— Je reviens tout de suite.

— Croft a tout découvert, dit Mickey.

Jury se mit à rire.

— Tu n'émets même plus d'hypothèses, n'est-ce pas ?

— Bien sûr que j'émets des hypothèses. Parfois.

Liza revint avec un verre à pied.

— Il m'a juste fallu un peu de persuasion. C'est un truc que j'ai appris dans mon ancien job. J'ai simplement proposé de lui faire exploser la tête.

Elle lança plusieurs sachets de chips sur la table.

Jury se demanda si Mickey n'était pas en train de développer une obsession morbide. Il tenta de changer de sujet, mais en vain. Peut-être cette fixation sur Kitty

Riordin l'empêchait-elle de se laisser envahir par l'idée de sa mort prochaine.

Liza, elle, semblait avoir appris à le faire digresser : elle ressortit de vieilles affaires sur lesquelles il ou elle avait travaillé. Bientôt, ils riaient tous les trois et commandaient une nouvelle tournée.

— Tu te souviens du coup de la banque ? commença Liza.

— Je ne fais pas dans les banques, mon cœur.

— Non, non, ce braquage où le type a jailli hors de la banque avec un sac de pièces et est tombé nez à nez avec des flics. Il s'est aussitôt rendu et il s'est avéré que c'était toute une troupe d'acteurs de théâtre…

Ils manquèrent de s'étrangler de rire.

« Tu te souviens ? Tu te souviens ? » Ils échangèrent des histoires pendant près d'une heure, buvant et mangeant des chips au vinaigre. Mickey rit tant qu'il s'en coinça une dans le nez. Liza était assise entre eux, une main sur le bras de chacun, riant aux éclats, la tête baissée au point qu'une mèche de ses cheveux noirs vint tremper dans son martini.

Jury remarqua à quel point Liza et Mickey se ressemblaient. Pourtant, ils n'étaient jamais en concurrence.

Liza enchaîna avec l'anecdote du jour où Mickey l'avait prise pour une braqueuse et l'avait enfermée dans la chambre forte.

Jury riait.

— Liza, si un jour tu es de nouveau libre, n'oublie pas…

Il se rendit compte de ce qu'il venait de dire, mais bien sûr il était trop tard. Ils continuèrent à sourire mais leurs traits s'étaient figés. Cela ne dura qu'un instant, puis Jury se leva, manquant de renverser sa chaise. Il se fraya un chemin entre les tables en direction des toilettes. Il n'y entra pas. Il resta le front appuyé contre le mur d'en face, se maudissant. Pauvre Mickey, pauvre Liza. C'était comme s'il venait de déverser sur eux une nuit d'un noir d'encre. Il resta dans cette position pendant un siècle ou deux, puis sentit une main légère sur son épaule.

— Richard, dit Liza. Ce n'est rien. Reviens.

Il la regarda, vit que son sourire était réel, et éclatant. Elle le tira par le bras.

— Allez !

Jury la suivit à leur table, où ils reprirent leurs histoires et leurs rires, se laissant sombrer dans une ivresse agréable, pleine d'esprit et de charme.

18

— Tu dois *absolument* venir avec nous, Richard.

La voix de Marshall Trueblood résonnait à l'autre bout du fil pendant que Jury, assis dans son bureau à New Scotland Yard, se préparait à expédier un mémo roulé en boule du commissaire divisionnaire Racer au beau milieu de sa corbeille tout en jetant un coup d'œil au dossier Danny Wu. C'était le genre de choses qu'on pouvait faire avec Marshall Trueblood, d'autant qu'en en n'écoutant qu'un mot sur deux, sa conversation prenait parfois plus de sens que lorsqu'on y était parfaitement attentif.

— Pourquoi dois-je *absolument* venir ? demanda Jury. Je crois me souvenir de ce séjour que vous avez fait à Venise, Plant et toi, où je devais *absolument* vous accompagner. Cela dit, je ne comprends toujours pas pourquoi ma présence physique t'est nécessaire, puisque tu n'as aucun mal à m'inventer. Comme, par exemple, la fois où je devais épouser une alcoolique avec quatre enfants tarés, dont deux à Borstal…

Il y eut un silence, puis Trueblood rectifia :

— Ce n'était pas à Borstal.

Jury ôta ses pieds de sur son bureau avec un soupir.

— Trueblood, ces gens n'ont jamais existé. Tu avais

inventé ce mélo pour dissuader Vivian d'épouser Franco Giopinno. Or, Vivian a quitté le comte Dracula, à moins que ce ne soit lui qui l'ait quittée. Quoi qu'il en soit, il a déguerpi de Long Pidd en prétextant que sa mère était gravement malade. Tu n'as pas oublié ce détail, rassure-moi ?

— Oui, oui, certes, mais elle n'a pas encore rompu officiellement.

— Et alors ? Je ne vois toujours pas le rapport avec Florence.

Jury prit une des feuilles du dossier Wu. Danny Wu n'avait encore jamais été mis en examen pour aucune des nombreuses charges qui pesaient sur lui. Il tint la page à la lumière, comme s'il cherchait à voir le filigrane. Il avait du mal à le croire : Danny Wu faisait cette fois l'objet d'une enquête dans une affaire de tableaux volés. C'était aussi dur à gober que ce coup de téléphone.

— Melrose Plant est au courant de ton plan ? D'où tu m'appelles ?

— Du Jack and Hammer. On utilise le nouveau portable de Diane.

— La vraie raison, dit Melrose Plant qui venait de s'emparer de l'appareil, c'est qu'il va à Florence faire authentifier une peinture. Je crois qu'il te veut pour assurer sa sécurité. Comme gorille, en somme.

— Il peut toujours s'accrocher. Mais pourquoi il tient tant à aller jusqu'en Italie ? Personne en Angleterre n'est capable d'expertiser son machin ? Sotheby's, Christie's ?...

— Oh si, il va aller à Londres. Je lui ai conseillé d'appeler le service de répression des fraudes, ha ha ha !

— Tu veux dire, le département des beaux-arts et des antiquités ?

Il les entendit se chamailler à l'autre bout du fil. Puis Trueblood revint :

— Je ne vois pas l'intérêt qu'il y aurait à faire des vagues autour de cette peinture. Elle pourrait fort bien avoir été volée.

Quelle coïncidence !

— Je connais justement l'homme qu'il te faut, fit Jury.

— Quoi ?

— Laisse tomber. C'est quoi cette peinture, d'ailleurs ?

— Un Masaccio.

— Jamais entendu parler.

— C'était un célèbre peintre florentin, élève de Masolino.

— Connais pas non plus. Aide-moi un peu.

— La Renaissance.

— Ah ça oui, ça me dit quelque chose.

— Il faut qu'on…

À Long Piddleton, il y eut encore des bruits de dispute autour du téléphone, puis une voix féminine se fit entendre :

— Richard, je suis ravie de vous avoir au téléphone avant que vous ne vous laissiez entraîner dans des projets absurdes impliquant des déplacements à *l'étranger*. Vos étoiles sont en opposition directe. Quand ça arrive, les Scorpions doivent être très vigilants…

— Je comprends, mais je ne suis pas scorpion.

Jury n'en était pas vraiment sûr, en réalité, mais Diane Demorney non plus. « En opposition directe » ?

Elle ne mit qu'une fraction de seconde avant de contre-attaquer :

— Je le sais bien. Je voulais dire qu'un Scorpion allait occuper une place prédominante dans votre carte astrale.

Jury ne connaissait personne capable de pirouettes aussi fulgurantes que celles de Diane Demorney.

— J'en tiendrai compte, mon cœur. Repassez-moi Plant, voulez-vous ?

Elle n'en fit rien, déclarant plutôt :

— Vous savez ce qu'on dit : « Voir Florence et mourir »…

— En fait, je connaissais l'autre version : « Voir Rome et mourir. »

— Ça revient au même, puisqu'on est mort, de toute façon.

Jury entendit le grattement d'un briquet.

— Là, vous marquez un point, concéda-t-il.

Plant reprit l'appareil et Jury lui demanda :

— Qu'est-ce que c'est que cet appel de débiles ? Un jeu à la noix, comme on en faisait à l'école ?

Melrose Plant répondit, sur un ton résigné :

— Je n'ai jamais eu l'occasion d'y jouer. Naturellement, c'était peut-être à cause de mon…

Jury ferma les yeux et se frappa le crâne plusieurs fois avec le combiné. Il respira un grand coup, rapprocha le microphone de sa bouche :

— Vous êtes tous atteints par le virus de la littéralité ou quoi ?

— Hein ?

Jury repoussa rageusement le dossier Wu.

— Je ne peux pas aller à Florence !

— À quand remontent tes dernières vacances ?

Le regard de Jury s'égara vers plusieurs brochures de voyagistes que Wiggins avait laissées traîner sur son bureau.

— À la semaine dernière. J'ai fait un saut à Las Vegas pour participer à une représentation du Cirque du

Soleil. Je plongeais des cintres tout droit dans un verre rempli d'eau posé au centre de la piste.

Cette fois, il y eut un vrai silence. Puis ils recommencèrent à s'arracher le téléphone. Melrose revint en ligne et Jury lui demanda :

— Tu te souviens d'avoir été évacué pendant la guerre ?

— Grands Dieux ! Tu parles d'un saut du coq à l'âne ! Évacué où ? Ici, c'est plutôt l'endroit vers lequel on évacue les gens. Et puis, de toute manière, je n'étais pas encore né.

— Donc, tu ne t'en souviens pas ?

— C'est généralement le cas quand on n'est pas encore né. Pourquoi ?

Jury contemplait maintenant la photo de Kitty Riordin portant Maisie (s'il s'agissait bien de Maisie).

— J'essaie de déterminer l'identité d'une personne née à cette époque. Il faut que je sache si la mère du bébé est une certaine femme plutôt qu'une autre…

— Propose de le couper en deux. Ça a marché pour Salomon.

— Je savais que je pouvais compter sur toi.

Jury prit la photo d'Alexandra et de Francis Croft.

— Tu sais ce que c'est qu'un souvenir-écran ?

— Oui, la vision d'Agatha franchissant la porte, comme elle vient de le faire à l'instant, ça c'est un souvenir réellement écœurant, qui restera à jamais gravé dans ma mé…

— J'ai dit « écran », pas « écœurant » !

— Ah, « écran » ! Ce n'est pas un concept freudien ? Quand on projette une image pour en masquer une autre qu'inconsciemment on trouve trop douloureuse ? C'est toujours au sujet des deux femmes et de ce pauvre marmot ?

— Non, pas vraiment.

C'est plutôt à mon sujet..., pensa Jury.

— Bon, écoute, il faut que j'y aille..., conclut-il.

— Tu choisis bien ton moment, Agatha met le cap sur le téléphone.

— Dis, vous allez vraiment à Florence ?

— Oui, bien sûr. Comme dit Diane, il faut voir Florence et mourir.

— Tout à fait. Bon, alors salut.

— *Richard ! Richard ! Reviens ici, mon chéri, c'est trop dangereux !*

La rue était méconnaissable, presque rasée, aplatie. Il ne restait plus un bâtiment debout. De petits foyers d'incendie rougeoyaient ici et là dans un océan de décombres, comme si des étoiles s'étaient écrasées et achevaient de se consumer.

— *Richard !*

La voix de sa mère. Il aurait dû obéir, mais il y avait tant de choses fascinantes à regarder, le crépuscule se parait de minuscules guirlandes clignotantes. Elle l'appela encore. Il continua à fouiller parmi les éclats de béton, les gravats...

Sa mère l'appelait de nouveau...

Cette rue, ce bâtiment, cette voix étaient-ils un souvenir-écran ? Masquant quoi ? Le souvenir d'avoir découvert sa mère morte sous les décombres, voilà ce qu'il aurait dû cacher, non ?

— Monsieur ?

Relevant les yeux, Jury vit Wiggins déposer des journaux sur son bureau.

— Vous allez bien ? Vous avez l'air tout chiffonné.

— « Chiffonné » ? D'où vous sortez des expressions pareilles ? Et puis, où étiez-vous encore passé, toute la matinée ?

— Je cherchais les vieux journaux que vous m'avez demandés.

Le front plissé de Wiggins laissait entendre que son supérieur n'avait plus toute sa tête.

— Ah oui. Pardon, j'avais oublié.

Jury tria une dernière fois les feuilles du dossier Wu, referma celui-ci et se tapota le menton avec la chemise.

— Vous n'avez pas envie de déjeuner ? Enfin, je veux dire, manger autre chose que cette rangée de biscuits noirâtres, vos galettes d'avoine, votre pain de seigle et cette potion à laquelle je vous ai vu ajouter de la bave de crapaud…

Jury indiqua du menton un verre contenant un breuvage vert foncé.

Wiggins parut blessé. Jury sourit.

— En fait, je songeais à un déjeuner chez Ruiyi…

Le visage de son assistant se dérida aussitôt. Il y avait peu d'endroits où il aimait autant se rendre que chez Danny Wu, un sentiment partagé par de nombreux Londoniens. Ruiyi était le meilleur restaurant chinois de Soho, et l'un des meilleurs de Londres. Il y avait toujours la queue. En dépit de son obsession pathologique pour la diététique, Wiggins se ragaillardissait à vue d'œil en présence de glutamate de sodium, du moins celui qu'on trouvait dans la cuisine de Danny Wu.

Pendant que Jury se levait et enfilait son manteau, Wiggins cassa en deux un biscuit noir et le trempa dans l'épaisse substance verdâtre.

Tout en sachant qu'il ne devait surtout pas poser la question, Jury demanda :

— C'est quoi ?

— Du kawa, excellent pour se détendre, se calmer les nerfs. Je devrais en emporter un peu chez Ruiyi.

Il glissa les bras dans les manches de son pardessus, tout en poursuivant :

— Danny Wu devrait aimer. Vous savez comment ils sont, ces messieurs asiatiques, toujours en quête de calme, de paix intérieure, ce genre de choses.

— N'oubliez pas l'os de tigre. Le monsieur asiatique en question troquerait sans sourciller son calme, sa paix intérieure et son cours de lévitation contre deux étoiles au Michelin et une Austin Martin.

Wiggins s'esclaffa tout en suivant Jury vers la porte.

— Oh, je ne dirais pas ça !

— Vous n'avez pas besoin, puisque je viens de le dire.

Le virus de la littéralité avait encore frappé.

Wiggins, qui conduisait onctueusement, façon mousse de Guinness, sortit de Victoria Street et tourna dans Grosvenor Place en direction de Piccadilly. Il interrogea Jury au sujet de Mickey Haggerty, qu'il avait déjà rencontré. Jury lui résuma la situation.

— Oh là là ! La myéloïde chronique, c'est la pire des leucémies. Elle est très maligne, s'immisce dans les os. Il doit bien y avoir quelque chose qu'ils peuvent faire !

— D'après Mickey, non.

— Mais… sa femme, ses enfants. Il en a cinq, non ? Comment ils vont s'en sortir ? J'espère qu'il est assuré. Avec cinq mômes…

— Quatre. Souvenez-vous, sa fille aînée est morte dans un accident de voiture. À mon avis, il ne doit pas être bien assuré. Il a probablement dépensé tout ce qu'il a gagné. Un de ses fils doit rentrer à Oxford. Il a aussi une fille adolescente et deux petits-enfants dont ils ont la charge depuis la mort de leurs parents.

— Ça fait déjà beaucoup à porter sur les épaules dans des circonstances ordinaires, mais là…

Wiggins ne put que secouer la tête.

— Sa femme ne bossait pas dans la police de la City, elle aussi ?

— Non, à la Met. Elle était inspectrice, si je me souviens bien.

— Alors, merde, tu le bouges ton cul ou quoi ? hurla brusquement Wiggins.

La conduite avait sur lui un effet malsain. Devant eux, un conducteur âgé dont la tête grise apparaissait à peine au-dessus de son tableau de bord (si bien que sa Volvo semblait vide) s'interrogeait sur le meilleur moyen de se sortir de Piccadilly Circus. D'ordinaire d'un calme remarquable, Wiggins était sujet à de brusques accès d'agressivité et d'hostilité une fois derrière le volant.

Finalement, la Volvo bifurqua vers Leicester Square et entreprit d'aller renforcer les embouteillages en préparation un peu plus haut, manquant d'écraser une vague de piétons qui (à la décharge de l'automobiliste retraité) se souciaient comme d'une guigne du feu rouge clignotant qui leur interdisait de traverser. Wiggins, lui, tourna dans Shaftesbury Avenue.

Ruiyi se trouvait dans un coin particulièrement encombré de Soho. Wiggins se gara sur une place réservée aux handicapés, coupa le moteur et fouilla dans la boîte à gants. Il fit apparaître une carte d'invalide qu'il accrocha au rétroviseur.

— D'où vous sortez ça ? demanda Jury en descendant de voiture.

Wiggins émit un petit ricanement.

— Ce n'est pas pour rien que je suis dans la police.

— Justement, à ce titre, vous avez le droit de vous garer pratiquement n'importe où, de toute façon.

Il y avait une longue file devant la porte du restaurant.

— Zut, c'est fichu ! bougonna Wiggins.

Il suivit Jury qui jouait des coudes entre les clients, s'attirant des regards noirs, quelques grondements, déclenchant même une crise de nerfs de la part d'un homme (déjà légèrement éméché par quelques pintes) qui hurla qu'il avait bien envie « d'aller en toucher un mot aux flics du coin ». Sur quoi, Jury sortit sa carte et la lui brandit sous le nez en rétorquant :

— Ça tombe bien, le flic du coin, c'est moi.

En franchissant la porte, Wiggins lui souffla :

— Tout de même, monsieur, on ne devrait pas. Griller la queue devant tous ces gens…

Ce fut au tour de Jury de lui lancer un regard torve. Ils poursuivirent leur route sans se laisser démonter.

Le vieux serveur qui les plaçait toujours s'apprêtait à installer le premier couple de la file à une table, mais, apercevant Jury et Wiggins, il leur barra la route d'un bras et de l'autre fit signe aux deux policiers de se dépêcher de prendre la seule table disponible.

Jury ricana en entendant le couple, outré, exiger de voir le directeur. Le directeur étant Danny Wu, ils pouvaient toujours aller pleurnicher que « ces deux-là » leur avaient pris leur table.

Wiggins ouvrit le menu et soupira. C'était toujours la même liste copieuse, haute, étroite, s'étalant sur huit pages, que Wiggins lisait du début à la fin avec la dévotion d'un juif hassidique lisant le Talmud. Il écouta attentivement la liste de plats du jour que lui récita le serveur, mais ne parvint pas à faire son choix. Le serveur s'éloigna pour aller chercher leur thé.

— On est là pour le plaisir ou pour le boulot, monsieur ? Danny Wu est de nouveau dans le pétrin ?

Jury secoua sa serviette rouge.

— Danny est toujours dans le pétrin : il y est jusqu'à la poitrine mais pas encore jusqu'au cou, ce qui lui laisse une marge de manœuvre considérable. Vous n'avez pas lu son dossier ?

— Pas depuis ce meurtre à Limehouse, pour lequel il a été soupçonné. Vous pensez qu'il a des liens avec la Mafia ?

— Il a des liens avec les Triades, avec Whitehall, avec le 10 Downing Street et très certainement avec Victoria Street. Ce qui ne veut pas dire qu'il appartient à la Mafia ni qu'il travaille en free lance pour elle…

— Victoria Street ? Mais c'est nous, ça !

— Oui, nous. Pas spécifiquement vous et moi, mais quelqu'un.

— Qu'est-ce qui…

Il s'interrompit. Une petite serveuse noiraude, vieille et desséchée, venait de déposer sur leur table une théière en terre cuite et deux petites tasses dans lesquelles elle versa de l'ambre en fusion.

— Qu'est-ce qui vous fait dire ça, monsieur ?

Wiggins versa deux cuillerées de sucre bien pleines dans sa tasse minuscule.

— Vous avez déjà vu ce restaurant fermé ? demanda Jury. Je veux dire, fermé par arrêté préfectoral ?

Wiggins but une gorgée de thé en fronçant les sourcils.

— Non, jamais, à ma connaissance.

— Il suffirait qu'une cliente pousse un cri parce qu'une souris vient de lui filer entre les jambes pour que la santé publique débarque et colle un panneau *FERMÉ* sur cette porte. La méthode la plus évidente pour contraindre Danny Wu de « collaborer à nos enquêtes » serait de lui faire baisser le rideau. On n'aurait même pas besoin d'une souris. Il suffirait d'un inspecteur de la santé publique soigneusement briefé. À votre santé !

Jury but son thé.

Danny Wu se matérialisa soudain, presque par magie, devant leur table, toujours aussi élégamment vêtu.

— Stegna ? demanda Wiggins.

— Tout juste, répondit Danny. Comment se fait-il que vous connaissiez si bien la mode italienne ?

— Ça doit être à force de me côtoyer, répondit Jury. Pour les fringues, une seule adresse, l'Armée du Salut.

Danny se mit à rire et répliqua :

— Vous êtes hors mode, commissaire.

— C'est un compliment ?

Jury sourit en se souvenant que c'était là une des questions de Carole-Anne : « C'est encore un de tes compliments ? »

— J'aime bien me balader dans Upper Sloane Street, avoua Wiggins. Il m'arrive aussi de faire un saut chez Harvey Nick's...

Jury arqua un sourcil.

— Chez Harvey Nick's ? En tout cas, à défaut du costard Hugo Boss ou Ferragamo, vous avez déjà le jargon qui va avec...

Danny leur prodigua ses conseils sur les plats du jour, Poisson croustillant en sauce brune et Canard incrusté de joyaux. Wiggins en prit un, Jury l'autre. Danny transmit leur commande en cantonais, façon mitraillette, à la vieille Chinoise qui leur avait apporté le thé. Pour Jury, ces conversations ressemblaient toujours à un combat, les deux interlocuteurs sortant leur Uzi et arrosant à tout va. Danny se tourna à nouveau vers eux et demanda :

— Vous êtes ici pour le plaisir ou pour le travail ?

— On pourrait dire les deux. Je m'intéresse au vol présumé de plusieurs toiles de la collection Duncan. Ou plutôt, lui ayant appartenu. Ainsi qu'au meurtre du chauffeur de la limousine qui transportait les tableaux. Ça s'est passé près des docks, à Wapping, à deux pas du pub The Town of Ramsgate. C'est sur les fameuses « vieilles marches » que la police de la Tamise a retrouvé le cadavre du chauffeur…

— Comment savez-vous que ceux qui ont tué le chauffeur cherchaient les tableaux ?

— Pour la bonne raison qu'ils ont disparu de sa limousine.

Danny esquissa un haussement à peine perceptible de ses épaules drapées de Stegna.

— Cela pourrait avoir été une manœuvre pour détourner les soupçons. Ils en avaient peut-être uniquement après le chauffeur.

Au même instant, deux assiettes recouvertes de cloches en argent furent déposées sur leur table. Danny les souleva rapidement pour vérifier ce qu'il y avait dessous puis, dans un autre déferlement dialectal, renvoya le canard en cuisine.

Dans son anglais impeccable, il demanda à Jury :

— Le moment est-il venu pour moi de porter plainte pour harcèlement policier ?

— Ce moment est arrivé depuis belle lurette, le hic c'est que mon patron s'est entiché de vous depuis le meurtre de ce maquereau à Limehouse, l'année dernière.

— Ah, c'est donc lui qui est derrière tout ça !

— En partie, mais pas seulement. Pourquoi avez-vous renvoyé mon Canard embijouté ?

— Les diamants étaient pâteux. Vous voulez bien m'excuser ?

Il fila à l'autre bout de la salle vers le couple qui s'était plaint plus tôt que Jury et Wiggins leur avaient soufflé leur table. Ils étaient désormais en train de piocher dans un étalage de plats, mais râlaient toujours. Danny leur dit quelques mots et ils reprirent leur déjeuner avec un grand sourire. Le maître des lieux venait probablement de leur annoncer que la maison leur offrait le repas.

19

La dernière visite de Jury à Newcastle remontait à plusieurs années (il ne voulait même pas savoir combien), alors qu'il était sur une enquête à Durham. Old Washington, Jerusalem Inn... Tandis qu'il descendait du train et longeait le quai, chaque nom résonnait dans sa tête comme un petit coup de marteau sur son crâne. Il n'y avait pas beaucoup de voyageurs, ce jour-là. Il décida de faire une halte à la cafétéria de la gare pour boire un verre. Il était conscient de chercher à se donner du courage, ce qui contribuait à son agacement. Mais il s'arrêta quand même.

Pendant des années, il avait envoyé de l'argent à sa cousine, ce qui ne lui avait pas valu davantage d'affection en retour. Elle avait dû détester se retrouver ainsi dépendante de lui. Après tout, c'était lui qui, autrefois, avait été à sa charge ; lui qui avait vécu de la charité des autres.

Brendan, son mari, s'était sincèrement échiné à retrouver un emploi. Ce n'était pas sa faute s'il n'avait pas retrouvé le moindre boulot depuis plus d'un an. Jury le savait. Brendan passait régulièrement à l'agence pour l'emploi, scrutant les petites cartes scotchées sur la vitre, qui annonçaient des jobs qui avaient la particularité de se dissoudre dès que vous franchissiez la porte. Sur les cinq dernières années, Brendan avait dû travailler douze mois. C'était un brave type, qui parvenait à tenir le coup sans perdre son sens de l'humour. Il était toujours ravi de voir Jury, car cela lui faisait un compagnon pour aller au pub, un compagnon ayant de l'argent. Jury réglait volontiers les additions, car il savait que Brendan l'appréciait sincèrement. Après tout, il était « de la famille », ce qui signifiait qu'il n'avait pas besoin de jouer la comédie devant lui.

Dans la cafétéria de la gare, Jury demanda une seconde pression.

Même en faisant abstraction de son grade élevé dans la police, tous les hommes assis dans ce troquet l'envieraient chaque jour de leur minable existence. Prenez ce type assis au bar devant son hot-dog : comme il aimerait avoir une piaule à Londres, où il pourrait aller et venir à sa guise, sans Bobonne pour lui rappeler sans cesse qu'il était un raté, loin des braillements de la marmaille. Pouvoir fermer sa porte, descendre au pub sans se soucier d'argent, puis rentrer, seul ou accompagné...

Jury sourit. Tu rêves, mon gars ! Il finit sa bière et sortit.

L'appartement de sa cousine était situé dans une grande maison en briques rouges. Sur le perron, à côté de la porte d'entrée, se trouvaient six boîtes aux lettres, une pour chacun des logements que les promoteurs de cette bâtisse réhabilitée étaient parvenus à coincer dans un espace autrefois spacieux. Brendan et Sarah habitaient dans un des deux appartements du troisième et dernier étage. Il n'y avait pas d'ascenseur. La cage d'escalier était sombre, sauf au niveau du palier entre le premier et le deuxième étage. À chacune de ses visites,

Jury avait remplacé lui-même une ou plusieurs ampoules grillées censées éclairer les paliers. C'était dangereux, avait-il expliqué à sa cousine. Elle pouvait rater une marche, tomber, se casser quelque chose.

« Rater la marche, je connais, c'est toute l'histoire de ma vie », avait-elle rétorqué. Cette façon de présenter les choses avait arraché un sourire à Jury.

Il avait espéré que ce serait Brendan qui lui ouvrirait la porte, mais il n'était pas à la maison.

— Il est parti à l'agence, dit Sarah. Entre donc.

— Eh bien, au moins, il cherche, répondit Jury. Ce n'est pas le cas de la plupart.

Il ôta son manteau et le laissa tomber sur une petite chaise capitonnée vert sombre.

Sarah avait saisi un coussin bleu pâle brodé d'un iris posé sur un fauteuil bleu. Elle le serrait contre ses seins, comme pour parer une attaque imminente. Elle était toujours comme ça avec lui, bourrée de tics défensifs. C'était une hypertendue. Elle avait désormais la soixantaine. Pourtant, malgré les épreuves de la vie, malgré le stress, elle ne faisait pas son âge. Bien que le temps, comme un acide, ait creusé de profonds sillons autour de ses lèvres et de son nez, elle avait toujours cette chevelure soyeuse qui, même grisonnante, gardait des tons doux de fumée d'automne.

— Une bière ?

C'était ce qu'elle était en train de boire, mais Jury en avait déjà abusé. Il avait l'estomac noué, même si c'était sans doute plus dû aux nerfs qu'à l'alcool.

— Je ne pourrais pas plutôt avoir un peu de thé ?

Elle se leva et lança, de son ton mordant habituel :

— Tu m'en diras tant, tu refuses une bière maintenant ?

À l'en croire, il était presque alcoolique. Elle se dirigea vers la cuisine, dont il apercevait un bout de là où il se tenait : le plan de travail blanc, son grand fourneau en fonte dont elle était si fière.

Cela commençait toujours comme ça, par une remarque condescendante par laquelle elle tentait de le rabaisser. Il se demandait d'ailleurs si ce n'était pas à Brendan qu'elle s'adressait par son intermédiaire, Brendan qui, lui, avait vraiment un problème d'alcool. Jury s'assit dans le fauteuil bleu, qui faisait partie d'une paire élimée. Il saisit le coussin qu'elle avait laissé retomber et passa ses doigts sur la broderie délicate, se demandant si c'était elle qui l'avait réalisée.

Il se cala contre le dossier, ressentant une fatigue absurde dont il savait qu'elle venait du simple fait d'être là. Ce n'était pas tant Sarah, c'était la manière dont elle faisait resurgir de son passé un ensemble complexe d'émotions. Son malaise était nourri par la peur. Quand ils étaient enfants, Sarah avait toujours eu le dessus — elle détenait tous les atouts : elle était la plus grande et elle était chez elle. Il trouvait absurde d'avoir peur d'elle et il en avait honte, mais c'était une vieille peur, aussi vieille que l'enfance.

Elle lui tendit une grande tasse de thé. Il se redressa, se sentant soudain comme un invalide.

— Merci.

Elle haussa les épaules, sans qu'il comprenne pourquoi. Ça voulait peut-être dire : « De quoi ? J'en ferais autant pour les éboueurs. » Puis elle s'assit dans l'autre fauteuil, avec une bouteille de bière Adnams et une cigarette. Constatant qu'il ne sortait pas son propre paquet, elle lui offrit une Silk Cut. Quand il fit non de la tête, elle s'exclama :

— Non, je le crois pas ! Tu as arrêté !

— En effet.

Elle renversa la tête en arrière.

— Pitié, Seigneur, encore un ! J'espère que tu ne vas pas devenir pénible et te mettre à faire la morale…

Jury esquissa un demi-sourire.

— J'aurais du mal. Je suis dans une position encore trop vulnérable, je pourrais rechuter à la première occasion.

Il y eut un moment de silence durant lequel elle tira langoureusement sur sa cigarette, inspirant profondément, expirant de petits cercles de fumée au-dessus d'elle. Jury était prêt à parier que Newcastle avait le plus fort taux de fumeurs du pays.

— Où sont les enfants ?

— À un anniversaire. Sauf le petit dernier, Georgie. Il dort. Tu le verras à son réveil. Tu ne l'as encore jamais vu, alors qu'il a dix-huit mois !

Les lèvres pincées, elle secoua la tête comme si Jury avait lui-même dix-huit mois et était aussi désespérant que Georgie.

— Alors, Richard, reprit-elle. Qu'est-ce qui nous vaut l'honneur de cette visite ?

Elle semblait incapable de lui adresser la parole sans ce ton mordant, cet air rancunier.

— Je suis venu pour une affaire de police et j'ai eu envie de vous voir, mentit-il. Je suis désolé d'avoir attendu si longtemps. Ma seule excuse est toujours la même : trop de boulot.

Il s'interrompit, se demandant comment procéder. Il savait ce qui n'allait pas, ce qui n'irait pas : il voulait obtenir des informations de quelqu'un qui ne voudrait probablement pas les lui donner, qui ne voudrait pas l'aider à se souvenir. Être à même de combler les vides dans la mémoire de Jury serait pour elle une source de pouvoir, une faveur qu'elle pouvait aussi bien lui accorder que lui refuser. Il avait du mal à croire qu'elle ressentait encore de la rancœur envers l'enfant qu'il avait été. Mais, se rappela-t-il, elle en voulait aussi à l'homme qu'il était devenu, à la vie qu'il avait aperçue dans la cafétéria de la gare.

— Tu te souviens, quand on était mômes ?

Elle haussa des sourcils interrogateurs.

— Si je me souviens de quoi ?

— Oh, je ne sais pas... De choses et d'autres. Rien de bien précis.

Comme elle ne réagissait toujours pas, se contentant de fumer et de boire, il ne sut pas comment enchaîner. Son fauteuil faisait face à une fenêtre donnant à l'ouest et le soleil descendant ourlait les nuages d'or blanc.

— Je pensais à ma mère. Et à la guerre. Tu te souviens de la maison de Fulham Road qui a été démolie ? J'entends encore les bombes. J'entends encore celle qui a rasé la maison.

Elle fronça les sourcils.

— La maison a bien été rasée par une bombe, mais tu n'y étais pas. C'était pendant un de ces raids de « nuisance », en 44, je crois. Qu'est-ce que tu veux, c'est la vie ! Avoir survécu au Blitz, avoir traversé le pire de la guerre, pour se faire tuer lors d'un dernier bombardement qui n'avait aucun sens...

Elle secoua la tête devant cette ironie du sort.

Jury était sidéré.

— Mais... j'ai toujours cru que... que j'y étais... Je veux dire... Je m'en souviens... Tu comprends, je me revois là-bas...

Le black-out, sa mère enfouie sous les décombres. Il n'arrivait pas à enregistrer cette nouvelle information.

— Tu marches vraiment à côté de tes pompes, mon pauvre Richard. Tu devrais peut-être voir un psy.

Elle esquissa un sourire, comme ravie d'avoir trouvé un chemin d'accès dans l'esprit de Jury, un lieu où elle pourrait éventuellement s'amuser, jouer avec les faits et les souvenirs.

— Mais… l'appartement de Fulham. Je vois encore maman, sous le plâtre et les planches…

Il ne pouvait rien y faire.

Aussi inconcevable que celui puisse paraître, elle éclata de rire.

Il était hors de lui.

— Qu'est-ce que tu trouves là de si drôle, Sarah ?

Son rire était en grande partie forcé.

— C'est que tu vois les choses d'une manière si… théâtrale ! Comme au cinéma…

Elle parut assez contente de son analyse, puis enfonça le clou :

— Oui, vraiment, on se croirait dans un film de guerre. Dans *Madame Miniver*, ou quelque chose dans ce goût-là.

Il n'arrivait pas à y croire. Comment avait-il pu traverser toute sa vie avec ses quelques rares souvenirs imprimés de manière indélébile dans son cerveau, pour découvrir soudain qu'ils étaient faux, un parfait pipeau, un pur produit de son invention ? Comment ? D'un autre côté, il avait eu toute liberté de les inventer, puisque personne ne l'avait jamais contredit. S'il avait interrogé son oncle, le gentil, il le lui aurait dit. Mais, naturellement, les adultes évitent d'aborder d'eux-mêmes ce genre de sujet.

Elle écrasa sa cigarette, finit son Adnams et se leva.

— Attends un instant.

Elle sortit du salon et il l'entendit aller et venir dans la pièce d'à côté en jurant et marmonnant comme si elle parlait à quelqu'un.

Il était sur le point de se lever pour aller vérifier si tout allait bien mais elle revint dans le salon avec une boîte à chaussures blanche. Entre le canapé brun et les fauteuils bleus se trouvait une table ronde qu'elle rapprocha entre eux. Elle tira ensuite son fauteuil et s'assit en face de lui.

Des photos, pensa Jury. Encore des photos.

Quand elle ouvrit le couvercle de la boîte, il sentit une décharge d'adrénaline le clouer sur sa chaise. Si ces photos contredisaient ce dont il se souvenait, il ne voulait pas les voir. Pas question. Il avait vécu trop longtemps avec ces images de vie et de mort dans Fulham Road.

— Elle portait du noir.

Sarah triait les clichés, en mettait un de côté de temps en temps. Soit il n'avait pas parlé assez fort, soit elle n'avait pas entendu : « Elle portait du noir. »

Elle déposa enfin les photos sélectionnées en éventail, comme si elle abattait son jeu, puis en tapota une. Elle était sombre, peut-être prise avec un de ces vieux Brownie carrés.

— On est tous là, sauf ton père. Il était en Allemagne.

Jury vit un groupe de quatre adultes, un nourrisson et une fillette d'environ sept ou huit ans.

— C'est toi, ça, non ? Et moi, je suis là aussi ?

— Ne fais pas l'idiot ! Bien sûr, le petit, là, c'est toi. Tiens, voilà ton père.

Elle lui tendit la photo d'un homme en uniforme.

— Tu savais qu'il était dans la RAF, non ?

— Oui, bien sûr.

Il se sentait sur la défensive parce qu'elle en savait plus que lui. Comment était-elle devenue le dépositaire de tous leurs souvenirs ?

— Son avion, un Spitfire, a été abattu, c'est ça, non ?

— Oui, sur ce point au moins tu as raison.

Apparemment, lui, il incarnait la faillibilité de la mémoire.

— Je me souviens d'avoir été évacué. Je me revois dans le Devon ou le Dorset, avec tout un tas d'autres gamins…

— Ce n'était pas pendant la guerre. Et tu n'as pas été évacué. Tu as été placé dans une famille d'accueil avec d'autres enfants.

Jury la dévisagea en fronçant les sourcils.

— Dans une famille d'accueil ?

— Tu ne te souviens pas de cette horrible bonne femme, Mrs Simkin ? Pourtant, Dieu sait qu'elle était gratinée ! Elle s'était arrangée pour obtenir la garde d'une demi-douzaine de gamins, pour toucher les allocations. On lui en a retiré deux, dont toi. Attends…

Ses doigts fouillèrent de nouveau dans la boîte à chaussures. Elle sortit un nouveau cliché, qu'elle lui tendit.

— Regarde.

Des enfants étaient alignés en un rang désordonné. Il fut soulagé de constater qu'ils étaient tels que dans son souvenir, même s'il s'était trompé sur la cause de sa présence parmi eux. Il était là, près de la fille la plus grande. Même si l'image était en noir et blanc, il pouvait voir que c'était bien le trublion aux cheveux de feu. Ils semblaient vibrer, comme si même l'immobilité d'une photographie ne pouvait les figer. Jury sourit à la rouquine qui lui avait empoisonné l'existence. Elle avait fini par devenir sa balise ; cette enfant insupportable, qui l'avait tant tourmenté et raillé, pouvait encore l'aider ou lui mettre des bâtons dans les roues. Pour une étrange raison, cette idée plut à Jury.

— Tiens, celle-ci, c'est la meilleure. Ta mère et toi.

Ce n'était plus un instantané mais un portrait de studio. Le format était également plus grand. Elle avait un bras étendu sur le dossier d'un canapé dont un côté était plus haut que l'autre. Il devait avoir trois ou quatre ans et était assis à sa gauche, dans le creux de son bras. Il paraissait aux anges.

Sarah parlait toujours, mais sa voix semblait lointaine, comme un son essayant de contourner une muraille. Il ne fit aucun commentaire sur la photo. Il trouvait sa mère très belle.

— Je peux garder celle des enfants de la famille d'accueil ? Et celle de ma mère et moi ?

Elle haussa les épaules, retrouvant son air habituel d'indifférence.

— Tu peux toutes les emporter, si tu veux.

Ayant assené sa version révisionniste de l'enfance de son cousin, elle n'avait plus besoin de preuves.

Jury était fatigué et prêt à partir. Sortir de là serait un tel soulagement. Il prétexta avoir un train à prendre.

— Tu ne dînes pas avec nous ? Brendan va rentrer d'une minute à…

La porte s'ouvrit et Brendan entra.

— Quand on parle du loup…

Brendan traînait dans son sillage bien des souvenirs de beuverie. Son visage s'illumina quand il aperçut Jury.

— Richard ! D'où tu débarques comme ça ?

Il lui donna un coup de poing viril dans l'épaule.

Sarah demanda sur un ton grincheux :

— Où sont Jasmine et Christabel ? Tu devais passer les prendre chez les Rafferty…

— J'y suis passé. Elles voulaient aller au Burger King avec les autres.

Jasmine. Christabel. Où était-elle allée chercher des prénoms pareils ? On pouvait toujours reconnaître les parents qui manquaient de confiance en eux. Ils donnaient à leurs enfants des noms étranges, craignant qu'une simple Marie ou Alice ne parvienne pas à se distinguer du lot. De la nasse ?

— Tu as déjà claqué ton chèque du chômage chez Noonan's, je parie.

— Oh, lâche-moi un peu, tu veux ?

Brendan sortit un bout de papier plié de la poche de sa chemise et le lui tendit.

— Je ne l'ai même pas encaissé, mon cœur. Parlant de Noonan's, Rich, ça te dit ?

Jury n'en avait pas trop envie, mais c'était encore le moyen le plus élégant de faire sa sortie.

— Merci, une bonne pression ne serait pas de refus.

Irlandais jusqu'au bout des ongles, Brendan esquissa quelques pas de gigue puis agita les mains en l'air.

— Bon alors, on y va ?

Jury lança un regard vers Sarah, l'invitant tacitement à se joindre à eux tout en sachant qu'elle refuserait.

— Moi ? Moi, au pub ? Et qui gardera le petit, hein ? J'aimerais bien le savoir ! Tu ne l'as même pas vu.

— Peut-être en revenant…

Il savait déjà qu'il ne reviendrait pas.

— Pourquoi est-ce qu'elle me déteste autant ? demanda-t-il à Brendan.

Ils se tenaient au bar du Noonan's, un pub bruyant. Certes, tous les hommes autour d'eux n'étaient pas désœuvrés, l'agence locale pour l'emploi leur ayant déniché quelques jobs. Pour ces derniers, le pub était un lieu où échapper à la monotonie du travail, comme il permettait aux autres de fuir la morosité du chômage.

Brendan leva sa chope en répondant :

— Mais non, elle ne te déteste pas, du moins pas quand tu as le dos tourné.

Il s'essuya sous le nez avec son mouchoir avant d'ajouter :

— Elle chante toujours tes louanges auprès de ses amis.

Il prit une voix de fausset pour la singer :

— « Un commissaire de police, parfaitement. Et pas n'importe où, s'il vous plaît, à Scotland Yard ! »

Jury sourit.

— On discutait de notre enfance. Il semble que tous mes souvenirs soient faux.

Brendan écarta ses doutes d'un geste.

— Elle t'asticotait, mon vieux, elle se foutait de toi. Elle me fait le coup sans arrêt, et pareil avec les gamins. Faut pas la prendre trop au sérieux.

Perplexe, Jury but sa bière tout en repensant à son après-midi. Puis il tapota la poche de sa veste, où se trouvaient les deux photos.

Au moment où il gravissait l'escalier du perron de son immeuble, à Islington, Mrs Wasserman, qui habitait l'appartement pompeusement qualifié de « rez-de-jardin », monta précipitamment les quelques marches devant sa porte. Jury l'avait aidée au fil des ans à résoudre ses problèmes de « sécurité », posant de nouveaux verrous, inspectant ses fenêtres, et toutes sortes d'autres choses pouvant contribuer à la rassurer. Jeune fille, elle avait été internée dans un camp, où elle avait vu les membres de sa famille mourir sous ses yeux, d'abord l'un, puis l'autre. Et pire encore.

Jury redescendit l'escalier.

— Mrs Wasserman, il se passe quelque chose ? Généralement vous êtes couchée, à cette heure-ci.

Elle resserra le col de son peignoir sur sa gorge.

— Non, non, non. Je suis souvent debout jusqu'au petit matin. Impossible de fermer l'œil. Vous pourriez entrer juste une minute, Mr Jury ? Une minute, je ne vous garderai pas plus.

Jury sourit.

— J'ai tout mon temps.

Il la suivit dans son appartement. Celui-ci était confortablement aménagé, avec de bons vieux fauteuils, un canapé tapissé de chintz. Il y avait aussi une grande armoire, des chaises et des guéridons.

— Je peux vous offrir quelque chose ? Un whisky ? Un café ? Du tchaï ?

— Du quoi ?

— C'est Carole-Anne qui m'en a apporté. Elle dit que c'est la plus saine des boissons. C'est une sorte de mélange de thé et d'épices.

— En matière de diététique, je ne me fierais pas trop à Carole-Anne. Après tout, c'est quand même une adepte de la friture au petit déjeuner…

— À dire vrai, elle m'a recommandé d'en boire tous les jours pendant une semaine, puis de lui dire si je me sentais mieux. C'est censé faire des miracles, mais sincèrement quel goût, Mr Jury ! Épouvantable !

— Elle aura simplement voulu le tester sur vous avant d'en boire elle-même. Une tasse de bon vieux thé anglais m'ira parfaitement.

Quand elle fut sortie du salon, Jury aperçut deux albums de photos sur la table basse, dont un ouvert. Il s'assit sur le canapé et soupira. Des photos, encore des photos. Partout des photos. Anciennes, là aussi.

Mrs Wasserman revint avec deux grandes tasses de

thé dont Jury savait à l'avance qu'il serait trop sucré mais qu'il le boirait quand même. Lorsqu'elle le vit tourner les pages de l'album, elle déclara :

— Ce sont elles qui m'ont...

Jury attendit qu'elle finisse sa phrase. Puis, ne voyant rien venir, il demanda :

— Ce sont des membres de votre famille, Mrs Wasserman ?

Il connaissait déjà la réponse et était légèrement surpris de ne les avoir jamais vues auparavant. Elle resta debout près du canapé, tenant sa tasse de thé, fixant les clichés d'un air inquiet.

Il demanda doucement :

— Mrs Wasserman ?

Elle hésita.

— Oui ?

Elle semblait désemparée. Il regarda plus attentivement la photo d'une adolescente d'environ treize ou quatorze ans, encadrée par un couple d'âge moyen, sûrement son père et sa mère. Il ne reconnaissait pas vraiment Mrs Wasserman dans la jeune fille, mais la femme plus âgée ressemblait comme deux gouttes d'eau à sa Mrs Wasserman d'aujourd'hui.

— C'est vous enfant, n'est-ce pas ?

Il tapota l'adolescente du bout d'un ongle.

Mrs Wasserman émit un petit rire triste. Un rire nerveux, angoissé.

— Oui. Avec ma mère, je suppose. Et l'homme doit être... mon père ?

Elle semblait demander confirmation à Jury.

— Vous ressemblez vraiment à votre mère.

Il étudia l'image, l'arrière-plan, le bâtiment devant lequel ils se tenaient. Dans le coin droit, il aperçut le talon d'un soulier et un morceau de jambe. Ils se trouvaient dans une rue, et quelqu'un venait de passer devant eux. Il imagina d'autres passants, attendant sur les côtés pour ne pas gêner le photographe. Derrière la petite famille, une enseigne, à moitié cachée par leurs corps. Il lut *onist* et se demanda si ce n'était pas la fin du mot *tobacconist*. Sur la droite, on apercevait deux présentoirs à cartes postales dressés près de rayons de journaux. Jury plissa des yeux.

— Mrs Wasserman, vous n'auriez pas une loupe ?

Maintenant que quelqu'un semblait disposé à résoudre son problème (Jury ignorait toujours de quoi il s'agissait), elle était prête à faire tout ce qu'on lui demandait.

— Oui, oui.

Elle se dirigea rapidement vers l'armoire, ouvrit un tiroir et en sortit une grande loupe qu'elle tendit à Jury.

Jury l'approcha de la photo. Il cherchait à lire la date sous le titre du journal. Celui-ci ressemblait à *Berlin* quelque chose. La date était le 9 novembre 1938. Cela lui disait quelque chose. Malheureusement, la manchette était trop sombre.

L'air absente, elle s'assit sur le bord d'une chaise en bois de rose.

— Vous viviez à Berlin, n'est-ce pas ? Votre père…

Puis il se souvint. Son père était mort à la suite d'une de ces terrifiantes rafles orchestrées par les SS.

Elle détourna les yeux.

— Oui, pendant un temps. Ce devait être à cette époque.

Elle indiqua la photo d'un signe du menton. Pourtant, l'image ne semblait pas aider sa mémoire à aller plus loin. C'était peut-être ce qui la troublait.

Il sortit le cliché des enfants confiés à l'horrible Mrs Simkin et le lui tendit.

Elle remit ses lunettes, regarda, sourit.

— C'est vous, Mr Jury ? Et vos amis ?

— Je crois, Mrs Wasserman.

Il voulait qu'elle sache qu'elle n'était pas la seule à souffrir d'une mémoire défaillante.

— Je suppose qu'il y a des choses dont on ne peut jamais être sûr.

Il se leva et lui souhaita bonne nuit.

En remontant chez lui, cela lui vint subitement : le 9 novembre 1938… *Kristallnacht*. La nuit de cristal. Voilà ! C'est à cette date qu'on était venu lui prendre son père, lui avait-elle dit une fois. Elle ne l'avait jamais revu.

La perte de mémoire, se dit-il, était parfois fortuite.

Plus tard dans son lit, les mains sous la nuque, les photos de sa mère et des orphelins posées contre sa lampe de chevet, il pensa : il ne se brise jamais. Il pouvait s'étirer d'un quartier à un autre, à travers tout un pays ou jusque dans la mort, mais il ne se rompait jamais, ce lien entre les parents et leurs enfants.

20

Tout au long du trajet, de Northampton à l'entrée de la M1, pendant leur brève halte à Newport Pagnel pour une assiette de fromage, des pickles et une bière, le retour sur la M1, zigzaguant entre les travaux qui les faisaient avancer à vingt kilomètres à l'heure, laissant de côté la sortie pour Luxton et la suggestion qu'ils pourraient sortir à Haysendon pour visiter la réserve ornithologique, puis passant devant St Alban avant de rejoindre enfin le périphérique nord et l'A41, qui aurait dû les conduire jusqu'au cœur de Londres s'ils ne s'étaient pas retrouvés sur l'A-je-ne-sais-combien, ne s'étaient pas trompés de route dans Hornsley, errant dans Hornsley, Finchley et Crouch End… ; tout au long du trajet, donc, Melrose avait enduré l'exposé de Trueblood sur la Renaissance italienne et l'art non seulement de Masaccio, mais également de ses amis, de ses maîtres et de ses élèves, Masolino, Donatello, Brunelleschi, avant de bifurquer (un peu comme ils l'avaient fait à Toddington) vers Sienne, Pise et Lucques, de revenir à Florence, à Michel-Ange, au maniérisme, puis de s'attaquer au dôme que Brunelleschi avait édifié pour la cathédrale (était-ce avant ou après l'affaire des portes du baptistère ?), aux portes sud dudit baptistère, réalisées par Pisano avec des panneaux présentant les huit vertus cardinales (dont aucune n'avait été respectée au cours de ce voyage), aux conflits absurdes entre les guelfes et les gibelins, au Palazzo Vecchio, aux Offices et à Léonard de Vinci, et de revenir sur Giotto, à l'invention de la perspective et à ce charmant petit restaurant, juste à deux pas du Ponte Vecchio, dont il avait oublié le nom (fâcheux, vu qu'il n'avait rien oublié d'autre)...

Aussi, lorsque Trueblood freina pile devant Boring's, Melrose avait l'impression d'avoir été étourdi par une fléchette hypodermique.

— Je file chez Ellie Ickley ! lança Trueblood. On dîne au Fisole. Elle *adore* Florence. Elle y a vécu une dizaine d'années et en connaît le moindre centimètre carré. Tu es cordialement invité à te joindre à nous.

— Merci, mais je dîne avec Jury.

Trueblood fit rugir son moteur, le salua d'un signe de la main et redémarra en trombe.

Melrose entra chez Boring's avec le cerveau en compote. Toutefois, il était conscient de n'avoir eu qu'une vision d'ensemble, peinte à grands coups de pinceau. Il les imaginait tous les deux, Trueblood et Ickley, en train d'énumérer un à un tous les détails de la construction du dôme de Brunelleschi, tuile après tuile, brique après brique, placées en chevrons afin de se soutenir les unes les autres. Pour sa part, Melrose avait grand besoin d'un soutien extérieur. Et surtout pas de se retrouver pris en sandwich au dîner entre deux amoureux de Florence, deux fanatiques de *Firenze* ! Il serait réduit en *pesto*, à de la farce de tortellini, saupoudré de pecorino râpé. Il fallait espérer qu'une fois à Florence Trueblood irait errer seul dans les rues, lui permettant d'échapper, ne serait-ce qu'une heure ou deux, à un exposé sur la contribution à l'art de Giorgio Vasari (ou de Giorgio Armani, une tout autre histoire).

Melrose constata avec satisfaction que Boring's s'était remis du choc provoqué par le meurtre de l'un de ses membres un an plus tôt et avait retrouvé son état habituel de somnolence. Dans l'entrée, la lumière tamisée faisait briller l'acajou lustré de l'escalier en colimaçon qui s'enroulait sans fin jusqu'au dernier palier, que Melrose ne pouvait apercevoir et qui, pour autant qu'il sût, crevait le plafond et s'élevait vers les cieux telle une méditation à la Boring's sur le dôme de Brunelleschi. Même la mouche sur l'abat-jour du comptoir d'accueil semblait fossilisée.

Terrifiante, cette impression d'avancer sur un parterre en mélasse. Il sentait déjà ses paupières s'alourdir. Il secoua la tête pour s'éclaircir les idées. Il avait la sensation d'être là depuis des heures. Boring's possédait son propre espace-temps, n'ayant jamais pris au sérieux l'heure de Greenwich.

Comme personne ne venait à sa rencontre, il se demanda si ses pieds parviendraient à le porter jusqu'au salon, où il pourrait enfin trouver de l'aide et du whisky. En outre, s'il devait s'endormir, autant que ce soit devant un bon feu, un verre à la main, assis dans un confortable fauteuil en cuir râpé.

Trueblood était passé le prendre à une heure si effroyablement grisâtre que Melrose n'avait même pas eu le temps de lire son journal. Ce rituel ne lui servait pas à savoir ce que faisait le monde, juste à vérifier qu'il tournait toujours. Il y avait pourtant là des exemplaires de tous les quotidiens, mais il ne ressentait aucun désir de lire. Il perçut plutôt qu'il n'entendit quelqu'un approcher derrière lui et se tourna pour voir le concierge de Boring's, le jeune Higgins. Le jeune Higgins était loin d'être jeune, et Melrose déclina son offre de lui prendre son sac. Avec une sorte de salut sincère quoique légèrement atone, le jeune Higgins déclara à Melrose qu'il était ravi de le revoir chez Boring's et lui demanda s'il avait besoin de quelque chose. Melrose lui répondit qu'il descendrait un peu plus tard pour boire un verre, le remercia et, portant lui-même son sac, monta le grand escalier tapissé d'un épais chemin.

À dix-neuf heures, le niveau d'activité dans le salon s'était accru progressivement avec les conversations apéritives, la bonne humeur ambiante étant stimulée par le whisky et la perspective du dîner prochain. Une demi-douzaine de membres étaient assis là, buvant ou somnolant. Melrose salua de la main le colonel Neame, qui occupait toujours le même fauteuil près de la cheminée, généralement en compagnie de son ami le major Champs.

Richard Jury et Melrose Plant sirotaient un excellent pur malt, leur propre conversation sombrant lentement mais sûrement dans l'inconséquence : ils étaient occupés à parier sur ce qu'il y aurait au menu. Melrose plaqua un billet de cinq livres sur le guéridon et déclara :

— En hors-d'œuvre, soupe Windsor.

Jury fronça les sourcils.

— Cinq livres ? Ça va pas, non ? Je suis fonctionnaire, moi, je ne peux pas me permettre de gaspiller quinze livres, ce qui pourrait bien arriver vu qu'il y a trois plats. Et puis, j'allais dire soupe Windsor, moi aussi.

Il fouilla dans sa poche, compta en silence puis :

— Une livre soixante-dix, voilà tout ce que je peux miser, conclut-il.

Melrose grogna et fit mine de s'arracher les cheveux

lorsqu'un serveur vint lui annoncer qu'on le demandait au téléphone. Voulait-il bien prendre l'appel à la réception ? Tandis qu'il sortait de la pièce, Jury se leva à son tour et rejoignit le colonel Neame près du feu.

C'était Trueblood au téléphone, pour décider de l'heure de leur rendez-vous du lendemain pour se rendre à l'aéroport de Heathrow.

— Non, je t'en prie, pas si tôt que ça !

— Tu sais comment ils sont, avec la sécurité, ces jours-ci.

Ils se chamaillèrent puis convinrent d'une heure.

— Comment va Miss Ickley ? Qu'est-ce qu'elle a pensé du présumé Masaccio ?

— Elle n'a pas encore décidé.

Melrose raccrocha puis retourna dans le salon, où Jury avait commandé une seconde tournée.

— Bon, reprit Jury. On en était aux hors-d'œuvre. Je te laisse la soupe et j'opte pour un cocktail aux crevettes… Non, attends… Je vais dire avocat farci au stilton.

— Farci au stilton ? Ce n'est pas un peu sophistiqué, pour Boring's ?

— Si, mais l'avocat au stilton fait fureur dans tout Londres en ce moment.

— Soit. Plat principal : de la sole.

— J'espère, j'adore la sole. Mais je dirais plutôt… de l'agneau de printemps. Non, attends, on n'est pas encore au printemps. Disons simplement de l'agneau.

Melrose plissa le front.

— Un agneau reste un agneau, non ? C'est toujours de l'agneau de printemps. Quoi qu'il en soit, je change pour du civet de lièvre.

— Du civet de lièvre ? Ils servent ça, ici ? J'aurais pensé que c'était réservé à des palais avertis.

Melrose balaya la salle d'un geste de la main.

— Qu'est-ce qu'il y a d'autre, ici, à part des palais hyperavertis ?

Jury maugréa :

— J'accepte, mais tu n'es pas censé revenir sur un plat que tu as déjà nommé.

— Je rêve ! Depuis quand Monsieur est-il si attaché aux règles ? D'ailleurs, quand est-ce qu'on a arrêté des règles ?

— Je ne pense pas que j'aimerais du civet de lièvre. Dès que je vois un civet, je déprime. Les civets me rappellent Carrie Fleet. Tu te souviens ?

— Comment pourrais-je jamais oublier ?

Ils burent en silence un petit moment, tous deux songeant à Carrie Fleet, tous deux au bord d'une tristesse indicible. Melrose se retourna en sursaut quand un jeune serveur (vraiment jeune celui-ci, d'une jeunesse à la Dickens, avec des cheveux poil-de-carotte) vint leur annoncer que le dîner allait être servi et leur demander s'ils souhaitaient un autre whisky. Tous deux refusèrent, Melrose annonçant qu'ils prendraient du vin pour le dîner.

La salle à manger était une belle et vaste pièce, avec de hautes fenêtres, des moulures, des lambris sombres briqués au point qu'on pouvait presque se voir dedans. Des ventilateurs de plafond tournaient au-dessus des têtes, tandis qu'un lustre central projetait des perles de lumière sur les tables et les chaises.

Le sommelier entra dans une douce transe extatique lorsque Melrose lui annonça qu'ils prendraient un pinot noir d'un cru manifestement exceptionnel (pas autant que son prix !). Puis il laissa la place au jeune Higgins, qui déposa devant eux le premier plat : des avocats cuits et farcis au stilton.

Médusé, Melrose demanda à Jury s'il s'agissait réellement d'une nouvelle mode.

— Je te l'ai dit : c'est très branché, en ce moment. N'oublie pas, j'ai misé une livre soixante-quinze contre tes cinq livres. On a oublié le dessert. Je parie sur un pudding à la mélasse. Non, de la tarte !

— Aux groseilles à maquereaux… Non ! Une sorte de génoise roulée…

Jury balaya la salle du regard.

— Je peux imaginer des endroits pires que celui-ci pour passer mes vieux jours.

— Oui, ta tête sur une pique plantée sur le Tower Bridge, par exemple. Crois-moi, te connaissant, tu ne tiendrais pas longtemps. Moi, en revanche, je suis le candidat idéal pour la retraite.

Jury fit claquer ses lèvres et écarta d'un geste la remarque de Melrose.

— Mais si ! insista celui-ci. Regarde-moi, regarde ma vie. Je suis déjà à la retraite. Je peux m'envoler pour Florence sur un coup de tête. Au fait, c'était Trueblood, tout à l'heure.

Jury ne réagissant pas, Melrose expliqua :

— Le coup de téléphone de tout à l'heure ? Souffrirais-tu par hasard de troubles de ta mémoire à court terme ?

— Plutôt de celle à long terme.

Jury lança un regard vers les fenêtres sombres.

— Qu'est-ce que tu veux dire ?

Le sommelier réapparut au même instant, présentant la bouteille à Melrose. Celui-ci approuva et le bouchon de liège fut ôté. Puis Melrose refusa de goûter, indiquant au sommelier de verser directement le vin dans les verres. Il parut légèrement choqué, mais s'exécuta sans rien dire et s'éloigna.

— Pourquoi ils font toujours ça ? Tu sais, te montrer l'étiquette. Au cas où tu les soupçonnerais de vouloir te refourguer de la piquette à la place de ce que tu as commandé ?

— Ça fait partie du spectacle, du rituel.

Ils mangèrent en silence quelques minutes.

Le jeune Higgins revint, retira leur assiette d'avocat et annonça que l'agneau suivrait dans quelques minutes.

Jury prit un air surpris et leva des mains innocentes tandis que Melrose le dévisageait, hébété. Puis il fit un rapide calcul mental.

— Tu me dois désormais trois livres quarante…

— Filons à Las Vegas, pendant que tu es encore en veine. De quoi parlait-on, déjà ?

— De la perte de mémoire. Tu te souviens quand on était assis ici même, en novembre dernier ?

— Oui, très bien.

— On discutait de la guerre. Je veux dire, de la Seconde Guerre mondiale.

Melrose hocha la tête, prêtant à peine attention aux assiettes d'agneau et aux plats en argent remplis de pommes de terre et de petits pois que Higgins plaçait entre eux.

— Je m'en souviens. Tu me disais que tu avais été évacué. Ta… euh, cousine, c'est bien ça ?… qui habite à Newcastle, t'avait raconté comment ça s'était passé.

Jury acquiesça.

— Sauf qu'elle m'a dit que je n'étais pas dans la maison de Fulham Road quand ma mère a été tuée. Et que j'étais plus jeune que je ne l'avais cru. Je n'avais sans doute pas plus de deux ou trois ans. J'aurais nettement préféré qu'elle soit morte alors que j'étais avec elle.

— Pas moi, mon vieux. Si tu avais été avec elle, tu

ne serais probablement pas ici avec moi aujourd'hui. N'empêche, je comprends ce que tu ressens.

Ils mangèrent en silence pendant un long moment, se passant les plats de légumes, dégustant le vin. Puis Melrose demanda :

— Et sa mémoire à elle ? Celle de ta cousine ?

Jury releva les yeux de son assiette.

— Tu veux dire que ses souvenirs pourraient être faux ?

— Bien sûr.

— Elle est plus âgée que moi, elle se souvient mieux…

Jury sourit avant d'ajouter :

— Son mari, Brendan, m'a dit qu'elle me faisait marcher. Elle ne m'a jamais beaucoup aimé.

— Elle est malfaisante ?

— Malfaisante… ? Non, je n'irais pas jusque-là.

— D'accord, alors donne-moi un terme plus approprié.

Pendant que Higgins débarrassait leurs assiettes, Jury réfléchit puis répondit :

— Je dirais plutôt qu'elle est pleine de rancœur, peut-être parce que mon oncle s'est beaucoup occupé de moi. C'est lui qui m'a recueilli. Ma tante était gentille, mais pas trop enthousiaste à l'idée d'accueillir un autre enfant. Quand mon oncle est mort, elle a estimé qu'elle ne pouvait plus me garder, pas avec leurs trois autres enfants. Les deux autres sont morts depuis, d'ailleurs.

Le jeune Higgins s'éclaircit la gorge et annonça :

— Votre tarte à la mélasse sera prête dans quelques instants. Prendrez-vous le café au salon ?

Melrose acquiesça puis fixa Jury d'un air incrédule.

— Tu as tout gagné !

Jury sourit, haussa les épaules, genre modeste.

De retour dans le salon, assis dans les mêmes fauteuils qu'ils avaient occupés plus tôt, Jury reprit :

— Ce qui me chiffonne, c'est qu'elle m'a montré des photos..., moi avec d'autres gamins. Je me souvenais bien d'eux, sauf que c'était plusieurs années après ce que je pensais, dans le Devon. Il s'agissait d'enfants placés en famille d'accueil, qu'une femme avait récupérés pour toucher les allocations...

— Au lieu d'enfants évacués dont tu pensais faire partie ?

— Oui.

— Les photos peuvent transmettre une part de la vérité, mais pas forcément toute la vérité.

Une bûche se fendit et s'effondra dans l'âtre, projetant des étincelles. Les flammes crachotèrent, se résorbèrent dans les braises ardentes, s'élevèrent à nouveau.

— Ces derniers temps, je ne fais plus que ça, regarder des photos. Je suis cerné par les photos. Les souvenirs. Mais aucune qui semble assez fiable pour reconstituer le passé. J'ai cet ami, un inspecteur divisionnaire dans la City, qui m'a montré des photos...

Il raconta à Melrose les soupçons de Mickey et la suite de l'histoire.

— Pourquoi il n'enquête pas lui-même ? Je sais que tu es un as, mais c'est quand même bizarre de faire intervenir Scotland Yard dans cette histoire, non ?

— C'est vrai. C'est un vieux copain, on se connaît depuis des lustres.

— Quand même...

— Il est en train de mourir.

— Ah. Je suis désolé.

— Son père était un pilier du Blue Last. Il connaissait très bien le propriétaire, Francis Croft. Oliver Tynedale et Croft étaient comme deux frères. C'est incroyable qu'ils aient pu rester aussi proches et amis pendant tout ce temps, tout en étant associés en affaires.

— Il n'y a rien de tel que les affaires pour briser une amitié. Qui dirigeait la société ?

— Tynedale, sans doute. Leur domaine de compétence s'étalait des relations publiques à la finance. À mon avis, la répartition des tâches entre eux était plutôt floue.

— Donc, à la mort de Francis Croft, sa fortune a été divisée entre ses enfants, je suppose ?

— En fait, pas tout à fait. C'est là une autre bizarrerie de l'affaire. Il a légué une partie de ses biens aux enfants Tynedale, tout comme les Croft hériteront de Tynedale. Ils forment une sorte de famille élargie.

— Ce qui ne doit pas simplifier les choses.

— Comme tu dis.

Jury contemplait le feu par-dessus le bord de son verre à cognac.

— Imaginons que, contrairement à son père, Simon Croft n'ait pas été très droit. Imaginons qu'il ait détourné des fonds, qu'un gros actionnaire s'en soit aperçu et…

Melrose mima un revolver avec le pouce et l'index.

— Sauf que ce n'est pas ce que tu penses, n'est-ce pas ?

— C'est plutôt Mickey qui ne le voit pas de cet œil-là.

— Il pense que c'est un membre de la famille ?

Jury répondit indirectement :

— À dire vrai, Tynedale est très malade. Ses héritiers n'ont donc aucun intérêt à l'assassiner. Sa petite-fille, Maisie, obtiendra sûrement la plus grosse part du gâteau. Le reste de la fortune serait ensuite divisé — pas nécessairement à parts égales — entre les autres Tynedale et les Croft : Ian, Simon et Marie-France… Oh, il y a aussi l'autre sœur de Simon, Emily, qui vit à Brighton dans une de ces résidences avec assistance médicale.

— Hmm… si le mobile est d'obtenir une plus grande part d'héritage, pourquoi l'assassin aurait-il choisi d'éliminer Simon plutôt que la petite-fille ? Tu viens de me dire qu'elle récupérera sûrement plus que les autres.

— Tout dépend sans doute de combien de plus.

— Mais tu ne crois pas qu'il pourrait y avoir un autre mobile derrière le meurtre de Simon Croft ? S'il s'était rendu compte de l'imposture ?

— Ce qui nous ramène à cette Riordin, ou à Maisie. Peut-être qu'elle sait, ou peut-être pas. Quoi qu'il en soit, elles ont toutes deux intérêt à ce qu'Oliver ne découvre pas que Maisie n'est pas Maisie. Attendre le pactole pendant cinquante ans, c'est un sacré investissement émotionnel de la part de Kitty Riordin. Le voir lui passer sous le nez à la dernière minute…

Jury haussa les épaules.

— L'assassinat de Simon Croft n'est peut-être pas lié à l'identité de Maisie Tynedale. Haggerty pourrait être complètement à côté de la plaque.

Un serveur s'approcha sur la pointe des pieds et déposa deux autres cognacs. Jury insista pour payer cette tournée et sortit le billet de cinq livres de Melrose.

— Oh merci, dit Melrose. C'est trop de générosité.

— Oui, je sais.

Jury fit tourner le cognac dans son verre, le huma puis but.

— Il y a encore une chose qui me turlupine : cette môme, la pupille de Tynedale. Elle s'appelle Gemma

Trimm. Elle prétend qu'on a déjà essayé de l'assassiner par trois fois.

Melrose se redressa brusquement.

— Non ! Et tu la crois ?

— On a retrouvé une douille. La police de Southwark est convaincue que quelqu'un a tiré, mais elle penche plutôt pour un cambriolage. Ça, ou un petit voyou cherchant à crâner avec un flingue. Pour ce qui est de la tentative d'étranglement et d'empoisonnement, je ne sais pas.

— Quel serait le mobile, dans ce cas ?

— Aucune idée. Sa présence même dans la maison reste un mystère. Personne ne semble se soucier d'elle, en dehors du personnel et d'Oliver Tynedale, qui apparemment l'adore.

— Elle est adorable ?

Jury sourit.

— Oh oui, absolument. C'est une gamine d'une sincérité désarmante. Personne ne m'avait parlé d'elle. Je suis tombé sur elle par hasard en me promenant dans le jardin.

— Comment ça, ils n'en parlent pas ?

— J'ai interrogé tout le monde, à l'exception d'Oliver Tynedale. Personne n'a fait la moindre allusion à l'enfant.

— C'est vraiment étrange. Si le vieux l'apprécie autant, on pourrait penser que les autres la chouchouteraient aussi. Sa pupille, tu dis ?

— Oui, d'après son copain Benny.

— Oh non, je t'en supplie, n'amène plus personne d'autre à cette table. J'en suis encore à la cuisinière et au jardinier…

— Benny est un gamin plein de ressources. Quatre ou cinq boutiques du quartier lui confient des livraisons.

C'est le coursier local. Tu sais, quand la libraire a des livres à envoyer à un habitué, c'est Benny qui s'en charge. Pareil pour les fleuristes, le boucher et le marchand de journaux. Ce que j'admire chez lui, c'est sa capacité à éluder les questions sur son domicile et sa famille. Je ne le lui reproche pas. Il y a pas mal de gens à qui je n'ai aucune envie de rendre des comptes, moi non plus.

Melrose se mit à rire, s'affaissant dans son fauteuil.

— À t'entendre, on croirait que vous avez le même âge.

Plus sérieusement, il reprit :

— C'est peut-être ça, ton secret.

— Mon secret ?

— Tu sais t'y prendre avec les enfants. On dirait qu'ils détectent tout de suite en toi la part qui leur ressemble.

Il poussa un soupir.

— Chez moi, en revanche, ils ressentent ce qui nous sépare.

— Ce n'est pas vrai.

La plainte lugubre de l'horloge sonna la demi-heure.

— Mince, il est déjà dix heures et demie ! Il faut que je file.

Jury vida son verre de cognac et se leva.

Ils se dirigeaient vers la porte quand le colonel Neame interpella Jury :

— Alors, mon vieux, ça vous a plu, l'avocat au stilton ?

Jury hocha la tête et le salua d'un geste de la main.

Le colonel, encore :

— Je vous l'avais bien dit, que ça vous plairait !

Sur le pas de la porte, Melrose s'était figé.

— Je n'en crois pas mes oreilles ! Je n'aurais jamais imaginé que tu tomberais aussi bas !

Jury lui adressa un grand sourire.

— Qu'est-ce que tu veux, ce n'est pas pour rien qu'on nous appelle des fouille-merdes, nous autres les flics !

21

Mr Gyp lui tendit ses paquets fraîchement emballés par-dessus le comptoir, déclarant :

— Voilà des côtes dans l'échine. Dépêche-toi de les faire parvenir à Tynedale Lodge dans la matinée, parce que Mrs MacLeish doit préparer sa farce et les mettre en route le plus tôt possible !

Benny détestait livrer de la viande, d'autant plus que Mr Gyp en parlait toujours comme si les morceaux découpés étaient encore vivants. « Les mettre en route »... Comme si le pauvre cochon était encore en état d'aller quelque part !

Mr Gyp invitait toujours Benny à l'accompagner à l'abattoir, et chaque fois Benny lui répondait : « Non merci », le boucher lui rétorquant alors immuablement que s'il n'était pas capable de regarder la vie en face, c'était qu'il n'avait rien dans le ventre.

« La vie n'est pas qu'un abattoir, Mr Gyp. Pas tout le temps.

— Tu apprendras, mon petit Bernard. Comme ton chien. »

Benny n'aimait pas non plus la façon qu'il avait de dire ça, sur un ton sinistre. Il regardait toujours Sparky comme s'il prenait mentalement ses mesures. C'était sans doute plus pour mettre Benny mal à l'aise que par affection pour Sparky qu'il lui donnait parfois des côtelettes abîmées, un morceau de viande hachée ou, plus souvent, un os. Il tendait sournoisement à Benny un paquet humide et taché de sang pour qu'il l'emporte pour sa « famille ». Étaient-ils nombreux ? Sans doute, vu toute la viande qu'ils mangeaient. Il essayait toujours de lui faire dire où il habitait.

Benny avait déjà entendu des bruits dans l'arrière-boutique, d'un genre qui l'avait fait se précipiter dans la rue et s'asseoir sur le trottoir, la tête entre les mains, étourdi. S'il n'était pas sorti, l'horreur l'aurait fait tourner de l'œil. Il s'était juré de ne plus travailler pour le boucher, pourtant il avait continué. Ce n'était pas parce qu'il avait besoin de l'argent mais à cause de la façon dont Mr Gyp l'interrogeait, sur sa famille, sur la raison pour laquelle il n'était pas à l'école. Benny lui avait dit qu'il suivait des cours par correspondance. Le boucher avait répondu qu'il aurait dû aller dans une vraie école et qu'il devait peut-être, lui, Mr Gyp, faire son devoir et contacter les services sociaux. Benny ignorait s'il irait jusque-là mais refusait de courir le risque. C'était bizarre, mais aucun autre de ses clients ne le harcelait comme le faisait Mr Gyp. Pas même Mr Siptick, qui était pourtant une vraie carne. Les autres, eux, ne lui avaient posé que quelques questions amicales, auxquelles il avait répondu et dont ils avaient rapidement oublié les réponses.

Benny n'avait pas une famille nombreuse, mais ceux qui partageaient sa vie — Nancy et les autres — vivaient tous sous le pont de Waterloo.

Avant sa mort, la mère de Benny lui avait dit que s'il lui arrivait malheur, il devrait déguerpir au plus vite, car les services sociaux l'enfermeraient dans un orphelinat s'ils apprenaient son existence. « Ne t'occupe pas de moi, avait-elle dit, prends Sparky avec toi et file. Cours jusque sous le pont. »

Naturellement, Benny n'avait pas pu. Quand sa mère était morte, sur le trottoir en face du grand magasin Selfridges, il était resté planté là, attendant qu'elle revienne à elle. Un attroupement s'était formé puis quelqu'un avait appelé un agent de police qui se promenait tranquillement par là, profitant d'une des rares journées ensoleillées de juin. C'était lui qui avait conduit Benny au commissariat pour qu'on s'occupe de lui. « Ne laisse jamais les services sociaux te mettre le grappin dessus, mon chéri. »

Mais il s'était laissé pincer par les services sociaux, en la personne d'une Miss Magenta, qui l'avait examiné de haut en bas au commissariat (un peu à la manière de Mr Gyp plus tard). On voyait tout de suite qu'elle aimait son boulot, mais beaucoup moins les enfants. Elle se souciait de lui comme d'une guigne, il l'avait senti tout de suite, sans toutefois le prendre pour lui. Elle aurait agi de la même manière avec n'importe quel gamin, avec son faux sourire brillant et ses yeux froids comme deux galets.

Pendant que l'agent tapait son rapport, Miss Magenta remettait de l'ordre dans la tenue de Benny. Elle était allée humidifier son mouchoir à la fontaine d'eau potable au fond du couloir et lui essuyait le visage.

Inconsolable et se raccrochant désespérément à Sparky par la corde qui faisait office de laisse, Benny regarda autour de lui et aperçut une vieille dame, plutôt mince, avec des cheveux gris, mais toujours jolie et habillée de manière si luxueuse que le contraste avec le décor environnant était saisissant. Elle était assise sur un banc, adossée au mur, attendant quelqu'un ou quelque chose. Elle observait l'assistante sociale en train de débarbouiller Benny avec son mouchoir mouillé. Benny venait de comprendre ce que voulait dire sa mère en parlant de « grappin ». La main de Miss Magenta sur son épaule lui faisait l'effet d'un gant de fer.

De son autre main, elle continuait de lui frotter le menton. Elle déclara :

— « La propreté du corps est la première...

— ... des crottes de chien », termina Benny.

Elle manqua de basculer en arrière sur ses talons, puis se ressaisit et lui plaqua à nouveau son linge mouillé sur la figure.

La vieille dame, elle, riait, ce qui réchauffa le cœur de Benny. Il y avait au moins quelqu'un d'autre dans cette pièce glaciale qui partageait ses sentiments. Il la vit ouvrir son sac à main, sortir ce qui ressemblait à des billets de banque puis attendre.

Lorsque Miss Magenta retourna à la fontaine pour imbiber à nouveau son mouchoir d'une bonne dose de propreté, la dame entra en action avec une rapidité surprenante. Tournant le dos à l'assistante sociale, elle se plaça entre la fontaine et Benny et lui fourra plusieurs billets dans la poche de son gilet en chuchotant :

— Je vais créer une diversion. Dès que j'ai retenu son attention, prends tes jambes à ton cou...

— Qui est cette femme ? demanda Miss Magenta sur un ton menaçant.

Comme si, une fois entre les mains des services sociaux, vous n'étiez plus libre de faire des rencontres fortuites. Dès qu'ils vous avaient dans leurs filets, plus rien n'était laissé à la chance.

La dame richement vêtue se tourna vers elle.

— Il me rappelle mon arrière-petit-fils. Je suis Irène Allbright.

Dans la même seconde, ladite Irène Allbright laissa échapper un gémissement sonore et s'effondra en tas sur le sol. L'agent de police, l'officier derrière le comptoir de l'accueil, Miss Magenta et les deux ou trois autres personnes présentes se précipitèrent à sa rescousse. Benny, abandonné à lui-même, n'était qu'à quelques pas de la porte. Il recula prudemment, prit Sparky dans ses bras, puis, quand tous les autres furent agenouillés, il tourna les talons et mit les bouts.

Lorsque Benny et Sparky arrivèrent à Tynedale Lodge avec les côtes de porc, Gemma était assise sur le banc avec sa poupée. Mrs MacLeish, la cuisinière, avait fait allusion à une livraison dans la matinée et elle était venue, comme à son habitude, l'attendre près du portail. Elle prit la viande et partit vers la cuisine, lançant par-dessus son épaule qu'elle revenait tout de suite.

Benny grimpa sur la planche coincée entre les branches du hêtre argenté et attendit. Fidèle à sa parole, Gemma fut de retour moins d'une minute plus tard. Hors d'haleine, elle demanda :

— C'est quoi, des côtes de la Chine ? Moi, je ne mange pas chinois.

Elle escalada la branche et s'assit en face de Benny.

— Ça vient pas de Chine mais de « l'échine ». C'est une partie du cochon, quelque part dans le dos… Je crois que je vais cesser de manger de la viande. Je ne supporte pas qu'un cochon soit tué rien que pour qu'on mange ses côtes dans l'échine. Et puis, je ne supporte plus Mr Gyp.

— Je le déteste. Il est couvert de sang. Je me

demande si tous les bouchers haïssent les animaux. C'est peut-être pour ça qu'on devient boucher.

Snowball, la chatte de Kitty Riordin, s'était approchée, pour le simple plaisir d'asticoter Sparky. Elle se mit à feuler.

— Gyp n'aime pas Sparky, ça se sent.

Gemma secoua ses cheveux noirs qui brillaient au soleil.

— Moi, je ne mangerai plus de viande.

Elle l'annonça comme si Benny ne l'avait pas dit en premier. Puis elle déclara :

— Un policier est venu hier.

— Je sais, il est passé aussi à la librairie.

— Il ne portait pas d'uniforme. Ce devait être son jour de congé.

— C'est un commissaire. Ils ne portent pas d'uniforme.

— Il n'avait pas de revolver, non plus.

— Ils n'en portent jamais.

Benny n'en était pas certain mais avait néanmoins pris un air sûr de lui. C'était sa ligne de conduite habituelle, l'incertitude ne vous menant jamais nulle part.

Gemma ôta le bonnet de sa poupée et examina son crâne.

— Mais s'il y a une bagarre, ils pourraient se faire tuer, sans revolver…

— La police pense que porter une arme ne fait qu'aggraver les choses. Ça pousse les criminels à leur tirer dessus.

Ça, c'était vraiment intelligent. Il avait dû le lire quelque part.

— Mais s'il n'a pas de revolver, comment il va me défendre si quelqu'un essaie encore de me tuer ?

Benny leva les yeux vers les feuilles du grand arbre

qui frissonnaient au vent et réfléchit : la simple venue de ce policier de New Scotland Yard ne suffisait pas à éliminer le danger que courait Gemma. Il fronça les sourcils, se concentrant. Gemma… Pourquoi Gemma ? Pourquoi quelqu'un voudrait se débarrasser d'elle ? Parce que Mr Tynedale l'aimait trop ? Parce qu'on craignait qu'il lui donne tout son argent ?

— Tu réfléchis ? demanda Gemma en descendant de sa branche. Je vais chercher de l'eau bénite et une serviette. Je reviens tout de suite.

Benny émit un grognement d'assentiment, l'entendant à peine. Sparky partit avec la fillette. Il semblait vouloir la protéger, lui aussi.

Gemma savait-elle quelque chose dont elle ignorait l'importance ? Quelqu'un voulait-il s'assurer qu'elle ne s'en rendrait jamais compte, et tout bonnement la faire taire ? À moins qu'elle ne *possède* quelque chose d'important… Benny se redressa, se souvenant d'un film qu'il avait vu (il n'y en avait pas tant que ça) et regarda la poupée sans nom. Il écarquilla les yeux. La poupée n'était peut-être pas vide. Quelqu'un l'avait peut-être ouverte pour y cacher des bijoux, de la drogue ou quelque chose du même genre, avant de la recoudre. Son torse semblait bourré d'une matière ferme, alors que ses bras et ses jambes étaient en plastique dur. Il prit la poupée sans son bonnet, la palpa dans tous les sens, l'approcha de son oreille, la secoua…

— *Qu'est-ce que tu fais à Richard !* Repose-le !

Gemma laissa tomber sa serviette, grimpa sur la planche et lui prit la poupée des mains.

Benny la regarda, interloqué.

— Richard ? *Richard ?*

— Je l'ai trouvé en faisant les *R*.

Elle pressa la poupée contre son épaule et lui tapota

le dos pour la réconforter d'avoir été si outrageusement malmenée.

Benny se pencha vers elle.

— Les *R*, c'était pour des prénoms comme Ruth, Rachel, Rebecca. *Richard*, c'est un nom de garçon !

— Je sais. Justement, *c'est* un garçon. Je n'aurais jamais appelé une fille Richard. C'est que, tu comprends, on se trompait depuis le début.

Gemma n'était pas prête à assumer seule une telle méprise.

— Elle ne peut pas être un garçon. Pas après tout ce temps !

Benny se laissa glisser au pied de l'arbre et fit les cent pas. Sparky aboya. C'était trop rageant ! Elle était vraiment impossible !

— Mais regarde comment elle est habillée ! insista-t-il. Comment elle est habillée depuis le début ! Avec cette robe longue de fille !

— Ce sont des vêtements de baptême, lui rappela-t-elle calmement. Ça ne veut rien dire. Regarde…

Elle souleva la robe de la poupée, lui montrant l'espace vide entre ses jambes.

— Tu vois ? Rien !

Benny devint cramoisi. Oh, comme elle avait l'air contente d'elle-même !

22

Le pont de Waterloo s'élevait au-dessus du tapis de brume sur la Tamise, une version plus élancée, aérodynamique et réduite de ce qu'il avait été avant la guerre. Benny n'avait jamais vu l'ancien pont, mais Mags lui en avait montré des photos dans de vieux magazines. Même ainsi, c'était un sacré spectacle, dressé face aux lumières de la South Bank avec, au-dessus, des milliers d'étoiles et une lune iridescente. Il resta là à admirer le pont étoilé jusqu'à ce que Sparky pousse sa chaussure de sa truffe, l'extirpant de ses rêveries et lui rappelant qu'il devait encore distribuer le contenu du paquet de Mr Gyp.

C'était ainsi que Benny voyait le pont de Waterloo quand, à la nuit tombée, il retrouvait sa vie sur les quais. À présent, en décembre, il faisait toujours nuit quand il rentrait de ses livraisons. Il s'attardait souvent au Moonraker pour donner un coup de main à Miss Penforwarden, qui était régulièrement en retard dans son travail : comme, par exemple, pour envoyer les notices des nouvelles parutions aux clients inscrits dans son fichier. Elle avait aussi beaucoup de livres à envoyer par la poste aux gens figurant sur cette liste, des noms conservés sur de petites cartes dans un de ses Rolodex.

Benny était surpris de la quantité de travail qu'elle avait à faire et du fait qu'elle ne s'en plaignait jamais. En dehors de quelques regards perplexes ici et là quand elle cherchait un objet... « Mais qu'est-ce que j'en ai fait ? — Votre crayon, Miss Penforwarden ? Derrière votre oreille... Vos lunettes ? Sur votre front. » Elle s'en amusait plus qu'autre chose. Benny admirait le fait qu'elle ne se mettait jamais en colère contre elle-même, ne se dépréciait pas sans arrêt comme la plupart des gens (Benny inclus). Il résolut de l'imiter sur ce point, qu'il considérait comme une vraie vertu.

Miss Penforwarden voulait payer Benny pour les heures supplémentaires qu'il faisait chez elle, mais il refusait catégoriquement, car c'était son plaisir. Aussi, au lieu de lui donner de l'argent, elle l'invita un soir à dîner chez elle avec Sparky. Il accepta avec joie. Bientôt, ils dînaient ensemble une ou deux fois par semaine, puis ces soirées devinrent régulières.

Miss Penforwarden parlait beaucoup du passé, de son mari, mort, de son fils, mort, de Raven, son chien tellement mignon, mort également. Benny était consterné par autant de malheurs. Ils allaient au-delà de ce qu'un être humain aurait dû endurer. Miss Penforwarden ne présentait jamais sa vie comme une litanie pathétique, ce qui la rendait encore plus terrible. Son récit était détaché, presque drôle. Un peu comme sa mère l'aurait présenté, mettant toujours en avant l'essentiel, conservant son humour jusqu'à son dernier souffle.

Benny estimait que Sparky et lui étaient deux sacrés veinards, même s'il fallait bien dire qu'ils n'étaient jamais restés les bras croisés à attendre que la chance leur sourie. Pour autant qu'il le sût, ils étaient les seuls à gagner leur vie parmi ceux qui créchaient sous le pont. Ce n'était pas que certains d'entre eux n'auraient pas aimé travailler, s'ils en avaient eu la possibilité, mais beaucoup consommaient des drogues ou étaient trop abrutis par l'alcool. Benny comprenait qu'ils se sentaient mieux ainsi qu'à l'état de conscience. Éveillés, leur vie était un enfer.

Ceux qui avaient l'esprit suffisamment clair faisaient la manche. Benny ne les méprisait pas, sa propre mère étant passée par là. Avant cela, ils avaient eu une jolie vie, car il se souvenait d'une vraie maison pleine de pièces. Elle faisait la cuisine pour une famille riche. Mais un jour leur chance avait tourné. Le monsieur de la maison avait fait banqueroute et avait dû se séparer d'une partie du personnel. « Ce n'est pas de votre faute, Mary, mais nous devons nous serrer la ceinture. » Banqueroute. Un drôle de mot pour le petit garçon qu'il était. La banque avait-elle pris la route ? Il imaginait un énorme immeuble disparaissant cahin-caha sur une route, en direction de l'horizon, des billets de banque voletant dans son sillage.

Sparky avait toujours le premier choix dans le paquet et optait systématiquement pour l'os de bœuf, mais pas avant d'avoir reniflé tous les morceaux. Puis il prenait son os et s'éloignait en trottant vers un coin tranquille pour le ronger ou l'enterrer, le gardant, peut-être, pour les jours pluvieux.

Ici, sous le pont, c'était l'endroit idéal pour les jours pluvieux. La plupart des gens n'étaient pas franchement sympathiques, mais Benny pouvait difficilement leur en vouloir. Lui-même s'était fait voler deux fois avant de se décider à mettre ses revenus en banque. Il avait ouvert un compte d'épargne à la NatWest, sur lequel il y avait désormais une jolie petite somme. Il n'aurait jamais été accepté sous le pont, jamais, s'il ne s'y était pas plusieurs fois arrêté avec sa mère, les derniers mois avant sa mort. Les habitués s'étaient ainsi accoutumés à sa présence. Quand sa mère était morte, plusieurs d'entre eux s'étaient montrés gentils, lui offrant à manger et du gin. Mags, enveloppée dans des couches de châles noués, l'avait serré contre elle et bercé en répétant : « Mon pauvre petit, mon pauvre petit… » Cela avait été et resterait à jamais le pire jour de sa vie.

Naturellement, il était également apprécié pour les paquets qu'il rapportait parfois de chez le boucher. Ils faisaient griller les côtelettes sur un petit feu. Les os faisaient un bon bouillon. Il n'y en avait jamais assez pour tout le monde, bien sûr, mais c'était mieux que rien.

Il avait sa paillasse. Il avait récupéré des couvertures à Tynedale Lodge un jour qu'il avait intercepté Mrs MacLeish qui s'apprêtait à les donner à l'Armée du Salut. Il lui avait expliqué que la SPA avait toujours besoin de dons et qu'il y travaillait comme volontaire. Elle accepta volontiers de lui remettre ses couvertures (et le complimenta d'être un si brave garçon, qui s'intéressait aux animaux malheureux).

Benny trouva le Sergent lisant un livre à la lueur de sa lampe de poche. Son vieux terrier aboyait toujours après Sparky, mais sans animosité. Sparky lui répondait, aussi aimablement, et Benny imaginait que c'était là leur manière de tenir une conversation.

— Ah, mon petit Bernard ! Qu'est-ce que tu nous rapportes, aujourd'hui ?

Benny lui tendit les côtelettes enveloppées dans le papier. Le Sergent les répartirait « hiérarchiquement », son expression pour désigner ceux qui n'avaient rien eu la dernière fois. Benny préférait ne pas s'occuper de la distribution. Tous savaient que c'était lui qui rapportait la viande, l'appréciaient (et le remerciaient), mais il valait mieux laisser cette responsabilité au Sergent.

— C'est à Mr Gyp qu'on doit tout ça ?

C'était toujours le cas, mais le Sergent répétait machinalement la même phrase. Il en faisait un rituel accompagnant la distribution.

— Ce généreux Mr Gyp, ajouta-t-il avec un clin d'œil.

Ils savaient tous les deux que Gyp n'était pas généreux.

Ce soir-là, Benny vit le Sergent se diriger vers le camp érigé sous le pont et serra sa casquette dans sa main. Dans un bidon rouillé, ils avaient allumé un feu à l'aide de vieux journaux, de cartons, de brindilles et de quelques branches mortes qu'ils avaient ramassées à Hyde Park ou Green Park. Parfois, une odeur de pin flottait dans l'air et il pouvait s'imaginer quelque part dans les forêts du Nord, dans les Alpes ou même dans le nord des États-Unis.

Personne ne semblait porter le nom avec lequel il était né, chacun l'ayant échangé pour un surnom lui convenant mieux. Mags, par exemple, n'était pas le diminutif de Margaret ni de Megan mais de « magazines », ceux qu'elle ramassait un peu partout et stockait dans son Caddie volé au supermarché Safeway et dont elle disait en le tapotant fièrement :

« On n'en verra plus jamais, des comme ça ! Bientôt, ce sera un objet de collection... La dernière fois que je suis allée au Safeway, poursuivait-elle, maintenant lancée comme sur des rails, ça fait déjà un bail, ils avaient équipé tous leurs Caddies de petits bidules sophistiqués où faut mettre une pièce d'une livre — une livre, non mais tu te rends compte ? Tu la récupères après être passé à la caisse. Tu imagines comment j'ai fait appeler le directeur du magasin pour lui dire ce que j'en pensais ! Et si qu'on a pas une pièce d'une livre sur soi ?

Hein ? Hein ? Quoi, ils croient que je vais faire la queue rien que pour casser un billet de cinq livres ? Parce que j'en avais un, figure-toi. Je le garde toujours sur moi pour pas qu'on me prenne pour une clocharde. "C'est une honte ! que je m'écrie. Mettre des verrous sur les Caddies, moi j'appelle ça se moquer du monde ! Je sais bien qu'il y a de la choure, mais faire subir ça à vos meilleurs clients rien que parce qu'on vous pique un Caddie de temps en temps !" J'ai continué comme ça et les bonnes femmes qui faisaient leurs courses ont tout entendu. Elles étaient à cent pour cent d'accord avec moi et elles se sont mises à râler, elles aussi. Ça commençait à sérieusement chauffer, tu peux me croire. Il voulait me foutre à la porte, mais, avec toutes ces clientes autour, il a pas osé. Il a souri d'un air mielleux, il a sorti une livre de sa poche, l'a mise dans la fente et le tour était joué, j'ai eu mon Caddie. J'ai fait le tour du rayon des fruits et légumes puis, dès qu'il a tourné le dos, je suis sortie tranquillement par la porte. »

Elle concluait ainsi :

« Tu vois, Benny, il faut toujours prendre l'offensive. C'est la meilleure leçon de vie que je peux te donner. Dès que tu te retrouves sur la défensive, les vautours te tournent autour, ils savent que t'es foutu ! Agis toujours comme si tu étais sûr d'avoir raison. Si un flic se pointe au moment où tu crochètes la serrure d'un garage, te dégonfle pas. *Ne te dégonfle jamais !* Dis que tu as perdu tes clés. Si on te demande qui tu es, donne ta carte, n'importe laquelle, tu devrais toujours avoir des cartes de visite sur toi, peu importe à qui elles appartiennent. Griffonne un numéro de téléphone au dos. "Désolé, monsieur l'agent (pauv' con !), mon numéro vient de changer..." Ce genre de chose, ça désarçonne toujours les flics. Ils ne sont pas tous débiles et ça marche pas à tous les coups, mais j'en ai roulé plus d'un. Faut les déconcerter. Je pourrais t'en raconter de belles, mon petit Ben… »

Elle était comme ça, la Mags. Benny ignorait quel était le vrai nom du Sergent. C'était lui qui veillait sur leur campement sous le pont, s'assurant que tout était déblayé le matin pour que les flics n'aient rien à dire. (Le commissariat du secteur de la Tamise était à deux pas.) Benny ne savait pas non plus où il planquait les couvertures et les paillasses, mais il avait décrété que, vu que Benny et Sparky travaillaient et rapportaient à manger, la moindre des choses, c'était de veiller sur leurs affaires. Benny aurait eu les moyens de se louer une piaule quelque part plus près de son travail à Southwark. Il y avait toujours des petites annonces dans la vitrine de Mr Siptick pour des meublés ou des chambres à louer. Le problème n'était pas l'argent mais l'âge. Quel propriétaire accepterait de louer à un garçon de douze ans (et son chien) ? Il savait trop bien ce qui arriverait : les services sociaux. Sa mère l'avait prévenu, tout comme Mags. Pour Benny, les services sociaux avaient des cornes et des pieds fourchus.

Benny aimait le quai Victoria, le pont de Waterloo et le pont de Westminster, un peu plus loin. De l'autre côté, il y avait Blackfriars et la Tamise, tapissée de brume au petit matin. Il aimait contempler le fleuve et repenser aux histoires que le Sergent lui racontait sur les anciens docks et leurs entrepôts, Wapping et Stepney, Whitechapel et Limehouse ; sur tous les navires, parfois près de cinq cents, qui remontaient la Tamise depuis Gravesend, quand le fleuve était encore réservé exclusivement au commerce fluvial. Désormais il était surtout encombré de bateaux pour touristes.

Parfois, le coucher de soleil était si intense que

Londres semblait la proie des flammes. Si on ne savait pas ce qu'il y avait dessous, il paraissait impossible que le ciel d'une ville aussi immensément grise et si souvent maussade puisse s'embraser de grandes traînées orange et rouge.

Mais il y avait toujours un dessous. Il ne fallait pas se laisser abuser par les apparences. Benny songea à sa mère, Mary. Sous son fichu et son châle en laine, elle n'avait jamais eu l'âme d'une mendiante. Elle avait tout perdu d'un coup, le père de Benny, son salaire et, n'ayant aucune qualification professionnelle, leur petite maison dans le comté de Clare. Après quoi, il y avait eu ces quelques années de répit, où elle avait été cuisinière chez ceux de la banqueroute, mais cela n'avait pas duré non plus, la dégringolade avait repris. C'était terrible, cette lente glissade où l'on croyait chaque fois pouvoir se raccrocher à quelque chose pour découvrir finalement qu'on était tombé encore un peu plus bas, et encore un peu plus bas, jusqu'à ce qu'on se retrouve les fesses sur le bitume.

Sa côtelette au bout d'un bâton suspendu au-dessus du feu, il les observait, les uns après les autres. Le Sergent réapparut. Il portait un lourd manteau long et brun qui possédait encore tous ses boutons. Il était très fier de ne pas avoir l'air miteux. C'était tout ce qui lui restait de son ancienne vie dans l'armée, avait-il expliqué à Benny.

« J'ai fait mon temps dans la police militaire, pendant la guerre. C'est fou tout ce que tu peux apprendre quand tu es MP. C'était un bon boulot, fallait trouver qui avait fait quoi à qui. On dirait que j'ai l'esprit fait pour ce genre de choses… »

Ils s'assirent côte à côte et contemplèrent le fleuve.

— J'ai rencontré un policier, il y a quelques jours, déclara Benny. Un inspecteur de Scotland Yard.

— Scotland Yard ? Qu'est-ce qu'il te voulait ?

Benny lui parla du meurtre.

— Il voulait aussi que je lui parle de Gemma.

— Cette pauvre gamine qu'on cherche à zigouiller ? Jamais entendu une chose pareille ! C'est vraiment moche.

— L'ennui, c'est que j'ai toujours pensé qu'elle racontait des histoires. Tu sais, pour qu'on s'intéresse à elle. Elle n'a pas de vraie famille. Ni mère, ni père, ni sœurs, ni frères… Elle n'a personne.

— Ça laisse perplexe, mon petit Ben. Ça laisse vraiment perplexe.

Il se tut quelques instants puis reprit :

— Je me demande… Quand j'étais dans la police militaire j'ai eu affaire à un jeune soldat qui… euh… faisait des bêtises avec la femme du capitaine. J'ai fini par comprendre, mais, vois-tu, ce qu'il faisait, c'est se montrer partout avec une belle pute allemande, euh, je veux dire une jeune femme, rien que pour brouiller les pistes. Avec une fille aussi jolie à son bras, qui aurait pensé qu'il fricotait avec la femme d'un autre ? Ce que je veux dire c'est : et si cette histoire avec la petite Gemma n'était qu'une diversion ?

Benny fronça les sourcils.

— Une diversion, mais à quoi ?

Le Sergent haussa les épaules, humectant une feuille de papier à cigarette du bout de la langue.

— À ce fameux meurtre ?

— Oui, mais… les tentatives sur Gemma ont eu lieu avant le meurtre.

— Même ainsi, tu sais…

Ils se turent quelques minutes pendant que le Sergent

fumait sa cigarette. Benny fixait les lumières sur l'autre rive, au-delà du fleuve noir.

— Même ainsi, j'aimerais bien que le commissaire revienne.

Le Sergent pinça le bout de son clope avant de le rallumer.

— Tu peux compter dessus, mon petit Ben. Les fouille-merdes, ça revient toujours à la charge.

DEUXIÈME PARTIE

Interlude florentin

23

Le fragment du Ponte Vecchio qu'il apercevait depuis le dernier étage de son minuscule hôtel était inondé de lumière. Melrose n'avait jamais vu une telle distillation, une telle concentration de lumière. Le soleil étirait un filtre doré sur l'Arno, soulignant l'arc gracieux du pont où officiaient les orfèvres, comme s'ils avaient encore besoin d'or, comme s'il n'y en avait jamais assez, comme si la ville tout entière voulait se dissoudre dans l'éclat de la lumière pure.

Les charmes abondants de Florence s'étaient étalés à leurs pieds la veille au soir quand, après avoir déposé leurs bagages dans leurs chambres fraîches aux hauts plafonds, ils s'étaient mis en quête de leur dîner. C'était Trueblood qui avait choisi leur petit hôtel pour sa position retirée dans une ruelle si étroite qu'ils pouvaient à peine y marcher côte à côte. Il n'occupait qu'un étage d'un immeuble qui semblait désert. Melrose était conquis. Tout lui plaisait : le salon-réception, les meubles anciens dans sa chambre, l'atmosphère feutrée qui régnait partout.

Sauf Trueblood, qui se trouvait à présent sur le seuil de sa chambre, scandant, à la cadence d'un commissaire-priseur :

— Allez, allez, allez, allez !

Pour Melrose, c'était tout bonnement intolérable, dans une matinée qui avait démarré si langoureusement.

— Pitié, laisse-moi au moins profiter de cette vue de Florence.

— Il faut avant tout qu'on aille à la chapelle Brancacci.

Trueblood portait son panneau peint enveloppé de papier brun, aussi pratique à trimballer qu'un aviron. La veille, ils avaient eu quelques échanges acerbes avec l'hôtesse stoïque quant à la place de ce long paquet dans l'avion : Trueblood voulait l'installer sur le siège à côté du sien (comme si saint Machinchouette ne tenait pas très bien sur ses jambes), mais l'hôtesse s'y était opposée. La chose devait être rangée quelque part où elle ne gênerait personne et, non, il ne pouvait pas acheter un autre billet rien que pour poser son paquet. Trueblood avait fini par capituler et, la mort dans l'âme, avait placé le panneau dans le compartiment au-dessus des sièges. Il avait attrapé un torticolis à force de regarder en l'air.

Tout en ramassant ses pièces et ses cartes de crédit sur la table de nuit, Melrose demanda :

— Tu n'as pas peur de le perdre, en l'emmenant ainsi partout ?

— Non.

Ils quittèrent la chambre, Melrose poussant des soupirs et grognant qu'il espérait ne pas être bousculé comme ça pendant toute la durée du séjour. Trueblood ne répondit pas, le précédant dans le petit salon-réception. Melrose aimait cette pièce aérée, son sol en tomettes recouvertes d'un vernis laiteux, ses belles boiseries sombres et ses bustes blancs perchés dans des niches. Un bureau Regency servait de comptoir de réception. La salle du petit déjeuner (vers laquelle Melrose se dirigea mais pas Trueblood) ne pouvait accueillir que quatre tables. Trois étant inoccupées, elle donnait l'impression d'être rien que pour eux.

Ayant échoué à dévier la trajectoire de Melrose, Trueblood se résigna à s'asseoir. Ils furent servis par l'omniprésent réceptionniste et un autre jeune homme. Le service était rapide et agréable, la nourriture délicieuse. Cela aurait pu être un vrai moment de détente si Trueblood n'avait pas passé son temps à soupirer en regardant sa montre toutes les deux minutes. Melrose ne lui prêta aucune attention et attaqua le muesli maison de l'hôtel.

— C'est délicieux, tu devrais y goûter.

— C'est déjà fait. J'ai pris mon petit déjeuner il y a une heure.

— Tu as déjà mangé et tu voudrais me laisser mourir de faim ? Non, tu ne vas pas encore déballer Masaccio ! ?

Trueblood glissa délicatement un doigt sous le ruban adhésif et déplia le papier d'emballage avec autant de tendresse que s'il s'agissait d'un lange. Il avait acheté une petite loupe qu'il sortit de son étui noir et qu'il déplaça au-dessus de la partie dévoilée du panneau.

— Pour l'amour du ciel, Marshall ! Tu connais par cœur le moindre centimètre carré de cette peinture… Qui est ce type que tu me traînes voir ?

— Un certain Luzi. Aldo Luzi. Un expert, peut-être le plus grand spécialiste italien du début de la Renaissance.

— Vraiment ? Mais cette fameuse Ickley, alors ? Tu as dit qu'elle était la meilleure de tous…

— Elle l'a été. Elle ne l'est plus.

— Qu'est-ce que c'est que cette histoire ? Elle ne l'est plus ? Depuis hier ? Des réputations entières vont être établies ou détruites juste à cause de ce Masaccio douteux ?

Trueblood examina un croissant, puis mordit dedans.

— Elle fait autorité en Grande-Bretagne. Je voulais juste dire qu'elle était la première dans son domaine jusqu'à ce qu'elle me renseigne sur ce Luzi.

— Ah !

Melrose étala une cuillerée de confiture de prune sur son toast puis ajouta :

— Si je comprends bien, elle cesse d'être la plus grande experte dès qu'on a passé la frontière…

— Ne commence pas à pinailler !

— Soit. J'en déduis donc que la mère Ickley n'a pas su dire si ta peinture était authentique.

— Elle n'a pas mis sa main à couper. Mais elle a confirmé que le panneau, la peinture, le vernis, etc., correspondaient bien à l'époque.

— L'époque étant…

— Le début du quinzième siècle. Tu connais la Renaissance mieux que moi.

— Mais uniquement dans sa version anglaise.

Melrose fit signe au serveur d'apporter plus de café et Trueblood s'affaissa sur sa chaise, fermant les yeux.

— Il n'y a pas eu d'autre Renaissance qu'italienne. L'Italie a fait le tour de la question.

— Dis-moi, tu as l'intention de radoter comme ça toute la journée ?

— On croirait entendre Agatha.

Trueblood remballa Masaccio, puis se trémoussa sur sa chaise, comme un enfant frustré et impatient.

Melrose se mit à rire.

— Voilà un aspect de ta personnalité que je ne connaissais pas encore. Tu es aussi déterminé qu'un gamin de quatre ans qui essaie de forcer ses parents à le laisser sortir de table. Tout ça, alors qu'il n'a rien de particulier à faire et nulle part où aller.

— Mais j'ai à faire, moi !

Melrose soupira.

— C'est bon, je suis prêt. Va pour Brancacci.

— Bran-ca-*tchi*. Bran-ca-*tchi* !

Trueblood séparait chaque syllabe comme si un tel laisser-aller dans la prononciation trahissait un manque de respect qui leur vaudrait l'opprobre de tout Florence. Il se leva brusquement et se dirigea vers la porte.

— Terminé ! dit Melrose en levant les mains au ciel.

Il replia soigneusement sa serviette pendant que Trueblood trépignait sur le seuil de la salle à manger.

Ils descendirent l'escalier en marbre vers les profondeurs ténébreuses du hall d'entrée de l'immeuble, puis, franchissant la porte, pénétrèrent dans la lumière aveuglante reflétée par le vieux mur en pierre grise de l'autre côté de la ruelle. Des ombres violettes remplissaient les porches trapus des maisons que dominaient des sculptures d'animaux et d'anges.

Ils se mirent en route, Trueblood ouvrant la voie et lançant de temps en temps des regards par-dessus son épaule vers Melrose, lui faisant signe de hâter le pas.

Ils traversèrent le Ponte Vecchio, Trueblood ne le laissant même pas s'arrêter devant les vitrines remplies de colliers, de bracelets et de boucles d'oreilles en or. Tous ces bijoux semblaient avoir été façonnés avec les eaux dorées de l'Arno, se dit Melrose, encore habité par sa vision onirique du matin. Il fut arraché à ses méditations par la poigne de fer de Trueblood. La seule chose devant laquelle il était autorisé à s'émerveiller serait l'intérieur de la chapelle Brancacci.

Melrose insista néanmoins pour regarder la petite vitrine de la ganterie à l'autre extrémité du pont. Rien que des gants ! Ils se chevauchaient en vagues colorées turquoise, jaune citron, lapis-lazuli, bleu cobalt, cramoisi. Il fut de nouveau arraché à sa contemplation. Trueblood devait vraiment ne plus être lui-même pour laisser passer une telle occasion d'enrichir sa garde-robe.

Les tentations du Ponte Vecchio derrière eux, Trueblood reprit sa position en tête. Il indiquait un point au loin qui, au bout d'un moment, s'élargit en une piazza sur laquelle se dressait une église.

— Santa Feliceta, annonça Trueblood. J'avais oublié qu'elle était sur notre chemin. Il y a une fresque dedans qu'on doit voir absolument !

C'était une Annonciation. Melrose aima l'air surpris de Marie, cet air de dire : « Je n'arrive pas à croire ce que tu viens de m'apprendre », tandis qu'elle se tournait vers l'ange lui annonçant ce qui était censé être une très bonne nouvelle.

— Merveilleux, dit Trueblood.

— Tu as déjà vu une Annonciation où la Vierge aurait l'air de dire : « Ah oui ? Le pied ! » Quand tu y penses, c'est probablement la tête que je ferais si Agatha m'annonçait qu'elle emménageait à Ardry End.

Melrose aurait aimé dire à Marie qu'elle devait s'estimer heureuse d'avoir eu affaire à l'archange Gabriel et non à Marshall Trueblood, lequel disparaissait déjà dans la pénombre de la nef.

Lorsqu'il le retrouva sur la piazza, Trueblood déclara :

— On peut sauter le palais Pitti, si ça ne te fait rien.

Si ça ne lui faisait rien ? Pour ça, non. Il ne demandait qu'une chose : retrouver la boutique du gantier.

— D'accord, on ira plus tard.

— Alors, allons-y, déclara Trueblood sur ton irrité.

Prochain arrêt, l'église du Carmine. C'est là que sont les fresques. C'est sur la route pour aller chez Luzi.

Il reprit la tête de l'expédition. Rien n'était sur la route, pensa Melrose, perdu dans le dédale de ruelles. Ils tournèrent à l'angle de la via Sant'Agostino et de la via De' Serragli, puis l'église apparut, du moins dans le champ de vision de Trueblood, car il s'exclama :

— La voilà ! Tu ne vas pas en croire tes yeux !

Il redressa les épaules et serra son tableau devant lui tel un bouclier, probablement pour parer un émerveillement trop puissant.

Melrose haussa les épaules.

— D'accord, mais écoute-moi : quand on en aura fini ici, je veux retourner voir cette ganterie…

— Une ganterie ? Non mais… Je rêve ou quoi ?

Melrose haussa à nouveau les épaules.

— Je ne sais pas…, commença-t-il, ayant dans l'instant décidé que, dorénavant, il prendrait ses questions rhétoriques idiotes au pied de la lettre. En tout cas, j'achèterai mes gants, que ça te plaise ou non.

Pendant cet échange, ils étaient entrés dans l'église et avaient descendu la nef jusqu'aux fresques adorées de Trueblood, devant lesquelles ils se tenaient à présent.

— Melrose, on est devant des fresques qui sont peut-être les plus belles jamais peintes…

— Je sais, mais je suis sérieux, à propos des gants.

Trueblood défaisait soigneusement le papier d'emballage qui commençait à s'user sérieusement au niveau des angles, la lumière filtrant aux plis, comme une lettre d'amour trop souvent relue ou les bas d'une putain. Le tenant à bout de bras, il regarda saint Machinchouette puis saint Pierre sur le mur, hochant la tête encore et encore.

— On dirait bien le même peintre, de fait, dit Melrose. Le style est le même. Néanmoins, on peut se demander si…

— Je me suis déjà posé toutes les questions qu'il y avait à se poser, l'interrompit Trueblood sans quitter la fresque des yeux.

Melrose devait reconnaître qu'elle était époustouflante. Il avait déjà vu de nombreuses représentations d'Adam et Ève chassés du paradis, mais jamais aucune aussi expressive. Le visage d'Ève était particulièrement poignant : sa bouche était déformée par un rictus de douleur, ses paupières fermées tombaient comme si elle venait d'être aveuglée. Il y avait aussi plusieurs épisodes de la vie de saint Pierre : le versement du tribut, la guérison d'un infirme avec son ombre…

Melrose regarda le mur en face de saint Pierre ressuscitant quelqu'un, il ne savait plus trop qui. On y voyait une autre représentation de l'expulsion d'Adam et Ève du paradis.

— Dis-moi, Masolino en a bien peint une partie, non ? Tu ne m'as pas dit qu'ils avaient travaillé ensemble ? Parce que là, tu vois, c'est un autre peintre qui a fait ça. Ça n'a rien à voir.

Les deux personnages étaient calmes et élégants.

— Là, c'est une représentation traditionnelle.

Trueblood acquiesça.

— C'est toute la différence.

Il resta planté bouche bée devant les fresques pendant encore une vingtaine de minutes puis déambula à nouveau dix bonnes minutes devant chaque panneau tandis que Melrose se promenait dans l'église, s'arrêtant à l'entrée de la nef en se demandant ce qui arriverait s'il s'aspergeait la figure d'eau bénite. Il serait peut-être foudroyé.

— Il est temps d'y aller ! hurla Trueblood.

Il remballa son panneau, aussi soigneusement que s'ils s'apprêtaient à traverser la Sibérie.

Aldo Luzi vivait dans l'Oltrarno, dans un immeuble décati en pierre de taille au fond d'une impasse parallèle au lit du fleuve. Occupant apparemment tout le dernier étage, son appartement était luxueusement décoré, avec un goût exquis. Les fauteuils, les canapés et les tabourets étaient tapissés d'étoffes précieuses : tissus damassés, velours, soies et brocarts.

Le *signore* Luzi étant professeur d'université, Melrose s'était attendu à un petit bureau délabré avec des bibliothèques croulant de livres, des manuscrits et des documents empilés à même le tapis élimé, des tours branlantes et inégales de journaux et de papiers. La pièce aussi sûrement encombrée que l'intellect du maître des lieux, l'amoncellement de revues et de périodiques reflétant l'étendue de ses connaissances. Quelque chose dans ce genre.

Le *signore* Luzi ne correspondait en rien à l'idée que Melrose s'était fait du « plus grand expert ». Primo, il était trop jeune (fin de la trentaine, début de la quarantaine ?) ; secundo, il était trop beau (où étaient le dos voûté, les yeux de hibou, les grosses lunettes, les cheveux gris ébouriffés ?) ; tertio, il était trop élégant, même pour un entretien informel, avec sa chemise bleue indubitablement griffée et son foulard Hermès. Son intellect ne cadrait peut-être pas avec ce décor somptueux, mais son apparence l'épousait à merveille.

Ils étaient assis dans le spacieux salon, Melrose sur un pouf damassé de vert sombre, Trueblood sur son jumeau bleu nuit. Pour la plus grande satisfaction de Melrose, ils avaient écourté les amabilités d'usage pour en venir droit au but. La seule concession aux formalités protocolaires était les *espresso* que Luzi leur avait fait servir. Le maître des lieux reposa sa tasse et saisit le panneau.

Il écouta Trueblood lui raconter comment il l'avait acheté en hochant la tête et sans quitter la peinture des yeux. Il avait une fine moustache noire qu'il aimait apparemment tripoter d'un air songeur.

Pendant un long moment, Luzi ne dit rien, laissant son regard se promener dans la pièce comme s'il se demandait s'il n'allait pas se faire une offre à lui-même pour son appartement. Melrose leva les yeux vers les murs tapissés de tableaux. Ils étaient en grande partie de la Renaissance, mais il fut surpris de voir parmi eux un des cauchemars villageois de Stanley Spencer. Un peu plus haut se trouvait un tableau représentant un homme nu, la tête baissée, paraissant sur le point d'être lapidé. Peut-être un Lucian Freud. Il y avait aussi un préraphaélite onirique qui pouvait être un Holman Hunt, car il ressemblait à son *Ophélie*. Une jeune femme était étendue près d'un ruisseau, sur des vagues de fleurs sauvages agitées par le vent.

Trueblood reposa sa tasse dans sa soucoupe avec un *clink!* qui ramena Melrose sur terre.

Le *signore* Luzi parlait :

— … vivaient tous les uns sur les autres. Masaccio, Donatello, Filippo Brunelleschi, Masolino. Il y avait toujours des *concori*… des euh… concours… Sans parler du fait que plusieurs artistes pouvaient travailler sur une même peinture ou une même sculpture à des moments différents, voire des années différentes. Masolino et Filippino Lippi ont tous les deux travaillé sur le *Couronnement de saint Pierre* de Masaccio.

Il reprit le tableau de Trueblood.

— Le polyptyque de Pise…

Il s'interrompit pour leur demander s'ils comptaient se rendre dans la ville en question.

— À Pise ? demanda Trueblood. Naturellement, c'est notre prochaine étape.

Ah bon ? se dit Melrose, qu'on avait oublié de prévenir.

— Ah, je suis navré de vous décevoir, mais la partie du retable qui vous intéresse a été bâchée et peut-être même enlevée temporairement pour des travaux de restauration.

Trueblood s'enfonça dans son siège, consterné.

— Ah oui… ? Bon, ben…

Le *signore* Luzi poursuivait :

— Bon, c'est vrai qu'on a déjà retrouvé des pièces dans des églises. Mais c'est juste que, dans votre cas, la découvrir chez un antiquaire… Eh bien, comme ça, d'emblée, je dirais que c'est impossible.

Tenant toujours le panneau, il ajouta :

— Masaccio. J'ai du mal à imaginer un tel talent et une telle renommée chez un être si jeune. Est-ce que ça arrive encore aujour… ?

— Mais ce n'est pas impossible, n'est-ce pas ? l'interrompit Trueblood. Eleanor Ickley… vous la connaissez ?

— Bien sûr, je viens justement de lire un de ses articles.

Il tira une fois de plus sur sa moustache.

— Cela dit, si vous voulez une vraie autorité sur Masaccio, il y a le *signore* di Bada, à Sienne…

Melrose sursauta.

« Vraie » autorité, par opposition à « la plus grande » ? À Sienne ? Maintenant que la question de Pise était réglée, ils allaient quand même devoir battre la campagne ? Certainement pas !

Naturellement, Trueblood voulait y aller.

— Di Bada, à Sienne. Ce n'est pas loin, ce n'est qu'à...

— Soixante-cinq, soixante-dix kilomètres, dit Luzi avec un haussement d'épaules. Une heure de voiture, tout au plus.

Trueblood se tourna vers Melrose, non pas pour lui demander s'il était d'accord pour faire ce petit détour (il semblait acquis que tout le monde, même Melrose, mourait d'envie de courir après Masaccio), mais plutôt pour savoir quand ils pourraient se mettre en route.

Melrose resta muet.

— On pourrait partir tout de suite, suggéra Trueblood.

— On pourrait, mais on ne le fera pas. Je veux d'abord retourner à la boutique du gantier...

Aldo Luzi se mit à rire.

— Mais bien sûr ! Il a des cuirs si extraordinaires ! Et ces couleurs !...

L'allusion à la ganterie retentit comme le signal du départ. Ils se levèrent et se dirigèrent vers le vestibule. Tandis qu'ils se serraient la main et se faisaient leurs adieux, Aldo Luzi s'adossa au chambranle de la porte et soupira :

— Il n'avait que vingt-sept ans quand il est mort. Masaccio.

C'était si triste, la manière dont il le dit.

— De quoi est-il mort ? demanda Melrose.

Luzi réfléchit un instant avant de répondre :

— De manque. Il est mort de manque.

Melrose rougit, se disant que c'était là une chose dont aucun d'eux, dénués de talent comme ils l'étaient, ne mourrait jamais. Il s'en sentit diminué.

À l'extérieur, une fois refermée la lourde porte avec son heurtoir à tête de lion, Melrose déclara, s'efforçant de contrôler son agacement :

— Tu n'as pas *vraiment* l'intention d'aller à Sienne consulter ce nouveau meilleur expert au monde faisant autorité absolue et définitive ?

— Mais certainement ! Tu ne voudrais pas que j'abandonne si près du but ? Allez, Sienne est à moins d'une heure de route… Nous n'avons qu'à louer une voiture super-rapide.

— *Si près du but ?* Marshall, tu en es exactement au même point qu'avant de partir ! Tu n'en sais pas plus sur l'authenticité de ce machin !

Il tapota le paquet, de nouveau emballé, scotché et ficelé.

Trueblood fit mine de réfléchir à la question, Melrose sachant pertinemment qu'il n'en faisait rien.

— Il y a des agences de location de voitures à l'aéroport.

Melrose avança d'un pas sur la chaussée, manquant de se faire embrocher par une Vespa qui venait de se matérialiser dans l'air florentin saturé d'effluves d'essence. Le bolide disparut aussitôt dans les ténèbres, ayant échoué, pour cette fois, à grossir son tableau de chasse. Melrose avait très envie d'essayer un de ces engins.

Trueblood savait reconnaître une tentative de suicide, même inconsciente, quand il en voyait une. Il leva les mains vers le ciel en signe de reddition (celle de droite ne dépassant pas le niveau de son thorax, le paquet étant coincé sous son bras).

— C'est bon ! C'est bon ! On ira demain. Allons boire un verre quelque part.

— Oui mais d'abord, les gants. Par là.

Il pointa un doigt vers le Ponte Vecchio.

— Je ne savais pas que tu étais accro aux gants, dit Trueblood en le regardant fixement. Il existe peut-être une cure de désintoxication antigants en dix ou douze étapes que tu pourrais suivre tout en…

— C'est toi qui vas me suivre, répondit Melrose en prenant les commandes.

Une odeur de cuir à vous faire tomber à la renverse dans l'Arno l'assaillit quand il franchit la porte de la petite boutique. Les gants étaient exposés dans des compartiments en verre sur un comptoir et empilés par centaines (milliers ?), chacun dans sa propre pochette en plastique, à l'intérieur de casiers en bois qui tapissaient les murs.

Une dizaine d'autres clients les avaient précédés, ce qui suffisait à remplir la minuscule échoppe. Melrose se faufila (« *Mi scusi, scusi* ») pour aller examiner les compartiments en verre.

C'était au tour de Trueblood de bouder, essayant par à-coups de l'entraîner vers une trattoria. Melrose avait cessé de l'écouter, sachant qu'il ne lui faudrait pas longtemps avant de craquer à son tour devant ce festin de mode. Il avait vu juste. Après avoir écarté d'un coup de coude un vieil homme si voûté que son menton semblait reposer sur le comptoir, Trueblood se mit à essayer plusieurs gants à chaque main. Ce n'était pas chose facile, avec son panneau toujours coincé sous le bras.

Melrose inclina la tête vers le vieillard et avec un sourire grand seigneur, d'un signe de la main, lui offrit sa place devant le comptoir.

Le vieux monsieur lui lança un regard de dégoût.

— *Lasciami in pace !*

Tout juste s'il ne cracha pas.

Melrose en resta perplexe.

— *Prego*, répondit-il, à tout hasard.

Pour une raison obscure, il n'avait pas vraiment l'impression d'avoir été remercié. Il se replongea dans les gants. Voyons voir... Ceux en agneau noir avec un liseré blanc autour du poignet seraient parfaits pour Diane : ils iraient avec ses tenues, son intérieur, son chat. Il fallait toujours rapporter des petits cadeaux à ceux qu'on avait laissés derrière soi. C'était un prétexte pour examiner une bonne centaine (au moins) d'autres gants. Une paire en cuir suédé vieil or, parfaite pour Vivian. Et ceux-là, d'un vert pomme écœurant, pour Agatha. Deux paires lilas pour Miss Broadstairs et Miss Vine (elles s'en serviraient sûrement pour faire leur jardinage). Plusieurs autres paires pour untel et untel. Quant à lui..., il regarda le comptoir.

Pourquoi Trueblood déballait-il encore son tableau ? Pourquoi le montrait-il à la vendeuse ? Pourquoi levait-elle le pince-nez suspendu à son cou par une chaîne en argent ? Trueblood voulait-il des gants pour son saint Machinchouette ?

Melrose se replongea dans ses propres achats, s'efforçant de ne pas entendre les soupirs et les commentaires des clients derrière lui attendant d'être servis. La courtoisie ne lui ferait plus prendre de risques. Il saisit une paire de gants d'un cuir aussi doux et moelleux dans sa main que de la crème fraîche épaisse. Ils étaient couleur « cendres de minuit » : un gris si sombre qu'il était à deux doigts d'être noir. Il les lui fallait absolument. La paire suivante était en daim, d'une belle couleur fauve. Tandis qu'il se demandait s'il devait les prendre également, Trueblood se fraya un passage jusqu'à lui pour lui montrer une paire d'une teinte presque vert marin.

— Pas mal, hein ?

— Magnifique ! Superbe !

Heureusement, il avait entre-temps remballé son panneau.

— Qu'est-ce que tu préfères ? fit Melrose. Ceux-ci ? Ou ceux-là ? C'est pour moi.

— Les deux. Achète les deux. Regarde, j'en ai pris deux, moi aussi.

Il lui montra le sac contenant ses acquisitions.

— Oui, mais il te fallait une paire pour saint Trucmuche. Je n'ai besoin de gants que pour moi. Je me sentirais coupable d'en acheter deux. Je veux dire, à ce prix. Naturellement, je sais bien que chez nous ils coûteraient le double, mais ça ne les rend pas meilleur marché. Non, je crois que je me contenterai des gris.

En fait, il voulait donner une occasion à Trueblood de faire un de ses achats de Noël, sachant qu'il aimait acheter les cadeaux en douce quand il avait découvert que quelqu'un avait eu un coup de cœur pour un article particulier.

— Je vais aller jeter un dernier coup d'œil au fond là-bas. Si ça ne t'ennuie pas d'attendre cinq minutes ?

— Non, non, non, dit Trueblood. Ils en ont des particulièrement beaux au fond là-bas.

Lorsque Melrose se retourna, Trueblood était en étroits pourparlers avec la vendeuse, qui acquiesçait et souriait, *si*, *si*. Melrose attendit le temps suffisant pour que la transaction puisse aller à son terme. En sortant de la boutique, il sourit en voyant Trueblood accrocher un nouveau petit paquet bien dodu à la ficelle qui ceignait son panneau.

Du coup, Melrose eut honte de lui et décida qu'à l'avenir il cesserait de mettre des bâtons dans les roues de son ami dans sa quête du meilleur expert, du plus grand spécialiste ou de l'autorité mondiale incontournable.

24

Résolu à rencontrer Pietro di Bada au plus tôt, Trueblood ordonna à Melrose de prendre l'autoroute, ordre aussitôt contré par Melrose qui déclara qu'il voulait voir la campagne toscane, et pas en fonçant sur une autoroute.

— Tu vas vouloir t'arrêter tout le temps ! maugréa Trueblood.

— Mais non !

Naturellement, qu'il comptait s'arrêter, c'était d'ailleurs pour ça qu'il avait insisté pour prendre le volant. Et c'est ce qu'il fit dès qu'il repéra au loin la petite ville perchée de San Gimignano. Ce nom l'enchantait et il s'exerçait à le prononcer, essayant d'y mettre l'accent (« *San-djim-i-ya-no, San-djim-i-ya-no* »). Ses tours élancées auréolées de soleil, certaines presque entièrement recouvertes de lierre et de fleurs, ses remparts féodaux, ses fenêtres étroites, sa pierre médiévale… C'était irrésistible.

Pendant ce temps, Trueblood lisait le guide.

— Il y avait autrefois près de quatre cents tours. Il n'en reste plus que soixante-dix. Où sont passées les autres ?

— Qu'importe ? Je veux dire, ce n'est pas ça qui fait le charme de ce village.

Melrose se gara sur le parking. Hors d'haleine, ils gravirent des marches menant à une route pavée puis continuèrent de grimper. Ils trouvèrent une petite trattoria où ils déjeunèrent de *bruschetta*, de *crostini* et de vin. Melrose étala tout son italien en demandant *la lista dei vini* et de l'*aqua minerale*, puis, comme d'habitude, se trouva bien embarrassé quand le serveur (bluffé par leur maîtrise de la langue, sûrement) apporta sa propre contribution à la conversation :

— *Gassata o naturale* ?

Melrose haussa les épaules, comme si peu lui importait. Depuis leur arrivée à Florence, Trueblood carburait au gin tonic parce que cela se prononçait exactement pareil : *gin tonic*. Après tout, ils n'avaient jamais prétendu être de fins linguistes, non ? argua-t-il en se commandant un autre *gin tonic*.

Le déjeuner fut simple et bon (tout était toujours bon dans ce pays !). Après quoi, ils grimpèrent de nouveau jusqu'à une piazza dominée par une charmante église. En face se trouvait un musée de la torture. Melrose ne pouvait pas rater ça ! Ils prirent leur billet et entrèrent. Ils semblaient être les seuls amateurs de torture, car ils ne virent personne d'autre dans la première salle. Ils s'arrêtèrent devant une sorte de coiffe en fer, conçue de manière à redescendre sur le visage et empêcher d'ouvrir la bouche. En ces temps-là, il ne faisait pas bon être une commère.

Dans la salle suivante, elle aussi chargée de reliques, un garçon d'environ dix ou onze ans se promenait avec un *gelato*. Melrose se demanda comment il était entré avec son cône dégoulinant. Il se tenait devant la vierge de fer, léchant sa glace avec ferveur.

Laissant Trueblood s'éloigner et déambuler dans les salles dans une sorte de transe, Melrose suivit le garçon. Il aimait la façon dont il mimait les effets de chaque instrument. Devant la vierge de fer, par exemple, il pressa sa main contre sa poitrine, grimaça de douleur et émit des petits cris graves tandis que les piques transperçaient sa chair. Devant le garrot (autre remède original pour les femmes à la langue trop pendue), il retourna ses mains (il avait fini sa glace), se serra le cou et sortit la langue. Quelques pièces plus tard, devant ce qui ressemblait à une chaise électrique, il se raidit, tendit les bras devant lui et fut pris de convulsions. Ensuite, pour simuler l'effet d'un torse pris dans un carcan de métal pendant que ses membres étaient découpés, il se plia en deux et pressa une scie imaginaire contre son bras, faisant des mouvements de va-et-vient. Les couteaux, les masses, les épées, les chaînes, les pioches, tout faisait l'objet d'une de ses interprétations.

Ce gamin devait être amoureux de la douleur. Où étaient ses parents ? Dans la cave, ligotés et bâillonnés ? Finalement, ce musée était amusant et Melrose se demanda pourquoi le propriétaire n'augmentait pas le prix des billets. À l'entrée, un panneau indiquait qu'il s'agissait d'une collection privée. Les enfants n'étaient pas autorisés dans l'enceinte car certaines pièces exposées risquaient de les troubler. Pourtant, ce garçon n'était pas troublé le moins du monde. La visite terminée, Melrose et lui se retrouvèrent à la sortie.

Trueblood était déjà dehors. Melrose aperçut deux adultes et une fillette, tous l'air passablement énervés. Ce devait être les parents et la sœur du garçon.

Dès que celui-ci émergea, sa mère explosa :

— Gerald ! Je t'avais dit de ne pas entrer là-dedans ! Qu'est-ce que tu fabriquais ?

Des Américains. Ceci expliquait peut-être cela.

— Rien. C'était vraiment chiant.

La famille tourna les talons et s'éloigna. Mais, l'espace d'un moment somptueux, Gerald lança un regard par-dessus son épaule et fit un clin d'œil à Melrose.

Une fois de nouveau sur la route, Trueblood déclara :

— Ce qu'on devrait faire, c'est diviser Long Pidd en *contrade*.

Il avait acheté un petit guide de Sienne qu'il tenait ouvert sur ses genoux.

— Je suis d'accord, à condition que Theo Wrenn Browne et Agatha ne soient pas dans la mienne.

Trueblood lui lança un regard de biais.

— Tu connais quelque chose sur la région, toi ?

— Je connais le remède médiéval aux commérages.

Trueblood émit un grognement.

— Les *contrade* sont des sortes de tribus. À Sienne, il y en a dix-sept. Cette division en quartiers est apparemment aussi ancienne que les collines de Toscane.

— Qu'est-ce que ça a de si génial ? On en a au moins autant à Londres. Il y a Chelsea, Battersea, Knightsbridge…

— Non, non… Ça n'a rien à voir. Chez nous, ce sont des répartitions géographiques, des zones postales. Ici, les membres des quartiers sont très soudés.

Il s'étreignit tout en parlant et Melrose se dit qu'il avait beaucoup de points communs avec le garçon du musée.

— Les habitants sont très loyaux envers leur *contrada*. Ils ont leur propre drapeau et leur emblème, comme une oie ou un éléphant. Ils ont aussi l'esprit de compétition.

Sienne était perchée sur sa colline, les surplombant dans le crépuscule, une cité remplie de petites lumières et nimbée de brume. Petite, terrienne, belle.

L'obscurité succéda rapidement à la pénombre peu après qu'ils eurent laissé de nouveau la voiture sur le parking, puis grimpé et descendu de nombreuses marches. Il se mit à bruiner tandis qu'ils remontaient la Via di Stalloregi en direction du Duomo. Toutes les quelques minutes, Trueblood s'arrêtait, examinait sa carte, puis hochait la tête et se remettait en route.

— Il faut trouver la Via del Poggio.

Il pointa l'index vers une plaque.

— Tu vois ?

Melrose distingua vaguement une tortue.

— Alors, on est dans la *contrada* de la tortue ?

— Je ne crois pas qu'ils l'appellent comme ça.

Ils trouvèrent la Via del Poggio. Il y avait un petit drapeau sur une porte.

— Ça aussi, c'est un signe. Et là, tu as une autre plaque, tu vois ?

La porte en question s'ouvrit et se referma tout aussi rapidement. Dans l'éclat de lumière, Melrose devina une autre tortue.

— Voilà la maison de Pietro di Bada !

— Tant mieux. Il commence à faire froid. Mais si c'est encore une de tes vraies plus grandes meilleures autorités au monde, il ne nous offrira probablement rien à boire.

— Qu'est-ce que tu racontes ? dit Trueblood en soulevant le heurtoir en cuivre.

Melrose haussa les épaules.

— Je ne sais pas.

Mais il le sut dès que le monsieur en question ouvrit la porte et les examina par-dessus ses lunettes (qui avaient glissé au bout de son nez). Il plissa les yeux comme s'il était aveuglé et que la lumière venait de l'extérieur et non de derrière lui. Si Aldo Luzi avait été l'antithèse de l'érudit, Pietro di Bada en était la glorieuse incarnation, la quintessence. Si les symboles pouvaient parler ! Il était attendrissant, vieux et voûté, un châle jeté sur ses épaules.

Trueblood inclina légèrement la tête et déclara :

— *Signore* di Bada ? Professeur di Bada ? Je m'appelle Marshall Trueblood et voici Mr Plant…

— *Non capisco, non capisco !*

Le vieil homme chassa les paroles de Trueblood d'un geste de la main, apparemment agacé d'avoir été attiré à la porte par un crétin qui ne parlait même pas l'italien.

Trueblood fit une autre tentative. Pointant un doigt vers lui, il lui demanda :

— *Signore* di Bada ?

— *Si, si.*

Aha, c'était déjà un progrès !

— Le *signore* Aldo Luzi devait vous appeler pour vous expliquer que…

— *Parli lentamente !* s'exclama di Bada.

Il paraissait furieux qu'on l'oblige à rester dans le courant d'air.

Trueblood lança un regard vers Melrose et ils haussèrent tous deux les épaules.

Melrose pointa un doigt vers la poche de Trueblood.

— Ton guide de conversation. Il sert bien à s'exprimer dans une langue quelconque. Inuit ? Sénégalais, ou quoi ?

— J'ai trouvé, j'ai trouvé ! Lentement. Il nous demande de parler lentement.

Trueblood s'éclaircit la gorge et, tordant la bouche, articula :

— Aldo Luzi. Il. À dit. Vous. Être. Le. Plus grand. Expert. De Masaccio.

— Pour une fois, il n'a pas raconté d'idioties. Entrez.

Il tendit le bras pour les inviter à l'intérieur.

D'un air abruti (il s'en rendit compte après coup), Melrose demanda :

— *Parla inglese ?*

C'était une des phrases qu'il avait longuement répétées. Il espérait simplement que ce n'était pas de l'espagnol.

— Si je parle anglais ? Ça s'entend, non ? Pourquoi vous obstinez-vous à parler en italien ?

Di Bada partit d'un grand éclat de rire, comme s'il avait attendu toute la journée de pouvoir leur jouer ce bon tour. Il s'effaça pour les laisser passer sans cesser de rire, un son légèrement rauque, entre le halètement et le hoquet.

Cette petite plaisanterie ne cadrait pas du tout avec « l'autorité suprême ». Celle-ci aurait dû avoir un humour sec, ironique, réfléchi. De l'esprit, du mordant. Toutefois, l'environnement renforça l'image de Melrose : les livres, des papiers partout, une lampe de bureau avec un abat-jour vert illuminant le bois usé, un vieux tapis persan.

Le *signore* di Bada débarrassa deux chaises, envoyant une pile de journaux et de paperasse s'étaler par terre.

— Asseyez-vous, asseyez-vous.

Trueblood et Melrose ne pouvaient faire un pas sans

piétiner des papiers. Melrose en ramassa quelques-uns et les tendit à di Bada.

— *Grazie.*

— *Prego.*

Di Bada se remit à rire. Apparemment, sa petite farce le faisait encore jubiler.

— *Mi scusi*, dit-il en s'essuyant les yeux.

Puis il se moucha dans un mouchoir qui faisait plus ou moins la taille du Northamptonshire, le froissa et le remit dans sa poche.

— Allons-y ! Luzi me dit que vous avez besoin d'aide pour identifier un tableau que vous pensez être de Masaccio ? Il ne l'est sûrement pas, mais jetons-y quand même un coup d'œil…

Pendant que Trueblood déballait le panneau, di Bada demanda à Melrose :

— Vous étiez déjà venu à Sienne ? Non, n'est-ce pas ? Vous aimez Florence ? *Si*, *si*, qui n'aime pas Florence ? Je vais vous dire qui : les Siennois ! Je vais vous raconter une petite histoire sur la Mort noire, elle est très amusante…

Melrose en riait déjà.

— Au quatorzième siècle, la *Fonte Gais* était une de nos plus grandes fontaines. Un groupe de Siennois découvrit et déterra une statue de Vénus qu'il plaça au sommet de la fontaine. Puis vint la Mort noire. Les prédicateurs et les devins déclarèrent que c'était cette idole païenne qui l'avait apportée. Aussi, une nuit, un autre petit groupe d'hommes déguisés en paysans la vola, la mit en pièces puis traversa la frontière pour aller enterrer les morceaux en terre florentine, pensant que la Mort noire quitterait Sienne pour Florence…

Ici réapparut le petit hoquet hilare, qui agitait le vieillard en tous sens. On eût dit un bol de gelée. Il semblait toujours sur le point d'éclater de rire. Pour le *signore* di Bada, n'importe quelle vieille blague, n'importe quel canular, bon ou mauvais, valait toujours mieux que pas de plaisanterie du tout.

— Ah ! Voyons voir ce panneau…

Il le plaça sur le sol, le tenant à bout de bras.

— Hmpf ! On dirait qu'il faisait partie d'un triptyque…

— Polyptyque, rectifia Trueblood, soucieux d'aider l'identification.

Di Bada le regarda par-dessus ses lunettes, haussant ses épais sourcils broussailleux.

— Si vous vous y connaissez autant, mon ami, pourquoi être venu me trouver ?

Trueblood agita les mains devant lui.

— Non, non, non, excusez-moi. Je voulais juste dire que l'antiquaire qui me l'a vendu m'a suggéré qu'il pourrait faire partie du polyptyque de Pise… peut-être ?

Di Bada cala le panneau contre le bord de son bureau et croisa les mains. Il agita lentement la tête d'avant en arrière, méditant sur la sottise humaine.

— *Signore* Trueblood, vous rendez-vous compte que vous êtes un idiot ? Oh oui, il est vrai, il est absolument vrai que près d'une dizaine de différentes parties de ce polyptyque ont été retrouvés, mais le plus souvent dans des endroits comme des vieilles églises…

— C'est justement là qu'elle m'a dit l'avoir trouvé. Dans l'église de San Giovanni Valdarno.

Di Bada tendit une main, la paume en avant, comme pour repousser une telle absurdité.

— C'est là qu'est né Masaccio. Vous croyez vraiment qu'une peinture de cette importance aurait pu passer inaperçue dans *cette* église ? Pendant des siècles ?

Di Bada frappa dans ses mains comme s'il souhaitait faire disparaître ses hôtes de sa vue.

— *Signore* Trueblood, c'est absurde !

— Mais n'est-ce pas souvent comme ça qu'on découvre les choses ? Par une étrange confluence de lieu, de temps et de personne ? Plusieurs pièces du polyptyque ont déjà été retrouvées de cette manière, non ?

Di Bada chassa ses paroles d'un geste avant même qu'il ait fini.

— Peut-être, en effet, mais croyez-moi, pas par quelqu'un travaillant dans une galerie d'art. Vous comptez aller à Pise ? Non, c'est dommage que le *Saint Paul* du Museo Nazionale ne soit pas visible. Ils ont craint pour sa sécurité, je crois. Mais le centre du retable se trouve dans votre pays, à Londres : *Madone et enfant sur le trône*. Il doit y avoir quatre à cinq des panneaux à Berlin, ainsi que la prédelle de saint Julien ; plus un à Naples ; un autre dans une ville de Californie dont personne ne retient jamais le nom. Non, *signore* Trueblood, je crains que vous ne vous soyez fait…

Il se tapota le front de l'index.

— Comment dit-on déjà… Rouler ? Oui, c'est ça, rouler.

Melrose, qui n'aurait jamais pensé prendre la défense de Masaccio après tout ce qu'il avait dû endurer, commençait à être lui aussi agacé par ce di Bada qui paraissait bien peu soucieux du panneau de son ami.

Comme s'il avait capté ses ondes cérébrales, le vieux professeur remonta ses lunettes sur son nez et approcha la peinture à quelques centimètres de son visage.

— Masaccio. Hmpf !

Melrose interpréta ce *Hmpf!* comme un signe non de mépris mais de curiosité. Il regarda di Bada se redresser, s'approcher de la bibliothèque, en descendre un volume poussiéreux et le feuilleter.

— Masaccio était un homme habité, dit-il en tournant les pages. Pour lui, une seule chose comptait : l'art. Il négligeait tout le reste, y compris lui-même. Il passait de longues périodes sans voir personne. Il appartenait à une guilde — les *Speziali* — qui comptait des épiciers parmi ses membres. Ça m'a toujours amusé. Puis, à force de s'isoler, de craindre que d'autres ne lui volent son travail, il est devenu... Comment dit-on ?

Il fit claquer ses doigts plusieurs fois.

— Paranoïaque ? suggéra Melrose.

— Paranoïaque, c'est ça. Si, paranoïaque, même qu'il ne laissait personne entrer chez lui sauf un épicier. Pendant une période, comme il oubliait même de se nourrir, il conclut un arrangement avec cet épicier, qui s'engagea à lui apporter du pain et du fromage. L'épicier n'avait aucun rapport avec l'art, si ce n'est qu'il appartenait à la même guilde que les peintres. Il était donc totalement désintéressé. Pourquoi ne pas faire confiance à la personne qui n'a rien à gagner, hein ? Pourquoi ne pas faire confiance à l'épicier ?

Di Bada retourna s'asseoir derrière son bureau et déclara avec un soupir :

— Vous savez qu'il est mort très jeune ?

— À vingt-sept ans, répondit Trueblood.

Melrose crut détecter une tension dans sa voix.

Le vieux professeur prit un air songeur, parlant dans le vide :

— Imaginez ce qu'il aurait accompli s'il avait vécu dix ans de plus ! Le grand Brunelleschi ; Donatello, peut-être le plus grand sculpteur depuis les Grecs ; et Masaccio, le premier grand naturaliste...

Il se tourna vers Trueblood.

— Vous avez vu la chapelle Brancacci ? Oui, naturellement. Alors vous avez vu une des utilisations les plus saisissantes de la perspective dans *Saint Pierre guérissant avec son ombre*. On dit que c'est la première peinture de la Renaissance. Votre regard plonge dans la rue de cette ville alors même que saint Pierre marche vers vous. Dans cette fresque, tout est en mouvement ; l'ombre de saint Pierre *bouge*. Masaccio a mis au point le clair-obscur. Il a été le premier à utiliser l'ombre jetée comme une technique. Naturellement, vous êtes allés à Santa Maria Novella ?

— Non. Enfin, pas encore.

Di Bada les regarda comme il l'eût fait de deux hérétiques.

— Vous êtes à Firenze et vous n'allez pas voir la *Trinité* ? Eh bien, quand vous irez, observez la *Trinité* depuis l'aile gauche. Vous verrez que le grand plafond voûté semble s'ouvrir à partir de là où vous êtes. L'objectif de Masaccio était de projeter ses sujets dans une sphère terrestre pour suggérer la réalité du surnaturel. Quand vous fixez Marie, elle vous fixe aussi. Ce regard crée l'illusion qu'elle est physiquement présente. C'est révolutionnaire.

Il y eut un silence habité (Melrose l'espérait) par un respect approprié. Il fut finalement rompu par Trueblood qui déclara :

— J'aimerais quand même que vous jetiez un autre coup d'œil au panneau, *signore* di Bada.

— Si ça peut vous faire plaisir…

Di Bada promena son regard sur le saint, poussant l'effort jusqu'à sortir une grosse loupe avec un manche en corne. Il la déplaça devant la peinture, son œil faisant de petits soubresauts de-ci de-là. Il remit la loupe sur son perchoir au sommet d'une montagne de livres, puis réfléchit encore quelques instants avec de conclure :

— Vous ne devriez peut-être pas vous reposer entièrement sur mon opinion. Certes, je suis un expert, mais il y a quelqu'un qui s'y connaît encore plus que moi…

Melrose manqua de tomber à la renverse. Trueblood, lui, était tout ouïe.

— Il s'agit de Tomas Prada, qui vit à Lucques. Cela vaut la peine de le consulter. Je suis navré de ne pas pouvoir vous être plus utile. Je ne peux que vous répéter ce que je vous ai déjà dit : il est peu probable que ce panneau soit de Masaccio.

Di Bada haussa les épaules, puis reprit, en secouant la tête :

— Masaccio ne possédait rien. Il n'avait que des dettes. Il avait même mis ses vêtements en gage. Néanmoins, n'était-il pas un vrai sage ? J'envie parfois cet état mental qui oublie le monde matériel. Il ne le « niait » pas, non, car il aurait fallu reconnaître sa présence pour pouvoir la rejeter. Non, Masaccio oubliait tout simplement son existence. Il était un des élus.

Ils se chamaillèrent tout au long du dîner (une merveilleuse soupe de poissons, suivie de *tagliatelle alle noci*, elles-mêmes poursuivies par un perdreau, lui-même marqué à la culotte par un *dolce*, un sabayon chaud). Pas vraiment une dispute, de fait, car le restaurant était trop raffiné et la cuisine trop bonne. Ils ne discutaient même pas de manière particulièrement soutenue. Ils soulevaient un sujet, le laissaient tomber, le reprenaient à nouveau.

— Je refuse d'aller voir un autre « qui s'y connaît », déclara Melrose.

— Ce n'est pas si loin. Lucques est presque sur notre route.

— « Presque » est le mot clé, ici. Écoute-moi bien : nous avons déjà discuté avec la plus grande autorité et le plus grand expert. Je refuse de me traîner…

— Te traîner ? Dans une Maserati ?

— Dans ces collines interminables, il n'y a pas de Maserati qui tienne. Je refuse de me mettre en quête d'une autre sommité.

Sauf que Melrose était désormais plus qu'intrigué par cette entité qui ne voulait pas se laisser réduire, qui tenait tête même aux plus pointus des plus grands experts. Il voulait vraiment mener cette maudite enquête à son terme, mais il était hors de question d'accepter cette troisième mi-temps de leur périple sans opposer un peu de résistance. Et puis c'était plutôt amusant d'écouter Trueblood pleurnicher et supplier ! Il prit son verre de chianti (qui ne ressemblait en rien à celui qu'on servait en Angleterre) et soupira :

— Bon…, d'accord !

Il plongea de nouveau sa cuillère dans sa coupe de sabayon au marsala. Comment une chose aussi simple pouvait-elle avoir un goût si fin ?

Trueblood jubilait.

— Tu sais, lui dit Melrose, plus on avance dans notre recherche, plus on se rapproche de la question, mais surtout pas de la réponse.

Trueblood parut légèrement commotionné. On aurait dit un personnage de dessin animé, avec des points d'interrogation à la place des pupilles.

— Hein ?

— Pourquoi mâches-tu ton sabayon ? C'est de la crème !

— Je ne mâche pas, je réfléchis. On devrait quand

même aller à Pise. Même si on ne peut pas voir cette partie du retable, on pourra toujours faire le tour du Carmine, pour s'imprégner de l'atmosphère de l'église.

Melrose savait que Trueblood était conscient que sa requête ne serait pas entendue.

De fait, celui-ci conclut de lui-même, sur un ton résigné :

— Mmm, peut-être pas, finalement.

Melrose avala une autre gorgée de chianti et se demanda si, à l'instar de Masaccio, Trueblood, sillonnant la Toscane avec son panneau douteux sous le bras, n'était pas lui aussi un des élus.

25

Le lendemain matin, Melrose fut réveillé à une heure indue par Trueblood qui tambourinait contre sa porte.

— Désolé, dit-il quand Melrose lui ouvrit, mais toquer n'aurait pas suffi.

— Oui, à l'aube, c'est rarement le cas.

— À l'aube ? Mais il est plus de huit heures !

— Pour moi, c'est encore trop près de l'aube, bâilla Melrose.

Le soleil était déjà levé, mais un océan de brume s'étalait encore à leurs chevilles. Melrose eut la même impression que la veille, celle de se tenir à la proue d'un navire, contemplant les flots déserts. Après un café et quelques petits pains, ils chargèrent leurs sacs dans le coffre et mirent le cap sur Lucques.

Cette fois, Melrose n'eut pas besoin d'être convaincu de prendre l'autoroute. La Maserati non plus. Ils volaient.

Une jeune femme plantureuse dans une large jupe et une chemise paysanne ouvrit la porte peinte dans un bleu éblouissant et demanda :

— *Posso aiutarle ?*

Melrose se douta qu'elle ne leur demandait pas : « Quel genre de débiles mentaux êtes-vous ? » et en déduisit qu'elle leur proposait son assistance. Il lui demanda si elle parlait anglais.

— Nous sommes anglais… *Inglese* ?

— Ah, *si*, *si* !

— Nous aimerions parler au *signore* Prada. J'ai téléphoné…

— *Non capisco*…

Elle semblait sincèrement préoccupée. Melrose approcha un téléphone imaginaire de son oreille et fit semblant de composer un numéro.

— Plant ? Trueblood ? J'ai appelé plus tôt…

— Ah, *si* ! *Per favore*…

Elle leur fit signe de passer et ils entrèrent dans un vestibule joliment tapissé de plus de photographies que Melrose n'en avait jamais vues sur des murs. Une lampe posée sur une table délicate diffusait une lumière tamisée et il flottait un parfum de fleur qu'il ne parvint pas à identifier. Ils la suivirent dans un couloir jusqu'à une porte à laquelle elle toqua doucement.

— *Avanti !*

La fille ouvrit la porte et s'effaça pour les laisser passer.

— *Grazie*, lui dit Trueblood.

— *Prego*, répondit-elle aimablement avant de disparaître.

Melrose présuma que le monsieur qui se tenait devant la fenêtre était Tomas Prada.

— *Signore* Prada ?

Il se présenta, ainsi que Trueblood.

— Nous vous avons téléphoné au sujet d'un tableau.

Tomas Prada, d'après Melrose, devait avoir une bonne cinquantaine. Il avait des cheveux très noirs et une épaisse moustache, le tout commençant à grisonner. Et des traits aiguisés, avec un nez aquilin et des pommettes saillantes.

— Ah oui. Le Masaccio. Asseyez-vous, je vous en prie.

Il devait être également peintre. Il y avait un chevalet dans un coin, avec de la peinture fraîche sur une toile, une étude d'oliveraie, pour autant qu'ils purent en juger.

— Vous êtes peintre vous-même ?

Prada haussa les épaules avec modestie.

— *Si*. J'enseigne à l'*Accademia* de Florence. Trois jours par semaine. C'est pourquoi je préfère continuer à vivre ici, à Lucques.

Prada quitta la fenêtre et s'approcha d'eux.

— Voyons voir ce Masaccio que vous vous imaginez avoir découvert...

Melrose (qui pour une raison obscure avait pris ce jour-là la barre de leur petit navire) trouva ce commentaire plutôt condescendant et remit aussi sec le monsieur à sa place :

— Nous ne nous imaginons rien, *signore* Prada. Mr Trueblood a montré ce panneau à plusieurs personnes, en Angleterre et ici, toutes des autorités en matière d'art de la Renaissance, dont votre ami Pietro di Bada. Ni lui ni les autres n'ont pu nous assurer avec certitude qu'il ne s'agissait pas du travail de Masaccio. (Même si di Bada avait été à deux doigts de le faire.)

Prada afficha un sourire indéchiffrable, ses lèvres dissimulées sous sa moustache. Il chassa les autres autorités du plat de la main, y compris son ami Pietro.

— Ils sont toujours entre zizite et zézette.

— Pardon ? fit Melrose, surpris. Ah, vous voulez dire entre le zist et le zest ?

— Ils n'arrivent pas à trancher. Laissez-moi voir…

Il prit le panneau des deux mains et le posa droit sur le sol en l'adossant au chevalet. Il l'inspecta brièvement de haut en bas, puis l'apporta près de la fenêtre pour un examen plus minutieux.

— Tout d'abord, vous avez fait analyser les matières ?

— Oui, répondit Trueblood.

— Les peintures, les vernis, tout est compatible avec le quinzième siècle ?

Trueblood acquiesça.

Prada adossa à nouveau le panneau contre le chevalet, ajustant sa position pour avoir plus de lumière. Il le contempla longuement, un bras autour de son ventre, l'autre calé contre son avant-bras tandis qu'il triturait sa moustache. Il resta silencieux un long moment, fixant saint Trucmuche, puis déclara :

— Ces retables étaient fréquemment démontés, et les différentes parties récupérées par les familles qui les avaient commandés à l'origine. Elles étaient parfois vendues et passaient alors entre de nombreuses mains. Aujourd'hui, il ne reste plus rien du polyptyque en question dans l'église du Carmine, et le seul fragment encore à Pise se trouve dans un musée. Tout ceci est fort intéressant.

Prada se rapprocha de nouveau de la fenêtre, sans quitter le panneau des yeux.

— Vous savez que Donatello avait fait mettre un verrou à son atelier, de peur que ses confrères volent ou copient son travail ? Ce que l'un d'eux au moins a fait. Il y avait une telle rivalité pour décrocher les commandes ! C'est qu'elles signifiaient non seulement de l'argent, mais aussi d'autres commandes.

Il semblait parler au tableau. Relevant enfin les yeux, il soupira et le rendit à Trueblood.

— Voici ce que je vous suggère : il semble que vous ayez commencé par la fin de votre recherche, retournez donc au point de départ.

— *Come ?*

— Au point de départ. Au lieu de la fin. Comment êtes-vous entré en possession de ce tableau ?

— Dans un magasin d'antiquités. Je suis moi-même antiquaire.

— La boutique qui vous l'a vendu ? Elle est fiable ?

Trueblood acquiesça.

— Sa provenance ? Où l'a-t-il trouvé ?

— C'est une femme. Elle m'a dit l'avoir trouvé à San Giovanni Valdarno.

— Qu'elle ait prétendu l'avoir trouvé là-bas n'est pas bon signe. Et puis, comment peut-on penser qu'il s'agit là d'un fragment du polyptyque de Pise et l'accrocher dans sa boutique pour le vendre ? Non. Combien l'avez-vous payé, si ce n'est pas indiscret ?

— Deux mille livres.

Prada hocha la tête.

— Une belle somme, dans d'autres circonstances. Mais uniquement une fraction ridicule de sa valeur s'il était authentique et entier. Vous dites que ses propriétés physiques ont été analysées ?

— Oui, répondit Trueblood. Autant qu'on pouvait le faire en si peu de temps.

Prada revint vers le chevalet.

— Ce pourrait être saint Jean-Baptiste ? Il a la silhouette lourde qu'on retrouve dans les personnages de Masaccio. Le clair-obscur…, cette ombre, juste là…

Il indiqua du doigt un détail que Melrose ne distinguait même pas tant il était subtil.

— … C'est typique de Masaccio, n'est-ce pas ? Et les effets d'espace… *Si*… Naturellement, vous savez que Masaccio a été le premier à utiliser en peinture la perspective architecturale de Brunelleschi. Les diagonales qui s'éloignent, donnant l'illusion de la réalité. Le point central, les lignes de fuite… Vous avez vu la *Trinité* ?

Ils émirent tous deux un grognement, espérant qu'il passerait pour un : « Cela va de soi ! »

Tomas Prada afficha un sourire béat. Il aurait facilement pu prendre place sur un de ces panneaux.

— Je ne crois pas. Je crois que vous n'avez jamais été à Santa Maria Novella.

Mais qu'est-ce qu'ils avaient tous, à la fin ! Prada allait-il les soumettre au détecteur de mensonges ? Pour ces Italiens, il ne suffisait pas qu'ils aient fait tout le voyage depuis *Londres* ? Qu'ils aient parcouru la moitié de la Toscane à la poursuite de cette chimère ?

— Vous devez y aller, absolument. C'est que, voyez-vous, Masaccio a fait un bond extraordinaire entre le style du triptyque de San Giovanni et la *Trinité*. Aucun autre peintre, pas même Léonard de Vinci, n'a changé si rapidement et avec des résultats aussi stupéfiants. Vous devez voir la voûte de son plafond. La perspective, le flou, le point de fuite. Ce qui est intéressant, c'est que la théorie de la rédemption est également un brouillage, une *sfumatura*, de l'espace et du temps. Le Christ se donne une première fois, mais vient ensuite l'eucharistie, où il se donne encore et encore, à l'infini, en complète contradiction avec l'espace et le temps. Vous voyez ? La diagonale qui s'estompe donne l'illusion de la réalité afin que celui qui regarde la peinture, prenant les formes qu'elle représente pour réelles, croie en son sujet. La perspective était la théologie de Masaccio.

Tout en disant cela, il contemplait le panneau de Trueblood.

— Pour voir les différents éléments qui composaient le polyptyque du Carmine, il vous faudrait aller à Vienne, Berlin et, bien sûr, Londres.

Prada prit un air songeur.

— Le panneau central du retable, *La Madone et l'enfant*, se trouve à la National Gallery. L'ensemble de l'histoire de la prédelle est à Berlin. Ceci, fit-il en tapotant le panneau de Trueblood, serait l'une des ailes, jouxtant la Madone. Saint Jean ou saint Nicolas, probablement. Je veux dire, s'il était authentique.

Melrose lança un regard de biais vers Trueblood pour voir si Berlin, citée deux fois, figurait désormais sur leur feuille de route, mais Trueblood était totalement absorbé par les paroles de Prada.

Celui-ci sourit.

— Je vais peut-être devoir rejoindre mon ami à côté de zizite…

— Entre zist et zest ? dit Melrose avec le même sourire.

— Oui. Toutefois, messieurs, il y a encore une chose qui me laisse profondément perplexe…

— Quoi donc ?

— Tout ce que nous savons sur le polyptyque de Pise dans son intégralité, nous le tenons de la description qu'en a faite Vasari. Nous n'avons pas la chance de disposer d'une image de l'ensemble dans un catalogue ou sur une reproduction, n'est-ce pas ? Alors, si celui-ci est un faux, une contrefaçon, où est l'original dont il est la copie ?

Trueblood était perplexe.

— Excellente question, excellente question, *signore* Prada.

Prada soupira.

— Peut-être, mais j'en ai une autre, sans doute meilleure : pourrez-vous vivre sans avoir la réponse ?

Trueblood réfléchit.

— Je pourrais, mais je préférerais éviter.

Il se frappait la tête contre le tableau de bord et adorait ça.

— Ne sois pas si mélodramatique, dit Melrose.

Ils avaient repris la route sinueuse qui les éloignait de la maison Prada.

— Comment n'avons-nous pas pensé à ce sur quoi il pourrait avoir été copié ? C'est tellement évident !

Melrose goûtait le plaisir de glisser à travers le paysage toscan, encore vert bien qu'on soit en décembre. Ils n'étaient là que depuis trois jours, mais qui paraissaient avoir duré des semaines, voire des mois. Les voyages procuraient cette sorte d'intensité, les vues, les événements se bousculant au point qu'on se disait : Non, il m'a fallu au moins une semaine pour voir tout ça, ça ne peut pas faire qu'une heure !

Les doigts de sa main gantée (il avait mis ses nouveaux gants) pianotaient un petit air sur le volant. Il était de bonne humeur. Trueblood, lui, recroquevillé sur son siège, ne contemplait rien d'autre que ses propres pensées, se tournant de temps en temps vers la banquette arrière où était posé le panneau, déballé cette fois, comme s'il n'avait plus rien à cacher.

Cette nuit-là, ils dînèrent à la Villa San Michele d'un poisson divin pêché dans quelque torrent paradisiaque. Au dessert, il y avait du soufflé au Grand Marnier. Quand ils eurent fini, Trueblood demanda au serveur de leur apporter leur café et leur cognac sur la terrasse.

— *Fa caldo, signore.*
— *Si*, répondit-il sans se soucier de savoir si c'était vrai ou non.
Le serveur leur apporta leurs verres et se retira.
— Ils sont si cérémonieux ! rit Melrose.
Dans le noir, ils contemplèrent Florence à leurs pieds, ses lumières s'étendant sur la ville comme des traînés d'étoiles déchues.
Trueblood poussa un soupir géant.
— On rentre demain.
Ils burent lentement leur cognac, allumèrent des cigarettes. Dans l'air parfumé, un silence s'installa, que Melrose aurait qualifié de mortel. Il se trouvait dans un endroit où il n'avait pas voulu venir et qu'il ne voulait plus quitter. Il sentit une terrible nostalgie l'envahir. Il avait envie de pleurer, vraiment. Des images se bousculèrent dans sa tête, les tours de San Gimignano envahies de lierre ; ses rues escarpées et pavées ; le clin d'œil conspirateur du garçon rencontré au musée de la torture ; Sienne, la couleur chaude de sa terre, ses rues aux ombres pourpres ; la porte bleue de la maison à Lucques ; l'écho dans l'escalier de leur petit hôtel.
— Peut-être que Diane avait raison, après tout.
— À quel sujet ?
— Voir Florence et mourir.

TROISIÈME PARTIE

Sonate au clair de lune

26

Finalement, ce ne fut pas Oliver Tynedale qui avait été empêché d'assister aux obsèques de Simon Croft, deux jours plus tôt, mais Emily, la sœur du défunt. Son cœur n'était pas assez solide pour supporter le voyage et le stress.

« Le patriarche avait l'air remarquablement guilleret, avait commenté Mickey à Jury. On ne lui donnerait jamais ses quatre-vingt-dix ans et des poussières. »

Mickey avait assisté à l'enterrement, mais en gardant ses distances, en retrait sous les arbres dégoulinants de pluie.

Jury avait espéré pouvoir parler à Emily Croft après les funérailles mais, vu la situation, il allait devoir faire le déplacement jusqu'à Brighton.

Bien qu'encore assez animée, Brighton en décembre n'avait plus grand-chose à voir avec ce qu'elle était en juin ou en août. Selon Jury, il y avait peu de choses aussi tristes qu'une station balnéaire en hiver. Il marcha sur la plage de schiste argileux et de fragments de coquillages ; il écouta le son creux des vagues, le chuintement de l'écume et le murmure de la marée montante. Il était déjà venu ici, enfant. C'était un souvenir qui reculait, désormais, comme la marée. Il n'était plus sûr de rien.

Emily Croft était un chaînon libre dans les mailles denses tissées par les clans Tynedale et Croft. Non pas qu'il s'attende (ni même espère) qu'elle crache tout un tas de secrets sur les autres. Il était néanmoins surpris qu'elle vive ici, à Brighton, dans une maison « assistée » forcément déprimante.

Il se tenait devant une fenêtre haute, dominant le promontoire qui s'avançait dans la mer. Celle-ci, relativement calme, était d'un gris étain qui s'assombrissait encore plus au large. On l'avait fait entrer dans un petit salon où trônait une cheminée d'un marbre éclatant et glacial. Les meubles étaient robustes et sans charme, bleu foncé et bruns, les fauteuils bombés par un rembourrage exagéré.

La porte s'ouvrit et Emily Croft entra. Elle portait une robe et un cardigan jaunes, ce qui le fit sourire. On voyait rarement des vêtements d'une telle couleur. Ce n'était pas un jaune pâle, liquide, mais un jaune soleil. Mince et légèrement anguleuse, elle avait encore, à soixante-treize ans, une peau et des pommettes pour lesquelles un top modèle aurait vendu son âme. Elle n'avait pas l'air infirme pour un sou, ne se déplaçait pas comme une malade. Il se demanda si Oliver Tynedale avait transmis cette résistance de fer, qu'il semblait posséder en abondance, à tous les autres membres de la famille.

Jury avait appelé depuis Londres pour convenir d'un rendez-vous. Il tendit la main.

— Miss Croft. Avant tout, je suis sincèrement désolé pour votre frère.

Elle avait pleuré, cela se voyait, mais les Tynedale et

les Croft avaient de l'endurance et il savait déjà qu'il n'y aurait pas de crises de larmes pendant l'entretien.

Elle sourit en serrant sa main.

— Mr Jury.

— J'aime beaucoup votre robe, lâcha-t-il soudain.

Il ne se rendit compte qu'après avoir parlé que le compliment n'était pas vraiment approprié.

Cela la fit rire.

— Merci. Allons donc dans la véranda.

Elle étendit le bras vers une galerie vitrée et ouvrit la voie.

— Asseyez-vous.

Les meubles étaient en rotin blanc, le sol en sisal. L'atmosphère y était plus décontractée et nettement plus gaie. Le soleil qui rayonnait en faisceaux obliques offrait une meilleure toile de fond à la robe jaune.

— Vous êtes venu pour parler de Simon.

— Oui, je sais que c'est un moment pénible pour vous.

— Ça ira.

Sa voix trembla et elle regarda vers la mer que le soleil venait momentanément d'illuminer. Elle s'éclaircit la gorge.

— Simon était quelqu'un d'assez froid en apparence, mais bon. Il était aussi brillant. L'idée qu'on ait voulu sa mort me dépasse complètement…

Elle s'interrompit à nouveau un instant avant de reprendre :

— Je ne pense qu'à ça depuis que c'est arrivé. J'essaie de trouver une raison ou une autre. Je n'y arrive pas.

— Quand l'avez-vous vu pour la dernière fois ?

— Il y a environ trois semaines. Simon essayait de venir toutes les semaines. Il ne pouvait pas toujours, mais il faisait son possible. Lui et Marie-France, même si elle ne vient pas aussi souvent. Ian vient me voir lui aussi de temps en temps et je sais qu'Oliver en ferait autant si son médecin n'avait pas menacé de l'amputer des deux jambes.

Elle commença à rire puis s'interrompit brusquement.

— Laissez-moi vous expliquer ce qui s'est passé, puisque vous devez vous demander pourquoi je suis ici et non à Londres. Il y a encore cinq ans, j'habitais seule dans le quartier de Knightsbridge. Quand j'ai eu ce problème cardiaque, mon médecin m'a conseillé de prendre quelqu'un à domicile. Les gens vous conseillent souvent ce genre de chose comme si ça coulait de source. Partager un trois pièces avec une inconnue ? Et puis quoi encore ! Oliver m'a proposé de m'installer à Tynedale Lodge, où il y avait tout le temps du monde mais où on pouvait aussi avoir son intimité. J'aurais aussi pu aller chez Simon ou Marie-France, mais alors, adieu l'intimité. Tynedale Lodge, c'était l'idéal, c'était parfait. Si on le souhaite, on peut s'y promener pendant des jours sans croiser personne…

Elle s'interrompit, sortit un paquet de cigarettes de la poche de sa robe, puis retourna le panneau *no smoking* sur le mur.

— Ce genre de truc me donne toujours envie d'en griller une, indiqua-t-elle.

Jury rit, puis lui prit son briquet des mains et lui alluma sa cigarette. Les briquets faisaient toujours ces petits *frrrout* et *clac* réconfortants.

— À votre regard envieux, je devine que vous êtes un ex-fumeur, commissaire.

— En effet.

— Soyez fier d'avoir pu arrêter, même si cette vertu

vous fait sans doute une belle jambe. J'ai essayé plusieurs fois, mais sans succès.

— Vous avez donc préféré refuser ?

Elle parut perplexe.

— Refuser… Ah, vous voulez dire de m'installer à Tynedale Lodge ?

Elle rit de nouveau.

— Oui, je ne tenais pas à croiser toujours les mêmes personnes. Et si vous pensez que je fais allusion à Kitty Riordin, vous avez raison. Je ne suis pas folle de Maisie non plus, pour ne rien vous cacher.

Elle paraissait elle-même surprise par ce qu'elle venait de dire.

— Je suppose que c'est la raison pour laquelle je suis ici et pas là-bas.

— Parce que vous ne vous entendiez pas avec Kitty Riordin ?

— Je l'ai toujours trouvée froide comme un glaçon. Ça m'a toujours un peu étonnée qu'Oliver ne se soit jamais débarrassé d'elle…

Elle haussa les épaules.

— J'imagine qu'à force de l'avoir sous le nez, elle fait désormais partie du paysage. Oliver est psychologue. Mon père l'était aussi. Il avait de la prestance, comme Oliver, mais je ne crois pas que ça lui venait de sa fortune et de son pouvoir, et il avait les deux en abondance, croyez-moi ! Je pense plutôt que c'était parce qu'il était foncièrement honnête. Tous les deux fonctionnaient — fonctionnent — à l'honnêteté. C'est une qualité dont on a tous peut-être hérité un peu, en tout cas je l'espère.

— En ce qui vous concerne, ça ne fait aucun doute.

Emily Croft fumait en se balançant. Paisiblement, pensa Jury. Elle n'était visiblement pas du genre à supporter d'avoir une épine dans le pied. Si quelque chose la démangeait, elle agissait.

— Mais s'il avait dû choisir entre Kitty Riordin et vous, il ne l'aurait pas choisie elle, n'est-ce pas ?

— Non. Mais je n'ai pas voulu l'ennuyer avec ça. Il a quatre-vingt-seize ou dix-sept ans, vous savez. Il est remarquable. J'aime et j'ai toujours aimé Tynedale Lodge, mais j'ai décidé d'essayer cet endroit.

Elle regarda autour d'elle les murs et le plafond, comme si elle les voyait pour la première fois.

— Je suppose que vous voulez que je vous parle de Simon ?

— Et des autres.

— Oui, bien sûr. Je me suis toujours très bien entendue avec Simon. N'oubliez pas que je suis bien plus âgée que lui et Marie-France. Je suis plutôt de la génération d'Alexandra. J'avais dix-huit ans quand elle est morte. Nous étions assez intimes, Alex et moi. Je suppose que c'est pourquoi elle se confiait volontiers à moi. Vous saviez qu'elle avait eu un autre enfant ? Je ne sais pas si elle l'a jamais dit à quelqu'un d'autre ; peut-être à Kitty, parce qu'elles étaient proches, Kitty s'occupant de Maisie. En tout cas, je sais qu'elle a raconté à Oliver qu'elle avait décidé de faire un long voyage sur le continent. (Elle s'esclaffa.) Je me demande combien de voyages sur le continent sont à mettre au compte d'enfants illégitimes...

— Il n'était pas de Ralph Herrick ?

— Oh non. C'était juste avant l'arrivée de Ralph. Alexandra et lui se sont mariés en décembre, et elle est retombée enceinte peu après. J'ai toujours pensé que c'était le chagrin d'avoir abandonné son premier enfant qui lui avait donné envie d'en avoir immédiatement un autre.

— Elle ne vous a jamais dit qui était le père du premier ?

Emily fit non de la tête.

— Parlez-moi de Ralph Herrick.

Elle renversa la tête en arrière en riant.

— Ah, Ralph ! Oui, je me demandais quand quelqu'un l'évoquerait, celui-là ! Simon et Ian l'idolâtraient, ce qui n'a rien d'étonnant. Notre beau pilote, notre héros ! Fait sur mesure pour être vénéré telle une idole. Enfin, Simon avait quel âge… Dix, onze ans ? Je suppose que c'était compréhensible…

— Vous n'admiriez pas Ralph Herrick ?

— Non, commissaire, pas même avec l'aide de la Victoria Cross. Je dois reconnaître qu'il était audacieux, même si « gonflé » serait sans doute le mot juste. Ralph était un opportuniste. J'ai toujours été une fille terre à terre, pas très imaginative. Comme je le disais, j'admirais mon père et Oliver Tynedale, parce qu'ils fonctionnaient à l'honnêteté. Ralph, lui, volait avec un réservoir vide.

Elle écrasa son mégot dans un petit cendrier en aluminium et poursuivit :

— J'ai essayé de mettre en garde Alex, mais elle n'écoutait pas. Si j'avais été à sa place, je n'aurais pas écouté non plus.

Elle soupira.

— Pauvre Alexandra ! Au cours de l'année où ils ont été mariés, je ne crois pas qu'il soit venu la voir plus d'une demi-douzaine de fois. S'il avait été plus présent, elle se serait sans doute rendu compte qu'il n'était pas si bien que ça. Il était trop prévisible. Je me méfie toujours des gens trop lisses. Ce qui m'étonne, c'est que papa et Oliver se soient fait avoir. Ils n'étaient pourtant pas tombés de la dernière pluie, ni l'un ni l'autre. J'aurais pensé qu'ils se seraient méfiés d'un type doté d'une de ces gueules d'amour un peu louches comme on en voit dans les vieux films de gangsters américains.

Elle haussa les épaules.

— Ralph aurait fait un très mauvais père. Il n'était vraiment pas fait pour ça.

— Et Maisie, dans tout ça ?

— Je ne peux pas dire que je l'adore, évidemment, vu qu'elle est à l'origine de mon départ. Enfin, disons qu'elle y a contribué. Je crois qu'elle est totalement aveugle, dès qu'il s'agit de Kitty Riordin.

Ne voulant pas lui souffler ses réponses, Jury se retint de la pousser dans cette voie.

— Excusez ma curiosité mais… j'ai une bonne raison de vous poser cette question… Dans son testament, Mr Croft avait-il prévu de laisser quelque chose à Kitty Riordin ?

— Non. Son testament ne contenait pas de surprises. Le gros de sa fortune et de ses biens nous revient, à ma sœur et à moi. Il a laissé de l'argent à Ian, à Maisie et, j'ai trouvé ça touchant, à Mrs MacLeish. Je crois bien que c'est elle qui a découvert son corps, la pauvre. Vous savez qu'elle venait faire la cuisine pour lui, bien sûr. Ah oui ! Simon a aussi laissé de l'argent, en fidéicommis, au nom de la petite Gemma Trimm. C'était gentil de sa part, d'autant plus qu'il n'avait aucune raison de le faire, vu qu'elle héritera sans doute d'Oliver. Simon était un homme très généreux. Enfin, mon père l'était aussi, tout comme Oliver. Mais concernant son testament, non, il n'y a pas eu de surprises.

À dire vrai, Jury le savait déjà, car Mickey s'était renseigné. Il voulait simplement entendre l'opinion d'Emily Croft sur ce sujet. Il attendit, puis, comme elle ne disait plus rien, demanda :

— J'ai cru comprendre que vous rentrez à Londres de temps à autre ?

— En effet. C'est un des avantages d'avoir de l'argent, Mr Jury. Pas besoin de chambouler sa vie pour un oui pour un non. Je n'ai pas eu besoin de vendre mon appartement pour m'installer ici. Oh..., vous voulez savoir si j'étais à Londres le jour où Simon a été assassiné ?

Elle esquissa un sourire triste.

— Vous y étiez ?

— En fait, oui. Je suis arrivée en début d'après-midi. Je voulais faire mes achats de Noël. Je suis restée dormir là-bas, mais je n'ai appris la mort de Simon que le lendemain soir, une fois de retour ici. J'étais trop épuisée pour faire demi-tour. Mon médecin m'avait déjà interdit d'aller à Londres la veille.

Jury hocha la tête. Pas d'alibi, du moins pour le moment.

— Que va devenir l'hôtel particulier de votre frère, Miss Croft ? Je suppose que votre sœur et vous en avez hérité ?

Elle se tourna vers la vitre pour regarder vers la mer et répondit tristement :

— Oui, mais je ne pense pas que ni elle n'y moi nous y installerons. Plus vous vieillissez, commissaire, moins vous avez envie de déménager.

— Vous comptez vendre ?

Elle le regarda de haut en bas.

— Vous envisagez d'arrondir vos fins de mois en vous lançant dans l'immobilier, commissaire ?

Jury éclata de rire. C'était peut-être la première fois depuis le début de cette affaire.

— Vous pensez que je ferais un bon agent ?

— Probablement pas. C'est juste que vous semblez très intéressé par nos appartements et nos maisons.

Elle rit à son tour.

— Mais non, nous ne le vendrons pas. Je ne veux pas tout perdre de Simon. Comme je vous le disais, c'est le bon côté de l'argent. On peut conserver les choses telles qu'elles sont.

— Vraiment ?

Elle le dévisagea à nouveau longuement, cette fois sans ironie.

— La mort est toujours avec nous, Mr Jury, toujours. « Le type en chemise de nuit brillante », c'est comme ça que l'appelait W. C. Fields. J'adore cette image, mais je ne suis pas d'accord avec elle. Il n'y aura pas de vêtements brillants. La mort vient nous trouver dans ses vieux habits de tous les jours. Elle ne porte jamais rien de neuf, jamais rien qui sorte de l'ordinaire. On la voit partout, tout le temps, on le sait mais on fait comme si de rien n'était. Pour ma part, je trouve réconfortant que la mort soit sans surprises. Accrochez-vous à cette pensée, commissaire. Dans votre métier, elle vous sera utile.

Son expression était indéchiffrable. Il ressentait le besoin de la contredire, sans savoir pourquoi.

— La mort nous accompagne partout… Ça ne fait pas un peu cliché, ça ? dit-il avec un sourire.

— Non, répondit-elle simplement, en lui retournant son sourire.

27

Rachael, la femme de chambre des Tynedale, ouvrit la porte pour laisser entrer Jury et un chat blanc qui l'observait d'un air soupçonneux depuis un petit moment. Jury annonça à la domestique qu'il avait rendez-vous avec Oliver Tynedale. Il était conscient d'avoir vingt minutes d'avance.

— J'aimerais aussi voir Miss Tynedale, si c'est possible.

Il baissa les yeux et ajouta :

— Quant au chat, on ne se connaît pas, j'ignore qui il vient voir.

Rachael pouffa dans le creux de sa main et le conduisit le long d'un couloir. Le chat les suivit.

Maisie écrivait, penchée sur un bureau devant un bow-window. Elle se leva pour le saluer.

— Commissaire principal Jury.

Son ton était aussi calme que son regard, ni l'un ni l'autre particulièrement accueillants.

Ses traits se radoucirent légèrement quand elle aperçut le chat.

— Je vois que vous avez apporté Snowball. C'est la chatte de Mrs Riordin. Une bête bien étrange.

La chatte reprit sa contemplation de Jury.

— J'en connais un rayon en chats étranges, croyez-moi. Vous permettez que je m'asseye ?

Il la sentit hésiter avant de tendre la main vers le fauteuil derrière lui. La chatte, elle, repartit vers la porte.

— Il y a eu du nouveau ?

— Non.

Il n'en dit pas plus, souhaitant la faire parler.

— Vous avez troublé Mrs Riordin, vous savez.

— Oui, la police a souvent cet effet-là.

— Vous avez voulu la faire parler de la guerre et de ce qui était arrivé…

— C'est mon travail, non ? Chercher ce qui est arrivé.

Maisie regardait tout ce qui se trouvait dans la pièce sauf lui. Pour le moment, elle faisait mine d'étudier le document posé sur son sous-main.

— Ce qui est arrivé, répondit-elle, c'est que Simon a été assassiné. Ça n'a rien à voir avec la guerre ou le Blue Last.

Elle s'efforçait de ne pas montrer à quel point elle était furieuse.

Jury la regarda d'un air dubitatif.

— Et comment le savez-vous, Miss Tynedale ?

Elle parcourut son bureau du regard, comme si elle ne trouvait pas ce qu'elle cherchait.

— Ce qui est arrivé, c'est un raid aérien et une bombe, qui est tombée en plein sur le Blue Last. C'était il y a cinquante-cinq ans, juste après Noël, le 29 décembre. L'est de Londres a été dévasté. C'était le raid le plus violent de la guerre, avec quelque sept cents bombardiers. Ma mère, Alexandra, et Francis Croft sont morts. *Voilà* ce qui est arrivé.

Cela s'était passé plus d'un demi-siècle plus tôt et

elle en tremblait encore d'émotion ? Jury avait du mal à y croire.

— Vous connaissez tous les détails. On a dû vous les raconter un millier de fois. À cette époque, j'étais tout petit et je ne me souviens de rien. Du moins, de rien d'exact. Quant au fait que la mort de votre mère remonte à si longtemps, vous savez tout comme moi qu'une mort peut avoir un effet sur une autre, peu importe le laps de temps qui s'est écoulé entre les deux.

— Pas dans ce cas-ci, certainement pas.

— Comment pouvez-vous en être aussi certaine ?

Elle se contenta de secouer la tête. Comme elle ne répondait pas, il demanda :

— Vous avez oublié de mentionner la petite Riordin.

— Erin ? Oui, bien sûr, elle aussi.

Maisie étudiait ses mains. Ses doigts tordus, qui semblaient encore lui faire honte.

— Je sais qu'on a découvert deux squelettes.

— En effet.

— Je ne vois pas ce qu'ils pourront vous apprendre. Comment pouvez-vous être sûr qu'il s'agit de ma mère et d'Erin Riordin ?

— Il y a mille façons. Pour le sexe, c'est très simple, en tout cas pour l'adulte. Ça l'est moins dans le cas d'un enfant aussi jeune. Il faut se baser sur d'autres indices. Le squelette du bébé était couché tout contre celui de l'adulte et, apparemment, il n'y avait pas d'autres enfants dans le pub... Outre les os eux-mêmes, les scientifiques se baseront sur le sol, la végétation, tout un tas de choses. Les dents, par exemple. Même chez les nourrissons dont les dents n'ont pas encore percé, on peut évaluer le degré de développement dentaire sous les gencives. Dans le cas de votre mère et d'Erin Riordin, il y a aussi les vestiges du bombardement, les éclats d'obus, ce genre de choses… L'anthropologie médico-légale peut faire des merveilles. Notamment la reconstruction d'un visage, grâce au crâne, à la structure osseuse…

Elle examina ses mains, se tourna de nouveau vers le bureau, comme si elle cherchait quelque chose. Du temps, surtout, pensa Jury.

— J'aimerais en savoir plus sur Mrs Riordin. Vous semblez très attachée à elle.

— En effet. Je n'aime pas les clichés, mais elle a été comme une mère pour moi.

Jury s'étonnait qu'elle ne voie pas plus loin, le corollaire de ce qu'elle venait de dire.

— Comment a-t-elle débarqué dans votre famille ?

Maisie réfléchit.

— Elle venait d'arriver de Dublin, comme beaucoup de jeunes Irlandaises à l'époque. Elle était très jeune, un peu plus jeune encore que ma mère. Ma mère l'a recrutée dans une agence. Naturellement, Kitty n'avait pas dit qu'elle avait un enfant, sachant que l'agence ne la mettrait pas sur ses listes. Elle espérait simplement que les gens qui lui feraient passer un entretien d'embauche seraient compréhensifs. Elle a eu de la chance de tomber sur Alexandra, qui était, à ce qu'on m'a dit, la personne la plus compréhensive du monde.

Il nota qu'elle disait toujours « ma mère » ou « Alexandra », et jamais « maman ». Certes, elle ne l'avait pour ainsi dire pas connue, mais quand même…

— Depuis combien de temps était-elle avec vous, à l'époque du raid de décembre ?

— Depuis un peu plus d'un an. Je pense qu'elle a dû arriver juste après ma naissance.

— Votre grand-père l'aimait bien ?

— Oh oui. Sans elle, je serais morte.

— Elle a plus ou moins vécu avec et pour votre famille depuis ce temps-là, n'est-ce pas ?

— En effet. Je me suis demandé pourquoi elle ne s'était jamais remariée. Je suis presque sûre que plusieurs occasions se sont présentées.

— Peut-être que la famille... que les familles étaient si proches qu'elles ont accaparé tout son temps ?

Elle réfléchit à la question.

— Pas dans un mauvais sens, en tout cas. Nous sommes très liés, c'est vrai.

— Le problème, avec ce genre de liens, c'est que si on tire sur un fil, toute la trame part avec, non ?

— La métaphore est un peu excessive, vous ne croyez pas ? Si l'un de nous se casse le nez, les autres ne suivent pas forcément.

— Possible. Surtout si vous ne savez pas lequel est tombé.

Maisie passa une main dans ses cheveux noirs, qui retombèrent aussitôt parfaitement en place. Cela évoqua à Jury une perturbation du passé, comme un lac placide, un instant agité par le vent et la pluie avant de retrouver sa surface d'huile.

Et elle, Maisie, pourquoi ne s'était-elle jamais mariée ? À cause de ses liens avec le passé et les familles qui le constituaient, ou pour une autre raison, plus banale ? Elle avait forcément eu des propositions. Elle était séduisante, intelligente et riche. Sa fortune à elle seule avait dû attirer bien des prétendants.

Elle s'était levée et adossée au bureau, les chevilles croisées, la tête baissée.

— Mon père était dans la RAF. Il a été décoré. La Victoria Cross.

Jury se sentit à nouveau aspiré vers quelque chose qu'il ne comprenait pas.

— Le mien aussi. Je veux dire, il était dans la RAF. Il a été abattu au-dessus de Dunkerque.

— Je suis désolée.

Jury fut plutôt surpris de son ton sincère.

— C'était il y a longtemps.

Elle hocha la tête.

— Je ne voudrais pas avoir l'air de m'apitoyer sur mon sort, mais j'ai l'impression d'avoir été flouée, non seulement parce que j'ai perdu mes deux parents, mais parce que je n'ai aucun souvenir d'eux.

— Ce ne serait qu'une autre version.

— Version ?

— De ce qui s'est réellement passé. De la réalité, si vous voulez. Comment pouvons-nous être sûrs de ce dont nous nous souvenons ? Que nous reste-t-il de ce qui s'est passé hier ?

Elle sourit pour la première fois.

— Vous donnez toujours dans le sophisme comme ça, ou vous cherchez à me consoler ?

Elle avait quitté le bureau et se tenait à présent près du bow-window.

Se sentant plus fatigué qu'il n'aurait dû l'être, il se leva et la rejoignit devant la fenêtre. Au-dehors, la pluie avait rendu la terre spongieuse. Le hêtre, celui avec une planche coincée entre ses branches épaisses, semblait crouler sous le poids de l'eau.

Jury observa Mr Murphy le jardinier en train de poser une binette ou un râteau contre le mur du jardin et de se pencher sur un petit carré de fleurs blanches à l'allure fragile. Il se redressa en se tenant les reins. L'arthrite, les rhumatismes probablement. Il est trop vieux pour prendre soin de ce jardin tout seul, pensa Jury. Il se demanda où était Gemma Trimm. S'il avait été plus imaginatif (mais il reléguait son « imagination », au même titre que le whisky, aux heures où il n'était pas de service), il aurait pensé que sa rencontre avec la petite fille avait été imaginaire. Avec sa légèreté de fée, elle ne semblait pas apparentée à cette maison.

— À quoi pensez-vous ? Vous souriez.

— Parlez-moi de la petite fille.

L'espace d'un instant, Maisie parut décontenancée. Était-il possible que Gemma laisse si peu de traces dans l'inconscient de cette famille qu'ils aient besoin de se creuser la tête pour se souvenir d'elle ? Comment un enfant vivant ici, surtout un enfant aussi intéressant que Gemma Trimm, pouvait-il laisser si peu d'impression ? Qui plus est, une gamine adorée du patriarche, l'homme qui avait l'argent ? Aucun d'entre eux ne voyait-il en elle une menace ? Quelle était exactement la fortune de Tynedale ? Peut-être était-elle si grande qu'un million par-ci par-là ne ferait pas grande différence.

— Elle est à la charge de grand-papa.

C'était une manière intéressante de présenter les choses. Au moment où elle disait cela, Gemma apparut aux côtés de Mr Murphy. On aurait dit qu'elle devait se montrer physiquement pour leur rappeler à tous son existence.

— Elle n'a pas de famille ? Personne ? demanda Jury.

— Pas à ma connaissance. Grand-papa a essayé pendant plusieurs mois de retrouver sa famille.

— Même s'il avait retrouvé ses parents, je suis sûr qu'il aurait aussi trouvé un arrangement pour la garder.

Son sourire se raidit.

— Vous avez sûrement raison, mais inutile de prendre ce ton moralisateur.

— Désolé, ce n'était pas mon intention. C'est juste que l'argent fait s'envoler bien des problèmes. Ceux qui disent qu'on ne peut acheter le bonheur sont des hypocrites.

— Seigneur, je ne vous savais pas aussi cynique, commissaire.

— Je ne le suis pas.

Mr Murphy était sorti de leur champ de vision tandis que Gemma et sa poupée l'attendaient près du massif de fleurs. Il revint bientôt en poussant péniblement une brouette.

— Pauvre homme, dit Maisie. Angus est trop vieux et trop perclus de rhumatismes pour ce travail. On a essayé de recruter plusieurs jardiniers pour l'aider, mais aucun ne semblait prendre son travail à cœur et tous ne faisaient que le rendre fou de rage. La dernière, Jenny Gessup, vient juste de partir. Je suppose qu'il va nous falloir nous remettre à chercher. Les agences nous envoient n'importe qui. Mais il a vraiment besoin d'aide pour les gros travaux.

— Vraiment ?

28

— Je me demandais quand vous vous décideriez à venir me voir.

Oliver Tynedale était calé contre des coussins dans son lit gigantesque.

— Je suis ici en qualité… en qualité de quoi au juste ? En qualité semi-officielle ?

— Ben ça, si vous ne le savez pas vous-même, ce n'est pas moi qui pourrai vous l'apprendre ! Je ne sais pas jusqu'où va le « semi », de nos jours.

Il tapota les coussins autour de lui pour les aplatir.

— Pour ma part, je suis la totalité des brasseries Tynedale.

— Je suis ici parce que Michael Haggerty m'a demandé de l'aider. Si j'abuse de votre patience, flanquez-moi à la porte.

— Flanquer un commissaire de Scotland Yard à la porte ? Ça pourrait être drôle. Mais discuter avec vous ne me dérange pas, et je ne suis pas aussi faible que j'en ai l'air.

— Vous n'avez pas l'air faible du tout. Mais ils ne m'ont pas laissé vous parler lors de ma dernière visite.

Oliver balaya l'air devant lui d'une main agacée.

— Une bande de mauviettes ! Qui vous en a empêché ? Barkins ? Ça ne peut pas être l'infirmière. Celle-là, je l'ai virée au bout de vingt-quatre heures ! J'espère bien que c'était la dernière de la série. Dire que maintenant je suis cloué au lit ! Quel manque de bol ! Un instant, je vais vous montrer, moi…

Jury fut surpris de l'empressement avec lequel il sortit de son lit. Il était grand, au moins aussi grand que Jury lui-même, mince (mais pas émacié) et le dos droit. Il ne semblait pas avoir mal. Il entra dans la salle de bains et en ressortit, tirant derrière lui son équipement d'oxygène sur un chariot à roulettes en acier.

— Je suis sûr que vous aimeriez en avoir un pareil !

— Pour ça oui ! Mais j'aimerais encore mieux un pyjama comme le vôtre.

Il était imprimé, avec tout un tas de Mickey, de Dingo et de Titi le canari.

Oliver abandonna son chariot derrière Jury et revint s'asseoir sur le bord de son lit, baissant les yeux vers son pyjama.

— Ne comptez pas sur moi pour vous donner le mien, sauf si j'ai besoin de vous soudoyer à un moment ou un autre. Au fait, je connais le commissaire divisionnaire. C'est que j'ai le bras long, vous savez.

Il bascula ses jambes en l'air, les glissa sous les couvertures puis s'enfonça à nouveau dans les oreillers avec un soupir.

Pas étonnant que son fils Ian soit si facile. Il avait hérité du naturel de son père et de sa souplesse, au sens propre comme au figuré.

Puis, soudain, l'expression d'Oliver changea et il se tourna vers la grande fenêtre, derrière laquelle on ne voyait qu'un ciel sinistre couleur d'huître et quelques branches noires qui frappaient contre la vitre. Son corps sembla s'être ratatiné.

— Mr Tynedale ?

Oliver se tourna vers Jury.

— Par moments, on oublie. On oublie ce qui est arrivé. C'est peut-être le côté miséricordieux de la vie. Simon était comme mon fils. Vraiment.

Jury se pencha vers lui et posa une main sur son épaule. Le geste lui avait semblé si naturel qu'il n'hésita pas une seconde.

— Je suis désolé. Sincèrement désolé.

Oliver poussa un soupir et remonta les couvertures jusque sous son menton, comme un enfant. Il balaya la chambre du regard, comme si Simon Croft allait se matérialiser d'un instant à l'autre, assis dans ce fauteuil, debout devant la fenêtre, sortant un livre de la bibliothèque. Jury se demanda si son accablement n'allait pas aspirer tout l'air de la pièce, au point qu'ils auraient tous les deux besoin d'une goulée d'oxygène.

— Si vous comptiez me demander si je connais quelqu'un qui aurait pu faire ça, la réponse est non.

Jury réfléchit un moment.

— Simon Croft écrivait un livre. Il en discutait avec vous ?

Oliver parut pris de court.

— Son bouquin sur la guerre et le bombardement du pub ? Son père possédait un pub, voyez-vous, et…

— Le Blue Last. Oui, je sais. Je sais qu'il a été détruit lors du bombardement de décembre 1940. Mickey Haggerty me l'a raconté.

— Oui, son père était un très bon ami de Francis. Je le connaissais aussi, mais moins bien. Je ne connais pas vraiment son fils. Je ne l'ai vu qu'une fois, quand j'ai essayé de lui donner un coup de main. Mais je sais de bonne source que c'est un excellent policier. Je crois que Simon prenait vraiment du plaisir à écrire ce livre.

Enfin… « plaisir » n'est sans doute pas le terme. Je veux dire qu'il pensait se faire du bien, et peut-être par là nous faire du bien à tous. Peut-être se pencher sur son passé lui semblait-il la chose à faire. Mais pourquoi cette question ?

— Parce que le livre en question a disparu. On n'a retrouvé ni manuscrit, ni notes, rien. L'assassin a également emporté l'ordinateur portable de Simon, ses disquettes, s'il y en avait, ce qui paraît probable. D'après ce que j'ai appris sur lui, c'était un homme prudent. Il sauvegardait sûrement son travail.

— Il y avait un manuscrit, ça c'est sûr. Il m'en lisait des passages de temps en temps, sans doute pour essayer de rafraîchir ma vieille mémoire, fit Oliver en se tapotant la tempe. Il espérait que de plus en plus de souvenirs me reviendraient s'il me fournissait des détails… en plantant un décor, par exemple…

Il désigna d'un grand geste l'intérieur de la chambre.

— Il suffit parfois de décrire une chaise ou un canapé pour qu'on revoie soudain quelqu'un du passé assis dessus… Alors comme ça, ils ont piqué son truc ? Son manuscrit ?

— Il semble bien, oui. Je me demandais s'il n'y avait pas des informations dedans susceptibles de nuire à quelqu'un. En fait, je pense que c'était le cas, Mr Tynedale.

Oliver hocha la tête en pinçant les lèvres.

— Vous n'auriez pas une cigarette, par hasard ?

Jury se mit à rire.

— Si seulement ! Je viens d'arrêter.

— Merde ! Vous n'avez pas l'impression que vous réfléchissiez mieux quand vous fumiez ?

— Sans l'ombre d'un doute.

Oliver se laissa lourdement retomber en arrière. Il y eut un temps mort.

— Je réfléchis.

Jury hocha la tête et sourit. Il entendit un bref sifflement derrière lui et se retourna, se demandant si la bonbonne d'oxygène ne fuyait pas. C'était Snowball. Comment la chatte était-elle entrée ? La porte était fermée, pourtant.

— C'est la bestiole le plus acariâtre que j'aie jamais rencontrée, déclara Oliver, qui avait suivi son regard. Elle est toujours de mauvais poil. Elle déboule toujours là où on n'a pas envie de la voir, à savoir partout. C'est la chatte de Kitty Riordin. Elle devrait l'attacher.

Il gratta son crâne chauve.

— Bon. Ralph Herrick… On vous a déjà parlé de lui ? C'était le mari de ma fille Alexandra. Malheureusement pas pendant très longtemps. C'était un pilote de chasse, RAF. Très jeune pour un capitaine mais assez doué pour abattre toute une flopée de Messerschmitt 109. Ralph était tout simplement époustouflant. Il fonçait droit sur eux et…

Il tendit les bras devant lui en imitant le bruit d'une mitraillette. Un gamin de dix ans. *Rat-ta-ta-ta-ta !*

— Oui, dit Jury avec un sourire. On m'en a parlé. Il avait quelque chose à voir avec le livre ?

— Pas directement, enfin… je ne crois pas. Simon semblait particulièrement intéressé par les opérations de Bletchley Park. Les crypto-analystes et toute cette bande, vous voyez ce que je veux dire ? Les machines Enigma. Alan Turing. Quoi qu'il en soit, Ralph était impliqué là-dedans. Après qu'il a été blessé et libéré de l'armée, on l'a envoyé à Bletchley Park. Apparemment, il était aussi doué pour le décryptage que pour descendre les zincs allemands. J'ignore quelles étaient ses compétences particulières. À Oxford, il avait fait de la philo. Ce n'était pas un mathématicien. Pourtant, il pouvait apparemment déchiffrer à vue un code mono-alphabétique. Je crois qu'il faisait partie du groupe du Bedfordshire, une unité d'interception de la RAF. À moins que ce ne soit celui de Cheadle. C'était un brave garçon, toujours auréolé de gloire. Alexandra était folle de lui…

Il hocha la tête avec un soupir.

— Pour en revenir à Simon, il ne m'a jamais confié se sentir en danger. Mais d'un autre côté… je doute qu'il me l'aurait dit. Vous suggérez qu'il aurait été assassiné par un membre de la famille. Il voulait sans doute m'épargner de mauvaises nouvelles. Simon aurait voulu que je meure en paix, mes illusions intactes.

Tynedale sourit.

— C'était un homme bon. Il va me manquer.

Sa voix s'était faite ténue et lointaine, comme la pluie dans le vent. Jury changea de sujet, abordant un thème qu'il espérait plus joyeux :

— J'aimerais que vous m'en appreniez davantage sur la petite Gemma Trimm.

De fait, Oliver se ragaillardit aussitôt.

— Ah, en voilà enfin une à qui on ne la fait pas ! J'imagine que vous l'avez déjà rencontrée ?

— En effet, et je suis d'accord avec vous. Mais ce qui m'intrigue c'est pourquoi personne ne parle d'elle… J'ai eu des entretiens assez longs avec votre fils, avec Marie-France Muir et avec votre petite-fille. Aucun n'a fait allusion à elle. Je suis tombé sur elle par hasard, en fait.

Oliver lui donna une grande tape sur le genou.

— Exactement comme moi ! Par hasard ! C'était il y a environ trois ans. Je venais de déjeuner avec Simon à la City, un bistrot du Cheapside, et je traînais un peu. J'aime bien me balader dans ce coin. Les choses viennent spontanément à vous. Bref, cette petite se tenait au milieu du trottoir, dans Bread Street. Elle était complètement seule, avec cette poupée qu'elle trimballe partout. La poupée n'avait aucun vêtement, elle était nue. La petite ne pleurait pas. Elle était sérieuse et semblait ailleurs. Je lui ai demandé si elle était perdue, si sa mère était dans le coin. Elle m'a fait non de la tête. Alors je lui ai dit que je pouvais l'accompagner quelque part où nous pourrions découvrir où elle habitait. Je l'ai prise par la main et elle s'est laissé faire. C'était comme si elle avait attendu que quelqu'un passe par là. C'est la chose la plus étrange qui me soit jamais arrivée. Bref, je l'ai accompagnée au poste de Snow Hill, où les agents ont été très gentils avec elle mais sans pour autant parvenir à lui soutirer autre chose que son nom : Gemma Trimm. C'est tout ce qu'elle disait. Elle le répétait encore et encore, comme si elle martelait une boîte de conserve. En revanche, elle ignorait son adresse. Finalement, ils ont fait venir un médecin, qui a suggéré qu'elle souffrait d'une forme d'aphasie ou d'amnésie. Naturellement, une assistante sociale a voulu s'en mêler, mais je suis parvenu à m'en débarrasser rapidement. Après avoir vainement engagé des recherches pour retrouver des parents, et j'ai cherché longtemps, j'ai fini par en faire ma pupille. À ce jour, je ne sais toujours rien sur elle.

— Elle semble convaincue qu'on a essayé de la tuer.

Il hocha la tête.

— Oui, le coup de feu... La police n'a pas réussi à élucider cette affaire, mais il y a vraiment eu un coup de feu. Gemma se trouvait dans la serre, un soir, la lumière était allumée et quelqu'un a tiré sur elle. Ça m'a sacrément retourné, croyez-moi !

Il ferma les yeux.

— Quelqu'un doit être terriblement jaloux, je ne vois pas d'autre explication. Pas Ian. Je ne crois pas qu'il oublie sa présence, il a simplement un peu la tête dans les nuages. Quant aux autres, ils doivent penser que je vais laisser un gros paquet d'argent à Gemma.

— C'est le cas ?

— Naturellement. Quoi qu'il en soit, Mr Jury, tout le monde dans cette famille est déjà riche. Je n'en vois aucun qui pourrait tuer pour de l'argent. Aucun.

Jury secoua la tête.

— Certaines personnes ne s'estiment jamais assez riches. C'est comme une drogue.

Il se leva et déclara :

— Je vous remercie infiniment de m'avoir reçu, Mr Tynedale. Cet entretien m'a été très utile.

— Je l'espère. J'espère aussi que vous reviendrez me voir.

— Merci. Ce sera avec plaisir.

— Mais puisque vous partez…

Jury suivit son regard.

— … emportez cette saleté de chat avec vous.

29

Lorsque Jury entra dans le grand salon du Boring's, il y trouva Melrose, un whisky à la main, affalé dans son fauteuil en cuir comme s'il avait été lâché là par une grue.

— Ouh la ! s'exclama Jury. Qu'est-ce qui t'arrive ? Tu es rentré à pied d'Italie ?

— Ha, ha, ha ! Très drôle !

Melrose se redressa légèrement, but une gorgée de whisky.

— Je suis épuisé.

Le feu près de son fauteuil crachota quelques étincelles faiblardes puis sombra de nouveau dans la torpeur, léchant mollement les braises comme s'il était solidaire de l'état d'esprit de Melrose. Celui-ci montra son verre à Jury.

— Un whisky ?

Jury le lui prit.

— Je ne voulais pas dire le mien.

Melrose récupéra son verre puis fit un signe au jeune Higgins.

Jury s'assit.

— Florence est censée vous ragaillardir, pas vous éreinter.

Il déposa plusieurs livres qu'il avait apportés avec lui sur le petit guéridon près de son fauteuil.

— C'est que Florence n'avait pas encore rencontré Marshall Trueblood. Si on pouvait user quelque chose rien qu'en le regardant, il ne resterait plus rien de la chapelle Brancacci. Tombe la veste. On pourra dîner de mon souvenir des *tagliatelle alle noci*.

— Miam ! dit Jury. Avec des frites en accompagnement ?

Le jeune Higgins s'était approché, d'un pas si traînant qu'on aurait dit qu'il arpentait son chemin de croix.

— Deux whiskies, Higgins, s'il vous plaît.

— Et une haire, ajouta Jury.

Higgins repartit sans poser de questions.

— Le pire, c'est qu'il est capable de t'en apporter une. C'est pour quoi faire ? Tu n'as pas encore assez souffert aujourd'hui ? demanda Melrose.

— C'est pour toi. Tu es encore loin de saint Sébastien, question martyre…

Melrose s'enfonça encore un peu plus dans son fauteuil.

— Pitié, ne me dis pas que tu es toi aussi un supporter de Masaccio…

Jury jeta son pardessus sur le dossier du fauteuil voisin et se rassit près du feu.

— Non, personnellement, je suis plutôt pour Arsenal. Tu comptes rester ici, chez Boring's, un petit bout de temps ?

— Je n'ai pas la force de rentrer chez moi. De toute manière, il faut que j'attende Trueblood.

— Tu sais, pour quelqu'un avec autant de moyens et de temps libre, tu ne voyages pas beaucoup.

— J'ai été à Baltimore.

— Ça veut dire que tu n'as pas aimé Florence ?

— Oh si, j'ai aimé. Tout le monde *aime* Florence, non ?

— Il paraît, oui.

— Et puis, il est difficile de ne pas avoir un faible pour des endroits comme San Gimignano et ses tours. Ou Sienne, dont on dirait qu'elle a été endormie il y a des siècles par un enchanteur. Tout y est étroit, les ruelles, les maisons… ; à tel point que partout ça résonne !

Il poussa un soupir.

— C'est juste ce périple que Trueblood m'a fait faire, d'un expert de la Renaissance à l'autre… Tous des autorités sur Masaccio. Tu t'imagines consacrant toute ta vie à une seule chose ?

— Compte tenu de quelques-unes de mes enquêtes, oui.

Melrose alluma une cigarette, souffla sa fumée dans la direction opposée à Jury puis inclina la tête vers les livres.

— Qu'est-ce que c'est ?

Jury les regarda.

— Des livres sur le jardinage.

— Les bras m'en tombent ! Tu prépares ta retraite ? Tu veux savoir comment cultiver ton carré de petits pois ?

— Ce n'est pas pour moi.

Melrose prit le plus gros des livres.

— *Un sot et son jardin,* lut-il avec un sourire. Voilà une nouvelle approche du jardinage !

— C'est l'approche acerbe. J'ai pensé qu'elle te conviendrait mieux que *Les Tubercules de tante Gudule* ou *Jours tranquilles dans les jardins de jasmin…*

Melrose le feuilleta.

— J'aime bien les petits dessins…

Il retourna le livre pour que Jury puisse voir le dessin d'un jardinier frustré piétinant son plan de pétunias.

Le jeune Higgins revint avec leur whisky, plaçant un verre au chevet de chacun d'eux et reprenant le verre vide de Melrose.

— Higgins, qu'avons-nous pour le dîner, ce soir ? demanda celui-ci avant de se tourner en direction de Jury : Toi, tu es interdit de pari !

Serrant son petit plateau en argent contre lui, Higgins toussota discrètement dans son poing avant de répondre :

— Nous avons du pudding au bœuf et aux rognons, ou du rôti de porc. Tous deux délicieux.

— Pas de champignons à la Portobello ?

Le jeune Higgins le regarda d'un air neutre.

— Je vous demande pardon ?

— Peu importe, merci, Higgins.

Lorsque le vieil employé se fut laborieusement éloigné, Melrose ricana avec satisfaction.

— Tu comprends pourquoi j'aime venir ici ? Que peut-on rêver de mieux qu'un endroit qui n'a jamais entendu parler des champignons à la Portobello ?

— Ils n'ont pas entendu parler de grand-chose depuis la Grande Guerre, non ?

— Pourvu que ça dure !

Melrose se replongea dans *Un sot et son jardin*.

— Écoute ça ! « Il y a des pulsions assassines chez celui qui taille, scie et pille d'épaisses haies pour leur donner des formes hideuses de cygnes ou d'urnes ; seul un dangereux déséquilibré peut ressentir le besoin de poignarder la nature avec un déplantoir acéré. » Voilà qui n'est pas pour me déplaire !

Il reposa le gros livre et saisit le plus petit : *Le Petit Jardinier élémentaire*.

— Celui-ci est plus ou moins le b.a.-ba du jardinage.

— Ça m'a l'air assez basique, non ?

Il le tourna vers Jury en lui montrant un rosier grimpant.

— Je devrais peut-être m'essayer au labourage. Je pourrais présenter des navets géants à la prochaine exposition florale annuelle de Sidbury. Hé, une minute ! Tu as bien dit « ces livres te conviendraient », en t'adressant à moi ? Ces livres sont pour moi ? En quel honneur ?

Jury haussa les épaules.

— J'ai pensé qu'ils pourraient t'être utiles.

Il but une gorgée de whisky. Bon sang qu'il était bon ici ! Ils devaient le conserver dans des caves spéciales. Faisant mine de ne pas remarquer le regard soupçonneux de Melrose, il demanda, sur un ton détaché :

— Alors, qu'est-ce que vous avez fait de beau avec Trueblood ?

— Comment ça, « qu'est-ce qu'on a fait de beau » ? Je viens de te le dire. On a couru dans tous les sens à la recherche d'experts. Tu peux désormais me considérer comme le plus grand expert ès experts en peinture de la Renaissance de tout Long Piddleton… Non, rectification, de toute la *région* de Long Pidd, celle-ci incluant Sidbury, Watermeadows et le Blue Parrot. Jusqu'à Northampton. Peut-être même Northampton compris !

— Et qu'a donné cette débauche d'expertises ? Ils ont convenu que le panneau était bien de… De qui déjà ?

— Masaccio. Non, rien qu'une bande d'incapables, tous coincés entre la zizite et la zézette.

Ils s'assirent à la table préférée de Melrose, une petite au milieu de la salle, près d'une colonne en chêne. Une fois qu'ils eurent englouti leurs artichauts au citron, Jury demanda :

— Tu me disais que tu étais un expert en quoi déjà ?

— Tu n'as donc rien écouté de ce que je t'ai raconté ? Masaccio et l'art de la Renaissance, ça te rappelle quelque chose ? Je veux un autre verre… Oh, si je commandais une bouteille de vin, plutôt ?

Il fit signe au sommelier, qui vint prendre sa commande.

Jury observait, la mort dans l'âme, deux vieux boucs en train d'allumer leur cigare. Il n'avait jamais fumé le cigare, mais peu importait. Après tout ce temps sans une sèche, il aurait fumé le tapis. Il aperçut le jeune Higgins qui revenait à présent avec leur pudding au bœuf et aux rognons, négociant son chemin entre l'espace et le temps, sans le moindre obstacle sur son parcours mais comme s'il traversait Piccadilly Circus avec un bandeau sur les yeux.

Melrose, toujours branché sur Masaccio, poursuivait :

— J'ai enrichi mes connaissances sur les années vingt…

Le sommelier présenta la bouteille à Melrose, la déboucha et servit.

Le fumet du pudding s'enroulait autour d'eux.

— C'est l'époque de la Prohibition aux États-Unis, si je ne m'abuse, dit Jury. Ah, merci ! ajouta-t-il à l'adresse de Higgins.

— Pas les années 1920 à New York, les années 1420 à Florence…

Il s'interrompit pour déclarer à Higgins :

— Ça m'a l'air succulent.

Puis reprit :

— Je m'y connais aussi un peu sur Masolino, Donatello et Brunelleschi. L'illusion de la perspective…

— On dirait un tour de magie.

Jury se découpa une grosse tranche de pudding.

— C'est une invention de Giotto, enfin… disons que c'est lui qui l'a découverte. On ne peut pas vraiment inventer la perspective, non ? Brunelleschi et Donatello l'ont appliquée à l'architecture. La perspective en peinture, tu sais ce que c'est, n'est-ce pas ? Oui, d'accord. L'art de faire paraître un objet en trois dimensions. Appliquer les mathématiques à l'espace n'est pas une mince affaire. C'est comme la voûte en berceau de la *Trinité*. Les nervures diminuent dans un raccourci mathématique…

Melrose tendit les bras et joignit le bout de ses doigts.

— L'art du point de fuite. Le point de convergence, ou point de fuite, est le point distant où toutes les lignes parallèles se rencontrent. Où tout se rejoint, où le motif se révèle…

— On dirait la solution à une de mes enquêtes. Le seul problème, c'est que le temps d'arriver au point de fuite, il a déjà filé.

— Oui, je suppose que c'est dans sa nature.

— Ça, c'est un paradoxe.

Melrose hocha la tête.

— Quoi qu'il en soit, Trueblood cessait d'écouter dès que le sujet s'écartait de Masaccio et son propre panneau. Ça se voyait, son regard se voilait. Tout comme le tien, à présent.

— Pas du tout. Je bois tes paroles.

— Ne sois pas ridicule. Il n'y a que des cinglés pour s'intéresser à l'art italien.

Jury sourit.

— Justement, j'en connais un.

Melrose cessa de mâcher et dévisagea Jury un long moment avant de reprendre sa mastication. Après s'être concentré un moment sur son verre de vin, il déclara :

— Toi, tu cherches encore à m'entraîner dans un de tes coups tordus…

— Je ne vois pas du tout de quoi tu parles.

— Allez ! D'abord les livres sur le jardinage, puis tu me fais déblatérer sur l'art florentin du quinzième siècle…

— Comment aurais-je pu faire une chose pareille ? Je ne savais même pas que l'art florentin se situait au quinzième siècle, ni même qu'il était florentin…

— Arrête, je suis mort de rire.

Melrose reposa sa fourchette avec un soupir.

— Laisse-moi te dire une chose, fit-il en se penchant vers Jury comme s'il s'apprêtait à l'attraper par la cravate. Si tu t'imagines pouvoir me faire passer pour un expert en art de la Renaissance italienne, laisse tomber. Je n'y connais pratiquement rien.

— Comment ça ? Tu viens de disserter sur le sujet pendant une demi-heure !

— Je t'en prie ! C'était ma demi-heure à la Diane Demorney. La seule différence, c'est qu'il ne faut à Diane qu'une demi-minute pour étaler toutes ses connaissances sur n'importe quel sujet au monde. Je t'ai dit tout ce que je savais, je n'en sais pas un mot de plus.

Il fit claquer son vieux Zippo caractériel, alluma une cigarette puis laissa retomber le briquet dans sa poche.

Jury observa le fin ruban de fumée qui s'élevait.

— Tu en sais beaucoup plus que tu ne le crois.

— Et beaucoup moins que tu n'as l'air de le penser. Tu n'as qu'à demander à Trueblood de s'y coller.

— Il est bien trop lunatique, répondit Jury entre deux gorgées de vin. Apporte son panneau avec toi. Ce sera un mobile plausible pour ta visite. Le truc, c'est que tu veux que Ian Tynedale y jette un œil…

— Ian Tynedale ? C'est lui ton autorité ?

— Oui, c'est le fils de Tynedale et un passionné de la Renaissance italienne.

— Richard, même avec un pied-de-biche, je n'arriverai jamais à arracher ce panneau à Trueblood.

Jury but son vin en réfléchissant un moment. Puis :

— D'accord, alors nous suivrons le plan B.

— Bonne idée, ton plan A était tellement génial, je meurs d'impatience d'entendre ton plan B.

Jury le lui expliqua.

— Non, répondit Melrose. J'aurais l'air d'un idiot.

— Peut-être, mais depuis quand ça te pose un problème ?

Melrose lui souffla sa fumée dans la figure en guise de réponse.

Déjeuner avec Plant était l'une des rares choses capables de percer la couche d'ozone qui masquait parfois sa faculté de penser clairement.

C'était ce qu'il se disait tout en longeant le Victoria Embankment, prenant son temps avant de rentrer chez lui. Il prendrait le métro à Charing Cross, empruntant la Northern Line. Ou bien il pouvait continuer à marcher. C'était une bonne manière de mettre un peu d'ordre dans ses pensées. Parfois, il faisait comme s'il abordait le problème pour la première fois, tombant dessus accidentellement, et il se repassait toute l'histoire. Cette approche apportait rarement de nouvelles idées, mais il arrivait aussi qu'elle porte ses fruits. Il aimait le paradoxe du point de fuite. On trouve la réponse, mais celle-ci se dissout avant que… Avant quoi ?

En ce qui concernait l'affaire Tynedale, les nouvelles idées ne se bousculaient pas. Il s'interrogea sur le mari de Kitty Riordin. L'avait-elle plus ou moins effacé de sa conscience ? Elle avait concentré toute son énergie sur Maisie Tynedale… ou Erin Riordin. Ce sourire qu'elle avait eu, Kitty, cet infernal petit sourire. Il n'arrivait pas à se le sortir de la tête.

Même si près du Strand, les bruits de la circulation étaient étouffés et il régnait un calme étrange. Il passa derrière la gare de Charing Cross et Somerset House, s'arrêta pour contempler la Tamise en contrebas. Elle était noire et inerte, ou du moins donnait une impression d'immobilité. Il avait entendu dire que les courants au centre du fleuve étaient d'une puissance redoutable.

Plus bas, il aperçut une brève flamme, quelqu'un allumait une cigarette. Un cri étouffé, des rires désincarnés. Un courant sous-jacent de voix et de sons s'élevait en volutes, comme la brume du fleuve. Il savait que le pont de Waterloo était l'un des refuges favoris des sans-abri, même malgré le commissariat de la Tamise à deux pas. La police les tolérait, fermant les yeux à condition qu'ils effacent leurs traces à l'aube. Quelle vie ! pensa Jury. Devoir démonter son abri tous les matins pour le reconstruire tous les soirs…

Il s'arrêta et s'accouda au parapet afin de contempler le pont de Waterloo et la rive scintillante de la South Bank. Ce n'était pas ce même paysage que Myra avait dû voir avant de sauter. Ce n'était pas non plus ainsi qu'il était apparu aux yeux de Roy, allumant sa cigarette dans un brouillard à couper au couteau (Jury en était sûr), esquissant ce petit sourire doux-amer, songeant à Myra, dans sa tombe glacée au fond de la Tamise…

Jury repensa à Alexandra Tynedale, cette jeune mère

fauchée si tôt par les ténèbres, et à Liza Haggerty, une autre mère plongée dans la nuit. Liza avait été une excellente femme flic. Sur la scène d'un crime, elle savait déchiffrer les signes, les messages qui laissaient perplexes les autres enquêteurs, aussi décontenancés que devant des hiéroglyphes sur un papyrus. Elle avait probablement su avant Mickey que quelque chose n'allait pas. D'un autre côté, la plupart des épouses avaient cet instinct quand il s'agissait de leur mari. Pas besoin d'être une experte en criminologie.

Il devrait vraiment l'appeler, l'inviter à prendre un verre ou à dîner. Cela la soulagerait sans doute de pouvoir en discuter avec quelqu'un du métier. Elle tenait merveilleusement le coup mais devait être rongée par l'angoisse à l'idée de se retrouver bientôt seule avec quatre enfants.

Oui, il l'appellerait.

30

Mickey Haggerty était adossé à un classeur débordant de dossiers et de chemises. C'était le lendemain matin. Ils poursuivaient leur conversation sur Kitty Riordin entamée au Liberty Bounds.

— À aucun moment je n'ai senti de sa part une vraie loyauté envers les Tynedale, alors que j'aurais pensé qu'elle ferait au moins un petit effort pour en montrer.

— C'est une obsessionnelle. Le seul sujet qui l'intéresse c'est Erin Riordin, alias Maisie Tynedale.

Mickey referma d'un coup sec le tiroir dans lequel il venait de fouiller et revint se laisser tomber lourdement dans son fauteuil.

— Ton père et Francis Croft sont restés longtemps amis ? demanda Jury.

Mickey fit basculer son fauteuil en arrière et se passa les mains dans les cheveux.

— Longtemps. Jusqu'au bout, je dirais.

Il regarda dans le vide, poursuivant :

— Croft était vraiment un type bien. Oliver Tynedale l'est aussi. Tous deux se seraient mis en quatre pour un ami. Une fois, quand j'étais gamin, ma mère, qui se trouvait alors en Écosse, devait se rendre en voiture de Ballantrae à Stranraer. Elle voulait prendre le ferry jusqu'à Belfast. Juste au moment où elle montait la voiture sur le bateau, elle a eu un malaise et a perdu connaissance. Ils l'ont emmenée aux urgences. Papa était injoignable, il était sur une affaire, quelque part sur le terrain. Ils ont trouvé le téléphone d'Oliver Tynedale dans le carnet d'adresses de ma mère et l'ont contacté. Il a aussitôt envoyé une voiture me chercher pour me conduire sur la piste d'aviation privée des brasseries Tynedale. Il a extirpé son pilote de son lit et ils m'ont emmené en avion à Stranraer. Sans eux, je n'aurais jamais pu revoir ma mère vivante. Il ne s'est pas contenté de donner quelques ordres, il est resté tout le temps avec moi. Oliver sait parler aux enfants. J'ai toujours pensé qu'il aurait dû enseigner ou s'occuper de mômes, d'une manière ou d'une autre. Il a cette façon de faire..., les gestes, un ton de voix..., qui t'apaise sur-le-champ. Ce n'est pas une qualité que tu rencontres tous les jours. Après, quand ma mère est morte...

Mickey baissa la tête et gratta une tache imaginaire sur sa cravate, évitant de regarder Jury. Quand il releva les yeux, ils étaient remplis de larmes.

— Si Tynedale est ce genre d'homme, dit Jury, je comprends que tu n'aies pas envie que Kitty Riordin s'en sorte impunément. Qu'est-ce que tu as découvert d'autre, à son sujet ?

Mickey saisit le premier dossier de la pile sur son bureau et l'ouvrit.

— Pas grand-chose, et le peu que j'ai, j'ai eu un mal de chien à le trouver. Pas étonnant, après cinquante ans, dit-il en s'efforçant de sourire. Katherine Shea, mieux connue sous son surnom Kitty, a épousé Aiden Riordin quand elle avait dix-huit ans. Il n'arrivait pas à trouver un boulot en Irlande, où la situation était pire que chez nous dans le Nord, alors il est venu travailler ici. Je pense qu'il avait l'intention de la faire venir, mais la guerre a éclaté. Aiden Riordin s'est retrouvé embringué..., c'est la partie intéressante..., dans l'Union fasciste britannique.

— Les Chemises noires.

— Exact. Une belle bande de rigolos.

— Hmmm, je me garderais de tout jugement hâtif. L'est de Londres s'est plutôt déchaîné, quand Mosley a été libéré de prison. Mais bon, continue.

— Je n'ai pas grand-chose de plus au sujet de Kitty Riordin. Elle a quitté l'Irlande pour venir ici mais pas, je crois, pour retrouver son mari. Elle espérait sans doute qu'elle aurait plus de chances de s'en sortir à Londres qu'à Killarney. Elle avait vu juste.

— C'est le moins qu'on puisse dire.

Mickey se leva en laissant retomber sur son bureau le stylo qu'il tripotait, l'air troublé.

— Le meurtre de Croft est l'œuvre d'un initié essayant de le faire passer pour l'acte de quelqu'un de l'extérieur, d'un intrus. Par « initié », j'entends un membre de la famille ou une personne ayant ses entrées... Un domestique, une relation. En tout cas, ce n'était pas un inconnu, et le mobile n'était pas le cambriolage. Je t'ai déjà dit que Simon Croft pensait que quelqu'un voulait sa peau, non ?

— Oui. L'expression que tu as employée était « en avait après lui ».

— Il ignorait qui. Il me voulait dans ses parages, comme une sorte de protection.

— Il n'a jamais lâché de nom, même au hasard ?

— J'ai honte de l'avouer mais, à l'époque, je n'y ai pas vraiment fait attention. Honnêtement, je n'arrivais pas à le prendre au sérieux. Écoute, Croft avait soixante-trois ans, trop d'argent et trop de temps libre.

En dehors de ce livre qu'il écrivait, il n'avait pas grand-chose à faire.

— Pourtant, tu m'as dit que c'était un excellent courtier. Il devait sans doute avoir encore quelques clients. J'imagine que ça devait l'occuper. Ce livre qu'il écrivait sur la guerre, il en lisait parfois des extraits à Oliver Tynedale…

Mickey esquissa un roulement de tambour avec deux stylos contre le bord de son bureau.

— Il m'en a parlé, une ou deux fois. Il traitait en partie du fascisme britannique. Sir Oswald Mosley… — où il a réussi à décrocher son titre, celui-là ? — … et ses partisans. Tu savais qu'en 1940 la police avait ramassé tous les Allemands vivant ici, tous les hommes entre seize et soixante ans ? Comme si les femmes et les hommes de plus de soixante ans ne pouvaient pas être des espions !

Mickey se mit à rire.

— Elle a écarté Aiden, le considérant comme un idiot.

— Oui, bon, c'est sûr que notre Kitty n'a pas tué Croft pour préserver l'honneur des Riordin. Qui se soucierait de savoir qu'Aiden Riordin défilait au pas de l'oie dans Hyde Park ?

Mickey grimaça. Jury bondit.

— Ça ne va pas ?

Mickey agita un doigt tremblant vers la fontaine près de la porte.

— Donne-moi un gobelet d'eau…

Il sortit un flacon de comprimés du tiroir de son bureau et en versa deux dans sa paume. Jury lui tendit un gobelet en papier.

— Si seulement ils pouvaient remplir leurs foutues fontaines de whisky !

Jury se rassit pendant que Mickey avalait ses pilules. Il aurait aimé en savoir plus sur sa douleur mais ravala sa question, craignant qu'elle ne soit déplacée ou morbide, un peu comme les badauds qui s'agglutinent autour d'une voiture accidentée.

Mickey lança le flacon de médicaments dans son tiroir et le referma en le claquant, se défoulant par la même occasion. Puis il reprit le fil de leur conversation comme si de rien n'était :

— Cela dit, je suis d'accord avec toi, si on s'est donné le mal d'emporter l'ordinateur, les disquettes, le disque dur, c'est qu'il y a quelque chose qu'on ne veut pas voir sur la place publique.

Mickey s'était levé de nouveau pour s'approcher de la fenêtre. Jury se demanda si le fait de se lever et de s'asseoir sans arrêt était une manière d'atténuer la douleur. Le téléphone sonna, Mickey décrocha le combiné.

— Haggerty. Oui… Bon, alors fais-le.

Il raccrocha et poursuivit :

— Non, je suppose que tout le monde n'est pas pour tout coucher sur le papier, quoi qu'il arrive.

— Il y a quelqu'un qu'on a un peu trop négligé dans cette histoire.

— Ah oui ? Qui ça ?

Jury se redressa.

— Ralph Herrick. Le mari d'Alexandra. Simon allait peut-être dévoiler des choses sur lui dans son bouquin. Peut-être pas nécessairement sur lui, mais sur ce qui se passait autour de lui. Oliver Tynedale a fait allusion à Bletchley Park et aux décryptages qu'on y faisait. Le tout dans la plus grande discrétion.

— Hmm… Je me souviens que Herrick était dans la RAF. Décoré, par-dessus le marché. Un vrai héros. La Victoria Cross.

Jury hocha la tête.

— Oui, en effet, il excellait également dans le déchiffrage de codes. Il lui suffisait d'un coup d'œil sur un message codé pour comprendre le système, paraît-il.

— La vache ! La plupart du temps, je ne comprends pas le système derrière l'alphabet. C'est vrai, maintenant je me souviens que Herrick appartenait à l'équipe de Bletchley Park.

Jury acquiesça, songeur.

— J'aimerais vraiment mettre la main sur ce manuscrit !

Mickey se passa les mains sur le visage et déclara sur un ton las :

— Peut-être qu'on a abordé toute cette affaire sous le mauvais angle. Tout est là sous nos yeux, y compris la réponse, mais c'est notre perspective qui n'est pas bonne.

— Comme dans un tableau, dit Jury avec un sourire. Un de mes amis rentre de Florence. Il m'a parlé de l'art florentin du quinzième siècle, d'un architecte nommé Brunelleschi. À l'époque, « l'illusion de la perspective » était révolutionnaire.

— Son nom ne me dit rien. Je devrais passer plus de temps à la Tate.

Jury le dévisagea un moment puis détourna le regard.

— Ian Tynedale est un passionné de l'art de la Renaissance.

Mickey se balançait dans son fauteuil, le faisant couiner.

— Oui, je sais. C'est en partie pourquoi j'ai vite compris que le meurtre n'avait pas été commis par un cambrioleur. Quel voleur aurait laissé ces tableaux sur les murs ? Surtout celui près du bureau. D'après

Tynedale, qui l'avait acheté pour Croft, il vaut une poignée de millions…

Jury sourit et se leva.

— C'est peut-être juste que l'assassin n'a pas étudié l'histoire de l'art.

31

Angus Murphy releva des yeux soupçonneux.

— Si vous voulez savoir ce que j'en pense, vous êtes trop bien éduqué pour ce job.

Le jardinier s'essuya le visage avec un mouchoir d'un bleu délavé qui rendait ses yeux encore plus pâles.

— Je vais me casser les reins à vous former, puis vous, vous allez tailler la route dès que vous rencontrerez quelque chose plus dans vos cordages…

Angus Murphy était petit, noueux, sans âge et (selon Melrose) fasciné par les mots. Il en lâchait certains dès qu'il le pouvait, telles des bombes, sans vraiment se soucier de leur pertinence, le plus souvent à côté de la cible.

— … et vous filerez en trombe, en catimini, comme un… comme un…

— Un pet sur une toile cirée ? proposa Melrose.

Angus Murphy aimait surtout les métaphores, aussi prosaïques soient-elles.

— Mais en fait, Mr Murphy, une telle éventualité est fort peu probable, ayant atteint à une concorde idéale entre les besoins de mon cerveau et ceux mon corps. Certes, je ne nie pas avoir fait quelques études, mais je suis à ce stade de ma vie où la seule chose à laquelle j'aspire c'est de gratter la terre à quatre pattes.

Les yeux soupçonneux se plissèrent encore plus.

— Vous avez atterri en Concorde ?

Melrose sourit.

— *La* concorde.

— C'est quoi, ça ?

— Cela veut dire que différents éléments sont en paix les uns avec les autres.

— Ah !

Murphy hocha la tête avec componction, puis répéta le mot en silence.

Ils se tenaient devant un bassin d'ornement dans le jardin, sur l'arrière de Tynedale Lodge. Melrose sortait tout juste d'un entretien avec le majordome, Mr Barkins. Il avait eu un mal fou à ne pas laisser tomber le « monsieur » pour l'appeler simplement « Barkins ». Heureusement, il avait eu la bonne idée d'apporter une casquette qu'il pouvait tordre humblement entre ses mains. Il lui paraissait plutôt incongru qu'un balourd comme ce Barkins ait le privilège d'engager ou de congédier le personnel. Mais le majordome adorait visiblement ça, exerçant avec jubilation sur la maisonnée le moindre pouvoir que lui conférait son statut. En ce qui concernait le nouvel aide-jardinier, Ambrose Plant, Barkins s'imaginait avoir ce pouvoir, les ficelles étant en fait tirées par Oliver Tynedale, auquel Jury avait téléphoné pour lui expliquer ce qu'il voulait.

Dans la grande cuisine, où il faisait plutôt frisquet, Melrose avait finalement été invité à s'asseoir pour la pause-café, une interruption traditionnelle du labeur qu'il ne connaissait qu'au travers des visites incessantes d'Agatha à Ardry End. Autrement, il n'avait jamais eu besoin d'« interrompre son labeur » pour reprendre des forces, pas plus, d'ailleurs, que les membres de son « personnel », un terme qu'il hésitait à employer car, outre Martha, sa cuisinière, ses deux autres domestiques étaient son majordome, Ruthven, et son jardinier, Mr Momaday. Ruthven travaillait, certes, mais on ne pouvait pas dire qu'il peinait à la tâche. Il accomplissait ses fonctions avec la fluidité d'un patineur olympique. En revanche, Momaday était totalement irrécupérable, passant son temps à déambuler sur le domaine, son fusil cassé sur le bras, cherchant quelque chose sur quoi tirer.

Melrose avait réfléchi à tout ceci en guise de préparation pour son entretien avec Ian Tynedale, qu'il avait trouvé nettement plus sympathique que Barkins. Pour le moment, il buvait son café devant la longue table où les domestiques, dont il ferait bientôt partie, devaient sans doute prendre leurs repas.

À l'autre bout de la table, tandis que Barkins passait l'aspirant aide-jardinier au gril, se tenait une ravissante fillette aux cheveux noirs comme du jais et au teint si translucide qu'on pouvait presque voir à travers. Elle mangeait une tartine de pain beurré tout en surveillant attentivement Melrose. Il supposa que c'était Gemma Trimm. Personne n'avait pris la peine de la lui présenter.

Barkins demanda pourquoi, compte tenu de toute l'expérience qu'il disait avoir, Mr Plant n'avait jamais été jardinier en chef. Parce que, répondit Mr Plant, il n'aimait pas les tâches administratives. Barkins trouva la réponse curieuse puis partit composer les numéros de téléphone qui allaient avec les références que Melrose lui avait fournies. Il revint au bout de quelques minutes, déclarant que ses deux employeurs précédents avaient été très satisfaits de son travail. C'était bien le moins, puisqu'il s'agissait de Marshall Trueblood et de Diane Demorney.

— Ils étaient très expansifs, Mr Plant.

Ensuite, Barkins lui posa les sempiternelles questions

ennuyeuses, lui demandant pourquoi il avait quitté deux employeurs satisfaits. Mr Plant avait voulu travailler à Londres, et patati et patata.

La fillette avait fini de l'étudier (parvenant à une conclusion plus rapidement que le majordome), s'était levée avec son étrange poupée et était sortie.

Barkins décida de le prendre à l'essai pendant une semaine ou deux. Melrose réagit avec une humilité appropriée.

Ce qui expliquait pourquoi il se tenait à présent près du bassin, près duquel il venait de remarquer la présence d'un hakonechloa au meilleur de sa forme et de quelques fleurs de Rumbrum. Ces gerbes délicates étaient encore épanouies en plein décembre. Il y avait aussi cette plante de Nouvelle-Zélande à l'autre bout, avec ses capitules tombants. Melrose faisait grand cas de ces plantes, car c'était là tout ce qu'il connaissait. Le coup de l'hakonechloa, il le devait, entre autres joyaux de culture horticole, à Diane Demorney.

Au Jack and Hammer, elle lui avait expliqué :

« N'oubliez pas que l'hakonechloa est incontournable pour tous les snobs qui n'y connaissent rien en jardinage. Ils n'ont que ce mot-là à la bouche.

— Mais… qu'est-ce que c'est ?

— Une chose verte.

— Oui, mais à quoi elle ressemble ?

— Melrose, ne soyez pas si benêt ! Comment voulez-vous que je le sache ? Si c'est une plante verte, ce doit être… vert. Haut. (Elle leva une main au-dessus du sol). Écoutez, quand il y a quelque chose que vous ne savez pas sur un sujet, vous n'avez qu'à débiter à toute allure quelques informations ésotériques que personne ne pourra vérifier…

— Dans ce cas, l'hakonechloa est exclu. Vous avez dit que tout le monde n'avait que ce mot-là à la bouche.

— Oui, mais tout le monde ne sait pas que tout le monde en parle, n'est-ce pas ? Sortez-leur un ou deux trucs comme ça, apprenez les noms latins… — il me semble que c'est du latin — … de quelques plantes diverses et variées, et balancez-les dans la conversation.

— Vous voulez dire, même si je me trompe dans les mots ? »

Diane avait lancé un regard par-dessus son épaule vers le bar où Dick Scroggs lisait son journal, lui avait fait aussi sec le salut de la reine, ce qui signifiait « deux autres martinis ».

« Naturellement que vous allez vous tromper, et après ? Tant que c'est en latin.

— Mais un jardinier saura, lui. »

Diane avait poussé un long soupir.

« Quand bien même ! Vous n'aurez qu'à finasser en citant des plantes d'ornement qui ne poussent pas dans le coin…, un baobab ou quelque chose dans ce goût-là.

— Diane, vous croyez vraiment qu'un baobab est une plante d'ornement ?

— Bon, eh bien, nommez quelque chose qui pousse au pied d'un baobab, il ne saura pas de quoi vous parlez.

— Comme ça, on sera deux », avait grommelé Melrose.

Néanmoins, il devait reconnaître que Demorney avait le sens de la repartie. Il nota avec application son conseil sur l'une des cartes qu'il avait apportées à cet usage. (« Des notes ! J'hallucine ! » avait gémi Diane avec un frisson.)

Au début, Melrose avait fait ce qui lui paraissait être la chose sensée. Il était allé à la bibliothèque, avait pris un livre sur le sujet, l'avait rapidement parcouru, puis s'était tout aussi vite rendu compte que les faits sans la couleur, sans la conversation, sans les nuances, étaient ennuyeux et difficiles à absorber. Il ne lui restait que deux jours avant son départ pour Londres et il avait le plus grand besoin d'une formation accélérée. Il lui fallait la quintessence du jardinage…, voir quelqu'un faire, écouter quelqu'un en parler. À cette fin, il s'était mis en quête d'Alice Broadstairs qui, avec Lavinia Vine, concourait pour l'Exposition florale annuelle de Sidbury. L'ennui avec Miss Broadstairs (Melrose aurait dû s'en douter), c'était qu'elle était tellement mordue de jardinage qu'elle lui avait rebattu les oreilles avec ses roses et ses orchidées, couvrant un terrain trop vaste (littéralement comme métaphoriquement), le bombardant de faits qu'il ne pouvait assimiler et, plus grave, qui ne lui serviraient probablement à rien.

Il prit néanmoins des notes car, parmi toute cette avalanche de fleurs, il y en avait forcément une ou deux d'utiles : une rose baptisée « Beauté de la Saint-Jean », qui était toujours aussi éclatante en décembre, et le *Mahonia japonica*, dont il se souviendrait car il rimait avec l'hakonechloa de Diane. En d'autres termes, il finit par comprendre que la connaissance était avant tout une question de style. Ce n'était pas ce que vous saviez qui comptait mais *comment* vous le saviez. Diane était la personne tout indiquée pour ça. Il l'avait retrouvée au Jack and Hammer, où elle déjeunait (de deux olives).

Elle avait déclaré :

« Faites quelque chose avec du gui. Noël approche à grands pas, hélas ! »

Pendant les fêtes, Diane ne tenait le coup qu'en avalant un lait de poule au cognac tous les matins.

« "Faire quelque chose" ? Je ne vais pas là-bas pour *décorer* le jardin !

— Je veux dire, relevez le nom d'une ou deux variétés de gui et nommez-les quand vous les reconnaîtrez dans un buisson.

— Je croyais que le gui poussait dans les arbres ? »

Diane tapotait le bord du verre avec sa pique, au bout de laquelle était embrochée une olive marinée.

« Qu'est-ce que j'en sais, moi ? Dans ce cas, vous n'avez qu'à chercher dans quel type d'arbre. »

Melrose prenait note, fébrilement.

« Mais s'il n'y a pas dans ce jardin le type d'arbre dans lequel pousse le gui ? »

Diane avait levé les yeux au ciel et avalé son olive avant de répondre :

« Dans ce cas, vous lui demandez pourquoi ce genre d'arbre ne pousse pas dans le jardin. »

Elle avait enfoncé délicatement une cigarette dans son fume-cigarette.

« Généralement, vous avez de l'imagination. Elle devrait vous servir. Comment était Florence ?

— Magnifique, absolument magnifique. »

Étrangement, ce voyage-marathon qui l'avait irrité à mort (sauf, naturellement, à la fin) s'était transformé dans son esprit en une expérience splendide et fragile.

« L'endroit que j'ai préféré, c'est San Gimignano. »

Non seulement il le prononçait correctement, mais il parvenait à imiter les autochtones en faisant fusionner le second « i » et le « gn ». Il s'était beaucoup entraîné.

« Redites-moi ça.

— *San Gim-i'yan-o.*

— C'est fascinant. J'adore les noms italiens. San Gimignano. Hmmm… »

Elle l'avait prononcé parfaitement du premier coup, ce qui avait considérablement agacé Melrose. Pour une raison étrange, Diane était douée pour ce genre de chose.

« San Gimignano (c'était tellement bon de s'écouter le dire !) se trouve à une trentaine de kilomètres de Florence. C'est comme de se retrouver tout à coup au Moyen Âge. La ville est célèbre pour ses tours. Autrefois, il y en avait des centaines, au point qu'on pouvait traverser la ville en passant de toit en toit…

— J'ai déjà du mal à traverser la ville en suivant les trottoirs.

— Je suppose que ces tours étaient surtout une question d'ego. Bien sûr, elles étaient aussi une forme de fortification : on pouvait déverser de l'huile bouillante sur l'ennemi, ce genre de choses…, mais la situation a dû échapper à tout contrôle et chacun a voulu construire une tour plus haute que celle du voisin, si bien qu'ils sont montés de plus en plus haut… »

Diane tapotait sa cigarette contre le bord du cendrier pour en faire tomber la cendre.

« On dirait Las Vegas. Voyez-vous, pour en revenir à nos moutons, en lançant des noms comme San Gimignano dans la conversation, vous laisserez tout le monde baba, à l'exception du maire de San Gimignano, naturellement.

— Ce qui veut dire ?

— Que les gens se foutent pas mal de ce que vous racontez. C'est la manière dont vous le racontez. La connaissance, c'est une affaire de présentation. »

Exactement, avait pensé Melrose dans un sourire.

La voix d'Angus Murphy l'arracha au Jack and Hammer :

— Humm, m'avez l'air de vous y connaître, en plantes. Suivez-moi.

Melrose le suivit vers un massif de plantes vivaces avec de hautes fleurs blanches aplaties.

— Ça, c'est des achillées. C'est de la rustique, ça.

Il plissa des yeux encore plus soupçonneux vers Melrose, ajoutant :

— Mais vous devez déjà savoir ça…

Un peu, oui ! C'était même son sujet de prédilection. Melrose s'était intéressé à cette espèce, à cause de son nom.

— Oui, cette variété blanche m'a toujours passionné : la *ptarmica*, l'herbe à éternuer, si je me souviens bien.

— Oui, c'est bien ça. Ça me la coupe que vous connaissiez ça, vous…

Melrose aussi.

— Faut dire qu'elle est pas folichonne.

— Personnellement, j'ai un faible pour l'*Achillea millefolium Heidi*, lâcha Melrose, qui l'avait repérée parce qu'elle était décrite comme « fanant avec grâce ». Mais je n'en vois pas dans votre jardin…

— On peut pas tout avoir, hein ? grommela Murphy. Comment est-ce que vous revigoreriez ça, vous ? Vous voyez comme elles sont devenues mollassonnes ?

Ils s'étaient approchés d'un autre massif de fleurs violettes que Melrose aurait été bien en peine d'identifier. Il poussa un soupir, secoua la tête.

— Oui, c'est bien triste quand tout un massif tombe ainsi en déliquescence.

Murphy cligna des yeux.

— En déli quoi ?

— Quescence. En déliquescence. Mais bon, vous ne pouvez pas être partout à la fois, Mr Murphy !

— Attendez… Comment vous écrivez ça ?

— Quoi donc ?

— Ce mot qui commence par déli…

— Oh, déliquescence ?

Murphy lui tendit un crayon et un sachet de graines vide.

— Écrivez-le-moi là-dessus.

Melrose griffonna le mot dans un coin puis, dans la foulée, écrivit « concorde » dans un autre coin. L'image sur le sachet montrait un groupe vivement coloré de marguerites d'automne. Il rendit le paquet et le crayon avec un sourire.

— Vous savez, avec Noël qui approche, je me demandais si vous n'aviez pas du gui quelque part…

Murphy ne l'écoutait pas, s'entraînant à prononcer « déliquescence ». Finalement, il fourra le sachet dans sa poche et guida Melrose vers la serre.

— J'ai cette rose que je traficote un peu. Si ça vous dit de la voir…

Le monde des roses avait refusé d'ouvrir ses portes à Melrose. Il n'avait pas tenté d'apprendre les noms des centaines d'espèces différentes, considérant qu'il faudrait toute une vie à un chercheur sérieux pour maîtriser le sujet. Les roses… Entre Alice Broadstairs et Lavinia Vine, il en avait entendu plus qu'il n'aurait voulu en savoir, car elles étaient toujours en train de rivaliser à grand renfort d'hybridations, de croisements et de mutations pour créer une nouvelle espèce et rafler à l'autre le premier prix lors de l'Exposition florale annuelle de Sidbury. Les roses les mettaient littéralement sur orbite.

— La voilà. Qu'est-ce que vous en dites ?

La rose en question était d'une exquise couleur pêche dorée.

— Époustouflante, dit Melrose.

Il le pensait sincèrement, même s'il ignorait son nom.

— Elle a bien failli remporter le ruban bleu à la foire d'horticulture de Chelsea l'année dernière...

— Je serais curieux de voir celle qui l'a devancée !

Murphy émit un petit ricanement.

— Ça, je vous le donne en mille ! À votre avis, qui c'est qu'a gagné, hein ? Allez, allez, devinez.

Melrose minauda quelques instants puis démarra, pied au plancher :

— Ce doit être encore une de ces roses révisionnistes que Gertrude Jekyll et sa bande n'arrêtent pas de produire. C'est le syndrome de Sissinghurst [1]. Vous vous en souvenez, n'est-ce pas ?

Non seulement Murphy ne s'en souvenait pas mais, plus important encore, il était complètement perdu. Ses yeux se plissèrent encore un peu pour ne former que deux petites fentes, tandis que ses doigts fouillaient ses poches pour en ressortir le crayon et le sachet de graines. Après avoir réfléchi, il en sortit un deuxième et tendit le tout à Melrose.

— Les deux mots.

— Révisionniste ? Syndrome ?

Murphy pointa l'index vers les sachets, lui indiquant d'un signe de tête de s'exécuter sans trop la ramener.

Puis, convaincu cette fois que Melrose possédait le savoir collectif de dix jardiniers, Murphy partit déjeuner. Melrose déclina son invitation à l'accompagner, préférant se promener dans le parc, où il pourrait glaner des informations à partir des sillons tracés dans les plates-bandes et des sachets de graines accrochés aux tiges, au cas où il subirait un autre interrogatoire.

1. Célèbres jardins du Kent. *(N.d.T.)*

32

Il était penché devant un massif, au milieu duquel un sachet de graines attaché à un tuteur montrait des campanules, quand il entendit une voix :

— Ce ne sont pas des campanules, là-dedans.

Il fit volte-face. C'était la petite fille assise plus tôt dans la cuisine. À présent, elle était perchée sur une planche coincée entre deux épaisses branches de hêtre.

— Ah non ? Pourtant, ce sachet dit que ce sont des campanules.

— J'ai échangé les sachets avec ceux de là-bas.

Elle pointa le doigt vers un autre massif.

— Et pourquoi as-tu fait ça ?

Elle changea sa poupée (vêtue d'une robe incroyablement longue) de place.

— Parce que je préfère les campanules, là-bas. C'est Benny qui a changé les sachets pour moi.

— Ah ! De toute manière, je croyais que les campanules étaient des fleurs sauvages.

Elle réfléchit à la question avant de conclure :

— Pas ici, en tout cas.

Tout ceci semblait parfaitement logique.

— Mais qui est donc ce maraudeur de Benny ? demanda-t-il.

— Mon ami. Il fait des livraisons pour Mr Gyp, qui est un sale type. D'ailleurs, je ne mange plus de viande. Benny apporte aussi des livres du Moonraker. Mr Tynedale aime bien que je lui lise des livres. Enfin... je lui lis des parties de livres. Des petits bouts. En ce moment, on lit un livre sur un homme qui s'appelle Gatsby. J'aime beaucoup le gros œil. Vous voulez vous asseoir ? Je peux déplacer Richard.

Melrose s'était toujours considéré comme ayant l'esprit alerte, mais il avait du mal à assimiler ce flot continu d'informations. Pourtant, cela semblait être pour elle une conversation des plus banales.

— Merci, je crois en effet que j'ai besoin de m'asseoir.

Il se hissa à ses côtés (il y avait juste assez de place pour eux deux à condition qu'elle prenne sa poupée sur ses genoux), puis décida de reprendre la conversation par le début.

— Si tu arrives à lire *Gatsby le magnifique*, tu dois très bien savoir lire.

Elle tourna vers lui un regard d'une sincérité absolue.

— J'ai dit des parties. Des petits bouts.

— Ah oui. Je ne me souviens pas du petit bout sur le gros œil.

— C'était l'enseigne d'un docteur qui fabriquait des lunettes. Mr Tynedale dit que c'est comme l'œil de Dieu. Mais je ne crois pas.

Elle se pencha en arrière dans le vide, au point que ses cheveux noirs touchaient presque les racines du hêtre. Elle poursuivit, la tête à la renverse :

— C'est probablement le Cyclope.

Melrose était encore plus surpris.

— Tu veux parler de celui de l'*Odyssée* ?

— Oui, c'est d'Homère. Je ne connais pas son prénom. L'histoire est vraiment bien.

— Oui, en effet. Tu l'as lu dans la traduction ou tu as préféré l'original en grec ancien ?

Comme elle ne daignait pas répondre, il reprit :

— Mr Tynedale doit être un homme exceptionnel pour te faire lire tous ces livres que bien des adultes n'osent pas ouvrir.

— Oui, il est vraiment exceptionnel. Vous pouvez m'aider à le baptiser ?

Melrose eut un moment d'absence avant de se rendre compte qu'elle parlait de sa poupée et non de l'exceptionnel Mr Tynedale. Puis, naturellement, il trébucha sur le « il ». Il baissa les yeux vers la poupée.

— « Il » ? Je pensais que ta poupée était une « elle »...

— Non, il ne l'est pas. Regardez...

Elle remonta la robe longue et lui montra le torse, les jambes et le sexe absent.

— C'est tout lisse, vous voyez ? Il n'y a rien.

Il était surpris par son acceptation plutôt sophistiquée de cette ambiguïté sexuelle.

— Oui, mais ça pourrait aussi bien être une fille, non ? D'après le peu d'éléments dont nous disposons...

— Ça pourrait, mais je ne veux pas qu'il soit une fille. Il s'appelle Richard. Quand je croyais que c'était une fille, je voulais l'appeler Rhonda. J'en étais aux *R*. J'attendais que Benny arrive, mais puisque vous êtes là...

Ainsi, son invitation au baptême n'était pas un honneur qu'on lui faisait mais une réquisition en bonne et due forme.

— Tu comptais le faire tout de suite ?

— Ben, autant le faire puisqu'on ne fait pas autre chose.

— Excuse-moi, mais *tu* ne fais pas autre chose. Moi, j'ai tout ce tas de saletés à déverser dans les plates-bandes de l'autre côté de la maison.

Il lui montra la brouette remplie qui l'attendait.

Elle se gratta l'oreille en le dévisageant attentivement, un peu à la manière dont Angus Murphy l'avait regardé plus tôt. Elle le jaugeait, patiemment. Il craqua.

— Bon, d'accord.

— Venez !

Elle sauta de sa planche et il la suivit. Elle courut entre la haie et l'herbe à éternuer, vers le bassin devant lequel Angus Murphy et Melrose avaient disserté sur les plantes vertes. Elle se retourna et continua à courir à reculons en lui criant de se dépêcher.

Une fois devant le bassin et ses sinistres poissons rouges, elle se mit à sautiller d'un pied sur l'autre, comme prise d'un besoin pressant. Quand il l'eut rejointe, elle lui tendit sa poupée.

— Moi ? Mais pourquoi ce serait à moi de le faire ?

— Parce que vous ressemblez plus à un vicaire que moi, et puis je ne veux pas me mouiller.

— Qu'est-ce que tu racontes ? Qui parle de se mouiller ?

Il tenait la poupée le plus loin possible de lui.

— Ben oui, il faut rentrer là-dedans pour le tremper.

Elle indiqua le bassin du menton.

— Je ne vais pas rentrer là-dedans !

(Il se retint d'ajouter : « Avec ces poissons rouges ! »)

— Mais faut bien que quelqu'un y aille !

— Il suffit de tremper tes doigts dans l'eau et de faire le signe de croix sur son front. J'ai assisté à un tas de baptêmes…

Le menteur !

— … et c'est comme ça qu'on procède à chaque…

— Non, pas du tout ! Enfin, pas toujours. Benny m'a dit, et le vicaire aussi, qu'il y avait des gens qui rentraient complètement dans l'eau jusqu'au menton. Le vicaire leur plonge ensuite la tête sous l'eau. Je suppose qu'il faut retenir sa respiration. Benny dit que si on n'est pas complètement mouillé, ça compte pour du beurre.

Melrose émit un ricanement de dépit.

— Puisque ce Benny est un tel expert en baptêmes, tu ferais mieux de l'attendre. En outre, il connaît Richard bien mieux que moi.

Lui, en tout cas, il connaissait cette attitude, les mains sur les hanches. Tous les enfants auxquels il avait eu affaire y recouraient tôt ou tard. Résolution. Détermination. Implacabilité. D'excellentes qualités pour décrocher un siège à la Chambre des députés, mais un calvaire quand il s'agissait d'organiser une cérémonie de baptême.

Tout ce qu'il trouva à dire pour contrer ces mains sur ces hanches fut :

— On m'a souvent pris pour tout un tas de choses, dans ma vie, mais encore jamais pour un vicaire.

— Vous ne faites que perdre du temps à discuter.

Melrose souleva la robe de la poupée et examina son dos. La tête et les membres étaient en plastique dur, le torse fermement rembourré et recouvert d'un tissu lisse couleur chair, avec une couture le long de l'échine. Quelques fils commençaient à se découdre, des fragments de bourre apparaissaient ici et là.

— Tu sais ce qui va arriver à Richard si tu le plonges dans le bassin ?

Ses mains quittèrent ses hanches et une lueur d'incertitude traversa son regard.

— Rien. Il va se mouiller, c'est tout.

— Il sera non seulement mouillé mais imbibé d'eau. Tu vois cette petite couture, là ? L'eau rentrera par là et Richard restera spongieux pour le restant de ses jours.

Il secoua la poupée, ajoutant :

— Jusqu'à ce qu'il se mette à pourrir, bien sûr...

Sérieusement ébranlée, cette fois, elle secoua vigoureusement la tête.

— Mais non, ça ne va pas arriver !

Melrose poussa un profond soupir puis haussa les épaules.

— Très bien, puisque tu es sûre de toi...

Il ôta un soulier et fit mine d'entrer dans le bassin.

— Non, attendez !

Elle lui arracha la poupée des mains et se mordit la lèvre.

— Il faut que je réfléchisse.

— Bon, en attendant, je vais aller jeter ces saletés dans les plates-bandes.

— Je viens avec vous.

Elle semblait soulagée de ne plus avoir à débattre du baptême.

Melrose ne se souvenait plus s'il avait jamais poussé une brouette de sa vie. Il saisit les poignées et se mit en marche tandis qu'elle sautillait à ses côtés, les yeux levés vers lui pour lire sur son visage ce qu'elle avait décidé d'y lire. Il ignorait ce qu'elle cherchait, au juste. Poussant la brouette entre les colonnes blanches et la rangée de cèdres, il demanda :

— Mais qu'est-ce qu'il compte faire avec toutes ces saletés ?

— Ce ne sont pas des saletés, c'est de l'engrais.

Allait-il devoir supporter en permanence une morveuse prête à contredire tout ce qu'il disait ? (Les gamins étaient bien tous les mêmes !)

— Ce ne sont pas des saletés, c'est de l'engrais ! singea-t-il avec une voix haut perchée. Et comment tu le sais ?

— C'est écrit sur le sac : engrais.

— Forcément, tu ne crois pas qu'ils vont écrire « saletés » sur leurs sacs, non ?

Elle parut sceptique un moment. De chaque côté des grandes plates-bandes se trouvait un banc en pierre blanche. Elle s'allongea sur l'un d'eux, posa Richard sur son ventre et lui fit décrire des mouvements d'avant en arrière avec les bras.

— Il pourrait être inspecteur de police.

Melrose venait d'arrêter la brouette devant les plates-bandes et avait pris la pelle.

— Un inspecteur de police ? De qui tu parles ?

— De Richard. Je disais juste qu'il *pourrait* l'être. On en est pas encore sûrs.

Melrose enfonça sa pelle dans le tas.

— Bien, quand tu le sauras, fais-le-moi savoir.

Elle le regarda œuvrer en silence, mais il doutait que ce soit par respect pour son travail. À l'autre coin de la maison, un chat blanc fila ventre à terre, poursuivit par un petit chien, une sorte de terrier, avec un poil comme de la laine d'agneau.

— Sparky ! s'écria Gemma.

Le chien abandonna aussitôt sa course-poursuite et vint s'asseoir près d'eux.

Melrose se redressa en se tenant les reins. Très certainement déjà l'arthrite qui s'installait. Il baissa les yeux vers le chien qui frappait le sol de sa queue.

— Qu'est-ce que c'est encore que ça ?

— C'est le chien de Benny, Sparky.

Le chien bondit vers elle, agitant sa queue de plus belle. Elle lui gratta la nuque en émettant ces insupportables bruits infantiles que les gens font quand ils se penchent sur un bébé.

— Où est ce Benny, alors ? Je compte l'engager sur-le-champ pour célébrer le baptême.

— Parfois, Sparky vient tout seul. Il est vraiment malin. Benny dit qu'il part toute la nuit et se promène dans la ville jusqu'à l'aube. Il se souvient de tout.

— S'il est si malin, il n'a qu'à célébrer le baptême.

Sparky s'éloigna en trottant. Le chat avait disparu dans l'allée qui menait à un petit cottage.

— Vous voyez la maison là-bas ? dit Gemma. C'est là que vit Mrs Riordin. Elle y habite depuis des années. Je peux y entrer. Elle sort toujours faire ses courses le mercredi. Alors j'entre chez elle. Vous pouvez venir, si vous voulez jeter un œil.

Cette enfant aurait-elle été mandatée par Jury ?

— Pourquoi voudrais-je y jeter un œil ?

Comme elle se contentait de hausser les épaules, il reprit :

— Pourquoi fais-tu ça ? Un de ces jours, la police va t'arrêter pour effraction.

— C'est quoi, effraction ?

— C'est quand tu t'introduis chez quelqu'un sans son consentement. Au cas où tu ne le saurais pas, c'est illégal.

Plop ! Il envoya une autre pelletée d'engrais sur la plate-bande. Il espérait que c'était bien ce qu'il était censé faire.

Gemma resta tranquillement allongée sur le dos, apparemment peu intimidée.

— Si je prends quelque chose, je ne le garde pas longtemps et je le remets toujours à sa place.

Melrose planta le bout de sa pelle dans la terre molle.

— Tu ne devrais toucher à rien.

Il la vit sortir un objet de la poche de sa jupe écossaise. Elle le tendit vers lui.

— C'est une boucle d'oreille.

Un bijou insignifiant en or, qui ne méritait certainement pas d'être volé.

— Tu n'en as pris qu'une ?

Elle acquiesça.

— Je ne veux pas les porter, mais j'aime bien tenir dans ma main quelque chose qui appartient à quelqu'un d'autre… Je remets toujours tout à sa place, je ne suis pas une voleuse, dit-elle, soudain indignée. Vous n'avez qu'à aller voir si vous voulez. On peut rentrer dans la maison, il y a une fenêtre à l'arrière qui ferme mal.

— Si tu crois que tu vas m'entraîner dans ton monde de délinquance…

Il s'arrêta néanmoins de travailler et se tourna vers le cottage.

— C'est laquelle, la fenêtre ?

33

Ayant noté l'emplacement de la fenêtre et reporté à plus tard l'invitation à s'introduire dans le cottage, Melrose enfonça les racines d'un autre arbrisseau dans la terre comme s'il enfouissait une capsule témoin destinée aux générations futures. Cela faisait quarante-cinq minutes qu'il était à genoux, probablement plus de temps qu'il n'avait passé durant toute son enfance sur les prie-Dieu de l'église. Si Bouddha avait consacré ne serait-ce qu'une demi-heure de sa vie à planter des arbustes, il n'aurait probablement pas été aussi épris de la posture du grand lotus.

Aïe, mon dos ! Il était en train de tasser la terre quand il aperçut deux pattes et entendit un halètement.

Melrose soupira. Il n'était pas d'humeur à supporter ce chien boulevardier et ses vagabondages, mais celui-ci était apparemment très surpris de le voir planter quelque chose en plein mois de décembre.

— Je suis parfaitement d'accord, lui dit Melrose en sortant ses cigarettes et son vieux Zippo. Mais Mr Murphy me dit de le faire, alors je le fais.

Le Zippo grinça mais ne s'alluma pas.

— Tu n'aurais pas du feu ?

Sparky battit l'air de sa courte queue. Voulait-il que

Melrose le suive quelque part ? Il faisait ces petits mouvements d'avant en arrière qui, venant d'un couguar, auraient été inquiétants.

Melrose coinça la cigarette qu'il avait renoncé à allumer derrière son oreille et s'assit sur le sol froid.

— J'en ai assez fait pour le moment. Où est ton jeune camarade ?

Il entendit un sifflement derrière lui, se retourna et aperçut ce vaurien de chat blanc, dont la face semblait écrasée contre une vitre. Il en était là, maussade, assis entre Sparky et Snowball, à se demander ce que ces deux animaux lui voulaient, quand il entendit son nom :

— Mr Plant !

Comme il n'arrivait pas à comprendre d'où venait l'appel, la voix cria : « Ambrose ! » comme si, en tant que membre du personnel, il ne savait se reconnaître qu'à son prénom. Il se tourna et aperçut Ian Tynedale sur le pas de la porte qui menait au patio. Il fit un signe à Melrose.

— Venez, j'ai quelque chose à vous montrer…

— Mais certainement, Monsieur.

Il aurait bien fait une légère révérence, mais il craignit que cela ne paraisse exagéré.

Il suivit Tynedale dans la bibliothèque, là où avait eu lieu leur premier entretien. Celui-ci avait rapidement dévié vers l'art, Melrose ayant mentionné qu'il était un grand admirateur de la Renaissance italienne. (Il avait d'abord rechigné à jouer cette comédie mais Jury avait insisté, même s'il admettait que cela cadrait mal avec son personnage d'aide-jardinier : « Tu n'auras qu'à lui dire que ta mère était italienne. Une comtesse romaine ou quelque chose comme ça. — On croirait entendre Diane Demorney ! »)

Comment les Tynedale parvenaient-ils à conserver

une telle allure ? Ce devait être dans leurs gènes. Passé soixante ans, la plupart des gens voyaient la vieillesse, tel Dracula, enfoncer ses crocs dans leur chair. Melrose ne pouvait qu'espérer atteindre l'âge gériatrique dans un état pas trop avancé. Ian Tynedale, lui, était encore très bel homme. Pourtant, dans la famille, on cultivait les mauvaises habitudes : ils buvaient, fumaient, mangeaient riche (à en croire la crème brûlée que Melrose avait vu la cuisinière préparer pour le déjeuner), sans que cela semble laisser de traces. C'était encourageant. Tynedale sortit un cigare d'un coffret noir et s'enfonça dans son fauteuil pivotant en cuir. Melrose craignit un instant qu'il ne le soupçonne de ne pas être ce qu'il prétendait être. Non, il ne se doutait apparemment de rien. Il voulait simplement un public pour admirer ses nouvelles acquisitions. C'était l'amateur d'art en Melrose qui l'intéressait. Il aurait invité Sparky et Snowball dans la bibliothèque s'ils avaient montré le moindre intérêt pour la Renaissance italienne.

C'était justement ce dont Ian parlait quand Melrose l'interrompit :

— Mais n'est-ce pas un pléonasme, Monsieur ?

Ian arqua des sourcils surpris.

— Comment ça ?

— L'art de la Renaissance italienne. La Renaissance *appartient* aux Italiens, non ?

Il se dit qu'il en faisait peut-être un peu trop, de la part d'un aide-jardinier, même suréduqué.

— Enfin… je veux dire que… euh… je l'ai lu quelque part.

Ian semblait ravi d'avoir affaire à un homme qui lisait.

— Excellente remarque ! Naturellement, vous avez

tout à fait raison. Asseyez-vous donc, mon ami, asseyez-vous...

Il lui indiqua le fauteuil en face du sien.

Melrose obéit. Pourquoi Tynedale n'était-il pas plus méfiant ? Sans doute parce qu'il voulait avant tout rencontrer quelqu'un avec qui parler de l'art florentin et de Florence. Je suis ton homme ! pensa-t-il.

Ian extirpa une épaisse feuille de papier coincée entre deux fines planches et la tendit pour que Melrose puisse y jeter un œil.

— Qu'est-ce que vous en dites ? demanda-t-il en tapotant le papier.

Ce n'était pas une peinture, mais un croquis. Melrose se mordilla la lèvre. Cela ressemblait à une étude de perspective, avec deux surfaces planes, dont l'une était probablement un miroir, se faisant face, leurs lignes s'entrecroisant. Melrose repensa au discours de di Bada sur Brunelleschi. Le dessin pouvait être l'œuvre de tout un paquet d'artistes, mais Brunelleschi lui paraissait un choix relativement sûr, dans la mesure où il ne s'agissait pas d'un original.

— Eh bien..., je dirais Brunelleschi. Euh... peut-être.

— Pour ma part, je pencherais plutôt pour Giotto. C'est bien lui qui a découvert la perspective, non ? Les Grecs la connaissaient sûrement déjà. D'ailleurs, Platon a appelé la perspective une « tromperie »...

— Pour Platon, tout était tromperie.

Ian rit.

— Je vois que vous n'avez pas toujours été jardinier.

— Aide-jardinier, précisa Melrose. Mais ce dessin, ce n'est pas un original, tout de même ?

— Ah, j'aimerais bien !

Ian rit de nouveau et sortit un autre croquis, représentant cette fois le Duomo.

— Je ne me souviens plus comment je suis tombé sur celui-ci. C'est le dôme de Santa Maria Novella. Je ne sais pas qui est l'artiste, mais il est magnifique.

— S'il est de Brunelleschi, vous pourrez l'échanger contre le contenu des coffres de la banque de Londres !

Se massant la nuque sans quitter le dessin des yeux, Ian répondit :

— Naturellement, ce n'est pas une question d'argent.

C'est le genre de choses que disent toujours les riches, pensa Melrose. Pendant que Ian restait plongé dans la contemplation de son dessin, il en profita pour regarder autour de lui les œuvres hors de prix accrochées aux murs. Cela lui rappela ce que lui avait dit Jury au sujet de la collection de Simon Croft. Il devait essayer d'orienter la conversation dans ce sens-là.

Il n'en eut pas besoin.

Penché en arrière dans son fauteuil, tenant le dessin à bout de bras, Ian déclara :

— Un de mes très grands amis est mort, la semaine dernière. Il aurait apprécié ceci.

Il poussa un soupir et replaça le croquis entre ses deux planches protectrices.

— Il a été assassiné.

— C'est affreux. Comment est-ce arrivé ?

— Quelqu'un s'est introduit chez lui… Il habitait au bord de la Tamise et…

— Mais n'est-ce pas ce crime dont on a parlé dans les journaux ? l'interrompit Melrose. Il s'appelait…

Il s'interrompit, faisant mine de fouiller sa mémoire.

— Simon Croft, dit Ian. Nos familles étaient très proches.

Ian saisit le second croquis, celui du Duomo.

— C'est une merveille d'ingénierie. Ce que j'aurais aimé y être !

— Sur les échafaudages, buvant du vin coupé d'eau ?

Ian éclata de rire.

— Non, sur la piazza, devant une bonne Tynedale.

Il reprit son cigare.

— Vous imaginez le groupe qu'il y avait là : Brunelleschi, de Vinci, Masaccio…

Il secoua la tête d'un air médusé.

— Vous savez, dit Melrose, j'ai lu quelque part que Masaccio avait tellement peur qu'on lui vole son travail qu'il ne laissait entrer personne dans son atelier à l'exception de son épicier.

Ian rit encore.

— On croirait Simon !

— Il était comme ça, lui aussi ?

Ian sembla regretter d'avoir évoqué Simon dans un contexte aussi badin. Il changea de sujet :

— Comment ça se passe, avec Murphy ?

— Bien.

Ian sourit.

— Il est un peu ronchon. La dernière personne à occuper votre poste est partie sans donner de préavis. Elle a simplement cessé de venir. Il faut dire qu'elle était jeune. On peut la comprendre. Elle a peut-être été effrayée par cette histoire de coup de feu. Murphy vous a raconté ?

— M'a raconté quoi ?

— En octobre dernier, quelqu'un a tiré dans la serre. Au début, la police de Southwark a imputé cet acte à la vague de cambriolages qui s'est abattue récemment sur le quartier et à Greenwich. Je crois bien que Lewisham est touché, lui aussi.

— On a volé quelque chose ?

— Non, Dieu merci !

Ian lança un regard vers ses murs.

Melrose s'efforça d'afficher une simple curiosité polie.

— Vous avez dit « au début ». Qu'est-ce qu'en a conclu la police, finalement ?

— Que c'était une bande de gamins jouant avec une arme. Southwark serait-il en train de devenir un petit Miami ?

— Ce serait si terrible que ça ? Au moins, on aurait du beau temps toute l'année. Cela dit, le mur d'enceinte de la maison est très haut. Si vous étiez un gamin tirant sur tout et n'importe quoi rien que pour s'amuser, vous donneriez-vous le mal de l'escalader pour une cible qui ne signifie rien pour vous ?

— Non, effectivement, maintenant que vous le dites. Vous pensez que la police a tort ?

— Pas vous ?

Ian réfléchit un moment.

— Papa n'a pas vraiment le directeur de la police dans sa poche, mais il a des relations. Le préfet de police est un bon ami. Je ne pense pas qu'ils bâcleraient l'enquête. Gemma, la petite fille, est convaincue que le tireur la visait parce qu'elle se trouvait dans la serre à ce moment-là. Elle a de l'imagination à revendre.

— Mais vous dites qu'elle était dans la serre quand on a tiré ?

— La police ne pense pas qu'elle ait eu quelque chose à voir là-dedans. Je veux dire… qu'elle ait été la cible.

— Pourtant, une personne qui se trouve dans la trajectoire d'une balle peut généralement être considérée comme une cible.

— Je comprends ce que vous voulez dire mais... C'est que... Pourquoi voudrait-on faire du mal à Gemma ? Ça n'a aucun sens.

— Ça en a autant qu'un gamin avec une arme à feu escaladant votre mur.

Il avait quitté Tynedale Lodge après son « thé » (au cours duquel il se garda d'avaler autre chose que la boisson du même nom) et rejoignait la rue principale, d'où il pouvait discrètement héler un taxi pour rentrer chez Boring's. Ce fut alors qu'il aperçut la boucherie dont Gemma lui avait parlé. Elle était encore ouverte.

Au-dessus de la porte du magasin situé au rez-de-chaussée d'une maison à colombages était écrit, en lettres noires et brillantes, *Gyp le boucher*. Dans la grande vitrine, des côtelettes et des tranches de bacon étaient exposées, telles des pierres précieuses, dans leurs écrins de persil. Melrose regarda à travers la vitre et aperçut le propriétaire, un grand sec. Il l'entendait parler. Il se posta près de la porte et alluma une cigarette.

— ... Je sais que c'est l'heure à laquelle tu rentres chez toi, mais ces commandes viennent juste de tomber et faut les livrer ce soir. Qu'est-ce que tu veux ? Le travail, ce n'est pas toujours quand ça vous arrange...

— Mais c'est l'anniversaire de mon ami, Mr Gyp. Je vous l'avais dit ! Sans ça, ce serait avec plaisir...

— Peut-être, mais je ne pense pas que les Tynedale s'intéressent beaucoup à tes anniversaires, alors tu ferais bien de te mettre en route...

Il s'interrompit un instant, mais pas parce qu'il était à court de méchancetés. Melrose savait reconnaître un sadique. Pour ces bourreaux, les enfants étaient des victimes particulièrement désirables car relativement sans défense et (croyaient-ils) faibles. Mais ils ne l'étaient pas toujours, surtout ceux habitués à ne compter que sur eux-mêmes.

La voix reprit :

— Si tu n'es pas prêt à faire quelques heures de plus le soir, tu vas devoir te chercher un autre travail. J'en connais un tas qui attendent pour prendre ta place…

Pendant que Gyp continuait sur ce mode-là, le garçon, qui avait tout sauf l'air d'un idiot (idem pour le chien Sparky), essayait d'en placer une sans parvenir à trouver une brèche dans ce flot de paroles. Soudain, le petit chien fit entendre un bref grondement, sa patience canine mise à rude épreuve.

Gyp recula d'un pas.

— Hé, surveille ton cabot, jeune homme, je ne veux pas de ça dans ma boutique ! Si tu ne sais pas contrôler ton animal…

— Mais ce n'est que Sparky. Vous savez bien qu'il n'a jamais mordu personne…

— Il y a un début à tout. Cette bête devrait être tenue en laisse…

— Il n'en a jamais eu et ne dites pas « cette bête ». Vous savez très bien qu'il s'appelle Sparky.

Melrose aimait déjà ce garçon. Il ne se défendait pas lui-même mais protégeait son chien.

Gyp continua à vrombir :

— Ça, c'est les côtelettes pour Tynedale Lodge. Le gîte à la noix et les tranches de bacon, c'est pour les Ely. Le bacon est un peu gras, mais si quelqu'un se plaint, tu diras que c'est du bon.

Melrose jugea le moment propice pour faire son entrée. Il descendit sa casquette un peu plus bas sur son front, glissa ses doigts dans les poches de son jean et pénétra dans la boutique.

— 'soir ! lança-t-il en effleurant sa visière de deux doigts. C'est bien la boucherie qui approvisionne Tynedale Lodge, là-haut ? fit-il en indiquant du pouce un point derrière lui. Vous êtes Mr Gyp ?

Il ne laissa même pas au boucher le temps d'acquiescer.

— J'en viens justement et comme je dois y retourner, j'ai qu'à emporter le paquet. Ça épargnera le voyage au p'tiot. Une chance que j'aie entendu votre conversation !

Avant que Gyp ait pu objecter (ce qu'il s'apprêtait à faire), il poursuivit :

— « Y a pas meilleur boucher à Londres », c'est ce que m'a dit m'sieur Barkins. « Pas un qui sait préparer la couronne d'agneau...

Melrose lança un regard vers le comptoir, où les côtes de porc étaient alignées en une symétrie parfaite, comme des girls dans une revue.

— ... ni découper les côtes de porc comme lui. Elles sont presque trop belles pour en manger, ses côtes », qu'y dit tout le temps. Comme quoi vous seriez un vrai artiste. Droit et honnête et tout ! « On peut lui faire confiance pour nous donner ce qu'on a demandé, et au gramme près », qu'y dit aussi. Non, faites excuse, ça, c'est la cuisinière qui l'a dit, et venant d'elle, c'est pas rien !

Melrose s'interrompit, non qu'il fût à court de compliments mais parce qu'il avait l'impression d'être un vicaire récitant une oraison funèbre à un enterrement. Gyp flottait sur un petit nuage. Le garçon et son chien dévisageaient Melrose avec des yeux ronds, n'en revenant pas qu'on puisse trouver à dire du bien de Mr Gyp.

Et seul un crétin certifié comme ce boucher pouvait avaler un tel discours, prononcé dans une pathétique imitation d'accent populaire londonien. (Se déguiser en aide-jardinier était une chose, imiter son parler en était une autre, mais Jury ne voulait pas le savoir.)

Melrose se pencha pour donner une tape à Sparky qui agita sa queue.

Gyp essuya ses mains sur son tablier maculé de sang et demanda d'une voix suave :

— Et vous êtes monsieur... ?

Melrose tendit la main pour serrer celle du boucher (glacée comme la mort).

— Le nouveau jardinier de Tynedale Lodge. Ambrose Plant, pour vous servir. Ça fait rudement plaisir d'entrer dans une boutique aussi bien tenue que la vôtre.

Gyp pensait visiblement qu'il s'était trouvé un nouvel ami et n'allait pas tarder à lui proposer d'aller prendre une pinte au pub du Scurvy Ferret.

— Ça fait toujours plaisir de voir une nouvelle tête, surtout quelqu'un qui ne rechigne pas à travailler en dehors de ses heures habituelles. Je m'échinais justement à expliquer à notre jeune ami Bernard ici présent l'importance d'avoir des horaires souples...

— Ah, combien vous avez raison, Mr Gyp ! Combien vous avez raison !

Benny regardait Melrose, n'en croyant pas ses yeux. Même Sparky inclinait la tête sur le côté, incrédule.

— Naturellement, poursuivit Melrose, je me ferai un plaisir de déposer l'autre paquet en passant...

— C'est vraiment très aimable à vous, Mr Plant, mais c'est que les Ely, ils n'aiment pas trop que des inconnus se présentent à leur porte.

— Pas du tout..., commença Benny.

Gyp ne le laissa pas finir :

— Surtout la vieille dame. Elle est du genre méfiant.

— Ely ? Vous avez bien dit Ely, Mr Gyp ? Ce serait pas… Non, ce serait trop…

— Brian. Brian Ely. Il vit avec sa vieille mère dans Mickelwhite Street.

Melrose frappa ses paumes l'une contre l'autre.

— Brian, bien sûr ! Et sa vieille maman ! Ça alors, vous m'en direz tant ! Y a bien dix ans que Brian et moi on a pas taillé une bavette devant une pinte au Scurvy Ferret !

Sachant que Gyp rechignait à lui confier la livraison uniquement parce qu'il voulait obliger Benny à la faire et ainsi contrarier ses plans pour la soirée, il suggéra :

— Le petit n'aura qu'à me montrer le chemin.

Là, Gyp était entièrement satisfait. Il se rinça les mains avec un sourire sardonique.

Le pauvre Benny, qui avait entrevu sa délivrance quelques instants plus tôt, se trouvait de nouveau abattu. Melrose prit les paquets et, avec une feinte bonhomie, assura à Gyp qu'ils se reverraient bientôt. Là-dessus, il sortit, accompagné du garçon et du chien.

Une fois dehors, il donna un petit coup d'épaule à Benny.

— Tu sais, je ne suis pas vraiment comme le croit ce Gyp.

— Ah oui ? Et vous n'êtes pas non plus ce que voulez me faire croire.

— Oh ? Hein ? Et qui tu crois que je suis ?

— Vous n'êtes pas du East End, ça crève les yeux ! Vous m'avez plutôt l'air d'un aristo qui essaie de se faire passer pour un cockney. Et vous n'êtes vraiment pas doué, vous pouvez me croire !

— C'est comme ça que tu me remercies de t'avoir aidé pour tes livraisons ?

— Non, monsieur, c'est sympa de votre part, sauf que je n'arriverai jamais à temps à l'anniversaire de mon ami avec le gâteau...

Il leva vers lui la boîte blanche qu'il tenait au bout d'une ficelle.

Melrose regarda de droite à gauche dans la rue, cherchant un taxi. Il en vit deux, mais ils étaient déjà occupés.

— Tout ce qu'il nous faut, c'est un taxi qui nous emmènera d'abord à Tynedale Lodge, puis chez les Ely.

Benny s'arrêta net. L'idée de prendre un taxi lui paraissait aussi extravagante qu'aller décrocher des étoiles.

— Un taxi ! ?

— Eh bien oui, quoi ? Tiens, en voilà un, dit Melrose en agitant un bras.

La voiture freina pile. Melrose, Benny et Sparky montèrent à l'arrière et Benny donna l'adresse. Le taxi redémarra aussi brusquement qu'il s'était arrêté.

Le chauffeur s'arrêta devant Tynedale Lodge. Benny disparut par la porte du jardin pendant que Sparky attendait dans la voiture, le guettant par la vitre tout en battant anxieusement de la queue. Il était de retour deux minutes plus tard. Il indiqua au chauffeur l'adresse des Ely. La voiture fit demi-tour et partit en trombe dans le sens inverse.

La maison des Ely se trouvait dans une petite rue triste, derrière l'une des innombrables églises attribuées à sir Christopher Wren [1]. Comme s'il s'apprêtait à aller braquer une banque, Benny demanda au chauffeur de ne pas couper son moteur, assurant qu'il serait de retour en un clin d'œil.

1. Sir Christopher Wren (1632-1723), architecte et homme de science anglais qui, à la suite du grand incendie de Londres (1666), conçut les plans d'une cinquantaine d'églises paroissiales.

Mr Ely apparut en contre-jour devant un couloir illuminé, dit bonjour, prit son paquet, dit au revoir puis referma la porte. Benny revint en courant, remonta en voiture et demanda au chauffeur de prendre le pont de Waterloo vers l'Embankment, sur l'autre rive de la Tamise.

— Et ensuite ? demanda Melrose.

— Rien. C'est là que je descends.

Il tenait le gâteau sur ses genoux et regardait la nuit défiler de l'autre côté de la vitre. Sparky était assis entre eux sur la banquette.

— Mais ta fête d'anniversaire ? insista Melrose.

— C'est par là-bas.

Melrose n'insista pas. Il était clair que Benny ne tenait pas à entrer dans les détails.

— Ça fait longtemps que tu travailles pour ce Gyp ?

— Plus d'un an. Mais il n'y a pas que lui. Je fais des livraisons pour le Delphinium et pour Mr Siptick, c'est le marchand de journaux. Il y a aussi le Moonraker. La librairie de Miss Penforwarden. Elle est très gentille.

Il se mit à fredonner.

— Et à l'école, comment ça se passe ?

Melrose pouvait être fier de lui. Il avait trouvé la question la plus détestable à poser à un enfant : « Et à l'école, comment ça se passe ? » Affligeant.

Toutefois, elle ne sembla pas ennuyer Benny.

— C'est maman qui s'en charge. Elle m'enseigne à la maison. C'est que, vous voyez, je suis poitrinaire…

Il toussa bruyamment plusieurs fois dans son poing en guise d'illustration. Puis, estimant sans doute que cela ne suffisait pas pour justifier d'être exempté d'école, il fut pris d'une affreuse et longue quinte de toux, sèche et râpeuse.

— C'est bon, c'est bon, tu peux arrêter maintenant, dit Melrose. De toute façon, ça ne regarde que toi.

— Vous êtes le premier qui me dit ça.

Pendant qu'ils traversaient le pont de Waterloo, Melrose regarda d'un côté puis de l'autre du fleuve. Vers Vauxhall, Westminster, Blackfriars, le London Bridge, le Tower Bridge..., toute une panoplie de ponts illuminés sur toute leur longueur. C'était magnifique. Il se dit que ce devait être aussi ce que ressentait un New-Yorkais roulant vers Manhattan. Il se souvint d'avoir vu un journal télévisé avec une image de Manhattan en arrière-plan. Les sommets des gratte-ciel étaient illuminés par des projecteurs roses, jaunes et verts, des couleurs surréalistes qui semblaient flotter derrière le présentateur.

Lorsque le taxi s'arrêta et que Benny descendit sur l'Embankment, avec Sparky, Melrose eut un pincement au cœur. Il demanda au garçon d'attendre un instant et griffonna le numéro de téléphone de Boring's derrière une de ses vieilles cartes de visite.

— Passe-moi un coup de fil si tu as besoin de faire une autre course en taxi, d'accord ? Ou de quoi que ce soit d'autre.

Le regard intrigué de Benny alla de la carte à Melrose.

— C'est écrit là que vous êtes comte...

— Ce n'est pas moi. C'est un ami.

Melrose n'utilisait ses cartes que pour les cas d'urgence.

Benny hocha la tête, glissa la carte dans sa poche et attendit. Il voulait probablement que le taxi s'en aille pour que Melrose ne voie pas quelle direction il prenait.

Melrose se tourna vers le chauffeur.

— À Mayfair, au Boring's.

34

Jury attendait dans le pub St James, adossé à un pilier, quand Liza entra. Elle portait un sac de shopping d'un magasin d'Oxford Street débordant de paquets enrubannés. Même avec son manteau noir démodé et ses cheveux cachés sous un fichu, elle faisait encore son effet. Un peu partout dans le bar, des hommes se retournèrent sur leurs tabourets pour mieux la regarder. Jury était prêt à parier que Liza serait de nouveau mariée un an après son veuvage, même avec ses quatre mômes. Elle y serait d'ailleurs probablement obligée, indépendamment de son amour pour Mickey. Subvenir seule aux besoins de quatre enfants, les maintenir à l'écart du danger, c'était une gageure tout simplement impossible.

— Salut, Richard.

Elle déposa une bise sur sa joue. Il aurait aimé plus.

— Salut. Montons à l'étage. Il n'y a plus un siège de libre, par ici. Non, attends, tu n'as qu'à monter pendant que je prends ta commande. Une bière ? Un gin tonic ?

— Je préférerais un cognac. Je suis sur les rotules.

— Je te rejoins dans un instant.

Il attendit leurs verres au bar puis grimpa l'escalier. Quand il la vit depuis le palier, elle lui rappela une petite fille dans un manteau trop grand pour elle. Son sac était à côté d'elle, sur une chaise libre. Il posa les verres sur la table, un double cognac pour elle, une pression pour lui.

— Merci. Et merci de m'avoir appelée. C'est vraiment gentil.

— Je t'en prie, répondit-il avec un sourire. Je n'ai pas vraiment de mérite, je n'ai eu qu'à traverser la rue.

Il fit un signe vers les locaux de New Scotland Yard derrière lui.

— Tu sais très bien ce que je veux dire. Il y a très peu de gens à qui je peux parler, Mickey aussi d'ailleurs. Pratiquement personne n'est au courant pour son cancer. Pour qu'il t'en ait parlé, c'est qu'il a vraiment besoin de toi.

— Oui, je suppose. J'essaie de l'aider du mieux que je peux, Liza.

— Je le sais.

Elle n'avait pas ôté son manteau. C'était comme si toutes ses relations avec les autres étaient devenues si fugitives qu'il était inutile de prendre ses aises. Elle posa une main sur son sac de courses.

— Les cadeaux de Noël, expliqua-t-elle. Ce n'est pas évident de faire la fête. J'ai un mal à fou à regarder tous ces visages insouciants.

— Ce n'est qu'une façade. Regarde le taux de suicides à l'époque des fêtes.

— Alors pourquoi gaspiller notre temps à faire semblant d'être heureux ?

— C'est vraiment un gaspillage ? Je dois appartenir à l'école du « si une vertu te manque, feins-la ».

Elle sourit.

— Qui a dit ça ? Shakespeare ?

— Hamlet, je crois.

— Pourquoi pas ? Il a dit tout le reste…

Elle se mit à rire et but une gorgée de cognac.

— Je me sens déjà mieux. J'avais sans doute besoin de ça.

Jury se tut, attendant qu'elle poursuive. Son besoin de parler crevait les yeux. Vivre cette tragédie en étant contrainte au silence devait être comme de subir un châtiment disproportionné.

Elle se pencha vers lui.

— Il m'inquiète, Richard. Ça peut paraître idiot de dire ça, naturellement que je suis inquiète, mais ça commence à lui porter sur le ciboulot.

— Forcément…

Elle l'arrêta d'un geste de la main.

— Je sais ce que tu vas dire : il est normal qu'il soit perturbé psychologiquement, oui mais là, il est complètement obsédé par cette affaire… qui n'en était même pas une au début, juste quelques vieux os à identifier. Elle n'en est vraiment devenue une qu'avec le meurtre de ce Croft.

Elle pressa ses doigts sur ses lèvres, comme pour se retenir de pleurer. Puis elle prit une grande inspiration et continua :

— Le problème, c'est que Mickey ne peut plus se concentrer sur rien d'autre. Qu'est-ce qu'elle a donc de si spécial, cette enquête, Richard ? Bien sûr, ça se passe dans la City et la City, c'est Mickey. Mais c'est atroce de le voir en permanence mentalement ailleurs, en sachant qu'il ne sera bientôt plus là physiquement. Quand j'essaie d'imaginer un monde sans lui…

Elle s'interrompit. Son poing fermé devant la bouche, elle s'essuya les yeux de son autre main.

— Écoute-moi, Liza. Je peux peut-être te répondre. Cette affaire, il en a besoin, il a besoin de se laisser envahir par elle. Il lui faut quelque chose de plus grand que nature. Ce n'est pas ce dossier en particulier, cela aurait pu être n'importe lequel, à mon sens. Il lui faut quelque chose qui lui occupe l'esprit afin de ne pas penser à sa situation.

— Mais il prend cette enquête tellement à cœur !

— Son père était un bon ami de Francis Croft, c'est peut-être pour ça qu'il en fait une affaire personnelle…

— Qu'est-ce que ça peut bien lui faire que cette femme soit ou non ce qu'elle prétend être ? De toute manière, il se trompe probablement.

— Je ne crois pas.

Liza parut surprise.

— Tu penses vraiment qu'elle n'est pas la fille de cet homme ?

— Sa petite-fille, et non, je ne pense pas qu'elle le soit.

Elle se cala contre son dossier et but une nouvelle gorgée de cognac.

— Cette histoire est en train de le bouffer…, dit-elle, l'air absente.

— Sa maladie aussi. Il a peut-être besoin de quelque chose d'aussi dévorant qui ne vienne pas de lui-même.

C'était ce qu'il avait déjà dit, différemment. Mais Liza n'était pas convaincue, c'était évident. L'était-il seulement lui-même ?

35

Pour la plus grande frustration du chauffeur de taxi, Boring's, dans cette rue étroite de Mayfair, n'était identifiable qu'à son numéro et à un vieux réverbère au pied de son escalier. Ses membres estimaient visiblement que si vous ne saviez pas où se trouvait le club, vous n'aviez rien à y faire.

Melrose lui paya une somme astronomique pour l'avoir trimballé dans tout le West End à la recherche de la bonne rue et ajouta un pourboire faramineux.

Il était dix-neuf heures passées. Sa chambre était au deuxième étage. Il grimpa les marches quatre à quatre, se sentant dans une forme olympique après cet après-midi au grand air. Tout en fouillant dans ses tiroirs à la recherche de ses boutons de manchette en argent, il se souvint qu'il n'avait pas fait que s'activer physiquement. Il y avait eu ces interludes constructifs au bord du bassin et dans le hêtre.

Au salon, il trouva plusieurs messieurs âgés sirotant leur whisky ou leur gin en attendant le dîner dans un état plus ou moins éveillé. Il aperçut le colonel Neame dans son fauteuil habituel près du feu. Les pieds qui dépassaient devant l'autre bergère devaient certainement appartenir au major Champs, le vieil ami de toujours du colonel. Il avait fait leur connaissance l'année précédente, à peu près vers la même époque. C'était en novembre. Ils faisaient partie du décor mais, d'un autre côté, on pouvait en dire autant de pratiquement tous les membres. Une pointe d'angoisse lui pinça le cœur à l'idée de connaître la même fin.

Les deux vieillards fixaient les flammes d'un air songeur quand Melrose s'approcha.

— Colonel Neame... Major Champs...

Les deux hommes tressaillirent et balbutièrent :

— Hum... ha... euh... oui... euh... hum. Mon garçon !

Le colonel Neame en fit tomber son monocle accroché à un lacet noir. Le militaire avait un visage rubicond et les cheveux blancs. Il fut le premier à retrouver un semblant de cohérence :

— Mais... regarde donc qui voilà, Champs ! Ravi, ravi !

Ils se levèrent tous les deux, insistant pour que Melrose se joigne à eux. De son côté, Melrose insista pour leur offrir un verre, ce qui fut accueilli par un joyeux concert de « oumph », de « hum » et de « trop aimable, vraiment ». Melrose fit signe au jeune (selon les critères de Boring's, dont l'ensemble du personnel n'était plus de la première fraîcheur) serveur d'approcher. Il s'appelait Barney et avait les cheveux roux clair.

Melrose s'installa dans un fauteuil club près du colonel pendant que Barney allait chercher leurs boissons. En l'attendant, ils discutèrent de choses et d'autres, de santé et du beau temps qu'il faisait, peu importait tant que des apéritifs étaient en route et qu'ils avaient des pipes et des cigares à portée de main. Lorsque les verres arrivèrent, leurs murmures d'approbation s'élevèrent comme des signaux de fumée. La réflexion n'avait pas grand-chose à voir dans ce manège protocolaire, mais Melrose se préparait néanmoins à dire quelque chose d'intelligent quand une voix familière s'éleva derrière lui :

— Bonsoir, colonel Neame, major Champs, lord Ardry.

— Ah, Mr Jury !

Le colonel Neame se leva et Champs fut presque sur le point d'en faire autant mais fut interrompu en plein élan par une crise d'éternuements.

— C'est un soulagement de savoir que c'est le dîner qui vous amène et non une enquête policière...

— Ma présence vous rappelle sans doute Mr Pitt, vous m'en voyez désolé.

— Mais non, ne vous excusez pas, commissaire. Tout me rappelle Mr Pitt.

— Tu es vraiment obligé de me faire le coup du « lord Ardry » à chaque fois ?

Jury but une gorgée du vin que Plant avait commandé, un puligny-montrachet dûment chambré, qui les attendait sur la table quand ils vinrent s'y asseoir.

— Mais c'est sous ce nom qu'ils te connaissent. C'est toi qui t'es présenté comme lord Ardry. Tu ne voudrais pas les décevoir, n'est-ce pas ?

Le jeune Higgins louvoya vers eux avec des assiettes de soupe.

— Soupe au Viandox.

— Original...

Ils mirent leur discussion de côté le temps de manger leur soupe. Jury avala la sienne en moins d'une minute puis releva les yeux vers Melrose qui fouillait dans ses poches.

— Je suis mort de faim. Tu ne vas pas fumer, dis ?

Il avait pris le ton pointu d'une institutrice venant de découvrir un graffiti sur le tableau noir.

— Non, répondit Melrose, acerbe. On ne fume pas entre les plats. C'est mal élevé. Cela dit, je croyais que la fumée des autres ne te dérangeait pas ?

Jury fronça les sourcils.

— En fait, si. C'est nouveau, je ne sais pas pourquoi.

Il était vraiment mal luné, ce soir.

— C'est à cause de ton ami, dit Melrose.

— Quoi ?

— Ton ami, celui de la police de la City, Haggerty. Tu penses à sa consommation de cigarettes et à son cancer, même si ce ne sont pas ses poumons qui sont atteints.

Jury resta silencieux un moment, dévisageant Melrose.

— Tu as raison. Comment je n'ai pas compris ça tout seul ?

— Parce que c'est ton ami.

Ils burent tous deux une gorgée de vin.

— La cuisine de Boring's n'est peut-être pas folichonne, mais au moins il n'y a rien à redire sur sa cave…

Le jeune Higgins revint avec leur dîner, qu'il déposa devant eux : poulet grillé, petits pois, pommes de terre à la vapeur, chou-fleur ; les légumes étaient servis dans des plats en argent. Ils le remercièrent avec effusion.

— Je viens de prendre un verre avec Liza, dit Jury. C'est sa femme. Ce n'est pas la grande forme.

— À cause de lui.

— À cause de ce qui lui arrive, oui. Il n'y a pas que le cancer en soi, c'est son état mental. Elle dit qu'il a changé.

— Je changerais, moi aussi, si j'apprenais que je n'ai plus que quelques mois à vivre.

— C'est ce que je lui ai dit.

Jury vida son verre et le reposa sur la table.

— À mon avis, il ne lui reste même pas quelques mois, tout va aller très vite à présent.

Melrose le dévisagea.

— Je suis désolé.

Jury prit une profonde inspiration.

— Comment ça c'est passé, aujourd'hui, à Tynedale Lodge ?

— Très bien. J'ai passé pas mal de temps avec Gemma Trimm. Elle s'est complètement entichée de toi, comme d'habitude.

Jury éclata de rire.

— Qu'est-ce que tu veux dire par « comme d'habitude » ?

— Rien. Écoute plutôt, Gemma m'a expliqué comment elle s'introduit dans le cottage, tu sais, là où habite la mère Riordin, pendant que madame fait son shopping sur Oxford Street. Elle m'a proposé de m'y faire entrer.

— J'espère que tu as accepté.

Melrose fit la grimace.

— Non, enfin… pas encore.

— Avoue-le, tu as peur de plonger pour effraction.

— Parfaitement, je lui ai d'ailleurs dit que ça lui pendait au nez.

— Je vois que tu es parti du bon pied avec cette enfant, comme d'habitude.

— Ça veut dire quoi, ce « comme d'habitude » ?

Jury sourit.

— Rien.

Melrose planta sa fourchette dans une pomme de terre.

— Tu ne penses pas qu'il y ait une vague possibilité qu'elle soit de la famille ? Je pense à…

— Son arrière-petite-fille ? Oliver Tynedale ne serait pas du genre à le cacher. Quelle que soit la raison pour laquelle elle a été abandonnée, qu'elle soit illégitime ou autre, il ne se serait pas gêné pour le dire au monde entier.

— Sauf s'il ne le sait pas lui-même.

— Tu veux dire qu'on l'aurait manipulé à son insu pour faire rentrer Gemma dans la maison ?

— Oui, pour lui faire la surprise à la fin, le rendre tellement reconnaissant de l'avoir trouvée qu'il changerait son testament. Souviens-toi de Kitty Riordin.

— On aurait refait le coup avec la petite Gemma Trimm, en reprenant grosso modo le même scénario ? Non, deux cas d'identité dissimulée sous le même toit, ça me paraît quand même peu probable. Et puis, dans le cas de Gemma, il n'y aurait aucun intérêt à ne pas révéler qui elle est à Tynedale. Il lui laissera sa fortune, de toute manière.

— Mais s'il y a une part de vérité dans tout ça et si Simon Croft était au courant ? Tu ne crois pas que ce serait une bonne raison de l'éliminer ?

— Mmmoui, possible.

— À propos d'enfant, tu as rencontré Benny ?

Jury hocha la tête avec un sourire.

— Et tu as déjà parlé à son horrible employeur, Gyp le boucher ? Quel horrible personnage !

Melrose lui raconta l'histoire du gâteau d'anniversaire.

— Il prend plaisir à torturer ce pauvre gamin.

— Ça m'a l'air d'un vrai sadique. Il faut que je me souvienne de lui rendre une petite visite.

Melrose examina leur table.

— Tu n'as rien laissé, à part le beurre.

— J'avais faim. Je devrais peut-être demander du rab.

Jury tordit le cou, cherchant Higgins des yeux.

— Tu ne serais pas en train de grossir ?

Jury haussa les épaules.

— Comment veux-tu que je le sache ? Je ne me vois pas.

— Et les miroirs, ça sert à quoi ?

— Je ne me regarde pas dedans. En outre, si je prenais du ventre, tu-sais-qui me le ferait savoir illico.

— Je ne connais pas tu-sais-qui.

— Crois-moi sur parole, elle existe. Qu'est-ce qu'il y a au dessert ?

36

Quand Jury rentra dans son appartement, il trouva tu-sais-qui faisant sauter des saucisses, des œufs et du bacon dans sa cuisine. Les odeurs mélangées de la viande, de la friture et du Chanel n° 5 embaumaient tout le premier étage.

Carole-Anne agitait la poêle tout en fredonnant un air que Jury avait déjà entendu quelque part. Il lança ses clés dans le grand cendrier en verre qui, après tant d'années de bons et loyaux services, était affamé de cendres. Il lança un regard vers le sapin de Noël dressé dans un coin, lui aussi affamé, mais de décorations. Il se dit que ces métaphores devaient lui être inspirées par ce qui se passait dans sa cuisine.

— Hé, monsieur le commissaire, je suis là ! hurla Carole-Anne comme si elle se trouvait quelque part entre Islington et la Lune. Ma cuisinière est encore en panne !

Cela arrivait épisodiquement. Le propriétaire, Mr Moshegiian, lui avait promis une nouvelle cuisinière qui ne s'était pas encore matérialisée. Jury supposait qu'il rencontrait une difficulté réelle, car Mr Moshe n'aurait pas fait de promesses à la légère à Carole-Anne. Peu s'y seraient risqués.

La cuisine baignait dans un nuage de saucisses frites et de parfum. Il s'adossa au chambranle de la porte.

— Il est presque onze heures du soir. Ce n'est pas un peu tard pour ce genre de cuisine ?

— J'avais faim. J'ai dansé.

Elle continua à fredonner.

— Au Nine-One-Nine ? Stan Keeler ne joue pas de musique de danse…

— Si, parfois.

Elle lui chanta plusieurs mesures de l'air en question. « *My baby don't care for furs and laces…* » Ici, elle roula des hanches. « *My baby don't care for high-tones plaaaaa-ces !* » Encore quelques déhanchements.

— C'est peut-être dansable interprété par U2, mais pas par Stan Keeler.

Danser sur la musique de Stan revenait à glisser sur des tessons de bouteille. Toutefois, il aurait aimé qu'elle continue à chanter, surtout sans cesser de se déhancher.

Carole-Anne poussa un soupir.

— Tu devrais arrêter de parler sans cesse de ce que tu ne connais pas…

— Comment ? Tu crois que je ne connais pas « Mon bébé m'prépare des œufs à la saucisse et au bacon » ?

Ne lui prêtant aucune attention, elle continua à chantonner tout en retournant les œufs avec sa spatule. Jury remarqua qu'il y en avait quatre.

— *My baby don't care for rings…* da di da da da daaaaa…

Il dut reconnaître que sa poêlée était belle : les saucisses paraissaient délicieuses, croustillantes et dorées à point, les œufs lisses comme de la soie. Aussi appétissants que Carole-Anne elle-même. Ce soir-là, elle portait un débardeur du même turquoise que ses yeux et une minijupe en lamé presque du même velouté pêche que ses cheveux. Sur n'importe quelle autre, l'ensemble aurait été criard, sur Carole-Anne, il était aussi onctueux qu'un coucher de soleil antillais.

Elle était en train de diviser le contenu de sa poêle en deux assiettes.

— J'ai déjà dîné. Je ne veux pas de cette substance à boucher les artères.

À dire vrai, il en avait envie. Il avait de nouveau faim. Avec ses couleurs éclatantes, il était difficile à Carole-Anne d'avoir l'air désolée. Pourtant, au prix d'un grand effort, elle y parvint. Un œuf magnifiquement frit attendait sur sa spatule.

— Bon, mais alors juste une bouchée, concéda-t-il.

Elle sourit, fit glisser l'œuf dans son assiette, entreprit de lui reprendre une des deux saucisses qu'elle lui avait déjà servies.

— Veux-tu bien laisser ça dans mon assiette ? J'ai encore suffisamment de place pour les deux.

Il adorait les saucisses.

Leurs assiettes lestées, ils les emportèrent dans le salon et s'assirent, Carole-Anne prenant place au bout du canapé, près du sapin affamé.

— Ton sapin a besoin d'être décoré, commissaire. Tu n'avais pas une guirlande avec des petites loupiotes bleues et blanches ? Mrs W. a déjà fini le sien, avec de la neige et des cheveux d'ange par-dessus les guirlandes électriques et une étoile argentée tout en haut. C'est mimi tout plein.

Comme il continuait à manger sa saucisse sans réagir, elle poursuivit :

— Je suppose qu'il va falloir que je m'en occupe vu que tu n'es pas vraiment d'humeur festive, je me trompe ?

— C'est quand même moi qui suis allé chercher les sapins, non ?

Il en avait acheté un gros pour Mrs Wasserman, un plus petit pour lui et un plus petit encore pour Carole-Anne, puisqu'elle habitait un petit studio au dernier étage.

Elle contempla l'arbre nu d'un air affligé. Le fait est qu'il était un peu déplumé, c'était un sapin d'occasion. Jury avait trop attendu, et les plus beaux étaient déjà partis.

— Il a besoin de lumières, de couleurs.

— Tu n'as qu'à aller te mettre à côté.

— C'est un compliment ? Avec toi, je ne sais jamais.

Jury pouffa de rire.

— Au fait…, reprit-elle. Mrs W. veut un cadeau-surprise. Oh, et moi, j'en veux un aussi ! Je vais te dire ce que c'est.

— Si tu me le dis, ce ne sera plus une surprise.

— Ça l'est maintenant, avant que je te le dise. On veut que tu nous emmènes voir *La Souricière*.

Il la regarda d'un air neutre.

— Tu sais, la pièce d'Agatha Christie qui se joue depuis des années et des années.

Écrasant ses espoirs, Jury rétorqua :

— Je l'ai déjà vue.

Il omit de préciser que cela faisait si longtemps qu'il ne se souvenait de rien.

Carole-Anne était la seule femme qu'il connaissait à pouvoir mettre ses poings sur les hanches d'une manière significative tout en restant assise.

— Tu pourrais la revoir…

— Dis donc, j'ignorais que tu aimais les énigmes policières. Tu es même en train de lire un Agatha Christie !…

Il indiqua du menton le livre sur la table basse. La lecture n'était pas la raison d'être de Carole-Anne.

Elle saisit le livre puis le laissa retomber.

— C'est juste pour me préparer à la pièce.

Se préparer à Agatha Christie ? À la rigueur, il comprenait qu'on lise Dante avant de se rendre à Florence ou T.S. Eliot avant de visiter sa maison de Burnt Norton.

— Je n'aime pas les mystères, mon cœur. Il y en a déjà trop dans ma propre vie.

— Ta vie ? Mais les mystères n'ont rien à voir avec la vie ! Ils sont complètement à l'opposé de la vie, ils sont la non-vie. Ils n'ont absolument aucun rapport avec la réalité !

Jury se sentit obligé de défendre ce genre malmené :

— Mais certains si, quand même, non ?

— Non. Donc, si c'est pour ça que tu n'aimes pas les mystères, tu peux arrêter.

Comment se faisait-il que les arguments de la môme Palutski soient si fondamentalement réfutables mais qu'il ne parvienne jamais à les réfuter ?

— J'ai appelé la location. Il leur reste des places pour la semaine entre Noël et le réveillon ?

C'était bien une question. Elle le fixait d'un regard implorant.

Jury était surpris qu'elle ait résisté à la tentation d'acheter les billets pour lui.

— Alors, c'est oui, n'est-ce pas, commissaire ?

Bien sûr qu'il les emmènerait. À dire vrai, il avait parfois l'impression qu'ils étaient tous les trois embarqués sur le même bateau, quelle que soit sa destination.

— J'y réfléchirai.

Il refusait de capituler devant ses yeux turquoise suppliants, du moins sur-le-champ.

Carole-Anne planta sa fourchette dans un morceau de saucisse et reprit :

— Nous avons décidé de faire le dîner de Noël chez Mrs W. plutôt qu'ici.

Par « ici », elle entendait l'appartement de Jury. Il contempla son petit salon, avec sa table ronde recouverte d'un tissu, où l'on ne pouvait tenir confortablement que seul. Il fit une moue ironique.

— Je me demande pourquoi ! Mais on ne pourrait pas plutôt aller dans un endroit avec des meubles conçus pour que les gens puissent manger assis ?

Elle le regarda sans comprendre.

— Un restaurant.

Manquant de renverser son assiette, elle s'exclama :

— Le soir de Noël ? Tu es fou ou quoi ?

— Dans ce cas, il doit y avoir pas mal d'autres fous dans les rues, parce que beaucoup de gens dînent dehors ce soir-là. Ça évite d'avoir à cuisiner, à faire la vaisselle, à parler à des gens à qui tu n'as rien à dire, etc.

— J'espère sincèrement que tu ne fais pas allusion à notre Mrs W. !

Qu'il ait pu faire allusion à elle était tout bonnement inconcevable.

— Bien sûr que non, répondit-il avec un sourire. J'adore discuter avec vous deux.

Elle se remit à manger et il piqua un autre morceau de saucisse avec sa fourchette.

— Faut que j'arrête de manger autant. Je suis en train de grossir.

Il lui lança un regard de biais pour voir comment elle le prenait.

— Toi, gros ? Ne sois pas idiot. Si c'était le cas, je serais la première à te le dire.

Satisfait, il sourit.

— Il ne restait pas une autre saucisse ?

Le lendemain matin, Jury s'arrêta devant l'appartement de Mrs Wasserman, en rez-de-jardin. On ne l'appelait « rez-de-jardin » qu'en vertu du fait qu'il se trouvait plus bas que le niveau de la rue et qu'il aurait dû donner sur un grand jardin à l'arrière. Mais cela restait purement théorique, comme l'arrivée de la nouvelle cuisinière. Il aurait été plus juste (et honnête) de dire que l'appartement était en sous-sol.

Mrs Wasserman ouvrit la porte, ce qui lui prit quelques minutes tant il y avait de verrous et de chaînes.

— Mr Jury !

Elle serrait d'une main le col de sa robe de chambre en chenille. Ses cheveux étaient encore remontés en papillotes. Cette espèce de bonnet qu'elle avait sur la tête, ce n'était pas ce qu'on appelait autrefois une « charlotte » ?

— Pardonnez-moi d'apparaître si *déshabillée*[1], s'excusa-t-elle. C'est bien comme ça qu'on dit, n'est-ce pas ?

Le mot était juste mais Mrs W. ne l'était pas, déshabillée. Carole-Anne était encore passée par là.

— Vous êtes exactement telle que vous devez être à huit heures du matin, répondit-il avec un sourire.

Il contempla son bonnet à fleurs. Elle suivit son regard et expliqua :

— Carole-Anne a pensé que j'aurais meilleure mine avec une petite teinture. Elle trouve que ça me donnera une allure plus *demi-monde*[2].

1. En français dans le texte. *(N.d.T.)*
2. En français dans le texte. *(N.d.T.)*

Où Carole-Anne allait-elle chercher ces termes ? En traînant dans le salon de beauté de Tony et Guy à ses heures perdues ? Personne ne lui avait dit qu'ils faisaient un peu désuets ?

— En ce qui me concerne, vous n'avez rien à changer à votre allure. J'aimais bien comme vous étiez avant, surtout vos cheveux… Bon, je suppose qu'on se lasse tous un jour d'avoir toujours la même tête…

De si beaux cheveux, pensa-t-il, ni gris ni blancs mais platine.

— Entrez, entrez, Mr Jury ! dit-elle avec de grands gestes. Ne restez pas dans les courants d'air. Ça tombe bien, je voulais vous montrer mon sapin. Je viens juste de mettre de l'eau à chauffer. J'espère que vous prendrez une tasse de thé.

— Merci, avec plaisir.

Il la regarda s'éloigner vers la cuisine puis se tourna vers son sapin. Mrs Wasserman était aussi chrétienne que juive ; quelques années plus tôt, il avait eu l'occasion de se rendre compte que cela lui compliquait parfois l'existence, comme si cette position offensait autant une confession que l'autre. Son père avait été juif, mais, s'il se souvenait bien, sa mère avait été chrétienne, ce qui ne leur avait pas épargné les camps, ni à elle ni à sa fille.

Carole-Anne avait dit vrai : l'arbre de Noël était mimi tout plein. De petites ampoules blanches brillaient sous les cheveux d'ange, les flocons de neige en coton paraissaient incroyablement vrais et une grande étoile argentée scintillait à son sommet. À son pied, plusieurs paquets, emballés dans un papier comme il n'en avait plus vu depuis des lustres, des patineurs à glace sur des étangs gelés, des familles joignant les mains devant le sapin, des groupes chantant des chants de Noël. Des couleurs dans des tons ternes de rouge, de brun et de vert. Rien ne brillait, rien n'étincelait. Parmi ces présents éteints se trouvait une petite crèche. Il s'accroupit pour la voir de plus près. Les petites figurines en bois tenaient dans le creux de la main, même les trois rois mages et le chameau. L'agneau, la chèvre et le chien y étaient aussi, et, supposa-t-il, ils y seraient toujours.

Il fut soudain propulsé en arrière dans ce pub près de Durham, « l'auberge de Jérusalem », Jerusalem Inn. Il y avait cette petite fille, comment s'appelait-elle déjà... Chrissie ? Son baigneur avait été enrôlé pour tenir le rôle de l'enfant Jésus et elle n'était pas contente. Elle n'arrêtait pas d'aller le reprendre. Les scènes lui revenaient en vrac : cet autre Noël à Old Hall, Helen Minton et cette longue étendue de mer et de sable dans le Sunderland. Il fut submergé par les souvenirs, la proie d'une douleur si soudaine et si vive qu'il pouvait à peine respirer. Se demandant si c'était le poids de la mémoire qui le tuait, il s'efforça de prendre de petites inspirations, chacune effleurant à peine son diaphragme. Il avait les jambes molles. Il n'allait tout de même pas tomber dans les pommes ? Il resta immobile. La douleur s'arrêta, aussi subitement qu'elle était apparue.

Il rouvrit les yeux, regarda la crèche, attendit que ses pensées s'éclaircissent. La douleur avait été trop soudaine et passagère pour être grave. Il était toujours accroupi au pied du sapin. Chrissie lui fit penser à Gemma, Gemma dans la serre au milieu de la nuit, la serre illuminée, la lumière des plafonniers formant des ronds au sol, créant des ombres menaçantes comme des monstres cachés dans les placards.

— Voici votre thé, Mr Jury ! Je vous ai mis mon thé spécial Noël, de chez Fortnum and Mason.

Comme il ne répondait pas, elle s'inquiéta :

— Tout va bien, Mr Jury ?

Elle posa une main délicate sur son épaule.

Il se releva péniblement.

— Oui, ça va, Mrs Wasserman. J'admirais votre crèche.

Il prit la tasse de thé qu'elle lui tendait.

— Vous savez, je l'ai depuis toujours, depuis mon enfance. Oui, je sais, ça paraît incroyable que j'aie réussi à la conserver, avec tout ce qui est arrivé. Dans le camp, je gardais les petits personnages sur moi, dans mes poches, Marie sous mon écharpe, les rois mages dans mes chaussettes… c'est un miracle qu'ils ne les aient jamais trouvés. Je n'ai perdu qu'un seul chameau.

Jury sourit.

— Un chameau, je pense qu'on peut survivre sans.

Elle le regarda et lui dit, avec toute la douceur du monde :

— Mais vous n'avez jamais eu à le faire.

Il savait que ce n'était pas une remontrance, elle ne lui reprocherait jamais rien. C'était un simple état de fait, mais il sentit néanmoins ce gouffre entre eux.

Il leva sa tasse vers elle.

— À la terre de l'espoir et de la gloire [1], Mrs Wasserman !

— Joyeux Noël, Mr Jury.

1. *Land of Hope and Glory*. Célèbre chant patriotique anglais. *(N.d.T.)*

37

— Magnez-vous, Wiggins. Il faut qu'on aille à Southwark. J'ai besoin de votre sens du détail. De votre minutie.

Wiggins venait juste de raccrocher le téléphone et saisit un verre contenant un liquide visqueux rose.

— Mon sens du détail, monsieur ?

Assis derrière son bureau, Jury lisait en diagonale des documents que le service des fraudes avait adressés au commissionnaire divisionnaire Racer et que celui-ci avait renvoyés vers lui. Pensant à voix haute, il demanda :

— Qu'est-ce qu'ils essaient encore de coller sur le dos de Danny Wu, cette fois ?

Il y avait fort à parier que Danny traficotait quelque chose, mais ce n'était ni des armes, ni de l'opium, ni des filles.

Wiggins fit une seconde tentative :

— Ma minutie, vous disiez ?

Jury sélectionna plusieurs feuilles de la liasse et fourra le reste dans un tiroir.

— Hein ? Ah oui, Wiggins. Vous êtes toujours pris par cette affaire de Greenwich ?

Wiggins sourit.

— Oui, toujours, monsieur. Mais il ne se passe rien en ce moment.

— Tant mieux. Dès que Racer aura fini de me prendre la tête avec sa lubie du jour, on file à Southwark. J'ai besoin de votre talent d'interrogateur, de votre méthode finement calibrée, toute en nuances…

— Merci, mais sincèrement, pour ce qui est d'interroger des témoins, il n'y en a pas un qui vous arrive à la cheville, monsieur.

— Erreur, Wiggins. C'est vous le meilleur.

Jury lui adressa un large sourire et sortit du bureau.

— Deux autres meurtres à Limehouse, déclara Racer sur un ton sifflant. Apparemment liés aux gangs, tout ça pendant que vous vous reposez sur vos lauriers après cette histoire de fusillade à Brixton. Depuis quand portez-vous une arme, Jury ?

— Depuis le dernier décret de l'adjoint du préfet.

— Vous en portez une en ce moment ?

— Bien sûr que non.

— Dommage. Vous auriez descendu ce chat. Il est ici, quelque part. Je le sens.

Là-dessus, il reprit son laïus sur Brixton et Limehouse tandis que Jury balayait la pièce des yeux.

On avait livré un nouveau meuble, qui avait été poussé près de la bibliothèque. Dans le placard en bas de cette dernière, Racer conservait sa provision de whisky. Elle était sous clé et aussi surveillée qu'une bande de hooligans un soir de match à Liverpool. Ce n'était pas pour éviter que des employés lui volent sa bibine, plutôt pour empêcher le chat Cyril d'entrer dans le placard.

Jury aurait été ravi de donner un foyer à Cyril, tout comme Fiona, ou Wiggins, mais lui interdire l'accès à ces bureaux aurait nettement restreint son champ de manœuvre, ce qui aurait été cruel. Racer avait essayé tous les moyens imaginables pour se débarrasser de lui : le poison, les pièges, l'électrocution. En vain. Le coup du bol de lait posé par terre, d'où émergeaient deux câbles électriques sous tension, n'avait pas marché non plus. Incroyable…

Les portes du secrétaire étaient ouvertes, révélant un alignement de petits compartiments, un peu comme les casiers dans lesquels on range le courrier des clients et les clés des chambres derrière le comptoir de réception d'un hôtel. Derrière les compartiments, il y avait un espace vide. Jury le savait pour avoir déjà vu, dans la boutique d'antiquités de Trueblood, un meuble similaire. Lequel avait en son temps abrité un cadavre. Les compartiments, eux, étaient sans doute censés accueillir de petits ustensiles d'écriture tels que des plumes, des encriers, de la cire ou… un œil de chat ? En tout cas, c'était ce que voyait Jury au fond d'une des petites cases. L'œil le regarda, puis passa derrière le compartiment suivant. Jury sourit.

Pas longtemps.

— Jury !

— Oui ? répondit-il en sursautant.

— Épargnez-moi vos sarcasmes, aujourd'hui. Vous êtes encore sur cette affaire de meurtre dans la City alors qu'elle n'est pas de notre ressort…

— Je vous demande pardon, monsieur, mais ça l'est puisque la police de la City nous a demandé notre aide. Enfin, la mienne, en tout cas.

— Ils n'ont pas besoin de notre aide. Ils ont tout ce qu'il faut là-bas.

Jury griffonna un numéro sur une page de son calepin qu'il arracha et tendit à son supérieur au-dessus du bureau.

— Appelez l'inspecteur divisionnaire Michael Haggerty, il vous le confirmera.

— Dans ce cas, pourquoi il n'est pas passé par moi ?

— Un oubli, j'imagine.

— En attendant, vous ne vous occupez pas du tout du dossier Dan Wu, sauf pour aller manger à l'œil dans son restaurant…

— C'est là qu'on a le plus de chance de le trouver, il y est pratiquement tout le temps.

— Vous n'avez pas besoin de vous gaver de rouleaux de printemps et de canard incrusté de joyaux pour lui parler…

— Ah, le canard… Vous l'avez essayé, vous aussi ?

Racer écarta ce commentaire d'un geste agacé de la main.

— Je veux que vous collaboriez plus étroitement avec la police de Limehouse sur cette affaire.

— Permettez-moi de vous citer : « Ils n'ont pas besoin de notre aide. »

— Oh que si.

Racer se leva et enfila son manteau noir en vigogne tout en poursuivant :

— Allez les trouver et voyez s'il y a du nouveau… Je suis en retard !

Il lança un regard à sa montre et fonça vers la porte.

— Pour vos achats de Noël, monsieur ?

Racer claqua la porte derrière lui. Jury s'approcha du secrétaire, toqua deux fois contre le toit du meuble.

— La voie est libre !

Il papotait avec Fiona Clingmore pendant que celle-ci se refaisait une beauté — ombre à paupières verte, blush, mascara — quand Cyril entra dans la pièce, marchant comme s'il ouvrait une procession royale, sa fourrure cuivre lustrée digne d'un manteau d'apparat.

Le chat bâilla. Il s'assit en enroulant sa queue autour de ses pattes et regarda Jury et Fiona en papillonnant lentement. Il se trouvait juste dans un rayon de soleil et, quand la lumière changea, il scintilla. Pourquoi aurait-il craint des câbles sous tension quand il était lui-même électrique ?

— Vous avez déjà eu une crise cardiaque, Wiggins ?

Ils traversaient le pont de Southbridge, passant au-dessus des eaux grises et agitées de la Tamise.

— Moi ? Une crise cardiaque ? Mon Dieu, non ! Pourquoi ?

— Je me demande si je n'en ai pas eu une, ce matin. Je veux dire, avant d'aller chez Racer.

— Quel genre de douleur c'était ? Comme un poing fermé ?

— Non, aiguë. Juste très aiguë. Respirer me faisait mal. Ça n'a duré qu'une minute tout au plus, probablement moins.

— On dirait plutôt une brûlure d'estomac, une indigestion. Ou une crise d'angoisse.

— Pourquoi est-ce que j'aurais eu une crise d'angoisse ?

— Je ne sais pas. Trop de soucis à la fois ?

— Non, je ne pense pas que ce soit ça.

Ils restèrent silencieux un moment, puis Wiggins émit un petit rire grinçant.

— Si j'avais eu une crise cardiaque, vous m'auriez entendu !

Jury sourit.

38

Barkins ouvrit la porte, ne cachant pas son agacement en reconnaissant les policiers. Quand Jury lui déclara qu'il voulait voir Maisie Tynedale, le majordome soupira, l'air de dire : « Scotland Yard croit vraiment pouvoir débarquer chez les gens à n'importe quelle heure du jour ou de la nuit ! » Toutefois, il se contenta de répondre, sur un ton très réprobateur :

— Rien ne saurait entraver le travail de la police.

— Vous avez mis le doigt dessus, dit Wiggins en déroulant son interminable écharpe en laine noire. La plupart des gens sont moins complaisants.

Barkins parut sur le point de s'étrangler et Jury se demanda si Wiggins ne venait pas de faire une de ses rarissimes incursions dans l'humour.

— Merci, je préfère le garder sur moi.

Jury faisait allusion à son manteau, que Barkins n'avait pourtant pas fait mine de vouloir lui prendre.

— Veuillez attendre ici, je vais voir si Madame peut vous recevoir.

Le majordome se dirigea d'un pas feutré vers une double porte sur leur droite, toqua et entra. Il revint une seconde plus tard, leur annonçant que Miss Tynedale les attendait.

— J'y vais seul, répondit Jury. Le sergent Wiggins va vous accompagner aux cuisines pour poser quelques questions au personnel.

Barkins se raidit encore un peu plus et les informa que Mrs MacLeish était extrêmement occupée avec les préparatifs des fêtes de Noël.

Wiggins sortit son calepin et l'agita plusieurs fois sous le nez du majordome. Celui-ci poussa un nouveau soupir.

— Tout de suite. Je vais vous conduire..., ajouta-t-il en se tournant vers Jury.

— Inutile, je connais le chemin.

— Commissaire.

— Miss Tynedale, comment allez-vous ?

— Bien, merci.

Elle lui fit signe de s'asseoir, ce qu'il fit. Elle prit place derrière le bureau dans l'embrasure de la fenêtre, comme lors de leur dernier entretien. De l'autre côté de la vitre, Jury voyait le jardin figé par l'hiver, les sacs protégeant les plantes les plus délicates, la paille jetée sur les massifs de fleurs, les roses et les rhododendrons taillés, les nattes couvrant les plantes qui grimpaient sur le mur d'enceinte. Le paysage aurait dû paraître sinistre, mais il ne l'était pas aux yeux de Jury. La colonnade, la tonnelle blanche, la lumière pâle du soleil, il trouvait tout cela irrésistiblement romantique.

— La dernière fois, vous m'avez dit que vous n'étiez pas surprise que Mrs Riordin ne se soit jamais remariée.

Jury se demanda si son regard était soudain devenu méfiant ou s'il se faisait des idées. Elle fit claquer son briquet avant qu'il ait eu le temps de sortir la boîte d'allumettes qu'il portait toujours sur lui en souvenir du bon vieux temps.

— Son mari l'a abandonnée.

Jury trouva la réponse trop indirecte.

— Vous voulez dire qu'à cause de son premier mari elle n'a plus jamais fait confiance aux hommes ?

— C'est possible.

Puis elle repoussa son fauteuil en déclarant sur un ton impatient :

— Je ne vois pas le rapport entre le fait que Kitty se soit remariée ou pas et le meurtre de Simon.

— Moi non plus. Mais cela pourrait en avoir un avec la dévotion de Mrs Riordin pour la famille Tynedale. Vous ne pouvez pas nier qu'elle vous est à tous entièrement dévouée.

— Je dirais qu'elle jouit d'une position très confortable. Comme je vous l'ai déjà dit, mon grand-père était tellement heureux que je n'aie pas été tuée qu'il lui aurait donné presque n'importe quoi. Vous n'imaginez pas ce que la mort de ma mère a signifié pour lui.

— Je pense que si… J'aimerais qu'on reparle de Gemma Trimm. Que pensez-vous de ces prétendues tentatives d'assassinat ?

Maisie s'esclaffa.

— Gemma déborde d'imagination !

— Ça peut se comprendre, vu qu'elle est entièrement livrée à elle-même. Toutefois, on ne peut pas imputer à sa seule imagination la balle bien réelle qui a traversé une vitre de la serre…

Elle hésita.

— La police pense qu'il s'agissait d'une balle perdue.

— Quelqu'un qui chassait les biches de la reine mère dans Southwark, peut-être ?

Maisie lui lança un regard glacial et esquissa un sourire forcé.

— La police a dit que c'était, je cite : « probablement un gamin jouant avec le revolver de son papa ». D'un autre côté, la gamine a également affirmé que quelqu'un avait voulu l'étouffer sous un oreiller, puis qu'on avait essayé de l'empoisonner. Qui voudrait tuer cette enfant et pourquoi ?

Jury ne répondit pas.

— Pourquoi vous intéressez-vous à tout ça, quel rapport avec le meurtre de Simon ?

— Ça fait partie de l'histoire de la famille. Les histoires de famille sont souvent utiles à connaître. Vous venez d'engager un nouveau jardinier, n'est-ce pas ?

Il fit un signe vers la fenêtre. Melrose Plant passait dans le champ avec un seau dans chaque main.

— Pardon ?

Elle se retourna.

— Ah, lui. Oui, Ian vient de le recruter. J'ignore comment il a su que j'en cherchais un. Il s'est tout simplement présenté et s'est porté candidat. Notre jardinier principal le trouve très bien, un peu trop bien éduqué peut-être.

Elle émit un petit rire tendu.

— Vous avez décidément l'art de changer de sujet de conversation.

— Je ne faisais pas la conversation.

Il sortit un calepin de sa poche intérieure.

— Il remplace une autre employée… Une certaine Jenny Gessup ? J'aimerais lui parler, fit-il en refermant le calepin d'un coup sec.

Maisie se rassit.

— Pour quoi faire ?

— Elle a donné un préavis ou vous l'avez renvoyée ?

Elle tiqua.

— Ni l'un ni l'autre. Elle a simplement cessé de venir, un beau jour.

— C'était quand ?

— En... octobre.

— Combien de temps a-t-elle travaillé chez vous ?

— Six mois, peut-être. Vous n'avez qu'à le demander à Angus Murphy, il saura les dates plus précisément. Il se souviendra également de son adresse. Elle n'était pas très efficace, vous savez.

— C'est-à-dire ?

— Elle n'était pas motivée. Plutôt négligente et paresseuse, même s'il lui arrivait parfois de faire des heures supplémentaires. En fait, elle travaillait tard dans la serre uniquement pour avoir un prétexte de rester après la nuit tombée. Je suis sûre qu'elle en profitait pour se glisser dans la maison et fouiner dans les papiers ou je ne sais quoi. Je ne dis pas qu'elle nous volait. En tout cas, je n'ai jamais remarqué que quelque chose manquait. Elle était aussi assez aguicheuse.

— Avec qui ?

— Ian, d'une part. Je sais, je sais... Il est bien trop vieux pour une fille de son âge. Mais il fait beaucoup plus jeune qu'il ne l'est, et certaines femmes n'attachent pas d'importance à la différence d'âge.

— Une différence particulièrement rentable si elle était parvenue à lui plaire. C'est un homme riche.

— C'est absurde. Un homme comme Ian...

Elle écarta cette hypothèse d'un geste.

— Elle flirtait aussi sans cesse avec Archie, l'empêchant de se concentrer sur son travail. Archie Milbank... Il est employé ici pour faire un peu tout et n'importe quoi. Des travaux d'entretien, surtout.

Elle se tourna et Jury vit son profil se détacher à

contre-jour. Ses cheveux noirs étaient auréolés d'une lumière or pâle. Elle aussi, elle faisait beaucoup plus jeune que son âge. Comme tous, dans cette famille. Certaines personnes, plus elles vieillissent, moins le temps a de prise sur elles, pensa Jury. Pour un jeune, à cinquante ans on était une antiquité. Si seulement les jeunes savaient à quelle vitesse cela allait leur arriver...

— Emily Croft, la sœur de Simon..., reprit Jury. Elle a habité ici avec vous quelque temps.

Elle se contenta de hocher la tête et il reprit :

— Elle vit dans une résidence assistée à Brighton ?

— Emily ? Oui, en effet.

— Pourquoi ? Vous avez les moyens de payer des soins à domicile, si nécessaire.

Elle se tourna vers lui, les bras croisés.

— J'ai du mal à l'expliquer. Naturellement, nous avons les moyens de la soigner à domicile. Emily souffre d'un problème cardiaque qui s'aggrave progressivement mais ne nécessite pas encore une surveillance permanente. Toutefois, son médecin ne veut pas qu'elle reste seule, au cas où il y aurait une urgence. Comme elle refusait de prendre quelqu'un chez elle, nous lui avons proposé de venir s'installer ici. De temps en temps, elle retourne dans son appartement, mais jamais bien longtemps.

— Vous aviez raison, cela n'explique pas ce qu'elle fait à Brighton.

Maisie soupira et se mit à tripoter le gland de l'embrasse des rideaux.

— Emily et Kitty n'arrivaient pas à s'entendre.

Jury attendit, pensant qu'il y aurait une suite. Constatant que ce n'était pas le cas, il reprit :

— Mrs Riordin est un membre du personnel. Plutôt que de vous séparer d'une employée, vous avez préféré laisser partir une femme qui est, pour ainsi dire, de votre famille ?

Elle rougit. En guise de défense, elle se mit à parler de la « résidence ».

— C'est un endroit ravissant. Elle y a son propre appartement, si bien qu'elle est complètement indépendante.

Jury n'était pas disposé à laisser passer ce genre de lieu commun :

— Je ne vois pas comment elle pourrait l'être, puisqu'elle doit vivre « assistée »...

— Eh bien, c'est ainsi, que voulez-vous. La résidence s'appelle St Andrews Hall et...

— Je sais. J'y suis allé.

Maisie fut estomaquée.

— Vous y êtes allé ? Dans ce cas, vous lui avez déjà parlé et elle vous aura expliqué sa maladie. Pourquoi me posez-vous ces questions ?

— C'est le genre de chose que la police aime bien faire.

Il lui adressa un sourire froid.

— Grand-père n'aurait pas laissé Kitty partir. Je vous ai dit à quel point il était attaché à elle.

Cela ne ressemblait guère à l'Oliver Tynedale qu'il avait rencontré. Celui-ci n'aurait jamais laissé partir un des Croft tout simplement parce que Kitty Riordin ne l'aimait pas.

— Il a été mis au courant ?

— Pardon ?

— Votre grand-père connaît-il la vraie raison du départ d'Emily Croft ?

— Non.

Il y eut un silence pendant lequel il sembla à Jury qu'elle réfléchissait à l'éviction de sang-froid de la femme qui lui avait probablement servi de tante d'adoption. De son côté, il s'interrogeait sur le vrai degré d'influence que Kitty Riordin avait réussi à instaurer sur la famille.

— C'est vraiment un bel endroit, St Andrews Hall, reprit-elle. La résidence a vue sur la mer. J'ai toujours pensé que les vagues étaient comme un baume pour l'âme.

— Virginia Woolf aussi. Pendant un temps.

La neige récente avait été repoussée au pied des colonnes blanches et s'accrochait aux cyprès qui bordaient l'allée. Une stalactite de glace gouttait en silence d'une branche lourde sur le sol tapissé de feuilles en décomposition.

Gemma était assise sur le même banc qu'elle avait partagé avec Jury deux jours plus tôt, celui qui était flanqué de treillis de chaque côté. Ce banc et la planche coincée dans le hêtre semblaient être ses endroits de prédilection. Elle tenait sa poupée, vêtue cette fois d'un pantalon et d'une chemise beaucoup trop grands et d'un morceau de tissu rouge faisant office de cravate.

— Bonjour, Gemma. Tu te souviens de moi ?

— Oui. Vous êtes le policier.

— C'est ça. Richard Jury.

Elle brandit la poupée avec une certaine gravité.

— Il s'appelle Richard, lui aussi. Vous pouvez vous asseoir si vous voulez.

— Merci.

Jury s'assit et se pencha pour examiner la poupée.

— Quelque chose ne va pas ? s'inquiéta Gemma. Je sais que son pantalon est beaucoup trop grand.

Elle paraissait anxieuse de la transformation de sa poupée de fille en garçon.

— Si, si, il est très bien. Je me disais simplement…

Les yeux de Gemma, grands ouverts et sombres, semblaient l'implorer de ne pas trop réfléchir sur la poupée.

— … que ce devait être sympa d'être une poupée.

Son expression se mua en simple curiosité.

— Pourquoi ?

— Parce que tu peux être ce que tu veux.

La curiosité se mua en doute.

— Non, il ne peut pas. Pas si moi je ne veux pas.

Jury ne fit pas de commentaire. Cela ne fit apparemment qu'augmenter son angoisse et elle se rapprocha de lui.

— D'une certaine façon, c'est vrai, dit-il enfin. Mais n'oublie pas que tu ne sais pas tout sur lui. Uniquement quelques détails.

Donner ainsi une vie propre à sa poupée n'était pas de son goût. Le front plissé, elle posa une main sur la poitrine du jouet.

— Tu te souviens quand tu croyais que c'était une fille ?

— Il peut être l'un ou l'autre, se hâta-t-elle de rectifier.

— Oui, mais tu ne le savais pas encore.

Ses lèvres articulèrent plusieurs réponses possibles, mais elle ne trouva rien à redire.

— Tout ce que je veux dire, poursuivit-il, c'est que notre ami Richard devrait avoir des papiers d'identité. Comme ça.

Il sortit sa carte et la lui montra.

— Vous voulez dire que Richard est policier ?

— C'est une possibilité, mais je ne fais qu'une supposition. Ce serait un policier en civil, naturellement. Un inspecteur, par exemple.

D'autant plus séduite par cette idée qu'elle y avait déjà pensé, Gemma examina la carte de Jury.

— Comment il pourrait en avoir une ?

— Je pourrais peut-être lui en obtenir une de Scotland Yard…

Cette fois, elle parut littéralement sidérée. Elle reprit la poupée et l'inspecta attentivement, vérifiant qu'il n'y avait pas de failles dans cette nouvelle métamorphose en policier.

— Naturellement, poursuivit Jury, il voudra te poser des questions.

Elle lui lança un regard soupçonneux.

— Comme quoi ?

— Je ne sais pas, répondit-il avec un haussement d'épaules innocent.

Il y eut un moment de silence durant lequel Gemma regarda au loin, réfléchissant.

— Je parie qu'il veut m'interroger au sujet de la fois où on m'a tiré dessus dans la serre. On m'a ratée.

— Oui, je me souviens que tu m'en as déjà parlé. Tu as dû avoir une peur bleue.

— Oui. Mais j'ai encore peur parce que ce n'est pas tout.

Il y eut un autre silence pendant lequel elle dévisagea sa poupée. Puis elle demanda à Jury en chuchotant :

— Il ne va pas me demander ce qui s'est passé d'autre ?

— Je crois qu'il l'a fait, mais tu n'as pas dû l'entendre.

— Ah ! Eh bien, quelqu'un est entré dans ma chambre et a essayé de m'étouffer.

Autre silence.

— Ce n'est pas un très bon inspecteur, dit-elle enfin.

— Faut l'excuser, il débute.

— Il devrait me demander si je dormais quand c'est arrivé.

Jury approcha la poupée de son oreille et hocha la tête.

— C'est justement ce qu'il se demandait.

Il regarda derrière le treillis, vers Melrose Plant, puis de l'autre côté vers Angus Murphy, tous deux occupés à étaler des seaux de quelque chose sur le sol.

— Richard préfère parler à voix basse parce qu'on ne sait jamais qui pourrait nous entendre. Regarde par là.

Il fit un geste vers les deux jardiniers.

— Ce n'est qu'Ambrose, chuchota Gemma. Ça va, il n'est pas méchant. C'est le nouveau jardinier. Il est très gentil, mais il discute trop. Ses yeux sont vraiment verts.

Ambrose ?

— Hmm… Tu es sûre que ce ne sont pas des lentilles de couleur ? Il pourrait être déguisé.

La bouche de Gemma se plissa comme celle d'une vieille dame devant un potin bien croustillant.

— Je me disais bien qu'il y avait quelque chose de bizarre chez lui quand il n'a pas voulu baptiser Richard.

Jury émit un petit bruit de dédain devant cet aide-jardinier qui n'y connaissait rien. Puis il reprit :

— Mais tu disais que tu étais endormie…

— Ça m'a réveillée ! Ça ne vous réveillerait pas, vous, si on essayait de vous étouffer ?

— Si, tout de suite.

Elle laissa tomber Richard (que Jury rattrapa au vol) et mit ses mains autour de son cou. Elle sortit la langue et mima des bruits de suffocation.

— Horrible ! dit Jury. Je me demande comment tu as pu repousser ces mains…

— Oh, elles sont parties toutes seules.

— Mais comment on t'a étouffée, alors ?

Se souvenant soudain d'un détail important, elle répondit :

— C'est vrai, les mains sont revenues, ont pris un oreiller et m'ont étouffée. J'ai juste réussi à repousser l'oreiller.

— Dieu merci ! Tu dois être sacrement costaude !

Elle se contenta de hausser les épaules.

— Faut croire.

Il y eut un autre silence, qu'elle rompit de sa voix fluette :

— Alors ? Alors ? Il ne va pas me poser la question ?

Jury se gratta une oreille et regarda Richard (suprêmement indifférent). Il resta songeur pendant que Gemma se trémoussait sur place, impatiente de raconter la suite de son histoire.

— Tu veux dire comme « qu'est-ce qui s'est passé ensuite » ?

— Oui !

Elle reprit Richard des mains de Jury et lui dit gravement :

— J'ai failli mourir empoisonnée.

— Je m'en souviens. Même que la cuisinière a voulu rendre son tablier.

— Benny m'a parlé de cette famille en Italie où ils s'empoisonnaient tous les uns les autres. Les Médecines. Ils cachaient du poison dans toutes sortes d'endroits, comme dans des bagues. Quand leur victime s'apprêtait à boire, ils ouvraient leur bague et versaient un peu de poison dans son verre. C'est comme ça que ça s'est passé.

— Pour toi ?

Elle hocha la tête.

— Le poison était dans une bague que quelqu'un portait ?

Elle acquiesça vigoureusement.

— Mais tu ne sais pas qui ?

Cette fois, elle fit non de la tête, tout aussi énergiquement, faisant voler ses cheveux. Elle avait terminé, à présent, et remettait de l'ordre dans la cravate de Richard.

— Ça, pour une histoire, c'est une sacrée histoire ! dit Jury.

Il sortit son calepin et un petit reste de crayon qu'il se promettait de jeter depuis des lustres.

— Tiens !

Elle fronça les sourcils.

— C'est pour quoi faire ?

— Ta déposition. C'est comme ça qu'on l'appelle, une déposition. À présent, tu dois écrire tout ce qui s'est passé. Richard ne te l'a pas expliqué ?

Elle ouvrit grand la bouche.

— Non !

— Il est vraiment négligent. Les témoins doivent toujours écrire leur histoire.

— Mais j'ai déjà tout dit !

— À moi, oui. Mais il faut que ce soit écrit si c'est vraiment arrivé.

Elle paraissait horrifiée.

— Mais ça va prendre des jours, des mois ! Je n'écris pas très bien.

— Oh, ne t'inquiète pas pour ça. Scotland Yard voit arriver toutes sortes d'écritures.

Gemma donna une petite tape à Richard contre le treillis.

— Personne ne me l'a dit, même pas les policiers qui sont venus, ils ne m'ont rien dit.

Jury soupira.

— C'est vraiment regrettable. Ils auraient dû prendre ta déposition.

Elle était visiblement fâchée contre Richard et le redonna à Jury. Puis elle se tint les bras croisés, regardant le calepin et le crayon.

— Vous avez dit « tout ce qui s'est passé » ?

— C'est ça. Pourquoi recueillerait-on par écrit ce qui ne s'est pas passé ?

Elle se gratta les coudes.

— Mais… peut-être que tout ne s'est pas vraiment passé. Certaines parties auraient pu être… euh… comme dans un mauvais rêve. Comme la partie de l'étranglement. Ça m'a réveillée, c'est vrai, mais peut-être que je rêvais et que tout s'est mélangé…

— Hmm…, fit Jury, songeur. C'est bien possible, en effet.

— Et la partie de l'oreiller aussi. C'est comme si c'était vraiment arrivé. C'était presque réel.

— Mais si ce n'était qu'un rêve, naturellement, ce n'est pas nécessaire de l'écrire dans la déposition.

Les mains sur les genoux, elle faisait sautiller ses jambes l'une après l'autre.

— Et le poison, alors ? Tu penses que tu l'as rêvé aussi ?

Elle fit non de la tête.

— Je… J'ai simplement pensé à ce que Benny m'avait raconté… J'y ai pensé tellement que… j'ai dû… croire que c'était vraiment arrivé.

— Oui, je comprends.

Elle s'immobilisa, l'air grave.

— Mais le coup de feu, ça, c'est vraiment arrivé.

— Oui, on en a la preuve. Tu dis que tu te trouvais

dans la serre. Dis-moi, est-ce que Jenny Gessup y allait souvent ?

— Parfois, mais elle est partie maintenant.

Apparemment, cela signifiait que parler d'elle n'en valait plus la peine.

— Richard était avec toi dans la serre ?

Jury donna une petite tape sur l'épaule de la poupée.

— Oui, sauf qu'il n'était pas encore Richard. Il était… plutôt Rose ou Rhonda…

Elle haussa les épaules. Le passé féminin de sa poupée lui posait encore quelques problèmes.

— S'il avait été Richard, reprit-elle, il aurait attrapé le coupable.

— C'est vrai. Tu avais allumé les lumières, dans la serre ?

Serrant la poupée contre elle, elle répondit :

— Il fallait bien que je voie, non ? En fait, j'en avais allumé qu'une.

— Qu'est-ce qui s'est passé ensuite ?

— J'ai entendu comme un *crac* ! Puis une des vitres s'est cassée en envoyant des bouts de verre partout. Il y a eu comme un *zzz*… de moustique à côté de mon oreille. Je me suis baissée.

— Tu as bien fait !

Les commissures de ses lèvres se crispèrent, trahissant son exaspération à être de nouveau interrogée.

— Je suppose que je dois écrire une déposition sur le fait qu'on m'a tiré dessus.

Jury regardait au loin dans le jardin, vers Melrose qui déversait un autre seau sur le massif de fleurs. Du paillis, sans doute.

— Tu sais quoi ? Pourquoi tu ne le racontes pas à… Comment s'appelle ton nouveau jardinier, déjà ?

— Ambrose.

Elle suivit son regard en plissant des yeux.

— Raconte-le à Ambrose et il l'écrira pour toi. Dès qu'il aura fini son travail, bien sûr.

Même si cet arrangement était préférable au fait de rédiger elle-même le texte, elle avait encore quelques réserves à émettre.

— Il va discuter sur tous les détails…

— Il ne pourra pas, puisqu'il n'y était pas. Il n'a rien vu.

— Il va quand même dire que j'ai vu de travers.

Jury ne savait pas comment résoudre cette petite difficulté. Il déclara finalement :

— Je vais lui dire d'écrire tout ce que tu lui diras sans discuter.

— Il n'écoutera pas, murmura Gemma.

— Si tu t'imagines que je vais trimballer des seaux jusqu'à ce que tu aies résolu ton affaire…

Ils se tenaient près de la serre.

— Tu fais ça si bien qu'on croirait que tu as le jardinage dans le sang… Aïe !

Melrose venait de lui lâcher le seau d'engrais sur les pieds.

— Oh, vraiment navré !

Jury se massa la cheville.

— Oui, c'est ça ! Raconte-moi plutôt, qu'est-ce qu'Angus Murphy a à dire au sujet de Jenny Gessup ?

— Peu fiable, inutile, pas motivée ou, selon ses propres termes, dans un état de déliquescence avancée…

— En voilà une drôle d'expression !

— Tu trouves ? Il dit qu'elle n'avait pas assez de force pour accomplir certaines tâches, comme porter des seaux pleins à longueur de journée. Celui-ci…, fit-il en indiquant le seau à ses pieds, doit être mon douzième depuis ce matin.

— Qu'est-ce qu'il y a dedans ?

— Qu'est-ce qu'on en a à faire ? De l'engrais, je suppose.

— Écoute, je voudrais que tu prennes par écrit la déposition de Gemma sur le coup de feu dans la serre.

— Quoi ? Quoi ? Tu te rends compte que c'est du niveau des travaux d'Hercule ? Et puis, puisqu'elle te l'a déjà raconté, pourquoi…

— Parce que parfois la répétition fait resurgir des éléments nouveaux. Tu le sais aussi bien que moi. Elle pourrait faire allusion à un détail auquel elle n'a pas pensé plus tôt.

Melrose fronça les sourcils.

— Que fais-tu des tentatives d'étouffement et d'empoisonnement ?

— Elles n'ont jamais eu lieu, ce dont je me doutais un peu. Le coup de feu a déclenché chez elle des cauchemars, dont celui d'être étouffée. Ce n'était que ça, un mauvais rêve. Pareil pour l'empoisonnement : elle a entendu une histoire de poison.

— Peut-être, mais reste toujours la question : qui lui a tiré dessus ?

— Non, pas si c'était la seule tentative.

— Pardon ? Je ne te suis plus…

— Gemma n'était peut-être pas visée. Nous, nous avons pensé qu'elle était la cible en raison des deux autres tentatives inventées de toutes pièces. Mais sans ces dernières, la police aurait soulevé une autre hypothèse : ce n'était pas Gemma qu'on a voulu abattre.

— Mais alors qui, et pourquoi ?

— Je vois deux possibilités : un rendez-vous dans la serre entre le tireur et sa cible, probablement simplement pour l'attirer hors de la maison ; ou bien le tireur a aperçu quelqu'un dans la serre, cru que c'était sa cible et a saisi sa chance. Une impulsion. Comme je disais, ce ne sont que des hypothèses. Mais le tireur n'en avait pas nécessairement après Gemma.

— Mince, tu ne penses quand même pas qu'on a voulu dégommer le vieil Angus Murphy ?

— Non. Il est toujours là, quelques mois plus tard. S'il avait été visé, il serait probablement déjà mort à l'heure qu'il est. À mon avis, il s'agissait de Jenny Gessup, que je vais aller voir de ce pas dès que j'aurai récupéré Wiggins.

Melrose se pencha et souleva le seau en jurant.

— Le rôle d'expert en art, c'était de la gnognote à côté de ça.

— Si tu pars dans cet état d'esprit, tu ne franchiras même pas le stade des éliminatoires à l'exposition florale de Chelsea... Ah, et n'oublie pas de prendre sa déposition.

Melrose marmonna :

— Elle ne fait rien que discuter.

Jury sourit. Ils étaient faits l'un pour l'autre.

Dans la cuisine, on donnait une vraie réception avec, en invité d'honneur, le sergent Wiggins. Tout autour de la table siégeaient également une dame d'un certain âge mais robuste qui devait être la cuisinière, deux jeunes filles, probablement des femmes de chambre, et un adolescent maigre et boutonneux qui aurait pu être valet d'écurie s'il y avait eu des chevaux. Écartant donc cette possibilité, Jury en déduisit qu'il s'agissait d'Archie Milbank, factotum sous la supervision impitoyable de Barkins qui, lui, n'était pas dans la pièce.

La cuisine était à la fois merveilleusement massive

et douillette, en partie grâce à une grande cheminée à l'ancienne où brûlait de quoi démarrer un nouveau grand incendie de Londres. Elle était flanquée d'un piano de cuisine en fonte d'une taille industrielle et d'une colonne accueillant un micro-ondes et ce qui ressemblait à une rôtissoire. La cuisinière ne manquait de rien, en matière de confort moderne.

Quand Jury entra, Wiggins se leva et tous les autres se tournèrent vers lui avec un air d'extase, comme s'il était un des rois mages portant un seau d'encens (il avait du mal à se sortir cette image de Melrose de la tête).

Son sourire ne fit qu'accroître l'atmosphère bienveillante générale. Wiggins lui présenta ceux qui se tenaient autour de la table. Mrs MacLeish, cuisinière ; Rachael Brown, femme de chambre ; Clara Mount, aide-cuisinière ; Archie Milbank, « entretien ».

Jury remercia Mrs MacLeish pour la tasse de thé qu'elle lui tendait et lui demanda s'ils pouvaient échanger quelques mots. Bien sûr, bien sûr. Ils passèrent tous les deux dans le petit salon de Barkins.

— Tout d'abord, je suis sincèrement désolé au sujet de Mr Croft, commença Jury. Vous le connaissiez depuis qu'il était petit, n'est-ce pas ?

Ses yeux se remplirent de larmes qu'elle sécha avec un mouchoir sorti de son tablier.

— Oui, en effet. Mr Simon était un homme si bon, si bon ! Comme le reste de la famille, jamais un mot plus haut que l'autre.

— J'ai cru comprendre qu'il avait peur de quelqu'un ou de quelque chose. Vous avez eu cette impression, vous aussi ?

Elle fronça les sourcils.

— Il ne semblait pas avoir envie de voir des gens. Je crois que c'est à cause de ce livre qu'il écrivait. Naturellement, je ne le voyais pas beaucoup, car je n'allais chez lui qu'une ou deux fois par semaine. Mr Simon n'aimait pas cuisiner. Parfois, il se faisait livrer par Partridges, le traiteur. Je sais qu'il a fait appel à un policier, un ami de la famille, pour qu'il passe une fois de temps en temps. C'est donc qu'il n'était pas tranquille, non ? C'était peut-être à cause de tous ces tableaux précieux et tout ça ?

— C'est possible, en effet.

Jury la remercia et leva le camp.

Ils se trouvaient en voiture, Wiggins parcourant ses notes. Comme d'habitude, elles étaient abondantes.

— D'après Mrs MacLeish, qui allait préparer les repas de Simon Croft, les seules personnes à entrer chez lui étaient l'épicier et votre ami l'inspecteur divisionnaire Haggerty. Maisie Tynedale lui téléphonait parfois, mais il ne voulait pas qu'elle vienne chez lui. Il a demandé à Mrs MacLeish de dire à tout le monde qu'il était trop pris par son travail et ne voulait pas être dérangé. Cela durait depuis plusieurs semaines.

— C'est la fameuse paranoïa dont on nous a parlé ?

— Oui. Elle dit que le policier, à savoir Mr Haggerty, prenait une tasse de thé avec elle en cuisine quand il passait. Idem pour l'épicier, un certain Mr Smith. Quoi qu'il en soit, ils prenaient le thé et…

— Ça fait partie des risques du métier.

— Pardon ?

— Rien. Continuez.

— Ils prenaient donc leur thé et bavardaient un peu.

— À quel sujet ?

— Oh, le dôme du Millénium, par exemple. On peut en penser ce…

— Oui, oui. Et donc ?

S'il y avait bien une chose que Jury voulait éviter, c'était de lancer Wiggins sur un sujet comme le Millénium. Il n'était pas sûr de tenir le coup.

— En résumé, Simon Croft aurait pu se méfier de n'importe quel membre de la famille.

— À juste titre, apparemment. J'en aurais fait autant. Ce qui m'échappe, c'est pourquoi il se faisait préparer ses repas par Mrs MacLeish alors qu'il avait largement les moyens de se faire livrer tous les jours par Partridges ou Fortnum and Mason…

Wiggins hocha la tête et répondit, sûr de lui :

— Je crois que je peux vous répondre là-dessus, monsieur. Mrs MacLeish travaille pour les Tynedale et les Croft depuis des décennies, une époque où les plus âgés d'entre eux étaient encore des gamins. Simon Croft a toujours mangé sa cuisine et n'aurait renoncé à ses services pour rien au monde. Il a été pourri gâté. Ils le sont tous. Ils ont été habitués à certaines choses depuis longtemps et refusent d'y changer un iota.

— Ça paraît presque incestueux. C'est toujours le problème, dans les familles trop unies. Ils ne savent jamais tirer un trait.

39

Dulwich ne cessait de surprendre Jury. C'était un vrai village au sein de la grande métropole londonienne, foyer du Dulwich College et de l'une des plus belles pinacothèques du pays.

La maison où habitait Jenny Gessup était petite, jolie, toute en briques peintes en jaune, avec un jardin sur le devant livré aux ravages de l'hiver : les haies non taillées, la terre durcie par le froid, les fleurs mortes probablement depuis longtemps.

Jury souleva le heurtoir en laiton en forme de dauphin et frappa plusieurs fois. Au bout d'un certain temps, une jeune femme vint ouvrir. Elle était petite et svelte, avec des pommettes délicates. Elle n'avait pas une tête à pousser des brouettes et porter des seaux pleins, mais elle en paraissait capable, d'ailleurs, Angus Murphy ne s'était pas plaint de son incompétence, uniquement de sa paresse. Ses cheveux étaient d'un brun grisâtre hybride, couleur de tronc d'arbre. Elle ne semblait pas enchantée de voir deux inconnus sur le pas de sa porte.

— Miss Gessup ?

— Ça se prononce « Guessup », avec un « G » dur, pas comme dans « Jésus ».

Jury pouvait voir qu'elle était ravie de les avoir désarçonnés d'emblée. Il lui adressa son plus beau sourire.

— Je suis Richard Jury, avec un « J », comme dans Jésus.

Il lui tendit sa carte de police. Elle rougit.

— Vous êtes fonctionnaires. Vous ne devriez pas faire les malins avec les gens qui paient vos salaires.

Elle ouvrit la porte en grand et tourna les talons, se dirigeant vers son séjour sans un mot de plus. Ils la suivirent.

Jury s'installa confortablement sur un petit canapé recouvert d'une housse en lin lavande. Les murs et les lambris étaient peints d'un ton pêche pastel. Les chaises étaient tapissées de couleurs de jardin plus soutenues : bleu pied-d'alouette, jaune jonquille. On aurait dit que le soleil s'était retranché dans la pièce après avoir perdu sa brève campagne contre l'hiver au-dehors, concentrant ici ses dernières forces.

— Miss Gessup, vous avez travaillé à Tynedale Lodge.

Elle se recroquevilla.

— Si on veut, oui.

Jury sourit.

— Disons que je le veux. Vous n'y êtes pas restée longtemps, n'est-ce pas ?

Son timbre de voix monta d'un cran ou deux, sur la défensive :

— Je n'avais accepté ce boulot que comme ça, sur un coup de tête.

— Selon Miss Tynedale, vous avez soudainement cessé de venir.

Jenny écarta cette suggestion d'un geste de dédain de la main.

— Oh, celle-là ! Elle se prend pour la châtelaine.

— Elle l'est, de fait. Qu'est-ce que vous lui reprochez donc ?

Il sentit aussitôt qu'une porte se refermait dans l'esprit de la jeune femme. Elle se contenta de hausser les épaules et de fixer ses ongles rongés.

— Alors, pourquoi êtes-vous partie ?

— Je vous l'ai dit, je n'ai jamais considéré ce boulot comme un travail sérieux.

— Pourquoi l'avoir accepté, alors ?

— Pour me faire un peu plus d'argent, bien sûr. J'économise pour m'acheter une voiture.

— Vous travaillez, actuellement ?

Elle fit non de la tête.

— Avez-vous repris un emploi depuis que vous avez quitté Tynedale Lodge ?

— Je n'ai encore rien trouvé qui me convienne.

Jury décida de laisser glisser. La jeune femme avait vite atteint le stade où toutes ses réponses seraient dorénavant ineptes ou mensongères.

— Vous vous souvenez de Gemma Trimm ?

Son visage se ranima un peu.

— Gemma ? Oui, bien sûr. On était un peu copines, toutes les deux. Je l'aimais bien, mais personne d'autre ne faisait beaucoup attention à elle. C'est triste.

Elle poursuivit, sur un ton plus mélancolique :

— Il y a eu cette histoire de coup de feu, à Tynedale Lodge. La police de Southwark a d'abord dit qu'il s'agissait de cambrioleurs puis de gamins qui jouaient. Gemma, elle, pensait qu'on avait voulu la tuer. C'était débile.

— Mais si ce n'était pas un accident ? Si le tireur en avait après quelqu'un en particulier ?

Elle ne sembla pas comprendre. Jury précisa :

— Est-il possible que le tireur ait cru que c'était vous, dans la serre ?

Elle écarquilla les yeux.

— Oh non, ça n'a aucun sens.

Évitant son regard, elle se mordilla la peau autour d'un ongle. Il décida de laisser l'idée faire son chemin et se tut. Finalement, elle déclara :

— Mais s'il visait réellement quelqu'un dans la serre, pourquoi pas Angus Murphy ? Il y était beaucoup plus souvent que moi.

— Trop grand. On ne l'aurait pas confondu avec Gemma.

Wiggins intervint :

— Si vous savez quelque chose qui pourrait faire de vous une menace pour quelqu'un, vous feriez mieux de nous le dire.

Au même moment, une femme apparut sur le seuil de la porte qui donnait probablement sur la cour, portant de ces feuillages qui servent à faire des couronnes. Du houx, peut-être. Elle se tenait là, souriante.

Jury et Wiggins se levèrent. Jenny resta assise.

— Ma tante, Mary, annonça-t-elle.

La tante déposa le houx sur la table et tendit la main, se présentant :

— Mary Gessup.

Elle le prononçait avec une fricative sonore, comme dans « Jésus ».

Jury lui retourna son sourire et sortit de nouveau sa carte.

Elle lança un regard affolé vers sa nièce.

— Mon Dieu, qu'est-ce qui s'est passé ?

— Rien, répondit Jenny. Ils posent juste quelques questions au sujet de ce qui est arrivé à Tynedale Lodge. Tu sais, cette histoire de coup de feu dans la serre…

— Mais c'était il y a plus de deux mois…

— Nous enquêtons sur la mort de Simon Croft. Il entretenait des liens étroits avec la famille Tynedale.

— Croft… Oui, j'ai lu qu'il était mort dans les journaux. Il travaillait dans la finance, dans la City, non ?

— Il y a peut-être un lien. Nous essayons simplement toutes les pistes.

— Je comprends. Je vous en prie, rasseyez-vous. Vous prendrez bien une tasse de thé ?

Avant que Jury ait pu répondre qu'ils n'en voulaient pas, elle lança :

— Jenny, va donc nous préparer un peu de thé, veux-tu ?

Jenny se leva avec un air excédé et sortit. Sa tante la suivit du regard puis dit :

— J'ai pensé que vous voudriez me parler sans qu'elle soit là. Il y a certainement autre chose derrière votre visite que le fait que Jenny ait travaillé à Tynedale Lodge.

— En effet, nous avons dit à votre nièce que la personne qui a tiré sur la serre la visait peut-être.

Mary Gessup le fixa, incrédule.

— Jenny ? Mais pourquoi… ?

— C'est ce que nous cherchons à savoir. Cela dit, je peux me tromper du tout au tout.

— Eh bien, elle m'a dit qu'elle avait eu très peur, ce qui est compréhensible. Mais je croyais que c'était une tentative de cambriolage ?

— Votre nièce a déjà eu des ennuis par le passé ? fit Jury, ignorant sa question.

Mary Gessup hésita.

— Oui, mais rien de bien méchant.

— Qu'est-ce que vous appelez « rien de bien méchant » ?

— Eh bien… elle travaillait chez cette vieille dame, au village, et on l'a surprise en train de fouiner dans ses affaires. Je ne sais pas ce qui pousse Jenny à faire ce genre de choses. Elle n'a rien volé. La dame n'a pas porté plainte.

— C'est compulsif ?

Mary le dévisagea d'un air interrogateur. Il reformula :

— C'est plus fort qu'elle ?

— Oui, je pense.

— Ça pourrait lui causer de sérieux ennuis, voire même des ennuis mortels. Même si elle n'a rien pris. J'ai l'impression qu'elle n'est pas très stable.

— Stable ?

— Que… on ne peut pas trop se fier à elle.

Mary grimaça, acquiesça.

— Elle se disperse. Elle est incapable de se concentrer longtemps sur une chose. Pire que chez la plupart des filles.

— Elle peut être tombée sur quelque chose à Tynedale Lodge sans s'en rendre compte.

Mary Gessup parut paniquée. Elle secoua la tête, non par déni mais comme pour s'éclaircir les idées.

— Naturellement, c'est une possibilité, commissaire, mais…

— Ce que je voudrais qu'elle comprenne, c'est que si elle a découvert quelque chose qui n'était pas censé l'être, il vaudrait mieux pour elle qu'elle nous en informe. C'est tout.

Jenny revint avec un plateau chargé d'un service à thé, apparemment de bien meilleure humeur. Jury avait souvent pu constater que la perspective du thé avait cet effet sur les gens. Ce n'était pas Wiggins qui l'aurait contredit, lui qui accepta ce qui devait être sa quatrième ou cinquième tasse de l'après-midi. Jury, lui, déclina et demanda à Jenny :

— Vous n'aimiez pas beaucoup Miss Tynedale, à ce qu'il semble, mais que pensez-vous de son grand-père, Oliver ?

Le visage de la jeune femme s'illumina aussitôt. Tenant la théière en suspens dans le vide, elle répondit :

— Ah lui ! Vous savez ce qu'il m'a dit, la première fois qu'il m'a vue ?

Ils l'ignoraient tous.

— C'était un poème. « Jenny m'a embrassé quand on s'est rencontrés, bondissant de la chaise dans laquelle elle était assise… » Je ne me souviens pas de la suite mais vous ne trouvez pas ça charmant ?

Wiggins reposa sa tasse et récita :

— « Dis que je suis las, dis que je suis triste, dis que la santé et la fortune m'ont oublié. Dis que je me fais vieux, mais ajoute que Jenny m'a embrassé. »

Ils dévisageaient tous Wiggins, médusés, mais personne n'était plus surpris que Jury. Il n'avait encore jamais entendu le sergent réciter de la poésie.

— Très beau, lâcha-t-il.

Il se tourna vers Jenny.

— Je comprends qu'il vous ait été sympathique.

— C'était le chouchou de Gemma et le mien.

Jury se rendit compte, non sans une certaine tristesse, que Jenny se plaçait dans la même catégorie que Gemma. Elles étaient amies, mais comme si elles avaient été du même âge. C'était peut-être ce qui caractérisait Jenny Gessup : elle refusait de mûrir.

Une fois que les autres eurent bu leur thé, en grande partie en silence, Jury remercia les deux femmes et se leva.

— Vous nous avez été très utiles. J'espère que nous parviendrons rapidement à démêler cette affaire.

Wiggins démarra la voiture.

— Où allons-nous ?

— À Southwark, répondit Jury. J'aimerais discuter un peu avec l'épicier et les fleuristes.

Au bout de quelques minutes, il reprit :

— C'est étonnant que vous ayez connu ce poème. Il est de… Attendez… Un de ces poètes avec un nom en trois parties…

— Walter Savage Landor.

— Voilà. En plus, ce n'est pas son poème le plus célèbre. Comment se fait-il que vous le connaissiez par cœur ?

— Ma sœur s'appelait Jenny.

— J'ignorais que vous aviez deux sœurs. Je ne vous ai jamais entendu parler que de celle qui habite à Manchester.

— L'autre, je ne l'ai plus. Elle est morte.

Ce faire-part de décès n'aurait pu être transmis avec plus de retenue.

— Je suis navré, Wiggins. Cela fait longtemps ?

— Ça fera vingt-deux ans à Noël.

Jury se sentit doublement à côté de la plaque.

— Elle est morte le jour de Noël ?

— Oui. On était tous au salon, autour du sapin, en train d'ouvrir nos cadeaux, quand Jenny a annoncé qu'elle ne se sentait pas bien. Elle est allée s'allonger un moment. Maman est montée la voir et, quand elle est redescendue, elle a dit que Jenny avait une forte fièvre. Vous imaginez comme il a été facile de faire venir un médecin le jour de Noël ! On en a quand même trouvé un. C'était une méningite. Elle est morte à minuit.

— Merde, Wiggins, mais c'est horrible ! Elle était plus jeune que vous ?

Wiggins hocha la tête. Puis il ne dit plus rien.

40

— C'est cette boutique, là.

Ils s'arrêtèrent devant l'épicerie, dans laquelle Mr Smith était en train de peser des pommes de terre. Sa cliente, une grande femme au regard d'aigle, ne quittait pas la balance des yeux. Jury se demanda si l'épicier était jamais parvenu à la gruger sur le poids de la marchandise. Il fit tournoyer le sac pour le fermer et échangea les pommes de terre contre des pièces. La femme s'éloigna, lançant des regards soupçonneux vers Jury et Wiggins.

— Mr Smith ?

Jury tendit sa carte de police.

— Oh, Seigneur ! Scotland Yard ! Doux Jésus ! Ce doit être au sujet de Mr Croft ? La police de la City est passée me voir hier. Quelle histoire ! Enfin… Mais au fait, si je peux me permettre, qui dirige l'enquête, eux ou vous ?

— Techniquement, la police de la City. C'est là que la victime vivait. Mais l'affaire a débordé…

Jury resta délibérément dans le vague, poursuivant :

— Auriez-vous quelques minutes à nous accorder, monsieur ?

— Mais bien sûr, bien sûr. Laissez-moi juste appeler ma fille pour qu'elle descende surveiller le magasin. Suivez-moi.

Ils entrèrent dans l'épicerie où Mr Smith ouvrit une porte au pied de quelques marches et hurla à une dénommée Pru de descendre.

— Et magne-toi un peu, ma grande !

Pru, une grosse fille maussade en savates, n'était manifestement pas du genre à se magner. Plutôt du genre à faire mollement *floc*, *floc*, *floc*, dans l'escalier. Arrivée en bas, elle vit Jury et son visage s'éclaircit légèrement. D'une main, elle remit un peu d'ordre dans ses cheveux, tandis que l'autre tirait sur le bas de son chandail rouille.

— 'jour, dit-elle simplement.

Elle passa sa langue sur ses lèvres, visiblement prête à faire étalage de tout un assortiment de reparties pleines d'esprit. Son regard glissa sur Wiggins comme l'eau sur les cailloux d'un torrent et revint se poser sur Jury.

— Occupe-toi des clients pendant que je suis avec ces messieurs de la police, lui dit son père.

Le visage joufflu de Pru rosit sous les taches de rousseur.

— C'est à quel sujet ? Tu as fait des bêtises, papa ?

Même son sourire était grassouillet.

— Mêle-toi de ce qui te regarde.

Tel un chambellan escortant des visiteurs pour une audience dans la salle du trône, Mr Smith étendit le bras et inclina brièvement la tête.

— Par ici, messieurs. Allons dans mon bureau.

Le bureau en question ne contenait qu'une table et quatre chaises tapissées de skaï noir avec des montants chromés. Une forte odeur de chou et de bois humide flottait dans l'air.

Mr Smith leur approcha deux chaises. Ce ne fut qu'une fois assis lui-même qu'il demanda :

— Alors, messieurs, que puis-je pour vous ?

— Je ne veux pas vous faire perdre votre temps, dit Jury, qui pensait surtout au sien. Aussi, je vais vous dire ce que je sais déjà : vous avez continué à livrer ses courses à Mr Croft même après son déménagement de l'autre côté du fleuve. C'est se donner beaucoup de mal pour quelques kilos de patates…

Pendant que Jury parlait, Mr Smith fermait les yeux devant la sottise de Scotland Yard. Puis, avec un petit sourire supérieur au coin des lèvres, il répondit :

— C'est que vous ne savez pas grand-chose sur Mr Croft, ni d'ailleurs sur aucun des membres des deux clans, les Croft et les Tynedale.

— Je compte sur vous pour m'éclairer.

Mr Smith ne se fit pas prier. Il se pencha en avant.

— Mr Croft était un de ces hommes qui ont horreur du changement. Même en ce qui concernait son épicerie. D'ailleurs, il était le premier à en rire. « Faut croire que je n'ai jamais grandi, hein, Mr Smith ! » qu'il me disait. Il faisait même venir la cuisinière de Tynedale Lodge deux fois par semaine. Mrs MacLeish, qu'elle s'appelle. Elle lui préparait ses repas pour plusieurs jours. C'est dire s'il était attaché à Tynedale Lodge !

— Dans ce cas, pourquoi a-t-il déménagé ? demanda Wiggins. Pourquoi a-t-il quitté Tynedale Lodge ?

Il avait sorti son calepin et pris un air concentré.

— Il voulait être plus près de la City. C'est ce qu'il a dit à Mrs MacLeish. C'est là-bas qu'il travaillait.

Visiblement peu satisfait de cette réponse, Wiggins la nota néanmoins.

— Combien de fois par semaine le livriez-vous ? demanda Jury.

— Une fois par semaine, réglé comme du papier à musique. Il m'arrivait d'y retourner s'il avait besoin d'autres choses pour un dîner ou une réception, mais c'était plutôt rare. Il se faisait également livrer des repas tout préparés par Partridges.

— Mrs MacLeish devait parfois vous parler de lui...

— Mrs Mac n'est pas du genre à cancaner sur ses employeurs, une qualité que j'admire, au demeurant.

— Moi aussi, dit Jury avec un sourire ironique. Mais tout ça ne nous aide pas beaucoup. Vous avez bien dû échanger des observations sur le « train » de vie de Mr Croft, comme on dit.

Il ne voulait pas mettre des mots dans l'esprit de l'épicier, ni dans sa bouche.

Mr Smith posa son menton sur ses mains, ses coudes sur la table. Il dévisagea longuement Jury, comme s'il se demandait à quel point il pouvait lui faire confiance.

— Je me souviens qu'un jour j'étais dans la cuisine avec Mrs Mac, quand elle a dû aller ouvrir la porte d'entrée et dire à Maisie Tynedale que Mr Croft ne pouvait pas la recevoir parce qu'il était souffrant. Ce n'était pas vrai, il était dans la bibliothèque en train de travailler.

Mr Smith réfléchit un instant, se remémorant, avant de poursuivre :

— Ce devait être fin octobre... Non, attendez... Début novembre, parce que je me souviens qu'on a parlé de Guy Fawkes et des feux d'artifice[1]. On se demandait si on les verrait depuis le bord du fleuve. C'était aussi à peu près à l'époque du coup de feu à Tynedale Lodge. Faut dire que ça a fait du bruit, si je

1. L'échec de la tentative d'assassinat du roi Jacques Ier par le catholique Guy Fawkes (1605) est commémoré chaque année à Londres, le 5 novembre, par des feux de joie. *(N.d.T.)*

puis dire ! Ces gamins d'aujourd'hui, quelle plaie ! Tout le monde en parlait ! Les choupinettes étaient sens dessus dessous…

— Les choupinettes ?

— Oui, les deux zèbres qui tiennent la boutique de fleurs en face. Vous leur avez déjà parlé ?

— Oui, brièvement.

— Eh bien, Mr Croft s'est fait livrer ses fleurs par eux jusqu'à son dernier souffle, excusez l'expression. Il était très pointilleux au sujet de ses fleurs.

— Mr Peake et Mr Rice ?

— Oui, c'est bien eux. Ils pourront peut-être vous dire quelque chose que j'ignore.

À son expression, il était clair qu'il estimait cette éventualité très peu probable. Il s'étira et passa plusieurs fois ses mains sur son crâne chauve en une succession de gestes rapides.

— Je me souviens que les deux folles ont effectué une livraison chez Mr Croft juste avant son assassinat.

Il sourit, attendit la question suivante.

— Vous nous avez été très utile, Mr Smith, dit Jury en se levant.

Wiggins rangea son calepin dans la poche intérieure de sa veste et l'imita.

Mr Smith, lui, resta assis, apparemment prêt à rester là à répondre à des questions jusqu'à la fin des temps.

Jury le ramena doucement à la réalité :

— Mr Smith ?

— Hein ? Oh, oui, désolé. Je vous raccompagne.

Pru sembla aussi navrée que son père de les voir partir.

Une fois dehors, Wiggins déclara :

— Une personne aussi disposée à répondre à des questions est forcément suspecte.

Jury, qui semblait fermement décidé à traverser en dehors des clous, guettait une ouverture entre une camionnette de déménagement approchant en trombe et deux Volvo venant en sens inverse.

— D'où vous vient un tel cynisme ? demanda-t-il par-dessus son épaule. Il existe encore quelques personnes qui ne verraient là qu'une bonne occasion d'échanger des potins et qui se fichent bien qu'on soit des flics ou la reine mère en personne. Allez, venez…

Ils coururent vers le trottoir d'en face.

Le Delphinium était aussi coloré à l'intérieur qu'à l'extérieur. L'enseigne, qui s'étirait sur tout un côté du bâtiment, était décorée de fleurs, de champignons et de petits personnages dont Jury n'arrivait pas à décider s'ils étaient des lutins sylvestres ou des extraterrestres. À l'intérieur flottait un parfum divin, mélange de lavande, de jasmin et de rose. Ce devait être ce qu'avait senti Ulysse débarquant au pays des mangeurs de lotus. Ils se frayèrent un chemin entre de hauts vases en aluminium posés à même le sol et longèrent une rangée de camélias en pot avant d'arriver au comptoir au fond de la boutique. Tommy Peake et Basil Rice étaient en train de disposer des roses et des lis d'Orient dans deux vases, l'un en cristal taillé et l'autre en verre transparent ceint d'un ruban améthyste.

— Mr Peake, Mr Rice, vous vous souvenez peut-être de moi, je suis passé il y a quelques jours ?

Jury leur présenta le sergent Wiggins. Un des fleuristes repoussa une de ses mèches derrière une oreille pendant que l'autre cherchait des sièges pour les policiers. Ils semblaient tous deux assez contents de les voir.

— Je voulais vous parler de Simon Croft.

Basil se frotta le front du plat de la main. Jury en déduisit qu'il était le plus théâtral des deux.

— Vous livriez assez régulièrement Mr Croft dans la City, n'est-ce pas ?

— On devine qui vous a raconté ça. Cette vieille commère de Smith…

Peake fit une moue dégoûtée vers l'épicerie de l'autre côté de la rue.

Basil fit preuve de plus de compassion :

— Ce pauvre, pauvre homme. C'est affreux, ce qui lui est arrivé.

Tommy Peake, fine mouche, reprit :

— Mais vous appartenez à New Scotland Yard. Pourquoi est-ce vous qui enquêtez sur cette affaire ?

— Elle tombe sous la juridiction de la police de la City, naturellement. Mon rôle dans cette enquête est un peu compliqué…

Basil demanda s'ils voyaient un inconvénient à ce qu'il continue son arrangement floral.

— Miss Bosley veut son bouquet subito presto, et vous savez comment elle est !

Jury sourit et répondit qu'il l'ignorait. Basil vivait apparemment dans un univers où tout le monde connaissait tout le monde.

— Ce qui est intéressant, c'est que Mr Croft ait continué d'utiliser vos services même après avoir déménagé. Il habitait non loin de Covent Garden et ce ne sont pas les fleuristes qui manquent, par là-bas.

— Il faut croire que nous sommes des bons, dit Basil.

Tommy secoua la tête.

— C'est vrai qu'on connaît notre métier, mais ce n'est pas là la vraie raison. Simon était de ces gens qui ont horreur du changement.

Sur un ton sentencieux, Wiggins déclara :

— Pourtant, nous devons tous nous y résigner, n'est-ce pas ?

Tommy se tourna vers lui.

— Si vous voulez parler de l'âge et de l'infirmité, oui. De la mort, forcément. Mais il y a des choses qu'on peut contrôler. Par exemple, l'endroit où acheter ses bouquets.

Il sembla à Jury que son sourire miroitait.

— Simon Croft avait une commande permanente chez vous ?

— Oui. Il lui arrivait de nous appeler pour nous demander un type de bouquet précis, mais autrement, ses instructions étaient de lui livrer des arrangements selon notre inspiration du moment. Mais, parfois, il rêvait d'une fleur en particulier.

Jury ne se souvenait pas de la dernière fois qu'il avait acheté un bouquet et encore moins d'avoir jamais rêvé d'une fleur en particulier.

— Quand l'avez-vous livré pour la dernière fois ?

Tommy plissa les lèvres et réfléchit quelques instants avant de répondre :

— C'était juste la semaine avant sa mort. On n'a pas pu aller au-delà de la porte d'entrée. La cuisinière, celle de Tynedale Lodge et qui, je suppose, travaillait aussi chez Simon, nous a pris les bouquets sur le pas de la porte.

Il paraissait outré.

— D'ordinaire, vous entriez ?

— Bien sûr ! s'exclama Basil. D'ordinaire, il en faisait une affaire d'État quand on lui apportait ses fleurs, pas vrai, Tommy ?

— Donc, vous connaissiez assez bien Simon Croft ? demanda Wiggins.

Basil fit marche arrière.

— Non, pas tant que ça.

— Mais assez pour l'appeler par son prénom ?

— Ici, on appelle tout le monde par son prénom.

— Pas nous, en tout cas, dit Wiggins avant de se tourner vers Jury : Monsieur ?

Jury se retint de sourire.

— Je pense que ce sera tout, pour le moment.

Tandis qu'ils marchaient vers la sortie, il déclara à Wiggins :

— Vous êtes remonté, vous, aujourd'hui !

Puis il s'arrêta et se retourna.

— Dites, Mr Peake, vous livrez à Islington ?

— Oui, on peut.

Revenant sur ses pas, Jury regarda le vase en cristal taillé, puis l'autre, entouré de son ruban.

— Je crains que mon salaire de policier ne me permette pas ce genre de chose…

Il tapota le cristal du bout de l'ongle.

— Ça ? fit Basil. Oh non, nous ne fournissons pas ce genre de vase, commissaire. Ils appartiennent à des clients qui nous les apportent pour qu'on y adapte nos bouquets. Ce sont des maniaques. On peut éventuellement fournir un vase simple en verre, nouer simplement le bouquet avec de la ficelle, ou encore livrer les fleurs dans une boîte. Qu'est-ce que vous aviez en tête, au juste ?

Jury se gratta le crâne et se tourna vers la salle réfrigérée derrière des portes vitrées.

— Eh bien, il y en aurait un pour une vieille dame…

— Lavande, dit Tommy avec un regard vers Basil.

— Et de la bruyère, ajouta Basil. Peut-être aussi deux de ces roses…

Il indiqua des roses d'un ton lavande subtil.

— Ça lui plairait, faites-moi confiance, assura-t-il à Jury. C'est exactement ce qu'il lui faut.

— D'accord, puisque vous le dites. L'autre est pour une jeune femme…

Les deux fleuristes se penchèrent au-dessus du comptoir, parés à cogiter.

— Hmm…, fit Basil. Quelle est sa palette de couleurs ?

— Sa palette ? Ah. Elle a les cheveux plutôt flamboyants, les yeux de cette couleur…

Il tapota le ruban améthyste autour du vase.

— Ah !

Basil se redressa et cueillit un crayon de couleur dans une tasse qui en était remplie. Il tira quelques traits sur un papier, puis choisit un autre crayon et fit de même.

— Quelles sont ses couleurs préférées ?

— Eh bien, le vert émeraude, le rose bonbon, le lapis-lazuli…

Tommy fit un clin d'œil à Basil.

— Elle a beaucoup de chance d'avoir quelqu'un qui remarque et se souvient. Inutile de poser ce genre de questions à un mari, il n'en aurait pas la moindre idée…

Basil griffonna encore quelques secondes, puis il tourna le papier vers Jury pour le lui montrer.

— Ça peut vous paraître une étrange combinaison de couleurs, mais croyez-moi, elle va craquer.

Jury était stupéfait : en quelques coups de crayon, il avait dessiné un arrangement complet de fleurs.

— Nous avons des clochettes de Shannon et on peut sans doute trouver des iris…, tu ne penses pas, Tommy ?

— Absolument.

— Et ces roses cuivrées, elles seront parfaites !

Jury hocha lentement la tête.

— Je comprends pourquoi Simon Croft ne voulait pas se séparer de vous !

— Quelque chose m'échappe, Wiggins. Pourquoi l'épicier et pas les fleuristes ? Pourquoi Croft laisserait-il entrer Smith mais pas ces deux-là ?

Ils attendaient que passent deux camions et une Morris pour traverser.

— Vous pensez que cela a une quelconque importance ? Peut-être que, ce jour-là, il n'était simplement pas d'humeur à siroter un cocktail dans son Jacuzzi en compagnie des deux fleuristes…

Jury rit.

— Naturellement, ça pourrait être ça.

— À moins que Simon ne les ait trouvés un tantinet trop… vous savez quoi.

— Wiggins, il les a toujours connus ainsi.

Ils traversèrent enfin et Jury indiqua une autre boutique, un peu plus haut dans la rue.

— C'est le boucher. Je veux lui toucher deux mots, à lui aussi. Venez.

Gyp était justement en train d'abaisser sa grille, s'apprêtant à fermer. Anguleux et sec, le menton aiguisé, le nez pointu, des omoplates fines et saillantes comme des ailerons de requin. Il apparut à Jury que ce Gyp était une vraie carne. Son tablier sanglant n'arrangeait rien. Même sa voix était aiguë, hachée, sans aucune résonance.

— Désolé, messieurs, mais je ferme. Gyp a bien le droit d'aller s'amuser un peu, lui aussi !

Son rire ressemblait plutôt à un gloussement.

— Il faudra pourtant attendre encore un peu, Mr Gyp.

Jury lui mit sa carte sous le nez, ajoutant :

— Si vous voulez bien nous ouvrir…

Gyp était de ceux qui, voyant un policier à vingt mètres, ont tendance à prendre leurs jambes à leur cou. Les petites vacheries, les mesquineries, les coups tordus faits à ses congénères, tout cela se mit à suinter par tous les pores de son esprit, lubrifiant sa mémoire. Jury le voyait dans ses yeux noirs et huileux. Sans parler du sort des malheureux animaux tombés sous son fendoir. Il y en avait justement un dans sa vitrine, un cochon de lait tapissé de rondelles d'orange et décoré de clous de girofle. Si Gyp avait un chat, ce n'était que pour tuer des souris. Bon, Jury devait le reconnaître, il avait peut-être une dent contre les bouchers. Peut-être avait-il trop vu leurs visages dodus et roses dans les pages de certains magazines, souriant d'un air satisfait d'eux-mêmes, comme s'ils avaient la bouche pleine de rubis.

— C'est l'heure de la fermeture. Comme je viens de vous dire, il est dix-sept heures tren…

— Tant mieux, nous ne serons pas dérangés. Allons-y.

Gyp ouvrit la voie, marmonnant dans sa barbe.

Il y avait plusieurs chaises entre le comptoir et le mur. Gyp s'assit, mais Jury et Wiggins restèrent debout. C'était plus intimidant.

D'une voix étranglée, Gyp demanda :

— C'est à cause du gamin, n'est-ce pas ? Benny ? Je savais bien que j'aurais dû prévenir les autorités qu'il n'allait pas à l'école…

Jury ne dit rien, décidé à le laisser vider son sac sur Benny, l'école, le « corniaud qu'il traînait partout avec lui », les « vols » dans sa boucherie…

— Il n'y a pas que l'école, ce qu'il faudrait savoir, c'est où vit ce gamin, et avec qui ! Il est mûr pour la maison de redressement, ce môme, s'il n'y a pas déjà fait un tour !

— Scotland Yard ne s'occupe pas de faire la chasse aux enfants qui font l'école buissonnière, déclara Wiggins.

— Nous enquêtons sur la mort de Simon Croft, expliqua Jury.

— Croft ? Celui de Tynedale Lodge ? Mais il a déménagé dans la City ! Qu'est-ce que vous voulez que je vous dise ?

— Vous l'avez connu…

— Comme tout le monde dans le quartier ! Vous vous imaginez peut-être que ce monsieur venait en personne dans ma boutique acheter son beefsteak ? Pensez-vous ! Ces gens de Tynedale Lodge ne traitent jamais directement avec les Gyp de ce monde, grogna-t-il en pointant un pouce vers sa poitrine. Ils sont bien trop importants pour frayer avec le commun des mortels !

— Depuis combien de temps connaissiez-vous Mr Croft ?

— Je viens de vous dire que je le connaissais à peine !

— D'accord. Depuis combien de temps le connaissiez-vous à peine ?

— Depuis aussi longtemps que j'ai ouvert la boucherie. Ça doit faire… dans les vingt ans.

Il gratta sa joue creuse du bout de ses longs doigts.

— Il ne vous appréciait pas beaucoup ? devina Jury.

— Je suis bien trop occupé pour me soucier de qui m'aime ou pas.

— Moi, j'ai tout mon temps, Mr Gyp.

Jury s'approcha de la chaise, agrippa le boucher par le col de sa chemise, le tordant assez fort pour le soulever à moitié. Il prit son temps, ce qui accentua encore l'effet menaçant.

— Écoutez-moi bien, Gyp. S'il arrive quoi que ce soit à Benny Keegan ou à son chien… J'ai bien dit « ou à son chien »…

— Vous m'étranglez ! J'étouffe !

— Je reviendrai, Mr Gyp. Vous avez donc tout intérêt à ce qu'ils restent tous les deux en bonne santé.

Jury rouvrit brusquement la main et Gyp partit à la renverse contre le mur. Jury fit un signe de tête à Wiggins et ils se dirigèrent vers la porte. Derrière eux, Gyp se mit à vociférer :

— Je vais porter plainte ! Vous ne vous en tirerez pas comme ça !

Jury sortit sa petite liasse de cartes de visite et en lança une en direction du boucher.

— Au cas où vous ne vous souviendriez pas de mon nom…

Jury aimait l'atmosphère renfermée du Moonraker, l'odeur légèrement acide de l'encre, l'idée du vieux papier s'effritant comme la mémoire. La poussière, la mauvaise lumière, la nostalgie, tout ici cadrait parfaitement à l'image qu'il s'était faite d'une librairie. À moins qu'il ne s'agisse d'une vision romantique. Rien à voir, en tout cas, avec les officines des gigantesques chaînes de librairies qui se multipliaient un peu partout dans le pays. Il aimait même l'enseigne en bois, au-dessus des marches qui descendaient vers le « rez-de-jardin ».

Librairie Moonraker
Prop. : S. Penforwarden

— Il s'intéressait beaucoup à la guerre, expliqua Miss Penforwarden en parlant de Simon Croft. On peut dire qu'il était passionné. J'ai dû commander une bonne dizaine de livres sur ce thème pour lui. Quels étaient les derniers, voyons… *Quatorze Jours*, c'est ça, et *Décembre solennel*, assez pauvre comme titre, vous ne trouvez pas ? Quoi qu'il en soit, Simon avait une grande estime pour les deux. *Décembre solennel*, c'est celui qui se situe en 1940, bien sûr. On discutait souvent de la guerre, on discutait beaucoup. Nous étions tous les deux enfants à l'époque, je devais avoir dans les sept, huit ans. Je crois qu'il était un peu plus âgé que moi. Nous avions tous les deux des souvenirs un peu flous, que nous essayions d'éclaircir ensemble…

Elle but une gorgée du thé qu'elle avait gentiment invité Jury et Wiggins à partager avec elle : « Je prends toujours mon thé vers cinq heures et je viens juste de sortir du four un cake au cumin. »

Jury en était à sa seconde tranche, tout comme Wiggins. Quelque part, au bout d'une rangée d'étagères, une horloge à l'ancienne égrenait les secondes, son tic-tac étant le seul bruit audible. S'il y avait eu un client lisant un livre au fond de la librairie, on l'aurait entendu tourner les pages.

Jury s'enfonça un peu plus dans le fauteuil, évitant de reposer sa tête contre la housse du dossier, de crainte de s'endormir. C'était la première fois depuis le début de la journée qu'il se sentait complètement à son aise, mais également mort de faim et de soif. Il poussa sa tasse vers la théière et Miss Penforwarden le resservit, ajoutant un soupçon de lait au passage.

— Si je comprends bien, Croft ne s'intéressait pas à la guerre pour des raisons purement historiques. C'était personnel.

— Oh oui, complètement.

Elle souleva à nouveau la théière en regardant le sergent Wiggins qui, naturellement, en revoulait aussi.

— C'est que, voyez-vous, Francis Croft, son père, possédait un pub dans la City, le Blue Last. Il a été détruit pendant le Blitz. Ce devait être en…

Elle plissa des yeux, calculant mentalement.

— Le 29 décembre 1940, dit Jury.

Miss Penforwarden en fut stupéfaite.

— Vous, vous avez étudié l'histoire !

— Pas vraiment, répondit Jury avec un sourire. Mais je connais déjà celle du Blue Last.

— Oui, bien sûr. Il y a eu un article dans le journal il n'y a pas longtemps. Un promoteur a acheté le site du dernier bombardement, et quand ils ont creusé les fondations, les ouvriers ont déterré des ossements…

— Ce livre que Mr Croft écrivait, est-ce qu'il en a discuté de manière plus précise avec vous ?

Sybil Penforwarden se pencha en arrière, sa tasse tremblant légèrement dans sa soucoupe.

— Je me souviens qu'il m'a dit que c'était une affaire très… « familiale ». Des détails me reviennent peu à peu. Je vous les livre dans le désordre, comme ils me viennent à l'esprit, ça vous va ?

— Parfaitement.

Wiggins reprit son petit calepin sur la table où il l'avait déposé quand le cake et le thé étaient apparus.

— Je me souviens qu'il m'a parlé d'Oswald Mosley, poursuivit-elle. Vous savez, cet horrible fasciste ? Simon s'intéressait à lui parce qu'il avait découvert que le mari de Mrs Riordin — c'est une dame qui habite à Tynedale Lodge — avait été un de ses partisans. Il m'a dit que beaucoup de gens considéraient Mosley comme un personnage de bande dessinée, un pitre, mais, je le cite : « Cet homme était dangereux, extrêmement dangereux, ce que les gens ont tendance à oublier. » Simon se demandait pourquoi Riordin avait abandonné sa femme pour suivre un tel « gredin ». C'était comme ça qu'il appelait Mosley. Simon utilisait souvent des termes un peu désuets.

Miss Penforwarden sourit. Jury se demanda jusqu'où était allée sa relation avec Simon Croft.

— Mais il n'a pas posé la question directement à Katherine Riordin ?

— Ça, je l'ignore.

— Aurait-il pu être troublé ou révolté par des comportements ou des mœurs qu'aujourd'hui nous considérons comme banals ? L'avortement, le divorce, le concubinage, l'homosexualité… Le genre de choses que le public considère désormais, à tort ou à raison, comme plus acceptables ?

— Oui, il était assez vieux jeu, à cet égard. Mais pas moralisateur pour autant, si vous voyez ce que je veux dire. C'est juste qu'il croyait avec ferveur aux… liens affectifs.

— Comme à la loyauté, par exemple ?

— Oui, absolument.

— À la couronne et à la patrie ? dit Jury avec un sourire.

— Ça vous fera peut-être rire, mais…

— Je ne ris pas, Miss Penforwarden.

— Il aimait beaucoup le mari d'Alexandra, Ralph Herrick. Ralph était dans la RAF. À l'époque, Simon était encore très jeune et Ralph était son héros. Il faut dire que c'était véritablement un héros. Il a reçu la Victoria Cross pour sa bravoure. Je ne me souviens plus exactement de ce qu'il a fait pour ça. Simon disait que dans son avion c'était une vraie tête brûlée.

Jury réfléchit un moment, regardant d'un air absent Wiggins qui prenait ses notes. Ça, c'était de la loyauté : il était assis devant sa troisième tasse de thé (il s'était resservi lui-même), son calepin sur les genoux. Jury sourit. Il savait ce qu'il ressentirait si Wiggins venait à être tué. Il ferait la peau au salaud qui l'aurait abattu. D'un autre côté, on ne pouvait pas descendre toute la Luftwaffe.

— Simon s'intéressait aussi aux impostures, poursuivit Miss Penforwarden.

— Pardon ?

— Vous savez, l'ennemi qui se fait passer pour quelqu'un d'autre, ces histoires absurdes qu'on faisait circuler à l'époque sur les Allemands qui se seraient infiltrés un peu partout dans la population sous un déguisement. On racontait par exemple que des parachutistes atterrissaient travestis en bonnes sœurs. Ça, et l'histoire de la Cinquième Colonne. Les traîtres qui faisaient des signaux aux avions allemands avec des torches électriques depuis leur jardin. Des inepties de ce genre. Mais il disait qu'une fois qu'une rumeur de ce genre est lancée, il est très difficile de la sortir de la tête des gens.

— Oui. Il ne devait pas supporter l'idée de la trahison.

— Vous l'aimez, vous ? intervint Wiggins. Qui pourrait la supporter ?

Miss Penforwarden plissa les lèvres et reposa sa tasse dans sa soucoupe. Le thé était déjà froid.

— Vous savez, j'ai parfois eu l'impression qu'il y avait autre chose que la guerre qui l'incitait à faire ses recherches.

— Mais il ne vous a jamais dit quoi.

— Directement ? Non.

— Vous dites que vous l'avez vu il y a deux semaines. Vous avez remarqué une différence dans son comportement ?

Elle sembla perplexe.

— Non. Il était comme à son habitude. Il a parlé des années quarante, de la dévastation. Hitler envoyait plus de cinq cents avions par nuit ! Simon tenait un cahier de notes et il me citait des faits de ce genre. Je me demandais comment il faisait pour se souvenir de tout et il m'a tendu le journal qu'il gardait toujours sur lui. Il m'a dit : « Je ne vais jamais nulle part sans lui. »

— Certaines personnes semblent penser qu'il était devenu un peu paranoïaque, les dernières semaines. Au point qu'il refusait de laisser entrer des membres de sa famille chez lui. Les fleuristes n'ont pas pu entrer non plus, quand ils sont venus lui livrer des bouquets…

— Mais comment peuvent-ils savoir, ces gens qui ne sont pas entrés ?

— Savoir ?

— Qu'il avait changé, qu'il était devenu paranoïaque ?

— Sans doute parce qu'il refusait de les voir. Apparemment, il avait peur.

Elle n'était visiblement pas convaincue.

— Tout ce que je peux dire, c'est qu'avec moi il était toujours pareil.

— Peut-être qu'il se sentait plus à son aise avec vous qu'avec les autres.

Elle écarta cette hypothèse d'un geste de la main.

— Je ne vois pas pourquoi.

Jury se leva et prit son manteau.

— Moi si, dit-il. Il faut qu'on y aille. Votre aide nous a été très précieuse, mademoiselle. Prêt, Wiggins ?

— Prêt, monsieur ! sursauta Wiggins.

Quelques instants plutôt, il avait eu l'air somnolent. En courbant la tête pour passer sous le bas linteau, Jury lui dit :

— Voici l'effet de trois tasses de thé et de trois tranches de cake sur l'organisme, Wiggins.

— Mais ça en valait la peine, n'est-ce pas, monsieur ? Cette fois, on a eu droit à une image différente de Simon Croft.

Ils se dirigèrent vers la voiture.

— Si je comprends bien, dit Jury, manger tout ce cake était un sacrifice nécessaire ?

— On peut le voir sous cet angle. Je me sens plutôt plein… Où allons-nous, à présent ?

Jury se tassa sur le siège du passager, se disant qu'il serait sans doute plus à l'aise dans le coffre.

— Déposez-moi devant chez Croft.

— Qu'est-ce que vous espérez y trouver ? Les techniciens l'ont déjà passé au peigne fin…

— Oui, mais parfois on en apprend plus en examinant les choses par soi-même.

41

Les demeures de particuliers au bord de la Tamise étaient rares, surtout dans la City, qui avait toujours été le cœur financier et commercial (pour autant que le commerce ait un cœur) de Londres : la Banque d'Angleterre, Mincing Lane, Lloyd's... Désormais, on y assistait au même élan de reconversion entamée des années plus tôt dans la zone des Docklands et qui s'était poursuivie dans les quartiers de Whitechapel, Limehouse et Wapham. Il concernait de vieux immeubles que les sentimentalistes auraient préféré voir rester intacts comme autant de monuments à la mémoire du passé de Londres, de ses docks, de ses viviers. Mais ce qui avait été perdu en romantisme avait été largement compensé par le gain en surface habitable à la mode. Pour une fois, les promoteurs et les constructeurs avaient eu raison. Le progrès était réel, sauf pour les sentimentaux qui pensaient que le passé était sacré et refusaient le changement.

Jury savait qu'il en faisait partie, tout comme Simon Croft avant sa mort. Ce romantisme inutile entravait son travail, même si, la plupart du temps, il parvenait à le laisser de côté. Mais il tombait parfois sur une affaire qui nécessitait d'examiner le passé à la loupe.

L'hôtel particulier de Simon Croft n'était pas le produit de ces récentes réhabilitations. Datant de la fin du dix-huitième siècle, il était d'inspiration néoclassique. Sur le plan architectural, il n'était pas franchement palpitant mais, avec sa masse en pierre grise, il en imposait, surtout par son âge. La façade était plate, avec de hautes fenêtres au rez-de-chaussée et au premier étage, et des fenêtres à guillotine plus petites aux deux derniers niveaux. Sur le devant, une cour pavée pouvait accueillir cinq ou six voitures. La seule présente ce jour-là était la Mercedes de Croft.

Lorsqu'il était entré dans la demeure, la nuit où Simon Croft était mort, Jury avait remarqué qu'elle était remplie d'antiquités superbes, de meubles valant des fortunes. Désormais, le grand salon de réception était pratiquement vide. Une crédence, probablement dix-septième, était poussée contre un mur, ses portes et ses flancs peints de fleurs aux tons fanés roses et verts. Les seuls autres meubles de la pièce étaient un lit de repos recouvert d'un velours bleu nuit et un fauteuil Chippendale tapissé d'une soie damassée vert argent.

Le même sentiment de vide qui avait étreint Jury à l'extérieur le reprit. C'était cette sensation de vacuité, d'abandon, que l'on associe à une maison dont les occupants ont subitement fait leurs bagages et déguerpi à jamais. Cela lui rappela sa première visite à Watermeadows, la belle demeure de style italien dont le parc immense jouxtait Ardry End. Il ferma les yeux et pensa à Hannah Lean. *Ne commence pas !* Mais naturellement, c'était plus fort que lui. Le salon de Watermeadows était encore plus grand que celui-ci, et plus vide, ne comptant qu'un canapé, une chaise... dégageant cette même impression que les occupants des lieux avaient fui comme devant une guerre, ou l'occupation ennemie, en emportant tout ce qui était transportable. Il sortit de la pièce.

Il traversa le foyer au sol en damier de marbre noir et blanc, coupé en deux par un grand escalier en acajou, et entra dans la bibliothèque où Mrs MacLeish avait découvert le corps de Simon Croft. Cette pièce-ci n'avait rien à voir avec l'autre, encombrée qu'elle était de sièges, de tables et de livres. Jury alluma une lampe de bureau, un objet alambiqué avec un éléphant en bronze à sa base. Il examina tout ce que la police n'avait pas emporté dans des sacs de pièces à conviction. Il y avait un encrier en argent ciselé, plusieurs Mont-Blanc, un sous-main et une ramette de feuilles pour imprimante sous un lourd presse-papiers en verre. Il y avait un beau meuble en bois de rose qui ressemblait à un secrétaire mais était en fait un classeur. Les fauteuils étaient amples, avec des coussins épais et tapissés de lin ou de cuir. Jury sentait presque la pièce l'envelopper comme un cocon.

Trois murs étaient tapissés de livres du sol au plafond, deux d'entre eux percés de petites fenêtres à croisillons. Il trouva intéressant que l'assassin ait pensé à effacer toutes les traces de l'ouvrage que Simon était occupé à écrire — manuscrit, disque dur, disquettes — sans s'inquiéter de ses sources. À moins que, manquant de temps pour inspecter les livres, il ou elle ne se soit tout simplement contenté d'espérer que personne ne songerait à examiner les étagères.

La raison du meurtre de Simon Croft avait dû se trouver quelque part par ici et s'y trouvait peut-être encore. Pas la moindre trace, ne serait-ce que des notes qu'il avait dû prendre. Pas plus que du carnet dont Miss Penforwarden avait parlé (« Il le gardait toujours sur lui »). Encore moins de son journal intime de l'année, qu'il avait probablement tenu puisqu'il y avait ses journaux des quinze années précédentes alignés sur l'une des étagères. Un trou au bout de la rangée trahissait l'absence du dernier volume.

Jury se dit que les ouvrages que Croft avait consultés avaient dû être regroupés plutôt que classés séparément dans la bibliothèque en fonction de leur sujet ou de leur auteur. Il sortit son calepin et vérifia les derniers titres que Miss Penforwarden avait procurés à son client. Il les trouva, comme il s'y était attendu, ensemble sur l'étagère la plus proche du fauteuil en cuir. Ce dernier aurait été parfaitement à sa place chez Boring's. À son degré d'usure avancée, Jury devina que c'était le préféré de Simon. Il s'y assit pour examiner les livres envoyés par le Moonraker. Tous deux étaient remplis de repères et de notes en marge.

Décembre solennel, quoique acheté relativement récemment, avait déjà été lu et relu. Il y avait bon nombre de petits bouts de papier et de Post-it jaunes marquant les pages. Son sous-titre disait : *La Grande-Bretagne, 1940*. Comme l'avait suggéré Miss Penforwarden, c'était pile le sujet de recherche de Croft. Un bon tiers était composé de photographies. Le texte lui-même traitait des souffrances et du courage du peuple britannique : les préposés à la défense passive, les volontaires, les commerçants et les citoyens ordinaires. C'était un livre nostalgique et patriotique. En ce sens, le texte n'avait pas dû être d'une grande utilité pour Simon, pas assez développé. L'image que Jury s'était forgée de lui était celle d'un être complexe. Il pouvait être (et était) extrêmement attaché à sa famille sans pour autant accepter de se laisser duper par elle. « Duper » comment, cela restait à voir, mais l'identité de Maisie Tynedale entrait certainement en ligne de compte.

Une fois de plus, la question se posa : si voler l'ordinateur, le journal, les notes et le disque dur de Croft avait eu pour but d'effacer ce qu'il avait découvert, pourquoi avait-on laissé ces livres ? Le second, *Quatorze Jours*, était également très annoté. Des notes, des renvois dans les marges. Celui-ci, contrairement au premier, était essentiellement du texte, dense, fourmillant d'informations.

Dans cette affaire de meurtre, Jury était bien obligé de partir de ce qu'il savait au sujet des mobiles plausibles, et le seul à tenir debout pour le moment était celui de Kitty Riordin et de sa fille Erin. Que Croft ait découvert cette imposture (« Simon s'intéressait aux impostures ») et l'ait fait savoir à Riordin aurait constitué une bonne raison pour cette dernière de le tuer.

L'autre point était la tentative d'assassinat présumée dans la serre. Mais ces deux affaires étaient-elles liées ? Peut-être pas, même si Jury avait horreur des coïncidences.

Un coffret à cigarettes avec des incrustations en nacre (« Regarde comme je suis beau, Jury, prends-en une ! ») était posé sur le guéridon près du fauteuil. Il se leva et fit le tour de la pièce en essayant de s'immiscer dans l'esprit de Simon Croft. Même s'il n'aimait pas trop élargir le champ des possibilités, il devait également envisager l'hypothèse de Plant : le meurtre pouvait être lié au travail de courtier de Croft. Peut-être avait-il ruiné un de ses clients, peut-être avait-il fraudé ? Jury en doutait, cela ne paraissait pas son genre. En outre, sa dernière visite à Miss Penforwarden n'était pas celle d'un homme aux abois, pris la main dans le sac. Non. D'un autre côté, l'évaluation de son état d'esprit par la libraire différait de celle de Mrs MacLeish, de Haggerty, de l'épicier ou des garçons du Delphinium. Ce qui était plutôt intéressant.

Jury venait de faire deux fois le tour de la pièce et se tenait à présent devant le classeur en bois de rose. Dieu soit loué, Croft était un maniaque de l'ordre ! Il sortit un dossier indiquant *Correspondance*. Les lettres étaient rangées chronologiquement, celles du devant étant les plus récentes. Il en parcourut quelques-unes mais en eut vite assez. Des clients satisfaits le remerciaient, louant son bon travail sur leurs comptes de courtage ; des amis l'invitaient à passer un week-end dans l'Invernessshire ; ses avocats lui demandaient de passer les voir au sujet de modifications « mineures » dans la formulation de son testament. Il ne semblait pas s'agir d'un changement de bénéficiaire. C'était à peu près tout. Naturellement, on avait pu enlever des lettres.

Il retourna s'asseoir dans le fauteuil et saisit *Quatorze Jours*. Ç'aurait pu être le titre d'un thriller. Il lut des passages sur les pluies de bombes qui s'étaient abattues sur l'est de Londres et une partie de la City les nuits du 19 et du 20 décembre. Il ne fut guère surpris d'apprendre que, pendant un certain temps avant le Blitz, Hitler avait été convaincu que la Grande-Bretagne finirait par entendre raison et capituler. Compte tenu des victoires remportées par les Allemands, on pouvait effectivement s'étonner qu'elle ne l'ait pas fait. Heureusement que le pays n'avait rien su des désastres subis par les corps expéditionnaires britanniques. La France avait rapidement sombré. En outre, l'Allemagne avait pris la Hollande, Bruxelles, et, pis encore, contrôlait une bonne partie de la Manche.

Il y avait de nombreuses notes dans les marges, ce qui n'avait rien d'étonnant de la part de Croft, annotateur consciencieux. À un endroit, il avait écrit *Ralph (?)*. N'étant pas familier des prouesses de Herrick pendant la guerre, Jury ne voyait pas le lien entre le fringant pilote et les raids en plein jour sur les terrains d'atterrissage du sud-est de l'Angleterre. Les bombardiers allemands avaient été contraints de faire demi-tour ou abattus par les chasseurs de la RAF. Deux pages plus loin, il trouva encore la même note : *Ralph (?)*. Cette fois encore, plusieurs pages étaient consacrées aux tentatives presque réussies de Göring pour détruire tous les terrains d'aviation de la RAF, ce qui serait revenu à éliminer la RAF. En d'autres termes, celui qui s'assurait la maîtrise des airs remportait la guerre.

Pour une raison quelconque, ces points d'interrogation troublaient Jury. Un seul aurait pu indiquer une simple curiosité, mais leur répétition suggérait un vrai besoin de savoir. Savoir quoi ? Le deuxième point d'interrogation était accompagné d'un renvoi : *(cf. p. 208, l.p.b.h.)*.

« l.p.b.h. »... Un titre, peut-être ? Un auteur ? Il retourna devant l'étagère, fit courir son doigt le long du dos des volumes que Croft semblait avoir le plus consultés. Il finit par tomber sur *Leurs Plus Belles Heures* (un titre emprunté à Churchill). Il le feuilleta et, en page 208, s'arrêta sur un compte rendu du bombardement allemand sur l'île de Wight. C'était la mention inscrite en marge qui l'avait alerté : *R (?)*. Que cherchait à savoir Simon ? Si Ralph avait participé à cette bataille en particulier ? Si Ralph en avait parlé ? À quoi pouvait-il faire référence ? Jury parcourut trois autres pages contenant des annotations, mais cela ne l'avança en rien.

Sauf, naturellement, dans son monde privé, où cela prenait un sens tout autre. Jury n'avait connu son père que comme un visage sur les photos que lui avait montrées sa mère et au travers de ce qu'il avait imaginé à son sujet, une litanie qu'il s'était répétée encore et encore avant de s'endormir. Totalement séduisant, forcément courageux.

Il songea aux photographies. Croft avait certainement un album. Quelqu'un d'aussi précis, organisé, soucieux de préserver la mémoire, conservait sûrement des images, des clichés... Son livre lui-même ne devait-il pas contenir des documents photographiques, comme c'était généralement le cas avec ce genre d'étude ? Jury réexamina les étagères où étaient rangés les journaux intimes et les cahiers, mais ne trouva rien.

Frustré, il se rassit dans le fauteuil et reprit *Leurs Plus Belles Heures*. À quoi pensait Croft ? En parcourant les pages, il dénicha d'autres annotations, cette fois une colonne de dates :

5/21/41 (BISMRCK)
8&9/40 (ATTAQUES, AÉRODROMES)
10/40 (COV)

Jury lut en diagonale la page en question. Il n'y trouva aucune date correspondant à celles de la marge, pas plus que dans celle d'avant ni dans celle d'après. Il s'arrêta ensuite à toutes les pages contenant des notes en marge. Aucune de ces dates n'était mentionnée dans le texte, donc Simon devait utiliser d'autres sources. Mais il ne trouva aucune référence. Comment pouvait-il lier ces dates à des événements ? Comment trouver leur dénominateur commun ? Y en avait-il un, et était-ce Ralph ? Personne n'avait beaucoup parlé de lui, mais d'un autre côté ledit Ralph n'avait pas fréquenté la famille assez longtemps pour qu'ils puissent le connaître. Simon et Ian l'idolâtraient, ce qui ne voulait pas dire qu'ils le connaissaient. Son mariage avec Alexandra avait été bref et s'était déroulé durant la guerre. Ce que tous savaient et citaient, c'était que le jeune pilote avait été décoré de la Victoria Cross.

Sur la dernière page du livre, tout en bas, Simon avait écrit :

> *COVENTRY*
> *ULTRA*
> *CHICK./BED.*
> *HATSTON*
> *ENIGMA B.P.*
> *Seigneur, je ne peux pas le croire !*

Enigma ? Jury fronça les sourcils.

Il resta assis dans le fauteuil, à réfléchir un long moment. Puis il se dirigea vers le téléphone et sortit son petit calepin. Il appela Marie-France Muir.

Ensuite il fit le numéro de Boring's.

42

Marie-France Muir habitait dans Chapel Street. Sa maison n'était pas très grande mais, compte tenu du prix du mètre carré à Belgravia, elle n'avait pas besoin de l'être pour témoigner de la richesse de la propriétaire. Les meubles à eux seuls en disaient suffisamment long. Un bureau ministre en noyer était poussé contre un mur, flanqué d'un miroir en trumeau et d'une peinture particulièrement belle qui semblait comme éclairée de l'intérieur, représentant des bois, des moutons et des traînées de neige. Dans une alcôve près de la cheminée se dressait un bahut à deux corps à la patine chaleureuse. La cheminée elle-même était en marbre vert sculpté et protégée d'un pare-feu ouvragé, décoré d'oiseaux et de papillons. Une vitrine en bois de rose marqueté abritait une collection de porcelaines. Elle était presque aussi haute que Jury. À travers une porte donnant sur ce qui devait être la salle à manger, Jury aperçut des chaises en bois sculpté autour d'une longue table sombre.

Toutefois, ce n'étaient pas les meubles qui dominaient la pièce mais les tableaux, en grande partie des impressionnistes français et des post-impressionnistes. Ils étaient accrochés les uns au-dessus des autres dans des cadres dorés rococo. On se serait cru dans une galerie. Il se demanda d'abord combien étaient des originaux, puis s'ils n'étaient pas tous des originaux.

Le canapé et les fauteuils, d'origine plus modeste, semblaient confortables, même enveloppés dans des housses d'un gris reposant.

— C'est vraiment une belle pièce, dit Jury en s'enfonçant dans un fauteuil.

Il tenait à la main une tasse du café que Marie-France avait eu la bonne idée de faire. Il osait à peine soulever la porcelaine, si fine qu'on aurait dit qu'il suffisait de souffler dessus pour la briser.

— Merci.

Elle regarda autour d'elle comme si, à la lumière de son commentaire, elle évaluait les lieux d'un regard neuf.

— La plupart des toiles ont été achetées par Ian. C'est lui, l'expert en peinture. Quelques pièces viennent de chez Simon.

La tasse fragile trembla dans la soucoupe et elle les reposa sur la table près de son fauteuil. Elle resta silencieuse un moment, tout comme Jury. Il n'aimait pas empiéter sur ces silences, ceux provoqués par le chagrin. Il n'intervenait pas, sauf si la personne lui faisait comprendre qu'elle le désirait.

— Rien n'est plus pareil, reprit-elle soudain. Simon et moi, on ne se voyait pas si souvent, mais ce n'est pas indispensable, vous ne trouvez pas ? Savoir que l'autre est là suffit. Il faut dire qu'on était assez indépendants, et même si on donne l'impression de vivre les uns sur les autres, ce n'est pas vraiment le cas. Je veux dire, nous tous, y compris les Tynedale. Je crois que c'est en raison de cette indépendance que Ian ne s'est jamais marié. Ou du moins, c'est l'une des raisons. Dieu sait qu'il n'avait que l'embarras du choix, ajouta-t-elle en souriant. D'une certaine manière, c'est dommage. Aucun de nous n'a d'enfants. Pour ma part, ce n'était pas faute d'en vouloir, et mon mari aussi.

Elle haussa les épaules, presque de l'air de s'excuser.

— Dans ce cas, vous n'avez pas dû…

Jury s'interrompit et reformula sa phrase :

— Combien de fois avez-vous vu votre frère au cours des deux derniers mois ?

Marie-France réfléchit. Puis :

— Une fois chez lui, une autre fois ici. La dernière fois, c'était… oh, début novembre.

— Vous a-t-il paru différent ?

Elle plissa légèrement le front.

— Non. Nous sommes tous plutôt d'humeur égale. Ce n'est pas très excitant, mais c'est comme ça.

— Quelques-unes des personnes auxquelles j'ai parlé m'ont dit avoir eu l'impression qu'il avait peur de quelqu'un ou de quelque chose. Au point de leur paraître paranoïaque.

Le sourire qu'elle adressa à Jury aurait charmé les papillons dorés du pare-feu.

— Commissaire, je n'ai jamais entendu une telle absurdité.

Il lui retourna un sourire similaire.

— Peut-être, mais n'oubliez pas que vous ne l'avez vu que deux fois et que la dernière remonte à début novembre…

— Je ne base pas mon opinion sur ce que j'ai vu mais sur ce que je connais de lui. C'était la personne la plus facile que j'aie jamais connue, la plus posée. Simon et la paranoïa, ça ne colle pas. Qui a dit qu'il avait peur et pourquoi ?

— Il a demandé à l'inspecteur Haggerty de passer de temps en temps. Il semblait craindre quelqu'un. Il ne laissait plus rentrer les commerçants chez lui, tout comme certains membres de la famille. Maisie Tynedale, par exemple.

— Mais il n'a pas dit de quoi il avait peur ?

Jury fit non de la tête.

Marie-France soupira.

— Personnellement, pour ce qui est des commerçants, je ne déroule pas vraiment le tapis rouge pour le boucher, ni pour le boulanger non plus. Quant à Maisie..., fit-elle en détournant le regard et avec un petit geste de dédain de la main, Simon ne l'a jamais beaucoup aimée.

— Pourquoi ?

— Il la trouvait d'une part calculatrice, de l'autre flagorneuse, et sans doute aussi quelques autres petites choses entre les deux.

Elle saisit une cafetière en argent et remplit de nouveau la tasse de Jury. Il n'y avait pas de doute, le café était meilleur servi dans l'argent massif et la porcelaine précieuse.

— Et vous ? Vous êtes d'accord avec lui ?

— Au sujet de Maisie ? Oui, je la trouve très froide.

— Et son grand-père ? Que pense-t-il d'elle ?

— Je ne peux pas parler pour Oliver. Maisie n'est pas seulement la fille d'Alexandra, c'est sa seule petite-fille. Cela fait déjà deux bonnes raisons pour lui de l'adorer. Même si ça n'a pas l'air d'être le cas. Enfin, je veux dire par là qu'il n'est pas gaga devant elle comme il l'est devant cette petite fille, là, Gemma. Mais naturellement, celle-ci n'a que huit ou neuf ans. Peut-être que quand Maisie avait neuf ans, Oliver était pareil avec elle. La seule personne qui semble bien s'entendre avec Maisie, c'est cette Riordin. Celle-là, je ne peux pas l'encadrer. Elle a quelque chose de… de presque malsain. Quand elle était encore toute jeune, elle a renoncé à tout pour vivre à Tynedale Lodge. Je trouve ça bizarre.

— Elle doit penser qu'elle a quelque chose à y gagner. Je suppose qu'elle s'attend à toucher une part de l'héritage de Mr Tynedale, non ?

— Oui, bien sûr, il y aura quelque chose pour elle, mais je ne trouve pas que ça vaille la peine de gâcher toute sa vie pour ça.

Elle soupira et but une gorgée de café.

Jury se pencha en avant.

— Vous n'avez jamais pensé qu'il pouvait y avoir plus que ça ?

— Que voulez-vous dire ?

Elle lança un regard vers la fenêtre, comme si la réponse s'y trouvait.

— Vous croyez qu'ils ont été amants ?

Jury éclata de rire.

— Cette idée ne m'avait pas encore traversé l'esprit, mais elle aurait sans doute dû.

Elle lui lança un regard torve.

— Non, elle n'aurait pas dû. Je suis surprise qu'elle ait traversé le mien. Oliver n'est tout simplement pas… Je ne sais pas comment le dire… Quoi qu'il en soit, ça n'a jamais été le cas, vous pouvez me croire sur parole. Mais que vouliez-vous dire, dans ce cas ?

Dans la mesure où Ian Tynedale et Marie-France n'aimaient pas Maisie et Kitty Riordin et qu'ils étaient de toute évidence des personnes intelligentes, Jury était surpris que ni l'un ni l'autre n'ait jamais mis en question la légitimité de Maisie. Mais ils étaient également de parfaits ingénus ; peut-être ne pouvaient-ils tout simplement pas imaginer une imposture aussi monstrueuse, qui plus est sur plus d'un demi-siècle.

— Je ne sais pas, j'ai dit ça comme ça, répondit-il. Je chasse les éventualités.

— Alors il vous faudra un meilleur appât, commissaire.

Elle lui adressa à nouveau son sourire enjôleur avant de reprendre :

— La plupart d'entre nous parvenons à vivre avec Kitty, mais pas Emily. Emily ne s'est jamais entendue avec elle. Elle la considère comme une usurpatrice.

— Dans quel sens ?

— Kitty s'est attribué un acte d'héroïsme..., ou plutôt on le lui a attribué..., qu'elle n'a pas fait : elle n'a pas sauvé la vie de Maisie. C'était un hasard, une pure coïncidence. Mais elle a fini par croire que c'était vrai.

Jury hocha la tête.

— Il y a quelque chose qui me chiffonne : pourquoi a-t-elle emmené le bébé en promenade en plein Blitz ? La Luftwaffe faisait pleuvoir des tombereaux de bombes...

— Oui, mais les bombardements étaient irréguliers. Simon en parlait souvent. Notre père est mort pendant le Blitz, c'est ce qui lui a inspiré ce livre. Simon pensait que ce que beaucoup de gens ont pris pour un bombardement stratégique était en fait une destruction systématique. Le chant du cygne de Göring. Il savait déjà qu'il avait perdu, en échouant à détruire nos forces aériennes. Ses raids sur les pistes de la RAF n'avaient pas porté leurs fruits. Pour nous qui étions gamins, c'était un moment excitant. Vous imaginez tous ces décombres qu'on pouvait explorer à la recherche de trésors ! C'était comme un film. Ce genre d'illusion n'était pas limité aux enfants. Les adultes le ressentaient aussi.

Ce que je veux dire c'est que, par moments, c'était comme vivre dans un conte de fées. Ça peut paraître monstrueux, je sais, mais c'était le climat qui régnait alors. Si vous ajoutez à cela que Kitty Riordin était une jeune femme têtue, vous comprendrez que si elle estimait que le bébé avait besoin de prendre l'air, elle n'était pas du genre à rester terrer au Blue Last, à attendre que la guerre se termine.

— Et Alexandra ?

— Alex était plus raisonnable, plus réaliste.

— Dans cas, pourquoi a-t-elle laissé la nurse sortir sa fille ?

— Bonne question. Je n'ai pas la réponse. Difficile d'imaginer ce qui s'est passé il y a cinquante-cinq ans.

Jury sourit.

— Je passe le plus clair de mon temps à ça.

— Oui, je comprends, c'est votre métier.

Jury reposa sa tasse.

— Ce livre que votre frère écrivait, il semble qu'il y était beaucoup question de Ralph Herrick.

— Ralph ? s'étonna-t-elle.

Elle répéta le prénom comme une incantation magique.

— Ralph. Je ne me souviens pas que Simon m'en ait parlé. Cela dit, quand nous étions enfants, Ralph nous paraissait si glamour ! C'était un héros. Il était beau, il était marié à Alexandra. Simon et Ian le vénéraient. Le fait qu'il pilote un Spitfire le rendait quasi divin.

— Vous souvenez-vous de Herrick autrement qu'en idole ?

Marie-France réfléchit un moment, buvant son café.

— C'est la bonne formule, commissaire. Le fait est, c'est exactement comme ça que nous le voyions. Il incarnait un aspect de cette guerre qui était noble et bon.

Mais pour ce qui est de le connaître… Il était rarement présent. Il n'était jamais chez lui, même après son mariage avec Alex, et elle est morte à peine plus d'un an plus tard. Ensuite…

Elle s'interrompit, fouillant sa mémoire.

— Eh bien, je ne sais pas trop ce qui lui est arrivé.

— Herrick a rejoint l'équipe de Bletchley Park. Vous vous souvenez, les mathématiciens comme Turing qui s'efforçaient de décoder les messages cryptés par les machines Enigma de Hitler ?

Elle dévisagea Jury en haussant les sourcils.

— Vraiment ? Non, je ne me souviens pas de l'avoir jamais su. Mais je suppose que Simon était au courant.

Elle regarda de nouveau par la fenêtre, derrière laquelle la nuit était tombée. Sur la table à côté d'elle, la lumière de la lampe creusait des ombres profondes dans un bouquet de roses. La petite pendule en bronze doré sur le manteau de la cheminée sonna sept coups. Jury se leva.

— Il faut que j'y aille. Je vous remercie sincèrement de m'avoir reçu.

— Je vous en prie, commissaire.

Tout en se levant à son tour pour le raccompagner à la porte, elle se mit à rire.

— Je n'arrive toujours pas à croire que quelqu'un ait dit que Simon était parano. S'il y a bien une personne à qui je ne vois aucun ennemi, c'est bien lui.

Jury la dévisagea gravement.

— Pourtant, il en avait au moins un.

43

— J'ai mon manteau et de l'argent, annonça Gemma.

Elle sortit de sa poche un petit porte-monnaie bleu brillant à fermeture Éclair orné d'une marguerite en plastique rose bonbon. Elle était assise avec Benny sur la planche dans le hêtre.

— Je ne peux pas t'emmener à Piccadilly. Je... je suis trop occupé.

Il se sentait coupable. Il voulait dire par là qu'il était trop jeune. Pas pour lui-même, car il pouvait aller à Piccadilly autant et quand il le voulait, mais il était trop jeune pour qu'on lui confie la responsabilité de Gemma. Il n'obtiendrait jamais la permission. C'était plutôt risible. Il était trop jeune pour faire la plupart des choses qu'il faisait. L'ennui, c'était que lui aussi avait envie d'aller voir les vitrines de Fortnum and Mason (« Ce sont vraiment les plus belles vitrines de Noël de toute la ville », lui avait-il dit une fois), mais il craignait qu'il n'arrive quelque chose à Gemma.

— Ça ne te dit plus d'aller les voir ? demanda-t-elle.

Il haussa les épaules.

— Je ne dirais pas non.

— Alors on y va.

Il soupira.

— Gemma, ils ne te laisseront jamais venir avec moi, même en taxi.

Il avait vu que son porte-monnaie était plein. Il y avait largement de quoi payer la course.

— On n'a qu'à pas leur demander leur avis.

Il soupira de plus belle.

Il observait du coin de l'œil Sparky qui se promenait en s'arrêtant ici et là pour flairer des herbes et des racines comme s'il mettait les pattes dans ce jardin pour la première fois. Il vint vers eux puis changea de direction et entra dans la serre. Il ne grattait jamais les plates-bandes, mais il fallait quand même le surveiller. Mr Murphy n'aimait pas beaucoup les chiens.

— Noël n'est plus que dans trois jours.

Elle tirait sur une couture du pantalon de Richard. Elle avait coupé un peu de l'excès de tissu et recousu les côtés, mais les jambes étaient encore trop longues et s'ouvraient en pattes d'éléphant. Ce n'était pas la reine de la couture.

— C'est moi qui l'ai cousu, ça te plaît ?

Elle tourna lentement Richard devant Benny pour lui faire admirer sa tenue de face et de dos.

— C'est nettement mieux que sa vieille chemise de nuit. Mais tu n'aurais pas pu utiliser du fil bleu au lieu de ce blanc ?

Gemma parut dubitative.

— Oui, peut-être, mais je n'en ai pas trouvé.

Elle n'avait pas cherché.

— C'est joli.

— Il a besoin de nouveaux habits pour Noël. Il lui faut un imperméable.

— Ah.

Elle continua à tirer sur le fil.

— Dis, tu penses parfois à ta mère ? demanda-t-elle d'une petite voix.

Benny fut pris de court, l'espace d'un instant.

— De temps en temps.

Elle leva les yeux vers lui et le regarda fixement.

C'est moche quand ça se voit qu'on ment, se dit Benny.

— D'accord, reprit-il, je pense à elle tout le temps.

Sa propre voix lui sembla sonner étrangement creuse.

— Moi aussi je penserais à elle si j'arrivais à m'en souvenir. Je ne sais même pas à quoi elle ressemblait.

— À toi. Tu n'as qu'à penser à toi, mais en vieille. Tu sais à qui tu ressembles ? À la mère de Maisie. Tu te souviens, tu m'as montré sa photo un jour.

Gemma fronça les sourcils.

— Ça veut dire que je ressemble à Maisie ? Je ne veux pas !

Benny non plus.

— Non, non. À sa mère. C'est à la fille de Mr Tynedale que tu ressembles. Maisie ne lui ressemble pas vraiment, même si elle a les cheveux noirs et tout. Son visage n'a pas la même forme. Sa mère a un visage en cœur. Comme toi. Il est comme un petit cœur.

Gemma reposa Richard et se palpa le visage.

— Je ne trouve pas.

— Gemma, tu ne peux pas sentir la forme en cœur avec tes doigts. Tu n'as qu'à te regarder dans un miroir.

— Ah bon, dit-elle.

Elle regarda le visage de Richard un long moment, puis décréta :

— Je ne crois plus au Père Noël. Naturellement, autrefois, j'y croyais.

Cela agaça Benny.

— « Autrefois », ça veut dire quand ? Ça ne peut pas être il y a très longtemps, tu n'as que neuf ans !

— J'en ai presque dix, c'est comme si je les avais déjà.

— Ça fait combien de temps alors ?

— Longtemps... Quand j'avais cinq ans.

Cela acheva d'irriter Benny. Il n'y croyait plus non plus, mais il était beaucoup plus vieux qu'elle. Il s'était fait une joie de discuter avec elle du Père Noël, de ses activités polaires, de ses lutins et de tout le reste. En fait, il avait espéré se sentir supérieur. C'était un des avantages de traîner avec des plus jeunes que soi, on pouvait se la jouer.

— Ça ne t'a pas laissé beaucoup de temps pour y croire. Tu n'as sûrement pas réfléchi au Père Noël avant l'âge de, disons, quatre ans. Donc, si tu as arrêté à cinq ans, ça ne valait vraiment pas la peine d'y croire. Tu aurais aussi bien pu ne pas te donner cette peine et ne pas y croire depuis le début.

Benny ignorait d'où lui venait soudain ce côté tatillon. Était-ce parce que sa mère venait d'être évoquée et que ça le rendait toujours froid et anxieux ? Pourtant, le besoin de parler d'elle était aussi fort que la peur de le faire.

À ses yeux, la manière dont elle avait vécu et était morte était courageuse, mais d'autres pouvaient la trouver méprisable. Les gens parlaient toujours de ceux qui vivaient sous le pont de Waterloo avec mépris. Benny avait arpenté les rues avec sa mère presque quotidiennement. Un jour qu'ils n'avaient récolté qu'à peine de quoi nourrir Sparky, il s'était appuyé contre elle et s'était mis à pleurer :

« On n'a rien, rien, rien !

— Dieu non plus, avait-elle répliqué.

— Oui, mais lui il n'a pas de chien ! »

Elle s'était mise à rire.

Elle était ainsi faite, ne vivant pas dans l'espoir que leur situation s'améliorerait car elle savait qu'il n'en serait rien, mais sans jamais désespérer pour autant. Il se souvenait d'un sac de Selfridges défilant devant leur nez (ils étaient assis sur le trottoir), trois boîtes blanches en dépassant. Sa mère lui avait dit :

« Ces boîtes sont des boîtes à chaussures. Elle vient de s'en acheter trois paires. Tu sais ce qui va leur arriver ? Elles vont passer toute leur vie au fond d'un placard. Elle va les porter une ou deux fois, puis elles iront rejoindre les autres chaussures et elle ira s'en acheter d'autres. »

Mendier ne semblait pas la gêner. Benny, lui, trouvait ça insupportable car elle méritait tellement mieux ! À Dublin, ils avaient eu tellement mieux.

— Qu'est-ce que t'as ? demanda Gemma. T'as l'air fâché.

— Mais non.

Il était furieux. Il se tourna vers elle et demanda :

— Ça ne t'ennuie pas de ne rien avoir à toi ?

— Qu'est-ce que tu veux dire ?

D'un grand geste du bras, il désigna la maison et le jardin.

— Tout ça, c'est aux Tynedale. Ça ne t'ennuie pas que ce ne soit pas à toi ? Pas même un petit bout ?

Il vit avec horreur le visage de Gemma se décomposer.

— Excuse-moi, Gemma, je ne voulais pas dire ça comme ça.

Gemma se mit à pleurer bruyamment, serrant Richard contre elle. Benny passa doucement un bras autour de ses épaules, honteux. Parce qu'il n'avait rien, il avait voulu qu'elle n'ait rien non plus.

— Je suis vraiment désolé.

Elle continua à sangloter.

— Arrête ça !

Elle cessa aussitôt, comme si de rien n'était, et reprit son inspection des vêtements de Richard.

Cette fois, Benny était vraiment hors de lui.

— Comment tu peux faire ça ?

Ses sanglots avaient pourtant été une démonstration convaincante d'un profond chagrin.

— Faire quoi ?

Elle s'était mise à fredonner, à présent, et essuyait la chemise de Richard mouillée par ses larmes.

— Tu chialais comme c'est pas permis.

— Je sais. J'étais très triste.

— Oui, ça s'entendait, mais…

Exaspéré, il laissa tomber le sujet. À quoi bon ?

Melrose examinait attentivement l'arbuste.

Il ne voyait pas ce que lui reprochait Angus Murphy. Il lui paraissait parfaitement bien, encastré dans sa haie d'ifs. Il y avait toute une rangée d'arbrisseaux ainsi pris dans des haies. Certes, celui-ci était un peu déplumé et aurait eu besoin d'une bonne taille, un peu comme une énigme de Polly Praed. Cela dit, il n'était pas si différent de ses semblables.

« Cet arbuste, là, avait dit Murphy. Il nage dans la déliquescence. »

Melrose n'était pas fâché que le vieux jardinier ait pris sa journée.

Il entendit une voiture démarrer et se retourna. Kitty Riordin était en train de tourner dans l'allée de gravillon dans sa petite Volkswagen. Elle abaissa sa vitre.

— Ambrose ! Quand vous aurez terminé ce que vous êtes en train de faire, vous voulez passer le désherbant dans mon jardin ? Merci !

Elle agita le bras en guise d'au revoir et repartit. C'était son jour de shopping à Oxford Street et Piccadilly.

Kitty Riordin était une femme réglée comme un coucou suisse, tout son programme se trouvait inscrit dans son agenda, rendez-vous et loisirs minutieusement insérés dans des tranches horaires immuables, comme les ifs dans leur haie.

Melrose contempla l'arbrisseau auquel il s'apprêtait à faire subir un traitement cosmétique, puis décida d'aller s'en griller une tout en jetant un coup d'œil au cottage.

44

Keeper's Cottage, l'ancienne maison du gardien, était situé à une centaine de mètres de Tynedale Lodge. Il était abrité des regards par de grands tulipiers et un magnifique mélèze. Devant la bâtisse se trouvaient les vestiges d'un jardin, visiblement négligé par Angus Murphy, comme il le serait par Melrose. À présent, l'hiver en avait fait un havre de mauvaises herbes glacées, de tiges cassantes et de feuilles détrempées.

Il contourna le cottage et essaya la fenêtre dont Gemma lui avait parlé. Il la souleva facilement et entra dans la cuisine. Rien d'intéressant ici. Il passa dans le séjour. Il était chaleureux, équipé de tous les attributs typiques du cottage anglais, cretonne, poutres apparentes, confort douillet et chat. Assis, Snowball l'observait fixement. Melrose se demanda pourquoi il faisait toujours cet effet aux animaux. Ils semblaient le trouver aussi fascinant qu'un parterre de buis. Ils l'observaient… et se toilettaient.

Il regarda les photos posées sur un guéridon près de la fenêtre (ornée de charmants rideaux imprimés de fleurs et de papillons). La plupart étaient du type « instantanés pris au bord de la mer », montrant une plus jeune Kitty Riordin avec une plus jeune encore Maisie

Tynedale. Du moins, la fillette ressemblait à Maisie. Elle devait avoir une dizaine d'années. Il y en avait également une de Maisie (vraisemblablement) en bébé. Une petite gourmette en argent gravée d'un cœur et de la lettre *M* était accrochée au coin du cadre. Le même bracelet ceignait le poignet du nourrisson sur la photo. En regardant de plus près la petite main posée sur le sein de Kitty, il distingua la déformation des doigts minuscules qui, supposait-il, avait dû se produire avant l'accident survenu pendant les bombardements. Toutefois, il était surprenant qu'avec leur fortune les Tynedale n'aient pas trouvé un chirurgien capable de redresser les petits os.

Il grimpa un escalier étroit et entra dans une chambre à coucher qui faisait la même taille que le séjour au niveau en dessous. La salle de bains se trouvait au-dessus de la cuisine. C'était indubitablement une maison pour une personne seule, mais Kitty devait la trouver confortable, sans compter que tous ses repas lui étaient servis à Tynedale Lodge.

Snowball l'avait suivi dans la chambre et le surveillait avec une expression qui était plus généralement l'apanage des conducteurs de bus acariâtres. Melrose lui demanda d'aller se faire voir ailleurs, ordre qui aurait eu exactement le même effet sur un conducteur de bus.

Kitty Riordin se donnerait-elle la peine de cacher des pièces compromettantes ? Ou pensait-elle que suffisamment de temps s'était écoulé et que personne ne viendrait fouiller dans ses affaires ? Entre les deux fenêtres, il y avait un secrétaire ouvert avec des compartiments. La partie supérieure comprenait des étagères derrière deux portes en verre. Il resta un moment immobile à l'examiner, supposant que c'était ainsi que procéderait un vrai policier, et non en mettant la chambre sens dessus dessous en touchant à tout. Son observation ne donnant aucun résultat, il se résigna à toucher à tout, enfonçant ses doigts dans les compartiments et tirant les petits tiroirs. Rien. Il regarda dans les grands tiroirs du bureau. Tout était soigneusement ordonné, il n'y avait rien non plus.

Le chat, qui se promenait dans la pièce en reniflant tout comme s'il y entrait pour la première fois, sauta d'un bond sur le lit sur lequel Melrose venait de s'asseoir, puis d'un autre sur la table de nuit, renversant une photo encadrée. Là, ne trouvant pas d'autres dégâts à causer, il décida qu'il n'y avait plus rien d'intéressant à faire et redescendit au rez-de-chaussée. Bon débarras.

Melrose ramassa la photo, encore de Kitty et d'un bébé, ainsi que la gourmette qui avait été accrochée à son cadre (la même que celle du séjour en bas). Cette fois, le cœur gravé renfermait un *E*. Melrose se rassit en tenant le petit bijou et regarda par la fenêtre, où une fine branche de tulipier agitée par le vent tapait contre la vitre. Il n'y avait rien de surprenant à ce que Kitty Riordin conserve ce souvenir, surtout le bracelet porté par son propre bébé, Erin, tout comme on pouvait comprendre qu'elle garde aussi celui de Maisie. Certes, elle aurait pu rendre ce dernier à Maisie elle-même ou à Oliver mais, là, c'était couper les cheveux en quatre. Sauf que… en assumant que l'enfant ramenée de promenade cette nuit-là ait effectivement été Maisie, comment Kitty avait-elle mis la main sur le bracelet d'Erin ? Pouvait-elle l'avoir retrouvé en fouillant frénétiquement dans les décombres fumants du Blue Last ? Il le fit tournoyer autour de son index. Même si cela lui paraissait très peu probable, il était obligé d'admettre cette possibilité. Dans ce cas, la question était : pourquoi ? Pourquoi l'avoir cherché ? À part celle de souvenir, quelle autre fonction pouvait-il remplir ? Le bracelet dans le séjour avec un *M* indiquait que le bébé était Maisie mais ne constituait pas une preuve, n'importe qui ayant pu échanger les bijoux d'un poignet à l'autre.

Il reprit la photo. Le bébé avait posé ses deux mains sur l'avant-bras de Kitty. Melrose voyait distinctement tous ses doigts. Cela lui rappela la *Madone à l'enfant* de Masaccio conservée aux Offices de Florence. Il se souvenait que les mains de l'enfant Jésus serraient le bras de sa mère, tout comme Erin sur l'image. Les petites mains potelées étaient parfaites et intactes. La photo avait été prise avant cette terrible nuit, la dernière du Blue Last, avant que le bras et la main de la petite Maisie ne soient atteints par des projections de pierres.

Ou étaient-ce ceux d'Erin ?

Le regard de Melrose ne cessait d'aller et venir, de la photo à la gourmette puis à la branche de tulipier. Il en venait presque à croire que la nurse avait su que le pub allait être bombardé. Mais Kitty Riordin ne pouvait tout de même pas contrôler les cieux.

Enfin, il fallait l'espérer.

45

Cela faisait froid dans le dos. Mais ce ne serait pas la première fois qu'une mère en arrivait à de telles extrémités.

En outre, c'était pour le bien d'Erin, après tout.

Assis dans sa chambre chez Boring's, Melrose essayait de décider ce qu'il allait mettre pour descendre dîner. Pour l'amour du ciel ! se dit-il (il était de mauvais poil), tu n'as le choix qu'entre six articles : deux vestons, un en cachemire noir, l'autre en velours de soie vert bouteille; deux pantalons, le nouveau jean noir acheté dans un surplus de l'armée pour le jardinage, et un autre en laine grise; une chemise blanche; un col roulé noir. Pourtant, il était aussi indécis qu'un adolescent se préparant à sortir en boîte.

Il examina de nouveau sa garde-robe. Du noir. En voilà une idée intéressante ! Quel serait l'effet s'il mettait le jean noir (ce qu'il fit)..., le col roulé (ce qu'il fit)... Puis, l'arrachant d'un coup sec à son cintre, il enfila la veste en cachemire.

Il recula d'un pas devant le miroir en pied, un peigne à la main, et avec des gestes plus suaves que John Travolta coiffa en arrière ses cheveux saupoudrés de reflets dorés. Il examina l'effet général et sourit. Il mima un revolver avec son pouce et son index. *Pan !*

Le tombeur de ces dames.

Dans le grand salon, Melrose salua de la main le major Champs et le colonel Neame et alla s'asseoir à l'autre bout de la pièce, après avoir pris au passage un journal sur le présentoir près de la réception, l'un de la vingtaine de titres différents auxquels Boring's était abonné. Melrose comprenait que le club propose *Le Monde*, mais qui parmi ses membres parlait l'arabe ? Le swahili ? Une cigarette aux lèvres, il fit claquer son Zippo et approcha son visage du halo d'ombres et de feu. Malheureusement, il ne pouvait voir l'effet ainsi obtenu, mais il était sûr que cela cadrait bien avec son personnage tout de noir vêtu.

— Cool !

Il manqua de lâcher son briquet et se retourna brusquement.

— Polly !

Polly Praed sourit tandis qu'il se levait précipitamment, la bouche de travers. Il en perdit sa cigarette, la rattrapa au vol.

Polly le regarda de haut en bas puis de bas en haut.

— Très cool !

Elle se laissa tomber dans le fauteuil en cuir en face du sien, ajoutant :

— Il va peut-être falloir que je révise mon jugement.

— Comment diable es-tu arrivée jusqu'ici, Polly ?

— Oh, ne fais pas ton guindé, Melrose. N'importe qui peut entrer dans ces endroits, aujourd'hui. Tu as du feu ?

Il alluma la cigarette qu'elle agitait du bout des lèvres. Elle n'avait pas changé d'un iota depuis la dernière fois qu'il l'avait vue, quelques années plus tôt. Elle avait toujours les seuls yeux améthyste au monde, avec Elizabeth Taylor.

— Mais comment as-tu su où me trouver ?

Elle s'installa plus confortablement, coinçant entre elle et l'accoudoir le sac en papier qu'elle avait apporté.

— Tu es bien venue me voir, non ? demanda Melrose.

— Je suis venue voir mon éditeur.

Melrose regarda autour de lui dans le salon.

— Il est ici ?

— Mais non. Je veux dire que je suis venue à Londres pour le voir.

— Comment savais-tu que je serais ici ?

— Ça a été dur, pire que de traquer Michael Jackson.

Elle souffla un nuage de fumée dans sa direction.

— J'ai appelé chez toi... À Ardry End, ajouta-t-elle au cas où il aurait oublié.

— Ça fait plus de deux ans qu'on ne s'est pas vus. La dernière fois, c'était quand je suis venu à Littlebourne...

— À la recherche de Jenny Kennington.

Un autre nuage de fumée.

— Je ne la recherchais pas pour moi-même.

Était-elle jalouse ou quoi ?

— Pour qui la recherchais-tu, alors ?

— J...

Il se rattrapa de justesse avant de prononcer Jury.

— Jenny était recherchée par la police de Shakespeare.

— La quoi ?

— La police de Stratford-upon-Avon.

— Qu'est-ce qu'elle lui voulait ?

— Elle était le suspect principal d'un meurtre... Tu ne l'as pas lu dans les journaux ?

Elle se pencha en avant, intéressée.

— Elle a été condamnée ?

Oh, quel espoir coupable lisait-il dans ces yeux améthyste ?

— Non, elle a été innocentée.

— Ah.

Son espoir s'effondrant, elle s'enfonça dans son fauteuil.

— Polly !

Ils se tournèrent tous les deux pour découvrir Richard Jury. L'expression de Polly passa aussitôt du sardonique à la vénération. Ah, elle pouvait bien le traiter, lui, Melrose, par-dessus la jambe, mais quand paraissait Jury ! Elle le classait au même rang qu'une éclipse solaire totale ou une fusion lunaire (le soleil et la lune occupant respectivement la seconde et la troisième place). Ses yeux s'écarquillèrent, ses boucles brunes frémirent comme si elle était sur le point d'être propulsée dans l'espace.

— Je ne savais pas que tu venais, dit Melrose. Tu as laissé un message ?

— Non. En fait, ce n'est pas toi que je viens voir.

Il pivota et salua de la main Neame et Champs.

— Je suis venu faire un brin de causette avec le colonel Neame, assis là-bas.

Melrose fronça les sourcils.

— Vraiment ?

Jury acquiesça et concentra son attention sur Polly, qui faisait mine de ne pas en vouloir, regardant par-ci, par-là, partout sauf vers Jury, qui s'assit sur son accoudoir.

— Qu'est-ce qui t'a poussée à donner l'assaut à ce bastion du machisme, Polly ?

Elle frotta de son pouce son front plissé par la concentration, marmonnant :

— Oh, tu sais…

— Elle est à Londres pour voir son éditeur, intervint Melrose. Elle a astucieusement réussi à me débusquer ici. Très bon travail de détective, Polly !

Polly se redressa et leva les yeux au ciel.

— Oh, je t'en prie ! Pourquoi, dès qu'on écrit des romans policiers, tout le monde vous prend pour Sam Spade ?

— Personne ne te prend pour Sam Spade, déclara Jury.

Sa proximité, là, sur l'accoudoir de son fauteuil, n'allait pas tarder à lui flanquer une apoplexie.

— Tu travailles sur un nouveau livre ? demanda-t-il.

— Han-han.

— Tu as apporté ton dernier manuscrit pour le faire lire à notre ami ?

Il indiqua Melrose d'un signe de tête.

— Han-han.

Melrose se tendit. Était-ce un « han-han-oui » ou un « han-han-non » ? Il espérait profondément que c'était le second, car il n'était pas d'humeur à se farcir la prose de Polly. Pourtant, il y avait bel et bien un sac en papier bulle coincé entre elle et l'accoudoir. Peut-être que si personne n'y faisait allusion, il s'enfoncerait encore un peu et disparaîtrait de lui-même sous le coussin. Enfonce-toi, implora-t-il.

Jury l'extirpa de sa cachette.

— C'est ton manuscrit ?

— Han-han, répondit-elle d'un air toujours aussi abruti.

Jury sourit et s'excusa. Le colonel Neame l'attendait. Il reviendrait. Ils pourraient peut-être dîner ensemble ?

— Han-han, répondit Melrose.

— Bletchley Park, 1939, dit le colonel Neame. Oui, c'était juste après ma sortie d'Oxford et avant que je ne m'engage. La RAF, je crois que je vous l'ai déjà dit. Ah, quelle époque ! Bletchley, c'était la folie !

— Qu'est-ce qui vous a conduit là-bas, colonel ?

— S'il vous plaît, appelez-moi Joss. Ce qui m'y a conduit, c'est le bureau de recrutement. C'est que, voyez-vous, ils manquaient cruellement d'hommes... Merci, Higgins.

Jury avait commandé du whisky pour tout le monde. Le major Champs, ayant accusé réception du sien, se leva.

— Je vous laisse tous les deux à votre affaire. Je vais m'installer à côté pour lire mon journal.

Jury le pria de rester, mais le major repoussa son invitation en agitant le dos de la main et partit s'asseoir sur un canapé.

Neame but une gorgée de whisky.

— Bref... Pour déchiffrer un code aussi complexe que celui d'Enigma, il fallait une étrange association d'intelligences, artistique et comptable. Pas évident à trouver. Ils ne recherchaient pas uniquement des mathématiciens, voyez-vous. Il leur fallait un esprit différent. Vous imaginez un peu le travail laborieux que représentait le tri de toutes les combinaisons possibles ?

— Comment fonctionnait ce fameux code Enigma ?

— Ces codes, commissaire. Il y avait différents codes et différentes machines. Vous expliquer comment tout ça marchait prendrait plus de temps que vous n'en avez certainement à me consacrer. Les Polonais avaient réussi à les décrypter dans les années trente. Pour le bien que ça leur a fait ! À l'époque, les Allemands employaient un code mono-alphabétique, vous savez, le système le plus simple. Sauf qu'ils utilisaient plusieurs monos à la fois, ce qui compliquait nettement les choses ! Après que nous fûmes parvenus à déchiffrer leurs messages, poly-alphabétiques, elles se sont encore corsées. La machine Enigma était constituée de rotors — des roues. Vous aviez donc des cylindres crantés, un clavier, un écran lumineux, et surtout un tableau de connexion qui permutait les lettres. Comme si tout cela n'était pas déjà assez compliqué, les Allemands changeait de clé chaque jour. On ne pouvait donc espérer décrypter le code par des calculs laborieux. Il fallait une part d'intuition, savoir réfléchir de manière irrationnelle. En somme, il fallait du génie, ce qu'avaient Turing et quelques autres. Ils pouvaient apercevoir le fantôme derrière les lettres brouillées, si vous voyez ce que je veux dire. Il est impossible d'oblitérer totalement le langage. Il reste toujours le spectre du sens original, et si vous êtes doué pour ça, vous pouvez le voir, vous entr'apercevez le schéma sous-jacent. Ma manière de l'expliquer ne leur rend pas justice. C'était d'une complexité infernale. Diabolique.

Il avala d'un trait le fond de son verre de whisky, puis déclara :

— Vous savez quel genre d'homme fait un bon décrypteur ? Un paranoïaque.

Jury sursauta.

— Qu'est-ce qui vous fait dire ça ? Je ne vois pas le rapport entre être persuadé que tout le monde vous en veut et décoder un message...

Le colonel secoua la tête d'un geste impatient.

— Non, non. Vous n'utilisez qu'un seul sens du

terme. Par « paranoïaque », j'entends la faculté de penser de manière irrationnelle. Être capable de voir ce que personne d'autre ne voit. Voilà ce que signifie « paranoïaque ». Vous avez compris le mot de la façon dont la plupart des gens le comprennent : vous êtes le seul à discerner un danger que les autres ne perçoivent pas, c'est donc que vous l'avez imaginé. Mais c'est là une dilution de son vrai sens.

— Avez-vous jamais rencontré un jeune homme nommé Ralph Herrick ? Il était également de la RAF. Récompensé par la Victoria Cross. Tout comme vous, si je ne m'abuse ?

— Pour ma part, elle est arrivée plus tard, mais si j'ai connu Ralph Herrick ? Et comment ! N'oubliez pas que j'ai été jeune, moi aussi, quoiqu'un peu plus jeune que Herrick. Il était à Oxford, lui aussi, mais ce n'est pas là-bas que je l'ai connu. Ah, vous pensez si je me souviens de lui ! Il travaillait dans la Salle du Berceau, si je ne me trompe pas. Il avait un don extraordinaire pour le jeu du berceau, vous savez, les « suppositions éclairées », ce genre de choses. Vous deviniez certains mots puis vérifiiez si leurs lettres pouvaient être permutées pour en former d'autres. Il avait ça dans le sang. Ils l'ont envoyé à Chicksands, une antenne d'écoute de la RAF. Pour ma part, j'étais dans la hutte trois. Je travaillais sur la clé rouge..., la Luftwaffe.

— La clé rouge ?

— Oui, les clés avaient des couleurs selon les services. Rouge, c'était la Luftwaffe. Vert, l'armée de terre.

Jury avait sorti de sa poche le livre trouvé chez Simon Croft et l'ouvrit à l'une des pages annotées.

— Ces dates de septembre 1940 vous disent-elles quelque chose ?

— Hmm… Je me souviens qu'en août et septembre de cette année-là la Luftwaffe a bien failli décimer la RAF en bombardant nos aérodromes. Si Göring avait persévéré en bombardant l'île de Wight… C'était là que se trouvait la base Ventron, les radars, vous savez… S'il avait continué, donc, je ne doute pas qu'ils auraient remporté la bataille des airs. Mais c'est là un aspect surprenant de ces deux hommes, Göring et Hitler : ils n'étaient pas patients. Ils voulaient gagner vite. Je me demande si ce n'est pas un signe distinctif du mégalomane, de s'imaginer qu'il obtiendra ce qu'il veut rapidement et sans douleur. Puis, quand cela ne se passe pas comme il l'avait prévu, qu'il n'obtient pas des résultats immédiats, d'abandonner pour passer à autre chose. En tout cas, je peux vous dire une chose : Churchill, lui, n'a jamais commis cette erreur. Il était tenace. Il estimait qu'il fallait s'accrocher à son objectif comme un pit-bull.

Jury retourna le livre pour que Neame puisse lire les notes de Simon. Le colonel ajusta son monocle.

— C'est bien le lieu que vous avez mentionné, non ? Chicksands ? C'est noté en abréviation ici…

— Oui, c'est bien ça. Ça se trouve dans le Bedfordshire.

L'œil de Neame descendit vers les autres abréviations sur la page.

— Cov, c'est certainement Coventry. Vous connaissez déjà l'histoire de Coventry. Quoique… vous n'étiez sans doute pas encore né…

— Oh si, j'étais né, croyez-moi. Mais c'est assez vague dans ma mémoire.

— Les dégâts à Coventry ont été terribles. Une horreur. Nous avions appris qu'une attaque se préparait, mais nous ignorions que Coventry en serait la cible. Londres, Manchester, Reading peut-être, des villes industrielles en somme, mais jamais Coventry. N'oubliez pas que le problème, quand on parvient à décrypter un code, c'est qu'il faut tout faire pour que l'ennemi ne s'en rende pas compte. À cause de ça, Churchill s'est fait incendier. On l'a accusé d'avoir su à l'avance que Coventry allait être bombardé et de n'avoir rien fait de peur que les Allemands comprennent qu'on savait déchiffrer leurs messages. C'était ridicule, abject. Churchill avait sans doute quelques cadavres dans son placard, mais Coventry n'en faisait pas partie. Nous n'avions pas le bon décryptage, c'est tout. L'unité de Chicksands n'avait pas encore beaucoup d'expérience, et tout ce qu'il nous aurait…

— Le décryptage venait de Chicksands ?

— Pour autant que je sache, oui.

— Vous avez dit que Ralph Herrick y avait été affecté…

Neame plissa le front et but une gorgée de son deuxième whisky.

— Oui, mais à dire vrai, je crois que Ralph avait des autorisations pour entrer pratiquement partout. Il pouvait passer par exemple d'un service à l'autre, à Bletchley Park. Ils étaient très peu à avoir une telle liberté de manœuvre.

Tenant toujours le livre, il examina le reste de la liste de Croft, puis demanda :

— Qu'est-ce que c'est que cette liste ? À qui appartient ce bouquin ?

Jury lui expliqua le lien entre Croft et Herrick et lui parla de l'ouvrage qu'écrivait Croft sur la guerre.

Le colonel Neame rendit le livre à Jury et laissa retomber son monocle.

— Ce qu'il vous faut, c'est quelqu'un qui était au CG et à l'ED.

— Ce qui veut dire… ?

— Code gouvernemental et École de décryptage. J'essaie de me souvenir qui est encore là… Ah ! Il y a Maples. En tout cas, il était encore vivant il y a deux ans, j'ai vu sa photo dans le journal. Il a été nommé officier de l'Ordre de l'Empire britannique et a reçu la George Cross pour son travail à Bletchley. Sir Oswald Maples. J'imagine qu'il doit être assez facile à retrouver.

Jury sourit.

— Vous et votre bande, vous semblez bardés de décorations.

Il se leva et quand le vieil homme fit mine de l'imiter, il l'arrêta d'un geste.

— Je vous en prie, ne vous levez pas. Vous m'avez été d'une aide très précieuse, colonel.

— J'ai l'impression de vous avoir laissé avec plus de questions que de réponses, mon jeune ami.

— Justement, c'est peut-être bien ce qui m'aidera le plus.

— Où est passée Polly ? demanda Jury en revenant vers Melrose. Elle ne dîne pas avec nous ?

— Envolée. On doit petit-déjeuner ensemble demain matin. Elle a pris une chambre à Bloomsbury. Je crois qu'elle espère que l'art de l'esbroufe littéraire va déteindre sur elle.

Melrose finit son whisky et demanda :

— Et toi ? Tu es d'attaque pour une soupe au Viandox ?

— Toujours !

Ayant apporté le vin, le jeune Higgins s'éloigna de son pas ondoyant. C'était un bâtard-montrachet, « le meilleur vin blanc au monde », selon Melrose. Ils levèrent leur verre et trinquèrent.

— Au monde !
— Qu'est-ce que tu mijotais avec le colonel Neame ?
— On discutait de Bletchley Park. Des machines Enigma. Neame n'est pas qu'une potiche de chez Boring's.
— Est-ce que j'ai dit ça, moi ? C'est un charmant vieux croûton.
— C'est justement le problème. On a toujours tendance à être condescendant avec les pépés comme lui.
— C'est quoi, cette histoire de Bletchley Park ?
Jury ressortit le livre de sa poche.
— C'est au sujet du bouquin que Croft écrivait sur la guerre. À défaut de manuscrit, d'ordinateur et de notes, j'ai trouvé quelques-uns des ouvrages qu'il a utilisés pour ses recherches. Il a écrit des trucs dans la marge…
Jury ouvrit le livre à la dernière page et le tourna vers Melrose.
— Voilà ce dont je voulais parler avec le colonel Neame.
Melrose fixait la page avec des yeux ronds.
— Qu'est-ce que ça veut dire ?
— Je ne sais pas encore très bien.
Jury saisit son verre et en fit doucement tourner le contenu.
— Tu sais, ce pourrait bien être le meilleur blanc du monde.
— Puisque je te dis que ça l'est.
— Où en es-tu avec Kitty Riordin ?
Melrose lui raconta ce qu'il avait trouvé dans le cottage.
— Je crois que ton ami Haggerty a vu juste, conclut-il.
— Tu as sans doute raison au sujet de la gourmette.

Il est peu probable qu'elle l'ait retrouvée dans les décombres.

— Elle aurait pu en faire graver une autre après coup. La seule différence entre les deux, c'est la petite lettre gravée dans le cœur. La maison Links les vend, j'ai vérifié.

— Links n'existait pas encore en 1940.

— Je veux dire par là qu'il n'est pas sorcier de trouver des bijoux de ce genre pour bébés. Elle aurait pu facilement faire graver le *M* sur le bracelet que tu as vu, pour faire croire que c'est celui que portait la petite Maisie. Il lui suffisait d'acheter une nouvelle gourmette, inutile d'aller déterrer l'autre.

— Elle n'avait pas besoin de se donner autant de peine.

— Tout dépend : l'absence de bracelet ne prouve rien ; en revanche, sa présence suggère que le bébé était vraiment Maisie.

Jury acquiesça.

— Je comprends mieux Haggerty. Tout ce que Kitty avait à faire, c'était écraser la main d'Erin. Disons qu'elle réagit au quart de tour, elle comprend immédiatement la situation et là, dans le vacarme, la terreur et la confusion, elle emmène la petite Erin dans un coin et vlan !

Jury frappa du poing sur la table, faisant sursauter la vaisselle et les autres dîneurs. Il revit en pensée le sourire de Kitty Riordin.

— Elle a les nerfs largement assez solides pour ça.

— Il n'y a aucun moyen de le prouver, à moins de retrouver le graveur de la gourmette, en espérant qu'il soit encore en vie et ait une mémoire d'éléphant. Pratiquement impossible.

Ils n'en parlèrent plus pendant le plat de résistance,

puis parièrent sur le dessert. Un diplomate selon Melrose, du pudding pour Jury. Le jeune Higgins arriva avec une « Reine des Puddings » et Jury empocha le billet de cinq livres de Melrose.

— Tu gagnes toujours.

— Parce que je le mérite.

Ils mangèrent leur dessert en silence jusqu'à ce que Jury relève brusquement la tête.

— Elle y était vraiment ?

— Qui ? La Riordin ?

— Non, Alexandra. Qu'est-ce qu'elle faisait au Blue Last ?

Melrose haussa les épaules.

— Tu ne m'as pas dit qu'elle y allait souvent avec son bébé ?

Jury croisa les mains et posa son menton sur ses pouces. Melrose ne voyait plus que ses yeux au-dessus de ses doigts.

— Certes, mais réfléchissons : pourquoi quitterait-elle Tynedale Lodge pour aller dormir dans un pub, trimballant son bébé avec elle par-dessus le marché ? Le Blitz n'avait pas grand-chose à voir avec un pique-nique à Green Park…

— Ces deux familles étaient inséparables, du moins à l'époque.

— Je sais. Ce qui revient à dire qu'Alexandra Tynedale Herrick était inséparable de Francis Croft. Ils étaient tous les deux dans ce pub.

Melrose reposa son verre et laissa retomber sa cuillère dans son assiette.

— Tu veux dire que…

Jury hocha la tête.

— Attends, tu n'es pas en train de suggérer que la petite Maisie était la fille de Croft ?

— Alexandra a eu un enfant illégitime quand elle avait… dix-neuf ans, je crois. Elle est partie en vacances prolongées. Tout s'est fait très discrètement. Ce genre de chose n'était pas très à la mode dans les années quarante.

— Non, mais l'argent oui. Il l'est toujours, d'ailleurs, et Oliver Tynedale en a assez pour se débarrasser de n'importe quoi. Il aurait pu étouffer le scandale de mille manières.

— Oliver n'était pas au courant.

— Comment tu le sais ?

— Parce que le bébé a été confié à l'Assistance publique. Tu crois que Tynedale aurait accepté qu'on abandonne son petit-enfant ? Jamais ! Il s'est toujours fichu des conventions. On peut se le permettre quand on a autant d'argent, ce qui, comme tu dis, est toujours à la mode. Non, à mon avis, Alexandra ne lui a rien dit parce qu'elle avait peur qu'Oliver découvre qui était le père.

— Et qu'il lui flanque une raclée, tu veux dire ?

Jury claqua des doigts.

— Réveille-toi ! Ce château-je-ne-sais-quoi t'a ramolli le cerveau.

Melrose le regarda.

— Tu veux dire…

— Qu'Alexandra ne pouvait pas laisser son père découvrir que Francis Croft lui avait fait un enfant.

— Pure spéculation !

— Réfléchis. Malgré toute l'indulgence de Tynedale, cette fois la pilule aurait eu du mal à passer. Il aurait fallu qu'il soit carrément un saint pour pardonner à Croft. Son meilleur ami. Son ami de toujours. Cette trahison aurait été la fin de tout ! Merde ! C'est rageant de penser que toute cette histoire est arrivée il y a un demi-siècle. Je vais quand même envoyer Wiggins à Somerset House fouiller les archives…

— Je continue à trouver que c'est un peu ténu.

— C'est ténu, mais c'est tout ce qu'on a.

Ils étaient de retour dans le salon. Le jeune Higgins leur avait servi leurs digestifs et avait déposé le manteau de Jury sur l'accoudoir du fauteuil, à sa demande.

— Mes connaissances sur la Seconde Guerre mondiale sont honteusement maigres.

— Moi pareil. Mais je me rappelle quand même l'évacuation de Dunkerque. Je m'en souviens surtout parce que c'est là que l'avion de mon père a été abattu.

Melrose ne savait pas trop s'il devait insister ou pas.

— Qu'est-ce qu'il pilotait ?

— Un Hurricane. C'était de bons zincs, sauf qu'ils ne possédaient pas encore de moteur à essence, ils étaient alimentés par carburateur. S'ils étaient obligés de piquer, le moteur lâchait. C'est ce qui lui est arrivé.

Jury détourna les yeux pour regarder le fragment du sapin de Noël de Boring's qu'il pouvait voir de son fauteuil, à savoir quelques bouts de branches. Un ange argenté était suspendu à l'une d'elles dans un équilibre précaire.

— La RAF a flanqué une belle raclée à la Luftwaffe au-dessus de Dunkerque.

Ils restèrent silencieux un moment. Le colonel Neame et le major Champs étaient montés se coucher. Il ne restait plus qu'eux au salon.

— Au fait, Noël est dans deux jours, dit Melrose. Pourquoi tu ne viendrais pas à Ardry End ?

— Ce serait sympa, mais il faut vraiment que je passe le soir de Noël à Islington.

— Dans cas, viens pour notre dîner d'avant Noël,

demain soir. Tu passeras la nuit à la maison et tu rentreras en voiture à Londres le lendemain matin. Ce n'est pas long, tu le sais, tu l'as souvent fait.

Jury hocha la tête.

— Bonne idée.

Il marqua un temps d'arrêt, puis déclara :

— J'aime bien ton nouveau look.

— Quel look ?

— La tenue noire.

Melrose baissa les yeux, feignant d'être surpris lui-même.

— Oh, dit-il avec un haussement d'épaules. J'ai juste enfilé ce qui me tombait sous la main. Je n'avais pas grand choix.

— Allez... Ne me dis pas que cette allure n'est pas étudiée.

Melrose était agacé d'avoir été percé à jour. Son esprit ne connaîtrait-il jamais l'intimité ? Tout le monde pouvait donc le lire comme un livre ouvert ?

— Polly aussi l'a trouvé cool. « Très cool », je crois que ce sont ses mots exacts.

— Oui, c'est vrai que c'est cool. Ça change de tes accoutrements habituels.

— « Mes accoutrements » ? Qu'est-ce que tu veux dire ? À t'entendre, on croirait que je me déguise !

— Mais non, mais non. C'est juste que tu t'habilles plutôt classique. Cher, bien sûr, rien que Michel Axel, Coveri, Ferre, Zegna ou Cerruti, mais c'est classique quand même.

— Qui sont ces gens ? Des couturiers ? Dans ce cas, comment se fait-il que tu les connaisses ?

Jury se mit à rire.

— Je ne suis pas totalement ignorant en matière de

mode, même si je te concède que ça ne saute pas aux yeux en me voyant.

— Peuh, les gens te regardent et tout ce qu'ils voient, c'est un mètre quatre-vingt-sept et un sourire. Et ta carte de police, bien sûr. Mais tu as probablement raison, j'ai l'air de faire une déclaration d'intention, avec ma tenue.

— La peur s'habille en noir.

— Quoi ? demanda Melrose en riant.

— C'est la définition de « cool ». La peur s'habille en noir. C'est logique si tu penses au premier sens de « cool », à savoir « frais », « froid », comme dans « garder son sang-froid ». Après tout, « rester cool » ça veut bien dire ne pas montrer d'anxiété ou de peur, rester le plus calme possible. Or, qu'y a-t-il de plus froid que le noir ?

— « La peur s'habille en noir »… Ça me plaît bien, ça.

— Je me doutais que tu aimerais.

46

— J'imagine que tu sais que Noël, c'est demain, dit Polly Praed.

À l'entendre, on aurait dit que c'était la faute de Melrose. Ils prenaient leur petit déjeuner dans un restaurant en face de l'hôtel de Polly, à Bloomsbury. Que l'hôtel soit situé dans ce quartier ne le rendait pas branché pour autant. Qu'il s'appelle l'hôtel Bric-à-Brac n'arrangeait pas les choses. Même si Melrose ne serait pas allé jusqu'à le qualifier de taudis, il était loin de correspondre à ses critères personnels.

Le petit déjeuner — pas celui qu'ils étaient en train de prendre, mais celui du Bric-à-Brac — était compris dans le prix de la chambre. Il était annoncé dans la brochure (Melrose l'avait lue en attendant Polly) comme étant un petit déjeuner « cuisiné », ce que Melrose interpréta comme signifiant qu'il n'était pas préparé à la demande mais cuisiné longtemps avant que le premier voyageur hagard ne descende dans les entrailles de la salle à manger en « rez-de-jardin ».

Lorsque Polly avait déclaré que l'hôtel lui préparerait ses œufs comme il le voudrait, il avait rétorqué que le cuisinier ne savait les cuire que d'une seule manière : la veille.

Polly avait poussé un soupir exaspéré, décrétant qu'il ne savait que critiquer, sur quoi Melrose avait répliqué que oui, il ne cesserait jamais de critiquer le Bric-à-Brac et qu'il ruerait dans les brancards si on lui parlait d'y remettre un jour les pieds. Ils n'avaient qu'à aller dans ce charmant petit bistrot en face, très rive gauche parisienne, où ils étaient assis à présent.

Melrose déclara qu'il ne devait pas tarder, car il devait encore faire ses achats de Noël avant de rentrer à Long Piddleton, mais qu'ils avaient encore le temps pour un autre cappuccino si elle le souhaitait.

— Tu le fais vraiment, Melrose ?

Melrose était en train de faire des vagues dans la mousse de son cappuccino.

— Fais quoi ?

— Ton shopping de Noël.

La question semblait sincère. Polly avait-elle débarqué récemment d'Uranus ?

— Quelle question, bien sûr que je fais mes propres courses !

— Ne monte pas sur tes grands chevaux. Je croyais que tu payais quelqu'un pour les faire à ta place. Ou que ton majordome, Ruthven, s'en chargeait pour toi. Ou quelqu'un d'autre, je ne sais pas.

— Enfin, Polly, quel genre d'existence tu crois que je mène ?

Elle fit mine de réfléchir un instant.

— Eh bien, l'existence oisive des riches, pardi ! Je n'arrive pas à t'imaginer te prenant la tête devant le rayon des chaussettes chez Harrods…

— Moi non plus, mais c'est parce que je refuse d'entrer chez Harrods. Je risquerais d'être englouti à jamais. Entrer chez Harrods, c'est affronter des sables mouvants à chaque recoin. Tu as déjà vu le nombre de personnes qui hantent ce lieu maudit ?

— Oui, mais ça a été conçu pour ça. C'est la raison d'être des grands magasins.

— C'est l'horreur ! Non, je préfère Fortnum and Mason. Le niveau alimentation est bondé, mais c'est relativement vivable dans les étages. Il y a de l'oxygène. Oui, Fortnum, c'est fait pour moi. J'y trouve tout ce que je veux en un tour de main.

— C'est un peu tard pour les hottes en osier, tu risques d'être déçu.

Melrose fit signe au serveur pour qu'il apporte deux autres cappuccinos.

— Tu sais que parfois, Polly, on croirait entendre ma tante Agatha ? Elle est toujours en train de me dire ce que je ressens.

Polly ne fut pas offensée. C'était parce qu'elle aimait suivre sa propre pensée et qu'en l'occurrence elle ne s'occupait pas trop de ce que disait Melrose. Elle reposa la cuillère avec laquelle elle avait mangé son Weetabix (Melrose n'avait encore jamais vu quelqu'un commander du Weetabix dans un restaurant) et demanda :

— Sur quoi vous travaillez, Richard Jury et toi ?

— Comment tu sais qu'on travaille ensemble ?

— Je le sais. C'est écrit sur ton visage.

— Je ne peux pas en parler, désolé.

Elle se mit à faire des petits bonds sur sa chaise.

— Oh allez, Melrose ! Tu peux m'en parler un tout petit peu, non ?

— D'accord.

Il lui parla du meurtre de Simon Croft.

— C'était dans le journal. Tu as peut-être lu des articles dessus, non ?

Elle fit non de la tête.

— Quoi d'autre ?

— C'est tout.

Melrose s'était un peu trop imprégné de la doctrine du commissaire divisionnaire Macalvie : « Quoi qu'il arrive, boucle-la. »

Pourtant, il ne put s'empêcher de lui parler de Gemma et du coup de feu dans la serre.

— Mon Dieu, Melrose ! Mais qui pourrait assassiner une enfant de neuf ans ?

— Ça s'est déjà vu, non ? Il y a des enfants enlevés, battus, mutilés, violés, retenus en otage. Je connais quelqu'un à qui c'est arrivé.

— Qui ?

Melrose haussa les épaules, regrettant déjà de l'avoir mentionné. Il songeait de nouveau à Brian Macalvie.

— Tu ne le connais pas.

— Mais dans ces circonstances ? Chez elle, au sein de sa famille ?

Le serveur posa deux nouvelles tasses devant eux avec une élégance toute bistrotière et Melrose lui demanda l'addition.

— Quoi qu'il en soit, Jury pense qu'elle n'était peut-être pas la cible. La balle aurait été destinée à une jeune femme employée comme aide-jardinière et qui se trouvait régulièrement dans la serre.

— C'est elle qui le lui a dit ?

— Non.

— Alors comment le sait-il ?

Melrose s'immobilisa, sa cuillère remplie de mousse en suspens devant ses lèvres.

— Qu'est-ce que tu veux dire ?

— Pourquoi cette jeune femme serait-elle la cible du tueur plutôt que la petite fille ?

— Cela paraît plus… plausible. La jeune femme travaillait souvent dans la serre, une fois la nuit tombée. En outre, elle a démissionné juste après.

— J'en aurais fait autant ! Pourtant, elle n'était pas dans la serre alors que la petite fille, elle, y était. À moins que le tireur n'ait été aveugle...

— L'aide-jardinière est assez menue, la serre pleine de recoins sombres, l'éclairage médiocre, le tueur s'attendait à trouver la jeune femme. Additionne tous ces facteurs et ça devient possible.

— Possible, je te le concède, mais probable ? Tu m'as l'air de tout faire pour triturer les faits afin qu'ils se conforment à tes désirs. Mystères, mystères, mystères, mystères ! soupira-t-elle.

Elle secoua la tête sur les côtés comme si elle avait de l'eau dans les oreilles ou auditionnait pour un rôle dans le prochain remake de *L'Exorciste*.

— Je commence à détester les mystères, les miens y compris. Peut-être les miens encore plus que les autres.

Melrose n'était pas fâché de s'éloigner du cas Gemma. Polly était-elle plus maligne qu'eux ?

— Grands dieux, Polly, c'est affreux ce que tu dis là ! Mais tu n'écris pas que des romans policiers, non ?

— Même si j'avais écrit *À la recherche*, etc., ils me classeraient encore dans la catégorie des écrivaillons de bas étage.

— Mais je l'aime bien, moi, ton inspecteur Guermantes, du quai des Orfèvres !

Il l'aurait aimé encore davantage si Polly n'allait pas toujours pêcher ses noms chez Proust.

— Moi aussi, mais ça ne veut pas dire que je doive me le coltiner dans tous mes bouquins. D'un autre côté, si j'arrête, je vais probablement me retrouver comme avant, à faire tapisserie.

— Ça, tu ne le pourras jamais.

Melrose s'écarta de la table et agita la main vers le serveur, qui se cachait dans l'ombre au fond du bistrot avec deux de ses collègues.

— Il faut vraiment que j'y aille, Polly.

Elle regarda son bol de Weetabix vide.

— Oui, je crois bien que moi aussi.

— Quand est-ce que tu viendras me rendre visite ? Depuis le temps que je te le demande !

Elle rabattit les pans de son manteau autour d'elle. Il était d'une couleur peu flatteuse pour elle, d'un ton rouille qui lui donnait un air vraiment rouillé.

— J'aimerais bien, mais je vais indubitablement me sentir écrasée. Par ta grande baraque et tes amis pleins aux as.

— C'est vrai que tu ne feras pas le poids devant Mrs Withersby…

Lassé d'attendre son addition, il jeta quelques billets sur la table, incluant un pourboire conséquent.

— C'est qui ?

— Une de mes amies pleines aux as.

Melrose fit un premier arrêt dans Regent Street, où il entra chez Hamley's. Comme il fallait s'y attendre, deux jours avant Noël, le magasin était bondé d'enfants.

Il eut la mauvaise idée de s'arrêter pour regarder le jouet de l'année : une sorte de station spatiale lunaire habitée par une équipe de robots. Il se trouva encerclé de marmots, dont une morveuse qui colla ses pattes poisseuses sur son jean noir et l'examina comme s'il était une échelle qu'elle s'apprêtait à gravir pour avoir une meilleure vue sur la chose. Elle avait un regard si menaçant qu'il capitula dans un soupir, la souleva et la jucha sur ses épaules. Là, elle entreprit d'enfouir ses doigts sales dans ses cheveux tandis qu'il était assourdi par le vacarme de la marmaille béate devant le jouet tant convoité. L'endroit grouillait et vibrait de l'anticipation fébrile qui précède Noël.

Les parents de ces enfants batifolaient de-ci de-là, se souciant apparemment comme d'une guigne que leurs petits chéris soient dans les bras de celui qui aurait pu être l'étrangleur de Regent Street. Quand il en eut assez qu'elle lui tire les cheveux, Melrose reposa la fillette au sol, où elle se mit aussitôt à brailler pour qu'il la reprenne, tendant ses petits bras vers lui d'un air pitoyable. Il lui donna une petite tape sur le crâne puis joua des coudes à travers une foule plus dense que de la mélasse. Un vendeur hagard lui indiqua du doigt la bonne direction.

Il fouilla les tables et les rayons en vain. Il allait s'en aller quand son regard fut attiré par un article qui semblait pouvoir faire l'affaire car très extensible. Il le décrocha de la longue patère puis s'élança à travers le champ d'enfants sauvages, droit sur la caisse.

Une fois sur le trottoir, il s'arrêta pour réfléchir. Les gens naviguaient autour de lui comme s'il n'était qu'un agaçant rocher au milieu d'un torrent. Puis il marcha jusqu'au magasin Liberty et se rendit au rayon papeterie. Il y acheta un bloc de papier puis descendit à la cafétéria, où il se commanda un espresso. Il s'assit avec son bloc et se mit à dessiner avec application.

Ensuite, il trouva une cabine téléphonique encore en service sur Oxford Street et appela Mr Beaton. Il lui expliqua ce qu'il voulait en s'excusant de s'y prendre si tard.

Puis il sauta dans un taxi pour se rendre à Old Brompton Road.

Mr Beaton, dont les locaux se trouvaient au-dessus d'une confiserie, se déclara enchanté de le revoir après… combien de temps… ? Trois ans ?

— Milord, dit-il avec une courbette à peine perceptible.

Melrose n'avait jamais eu le courage de lui dire qu'il avait abandonné ses titres depuis belle lurette. Mr Beaton l'aurait mis sur le compte de l'insouciance au mieux, du je-m'en-foutisme au pire. Mr Beaton, lui, ne changeait jamais. Toujours en jaquette, le mètre à ruban à portée de main. Si cela n'avait tenu qu'à Melrose, il aurait accroché la George Cross à chaque bout de ce mètre.

L'apprenti de Mr Beaton, cette fois un grand dégingandé avec une épaisse touffe de cheveux carotte, imita le soupçon de courbette de son patron.

— Montrez-nous donc votre dessin. Je vais voir ce que je peux faire.

— Je suis presque sûr que ce sont les bonnes proportions, Mr Beaton. J'ai une bonne mémoire pour ce genre de chose.

Un doute subsistait néanmoins dans sa voix.

Mr Beaton demanda à son apprenti d'aller chercher différents lés. Le jeune homme disparut dans une arrière-salle et revint quelques secondes plus tard avec les étoffes.

— Tâtez-moi ça, lord Ardry.

Le tailleur tira amoureusement plusieurs centimètres de tissu de l'un des lés.

Melrose se sentait toujours intimidé en présence de Mr Beaton, car la révérence du vieil homme devant le tissu était aussi profonde que celle d'un prêtre devant le calice. Au même instant, un rayon de soleil filtra par la petite fenêtre, illuminant la laine. Melrose caressa l'étoffe entre deux doigts et soupira. La trame était de l'air, le fil de la lumière. Jamais il n'avait touché quelque chose d'aussi doux et léger.

— C'est de la soie worsted, Milord. Très fine. Ça vous ira ?

— À merveille, Mr Beaton.

Tirant sur le lobe de son oreille, le tailleur examina le croquis de Melrose.

— C'est un sacré défi que vous me lancez là. Je n'ai encore jamais rien fait de ce genre. Il vous le faut pour quand ?

Melrose rougit.

— Eh bien… Ça m'ennuie de vous demander ça mais… vu que c'est Noël et tout… Je dois rentrer dans le Northamptonshire ce soir et j'aurais vraiment aimé le livrer avant de partir. Vous pensez que ce sera possible ?

— En d'autres termes, il vous le faut tout de suite ?

— Vous pouvez ?

Mr Beaton sortit sa montre de gousset d'un vrai gousset comme on n'en fait plus.

— Il est bientôt quinze heures… Disons, à dix-huit heures ? Ou mieux, appelez-moi vers dix-sept heures et je vous dirai où j'en suis.

— Fantastique ! Je repasserai plus tard, donc. Et, naturellement, ne vous en faites pas, ça n'a pas besoin d'être parfait.

Il y eut un froid.

— Je vous demande pardon ? demanda Mr Beaton.

L'apprenti cligna des yeux. Même lui était surpris par la maladresse de cette observation.

Melrose redescendit piteusement l'escalier étroit, se sentant gauche et rustre, imperméable à tout ce qui était esthétiquement plaisant.

Quand Mr Beaton maniait ses ciseaux et ses aiguilles, aucun ouvrage ne pouvait être en deçà de la plus pure perfection.

Melrose rentra au Boring's en taxi, où il tourna en rond un moment, préparant ses affaires et se rongeant les ongles, une manie dont il n'avait jamais pu se débarrasser depuis l'enfance. Il ne se les rongeait que quand il était profondément absorbé par quelque chose. Très profondément, ce qui arrivait rarement, uniquement quand il lisait Henry James ou Proust, ou quand il travaillait sur certaines affaires de Jury. (Jury en serait-il flatté ? Après tout, Proust n'était pas n'importe qui.) Cette enquête-ci l'absorbait particulièrement. Il s'allongea sur le lit et réfléchit intensément. Il y avait quelque chose que ni lui ni Jury ne voyaient alors que cela crevait les yeux. Il le sentait. Puis il capitula et descendit avec son sac de voyage.

Il était cinq heures passées. Il décida de ne pas téléphoner à Mr Beaton et de se rendre directement à son atelier. Il se commanda un whisky en attendant le voiturier. Ce garçon s'emparait des clés et des voitures, les conduisait vers une mystérieuse destination qu'il était le seul à connaître (un parking, un garage, un toit ?), puis les faisait réapparaître comme par enchantement devant la porte du Boring's.

Melrose lui donna un généreux pourboire, lui faisant remarquer qu'il avait probablement le métier le plus important de Londres. La plupart des gens tueraient pour que quelqu'un d'autre gare leur voiture. Puis il grimpa derrière le volant, leva les yeux vers le ciel sombre et remercia Dieu de l'avoir fait naître riche.

Arrivé dans Old Brompton Road, il se gara en stationnement interdit (il n'y avait pas d'autre solution) et grimpa quatre à quatre l'escalier menant à l'atelier de Mr Beaton.

— C'est absolument parfait, Mr Beaton ! Vous êtes un magicien.

Melrose tendit les vêtements à bout de bras, les examinant.

— Vous n'auriez pas une boîte, par hasard ?

L'apprenti disparut immédiatement dans l'arrière-salle et revint avec une petite boîte, de la taille idéale pour les vêtements.

— C'est pour offrir, monsieur ? Je vous ai préparé ce papier argenté, au cas où. Je peux vous l'emballer si vous voulez ?

— C'est vraiment trop aimable à vous. Ça me rendrait un immense service.

Melrose se tourna vers Mr Beaton.

— Je peux vous régler tout de suite si vous…

Le tailleur l'arrêta d'un geste de la main.

— Pas du tout, pas du tout. Je le mettrai sur votre compte, Milord. Ce sera avec plaisir.

Après avoir récupéré son paquet, Melrose les remercia de nouveau chaleureusement et redescendit quatre à quatre vers sa voiture.

Sir Oswald Maples habitait un appartement dans d'anciennes écuries reconverties en maisonnettes, à deux pas de Cadogan Square. Il vivait seul, en dépit du fait qu'il lui fallait deux cannes pour arriver jusqu'à la porte.

— Ce n'est pas aussi grave que ça en a l'air, déclara-t-il à Jury sur le seuil. Je ne m'en sers pas tout le temps, uniquement quand mes genoux menacent de lâcher. Entrez donc.

Il agita une des cannes pour lui faire signe de le suivre.

Jury le remercia et ôta son manteau, que sir Oswald lui dit de jeter sur la rampe d'escalier. Puis, toujours du bout d'une canne, il lui indiqua un fauteuil profond en face du canapé où il semblait avoir ses aises. Quatre-vingts ans bien sonnés, mais il brandissait ses cannes avec une jubilation de jeune adolescent. En l'observant fendre l'air avec, tout en se retenant à l'accoudoir du canapé, Jury se demanda s'il ne les prenait pas pour des jouets. S'il y avait eu un majordome et un interphone, il ne doutait pas que le vieux se serait amusé à presser les boutons du bout de ses cannes.

— C'est de la polyarthrite chronique, mais la douleur va et vient. Un petit quelque chose, commissaire ?

Il indiqua un verre près de lui où il restait un doigt de whisky.

— Ou est-ce encore un peu tôt dans la journée pour vous ?

Il n'était pas midi mais Jury sentit une tristesse s'abattre sur lui, provenant d'une source qu'il ne pouvait nommer… ou peut-être le pouvait-il. Après tout, un petit remontant ne lui ferait pas de mal. Oui, c'est ça. Ça commençait toujours par le besoin d'un petit remontant. À moins que ça ne finisse par ça. D'un autre côté, ce n'était pas sympa de laisser Maples boire tout seul… Non, pas question de se laisser aller.

— Non merci, je viens juste d'ingurgiter un litre de café.

Maples hocha la tête et s'enfonça dans son canapé vert.

— Au téléphone, vous m'avez dit que vous vouliez des informations au sujet de Ralph Herrick.

— Oui, comme je vous l'expliquais, le colonel Neame m'a adressé à vous parce que vous avez connu Herrick.

— Oui, en effet.

— Vous travailliez dans le service des codes et du décryptage des renseignements ?

— Oui, au CG et à l'ED.

— J'enquête sur un homicide. Simon Croft. Vous en avez peut-être entendu parler ?

— Oh oui. Je connais cet hôtel particulier, au bord de la Tamise. Je me suis souvent demandé qui y habitait.

— Simon Croft, effectivement. Il y vivait seul. Il écrivait un livre sur un épisode particulier de la Seconde Guerre mondiale. Il avait connu Ralph Herrick quand il était enfant. Il en avait fait son idole. Un pilote de chasse, un héros. Ça n'a rien d'étonnant, je suppose.

— En effet. L'héroïsme de Herrick n'a jamais fait le moindre doute. Son courage était presque… incontrôlable.

Jury sourit.

— C'est une façon étrange de présenter les choses.

— Je sais. Mais sa bravoure était presque contagieuse, elle suintait par tous les pores de sa peau. Ce n'était pas qu'il frimait, ce n'était pas du tout son genre, mais c'était presque comme si elle lui venait après coup. Et Dieu sait qu'il était brave ! Il a descendu presque à lui tout seul quatre Junker au-dessus de Driffield, dans le Yorkshire. Les bombardiers n'étaient pas escortés par des Messerschmitt, les 109 n'ayant pas un rayon d'action suffisant pour faire le trajet depuis la Norvège. Herrick commandait l'escadrille de Spitfire qui intercepta les bombardiers allemands au moment où ils s'apprêtaient à larguer leurs bombes sur une des stations radar de défense de la « Chain Home », un moment absolument critique. Herrick et ses hommes les ont tous abattus, sauf un. Non, son courage ne faisait aucun doute.

Jury réfléchit un moment.

— Sa belle-famille parle de lui comme on le ferait d'une idole. Il était vénéré par la plupart des membres, sauf un, une belle-sœur qui le trouvait trop « plausible »..., comme une de ces gueules d'amour un peu veules que l'on voit dans les vieux films de gangsters américains. C'est comme ça qu'elle me l'a décrit.

Maples renversa la tête en arrière, partant d'un éclat de rire inaudible.

— Elle est très bonne ! Laissez-moi vous dire une chose, au sujet de Herrick : une bonne partie de son courage était surtout de la témérité. Je pense que ça venait du fait qu'il se foutait de tout. D'une certaine manière, je crois qu'il considérait la guerre comme une grande partie de cartes, pour laquelle il gardait un atout dans sa manche.

— Il a fini par le jouer ?

Maples tendit la main vers la carafe à whisky posée sur la table près de lui et se resservit un verre. Il l'inclina en direction de Jury avec un regard interrogateur mais celui-ci déclina à nouveau.

— Oh, je suis pratiquement certain qu'il l'a joué, oui. Mais ce qui comptait avant tout, c'était le jeu en soi.

Jury lui tendit le livre, ouvert à la page des dates.

— Ce livre appartenait à Simon Croft, sir Oswald. Joss Neame m'a aidé à identifier certaines notes dans les marges. Il a pensé que vous pourriez en déchiffrer d'autres...

Maples prit le livre, chaussa ses lunettes sans monture et se mit à le feuilleter. Sur les indications de Jury, il se rendit ensuite à la dernière page.

— « Enigma »... « Seigneur, je ne peux pas le croire »..., lut-il à voix haute.

Il hocha la tête, réfléchit quelques instants.

— Je me suis toujours interrogé à propos du travail de Herrick sur les codes Enigma. Apparemment, cela turlupinait aussi ce Simon Croft.

Maples abaissa ses lunettes, croisa ses doigts et regarda Jury par-dessus ses mains jointes.

— Nous avions appris par certains décryptages, ainsi que grâce à un prisonnier de guerre, qu'une opération se préparait pour la mi-novembre, pendant une nuit de pleine lune… Le 13, le 14 ou le 15. Ce devait être une opération en trois étapes, baptisée du nom de code « sonate au clair de lune ». La sonate, voyez-vous, se construit sur trois mouvements. Cette note, ici, fit-il en indiquant le livre, renvoie au plan d'attaque.

— C'était l'attaque sur Coventry ? Il n'y a pas eu d'avertissement ?

Maples sembla étudier le papier peint derrière Jury.

— Pas exactement, même si beaucoup de gens pensent le contraire. Nous savions que Coventry et Birmingham étaient des cibles potentielles, mais une carte codée indiquait les sites visés comme étant Londres et les Home Counties. Je vous simplifie cette affaire de code, mais l'essentiel est que cette carte nous a mis sur une fausse piste. Il y avait une erreur de décryptage. Ce ne fut pas la seule fois où j'ai été amené à me poser des questions, mais c'était toujours trop tard, quand ça ne servait plus à rien.

Jury fronça les sourcils.

— Vous avez des raisons de penser que Herrick avait un lien avec ce mauvais décryptage ?

— Oh, j'en suis même certain. La carte est passée entre ses mains, c'est lui qui en a fait le décryptage final.

— Une erreur involontaire ?

— C'est possible, oui. Sauf que les « erreurs involontaires » se sont accumulées. Il y a eu cette affaire *Bismarck*…

Il reprit le livre, retrouva la page avec les dates inscrites par Croft.

— Vous avez la date, là. Le 24 mai 1941. C'est le jour de l'attaque du *Bismarck*. Nous avions un mal de chien avec l'Enigma naval. Il nous a fallu beaucoup de temps pour comprendre son code.

Il passa deux doigts sous son col pour l'étirer, comme s'il revivait la scène.

— Notre principal problème, c'était qu'on ne parvenait pas à lire les codes avec suffisamment d'avance pour contrecarrer leurs plans.

— Mais quelqu'un travaillait-il sur les deux clés à la fois ? La RAF et l'amirauté ?

— Bonne question. D'ordinaire, non. Mais Ralph avait une autorisation spéciale pour passer de l'une à l'autre. À Bletchley, on travaillait sur chaque clé dans des bâtiments différents, les « huttes ». La sécurité était très difficile à assurer. Les fuites y étaient trop faciles. Il y avait beaucoup de gens sur place. Je pense que je n'ai commencé à m'interroger sérieusement qu'après que Herrick fut parti dans les îles Orkney. Il était à Hatston, où se trouvait notre base aéronavale. Nous avions également là-bas nos sections d'interception.

— C'est là-bas que Herrick est mort, n'est-ce pas ?

— Oui. Je suppose que vous n'en avez pas encore discuté avec quelqu'un des services des renseignements de l'armée ? Des MI5, MI6 ?

Jury fit non de la tête.

— Si je vous en parle c'est parce que je les soupçonne d'avoir eu Herrick dans le collimateur et de l'avoir posté là-bas comme mesure punitive provisoire. À moins que les renseignements, en bonnes ordures qu'ils sont, ne l'y aient envoyé… définitivement. C'est que, voyez-vous, il a été assassiné quelques mois plus tard. Naturellement, on a fait croire à un accident. Une noyade, voyez comme c'est pratique !

Sir Oswald fit gonfler ses joues et, se penchant en avant, regardant fixement Jury de ses yeux gris acier :

— Et puis il y avait Julia.

— Julia ? Qui était-ce ?

Maples sourit.

— Elle est apparue soudainement dans les communications de l'aviation allemande. Jusque-là, nous avions de bons résultats dans ce domaine. Puis ce prénom a commencé à figurer dans les décryptages, sans qu'on puisse comprendre de qui il s'agissait. Croyez-moi, elle nous a fichu le binz pendant un bon bout de temps. C'est en grande partie grâce à elle que je sais que Herrick était l'un des leurs. D'ailleurs, je ne serais pas surpris d'apprendre qu'il était un agent double. Cela aurait parfaitement cadré avec son goût immodéré pour les jeux de cartes. Quoi qu'il en soit, juste avant la fin, qu'à mon avis il a sentie venir, il m'a écrit un mot…

Maples pointa une de ses cannes vers une bibliothèque derrière Jury.

— Vous voulez bien me descendre ce gros volume, au bout de l'étagère du bas ?

Jury se leva et alla prendre un épais livre à la reliure usée. Il le donna à sir Oswald, qui rechaussa ses lunettes et l'ouvrit à une page où un morceau de papier faisait office de signet.

— Celui-ci est assez célèbre, écoutez : « Quand toute parée de soies ma Julia va/Alors, alors, quelle douceur je perçois/Dans cette liquéfaction de son pas. » Il y en a au moins une douzaine d'autres, tous destinés à Julia. Mais celui-ci est le plus connu. C'est ce mot merveilleux, « liquéfaction », qui frappe, je suppose…

Sir Oswald s'interrompit et Jury dut le relancer :

— Et… ?

— Et c'est de Robert Herrick, naturellement. Le poète.

Il y eut un long silence, durant lequel ils se dévisagèrent. Puis Jury déclara :

— C'était vraiment un jeu, pour Herrick, n'est-ce pas ?

— Oui, en effet.

Maples retourna le morceau de papier et lut :

— « Tu me surprends, Ozzie. J'aurais cru que tu aurais percé Julia à jour, toi qui aimes tant la poésie du dix-septième siècle. » Et c'est signé très simplement « Ralph ».

— Quel fils de pute !

Maples hocha la tête.

— Je ne vous le fais pas dire… Surtout pour avoir osé m'appeler Ozzie, conclut-il en refermant le livre d'un coup sec.

QUATRIÈME PARTIE

La peur s'habille en noir

47

La neige tombait, insouciante, languissante, de gros flocons voletaient devant la fenêtre du petit salon d'Ardry End où Melrose était assis, songeur. En cette veille de Noël, il attendait Jury.

Il imagina un voyageur las qui se serait arrêté devant la fenêtre et, face à une scène si douillette, aurait été projeté en arrière dans son enfance, se voyant assis devant une cheminée en compagnie d'un chien comme Sparky et d'un chat comme Cyril. Melrose pouvait presque voir un visage pâle se presser contre la fenêtre, suppliant, « Laissez-moi entrer, laissez-moi entrer, laissez-moi entrer ».

Pauvre âme égarée.

— Tu as fini ton shopping, Melrose, ou tu t'es contenté de gaspiller ton temps à Londres ?

Agatha était en train de tartiner un scone de confiture.

C'était son combientième ? Son onzième, au moins.

— Tu veux dire après que Marshall et moi avons gaspillé notre temps à traîner à Florence ?

— Tu vois, ça, ce serait l'endroit idéal pour faire ses achats de Noël !

— Ça l'était et quelqu'un y a pensé.

Melrose regarda sa montre. Dix heures et demie, le Jack and Hammer n'était pas encore ouvert.

Agatha était tellement surprise par sa réponse qu'elle faillit en oublier de rajouter de la crème par-dessus la confiture.

— Vraiment ? susurra-t-elle tout en corrigeant cet oubli. J'ai toujours dit que tu pouvais être attentionné quand tu en avais envie.

— Quel dommage que j'en aie si rarement envie !

— C'est surtout dommage que tu y sois allé avec Trueblood. Quand je pense à ce tableau ridicule !

— Ce tableau est la raison pour laquelle nous sommes allés en Italie, Agatha. Aussi ridicule soit-il, si c'est vraiment un Masaccio, il vaut une fortune.

Certes, ce n'était pas la question, mais s'il y avait une motivation qu'Agatha pouvait comprendre, c'était bien l'argent.

— Je doute fortement que ce soit un original…

Elle engloutit le scone d'une bouchée, déglutit puis acheva :

— J'en ai vu un exactement pareil à Swinton Barrow.

Elle regarda le plat bleu cobalt.

— Il n'y a plus de scones ?

— Quoi ? s'étrangla Melrose.

— D'autres scones ?

— Non, je veux dire, quel tableau ?

— Un tableau comme celui de Trueblood, dans une boutique de Swinton Barrow. Enfin, pas exactement pareil, mais dans le même genre.

— Où, à Swinton Barrow ?

— Chez un de ces antiquaires, il y en a tellement à Swinton Barrow ! Et Trueblood qui s'imagine être tombé sur l'affaire du siècle ! J'attends de voir sa tête quand il l'apprendra !

— L'antiquaire ne s'appelait pas Jasperson, par hasard ?

— Je ne me souviens pas du nom de la boutique. Elle était en face d'un pub… à la façade verte. Je crois que ça s'appelait le Hibou… Oui c'est ça ! Je suis sûre que tu sauras retrouver le pub…

Petit sourire affecté.

— J'en ai parlé à Theo, reprit-elle. Ce qu'il a ri ! Moi aussi, d'ailleurs.

L'idée que le sort du tableau, et donc de Trueblood, reposait entre les mains d'Agatha et de ce serpent de Theo Wrenn Browne était intolérable. Melrose resta figé, sa cigarette non allumée aux lèvres, ses doigts tournant et retournant son briquet, son esprit tournant avec lui, caressant diverses options : acheter le silence d'Agatha ; lui flanquer la trouille de sa vie ; l'abattre, là, sur place. Des trois options, la dernière avait sa préférence (c'était le seul moyen sûr de l'arrêter). Comme elle n'avait aucune parole, il pouvait difficilement acheter son silence ; en outre, elle n'hésiterait pas à le faire chanter, lui soutirant de l'argent à la moindre occasion. Le seul autre moyen d'avoir une vague chance qu'elle se taise était de la convaincre que ce nouveau tableau n'intéressait personne.

— Ah oui, j'avais oublié ! Tu veux parler de cette peinture-là ! Inutile d'embêter Trueblood avec ça, il la connaît. Il n'en veut pas.

Privée du plaisir d'annoncer une mauvaise nouvelle, elle fit une mine déconfite.

— Ah bon ?

— Il est allé dans ce village… Suintant ?

— Swinton.

— C'est ça, il y est allé hier après-midi. Ça ne l'intéresse pas.

Agatha fulminait. Marshall Trueblood les avait ridiculisés, Theo Wrenn Browne et elle, lors du procès désormais connu de tous sous le nom du « coup du pot de chambre ». Melrose sourit, rien que d'y penser. Un vrai grand moment !

— Ce n'est pas tout, continua-t-il. Un triptyque a effectivement disparu d'une chapelle… Mais où donc ? Je ne me souviens plus… C'était en 1400 quelque chose. Or, pour ce qu'on en sait, il pourrait bien s'agir du tableau de Trueblood. Enfin, en partie. Ce serait l'un des panneaux manquants. Tu imagines la trouvaille !

Melrose déversa alors sur elle toutes les informations qu'il avait accumulées sur « Tom le maladroit » (surnom que ses amis donnaient à Masaccio). Il était plutôt fier de lui, d'en avoir assimilé autant.

— *Saint Pierre guérissant les malades avec son ombre* n'est que l'une des merveilleuses fresques de la chapelle Brancacci. Tu devrais vraiment aller les voir, Agatha.

Puis il lui décrivit *Le Tribut* avec un luxe de détails, terminant sur ces mots :

— … restauré après ce fameux grand incendie des années 1770. Tu imagines le boulot que cela a représenté !

L'imagination de fouine d'Agatha pouvait aller jusque-là.

Sauf qu'elle s'y refusait. Elle oscillait sur le sofa, ses paupières papillonnantes, les yeux fermés pour ne pas voir l'amitié entre Masaccio et Masolino et leur collaboration sur ces fresques. Melrose continua jusqu'à ce qu'il entende un ronflement hoquetant.

Il s'approcha du canapé et hurla :

— Agatha !

La réveiller en sursaut était un de ces plaisirs dont il ne se lassait pas.

— Il faut que j'y aille ! s'exclama-t-elle. Grands dieux, Melrose ! Depuis combien de temps tu es là à bavarder alors que j'ai tant à faire !

Elle ramassa ses affaires et son fourre-tout (qu'elle n'était pas parvenue à remplir avec les confections de Martha, la cuisinière), se leva et tira sur sa gaine.

— Tu t'en vas ? demanda-t-il.

Dieu soit loué !

— Me voilà partie !

Quelle tuile ! pensa-t-il dès qu'elle eut disparu.

— Ruthven, apportez-moi mes clés de voiture !

Swinton se trouvait à une cinquantaine de kilomètres au sud-ouest de Long Piddleton. C'était à peu près la même chose, mais en plus grand. Il y avait simplement un peu plus de tout : plus d'espace sur la place du village, plus d'antiquaires, plus de librairies.

Après avoir garé sa voiture de biais entre deux autres en face du Hibou, Melrose examina les boutiques de l'autre côté de la place, un espace découpé en parterres de buis et équipé de bancs, avec des plaques de neige s'accrochant ici et là. Tous les éléments du mobilier urbain étaient ourlés d'une fine couche blanche. C'était une jolie scène hivernale. Jasperson's se trouvait juste en face du pub, comme l'avait dit Agatha (dans un rare moment de précision).

Une cloche tinta quand il poussa la porte et entra dans une vaste salle qui sentait l'encaustique et le fric. Trueblood aurait pu y passer une semaine entière. C. Jasperson connaissait son métier. Au centre de la pièce trônait une table ronde constituée d'un plateau en marbre vert posé sur un socle doré orné de putti. Quelqu'un d'autre se serait extasié, mais Melrose avait horreur des ornements angéliques. Il avait toujours une envie folle de les arracher. À sa droite se trouvait une bibliothèque vitrée Queen Anne qu'il aurait bien vue à Ardry End. À côté, une écritoire en noyer marqueté accueillait une boîte à thé en chrysocolle. Melrose, qui adorait trouver des choses à l'intérieur d'autres choses, découvrit avec ravissement trois autres petites boîtes à thé encastrées dans la première. Il referma le couvercle avec un sourire attendri. Près de ces pièces se trouvait une table à ouvrage avec une plaque en porcelaine incrustée dans son plateau, ce dernier se soulevant pour révéler un intérieur en miroir. Ça plairait à Vivian. C'était comme s'il refaisait ses achats de Noël. Tandis qu'il allait d'objet en objet, son regard se promenait sur les murs, cherchant le tableau, ou le panneau, qui, selon Agatha, ressemblait à celui de Trueblood. Il ne l'aperçut qu'en se rapprochant d'une petite alcôve. Le voilà ! Pour une fois, Agatha avait dit vrai. La peinture représentait un saint ou un moine et aurait pu être un pendant de celle de Trueblood. Qu'elle puisse elle aussi faire partie du retable de Masaccio était vraiment trop tiré par les cheveux.

— Bonjour.

La voix douce le fit sursauter. Il se retourna et se retrouva face à l'incarnation du concept platonique de la grand-mère. Le teint rose, les yeux bleu ciel, les lèvres corail…, c'était celle que tout le monde aurait aimé avoir comme grand-mère mais n'avait jamais. Elle lui sourit d'un air enjoué de Mère Noël.

— Je peux vous aider ?

Melrose la salua d'un léger signe de tête.

— Cette peinture m'intéresse. Un ami m'a dit qu'il en avait trouvé une très semblable ici, à Swinton. Vous êtes Miss Eccleston ?

— Oui, c'est bien moi, Amy Eccleston. Je me souviens effectivement de votre ami, il est passé il y a environ deux semaines, il me semble. Il a eu le coup de foudre pour ce panneau, qu'il a acheté. Je crois bien qu'avec celui-ci ils pourraient faire partie d'un triptyque, ou d'un polyptyque. Excusez-moi un instant.

Elle disparut dans une autre pièce où un téléphone sonnait. Pendant les quelques minutes que dura son absence, Melrose étudia le soi-disant Masaccio (qu'elle n'avait pas encore nommé), essayant de se rappeler ce qu'avait dit di Bada à propos de la description par Vasari du polyptyque de Pise dans cette église... Saint Jérôme ? Saint Julien ? Saint Nicolas ?

Elle revint.

— Désolée. C'est une journée chargée, aujourd'hui.

— Mr Trueblood pense que le sien pourrait être un original de Masaccio. C'est ce que vous lui avez dit ?

Elle émit un petit rire voilé.

— Oh juste ciel, non ! Mais il n'est pas impossible que c'en soit un. Mr Jasperson a essayé de les faire authentifier. Vous connaissez Masaccio ? Un peintre florentin du quinzième siècle...

— Les expertises demandées par Mr Jasperson ont donné des résultats ? On connaît l'origine de ces peintures ?

Elle secoua la tête.

— Nous l'ignorons. Je les ai trouvées dans une petite église de Toscane. Naturellement, sur le coup je ne me suis pas rendu compte de leur valeur. Quand je les ai rapportées, Mr Jasperson n'en revenait pas !

— Parce qu'elles valent si cher ?

— Parce qu'elles sont si divines.

Se tournant vers le panneau, ils se pénétrèrent un peu de cette divinité.

— Je vais vous dire ce qui est possible, reprit-elle. Votre ami a dû vous dire qu'il s'agissait peut-être d'une copie d'un panneau de Masaccio. D'un autre côté, ce pourrait aussi être, avec celui-ci, des panneaux originaux d'un polyptyque qui se trouvait autrefois dans une église à Pise, Santa Maria del Carmine. Un retable, dont on a retrouvé la plupart des morceaux. Mais il manque toujours des éléments.

Cette petite information flotta doucement dans l'air, aussi légère et anodine qu'un flocon de neige matinal.

— Ce qui signifie que celui-ci pourrait être un original ? demanda Melrose innocemment.

Elle ouvrit grand ses yeux bleus.

— Je tremble rien que d'y penser.

— Je n'en doute pas, dit Melrose en riant. Mais si vous en étiez convaincue, vous ne vendriez pas ce panneau pour…

Il se pencha et retourna la petite étiquette.

— … deux mille livres.

Il laissa retomber l'étiquette et la regarda.

— Non, bien sûr.

— À une vente aux enchères, il pourrait atteindre dans les combien ?

— Oh, doux Jésus ! Il serait hors de prix.

Melrose revit Trueblood sillonnant la Toscane en serrant son tableau contre lui. Il sourit.

— Hmm… Hors de prix, en effet.

Ils regardèrent le panneau en silence. Puis Melrose déclara :

— Voici mon problème, Miss Eccleston. Mon ami est convaincu de posséder une œuvre absolument unique. Il est allé à Florence pour la faire authentifier. Je ne m'étonne pas que Mr Jasperson n'y soit pas parvenu. Personne n'arrive à se prononcer. L'ennui, c'est que si d'autres éléments comme celui-ci, fit-il en désignant du menton le deuxième saint Trucmuche, continuent à apparaître, Mr Trueblood sera terriblement déçu. Car vous conviendrez avec moi que l'apparition de chaque nouveau panneau dilue considérablement la notion d'originalité, n'est-ce pas ? En trouver un dans les circonstances que vous avez décrites tient déjà du miracle. Mais toute une série…

Elle hochait la tête, encore et encore.

— Voilà ce que je vous propose : je vais vous l'acheter, ce qui lui évitera de tomber dessus, et si Mr Jasperson ou vous-même en découvriez d'autres, ayez l'amabilité de m'en informer aussitôt. D'accord ?

Oh ce qu'elle était contente !

— Mais oui, absolument, bien sûr.

Melrose sortit son carnet de chèques, l'ouvrit sur la table à ouvrage et poussa de côté la boîte à thé.

— Je prendrai ça aussi.

— Oh ! fit-elle comme s'il l'avait pincée. Mais certainement. Elle est à trois cents.

Melrose rédigea un chèque de deux mille trois cents livres et le lui tendit.

— Voilà. J'aimerais que vous me gardiez le panneau jusqu'à ce que je puisse revenir le prendre. C'est que j'ai rendez-vous avec Mr Trueblood, et je ne voudrais pas qu'il me demande ce que c'est.

— Mais avec plaisir. Je vais vous le mettre derrière.

— J'emporte la boîte à thé. Inutile de l'emballer.

Elle décrocha le panneau et disparut avec lui dans l'arrière-boutique.

En route vers la sortie, Melrose s'arrêta et envoya un coup de pied dans les putti.

Puis il rentra à Long Piddleton. Il avait réussi à faire taire Agatha. À présent, il devait clouer le bec de Theo Wrenn Browne.

La cloche au-dessus de la porte de la librairie Wrenn's Nest émit un désagréable son métallique de nerf pincé, comme si tout ce qui se trouvait dans la sphère d'influence du propriétaire du magasin reflétait son tempérament.

Melrose attendit, pianotant des doigts sur le comptoir, regardant par la grande vitrine le Jack and Hammer, qui se trouvait juste en face. Ses amis y étaient, prenant apparemment du bon temps. Trueblood, notamment. Dès qu'il les verrait assis près de la fenêtre, Theo Wrenn Browne s'y précipiterait pour leur faire part de la mauvaise nouvelle concernant le tableau de Trueblood.

— Mr Plant, quelle bonne surprise !

Le gros menteur !

— Qu'est-ce qui vous amène ?

— Des livres, bizarrement. Où est votre rayon d'histoire de l'art ?

Le libraire arqua un sourcil finement ciselé.

— L'histoire ? L'art ?

— C'est cela même, Mr Browne. Accolez les deux mots et vous saurez ce qui m'amène.

Il aurait probablement dû être plus aimable, mais ce Browne n'était vraiment qu'un sombre idiot.

Le libraire inclina la tête vers une série d'étagères.

— C'est par là.

Melrose le suivit. Il n'y avait pas grand choix, ce qui n'était pas gênant puisqu'il n'avait rien l'intention d'acheter. Ce qu'il voulait, c'était vérifier ce que Browne savait exactement au sujet du second panneau de Jasperson's. Le libraire serait trop content de crever la petite bulle dans laquelle flottait Trueblood.

— Tenez, en voici un beau.

Browne essayait de lui refourguer une monographie d'Andy Warhol.

— Non.

Melrose prit une étude rasoir sur l'art flamand, puis la reposa. Il n'y avait qu'un seul ouvrage sur le thème, ou plutôt susceptible de lancer le sujet : *L'Art de la Renaissance*. Il commença à feuilleter l'épais volume, marmonnant :

— Ah ! Brunelleschi... Donatello... Masolino...

— Que cherchez-vous au juste, Mr Plant ?

— Des tableaux de la Renaissance italienne.

Puis il continua à murmurer sur un ton révérencieux :

— Giotto... Masaccio...

— Oh ! fit Browne.

Il était ravi de reconnaître un nom, plus ravi encore de pouvoir assener une mauvaise nouvelle.

— Le prétendu panneau de Mr Trueblood.

— Prétendu ? dit Melrose d'un air surpris. Je ne vois pas pourquoi vous dites ça. Nous rentrons justement de Florence.

Il se tourna à nouveau vers le livre et lut :

— « L'église de San Giovenale a Carcia... »

— Et ? dit Browne.

— Et quoi ?

— Vous venez de dire que vous rentriez de Florence.

— Absolument.

Melrose reprit ses messes basses avec le livre.

— San Gimignano... Monteriggioni...

Il tournait les pages sans trop savoir ce qu'il comptait faire mais sentant qu'une idée allait bientôt lui venir.

Frustré, Theo insista :

— Vous disiez que vous aviez été à Florence ?

— Hmm... Oui, c'est juste.

— Mais vous l'avez dit comme si ça expliquait quelque chose.

— Florence ? fit Melrose, réfléchissant toujours. Mais Florence explique tout !

Il posa une main sur l'épaule de Browne, un geste qui prit complètement le libraire de court. Il tenta de reculer, mais Melrose le tenait fermement.

— La chapelle Brancacci !

Là, Melrose étendit l'autre bras et dessina une ligne entre le pouce et l'index, comme s'il lisait un titre.

— La chapelle Brancacci ! répéta-t-il. Vous l'avez vue, bien sûr !

— Moi ? Euh… non. Si ça ne vous ennuie pas, il faut que je retourne…

Melrose resserra sa prise et l'entraîna vers la grande vitrine. En face, ses amis étaient assis à leur table favorite. Il y avait Trueblood, Diane Demorney, Joanna la Folle, Vivian Rivington.

— Imaginez ! s'exclama-t-il. Imaginez que nous sommes assis dans cette sublime chapelle, face à face avec ces fresques. Fermez les yeux…

Theo n'y tenait pas.

— … et imaginez que vous voyez Adam et Ève chassés du paradis…

En face, Trueblood se tenait la tête un peu comme Adam, et Joanna avait la tête renversée en arrière dans un rictus qui ressemblait d'une manière frappante au hurlement d'Ève. Cette pantomime n'était pas pour déplaire à Melrose.

— Ensuite, nous avons *Le Tribut*…

Dick Scroggs venait d'entrer dans le champ de la fenêtre.

— … puis *Saint Pierre guérissant les malades avec le pouvoir de son ombre*.

Melrose décrivit un arc de cercle avec sa main, comme si les scènes apparaissaient et disparaissaient, projetées par une lanterne magique. Mrs Withersby fit son entrée, le modèle idéal pour la malheureuse implorant l'aide de saint Pierre. Dans le cas de Withersby, il s'agissait surtout de taper des clopes, et un peu de tout ce que la vie avait à offrir.

— Euh… Mr Plant, je crois bien que… Oui, il me semble que c'est mon téléphone qui sonne.

Melrose le serra plus près de lui.

— Qu'il sonne, qu'il sonne ! Laissez-moi vous parler de San Gimignano…

Ce qu'il fit, avant d'enchaîner sur Sienne, le tout dans un déferlement abrutissant de détails et sans lâcher un instant le libraire. Puis, quand il le libéra enfin, il déclara :

— Il faut que je file. Vous nous rejoignez au pub ?

— Euh non, non, je ne pense pas, pas ce soir.

Il recula prudemment de plusieurs pas.

— Dommage. Dans ce cas, bonne soirée.

Melrose sortit en sifflotant.

— Ah, vous voilà enfin, Melrose ! Où étiez-vous passé ? Je vous rappelle qu'on dîne tous à Ardry End ce soir, c'est la veille de Noël.

Diane Demorney lança l'annonce suivante comme si elle venait juste de lui venir à l'esprit :

— Au fait, on va s'échanger des cadeaux ?

— Vous voulez dire contre ce que vous voudriez recevoir ? fit Trueblood.

— Très drôle ! Mais faut-il apporter quelque chose pour tout le monde ? Ça ferait…

Elle compta les personnes assises autour de la table en les pointant du doigt.

— Si Agatha est là, on sera, voyons voir… Six. Si chacun apporte un cadeau à tous les autres, ça fera…

À court de doigts, elle ferma les yeux et se posa une main sur le front.

— Ne me comptez pas, Diane, déclara Joanna. Je pars dans le Devon. J'ai promis d'y être pour Noël.

— Où, dans le Devon ? demanda Diane.

Cette nouvelle complication d'un problème qu'elle n'avait pas encore résolu la contrariait.

— Exmoor.

Le martini de Diane se figea en route vers ses lèvres.

— Exmoor ? Mais il y a vraiment des gens qui vivent là-bas ? Ce n'est que de la lande…

— Vous ne croyez pas si bien dire !

Les autres attendirent patiemment que Diane finisse de compter. Finalement, Vivian déclara, sur un ton encourageant :

— Diane, s'il y a six personnes qui font chacune un cadeau aux cinq autres…

— C'est facile à dire pour vous, Vivian, vous avez déjà fait les vôtres.

— Ce n'est pas la question. Alors, ça fait combien ?

Melrose aurait voulu retourner dans la chapelle Brancacci.

— En fait, nous serons sept et non six.

Diane le regarda comme s'il venait de faire s'écrouler son château de cartes.

— Qui est le septième ?

— Mr Steptoe.

Ils le regardèrent tous d'un air neutre.

— Notre nouveau marchand de légumes.

Ils avaient toujours le même regard neutre. Puis Vivian déclara enfin :

— C'est chou de votre part, Melrose. Ça lui fera rencontrer des gens.

— C'est aussi ce que j'ai pensé.

Depuis le bar où il était accoudé pour lire la gazette de Sidbury, Dick Scroggs lança :

— Je ne vois pas votre horoscope aujourd'hui, Miss Demorney.

— Même les astres sont en vacances, Dick.

— Pas de cadeaux, trancha Melrose. Vous n'aurez qu'à vous les apporter chacun les uns chez les autres, si vous voulez.

Diane poussa un soupir de soulagement, tapota un ongle rouge contre son verre de martini vide et fit un petit signe à Dick Scroggs.

— Vous avez arrêté une heure, Melrose ? Je veux dire, vous avez prévu qu'on prendrait des apéritifs avant de dîner ?

— Pourquoi, on n'est pas déjà en train de prendre un apéritif ? dit-il avec un petit sourire. Mais oui, le bar sera ouvert avant le dîner. Venez vers sept heures.

48

Richard Jury tendit la main vers le seau à glace qu'il avait demandé à Ruthven de lui laisser, y pêcha un glaçon et le laissa tomber dans son whisky. Ces temps-ci, il avait tendance à rechercher le froid : promenades dans l'air glacé, boissons glacées, pièces glaciales..., toujours en quête d'un froid mordant, anesthésiant. Il ignorait pourquoi, si ce n'était qu'il cherchait à s'armer contre le spectre des Noëls passés, présents et futurs. Il n'aimait pas Noël, il se sentait diminué par lui.

— Tu sais que c'est un pur malt de trente ans d'âge que tu es en train de noyer, dit Melrose.

Ils étaient assis près du feu dans des fauteuils confortables.

— Il sera bu avant que le glaçon n'ait fondu. Revenons plutôt à saint Jérôme.

— Je crois que c'est Jean, oui, c'est ça, saint Jean.

— Tu n'as pas vu ce qu'il reste du polyptyque dans l'église à Pise ?

— Il n'y est plus. C'est là tout le problème. Certains éléments sont réapparus dans divers musées et églises d'Europe, mais il manque encore des panneaux.

Jury hocha la tête et but une nouvelle gorgée de whisky.

— Comment s'appelle cet antiquaire ?

— Jasperson. La femme qui les vend s'appelle Amy Eccleston.

Jury se pencha et reposa son verre sur la table basse.

— J'aimerais toucher deux mots à ce Jasperson. Tu as son numéro ?

— Tiens.

Melrose lui tendit une carte qu'il venait de sortir de sa poche.

Jury se leva.

— Où est le téléphone ?

Melrose lui fit signe de se rasseoir.

— Laisse. Ruthven va te l'apporter.

Il pressa un bouton émaillé sous la table près de son fauteuil. Ruthven apparut, reçut ses ordres, disparut et réapparut avec le téléphone. Jury le remercia.

— J'aurais très bien pu aller jusqu'au téléphone, plutôt que de faire venir le téléphone à moi, dit-il à Melrose.

— Ça me ferait mal ! Je veux entendre ce que tu vas lui dire.

Jury composa le numéro pendant que Melrose remplissait leurs verres, laissait tomber un glaçon dans celui de son ami. Jury se cala confortablement contre le dossier en écoutant les sonneries se succéder.

— Ça m'étonnerait qu'il y ait quelqu'un la veille de No… Allô ? Mr Jasperson, s'il vous plaît… Mr Jasperson ? Je suis le commissaire principal Jury, de Scotland Yard… Non, non, il ne s'est rien passé de grave…

Jury l'interrogea au sujet des deux panneaux, lui demandant s'il les avait fait authentifier et d'où ils venaient.

— C'est que, voyez-vous, Mr Jasperson, j'ai de bonnes raisons de penser que vous avez mis la main sur un panneau provenant d'un polyptyque de Masaccio…

À l'autre bout de la ligne, la réaction de Jasperson dut être sonore — un cri, un juron, un éclat de rire? — car Jury éloigna un instant le combiné de son oreille, regardant Melrose en haussant les sourcils. Puis Jasperson dit quelque chose qui le fit rire.

— En effet, je ne pense pas. Quelqu'un d'autre dans votre magasin le saurait-il ?… Non… Miss Eccleston, je vois. Très bien, j'essaierai d'y faire un saut pour voir… Oui… Non, vous n'avez pas besoin de vous déplacer. C'est déjà assez désagréable d'être dérangé la veille de Noël… Oui, merci. Attendez ! Dites-moi, si un de ces panneaux s'avérait être de Masaccio, quel prix atteindrait-il dans une vente ?… Pas possible ! Merci.

Jury raccrocha.

— Il ne les a jamais vus.

Melrose se pencha en avant, ouvrant des yeux ronds.

— Je crois que nous devrions avoir une petite conversation avec Miss Eccleston, tu ne penses pas ?

Melrose était déjà debout.

— Allons-y !

Tandis qu'ils enfilaient leurs manteaux et se dirigeaient vers la porte, Melrose demanda :

— Combien il a dit qu'un Masaccio se vendrait ?

— Autour de vingt-cinq, trente millions de livres.

— Oh la vache ! Mais pourquoi les vendrait-elle pour deux mille malheureuses livres, dans ce cas ?

— Elle ne connaît peut-être personne qui ait trente millions.

Il y avait deux clientes dans la boutique quand Jury entra, des Américaines à en juger par leur accent. Deux femmes d'âge mûr en pull et pantalon large, chinant en se souciant comme d'une guigne des fêtes de Noël, une attitude qu'il approuva totalement.

Amy Eccleston, qui était en train de discuter avec elles, s'excusa et zigzagua entre les tables et les objets d'art pour venir vers Jury à l'autre bout de la salle. Son sourire se figea légèrement quand elle vit sa carte.

— Oh, fit-elle.

Puis le téléphone sonna et elle alla répondre, remerciant certainement sa bonne étoile de lui accorder ce délai.

Jury examina la table ronde au milieu de la pièce, faisant la grimace devant les chérubins dodus qui étreignaient son pied. Qui pouvait vouloir d'un tel meuble, surtout à ce prix délirant ! Il laissa retomber l'étiquette.

Les Américaines en route vers la sortie lui sourirent, et il leur sourit en retour. Si bien qu'elles lui sourirent de plus belle, pensant peut-être qu'elles n'en avaient pas fait assez en la matière. La cloche tinta quand elles sortirent.

Melrose, qui avait passé quelques minutes à contempler la place, les croisa sur le seuil. Jury et lui avaient décidé de ne pas entrer ensemble afin de ne pas éveiller d'emblée les soupçons d'Amy Eccleston.

Revenant de son coup de téléphone, Miss Eccleston aperçut Melrose et émit un petit bruit de bonheur. Elle lui annonça qu'elle irait chercher sa peinture dans un instant, puis elle se tourna vers Jury.

— Alors, que puis-je faire pour vous, inspecteur ?

— Commissaire principal, rectifia-t-il. J'ai appris que vous aviez vendu récemment deux peintures sur panneaux de bois attribuées au peintre italien Masaccio ?

Se redressant dans toute sa dignité, elle le corrigea :

— Absolument pas ! Je n'ai jamais dit qu'elles étaient de Masaccio. J'ai juste suggéré qu'il y avait là une possibilité.

— Vous les avez trouvées vous-même, n'est-ce pas ?

— Oui, en Italie. Je les ai découvertes dans une petite église, à San Giovanni Valdarno. Je les ai trouvées très originales et saisissantes. Naturellement, sur le coup, il ne m'est pas venu à l'esprit qu'elles pouvaient avoir un lien avec Masaccio.

Melrose s'avança entre eux.

— Bien que San Giovanni Valdarno soit la ville où Masaccio est né ?

Le regard de Miss Eccleston allait de l'un à l'autre. Elle était visiblement troublée de constater qu'ils étaient apparemment ensemble.

— Je n'y ai pas pensé. Mais que se passe-t-il au juste, commissaire ? Vous semblez m'accuser de quelque chose…

Jury était en train d'écrire dans son calepin.

— Ce qui rend tout ceci suspect, mademoiselle, c'est que Mr Jasperson ignore tout de ces deux tableaux. Pourtant, ils sont accrochés dans sa boutique, ou l'étaient.

— Mr Jasperson ?

Son teint était devenu crayeux.

Jury se contenta de la fixer.

— Cela fait trois ans que je travaille avec Mr Jasperson. J'ai toujours…

— Je le regrette pour vous, mais votre collaboration avec lui prend fin aujourd'hui. Voici ce que je pense : votre petit manège dure depuis un certain temps déjà. Vous tenez la boutique toute seule les vendredis et certains jours fériés. Tous les vendredis, vous accrochez votre dernière acquisition. Parfois vous avez un acheteur, parfois pas, auquel cas vous attendez simplement le vendredi suivant. Cette boutique élégante et chère est une vitrine parfaite pour des tableaux coûteux. Vous empochez cent pour cent de la vente, ni vu ni connu.

Pas mal. La recette de cette semaine s'élève à deux mille livres, sans la TVA. C'est un excellent retour sur investissement. C'est également extrêmement culotté. Si un de vos acheteurs revenait pendant la semaine avec ce que vous lui avez vendu et tombait sur Mr Jasperson ?

— C'est absurde. Je n'ai pas besoin de…

Elle commença à se tourner.

Jury la força à lui faire face.

— Oh que si. Vous avez besoin de quitter cet endroit, ce village. Vous ne direz rien, pas un mot ! au sujet des deux panneaux. N'essayez en aucun cas de contacter Mr Trueblood. Vous allez écrire une lettre à Mr Plant où vous renoncez à toute prétention concernant ces peintures. Après quoi, vous avez quarante-huit heures pour quitter les lieux.

— Mais Mr Jasperson ? Je ne peux pas partir comme ça !

— Ce que vous raconterez à Mr Jasperson est votre affaire. Je suis sûr que vous trouverez un prétexte plausible.

Il s'interrompit un instant. Puis :

— Vous vous en tirez à bon compte, Miss Eccleston. Remerciez le ciel d'être tombée sur des personnes pour qui l'art n'est pas qu'une affaire d'argent.

Elle était livide.

Jury sourit et se tourna vers Melrose.

— Prenez donc votre tableau, Mr Plant.

Melrose ne demanda même pas qu'on le lui emballe.

— Joyeux Noël ! lança Jury derrière lui.

Tandis qu'ils sortaient de leur place de parking, Melrose soupira :

— Oh là là ! Qu'est-ce que tu pouvais lui faire ?

— Rien, mais elle ne le sait pas. De son côté, Jasperson pourrait engager des poursuites contre elle.

Melrose tenait son panneau avec lui sur le siège du passager. Il l'inclina en arrière pour mieux le voir.

— Le problème, c'est qu'on ne sait toujours pas…

— S'ils sont authentiques ?

— Je ne vois pas comment ils pourraient l'être. Comment de telles peintures auraient-elles pu échapper toutes ces années aux experts ? Comment auraient-elles pu rester là, dans une petite église, sans qu'un de ces mordus de la Renaissance italienne ne les remarque ? Mais d'un autre côté, comme l'a souligné Tomas Prada, un des experts, sur quoi ces panneaux auraient-ils pu être copiés, puisqu'on ne connaît pas les originaux ?

— Hmm. C'est un bon argument. Tu crois que tu peux vivre avec ce tableau comme ça ?

— Sans le savoir ?

— Oui.

— C'est drôle, c'est ce que Prada a demandé à Trueblood.

— Et qu'est-ce qu'il a répondu ?

Melrose sourit.

— « Je pourrais, mais je préférerais éviter. »

Jury éclata de rire.

— C'est tout lui, ça !

49

— Le meilleur brocoli est sombre, si sombre qu'il paraît presque violet. Il possède deux fois plus d'éléments nutritifs que la variété verte. Quant au jaune, laissez tomber. Ça veut simplement dire qu'il est périmé. Fini, plus rien, plus la moindre valeur nutritive.

Là-dessus, Mr Steptoe avala le bout de brocoli qu'il venait tout juste de commenter.

Le nouveau marchand de légumes de Long Piddleton, peut-être bien un Irlandais mais peut-être aussi bien un Anglais, était assis entre Agatha et Diane. Il manquait une femme, si bien que deux hommes se retrouvaient forcément côte à côte. Melrose avait placé Agatha entre lui et Mr Steptoe, ce qui avait immédiatement suscité des messes basses, Agatha chuchotant qu'elle ne tenait pas à dîner à côté d'un épicier qui n'aurait sûrement aucune conversation. « Mais je serai à ta gauche, chère tante, et tu sais que j'ai toutes sortes de sujets de conversation. » Ce qui, comme prévu, avait achevé de l'irriter.

En fait, Mr Steptoe se révéla intarissable, même s'il ne parlait que de légumes. Il les avait entretenus de la betterave, de l'asperge, du panais et des pommes de terre. Il avait examiné à la loupe chacun des plats apportés par Ruthven et le jeune homme légèrement émacié que le majordome avait dégoté pour l'aider au service. Le marchand avait déclaré tous les légumes d'excellente qualité, ce à quoi Melrose avait répliqué que c'était bien la moindre des choses, puisqu'ils venaient de chez lui. Mr Steptoe avait trouvé la repartie hilarante, puis s'était excusé d'avoir paru se vanter, car il n'y avait sincèrement pas pensé l'ombre d'un instant.

— C'est juste que le bon légume, cuit comme il faut, fait toute la différence entre un bon et un mauvais repas.

Trueblood se tourna vers Melrose.

— Tu te souviens de ces excellents flageolets, à la Villa San Michele ?

Mr Steptoe poussa un petit cri.

— Ah, le flageolet ! C'est en France qu'on trouve le meilleur, naturellement... Ainsi, j'ai mangé une fois à Paris un délicieux plat de flageolets cuisinés avec des abricots...

— La nourriture de base des Hunza, déclara Diane.

Devant cette observation apparemment codée, tous les regards se tournèrent vers elle.

— Les abricots, expliqua-t-elle. C'est leur denrée de base.

— Diane..., demanda Melrose. On peut savoir qui sont les Hunza ?

Elle écarta cette question du bout de ses ongles rubis.

— Des Indiens, ou quelque chose de ce genre. Bon, on a fini de dîner ? Je suis assise dans la section fumeurs ? Je suis tout en bout de table, totalement ostracisée...

— Vous m'avez, moi, Diane, déclara Jury.

Il lui prit son briquet et lui alluma sa cigarette.

— Peuh ! Dans mes rêves uniquement !

— C'est drôle, dit Melrose, je me souviens parfaitement de la Villa San Michele, des magnifiques plafonds voûtés, des fresques fanées sur les murs du hall d'entrée, du service discret dans la salle à manger et de la vue à couper le souffle sur Florence depuis le balcon. Mais pour ce qui est des flageolets…

— On peut faire confiance à Melrose pour vider la moindre expérience de tout sentiment, déclara Agatha.

Elle repoussa une tête de brocoli vers le bord de son assiette du bout de sa fourchette.

— Pas n'importe quelle expérience, Agatha. Certainement pas de l'expérience Masaccio. J'en suis arrivé au point où j'ai l'impression de l'avoir connu personnellement. Pas vrai, Marshall ? Toi, moi et Masaccio. Tous les trois, tous heureux, une bande de frères…

Diane exhala une volute de fumée d'un air songeur.

— J'ai déjà entendu ça quelque part… Et je suis d'accord avec Melrose.

N'ayant pas été du voyage, elle pouvait choisir n'importe quel camp.

— Vous savez, poursuivit-elle, un écrivain a dit que Florence était un vrai « débordement ». C'était Henry, Henry… Oh vous savez, celui qui était tellement entiché de l'Italie ?

— Henry James ? demanda Vivian.

— Oui, celui-là, fit-elle en soufflant avec art un autre ruban de fumée. Vous savez, commissaire, vous aimeriez Florence. Ils commettent là-bas toutes sortes de crimes. Et vous auriez une allure folle en costume de carabinieri. Très chic.

Là, une petite pause, le temps de le gratifier de son sourire sensuel, puis :

— Vous travaillez sur quoi, en ce moment ?

— Un homicide.

— Oh, racontez-nous ! Nous pourrons peut-être

vous aider. Qui sait, nous pourrions avoir une ou deux bonnes idées. Vous avez vu comme nous sommes !

Elle écarta un bras drapé de velours noir.

— Pour ça, vous ne l'avez jamais déçu, maugréa Melrose.

Trueblood émit un son, entre le hoquet et le rire.

— Vous rêvez, Diane.

— Mais on ne sait jamais comment une personne qui ne connaît pas les détails d'une affaire réagira ! Vous n'êtes pas d'accord, commissaire ? À force de regarder quelque chose trop longtemps, elle finit par nous devenir si familière qu'on pourrait croire qu'elle a toujours été telle qu'on croit la voir…

— Qu'est-ce que c'est que ce charabia ? demanda Trueblood.

— Non, non, je trouve que c'est plutôt bien dit, la défendit Jury. Mais c'est Noël, si on laissait le crime prendre un jour de repos ?

Ruthven et son jeune aide avaient débarrassé les assiettes et le majordome réapparut avec le pudding de Noël, qu'il déposa devant Melrose.

— Voulez-vous que je m'en charge, monsieur ?

— Non, c'est l'instant de l'année où je m'amuse le plus. Passez-moi le briquet.

Ruthven lui tendit le briquet habituellement réservé aux cigares. Il avait noué une serviette autour du goulot d'une bouteille de champagne et commença un tour de table.

Melrose alluma le briquet et le tint à la base du gâteau. Les flammes s'élevèrent sous un murmure collectif de plaisir. Tout le monde applaudit. Melrose se leva, attendit que Ruthven ait fini de remplir les verres, puis leva le sien.

— Un toast ! À nous autres, rares privilégiés, joyeuse bande de frères… et de sœurs.

Ils trinquèrent, puis Diane dit :

— C'est toujours la même chose ! Je suis sûre d'avoir déjà entendu cette phrase quelque part.

— Henri IV, répondit Melrose.

— Mais bien sûr ! Celui qui a décapité toutes ces femmes…

— Oui, enfin… Lui ou un autre.

Cette nuit-là, Melrose se retrouva en rêve dans la chapelle Brancacci, observant plusieurs peintres à l'œuvre. Parmi eux se trouvait Trueblood. Sauf que, cette fois, Melrose ne semblait pas le connaître mieux que les autres. Il observait depuis un temps diaboliquement long… Des jours, des semaines, des mois ? Qu'en savait-il ? Il était mort de faim. Regardant autour de lui, il constata que tous avaient une gamelle, sauf lui. Dans une gamelle abandonnée, il aperçut une pomme. Il la prit et croqua dedans tandis qu'un des peintres, plus haut, dessinait délicatement le visage d'Ève.

« Allez, allez, on se dépêche ! J'ai réservé une table à la Villa San Michele, tu as oublié ? »

Le plus jeune des artistes descendit avec agilité l'échafaudage et atterrit au sol après un double saut périlleux.

« Frimeur », lui dit Melrose.

Le frimeur lui prit le reste de pomme de la main et mordit dedans.

« Un bon plat de flageolets, c'est tout ce dont on a besoin pour être heureux », déclara Masaccio.

50

Elles avaient vraiment l'air très fâchées.

Au moment où elle s'apprêtait à toquer à la porte de Keeper's Cottage, Gemma avait entendu des éclats de voix. Elle avait laissé retomber sa main et reculé d'un pas. Elle était venue apporter un message de Mrs MacLeish au sujet du repas de Noël, mais au ton de la discussion, de l'autre côté de la porte, elle hésitait.

Kitty Riordin et Maisie se disputaient. Gemma ne distinguait qu'un mot, qui revenait par-ci par-là. Il semblait être question d'une terrine. À moins qu'il ne s'agisse d'une verrine… Prise d'angoisse, Gemma essaya de se rappeler ce qu'elle avait touché ou déplacé lors de sa dernière visite. Kitty s'était-elle aperçue de quelque chose ? Accusait-elle Maisie d'avoir fouillé dans ses affaires ?

Les voix étaient furieuses, effrayantes. Gemma serra Richard un peu plus fort contre elle, comme si toute cette colère risquait de le lui arracher des mains. Il portait les nouveaux habits qu'Ambrose lui avait offerts pour Noël. C'était une tenue toute noire : pantalon, pull et veste noirs. Ils étaient si doux qu'elle n'arrêtait pas de frotter la poupée contre sa joue. *Le noir, c'est cool*, avait écrit Ambrose sur sa carte. Gemma était aux anges, Richard était si beau dans ses nouveaux vêtements. Il avait l'air chic et dangereux, des qualités qu'il avait toujours eues mais qui ne se voyaient pas sous sa vieille robe longue.

Une hermine ? Non, ce n'était pas ça non plus. Est-ce que Kitty ne venait pas de dire : « Il faut que tu l'entérines » ? Gemma aurait bien aimé savoir ce que ça voulait dire.

La fenêtre à meneaux était à peine entrouverte. À travers les vieux carreaux, on arrivait tout juste à discerner les silhouettes à l'intérieur, des formes vacillantes, distendues, comme au fond d'une piscine.

Les cris cessèrent abruptement. Silence. La porte s'ouvrit brutalement avant que Gemma puisse s'enfuir.

— Gemma ! Qu'est-ce que tu fiches ici ? Ça fait combien de temps que tu es là ?

La gorge de la fillette se remplit de mots qu'elle ne parvenait pas à prononcer. Maisie Tynedale se tourna et appela Kitty Riordin, lui demandant de venir la rejoindre.

En voyant Gemma sur le seuil, Kitty tressaillit, puis posa la même question :

— Ça fait longtemps que tu es là ?

Gemma déglutit et fit non de la tête. Ses semelles semblaient collées au sol. Elle parvint enfin à détacher un pied mais, avant qu'elle ait eu le temps de bouger davantage, Maisie Tynedale l'attrapa par le bras et l'entraîna à l'intérieur du cottage. Puis elle claqua la porte derrière elle.

Kitty était en robe de chambre, les cheveux défaits. Sans son chignon impeccable et son maquillage, elle faisait beaucoup plus vieille. Elle devait avoir au moins cent ans.

— Gemma, entre donc, ma chérie.

Gemma sentit la peur lui glacer le sang. Ce « ma chérie » était de trop. Kitty ne l'appelait jamais comme ça. Elle voulut bondir vers la porte mais Maisie la retint, ses doigts s'enfonçant comme des tenailles dans son bras.

— Mais enfin, qu'est-ce qui te prend ! s'exclama Kitty. Je voulais juste t'offrir du chocolat chaud. Viens avec moi dans la cuisine, il est déjà sur le feu.

Le regard de Gemma était rivé sur Kitty. Celle-ci n'avait jamais eu un air plus menaçant qu'à présent, tandis qu'elle s'efforçait de paraître gentille.

La cuisine était ordinaire : une cuisinière, un frigo, une table dans un coin, trois chaises à dos droit, une pendule ornée d'un coq rouge accrochée au mur blanc cassé. Le coq était la seule touche de couleur.

Gemma abaissa la fermeture Éclair de son anorak et glissa Richard à l'intérieur, au cas où on essayerait de le lui prendre. Puis elle la referma.

Kitty la fit s'asseoir sur une des chaises dures et déposa un bol de chocolat devant elle, lui déclarant que cela la réchaufferait. Il y avait deux autres bols sur le plan de travail, mais elle n'y toucha pas. Elle se contenta d'observer Gemma pour s'assurer qu'elle buvait. Maisie disparut dans le séjour et revint avec une bouteille de whisky, avec laquelle elle remplit deux petits verres.

Gemma n'avait pas envie de boire le chocolat, même s'il semblait délicieux et épais. Elle ne voulait pas mais pressentait que la situation risquait encore d'empirer si elle n'obéissait pas. Surplombée par Kitty, observée par Maisie, elle but. Personne ne parlait. Elles semblaient attendre. Gemma appuya sa tête contre le mur et s'efforça de penser à autre chose, quelque chose d'agréable, car réfléchir à un moyen de s'échapper du cottage n'aboutirait à rien et elle avait déjà capitulé.

Ce Noël était vraiment étrange, pensa-t-elle. Dépourvu de l'excitation et du suspense habituels (quoique cela ait radicalement changé au cours de la dernière demi-heure). L'atmosphère elle-même n'avait rien eu de la magie de Noël jusqu'au moment où, au cours de sa promenade, en fin d'après-midi, elle avait découvert, stupéfaite, un paquet posé sur la planche dans le hêtre. Il était emballé dans du papier argenté, entouré d'un ruban blanc et accompagné d'un message : *Joyeux Noël, Richard !* Elle en était restée bouche bée, quelqu'un avait acheté un cadeau à Richard ! C'étaient les vêtements noirs, et le présent venait d'Ambrose.

Un peu plus tard, Benny et Sparky étaient venus lui apporter leurs cadeaux, eux aussi. Sparky portait dans sa gueule un bouquet de campanules qu'il avait déposé à ses pieds, avant d'éternuer et de reculer, attendant ses compliments. Gemma l'avait remercié et lui avait donné l'os qu'elle avait mis de côté pour lui. Son cadeau à Benny (qu'elle avait emballé dans beaucoup de papier pour déguiser la forme du livre) était *David Copperfield*. Miss Penforwarden lui avait dit qu'il était en train de le lire. Gemma lui avait demandé si elle avait une idée de cadeau pour lui et elle lui avait suggéré le roman de Dickens.

Benny lui avait fait promettre de ne pas ouvrir le sien avant le matin de Noël. Naturellement, elle l'avait ouvert aussitôt après son départ. Elle avait sauté de joie : un flacon de parfum à la campanule de Penhaligon's. Elle le déboucha aussitôt et s'en badigeonna.

Tout ceci s'était déroulé comme dans une sorte de rêve, entre la fin de l'après-midi et le début de la soirée.

À présent, supposait-elle, le rêve allait s'achever en

cauchemar. Elle se sentait partir, devenir liquide. Les derniers sons que ses oreilles captèrent furent des bribes de conversation où il était question de pain et d'eau. Elle en déduisit qu'elle allait en prison et s'endormit.

De l'eau et du pain. Ce fut ce qu'elle vit en premier, à son réveil. Elle avait mal au crâne et une furieuse envie de se rendormir, mais elle se retint. Elle palpa immédiatement son anorak pour s'assurer que Richard était toujours là. Il y était. Elle abaissa sa fermeture Éclair et le sortit.

Avec l'eau et le pain, il y avait également un morceau de fromage. Ils se trouvaient sur un petit comptoir, à côté d'assiettes, de quelques casseroles et d'un four à micro-ondes. La pièce était exiguë et sombre, la seule source de lumière étant une applique, qui surplombait deux lits étroits. C'était petit, mais plutôt mignon. Douillet et chaud. Au-dessus des lits il y avait deux petites fenêtres ; sous l'une d'elles, une table de chevet avec un tiroir, qu'elle ouvrit. Il était rempli de bric-à-brac, mais contenait également des rouleaux de monnaie et des clés. Que pouvaient-elles ouvrir ?

Pour regarder au-dehors, il fallait qu'elle monte sur un des lits. Au moment où elle était en train de le faire, un terrible rugissement retentit. La chambre vacilla et Gemma retomba en arrière. Le contenu du tiroir se renversa sur le sol, les pièces roulant en silence sous le sommier. Quand les mouvements cessèrent et que l'ordre fut revenu, elle grimpa de nouveau sur le lit et regarda par la fenêtre.

— Richard ! On est dans un bateau ! On est dans un bateau sur l'eau !

51

Sparky pouvait retrouver son chemin même dans le noir absolu, mais ce n'était pas la lumière qui manquait sur ce quai, pas plus que sur l'autre rive, illuminée par des milliers d'ampoules. De grandes masses noires, illuminées elles aussi, enjambaient le fleuve et ne semblaient avoir d'autre utilité que de permettre aux voitures d'aller et venir d'une berge à l'autre, ça et, bien sûr, d'abriter le garçon et ses amis. C'était la fonction première de la masse noire la plus proche.

Parfois, Sparky relevait la tête vers les gens qu'il croisait. Ils marchaient tous comme des robots, regardant droit devant eux, n'écoutant que ce qu'il y avait dans leur tête et leurs oreilles. Il avait envie de leur crier : « Baissez les yeux ! Baissez les yeux, accroupissez-vous, approchez votre nez du sol et sentez, sentez ! » Ils passaient à côté de tout un monde d'odeurs. Tout au plus certains se penchaient-ils pour le caresser, mais ils ne s'arrêtaient jamais bien longtemps.

La truffe au ras du sol, il pouvait passer des heures à errer sur la longue promenade en béton au bord de la Tamise, flairant les détritus et les bouts de chiffon. Il ne pouvait que se féliciter de n'avoir plus besoin de chercher lui-même sa nourriture. Petit, il avait connu des jours difficiles avant que le garçon ne tombe sur lui et ne commence à lui donner à manger. Oui, il aimait le garçon, autant qu'un beau recoin plein d'odeurs.

Il pouvait se balader un peu partout, à n'importe quelle heure, dormir toute la journée si ça lui chantait (sauf, bien sûr, pendant ses heures de travail). On lui avait même donné un nom… Barky ? Sparky ? Perky ?… Peu importait. Le nom servait surtout au garçon qui, lui, s'appelait… Comment déjà ? Bernie ? Benny ? Bunny ? Bref…

Sparky patrouillait le long du quai et à la confluence de ruelles obscures où il n'y avait rien eu autrefois que des entrepôts déserts mais où habitaient désormais des gens qui conduisaient des voitures de luxe qui grésillaient sous la pluie.

Il aperçut une montagne de chiffons. Elle dégageait des odeurs si étourdissantes qu'il en eut presque un mouvement de recul. Puis une voix hurla :

— Casse-toi, sale clebs !

Sparky s'éloigna au petit trot, penaud. Ce n'était pourtant pas la première fois que cela lui arrivait. Depuis le temps, il aurait dû savoir distinguer un tas habillé de vieux chiffons d'un vieux tas de chiffons. Il se mit à courir, voyant que le sans-abri cherchait un objet autour de lui pour le lui lancer. Il fallait se méfier de ces misérables. Un jour qu'il était en train d'en renifler un, le gueux l'avait attrapé par la patte, lui avait passé une corde autour du cou, puis l'avait traîné sur le Strands pour mendier. Ça aidait toujours d'avoir un chien pour faire la manche, Sparky le savait bien. Il savait aussi qu'il n'était pas difficile de leur fausser compagnie, ces gens avaient du mal à rester concentrés. Quand un passant avait laissé tomber deux livres dans son vieux chapeau, le clodo, fou de joie, s'était précipité, lâchant la corde. Sparky avait détalé ventre à terre et en deux temps trois mouvements il avait retrouvé le pauvre Barney (Bernie ?), qui était visiblement mort d'angoisse. Pour le rassurer, Sparky aurait aimé lui faire comprendre à quel point son talent pour retrouver son chemin était remarquable, son flair infaillible. Parfois, il se disait qu'il aurait dû être goûteur de vin au lieu de chien livreur. Ou fleuriste, comme les deux hommes dans l'endroit aux fleurs bleues.

Il se souvenait d'histoires de prouesses incroyables réalisées par des chiens comme lui, comme celui qui avait marché de Bognor Regis à Bath, à la recherche d'un maître qui avait déménagé. Mais oui bien sûr, et quoi encore ? pensait Sparky.

Mais où était-il donc ? Ah, la rue puante. C'était le nom qu'il lui avait donné parce qu'elle était saturée de plus d'odeurs que n'importe quel autre endroit de sa connaissance, à l'exception des marchés. La rue puante était de fait presque suffocante. Elle se trouvait en plein dans le quartier des vieux entrepôts transformés en résidences pour de jeunes snobs avec de bons jobs et du blé. Ce qui empestait si fort, c'étaient leurs fourrures, qui gardaient encore l'odeur des animaux auxquels elles avaient été arrachées. Les pneus neufs, le cuir, la fumée douceâtre de la marijuana. Les parfums. Ces mélanges de fragrances artificielles étaient assez puissants pour vous assommer.

La rue puante était une expérience grisante. Il fallait se méfier des endroits de ce genre. Ils pouvaient devenir un besoin, ne plus jamais vous laisser repartir. Sparky passa son chemin, revenant près du fleuve.

L'escalier était aussi raide qu'une échelle et la porte à son sommet, qui lui rappelait la porte d'un grenier, n'était pas fermée. Surprise, Gemma poussa un des battants et vit soudain le ciel nocturne rempli d'étoiles, avec une lune blanche suspendue au-dessus d'un nuage vaporeux. Elle remit Richard dans son anorak, grimpa sur le pont et regarda autour d'elle. Puis elle sortit de nouveau Richard pour qu'il puisse voir lui aussi. Le bateau était plutôt grand. Elle ne l'avait encore jamais vu et ne comprenait pas pourquoi on l'avait amenée là.

Pour que tu ne puisses pas t'enfuir, lui dit Richard.

— Mais alors, qu'est-ce qu'il faut que je fasse ?

T'enfuir, quelle question !

Parfois, il était vraiment énervant, avec ses solutions toutes trouvées. Depuis qu'il avait ses nouveaux vêtements noirs, il ne se sentait plus. Toujours à donner des ordres !

Ce n'est pas imposs...

Elle l'enfonça à nouveau sous son anorak pour le faire taire. Puis elle tenta de se repérer. Le bateau était plus proche d'une rive, celle de Big Ben, que de l'autre, où se trouvait la cathédrale de Southwark. Il y avait un pont relativement près, elle ne connaissait pas son nom. Benny lui avait montré des photos de celui qu'elle apercevait derrière et elle savait qu'il s'appelait Waterloo. Big Ben se dressait juste derrière le grand virage du fleuve, si bien qu'elle avait une idée assez précise d'où elle était.

Les eaux étaient calmes, le bateau immobile. Elle fit le tour du pont, ce qui ne lui prit pas longtemps. Il y avait des bancs avec des coussins en plastique de chaque côté. L'endroit d'où on pilotait se trouvait à l'avant. Il y avait une barre à roue, entourée d'une vitre comme un pare-brise pour que le capitaine puisse voir où il allait. Elle ne saurait jamais faire marcher un engin pareil. En plus, le bateau était ancré. La berge la plus proche semblait aménagée en ponton. Derrière ce dernier, elle apercevait une grosse maison carrée. Le bateau devait probablement appartenir à cette maison et le ponton lui était sûrement réservé. Peut-être que le bateau était trop grand pour accoster, ce qui expliquait qu'il soit ancré à distance.

Richard s'apprêtait sûrement à lui conseiller de plonger et de nager jusqu'au ponton, aussi l'arrêta-t-elle dans son élan :

— Je ne sais pas nager !

Si tu commences à chipoter…

— Je ne chipote pas !

Gemma ferma les yeux. Peut-être que si elle ne donnait rien de nouveau à voir à son esprit, celui-ci serait capable de se concentrer. Minute ! Elle rouvrit les yeux. Il y avait forcément un moyen d'aller du ponton au bateau. Celui-ci appartenait bien à quelqu'un et pour que ce quelqu'un puisse l'utiliser, il fallait qu'il y accède.

Bien, bien, bien, bien ! l'encouragea Richard.

Elle refit lentement le tour du pont, regardant cette fois par-dessus bord. Un bateau plus petit, une barque apparemment, était attaché au plus gros. Elle se demanda s'il était sûr, s'il n'y avait pas de fuites, se dit que si cela avait été le cas, il aurait coulé, non ?

Elle recula.

— Mais je ne peux pas descendre là-dedans…

Bien sûr que si, ce n'est pas la mer à boire. Trouve une corde. Il y a toujours des cordes sur un bateau. Ne reste pas plantée là !

— Je n'ai que neuf ans ! Comment veux-tu que…

Non mais qu'elle est gourde ! Laisse-moi sortir de là. Je vais t'en trouver une, moi, de corde !

Gemma sortit Richard de son anorak et le tendit

devant elle. Elle avança en le tournant de droite à gauche pour qu'il puisse inspecter le pont. Ils marchèrent lentement jusqu'à ce que…

Là !

Non seulement il y avait une corde enroulée, mais en plus un des bouts était fixé, apparemment solidement, à un petit pieu. Elle rangea Richard dans sa veste (pendant qu'il était encore en train d'aboyer des ordres) et traîna la corde jusqu'à l'endroit où était attachée la barque. Elle était largement assez longue. Elle la laissa se dérouler jusque dans la barque puis tira dessus de tout son poids pour tester sa résistance. Oui ! Maintenant, un autre problème : les rames. Elle ne pourrait jamais les manipuler, elles semblaient bien trop lourdes.

Mais si, tu peux !

— Tais-toi, Richard ! Qu'est-ce que tu en sais ?

D'accord. Tu n'as qu'à trouver quelque chose que tu pourrais utiliser pour pagayer.

À cet instant, une lumière en elle s'éteignit et une autre s'alluma. La question n'était plus de savoir si elle allait se noyer dans la Tamise ou pas, mais si elle était plus maligne que les deux femmes qui l'avaient amenée là. Elle courut vers l'écoutille et dégringola tant bien que mal l'escalier. Elle tira tous les tiroirs de la petite cuisine, jetant tout ce qu'elle trouvait derrière elle ; des ciseaux, des couverts en plastique, des bouchons de bouteille, de la ficelle. Elle finit par trouver une grande spatule comme celle qu'utilisait Mrs MacLeish pour faire des omelettes. Elle triturait avec la tranche les parties déjà cuites de l'œuf et les parties non cuites se déversaient tout autour. Comme l'eau autour d'une rame. C'était toujours mieux que rien. Parmi les autres ustensiles, elle dénicha également une grosse louche. Il faudrait s'en contenter.

Elle s'arrêta, s'assit sur le bord d'un lit et se mordit l'intérieur de la lèvre, réfléchissant. Puis elle se souvint des pièces qui avaient roulé sous le lit et tenta de les attraper. N'y arrivant pas, elle chercha à tâtons la spatule sur le lit, la trouva et parvint à attirer à elle les rouleaux. Puis, fouillant parmi les objets qu'elle avait jetés par terre, elle trouva un économe.

Elle se redressa et sortit Richard.

— Je suis vraiment désolée de faire ça...

Quoi ? Quoi ? Qu'est-ce qui te prend ?

— Ça ne fera pas mal, je te jure. Enfin, pas trop.

Elle lui ôta ses vêtements, le retourna sur le ventre puis, avec la pointe de l'épluche-légumes, fit soigneusement sauter la couture le long de son dos crème. (Ça, il ne se laissa pas faire sans protester !) Puis elle retira la moitié de la bourre, la remplaça par deux gros rouleaux de monnaie. Comme elle n'avait rien pour le recoudre, elle le ceignit fermement avec la ficelle. Elle vérifia que le tout tenait bien, puis fourra les petits habits dans une de ses poches et la bourre dans l'autre. Elle prit la spatule et la louche puis remonta sur le pont.

Sparky éternua. Si fort qu'il s'assit sur son arrière-train. Il éternua de nouveau et secoua la tête. Puis il trotta vers cette partie de la cour où, au printemps, poussaient des tulipes. En cette saison, il n'y avait que de la terre froide et dure comme la pierre. Puis il inspecta une jardinière habituellement remplie de primevères. Plus maintenant. Il regarda autour de lui, ne vit rien d'intéressant.

Il aimait venir dans cette maison, surtout dans la cour du devant. Au loin, Big Ben sonnait les heures. Sparky savait compter jusqu'à quatre. Pourquoi ? Le garçon avait tenu à lui apprendre ce truc, qui avait un rapport avec la rue et le fait de remplir un chapeau de pièces. On aurait pu croire qu'il serait capable de se souvenir du nom du garçon qui l'avait sauvé d'une vie dans les poubelles, mais au fond, qu'est-ce qu'un nom ? Il lui suffisait d'observer les regards et les gestes pour savoir ce qu'on attendait de lui. Il n'était pas sûr de reconnaître son propre nom. Big Benny. Ça, ça lui plaisait.

Il se souvenait de la femme, et même de son nom. C'était inhabituel de sa part, mais il fallait reconnaître qu'elle n'était pas banale. Qu'est-ce qu'elle était devenue ? Il s'affaissa. Penser à elle le rendait triste.

Puis il éternua.

La corde avait tenu bon et Gemma était dans la barque. Celle-ci tanguait et paraissait nettement moins solide que lorsqu'elle l'avait vue depuis l'autre bateau. Elle tapota son anorak pour s'assurer que Richard était encore là, même si elle sentait sa masse alourdie par les pièces. Lentement, précautionneusement, elle se retourna face à la rive. Elle mit la spatule dans l'eau, puis voulut plonger sa louche de l'autre côté et se rendit compte qu'elle n'avait pas les bras assez longs. De toute manière, ça n'aurait pas marché, car elles étaient trop petites et n'auraient pas pu repousser assez d'eau pour faire avancer l'embarcation.

— Qu'est-ce que je suis bête !

Pour une fois, je suis assez d'ac...

— Tais-toi !

Elle sortit une rame de son tolet, en appuya la tranche contre la coque du bateau et poussa de toutes ses forces pour écarter la barque. En utilisant les deux mains, elle pouvait utiliser une rame, mais pas les deux. Elle comprit vite qu'à ne ramer que d'un côté son embarcation n'allait pas droit, si bien qu'elle devait changer la rame de bord à chaque fois. La barque bougeait. Elle n'allait pas vite, mais Gemma voyait le ponton se rapprocher, centimètre par centimètre.

Si elle avait eu les mains libres, elle se serait applaudie. En fait, elle se contenta de dire à Richard :

— Tu vois, il n'y a pas que toi qui es malin.

Sa réponse, étouffée par l'anorak, ne fut pas flatteuse.

Des campanules.

Voilà ce qu'il sentait. Voilà ce qui le faisait éternuer. Le parfum s'accentua quand il contourna la maison, truffe au ras du sol. Il était perplexe. Cette odeur ne devait pas être là, mais dans l'autre maison, où habitait la fille, celle à qui il avait apporté les campanules. (Jimmy ? Janie ? Jemina ?) Était-elle là ? Avait-elle été là ?

Il flaira le ponton. Il détestait être si près de l'eau. Il redressa la tête, percevant un mouvement. Au bout du ponton, là où se trouvait le fleuve, il vit une petite embarcation approcher. Il avança, recula, fit quelques pas d'un côté, quelques pas de l'autre.

Puis il la vit et se mit à aboyer.

Gemma redressa la tête en entendant le chien. Que faisait là cet animal qui s'agitait sur le ponton, aboyant frénéti… ?

— Sparky !

La barque heurta le débarcadère et pivota. Sparky regarda par-dessus le bord. Le ponton était trop haut pour que la fille (Jimmy ? Jeanna ?) puisse grimper dessus. Quelques instants plus tard, une corde avec un objet attaché au bout atterrit près de lui. Quoi, encore cette foutue poupée ? Il la prit dans sa gueule, la corde était lâche, mais il serra les crocs et la tira vers la terre ferme.

Gemma se demanda s'il saurait quoi faire avec la corde. Ce n'était qu'un chien, tout de même. Oui, mais si intelligent ! Elle aurait voulu qu'il l'enroule autour de quelque chose, le plus solide possible. Un des pilotis serait l'idéal. Elle avait juste besoin d'une petite prise pour grimper sur le ponton. En regardant attentivement sous celui-ci, elle aperçut une autre embarcation qui dérivait entre les piliers, avec un moteur, celle-ci. Elle n'était pas bien attachée. Visiblement, Maisie avait été très pressée.

La corde était tendue et Sparky tenait toujours la poupée (plutôt lourde) dans sa gueule. Il regarda autour de lui, puis tira la corde jusqu'à un pilotis. Il avait juste assez de place pour tourner autour, une fois, deux fois... La fille tira dessus et la corde tint bon. Elle commença à grimper.

Quand elle fut parvenue à se hisser sur le ponton, Sparky bondit de joie autour d'elle.

— Sparky !

Gemma le serra contre elle, si fort qu'elle manqua de l'étouffer. Il aurait pu se passer de tels épanchements.

Elle dénoua Richard. Heureusement, il était indemne. Il n'était même pas mouillé. Elle était en train de vérifier que la ficelle avait bien tenu quand elle entendit la voiture.

Ils entendirent la voiture.

Celle-ci s'arrêta dans la cour devant la maison. Une portière claqua. Le moteur continua à ronronner et les phares ne furent pas éteints. Gemma savait que c'étaient elles, ou du moins l'une d'elles, Kitty ou Maisie. Elle s'y était attendue mais cela ne l'empêcha pas d'avoir peur. Même si elle avait voulu sauter à nouveau dans la barque, c'était trop tard.

La femme avançait vers eux dans la lumière aveuglante des phares. Quand elle arriva au niveau du ponton, elle s'arrêta, stupéfaite. C'était Maisie. Elle regarda Gemma en ouvrant des yeux immenses.

— Mais… Comment tu…

Gemma s'accroupit au niveau de Sparky.

— Attaque, Sparky !

Sparky bondit. Personne ne lui avait encore jamais demandé d'« attaquer », il n'allait pas laisser passer cette chance. Il fonça droit sur Maisie, lui attrapa le mollet et se laissa secouer et secouer. Elle lui hurlait de la lâcher, le traitait de tous les noms, jurait. Un vrai bonheur !

Serrant Richard contre elle, Gemma observait la scène.

— Faut qu'elle se baisse, Sparky ! Fais-lui baisser la tête !

Sparky lâcha la cheville de Maisie et lui attrapa l'avant-bras. Pour le déloger, elle dut se plier en deux, penchant la tête en avant.

Gemma bondit, tout comme Sparky avant elle, étira le bras en arrière et avec toute la force qui lui restait lui assena un coup sur le crâne avec Richard. Maisie laissa échapper un petit soupir et s'effondra dans un bruit sourd.

Laisse-moi la frapper encore ! Encore !

C'était Richard. Estimant qu'il l'avait bien mérité, Gemma prit son élan et assena un second coup de Richard. Puis un troisième pour la forme. Elle l'aurait volontiers tuée, la poussant dans la Tamise du bord du ponton et la laissant se noyer.

Mais elle ne le fit pas. Elle s'en alla avec Sparky, laissant Maisie inconsciente sur le ponton.

52

Sparky ouvrait la voie, Gemma suivait. Elle savait qu'ils longeaient la Tamise mais ignorait où se trouvait Swan Lane, un nom qu'elle venait de voir, inscrit sur un panneau. Le chien, lui, semblait savoir parfaitement où il allait et s'arrêtait tous les quelques mètres pour s'assurer qu'elle était toujours derrière lui.

Une voiture s'arrêta au bord du trottoir. Le conducteur abaissa sa vitre et se pencha au-dehors :

— Tu veux que je t'emmène, ma grande ? Je vais vers...

Gemma ne sut jamais vers où il allait car Sparky se précipita contre la portière en grondant, ses crocs à quelques centimètres de l'imprudent.

— Putain, qu'est-ce que c'est que ce sale... !

L'homme recula précipitamment à l'intérieur, puis cala en voulant redémarrer pendant que Sparky, tel un sauteur à la perche, bondissait autour de la voiture en grondant et en aboyant. Cela fit rire Gemma. Le conducteur parvint enfin à repartir et fila comme si le diable était lancé à ses trousses.

Gemma avançait d'un pas sautillant, comme s'il s'agissait d'une promenade dans les jardins de Kensington. Cela faisait un bail qu'elle ne s'était pas sentie d'humeur sautillante. Elle aurait aimé pouvoir faire comme Sparky, se jeter contre tous ceux qui se mettaient en travers de sa route, leur faire peur, les faire détaler. Mais pour ça, il fallait savoir aboyer et montrer ses crocs, comme Sparky.

Ils s'approchaient de l'Embankment. Le pont de Waterloo, vaste et noir, se dressait devant eux. Elle aimait ces lumières qui traversaient la Tamise, formant des traînées lumineuses comme si tout Londres n'était qu'un océan de lucioles. Sparky descendit quelques marches, ses griffes cliquetant sur le béton. Gemma se demandait où ils allaient, sans s'en préoccuper outre mesure. Elle était encore sur un petit nuage, étourdie d'avoir pu échapper au destin sûrement horrible que lui avaient mitonné ces deux femmes. Elle se demanda si elle n'avait pas tué Maisie et se consola en se disant qu'elle pourrait toujours dire que c'était la faute à Richard.

Hé, ça va pas, non ?

— Oh, tais-toi, Richard.

Elle le secoua gentiment. Il portait à nouveau sa tenue noire. Sparky avait attendu patiemment pendant qu'assise sur les marches d'un immeuble elle le rhabillait à la hâte. Elle lui avait également remis sa bourre. Elle le recoudrait plus tard, quand elle aurait du fil et une aiguille.

Ils traversèrent une grande avenue, s'attirant les regards des gens dans les voitures (pourquoi une telle circulation ?), intrigués mais pas au point de s'arrêter. Ils arrivèrent au pont de Waterloo et, après avoir descendu encore quelques marches, se trouvèrent juste dessous. Gemma fut sidérée par toutes les silhouettes couchées. Des gens vivaient sous le pont. C'était comme de se retrouver au milieu d'un conte de fées.

Étaient-ce les SDF dont elle avait entendu parler ? Elle avait toujours eu d'eux une image vague d'hommes et de femmes errant, hagards, à la recherche de leur maison, de lieux qu'ils avaient presque oubliés, ou qui les avaient oubliés.

Depuis son arrivée chez les Tynedale, Gemma avait rarement mis les pieds dans le vaste monde. La seule personne qui aurait pu l'emmener dans les parcs, les magasins ou au cinéma était trop malade pour sortir de sa chambre. La plupart du temps, les autres ne semblaient même pas remarquer sa présence. Elle sortait parfois avec les domestiques. Pas avec Mr Barkins, qui ne l'aimait pas beaucoup, mais avec Rachael, la femme de chambre. Elle l'avait accompagnée faire ses achats de Noël, une vraie fête. C'était comme ça qu'elle avait trouvé *David Copperfield*. Miss Penforwarden était exactement comme Benny la lui avait décrite. Aussi gentille. Elle les avait fait asseoir et leur avait servi du thé et des petits gâteaux. Pendant qu'elle discutait avec Rachael, Gemma s'était promenée dans les rayons, éblouie par tous ces livres. Mr Tynedale avait une bibliothèque, lui aussi, mais pas avec autant d'étagères.

Noël ! Minuit devait être passé, ce qui signifiait qu'on était le jour de Noël ! Sparky était occupé à donner des coups de museau à un des dormeurs et, quand celui-ci se redressa enfin, Gemma reconnut Benny avec stupéfaction. Elle manqua de laisser tomber Richard. Cette nuit ne serait donc qu'une succession de surprises sans fin ? L'une après l'autre, tantôt horribles, tantôt merveilleuses ?

— Benny !

— Gemma ? demanda-t-il d'une voix endormie.

Il secoua la tête, regarda Sparky, puis Gemma, puis Sparky.

À présent, enfin face à un être humain qui pourrait l'aider, Gemma ouvrit les vannes et laissa échapper, entre deux sanglots stridents :

— On a essayé de me tuuuueeeeer !

Oubliant l'improbabilité de l'apparition de Gemma au beau milieu de la nuit sous le pont de Waterloo, Benny gémit :

— Encore !

Puis il se laissa retomber sur son matelas.

53

Les coups à la porte arrachèrent Jury à un sommeil aussi profond et doux que l'édredon qui le couvrait et les draps italiens entre lesquels il était couché. Les coups furent suivis de l'entrée de Ruthven, en robe de chambre et pantoufles, annonçant au commissaire qu'on le demandait au téléphone. Sur quoi, il déposa un téléphone sur sa table de nuit.

La veille, Ruthven lui avait apporté un dernier petit verre sur un plateau en argent et lui avait demandé s'il désirait autre chose. Regardant autour de lui, Jury avait répondu :

« Uniquement de pouvoir m'installer dans cette chambre quand mes forces commenceront à décliner. »

Le majordome avait émis un petit rire dans le creux de son poing et assuré à monsieur le commissaire qu'il ne montrait encore aucun signe de déclin.

Cette chambre était l'antidote à une vie de matelas pleins de bosses, de tapis élimés, de canapés défoncés. Un pan de mur entier était occupé par une bibliothèque pleine à craquer dont les étagères étaient garnies, à intervalles réguliers, de petites appliques en laiton permettant d'illuminer la section que l'on souhaitait explorer. Devant elle se trouvaient un fauteuil en cuir, d'un rouge si profond qu'il paraissait noir dans la pénombre, et un petit guéridon sur lequel poser sa tasse de thé ou son verre de whisky. Devant un tel arrangement, il était virtuellement impossible à celui qui occupait la chambre de s'empêcher de cueillir un bouquin et de s'installer confortablement. Le mur d'en face était tout en fenêtres et rideaux en velours. Jury était resté un long moment plongé dans la contemplation d'une statue blanche s'effritant dans un petit jardin à l'arrière de la maison, près d'un bassin bordé de saules. Il n'avait jamais vu une chambre plus romantique, plus parfaite, plus apaisante. En grimpant dans le lit voluptueux, il s'était dit qu'il pourrait y rester dormir pendant un an.

Au lieu de cela, un téléphone venait d'apparaître, à trois heures trente du matin, avec un appel de la police de la City. C'était Mickey. Il expliqua à Jury ce qui était arrivé (du moins ce qu'il en savait) et à qui.

— Mais elle refuse de donner d'autres détails, sauf à toi ou à Ambrose. Qui est cet Ambrose ?

— Un ami. Comment est-ce qu'elle peut garder la tête aussi froide ? Elle n'a que neuf ans !

— Ce n'est rien à côté du chien. Et lui, il ne doit pas avoir plus de deux ou trois ans.

Jury était déjà debout.

— J'arrive.

— Viens directement chez Croft. C'est là qu'on est, avec les gamins. Apparemment, tu les connais bien. En tout cas, eux, ils te connaissent. Tout ce que je peux soutirer à la petite, ce sont des monosyllabes…

— Interroge le chien.

— Très drôle… Bon, Miss Tynedale, qu'on peut maintenant officiellement appeler Riordin, a été emmenée à l'hôpital. Quelques bosses sur la tête, mais rien de grave. Elle est réveillée mais refuse de parler. J'aimerais surtout mettre la main sur sa mère. Qu'est-ce que je fais des gamins ?

— Pour le moment, ils devraient rentrer chez eux, boire un bon lait chaud et hop ! au lit.

Mickey s'écarta du combiné. Jury entendit clairement la voix de Gemma, émettant des objections.

— Elle a horreur du lait chaud, l'informa Mickey. Elle réclame un café noir. Et ils disent qu'ils refusent de bouger tant qu'ils ne t'auront pas vu.

— D'accord, mais dis-leur d'aller s'allonger quelque part dans la maison et de dormir un peu en attendant que j'arrive.

Mickey se mit à rire.

— On voit bien que tu n'as pas d'enfants, Richard.

Jury se sentit bizarrement vexé par cette remarque. Toutefois, il ne dit rien, n'en pensant pas moins : Peut-être, mais c'est à moi qu'ils veulent parler, Mickey !

Quand Jury descendit, Melrose Plant n'était pas seulement réveillé, il était déjà habillé et l'attendait avec du café chaud.

— Ruthven m'a dit que c'était la police.

— Haggerty, plus exactement. Merci.

Jury vida sa tasse d'un trait.

— Gemma Trimm a été enlevée…

Melrose bondit de sa chaise.

— … mais elle est hors de danger. Elle veut nous voir tous les deux.

Melrose prit ses clés de voiture et son manteau.

— Allons-y, dit-il en enfilant les manches de son pardessus en cachemire noir.

— Tu as remis ta tenue noire, observa Jury.

— Ah, mais ce ne sont pas les mêmes habits noirs.

— Cool. Allez, tombeur, on dégage.

Ils sortirent dans les premières heures sombres et glacées du matin.

Les lumières dans et autour de la maison illuminaient le fleuve. Une bonne douzaine de policiers, hommes et femmes, en civil ou en uniforme, allaient et venaient tout autour du débarcadère.

— Où est Haggerty ? demanda Jury.

— Parti chercher Riordin à Tynedale Lodge, répondit un inspecteur nommé Knobbs qui n'aimait pas beaucoup Jury.

Plus précisément, il n'appréciait pas la présence de New Scotland Yard sur son territoire.

Jury se demanda, mais pas à voix haute, si arrêter Kitty Riordin n'était pas prématuré.

— Les enfants sont dans la bibliothèque. Je vais vous conduire...

— Inutile, je connais le chemin, merci.

Knobbs regardait drôlement Melrose Plant. Jury ne se donna pas la peine de faire les présentations.

— Il est avec moi, dit-il sommairement.

Quand ils entrèrent dans la bibliothèque, les enfants bondirent. Gemma lança un regard noir à Jury, puis fit les yeux doux à Melrose.

— Je n'arrive toujours pas à y croire ! commença Benny. Comment Gemma a réussi à s'échapper de ce bateau...

Jury s'agenouilla et posa les mains sur les bras de la fillette.

— Qu'est-ce qui s'est passé, ma puce ?

L'air complètement déjantée, elle s'exclama :

— Elles voulaient me tuer, voilà ce qui s'est passé ! Elles m'ont faite prisonnière et m'ont donné de l'eau et du pain...

— Et du fromage, tu as dit, précisa Benny.

— C'est moi qui raconte, Benny ! Et c'était un tout petit bout de fromage de rien du tout. J'étais sur ce bateau, là-bas, fit-elle en pointant un doigt vers le fleuve, et j'aurais pu mourir sans Richard.

Jury sourit.

— Je suis ravi d'avoir pu t'aider, mais je ne vois pas…

— Vous ! Vous n'avez rien fait du tout ! Vous m'auriez laissée mourir ! Je parle de Richard, là !

Elle brandit la poupée sous le nez de Jury, puis, décidant que ce n'était pas assez, lui donna un coup sur la poitrine. Après quoi, elle se mit à hurler :

— Vous saviez qu'il allait m'arriver quelque chose de mal et vous êtes parti ! Vous m'avez laissée !

Elle le fouetta avec sa poupée, lui donna des coups de pied dans les jambes, lui martela le torse, pleura, brailla :

— Vous êtes bon à rien ! Ambrose m'a aidée plus que vous ! Même Sparky m'a aidée à me sauver !

En entendant son nom (ou ce qu'il en reconnut), Sparky se précipita et aboya après Jury.

Jury attira Gemma à lui et la serra dans ses bras, lui tapotant le dos, lui disant qu'elle avait raison d'être furieuse contre lui et qu'il s'excusait. Il était très, très, mais très désolé de ne pas avoir été là et, oui, il aurait dû mieux veiller sur elle. Finalement, elle se calma et il lui tendit son mouchoir.

— Je n'étais pas là non plus, Gemma, dit Melrose. En quoi je t'ai aidée ?

Elle brandit de nouveau Richard dans un geste qui se voulait une démonstration de victoire, à moins que ce ne soit de démence.

— Vous lui avez donné des nouveaux habits.

— Noirs, observa Jury.

— C'est ça qui t'a aidée ?

— Bien sûr. Avant, il n'avait que cette affreuse vieille robe à se mettre. Mais ses nouveaux habits noirs l'ont rendu intelligent.

— Cool, dit Jury.

— Super cool, renchérit Melrose.

Puis ils s'assirent tous (y compris Sparky) et Jury et Melrose eurent droit à une sacrée bonne histoire.

54

Mickey l'avait conduite au commissariat de Snow Hill. À son arrivée, Jury les trouva assis dans une pièce équipée d'une table et de deux chaises tubulaires. Les murs et le plafond étaient peints en blanc. L'effet était légèrement déconcertant : c'était comme de pénétrer dans un monde nu, d'une luminosité aveuglante, dépourvu de chaleur, de couleurs, d'amis, de parents. Le vide.

Jury s'adossa au mur, croisant les bras. Kitty Riordin leva les yeux vers lui avec une expression indéchiffrable.

Mickey poussa son paquet de Silk Cut vers elle tout en annonçant dans le magnétophone que Jury venait d'entrer. Puis il lui demanda :

— Quand lui avez-vous dit ?

— Je n'en ai pas eu besoin. Elle l'a découvert par elle-même. Appelez ça de l'intuition, renforcée par les vieilles photos de famille et, plus important encore, par la nette impression qu'Oliver Tynedale ne l'aimait pas beaucoup. Pour lui, ne pas aimer sa petite-fille est inconcevable. Quoi qu'elle fasse. Il était comme ça.

Elle ne parlait pas avec l'intonation cadencée et gracieuse d'une Irlandaise mais avec l'assurance d'une femme habituée de longue date à la richesse et aux privilèges. L'autorité accordée par l'argent et le pouvoir avait déteint sur elle. Il était ironique qu'Oliver Tynedale ne voie pas l'argent et le pouvoir sous ce jour-là.

— Il n'aimait pas Erin ?

— Il ne l'aimait pas beaucoup. Pas de la manière dont il est gâteux devant cette petite Gemma, une gamine qu'il a tout simplement ramassée dans la rue.

— C'est pourquoi vous avez essayé de vous en débarrasser ? Vous aviez peur qu'elle ne supplante Maisie — euh, Erin — en tant que principale héritière de la fortune de votre employeur ?

Jury sourit. Bien vu, Mickey. Toutefois, il ne pensait pas qu'il s'agissait uniquement d'une question d'héritage. Le désir de Kitty d'écarter Gemma était également motivé par le fait qu'elle supplantait Maisie dans le cœur d'Oliver. On pouvait la comprendre, après tant d'efforts : le danger initial de l'imposture, l'angoisse permanente d'être découverte, la transformation physique de sa fille Erin en Maisie et sa préparation pour l'intégrer dans la dynastie Tynedale. Tout ce travail pour se prouver que Kitty Riordin n'était pas qu'une « péquenaude d'immigrée irlandaise ». Où allons-nous chercher ces images de nous-mêmes ? se demanda Jury.

— Oui, dit Kitty en réponse à la question de Mickey. Tout ce que voulait Oliver Tynedale, c'était une petite-fille.

— Mais Gemma Trimm débarque de nulle part…

Kitty esquissa un sourire ironique.

— Quelle différence ? Gemma, comme vous avez pu le constater, est plus Tynedale que mon Erin ne le sera jamais. Gemma est une coriace. Je veux dire, vraiment coriace. Il faudrait une force de la nature, un raz-de-marée, une tornade pour briser cette enfant…

— C'est pourquoi vous avez décidé ce soir de la faire disparaître ?

— Elle m'a entendue parler à Erin. Elle m'a entendue prononcer son prénom. Il fallait que je m'assure qu'elle n'en parlerait à personne, vous comprenez ? Erin est trop faible. Elle était malade à l'idée de laisser cette enfant seule sur le bateau. Elle aurait dû détacher la barque et la laisser partir à la dérive. Voilà ce qu'il fallait faire ! Mais non, elle s'est dit qu'il était impossible que la petite puisse s'en servir…

Mickey la regardait sans rien dire. Le silence se prolongea. Il était doué pour faire monter la tension.

— Et Simon Croft ? demanda-t-il enfin.

— Quoi, Simon Croft ?

Les antennes de Jury se dressèrent. Il s'écarta du mur.

— Il avait découvert la vérité, n'est-ce pas ? demanda Mickey.

— Pas que je sache.

— Alors pourquoi… ?

— Pourquoi quoi ?

— Pourquoi l'avoir assassiné ?

— Je ne lui ai rien fait.

Kitty semblait amusée.

— Navrée de vous décevoir. Simon avait peut-être découvert quelque chose, mais pas au sujet d'Erin.

Parfaitement calme, elle épousseta légèrement un peu de cendre tombée sur sa manche.

— Il semblerait que vous ayez fait fausse piste.

Mickey et Jury échangèrent un regard.

— Vous dites que Simon avait peut-être découvert quelque chose… ?

— Peut-être. Quelque chose qui était lié au mari d'Alexandra.

— Ralph Herrick. Vous l'avez connu ?

— À peine. Il n'était jamais là.

Elle se tut et Jury dut la pousser :

— Vous voulez bien développer ?

Il était surpris qu'elle n'ait pas encore demandé à parler à un avocat.

— Je ne peux rien dire de plus. Un jour, j'ai entendu Simon parler à Oliver, ils discutaient de Ralph et du livre que Simon écrivait.

— Donc, il aurait pu s'agir de n'importe quoi ? dit Mickey.

Il se leva et se mit à arpenter la pièce.

— Alexandra vous a-t-elle parlé de l'autre enfant ? demanda Jury.

Mickey cessa de marcher et lui lança un regard surpris.

Kitty paraissait étonnée, elle aussi.

— Oui. Son bébé a été confié à l'Assistance publique.

— Que vous a-t-elle dit d'autre ?

— Que ça avait été atroce, la pire chose qui lui soit jamais arrivée.

— A-t-elle expliqué pourquoi ?

Mickey intervint :

— Peut-être parce qu'un enfant illégitime aurait été nettement moins acceptable à l'époque qu'aujourd'hui.

— Certes, dit Jury. Mais « atroce » ? « La pire chose » ? Ce sont des termes plutôt forts pour quelqu'un dans la position d'Alexandra. Son père aurait pu arranger n'importe quoi. Et, à moins que je ne me trompe sur son compte, Tynedale aurait accepté un petit-fils ou une petite-fille, quelles que soient les circonstances.

— Tout ce que je sais, c'est qu'elle est partie plusieurs mois, disant à Oliver qu'elle allait faire le tour de la France avec une amie. Le bébé est né un 5 novembre, le jour de Guy Fawkes, un peu après le début des festivités. C'était une fille. Alex aimait l'idée que les feux d'artifice saluaient la naissance de sa petite. Je crois qu'abandonner l'enfant a été un vrai déchirement pour elle.

Ils restèrent silencieux un moment, puis Mickey demanda :

— Vous n'avez jamais parlé de ce bébé à Tynedale. Pourquoi ?

— Pourquoi l'aurais-je fait ? Ce n'était pas vraiment dans mon intérêt, ni dans celui d'Erin.

Jury supposa que c'était là le critère à partir duquel elle évaluait toutes choses.

Elle regarda Mickey puis Jury.

— Je crois que je vous ai assez aidés, non ? Surtout compte tenu de la raison pour laquelle je suis ici.

Mickey ouvrit la porte et passa la tête dans le couloir.

— Encore une question, dit Jury. Est-ce que quelqu'un d'autre savait ? Francis Croft, par exemple ?

Emily Croft était au courant, elle, mais il n'en dit rien.

— Je ne sais pas. J'en doute.

Jury posait encore d'autres questions quand une femme officier entra pour emmener Kitty Riordin.

— Comment a été organisée l'adoption ?

Elle suivit sa gardienne sans répondre.

Pendant qu'ils interrogeaient Kitty Riordin, le jour s'était levé.

— Personne n'a mentionné le père de cet enfant illégitime, déclara Jury. Tu as pensé qu'il pouvait s'agir de Francis Croft ?

Mickey, qui se tenait sur le pas de la porte, suivant des yeux la prisonnière, sursauta :

— Quoi ? Tu plaisantes, Rich !

— Ça tient pourtant debout, non ? Pourquoi aurait-elle gardé sa grossesse secrète ? La seule raison qui me vienne à l'esprit, c'est que l'identité du père aurait été un tel choc pour Oliver Tynedale qu'Alexandra ne pouvait pas prendre le risque de la lui révéler.

Mickey se passa les mains sur le visage. Il semblait exténué.

— Eh bien, je suppose que ça tient debout, plus ou moins... Écoute, fit-il avec un sourire las, c'est le jour de Noël et on n'a pratiquement pas fermé l'œil. Sans compter qu'on est apparemment revenus à la case départ, concernant l'affaire Simon Croft. À moins qu'on ne décide de ne pas la croire...

— Non, je la crois. On n'est pas revenus à la case départ. N'oublie pas qu'on n'a pas encore interrogé Erin Riordin.

Il lança un regard préoccupé vers Mickey.

— Tu as trouvé ce que tu voulais savoir. Tu avais raison.

— J'ai trouvé plus que ce que je voulais savoir, ricana Mickey.

— Comme tu l'as dit, c'est Noël. Rentre donc auprès de Liza et des enfants. Je peux m'occuper de ça tout seul.

— Pour une fois, je crois que je vais suivre ton conseil. Qu'est-ce que tu vas faire ?

— Chercher où ce bébé a été conduit. Je ne pense pas qu'Alexandra l'ait confié à n'importe quel orphelinat. Elle avait de l'argent, elle lui aura cherché quelque chose de mieux.

— De l'argent, oui, mais a-t-elle eu la présence d'esprit de faire les recherches nécessaires ? Sans personne pour l'aider ?

— Oh, je pense qu'elle a eu de l'aide. Celle de Francis Croft.

La police de la City ne pouvant garder les enfants plus que le temps strictement nécessaire, Gemma devait être de retour à Tynedale Lodge. Quant à Benny, il ne savait pas trop où il pouvait être. Jury aurait pu réquisitionner une voiture et un chauffeur, mais il avait besoin de réfléchir. Pour le moment, la voiture ne lui paraissait pas un bon vecteur de pensée, aussi il prit le métro jusqu'à la station Charing Cross. Ses compagnons de voyage semblaient encore plus défraîchis que lui : un homme mal rasé qui pouvait être vieux ou jeune, impossible à dire, parlant tout seul ; une femme portant un chapeau au bord duquel un oiseau picorait ; un adolescent tellement avachi sur la banquette que ses fesses traînaient presque sur le plancher. Jury réfléchit à Erin Riordin. Puisqu'elle n'était pas la fille de Ralph Herrick, serait-elle scandalisée par le contenu du livre de Simon Croft ? Maisie l'aurait certainement été, en apprenant qu'elle était la fille d'un traître à sa patrie. Oui, c'était encore un mobile très plausible pour le meurtre, puisque Erin avait prévu de continuer à être Maisie Tynedale.

Il quitta Charing Cross et descendit Villiers Street en direction de l'Embankment. Une fois près du pont de Waterloo, il hésita. Quelle arrogance de sa part de penser que ce gamin qui se débrouillait seul depuis des années avec ses amis sous le pont avait besoin de lui ! Jury était probablement venu plus pour lui-même que pour Benny. Il traversa la chaussée mouillée par la pluie, longea le trottoir sur quelques mètres, puis descendit les marches qui menaient sur le quai. Il n'y avait que deux personnes sous le pont, une femme âgée enveloppée dans une couverture et coiffée d'un chapeau assez semblable à celui qu'il venait de voir dans le métro, et un homme dans une capote kaki. Ils discutaient mais s'interrompirent en le voyant approcher.

— Je cherche un garçon qui s'appelle Benny Keegan. Vous ne le connaîtriez pas, par hasard ?

— Et vous êtes qui, vous ?

Jury sut d'emblée qu'il ne pourrait rien tirer d'eux. Ils avaient flairé le flic.

— Juste un ami.

L'homme en capote cracha son incrédulité.

— Oui, c'est ça, et moi je figure sur la liste des candidats au prochain Pulitzer.

Il sortit un livre mince de sa poche et l'agita sous le nez de Jury.

— On connaît pas de Benny. Jamais entendu ce nom. Pas vrai, Mags ?

— Vrai.

— D'accord, dit Jury avant de s'éloigner.

Il aurait dû prévoir que Benny ne viendrait pas ici ce matin, de peur d'attirer l'attention de la police sur sa cachette. Il était probablement allé à Tynedale Lodge avec Gemma. Sinon, il y avait aussi le Moonraker. Miss Penforwarden serait toujours ravie de l'accueillir.

Il remonta les marches et marcha un peu, puis s'arrêta de nouveau. Il regarda vers la South Bank et pensa encore une fois à la dernière scène de ce film, à Robert Taylor — Roy pour les intimes — et son petit sourire malin. Il soupira. Il songea à Alexandra Tynedale et Erin Riordin, à Gemma Trimm qui ressemblait tant à Alexandra : cheveux noirs, visage en cœur...

Allez, on se calme ! Tu en diras autant de la prochaine brune que tu croiseras. Tu nous fais une fixation. La vie n'est pas un roman.

Il avait commencé cette journée de Noël de si bonne heure qu'il avait du mal à croire qu'il n'était même pas midi. Un soleil terne flottait dans le ciel, projetant un halo trouble de lumière et de brume sur le palais de Westminster. Londres. Elle n'avait pas l'élégance de Paris ni l'énergie fiévreuse de New York, mais c'était quand même une sacrée ville !

55

— Une Tynedale qui aurait souhaité garder secrète la naissance de son enfant…

Le haussement d'épaules de Wiggins traduisait son évaluation silencieuse de leur mission : inutile. En outre, il devait partir pour Manchester dans une heure afin de passer le dîner de Noël avec sa sœur et sa « nichée ».

— Ça ne fait qu'une fenêtre de quelques heures, Wiggins. Il ne peut pas y avoir tant de bébés nés durant la nuit du 5 novembre 1939…

Il avait trouvé un vieil almanach lui indiquant à quelle heure la nuit était tombée ce jour-là.

Wiggins regarda le premier document placé sur sa pile et l'enleva. Il enleva aussi celui qui se trouvait dessous. Trop tôt. La nuit était tombée vers dix-sept heures.

Ils se trouvaient dans les bureaux de l'état civil, à Somerset House. Il y avait apparemment des tonnes de documents à examiner, à en juger par les quantités de boîtes rangées sur des kilomètres d'étagères. Le clerc qu'ils avaient traîné jusqu'ici pour leur ouvrir les locaux n'avait pas été ravi. « C'est Noël, quoi ! »

— Oui, monsieur, dit Wiggins. Mais j'aurais bien besoin d'un bon…

Il leva son gobelet en papier avec un fond de thé froid.

Jury hocha la tête.

— Allez-y.

Wiggins sortit du bâtiment pour aller se réapprovisionner en thé chaud à la carriole couverte du vendeur ambulant sur le trottoir, un des rares à rester ouverts en ce jour férié. Quand Wiggins avait exprimé sa surprise de le voir, il avait rétorqué :

« Ah, il y a des gens qui ne savent pas s'arrêter de travailler. Regardez-vous ! »

Trois douzaines de piles de certificats de naissance se dressaient devant Jury. Il avait mis de côté ceux des enfants nés trop tôt pour les feux d'artifice. Hallucinant, le nombre de bébés qui naissaient en même temps ! Rien que le nombre de ceux ayant vu le jour après dix-sept heures donnait le vertige.

— Tenez, j'ai quelque chose, dit soudain Wiggins, de retour depuis un moment. Une fille. Olivia…

Stupéfait, il s'interrompit.

— Eh bien, Wiggins ?

— Le nom du bébé, monsieur. Elle est inscrite sous le nom d'Olivia Croft !

Jury lui arracha le papier des mains.

— Ça, c'est une surprise. Croft ! Née à dix-huit heures, le 5 novembre 1939, dit-il, continuant à lire. Dans un endroit appelé Chewley Hill. C'est près de Princes Risborough, dans les Chilterns. Appelez-les, voulez-vous ? Dites-leur que je suis en route. Expliquez-leur de quoi il s'agit. Et quand ils vous répondront : « Mais c'est Noël ! », faites comme si vous ne le saviez pas.

— Mais c'est Noël, monsieur !

Jury enfilait son manteau.

— Vous êtes sûr ? Faites ça, Wiggins, puis fichez le camp de cette ville et allez vous réfugier à Manchester.

Une fois dans le couloir, il revint sur ses pas et lança, par la porte ouverte :

— Merci, Wiggins ! Et joyeux Noël !

— À vous aussi, monsieur !

Chewley Hill se dressait en bordure des collines des Chilterns, dans une lumière hivernale qui prêtait au paysage un caractère onirique. La luminosité faisait se détacher les champs environnants et le beffroi de l'église du village en contrebas, comme si rien de trop éclatant ni de trop cru ne pouvait perturber la sérénité de l'établissement… chèrement gagnée, de l'avis de Jury.

Il entra par une galerie couverte et leva les yeux vers le gracieux double escalier en arc de cercle. Il se dit que n'importe quelle jeune femme qui avait les moyens de venir ici devait s'estimer heureuse…, sauf que, naturellement, ce n'avait sans doute pas été le cas d'Alexandra. Deux jeunes femmes enceintes jusqu'aux dents (quasiment des adolescentes) bavardaient au pied des marches. Elles regardèrent dans sa direction, minaudant et gloussant. Il leur sourit. Elles n'avaient pas encore assez flirté, peut-être ?

Que la femme qui dirigeait cet établissement distingué en 1939 soit toujours à sa tête tenait du miracle. C'était également l'avis de Miss Judy Heron, qui n'en était pas peu fière.

— Cinquante-cinq ans, commissaire. J'avais alors vingt-quatre ans, j'en ai aujourd'hui soixante-dix-neuf. C'est une grande chance pour moi, tout autant que pour Chewley, car bénéficier d'une telle continuité est rare. Non, on peut dire que la maison n'a pas été gênée par une trop grande rotation du personnel.

Elle lui sourit. Il lui rendit son sourire.

— Je comprends pourquoi, Miss Heron.

Ce nom lui allait bien. Elle faisait penser à un grand échassier, mince et gracieux, aux mouvements lents et délicats. Ses mouvements posés n'étaient pas le signe du grand âge mais plutôt le reflet de son tempérament. Jury l'imaginait très bien, jeune femme, se déplaçant avec la même fluidité subaquatique. Elle était calme, dégageait une présence apaisante. Tout comme la pièce autour d'eux, avec son mélange de gros fauteuils et de canapés anciens, ses murs tapissés de bouquins, ses peintures gris pâle et son feu de cheminée. On sentait le temps se dérouler sans effort, au rythme du tic-tac de la vieille horloge près de la fenêtre.

— Parfois, je regrette que les filles ne reviennent pas nous rendre visite. Mais ce n'est pas une expérience dont on a envie de se souvenir. Une grossesse indésirable, c'est toujours très triste. Ça l'était alors et ça le reste aujourd'hui. En dépit de cette nouvelle liberté dont les femmes jouissent aujourd'hui, elles ne sont pas immunisées contre ce grand chagrin.

— C'est cela que cela représente pour vous ?

— Bien sûr.

— Je ne sais pas, Miss Heron. En montant ici, j'ai croisé deux jeunes femmes qui ne semblaient pas franchement bouleversées par leur grossesse.

— Tant mieux, mais ça ne durera pas. Cela s'arrête le jour où leur enfant vient au monde et où elles doivent l'abandonner. C'est un véritable déchirement. Sincèrement, je préfère l'avortement.

Jury tenta de cacher son effarement, en vain.

— Vous ? Mais…

Elle sourit.

— Vous auriez pensé le contraire, simplement parce

que je dirige cet établissement ? C'est un peu moralisateur de votre part, vous ne trouvez pas ? L'avortement est une question que nous ne pouvons pas résoudre avec la morale conventionnelle. Bien sûr, nous avons besoin de moralité. Mais c'est une abstraction. Si vous voyiez jour après jour, comme je les vois, les ravages que provoque chez ces jeunes femmes le fait d'abandonner leur enfant, vous seriez peut-être d'accord avec moi.

Elle promena un regard triste dans son bureau, qui ressemblait davantage à un petit salon pourvu d'une table de travail. Elle s'assit derrière cette dernière, entourée de piles ordonnées de papier et d'une chemise placée sur le sous-main devant elle.

— Pardonnez-moi d'avoir digressé ainsi. Comment puis-je vous aider ? Vous avez dit, ou plutôt votre assistant a dit que vous travailliez sur une enquête liée à la famille Tynedale ? La famille d'Alexandra.

— C'est ça. Il s'agit d'un homicide. Un homme du nom de Simon Croft.

Il attendit qu'elle réagisse à ce nom.

— Croft…

Elle le regarda, marquant un temps d'arrêt avant de poursuivre :

— J'avais cru qu'elle avait choisi ce nom au hasard. Apparemment pas. Le prénom du bébé était Olivia. Le couple qui l'a adopté l'a probablement rebaptisé quand il a fait changer son patronyme. C'est fréquent. Je suppose que ça leur permet de se sentir un peu plus comme les vrais parents.

Jury attendit.

Elle laissa passer un moment puis reprit :

— Commissaire, vous comprendrez que je ne tienne pas à briser le pacte de confiance qui me lie à ces jeunes femmes…

— Ce pacte a été brisé depuis belle lurette, Miss Heron. La guerre s'en est chargée. Alexandra a été tuée durant le Blitz.

— Oui, je sais. Je sais.

Jury supposa qu'elle avait un escadron d'avocats derrière elle, mais ils ne pourraient sans doute pas brandir l'arme du secret professionnel bien longtemps si celui-ci faisait obstruction à une enquête sur un homicide. Elle devait probablement être en train d'y réfléchir.

Il resta assis sans rien dire un long moment, l'observant, puis il désigna la chemise devant elle d'un mouvement du menton.

— C'est le dossier d'Alexandra ?

— Oui.

Ils se dévisagèrent dans un silence rythmé par le tic-tac étouffé de l'horloge. Elle avait les yeux les plus intelligents qu'il ait jamais vus, ce qui lui fit soudain penser à Emily Croft. Elles étaient de la même trempe. Jury inclina la tête sur le côté.

— Vous avez déjà prévenu les parents, n'est-ce pas ?

— Les parents adoptifs d'Olivia sont morts. Mais il reste une tante. J'ai pensé de mon devoir de l'alerter sur la possibilité que vous lui rendiez visite. J'espère que ça ne va pas m'attirer les foudres de New Scotland Yard ?

Il se mit à rire.

— Nous n'avons plus vraiment les moyens de foudroyer qui que ce soit, ces temps-ci, croyez-moi.

Elle sourit et lui tendit le dossier.

— Le nom de la tante, et celui des parents, est Woburn. Elizabeth Woburn. Elle vit à Chipping Camden. Les Woburn, Alice et Samuel, y habitaient aussi. Il n'y a vraiment pas grand-chose d'autre que je puisse vous apprendre. Mais je pense qu'Elizabeth Woburn vous en dira beaucoup plus. Elle attend votre appel.

— Merci.

Jury ouvrit la chemise et regarda la feuille, unique, qu'elle contenait.

Miss Heron hocha la tête.

— Vous pouvez la garder, commissaire. Sachant que vous veniez, j'en ai fait faire une copie.

Il sourit.

— Vous, au moins, on peut dire que vous savez anticiper !

— Je sais. C'est une faculté que j'ai développée au fil des ans. Dans mon métier, j'ai surtout affaire à des gens qui sont le dos au mur. Vous imaginez que les jeunes femmes n'arrivent pas ici de gaieté de cœur. Quel dommage d'être mère et de ne pas pouvoir s'en réjouir !

Elle dévisagea Jury.

— Vous pourriez vous passer de connaître le fin mot de cette histoire, vous, commissaire ?

Cela le surprit, et lui rappela la question des experts italiens à Trueblood.

Pourriez-vous vivre sans la réponse, Mr Jury ?

— Non, je ne pourrais pas.

Il remercia Judy Heron et prit congé.

CINQUIÈME PARTIE

Le point de fuite

56

Réveillé par un brusque sursaut de conscience, Melrose se redressa dans son lit et lança des regards affolés dans sa chambre.

— L'épicier ! s'exclama-t-il. Mince, l'épicier !

Il tendit la main vers le téléphone, se rendit compte qu'il ne connaissait pas le numéro, s'apprêta à sonner Ruthven, se ravisa puis, propulsé par un mélange de fureur et d'angoisse en proportions égales, dévala l'escalier pour aller chercher son carnet d'adresses dans la bibliothèque. Sachant que Jury ne serait probablement pas chez lui, il composa néanmoins son numéro et entendit la sonnerie résonner dans l'appartement d'Islington. Il écouta les *dring dring* répétitifs puis un répondeur se déclencha. Ouf ! Au moins il avait la possibilité de lui transmettre un message. Après que Jury se fut présenté et eut demandé qu'on lui parle après le bip, Melrose attendit. Il y eut une série de clics, puis un bip sans fin. Le répondeur devait être plein. Qui pouvait avoir appelé Jury ? Tous les danseurs de la troupe du Bolchoï ? Melrose raccrocha nerveusement puis décrocha de nouveau. Où appeler ? À Scotland Yard ? Jury n'y serait certainement pas. Ne lui avait-il pas dit qu'il dînerait avec Carole-Anne… machin chose ? Son nom de famille ? Son nom de famille ?... Et Mrs... Mrs... Merde ! Comment pouvait-il les retrouver sans connaître leurs patronymes ? Zimmerman ? Zinneman... Walterson... Crotte !

Il faut que j'y aille.

Il n'était pas fâché de s'être endormi tout habillé.

Il se tourna vers la porte de la bibliothèque. Ruthven se tenait sur le seuil.

— Je peux faire quelque chose pour vous, Milord ?

— Oui. Préparez du thé et trouvez-moi mes clés de voiture. Je retourne à Londres.

Ruthven fronça les sourcils.

— Vous repartez, Milord ? Mais vous êtes rentré il n'y a pas deux heures...

Melrose était déjà dans l'escalier.

— Oui, je sais !

— Quelle voiture ? lança Ruthven derrière lui.

— La Batmobile !

Ils étaient tous les trois confortablement installés, buvant du whisky, de la bière et du cognac, évoquant les bons moments qu'ils avaient partagés par le passé : les demis au pub Angel, ce concert de rock au Hammersmith Odeon, tous ces candidats venus visiter l'appartement au-dessus et que Carole-Anne avait éconduits... jusqu'à ce que Stan Keeler arrive et hop, l'affaire avait été emballée !

— C'est parce que c'était lui qui convenait le mieux, c'est tout, se justifia Carole-Anne le plus sérieusement du monde. J'ai tout de suite vu que c'était quelqu'un de responsable, de fiable...

— C'est sûr, tu as l'œil pour ça, dit Jury.

— Ah, le bon vieux temps, le bon vieux temps, soupira Mrs Wasserman, toujours sur son petit nuage de nostalgie.

— Le temps en question ne peut pas être bien vieux, Mrs Wasserman, lui dit Jury. Carole-Anne n'a que quinze ans.

Carole-Anne, la moins ivre des trois, saisit un exemplaire de *Lady* sur la table basse et frappa Jury. Elle portait une robe taillée dans une étrange matière scintillante qui, selon la lumière, oscillait entre le violet et le turquoise. Jury para les coups de son avant-bras.

Carole-Anne se figea, le magazine en suspens dans l'air, fixa le plafond.

— Ce n'est pas ton téléphone, commissaire ?

Un silence absolu s'abattit sur la pièce, chacun retenant son souffle, comme on le fait généralement pour tenter de capter un son qui s'évanouit dès qu'on tend l'oreille. Puis Carole-Anne haussa les épaules.

— Bah ! Si c'est le cas, ton répondeur prendra l'appel. Tu n'es pas content que je t'en aie trouvé un ?

— Il ne marche jamais.

Jury bâilla, la panse remplie de dinde et de farce. Le dîner avait été aussi bon que celui d'Ardry End la veille, quoique très différent.

— Mais si, il marche ! En tout cas, il marche avec moi. Je te soupçonne d'être de ces gens que les machines n'aiment pas. Je m'étonne que ta montre fonctionne, vu les mauvaises vibrations que tu dégages. Ce qu'il te faut, c'est un portable. Tu vois, par exemple, tu n'aurais pas manqué cet appel, fit-elle en montrant le plafond, si tu avais eu ton portable sur toi…

— C'est bien pour ça que je n'en veux pas. Tu aurais aimé être dérangée par des coups de fil en plein repas de Noël ? Le monde entier est devenu une grande cabine téléphonique.

— Peu importe. Je trouve scandaleux que ton service ne te fournisse pas un portable ! Scandaleux !

— Tu as probablement raison, mais avec toutes mes mauvaises vibrations, il ne durerait pas bien longtemps…

— C'est vraiment honteux, Mr Jury, déclara Mrs Wasserman. Cette vie qu'ils vous font mener ! Carole-Anne a raison.

Elle partit vers la cuisine pour s'occuper du prochain round de consommation hypercalorique. Un pudding *et* un diplomate. Elle oscillait légèrement. Elle s'arrêta à mi-chemin et agita un doigt réprobateur en direction de Carole-Anne.

— Mais ce n'est pas une raison pour lui dire qu'il vibre mal, Carole-Anne. Vous devriez avoir honte, après tout ce qu'il a fait pour vous ! Venez plutôt m'aider !

Elle disparut dans la cuisine. Carole-Anne la suivit en emportant sa bière et en ronchonnant :

— Je dirais plutôt après tout ce que j'ai fait pour lui !

Jury sourit et lança un regard vers le plafond, se demandant si son téléphone avait vraiment sonné. Peut-être que son répondeur s'était remis à fonctionner de lui-même ?

Il avait appelé Elizabeth Woburn, interrompant probablement son repas de Noël. Elle s'était néanmoins montrée très aimable, lui disant qu'il serait le bienvenu, pas le jour de Noël naturellement, mais il n'avait qu'à passer le lendemain, ou le jour d'après ? Il devait aussi informer Mickey de ce qui s'était passé à Chewley Hill.

Il lança à la cantonade qu'il montait chez lui quelques minutes et serait de retour en un rien de temps. Naturellement, avec ce moulin à paroles de Carole-Anne dans la cuisine, il était peu probable qu'elles l'aient entendu.

Dans son appartement, Jury écouta son répondeur et ne trouva aucun autre message que ce cliquetis infernal. Il se demanda dans quel cimetière téléphonique l'appel, s'il avait bien eu lieu, avait terminé sa course. Il composa le numéro de Haggerty.

— Mickey, j'ai trouvé quelque chose qui pourrait être utile. Je n'en suis pas sûr mais…

— Attends un instant, il y a quelqu'un en train de s'étrangler avec un os de dinde… Vous allez la fermer, oui ? Bon sang…

Il y eut une brève accalmie tandis que Mickey reprenait la conversation, puis le bruit de fond reprit avec une nouvelle vigueur ponctuée de gloussements. Noël était décidément une période de gloussements, et il ne s'agissait pas que des dindes. Jury était soulagé de constater que Mickey et les siens semblaient passer une vraie bonne soirée en famille. C'était peut-être la dernière.

— Désolé, Rich, tu disais ?

— J'ai retrouvé le couple qui a adopté le bébé d'Alexandra Tynedale. C'était une petite fille. Elle l'a appelée Olivia Croft.

— Quoi ? Mais pourquoi elle aurait fait ça ? Pourquoi accoucher en secret si c'était pour lui donner le nom de Croft ? Pourquoi ?

— Peut-être une forme d'aveu, je ne sais pas. Selon la directrice de l'établissement, abandonner son enfant est l'expérience la plus douloureuse qu'une femme puisse vivre. Alexandra a dit à Kitty que c'était la pire des choses qui lui étaient jamais arrivées. Naturellement, les nouveaux parents changent généralement le nom mais, en attendant, l'enfant était une Croft pour Alexandra. Les parents adoptifs en question, Mr et

Mrs Woburn, sont morts tous les deux, mais il reste une tante, qui vit à Chipping Camden. Elizabeth Woburn. Je la rencontre demain vers midi. La petite Olivia était fille unique, et Elizabeth Woburn semble lui avoir été très attachée.

— Je n'en reviens pas. En tout cas, tu as fait du bon boulot, mais je mise toujours sur Kitty ou Erin.

— Peut-être.

Jury avait ôté une chaussure et s'était assis en croisant une cheville sur un genou, essayant de déloger un objet indéterminé pris dans sa chaussette. Il ne pensait pas que Kitty avait tué Simon Croft, mais Erin ? Possible. Pour l'instant, c'était à classer dans le tiroir « intuitions ».

— Et Maisie ? demanda-t-il. Je veux dire Erin. Qu'est-ce qu'elle a dit ?

— Rien, *nada*... Elle refuse de parler tant qu'elle n'aura pas vu son avocat... Quoi ? Non, je te l'ai déjà dit...

Mickey s'était écarté du téléphone.

— Ne me fais pas ton « papa chéri ». Demande à ta mère.

Il rit puis, s'adressant de nouveau à Jury :

— C'est ça, l'autorité : « Demande à ta mère... » Écoute, je suis repassé chez Croft tout à l'heure et...

Il fut interrompu par des cris d'enfants.

— ... Rich, cette maison est un vrai asile de fous. Il faut que je te parle. Je veux te montrer quelque chose, dans l'hôtel particulier de Croft. Quand tu en auras terminé avec tes festivités en cours, tu crois que tu pourrais m'y retrouver ?

— On a presque fini, ici. On en est au dessert et je ne crois pas que je pourrais avaler une miette de plus.

Bien sûr, je peux te retrouver là-bas. Tout de suite, si tu veux.

— Disons, d'ici une demi-heure, quarante-cinq minutes ?

— Parfait.

Jury raccrocha et vérifia une nouvelle fois son répondeur. Il l'aurait volontiers balancé par la fenêtre, mais Carole-Anne lui aurait fait une scène de tous les diables.

Melrose était assis dans un des fauteuils en cuir mou du Boring's comme s'il avait été peint dans le décor. Sa main ne tenait pas le verre de whisky, elle y était soudée. Il avait espéré que l'alcool lui éclaircirait les idées, mais ça n'avait pas l'air de mar…

Snow Hill ! C'était ça ! Le nom du commissariat de l'inspecteur divisionnaire Haggerty. Le poste de Snow Hill. Le téléphone était posé sur une petite table, près de son coude. Il composa le numéro puis demanda si le commissaire Jury ne se trouvait pas dans les parages. Savait-on où on pouvait le trouver ? L'officier de service répondit qu'on ne l'avait pas vu depuis le matin et que non, l'inspecteur divisionnaire Haggerty n'était pas là. C'était Noël, quoi. Melrose aurait aimé que tout le monde cesse de répéter cette phrase. Il demanda le numéro personnel de Haggerty, qu'on lui refusa. Il s'énerva, martelant que c'était urgent, ce à quoi le sergent lui répondit que, oui, ça l'était généralement.

Merde ! Il décida d'essayer à nouveau chez Jury. Il entendit le même bip râpeux qui n'en finissait pas… Sauf que d'un coup il s'arrêta ! Il fut autorisé à laisser un message. Il parvint à dire une moitié de phrase puis, *clic ! clic ! clic ! clic !* la saloperie de machine raccrocha. Il refit le numéro et tomba de nouveau sur le bip ininterrompu.

Melrose raccrocha brutalement. Même si Jury ne comprenait rien à son message tronqué, il saurait au moins qu'il cherchait à le joindre. Il appellerait peut-être Ardry End. Oui, il ferait ça. Ruthven lui dirait alors... Merde ! Ruthven ne savait pas qu'il était chez Boring's. Melrose appela chez lui et quand le majordome décrocha (Dieu soit loué, un être humain à l'autre bout du fil !), il lui expliqua qu'il était à son club et qu'au cas où le commissaire Jury appellerait, il devait lui dire de ne parler à personne avant de l'avoir contacté.

Voilà ! Ce n'était pas grand-chose, mais mieux que rien tout de même. Croisant le regard du jeune Higgins, Melrose décrivit un cercle de l'index au-dessus de son verre, indiquant qu'il était prêt pour un deuxième. Puis il continua à se creuser la tête. Qui d'autre, qui, qui, qui Jury et lui avaient-ils en commun ? Les Crippse. Il était très peu probable que Jury soit passé les voir. Il pressa le bord froid de son verre contre son front, pas mécontent d'y avoir mis un glaçon même si celui-ci diluait (légèrement) l'effet du whisky. Il s'enfonça dans le fauteuil, se disant qu'il devait activement se mettre à la recherche de Jury...

Keeler ! Était-il en ville ? Le club était-il ouvert le soir de Noël ? Il fit signe à Higgins d'approcher, ce que fit le vieux serveur, quoique lentement.

— Higgins, pourriez-vous me trouver le numéro de téléphone d'un club appelé le Nine-One-Nine, les appeler et demander si un certain Mr Keeler gratte ce soir ?

Le jeune Higgins plissa le front.

— « Gratte », monsieur ?

— Euh... Peu importe, demandez-leur simplement s'ils sont ouverts ce soir.

Le vieux serveur s'éloigna d'un pas traînant pendant

que Melrose pianotait nerveusement sur son accoudoir. Higgins revint en un temps record pour lui annoncer que le club était ouvert.

— Appelez-moi un taxi, tout de suite !

Il n'aurait jamais déniché le Nine-One-Nine s'il n'avait su exactement où il se trouvait, une demi-douzaine de marches en dessous du niveau de la chaussée et sans la moindre identification, en dehors de son numéro de rue. Il y était venu des années plus tôt, après être allé à ce fameux concert de rock et avoir accompagné Vivian sur le quai de l'Orient-Express.

L'atmosphère enfumée et alanguie rappela à Melrose ces clubs du Berlin des années trente qui n'existaient que dans les films. Il se tint au bar et commanda un autre whisky (son quatrième de la soirée ? le cinquième ?). Observant les autres clients autour de lui, il crut déceler une note d'approbation dans le regard des femmes, qu'il attribua à ses vêtements noirs. Il les portait encore. Quand les musiciens (comment s'appelait leur groupe, déjà ?) se dispersèrent, Melrose se fraya rapidement un chemin vers la scène et se plaça devant les deux filles suspendues aux basques de Stan ainsi qu'à ses moindres paroles.

— Mr Keeler ? Vous ne vous souvenez pas de moi, mais…

— Hé, mais c'est vous, monsieur le comte ! Bien sûr que je me souviens ! Alors, ça gaze ?

— Il faut absolument que je trouve Mr Jury, mais je ne connais même pas son adresse. Comme je sais que vous habitez le même immeuble…

— Je ne l'ai pas vu aujourd'hui, mais il devait dîner avec Carole-Anne et Mrs Wasserman…

(Wasserman, bien sûr !)

— Qu'est-ce qui se passe ? Y a un problème ?… Plus tard, dit-il à une brune aux cheveux raides qui essayait d'attirer son attention.

— Je n'arrive pas à le joindre au téléphone.

— C'est sans doute Carole-Anne qui a encore trifouillé son répondeur. Vous avez une caisse ? Je vous conduirais bien, mais je suis encore coincé ici pour quelques heures au moins. Tenez…

Il lui écrivit l'adresse sur une serviette en papier.

— Merci.

— Dites, revenez plus tard et prévenez-moi si quelque chose ne tourne pas rond. S'il vous plaît.

Stan avait l'air inquiet.

Pour une idole, il est vachement cool, pensa Melrose.

Il esquissa un petit salut et partit.

Avant d'aller chercher sa voiture, Jury s'arrêta chez Mrs Wasserman. Il était en train de la remercier encore pour le dîner, quand il entendit de nouveau un téléphone sonner. Il devina que c'était le sien mais aussi que, le temps qu'il remonte chez lui, la sonnerie se serait arrêtée.

— Je reviendrai pour ça plus tard, dit-il à Mrs Wasserman avec un signe vers le dessert.

Elle tenait une assiette verte avec une part de pudding.

— Je vous le mets de côté et quand vous reviendrez…

Elle s'interrompit brusquement comme si les mots s'étaient coincés dans sa gorge.

— Mrs Wasserman ?

Jury posa ses mains sur ses épaules.

— Mrs Wasserman ?

Il se pencha pour voir son visage baissé vers le pudding. Puis elle redressa la tête avec une expression si triste que Jury s'alarma :

— Que se passe-t-il ?

— Rien, rien... C'est juste que l'espace d'un instant, j'ai eu cette...

— Oui ? l'encouragea Jury.

Comme elle se taisait, il dit :

— Vous sembliez très inquiète.

— C'était...

Elle secoua la tête.

— Où allez-vous ?

Jury fut si surpris qu'il recula d'un pas. Mrs Wasserman ne posait jamais la moindre question pouvant sembler indiscrète. Elle était si scrupuleuse et avait un tel respect de la vie privée que cela lui aurait paru une intrusion.

— Juste voir quelqu'un. C'est pour notre enquête.

Elle le suivit du regard tandis qu'il grimpait les marches menant au trottoir.

Une fenêtre s'ouvrit plus haut. Carole-Anne se pencha au-dehors. Naturellement, elle était chez Jury, pas chez elle.

— Commissaire ! Il y a un message sur ton répondeur !

Elle était fière de lui montrer que la machine fonctionnait.

— Qui c'est ?

La lumière qui l'illuminait de derrière inondait ses cheveux et faisait scintiller sa robe. Quelle vue !

— Comment veux-tu que je le sache ? Il n'a pas laissé son nom. J'ai comme l'impression qu'il a été interrompu. De toute façon, c'était un drôle de message.

Jury garda la tête en l'air, attendant la suite. Carole-

Anne semblait réfléchir, pour autant qu'il pouvait en juger depuis le trottoir.

— Qu'est-ce qu'il a dit ? demanda-t-il enfin.

— Quelque chose comme « on ne peut faire confiance qu'à son marchand de légumes »... Non, il ne faut pas faire confiance à son marchand de légumes... Ou un truc comme ça.

Connaissant le don de sa voisine pour brouiller les messages, Jury opta pour « un truc comme ça ». L'espace d'un instant étrange, il ne parvint à penser qu'à Mr Steptoe. Il annonça à Mrs Wasserman qu'il remontait chez lui et qu'elle ne devait pas s'inquiéter.

— Il fait trop froid pour rester dehors sans rien sur le dos. Rentrez à l'intérieur. Je passerai vous voir plus tard.

Scintillante, une main aux ongles argentés sur sa hanche turquoise étincelante, Carole-Anne appuya sur le bouton « messages ». La voix de Melrose, d'une clarté surprenante, s'éleva : « Ne fais pas confiance à ton épicier, comme Masaccio, et ne... » Fin du message.

— Il a été coupé, dit Carole-Anne sur un ton de reproche. Il y a quelque chose qui cloche avec cette machine.

Jury trouva le numéro d'Ardry End et le composa. Carole-Anne semblait si perturbée qu'il lui lança un clin d'œil pour la rassurer puis :

— Ruthven ? Richard Jury à l'appareil. Mr Plant est là ?

— Non, monsieur. Mais il m'a demandé de vous laisser un message... Voilà... Il a dit qu'il serait à son club et que vous deviez l'appeler là-bas. Et de ne parler à personne avant de l'avoir contacté. Il a beaucoup insisté sur ce point, monsieur.

— Mais qu'est-ce qu'il fait chez Boring's ? Je croyais qu'il était rentré à Ardry End ce matin ?

— En effet, monsieur. Mais tout à l'heure il a changé d'avis et il est retourné à Londres. Si vous me permettez, il paraissait très pressé et dans un état de grande agitation.

Jury esquissa un sourire, se demandant s'il avait jamais vu Melrose dans un « état de grande agitation ». Il raccrocha et, constatant que Carole-Anne paraissait elle aussi dans un état d'agitation, lui passa un bras autour des épaules. Il feuilleta son petit carnet d'adresses, trouva le numéro du Boring's. Pendant ce temps, Carole-Anne prenait ses aises, posant sa tête sur son ventre. Quand le concierge répondit (pas Higgins, mais le garçon poil-de-carotte), il demanda à parler à Mr Plant. Après s'être renseigné, le jeune homme lui répondit que Mr Plant venait juste de sortir.

— Ça ne fait pas cinq minutes, monsieur. Désirez-vous laisser un message ?

Cette nuit semblait n'être qu'une suite de messages.

— Dites-lui simplement que le commissaire Jury a appelé.

Un bras toujours autour de Carole-Anne, il réfléchit, se demandant ce qui se passait. De toute évidence, Melrose avait découvert quelque chose mais… l'épicier de Masaccio ? Qu'est-ce que ça pouvait bien vouloir dire ?

— Commissaire ?

— Hmm ?

— Qu'est-ce qui se passe ? Où tu vas ?

Il baissa les yeux vers elle.

— Juste rencontrer quelqu'un. Un autre flic.

— Mais c'est Noël !

— Très juste, et, non, on n'a même pas pris le temps de s'échanger nos baisers de Noël.

Elle marqua un temps d'arrêt.

— Quel baiser de No…

— Celui-ci.

Il l'embrassa. Ce n'était pas un baiser terriblement long, ni terriblement fougueux. On en avait vu de plus torride, mais il était peut-être un poil plus long et plus fougueux qu'il n'aurait dû l'être.

Carole-Anne en resta baba.

— Commissaire !

Elle se recula pour le dévisager, avec un air proche de celui de Cendrillon face à son carrosse et ses laquais. Puis, rajustant sa manche et remettant un peu d'ordre dans sa coiffure (qui n'en avait pas besoin), elle déclara :

— Au cas où tu te poserais la question, sache que je serai encore là pour le réveillon.

Jury éclata de rire.

Elle monta chez elle et il descendit.

57

Cette fois, il était en retard, et Mickey l'attendait probablement chez Croft. Il savait donc qu'il n'avait pas le temps de s'arrêter au pont, mais il s'y arrêta quand même. Il voulait vérifier que Benny allait bien. Il gara sa voiture et descendit les marches.

Il y avait là un petit groupe, en train de se réchauffer les mains devant un réchaud.

— Benny est dans le coin ? demanda-t-il.

— T'es pas déjà passé, toi ?

Jury reconnut l'homme à la capote militaire. Cette fois, il portait en plus une casquette de soldat kaki.

— Oui, en effet, je suis un ami.

L'autre ricana.

— Oui, c'est ça ! Un fouille-merde, voilà ce que t'es !

Mags, la femme enveloppée dans des couvertures et des châles, se trouvait là, elle aussi.

— Benny est parti à la recherche de son clébard, Sparky. Il reviendra. Vous voulez laisser un message ?

La nuit des rencontres ratées et des messages…

— Non, souhaitez-lui simplement un joyeux Noël de ma part.

— Et vous êtes qui ?

— Le fouille-merde.

Cela la fit rire.

Avant de remonter en voiture, il lança un regard derrière lui vers le pont de Waterloo. L'ancien avait été en granit, avec des colonnes et des arches, des réverbères noirs en fer forgé. Très romantique… les eaux noires de la Tamise, la nuit, la brume. Même la guerre avait été rendue romantique. Il imagina Vivien Leigh contemplant le fleuve sombre. Robert Taylor avec son petit sourire en coin, fumant une cigarette. Myra et Roy. Quel satané mensonge.

Quand il entra dans la cour, ses codes illuminèrent Mickey. Il se tenait sur le ponton, fumant, l'air vulnérable. Vulnérable, il l'était. Jury se demanda comment il réagirait, lui, si on lui annonçait que ses jours étaient comptés. Mal. Mais qui le prendrait bien ?

Mickey écarta sa cigarette de ses lèvres et l'envoya d'une chiquenaude dans l'eau.

— J'ai toujours aimé faire ça, Rich. Lancer mes mégots, les regarder tracer une courbe et retomber.

Il enfonça les mains dans les poches de son pardessus.

— Tu es encore pire que moi, dit Jury avec un sourire. Pour les clopes, je veux dire ! Comment s'est passé Noël, Mickey ?

— Fantastique. Épuisant.

De fait, il paraissait sur les genoux.

— Désolé d'être en retard. Je suis passé par le pont de Waterloo pour voir Benny.

— C'est là-bas qu'il crèche, hein ? Quel drôle de petit bonhomme…

— Oui, et j'ai l'impression qu'il s'en sort plutôt bien. Tu as l'air fatigué.

— Oui, je le suis.

Il indiqua du menton le bateau ancré plus loin.

— Je regardais justement ce bateau, je pensais à Gemma Trimm.

Il sourit.

— Sacrés gamins, ces deux-là !

Jury hocha la tête.

— Les tiens aussi.

— Ne m'en parle pas. Ce qui me fout en rogne, c'est qu'ils n'auront probablement pas l'occasion de s'en rendre compte.

— Bien sûr que si.

Mickey fit non de la tête.

— Pas sans les bonnes écoles. Pas sans Oxford.

— Allez, Mickey ! C'est pour ça que tu m'as arraché à mon repas de Noël ?

— Désolé, non, bien sûr que non. C'est ce foutu pont…

Mickey soupira, comme si l'élan de nostalgie qui avait envahi Jury un peu plus tôt l'avait contaminé à son tour.

— J'étais sûr que tu avais pigé, au Liberty Bounds, l'autre soir.

— Pigé quoi ?

Jury fronça les sourcils. Il s'apprêta à dire autre chose, se ravisa. Puis il comprit :

— Tu sais qui a tué Simon Croft.

Mickey, face à la Tamise, hocha la tête.

— Et pour cause. C'est moi.

Jury recula d'un pas, comprenant soudain le message de Plant. L'épicier. La seule personne en qui Masaccio avait confiance. Mickey était celui à qui il avait cru pouvoir toujours se fier. Il resta un moment planté là, fixant Mickey, sentant quelque chose le quitter. Cela aurait pu être le courage, ou bien la raison, le sens logique, la santé mentale. Mais ce n'était rien de tout ça. C'était l'espoir. Il le quittait à jamais. S'il vivait, il retrouverait peut-être quelque chose de ressemblant, mais ce ne serait qu'une pâle imitation, une ombre, mais pas le vrai espoir. Tout cela ne dura que trois secondes exactement.

Et pourquoi ne vivrait-il pas ?

Mickey s'écarta de lui. Il avait toujours eu des mouvements fluides, et Jury ne vit le revolver que lorsqu'il fut dans sa main.

— Qu'est-ce que tu fous, Mickey ?

— Je suis vraiment désolé, Rich. Ça peut paraître dérisoire, mais c'est vrai.

— Je rêve ou c'est moi que tu vises ?

Furieux, Jury avança de trois pas vers lui. La balle le fit tournoyer sur lui-même. Elle n'avait fait que traverser son épaule droite. Il posa sa main gauche sur la plaie. Il y avait du sang, mais pas trop. Mickey était l'un des meilleurs tireurs de la police de la City. Il n'avait pas voulu le tuer. Pas encore ?

— Que… Pourquoi ?

— Parce que tu aurais fini par trouver, Rich. Tu aurais compris. Je m'étonne que tu ne l'aies pas encore fait, mais c'est probablement parce que je suis ton ami.

— Mickey, écoute…

Lorsque la réponse arrive, elle ne s'accompagne pas forcément d'une procession ordonnée de faits, d'abord ceci, ensuite cela, puis ceci… Jury se dit que c'était plutôt comme un de ces kaléidoscopes de son enfance, où tous les petits morceaux de verre ou de plastique s'assemblent d'un coup en un unique motif. Le point de fuite. Quand vous le distinguez enfin, il est trop tard. Il a disparu.

— Tu n'avais plus qu'une étape à franchir, dit

Mickey. C'était pour demain. Elizabeth Woburn. Ils ont baptisé la petite en hommage à sa tante.

Liza, pensa Jury. Mon Dieu, Liza. Nous étions tous orphelins…

Il avait parlé à voix haute, sans s'en rendre compte.

— Quand tu as commencé à parler de ce film…, poursuivit Mickey. Tu sais… *La Valse dans l'ombre*. J'étais sûr que tu avais compris. Myra et Roy. Tu disais qu'Alexandra ressemblait tellement à Vivien Leigh, et Liza aussi. J'ai cru que tu essayais de me mettre en garde. Contre quoi, je ne sais pas…

Un bateau à moteur passa au loin, au milieu de la Tamise, ses vagues agitant le ponton.

— Mickey, tu veux bien réfléchir un instant ? Si je découvrais que Liza était la petite-fille de Tynedale, où était le problème ? J'en aurais informé Tynedale, il aurait été aux anges…

— Je sais, c'est bien pour ça que je t'ai confié l'affaire. Je ne sais pas combien de temps il me reste. J'avais besoin que tu ailles jusqu'au bout de l'enquête. Venant de toi, ça aurait été plus convaincant. Sauf que tu en as découvert un peu trop. Si Tynedale apprend que Simon Croft était le père, là non, il ne sera pas aux anges, tu le sais très bien. Tu crois vraiment qu'il accueillerait Liza les bras ouverts en sachant ça ? Il le vivra comme la pire des trahisons…

— Je ne pense pas. Tynedale n'est pas un homme ordinaire. Il n'est pas du genre à vouloir se venger.

— Pouvais-je courir ce risque ? Liza héritera de millions.

— Elle est au courant ?

— Bien sûr que non. Mais elle le saura en temps voulu. J'ai laissé des documents chez un notaire.

— Simon Croft le savait, lui.

Mickey acquiesça.

— J'ai dû embarquer son ordinateur, son manuscrit…

— Pour faire croire qu'on l'avait assassiné à cause du livre. Simon Croft n'était pas parano.

Jury avait la tête qui lui tournait. Il saignait toujours, il sentait le liquide chaud sous ses doigts.

— Tu as fait croire que c'était l'acte d'un amateur voulant faire croire à un cambriolage. C'était très malin, Mickey, très subtil. Mais tu ne t'en tireras jamais. Réfléchis…

— Je ne fais que ça depuis six mois. Allez, il est temps.

La seconde balle transperça le flanc de Jury, lui donnant l'impression d'être percuté de plein fouet par un train. Ses genoux ployèrent puis l'impact le propulsa en arrière, emportant tout sur son passage, chair, os, tissus, avant de le laisser retomber sur le côté contre un pilotis, qui lui entailla le crâne. La troisième balle le projeta dans l'autre sens, comme si le train avait fait marche arrière pour lui repasser dessus. Il vit son propre sang gicler vers le ciel et lui retomber en pluie sur le visage. Encore du sang, dans une mer de sang. La quatrième balle ne lui était pas destinée. Il entendit la détonation, sentit le ponton trembler. Il ne pouvait pas voir car il ne pouvait pas se redresser.

Les minutes passèrent. Il attendit. Quoi ?

Y avait-il quelqu'un ? Revoilà l'espoir qui pointe son nez dans de nouveaux oripeaux. Putain, ce qu'on est faible, pensa-t-il. On est prêt à s'accrocher à n'importe quel vieux rêve, rien que pour continuer à vivre. S'il y avait quelqu'un, pourquoi ne parlait-il pas ? Il sentit qu'on le soulevait, l'éloignait du ponton. Il devait être sur une civière. On étira quelque chose sur lui (un drap ?

une couverture ?). Il gardait les paupières fermées pour que le sang de l'entaille à sa tête ne lui coule pas dans les yeux. Il était plutôt content de se trouver sur une civière sous une couverture, même s'il ne sentait pas grand-chose. Ce devait être une couverture extrafine. Puis il se dit qu'il fallait être deux pour porter une civière. Son front ne dégoulinait plus et il pensa qu'il pouvait rouvrir les yeux. Étrange, le ciel était exactement tel qu'il l'avait laissé. Son immobilité était implacable. Il n'entendait même pas le clapotis des vagues contre les pilotis. Il se demanda combien de sang il avait perdu. La douleur s'était atténuée, comme liquéfiée.

L'envie de dormir était irrésistible, mais il fallait absolument rester éveillé. Il avait peut-être une commotion cérébrale, après tout. La police en mettait un temps ! Qui l'avait appelée ? Mickey probablement ? Au bout du compte, Mickey ne l'aurait pas laissé crever comme ça. Mais non, Mickey était mort.

Il entendit une voix :

— Mr Jury, Mr Jury !

— Benny ?

Où était-il ?

— Benny ?

Puis un cliquetis, le grattement de griffes sur les lattes du ponton. Sparky ?

Mais ces sons si proches, la voix, le cliquetis de griffes, s'éloignèrent avec indifférence. Il n'y avait personne. Personne n'était venu. La mort est sans surprises. Accrochez-vous à cette idée, commissaire.

Une étoile fila. Il songea à Stratford-upon-Avon et au petit jardin près de l'église où Shakespeare était enterré. Plusieurs écoliers fumaient dans le recoin sombre d'un bâtiment à colonnades, leurs paroles décrivant des méandres dans la nuit comme les bouts incandescents de leurs cigarettes…

Mon Dieu ! Il eut envie de rire. Sa vie l'abandonnait et il ne pensait qu'à en griller une. Mais elles avaient toujours été plus que de simples cigarettes, n'est-ce pas ? Il revit une des écolières balançant son clope dans l'obscurité, des étincelles décrivant un arc comme une pluie d'étoiles (« J'ai toujours aimé faire ça, Rich… Les regarder tracer une courbe et retomber… »). La lumière qui tombe du ciel. Quel monde, pensa-t-il. Au loin, dans l'air glacé de cette nuit de Noël, il entendit un chien aboyer.

Sparky.

Requiem métropolitain

(Pocket n° 11953)

Une jeune violoniste est sauvagement assassinée dans le métro londonien. Au même moment, on retrouve un doigt humain dans la forêt proche de son village natal. Quel lien y a-t-il entre les deux affaires ? Seul un détective de la trempe de Richard Jury peut espérer percer ce mystère. Et encore ! Pas tout seul ! Face à des suspects tous plus inquiétants les uns que les autres, il ne tarde pas à faire appel à son acolyte et aristocrate ami le détective amateur Melrose Plant…

Achevé d'imprimer sur les presses de

BUSSIÈRE

GROUPE CPI

à Saint-Amand-Montrond (Cher)
en janvier 2006

POCKET - 12, avenue d'Italie - 75627 Paris Cedex 13
Tél. : 01-44-16-05-00

— N° d'imp. : 52426. —
Dépôt légal : janvier 2006.

Imprimé en France